밀턴과 영국혁명

이 저서는 동아대학교 저서과제로 선정되어
동아대학교 출판총서 제170호로 출간되었음.

밀턴과 영국혁명
Milton and the English Revolution

송홍한 지음

도서출판 동인

| 일러두기 |

1. 본서에서 밀턴의 작품을 인용하는 경우, 시작품은 Roy Flannagan, ed., *The Riverside Milton* (Boston & New York: Houghton Mifflin, 1998), 산문작품은 Don M. Wolfe, gen. ed., *Complete Prose Works of John Milton*, 8 vols. (New Haven: Yale UP, 1953-82)를 원본으로 사용한다.
2. 문학작품을 인용하는 경우, 산문작품은 번역문으로 인용하고, 시작품의 경우엔 번역문 뒤에 원문을 병기한다.
3. 본문에서 논의하는 내용에 대한 필자의 보충적인 설명이나 비평가들의 견해나 인용의 출처 등은 각주에서 상세히 처리하되, 밀턴의 작품 자체의 인용이나 언급은 그 출처를 내각주 형식으로 표기한다.
4. 본문에서 어떤 구절에 보충적으로 다른 표현을 첨가하는 경우는 ( )를 사용하되, 인용구에서 보충어를 필자가 임의로 추가할 필요가 있다고 생각되면 [ ] 안에 넣어 표기한다.
5. 외국어 고유명사 표기는 외래어로 굳혀진 경우는 외래어 표기법을 따르되, 그렇지 않은 경우, 원어의 발음을 존중하여 표기하며, 필자가 특별히 강조하고자 하는 역사적인 특정 용어는 강조체로 표기한다.
6. 어휘나 어구에 외국어를 병기할 필요가 있는 경우, 괄호 안에 원문의 철자 그대로 표기하는 것을 원칙으로 한다.
7. 본문에서 인명이나 역사적 사건 혹은 작품명의 해당 연도를 표기하는 경우 괄호 안에 연도를 표기하되, 원어명과 함께 표기하는 경우는 원어 표기 뒤에 쉼표(,)를 찍고 연도를 표기한다.
8. 본문에 포함된 인용구 뒤 괄호 안에 내각주로 인용구의 원어와 작품의 출처정보를 함께 표기하는 경우, 그 사이에 세미콜론(;)을 사용하여 구분한다.
9. 각주에서 인용 출처를 처음 밝히는 경우는 독자의 편의를 위해 전체 정보를 제공하고, 이후 반복될 경우나 괄호 안에 간단히 표기할 경우는 출처를 확인하는 최소한의 정보만 표기한다.
10. 밀턴이 인용한 성경의 구절이나 고유명사 표기 등은 국내 개신교 교회가 가장 많이 사용하는 한글개역개정 『성경전서』(대한성서공회, 2006)를 따른다.

오 자신의 동포 위로 솟아오르려는
밉살스러운 자식이로다. 하나님이 허용하지 않은
찬탈한 권위를 자신의 것으로 만들다니.
하나님은 우리에게 짐승, 물고기, 조류에 대해서만
절대적 지배권을 주시고, 사람들 위의 사람이 되는
군주를 허용하지 않으셨으며, 이런 칭호는 자신만이
보유하시고, 인간은 인간으로부터 자유롭게 하셨도다.
그러나 이 찬탈자는 인간에 대한 그의 오만한 침해에
그치지 않고 그의 탑을 세워 하나님에게
공격과 도전을 획책하도다.

존 밀턴,
『실낙원』(*Paradise Lost*, 12.64-74)

책머리에

인간 역사와 **영국혁명**(English Revolution)에 대한 존 밀턴(John Milton, 1608-1674)의 관심은 그의 생애와 문학에 있어 나침반과 같은 것이었다. 그의 생애는 **영국혁명**과 궤도를 같이 하며 전개되었고, 그의 문학은 **영국혁명**이라는 역사적 사건에서 시작하여 인간 역사에 대한 우주적 비전으로 승화된다. **영국혁명**에 대한 저명한 역사학자로서 밀턴의 문학을 역사적으로 접근하여 밀턴 비평의 새로운 장을 열었던 마르크스주의 역사가 크리스토퍼 힐(Christopher Hill)에 의하면 **영국혁명**의 상징적 존재이자 최고의 시인이었던 밀턴의 시를 이해하기 위해서는 그의 사상과 역사적 배경에 대한 충분한 이해가 전제되어야 한다는 것이다.[1] 밀턴의 산문은 **영국혁명**에 대한 반응 자체였으므로 말할 나위도 없다. 즉, 밀턴의 산문은 물론이거니와 그의 시작품 역시 **영국혁명**을 둘러싼 역사성을 지니고 있다고 하겠다.

습작기의 시작품에서 이미 인간 역사에 주목하기 시작한 밀턴은, 자신의 시적 소질을 "목숨을 걸고서도 숨길 수 없는 재능"(one Talent which is death to

1) Christopher Hill, *Milton and the English Revolution* (New York: Viking, 1977), 4.

hide)[2]이라고 자인하였으나, 찰스 1세(Charles I, 1625-49)의 폭정과 **영국 국교회**(Church of England)의 권위주의에 저항하기 위하여 시 창작을 뒤로 미루고 20여 년간 **영국혁명**을 위한 산문 논쟁에 전념했다는 것은 주지의 사실이다. 크롬웰 공화정이 수립되고 10여 년 만에 다시 찰스 2세의 **왕정복고**(the Restoration, 1660)가 일어났고, 이로 인해 공화정에 대한 그의 현실적인 꿈은 좌절되었다. 그러나 그 꿈은 더 높은 차원으로 승화되어 『실낙원』(*Paradise Lost*, 1667)을 위시한 후기의 대작들에서 문학적 표현으로 승화되었다. 후기 대작들에서 현실역사의 질곡을 경험한 밀턴이 영국이라는 일개 국가의 역사를 넘어서, 인간 역사의 전 과정을 우주적 역사를 배경으로 조명한 것이다. 바로 이 점이, 인간 역사 전체를 조명하려는 그의 시작품과 현실에 대응하는 목적으로 쓰인 그의 논쟁적인 산문의 두드러진 차이점이라 하겠다.

이처럼 밀턴이 논쟁적인 산문 못지않게 문학작품에서도 일관성 있게 **영국혁명**과 그 이념적인 가치에 대하여 지대한 관심을 표현한 것은 시인의 공적인 역할과 국가에 대한 예언자적 사명감이 작용했기 때문이라고 할 수 있다. 그의 주장에 따르면, 시인은 자신이 "진정한 시"(a true poem)가 되어야 하고, "최상이며 가장 존경스러운 것들의 합성이며 모형"(a composition, and patterne of the best and honourablest things)이라는 것이다.[3] 그는 시인의 권위를 고전적 절대주의나 권력의 인준이 아니라 자신의 양심에 두었으며, 양심에 따라 옳다고 생각하는 것을 문학을 통해 표현함으로써 국가와 사회에 이바지하고자 했다. 그는 **영국혁명**을 주창하였으나 정치적 투쟁가로서가 아니라 영국을 향한 하나님(God)의 뜻을 받들어 영국 국민을 교화시키는 예언자이고자 했으며 그러한 시

---

2) John Milton, Sonnet 19, *The Riverside Milton,* ed., Roy Flannagan (Boston & New York, 1998), 256. 이하 밀턴의 시작품 인용은 이 판에 의함.

3) John Milton, *Complete Works of John Milton*, gen. ed. Don M. Wolfe, 8 vols. (New Haven: Yale UP, 1953-82), 1: 890. 본서에서 밀턴의 산문 작품 인용은 이 판에 의하며, *CPW*로 줄여서 표기함.

인이 되고자 했다.[4] 예언자는 과거의 역사적 교훈과 미래의 국가 운명을 예견함으로써 현실역사의 방향을 국민에게 제시하는 자이다. 예언자 시인으로서의 밀턴이 산문에서 영국의 현실적 진로를 제시했다면, 시에서는 우주적 역사를 배경으로 삼아 인간 역사의 우주적 비전을 제시함으로써 현실역사를 투영했다고 할 것이다. 그러나 그러한 비전도 영국혁명이라는 역사적 사건에서 형성된 것이어서 현실 역사성을 완전히 벗어난 것이 아니라, 다만 거대한 인간 역사의 비전 안에 암시적으로 표현될 뿐이다. 영국 역사는 인간 역사의 일부분이기에, 그의 산문과 시는 각기 다른 차원에서 영국혁명을 조명하고 있다고 하겠다.

밀턴은 크롬웰 공화정 수립과 왕정복고에 이르는 영국혁명기를 전후하여 시 창작을 중지하고 산문 논쟁에 몰두하면서, 자신의 산문을 왼손의 업적으로 간주하고 있는데,[5] 이는 그가 문학적으로 시를 산문보다 우월한 것으로 여겼음을 입증하기도 하지만, 산문이 자신의 재능에 어울리는 본령은 아니었음을 암시하는 발언이기도 하다. 그럼에도 불구하고, 그가 산문 논쟁에 뛰어든 것은 긴박한 현실적 문제를 해결하기 위해서는 시보다 산문이 적절한 수단이라는 점을 인식하였기 때문이다. 시를 통한 현실참여의 한계를 인식한 그는 시적 재능인 오른손의 힘을 제쳐두고 냉정한 이성, 즉 왼손의 힘을 빌려서 산문 논쟁에 뛰어들었으며, 그만큼 역사적 요청에 따라 자신의 삶과 문학을 일치시켰다고 하겠다. 몇몇 비평가들이 제기하듯이 밀턴의 산문도 문학적 상상력의 산물이긴 하지만,[6] 그의 산문이 당대의 사회를 개혁하기 위한 것이라면, 그의 후기

---

4) 존 스펜서 힐(John Spenser Hill)은 *John Milton: Poet, Priest and Prophet* (London: Macmillan, 1979)에서 성직자, 시인, 예언자로서의 밀턴의 소명을 조명한다. 특히 밀턴의 산문기를 그가 예언자적 소명을 수행한 시기로 설명한다.

5) Milton, *Reason of Church Government, CPW* 1: 808.

6) 데이비드 로웬스타인(David Loewenstein)은 그의 저서, 『밀턴과 역사의 드라마』(*Milton and the Drama of History* [Cambridge: Cambridge UP, 1990])에서 밀턴의 시와 산문 속에 나타난 종말론적이고 우상타파적인 요소들을 그의 문학적 상상력과 관련지어 분석한다. 그리고 로웬스타인과 제임스 터너(James Turner)가 공동으로 편집한 『밀턴의 산문에 나타난 정치, 시학 및 해석학』

대작 시들은 영국혁명의 실패를 경험한 후 이를 종교적으로 승화시켜 인간 역사 전체를 조명하고 내면화하여 하나님의 섭리를 정당화한 것으로 볼 수 있다. 청년 시절부터 "자유를 위한 시인의 열정"(a poet's passion for freedom)[7]을 품어온 그가 영국혁명기의 현실에 반응하기 위해 산문을 통해 그 열정을 발산했으며, 왕정복고 후에는 서사시와 비극을 통해 이를 승화시켜 당대뿐 아니라 전 인류를 향한 자유의 메시지를 전하는 불후의 작품을 남김으로써 일생일대의 꿈을 성취하게 된 것이다.

영국혁명과 역사에 대한 밀턴의 일관된 관심은 인간의 존엄성과 자유의 가치에 대한 그의 신념에서 비롯되는 것이며, 그의 자유사상은 문학적 차원을 넘어서 문화사적 측면에서도 오늘날에 이르기까지 지대한 영향을 남겼다.[8] 후일 그의 문학은 신고전주의(New-classicism)의 틀을 벗어난 19세기 영국 낭만주의 시인들에게 자유사상의 시적 영감을 제공하였고, 프랑스혁명(French Revolution)과 미국 독립의 사상적 디딤돌이 되었다. 명목상이긴 하지만 왕실이 엄존하는 보수적 영국에서보다 명실상부한 자유민주주의를 신봉하는 미국에서 밀턴 연

(*Politics, Poetics, and Hermeneutics in Milton's Prose* [Cambridge: Cambridge UP, 1990])은, 열네 편의 비평문들은 밀턴의 산문이 "왼손의 업적"(achievement of the left hand)이라는 주장에 반기를 들고 산문 가운데 나타난 텍스트와 컨텍스트, 문학성과 사회 정치성의 복잡한 관계를 파악하고자 한다. 이 책의 저자들은 시적 성취란 역사적 현실에서 이탈함으로 이룩된다는, 소위 "분리주의 미학"(separatist aesthetics)을 공격하고 있다.

7) Peter Levi, *Eden Renewed: The Public and Private Life of John Milton* (New York: St. Martin's, 1997), 35.

8) 윌리엄 케리건(William Kerrigan)에 의하면, 다른 시들이 하나의 사상적 우주를 배경으로 하여 생성된다면 『실낙원』은 하나의 사상적 우주를 창조하고 그 원리를 만들어낸다고 주장한다("Milton's Place in Intellectual History," *The Cambridge Companion to Milton,* ed. Danielson, 263). 또한 케리건은 밀턴을 데까르트(Descartes)나 칸트(Kant)보다 나은 스승이라고 결론짓고 그들을 바위섬들에 비유하면서 그를 거대한 바다의 짐승 레비아단(Leviathan)에 비유한다(274). 밀턴의 문학사적, 문화사적 영향에 관한 총체적 연구는 John T. Shawcross, *John Milton and Influence: Presence in Literature, History and Culture* (Pittsburgh: Duquesne UP, 1991)를 참고할 것.

구가 활발하게 전개되고 있다는 사실은 독재왕권에 저항했던 그의 민주주의적 자유사상 때문일 것이다. 자유사상의 선구에 섰던 미국에까지 중국 등의 사회주의 사상의 영향이 스며들어 자유의 문제가 정치적 이슈로 떠오르고 있는 현실에서 밀턴의 자유사상은 더욱더 우리의 관심을 끌고 있다. 그가 **영국혁명**을 위해 필봉으로 투쟁한 것은 전제군주의 폭정과 부패한 종교적 권위로부터 국민을 해방하려는 예언자적 사명감과 자유사상에 기인한 것이지만, 한마디로 말하면, 자유를 인간 존엄의 최고 가치로 신봉하였다고 하겠다. 그의 자유사상은 역사에 대한 그의 관심을 지탱하는 정신적 토대이자 그의 문학 전체를 관통하는 중심사상이었으며 종교적 소명과 정치적 소신으로 작용했다. 그의 역사의식과 자유사상은 삶과 문학을 일치시켰고 그의 문학을 더욱 값지게 하였다. 밀턴의 전기 작가 윌리엄 파커(William Riley Parker)는 밀턴의 전기 서두에서, "내가 밀턴을 한 인간으로서 좋아한다는 점을 먼저 밝히고자 한다."라고 선언한다.[9] 필자 역시 파커와 같은 심정으로, **영국혁명**의 상징적 존재였던 밀턴의 자유사상의 큰 파노라마를 그의 산문과 시를 통해 살펴보고자 한다.

본서는 **영국혁명**을 하나의 역사적 사건으로 연구하려는 것이 아니라, 영국혁명의 사상적 기틀을 제공했던 밀턴이 그의 문학을 통해 **영국혁명**에 어떻게 반응하였는지를 그의 대표적인 문학작품을 하나씩 분석하며 조명하는 것이다. 필자는 40여 년간 밀턴 문학을 연구하면서 특별히 그의 역사적 비전과 자유사상에 대하여 집중적으로 연구해왔다. 그간의 연구를 바탕으로 **영국혁명**이라는 맥락에서 시와 산문을 조명하고자 한다. 그의 산문은 **영국혁명**이라는 현실정치에 대한 그의 관점이 어떠하며 메시지가 어떤 것인가 하는 것을 자유사상의 맥락에서 살펴볼 것이다. 현실정치에 개입하려는 목적으로 나온 그의 산문과 달

---

9) William Riley Parker, *Milton: A Biography*, 2 vols. rev. ed. (1968; Oxford: Oxford UP, 1996), 1: v. 이 전기는 1960년대를 전후한 소위 밀턴 리바이벌 이후 나온 밀턴의 전기 가운데 가장 권위 있는 것으로 흔히 인정받고 있다.

리, 그의 시는 초월적인 역사관을 보여주면서도, 정치적인 메시지를 행간에 숨기고 비유적으로 전달하고 있다. 따라서 밀턴의 시작품은 초월적 관점에서 읽을 수도 있고, 정치적 관점에서 숨겨진 메시지를 찾아 읽을 수도 있다. 본서는 책 제목 그대로 밀턴, 즉 그의 문학을 영국혁명의 맥락에서 분석하고 살펴보는 것이다. 그의 산문은 영국혁명의 담론을 그대로 보여주는 것이며, 그의 시는 영국혁명의 상징적인 그림이라고 할 수 있다.

끝으로, 이 번역서가 나오기까지 필자의 밀턴 연구에 도움을 주신 분들께 감사의 말씀을 전하고자 한다. 필자가 객원교수로서 혹은 학회 참석차 방문했을 때 도움을 주신, 미국 하버드 대학에 재직하셨던 고(故) 바바라 K. 르월스키(Barbara K. Lewalski) 교수, 켄터키 대학의 명예교수이신 존 T. 쇼크로스(John T. Shawcross) 교수, 캐나다 브리티시 컬럼비아 대학의 명예교수이신 데니스 대니엘슨(Dennis Danielson) 교수, 그리고 필자의 박사논문 지도교수였으며 한국 문학의 해외 전도사로 알려진 안선재(Anthony Teague) 교수(서강대 영문과 명예교수)와 필자의 밀턴 연구에 많은 도움을 주신 한국밀턴학회(한국고전중세르네상스영문학회로 통합) 초대 회장이신 조신권 교수(연세대 영문과 명예교수)께 심심한 감사의 말씀을 전한다. 그리고 이 책의 출간 과정에 많은 도움을 주신 도서출판 동인 관계자 여러분께 깊이 감사드린다.

밀턴의 자유사상을 전파하고자,

송홍한

차례

1장

밀턴의 생애와 영국혁명

1. 밀턴의 생애와 문학

본서의 목적은 영국혁명의 역사적 갈등 속에서 존 밀턴(John Milton, 1607-1673)이 그의 문학을 통해 어떻게 반응하였고, 영국혁명의 자유사상은 그의 문학에 어떻게 표현되고 있는지를 조명하는 것이다. 그렇다면 먼저, 영국혁명이라는 개념부터 고려해 볼 필요가 있다고 생각된다. 역사가들에 따라 영국혁명에 대한 개념도 다르기 때문이다. 휘그(Whig) 입장의 역사가들은 1688년에 일어난 명예혁명(Glorious Revolution)을 영국혁명으로 보며, 이 무혈혁명으로 제임스 2세(James II)의 왕위가 윌리엄 3세(William III)와 메리 2세(Mary II)에 의하여 박탈당하고 입헌군주제가 설립되었다는 것이다. 이들의 주장에 따르자면, 영국혁명은 의회에 의하여 영국에 균형 잡힌 입헌군주제가 달성되는 긴 과정의 마지막 역사적 사건이라는 것이다. 그러나 크리스토퍼 힐 같은 마르크스주의 역사가들에 의하면, 1640년에서 1660년 사이에 일어난 역사적 사건은 부르주아 혁명으로서, 영국 봉건주의의 마지막 부분이 부르주아 계급에 의하여 파괴되고, 평등한 자본주의 국가로 대체된 영국혁명으로 보는 것이다. 이런 시각은 **영국혁명**을, 봉건주의에서 자본주의로, 봉건국가에서 자본주의 국가로 변화하는 과정의 중추적인 사건으로 본다. 물론 심각한 이념적 구분이 없었다고 하는, 소위 수정주의 역사가들도 있기는 하다.

현재 영국의 정치 체제가 입헌군주제이긴 하지만 엄연히 군주제에 속하므로, **영국혁명**은 왕정을 완전히 무너뜨린 **프랑스혁명**과는 개념 자체가 다를 수밖에 없다. 그러나 왕의 절대권력이 무너지게 된 첫 역사적 사건은 1640년에서 1660년에 일어난 **청교도혁명**(Puritan Revolution)이며, 따라서 **영국혁명**을 흔히 **청교도혁명**이라 부른다. **청교도혁명**으로 크롬웰의 공화정이 들어섰다가 **왕정복고**로 인하여 절대왕정이 다시 시작되었으나, **명예혁명**으로 다시금 왕의 절대권력을 축소 내지 폐지하고 입헌군주제로 탈바꿈한 것이므로, **명예혁명**은 **청교도혁명**의 선례에 힘입어 성공한 의회주의자와 왕권주의자 사이에 일어난 타협적인 후속 사건이었다고 볼 수 있을 것이다. 그러나 **영국혁명**이 **청교도혁명**을 가리키든 **명예혁명**을 가리키든, 아니면 이 일련의 모든 혁명을 가리키든, 만일 **청교도혁명**이 일어나지 않았다면 **명예혁명**도 불가능했을 것이므로, 왕의 절대권력이 무너지고 선출된 국민의 대표기관인 의회에 실제 권력이 이양된 것은 **청교도혁명**에서 출발했다고 봐야 할 것이다. 그런 의미에서 1640년에서 1660년 사이에 일어난 **청교도혁명**을 **영국혁명**이라고 부르는 것은 타당해 보인다. 완전히 군주제를 무너뜨리진 못하였고 오늘날도 군주제를 유지하고는 있지만, 절대군주의 절대권력을 박탈한 것은 **청교도혁명**의 영향이 아닐 수 없다. 비록 **영국혁명**이 **프랑스혁명**처럼 온전히 성공하지는 못했을지라도, 절대군주를 처형하고 공화정을 수립하였고, **왕정복고** 후 잠시 절대군주제가 복귀하긴 했으나 **명예혁명**으로 결국 왕의 절대권력을 무너뜨렸기 때문이다. 어느 편에서 보느냐에 따라 관점이 달라질 수는 있어도 청교도혁명은 절대왕정이 폐지된 계기가 된 것은 분명하기에 본서에서는 청교도혁명을 영국혁명으로 보고, 청교도혁명의 상징적 역할을 했던 밀턴의 문학을 영국혁명이라는 맥락에서 조명해보고자 한다.

사실상, 밀턴의 삶과 문학은 불가분의 관계에 있고 어느 한쪽을 이해한다는 것은 다른 쪽을 이해하지 않고는 불가능하다. 따라서 먼저 밀턴의 생애를 그의 문학과 관련지어 살펴보는 것이 우선되어야 할 것이다. 밀턴은 르네상스 영문학의 전성기였던 1608년 런던의 칩사이드(Cheapside)에서 태어났는데, 그의 집에서 멀지 않는 곳에 윌리엄 셰익스피어(William Shakespeare, 1564-1616)나 벤 존슨(Ben Jonson [1572-1637]) 등 당대의 유명 작가들이 모여들어 담론을 즐기던 인어 주막(the Mermaid Tavern)이 있었다. 엘리자베스 여왕(Queen Elizabeth)의 화려한 통치가 막 끝난 당시의 영국에는 아직 그 화려함이 남아 있었고 극장이 호황을 누렸으며 음악이 번성하였는가 하면, 영국 종교개혁의 결실인 『킹 제임스 성경』(*The King James Bible*, 1611)이 출판되기도 하였다. 그러나 1603년 엘리자베스 여왕의 뒤를 이은 제임스 1세(King James I)는 "주교 없이는 왕도 없다"(No bishop, no king)는 스튜어트(Stuart) 왕조의 종교정책을 천명하면서 영국 국교회 내의 청교도들을 억압했다. 반대로 장래의 밀턴처럼 청교도들은 감독제(episcopacy)의 폐지 없이는 종교개혁이나 종교적 자유는 불가능하다고 생각하였다.

밀턴이 반감독제 소책자들(anti-prelatical tracts)에서 종교적 자유를 주장한 것은 그의 유년기 성장 배경에서 이미 예상된 것이었다. 같은 성명의 아버지 존 밀턴은 개신교로 개종하여 유산을 몰수당하고 가톨릭 가문을 떠나 런던에서 대금(貸金)업자(scrivener)로서[10] 재산을 모았으며 아들 밀턴에게 중류층 가정으로서는 최고의 교육을 제공할 수 있었다. 아버지는 상당한 수준의 작곡가로서 아들에게 음악과 독서의 즐거움을 가르쳤으며 성 바울 대성당(St. Paul's

---

10) 당시의 "scrivener"는 금융대출업자이자 공증인이었다.

Cathedral)이 바라보이는 집에서 토머스 영(Thomas Young)이라는 성직자[11]를 개인 교사로 두어 경건과 종교적 독립성을 배울 수 있게 하였다. 그리고 집 가까이 위치한 성 바울 학교(St. Paul's School)에 진학한 밀턴은 영문학, 특히 후일 그의 시적 영감을 제공하게 되는 에드먼드 스펜서(Edmund Spenser, 1552?-1599)를 접하게 되었다. 이 학교에서 어린 학창 시절을 보내면서, 스펜서의 사상들, 즉 플라톤적인 이상주의, 고전 신화, 중세 전설, 전투적 개신교 신앙 등을 접하며 성장하였다.[12] 또한 이때 제2의 모국어처럼 익숙하게 배운 라틴어는 후일 라틴어 시를 쓸 수 있게 하였고, 올리버 크롬웰(Oliver Cromwell, 1599-1658) 치하에서 **외국어 담당 비서관**(Secretary for Foreign Toungues)으로 일할 기회를 제공하였으며, 특히 서사시에서 라틴어식 문장을 구사하여 주제에 걸맞은 격조 높은 문체를 구현할 수 있게 하였다.[13] 기독교인의 경건과 종교적 자유라는

11) "Clergyman"은 미국에서는 널리 성직자 일반을 지칭하지만, 영국에서는 주교 이외의 성직자를 뜻한다.

12) A. N. Wilson, *The Life of John Milton* (New York: Oxford, 1984), 11.

13) 밀턴의 문체에 대한 평가는 제1차 세계대전을 전후하여 엘리엇(T. S. Eliot), 파운드(Ezra Pound) 등이 주도한 현대시 운동, 그리고 리비스(F. R. Reavis)가 주도한 반밀턴 운동의 흐름 속에 30여 년간 벌어진 소위 "밀턴 논쟁"(Milton Controversy)과 맥을 같이 하는데, 1960년대 들어서면서 고전적 시인으로서의 밀턴의 지위가 확고해지고 밀턴 연구의 열기가 더해 가면서 그의 문체에 대한 재평가도 가능하게 되었다. 파운드나 엘리엇이 밀턴의 문체가 후대 시인들에게 끼친 악영향을 비난했지만, 그의 영향 없이 대표적 낭만주의 시인들의 장엄한 표현들이 가능했겠는가 하는 의문이 남는다. 결국 엘리엇이 신시 운동의 기반이 확립되자 강연문 「밀턴 2」("Milton II," 1947)에서 자신의 편견을 어느 정도 시인하긴 하였지만, 영문학사상 최고의 서사시인을 현대시의 편향된 관점으로 평가절하하는 우를 범한 셈이다. 밀턴의 명예 회복에 이바지한 연구서 가운데 하나인 크리스토퍼 릭스(Christopher Ricks)의 『밀턴의 장엄한 문체』(*Milton's Grand Style*, 1963)는 밀턴의 문체에 관한 엘리엇이나 리비스의 비난을 일축하는 데에 성공하였을 뿐만 아니라 도리어 그의 문체와 주제의 적절한 상관성을 재평가하는 계기가 되었다. 그리고 당시의 "밀턴논쟁"이 자극제가 되어 다양한 접근방식의 밀턴 연구가 가능하게 되었고, 오늘날 영문학 비평계의 거장인 해롤드 블룸(Harold Bloom)은 그의 저서 『서양[문학]의 정전』(*The Western Canon* [New Haven: Yale UP, 1994])에서 셰익스피어를 서양 문학의 정점에 올려놓으면서도 "서양 정전에서의 밀턴의 지위는 영원하다"라고 단정한다(169).

토대 위에 르네상스 인문주의를 습득함으로써 밀턴은 유년기부터 **종교개혁**(Reformation)과 **르네상스 휴머니즘**(Renaissance humanism)을 접목할 수 있는 위대한 시인의 자질을 준비한 셈이다.[14] 흔히들 그가 최고의 청교도 시인이라고 불리면서도 최고의 크리스천 휴머니스트로 불리는 이유도 이러한 성장 배경에서 찾을 수 있다.

16세 때 케임브리지 대학교(Cambridge University)에 입학한 밀턴은 이듬해쯤 한 차례 사랑에 빠진 적이 있었으나 그에게 시인으로서의 공적 소명감은 연애나 결혼 같은 개인적인 문제를 우선하는 것이었다. 그는 결혼을 생각하긴 하였지만, 시인으로서의 더 높은 소명을 위해 독신생활이 가장 좋을 것이라는 결정을 내리고, 자신의 삶을 시인으로서의 소명에 바치기로 작심하였다. 성직자들이 하나님의 소명을 완수하기 위해 독신자가 되듯이, 시인도 하나님이 주신 소명을 감당하기 위해 독신으로 남아 성직자와 같은 시인의 신성한 소명을 감당하겠다는 것이었다. 사실상, 그의 아버지도 아들이 성직자가 되기를 희망하였으나, 기성 교회에 대한 반감이 강했던 밀턴은 사제직을 포기하고 시인이 되고자 결심했다. 케임브리지 대학교에서 수석으로 석사학위를 받은 그는 마땅한 직업도 없는 터라 은퇴한 부모님이 거하는 런던 교외의 햄머스미스(Hammersmith)와 호톤(Horton)에 머물면서 거의 6년 동안 문학, 역사, 철학, 과학, 음악 등을 조직적이고 집중적으로 공부하였다. 그의 목적은 모든 학문을 통달하여 불멸의 시를 남길 수 있는 이상적인 르네상스 휴머니스트가 되는 것이었다. 이 시기의 연구를 통해 그는 정치적, 종교적 자유사상의 기반을 튼튼히 하였지만, 삶과 유리된 은둔생활에 대한 고뇌도 겪어야만 했다. 그러나 후

---

14) 고전 학문에 대한 밀턴의 열정은 같은 취향의 학교 친구들에 의해 고취되기도 하였다. 그의 친구 중 저명한 이탈리아인 개신교도 의사의 아들 찰스 디오다티(Charles Diodati)는 그의 이탈리아어 습득에 도움이 되었고, 성 바울 학교 교장의 아들 알렉산더 질(Alexander Gill)은 스튜어트 왕조에 대한 반감을 그와 공유하기도 하였다(Gerald J. Schiffhorst, *John Milton* [New York: Continuum, 1990], 18).

일 이 시기의 연구가 위대한 서사시를 창조하는 밑거름이 되었음을 고려한다면, 그의 문학을 위해서는 더없이 중요한 시기였다고 하겠다. 이 시기에 마당극의 장르를 새롭게 접근하며 사회적 비판 의식을 보여준 『코머스』(*Comus*)가 작곡가 헨리 로즈(Henry Lawes)의 음악과 함께 공연되었고, 3년 후인 1637년 그의 도움으로 출판되기도 하였다.[15] 이 극 자체는 성공적이었으나 계속 후견인을 확보하는 데는 도움이 되지 못하였다. 같은 해에 디오다티(Diodati)에게 쓴 편지에서 밀턴은 그 자신의 연구에서 대단원을 내린다고 적고 있다.[16] 바로 그 해 익사한 케임브리지 시절의 오랜 친구 에드워드 킹(Edward King)을 애도하여 쓴 전원 비가, 「리시더스」("Lycidas", 1638)는 후일 『실낙원』(*Paradise Lost*, 1667)의 주제와 연결되는바, "하나님의 도리를 인간에게 정당화하려는" 시인의 역사의식이 예고된 작품이다.[17]

1638년 4월경부터 1639년 초에 걸쳐 밀턴은 약 15개월간에 걸쳐 그가 오랫동안 꿈꾸어 왔던 유럽 여행의 기회를 얻게 되었으며, 이 경험은 그가 책에서 배우지 못한 것을 배우는 중요한 기회였다. 그는 이제까지의 독서내용을 후일에 참고할 목적으로 『비망록』(*The Commonplace Book*)으로 알려진 독후감 노트에 기재해 왔는데, 이탈리아 여행은 여태까지의 이런 학문적 탐색을 산 역사의 장으로 확장하는 방편이 된 셈이다. 여행 도중 타소(Torquato Tasso)의 후원자였던 만소(Giambattista Manso)를 만났으며, 천동설을 주장하여 이단시되던 갈릴레오(Galileo)와의 만남은 밀턴에게 깊은 인상을 남겨서 그의 우주관 형성에 도

---

15) 『코머스』는 처음 헨리 로즈의 음악을 곁들여서 1634년 웨일스의 총독으로 취임하는 토머스 이거턴(Thomas Egerton)을 위해 러들로우 성(Ludlow Castle)에서 공연되었고 1637년 로즈의 도움으로 출판되었다.

16) J. Milton French, *The Life Record of John Milton* 5 vols. (New Brunswick, N. J.: Rutgers UP, 1949-1958; Reprint, New York: Gordian, 1966), 1: 343.

17) 이러한 의미에서 콘디(Ralph Waterbury Condee)는 「리시더스」를 "『실낙원』을 향한 주요한 전진"(a major stride toward *Paradise Lost*)이라고 평가한다(*Structure in Miltonton's Poetry* [University Park: Pennsylvania State UP, 1974], 41).

움을 주었다. 밀턴은 시칠리아와 그리스를 방문하고 싶은 욕망을 자신의 교육과 상관없는 개인적인 나들이에 불과한 것으로 치부하며 포기하였다. 더구나 조국의 정치적, 종교적 갈등이 심화되고 있다는 사실을 알게 되자, 한가한 여행에 안주하고 있을 수 없다고 판단하여 여행의 목적을 수정하게 된다. 후일, 『영국 국민을 위한 두 번째 변호』(*Defensio Secunda pro Populo Anglicano*)에서 밀턴은 자신의 귀국에 대해 언급하며 다음과 같이 술회하고 있다.

> 시칠리아와 그리스로 여정을 돌리고 싶었지만, 영국에서 들려오는 내란의 비보가 나를 불러들였다. 고국에 있는 나의 동포가 자유를 위해 투쟁하고 있는 동안 한가로이 문화여행을 즐기고 있는 것은 수치스러운 것이었기 때문이다. (*CPW* 4.1: 618-19)

사실상, 밀턴이 영국의 주교전쟁(Bishop's Wars; 1639, 1640) 소식을 듣고서도 거의 8개월을 해외에 체류하였기 때문에, 이 구절에 대하여 밀턴 학자들 사이에 많은 논란이 야기되었다. 피상적으로 해석하면, 그의 주장과 달리 영국 내란의 소식을 들은 후에도 그가 수개월을 한가로이 여행을 즐겼다는 해석은 비평가들에게 논란의 대상이 되었으나, 존 쇼크로스(John T. Showcross)가 지적한 대로, 이 논란은 조카 에드워드 필립스(Edward Philips)의 부정확한 번역에 의존한 결과로 볼 수도 있다.[18] 윌슨(A. N. Wilson)이 주장하듯이, 밀턴이 여기서 말하고자 한 것은 그가 귀국을 서둘렀다는 것이 아니라 고국의 소식이 해외여행의 목적을 바꾸어 놓았다는 점이다. 르네상스 문화를 체험하려던 그의 의도와는 달리 이탈리아 여행은 그에게 정치적 입장을 강요했다고 생각했기 때문이다. 윌슨은 그 이유로서, 밀턴이 이탈리아인들의 관점에서 영국을 보게 되었다는 점, 외국에 추방된 동포들을 만남으로써 그가 고국의 문화로부터 소외감

---

18) John T. Shawcross, "The Life of Milton," *The Cambridge Companion to Milton*, ed. Dennis Danielson (1989), 6.

을 느꼈을 것이라는 점, 그리고 이탈리아와 제네바(Geneva)는 극단적 대립을 드러내는 사회를 보여주었다는 점 등이다.[19] 이렇게 볼 때, 비록 그가 귀국을 서두르지는 않았지만, 그의 오랜 숙원이던 여행을 천천히 마무리하며 시인의 야망과 자유혼을 동시에 키워서 가슴속에 간직하고 귀국길에 올랐다고 보는 것이 타당할 것이다. 친구 디오다티의 부고는 귀국의 경유지인 제네바에서 듣게 되었다면,[20] 영국 내란에 대한 소식도 초창기에 듣지 못했을 수도 있으므로, 고국의 정세가 그의 귀국을 재촉하게 했다는 단정도 무리한 주장은 아니다.[21] 하여간, 그의 문화탐방은 문화여행으로 출발하여 정치적 교육으로 끝나게 되었고, 결과적으로 귀국 후 필봉을 들어 **영국혁명**에 적극적으로 참여하게 되는 정치 수업으로 작용하게 된 것이다.

밀턴의 여행이 그의 정치의식을 변화시켜 놓았다면, 그가 귀국길에 제네바를 경유한 것은 고국의 정치적 상황을 외면한 단순한 여정의 확대가 아니라 전의를 다지는 심호흡이었을지도 모른다. 제네바에서 그는 자신의 친구 디오다티의 아저씨이자 **칼뱅주의**(Calvinism) 신학자였던 기오바니 디오다티(Giovani Diodati)의 집에 잠시 머물게 되었는데, 이때의 경험이 귀국 후에 쓴 반감독제 소책자들과 무관하지 않을 것이다. 하여간, 그의 유럽 여행은 개인적으로는 그 자신의 개신교 신앙을 확고히 하는 계기가 되었고, 공적인 면에서 유럽 대륙에서 시작한 **종교개혁**을 완성하도록 하나님이 영국에게 지도적 사명을 부여했다는 민족적 자긍심과 확신을 그에게 심어 주었다. 또한, 그의 시에 대한 이탈리아 인문주의자들의 극찬은 그에게 자신의 시적 야망을 자극하였고, **영국혁명**의 와중에도 기독교 인문주의적 사상을 담은 노년의 대작을 가슴에 품고 숙성시키며 장고하도록 만든 힘의 원천이 되었을 것이다.

---

19) A. N. Wilson, *The Life of John Milton* (1983), 78-79.

20) Shawcross, "The Life of Milton," 8.

21) Schiffhorst, *John Milton*, 22.

여행을 통해 책을 통한 지식에 활력을 공급받은 후 영국에 귀국한 밀턴이 두 조카의 개인 교사로서 소일하며 이탈리아의 시인들처럼 모국어를 사용하여 민족적 서사시를 써야겠다는 결심을 하는 동안, 청교도 집단들과 왕권지지자들 사이의 갈등은 심화하여 전운마저 감돌기 시작하였다. 찰스 왕은 영국 국교회의 획일화된 예배를 강요하고 왕권신수설에 입각하여 절대왕권을 주장하였으며, 더구나 가톨릭 왕비와 결혼을 고집했다. 부왕 제임스 1세처럼 찰스 1세는 의회의 역할이나 중산층의 득세를 인정하려 들지 않았고 국민의 종교적 감수성을 통찰하지 못하였다. 청교도 개혁자들과 영국 국교도 사이에 심각하게 갈라진 교회는 정치적 불안과 적대감을 증대시켰고, 검열제도의 강화는 청교도들에게 종교적 자유를 더욱 갈망하게 하였으며, 급진적인 개혁주의자들 중 일부는 종교적 자유를 찾아 1620년 메이 플라워호(The May Flower)를 타고 뉴잉글랜드(New England)로 이주하기도 하였다.[22] 밀턴처럼 계속 영국에 머물러 투쟁한 청교도들의 경우는 찰스가 제시한 협상안을 받아들이기는커녕 가톨릭의 전통적 위계질서와 예배 의식의 개혁을 주장하였다. 신도 개개인이 신앙 양심에 따라 성서를 읽고 해석할 수 있게 하고 주교의 권한을 박탈해야 한다는 주장이었다. 사실 엘리자베스 여왕 시대에는 왕과 의회가 조화를 이루었다고 생각되었고, 감독제와 군주제가 개신교의 번성에 이바지할 것으로 여겨졌으나, 제임스에 이어 찰스 치하에서는 왕의 친가톨릭적인 성향으로 인하여 영국 역사의 진보

22) 쇼비니즘에 가까운 밀턴의 민족주의적 태도로 미루어본다면, 최근에 영국인 작가 피터 애크로이드(Peter Acroyd)가 내놓은 소설 『미국에서의 밀턴』(*Milton in America* [New York & London: Doubleday, 1997])은 반역사적이라고 판단된다. 이 소설은 왕정복고 후 밀턴이 뉴잉글랜드로 도피하는 것을 가정하여 거기서 청교도 사회의 지도자가 되어 가톨릭교도들을 탄압하는 내용인데, 밀턴의 해외 도피행이라는 허구의 설정부터가 그가 선택하지 않았을 가정이다. 다분히 역사적 밀턴의 모습을 왜곡하려는 보수성향의 작가에 의한 문학적 암살행위나 다름없다. 영국과 달리 군주제를 부정하는 미국에서 오늘날의 밀턴 연구가 주류를 형성하고 있다는 사실에 비추어본다면, 상기한 소설 제목은 미국문학 내지 역사에 끼친 그의 긍정적 영향이나 그에 관한 현재의 연구 열기를 이용하여 판매 부수나 올려보려는 얄팍한 상술의 표출일 뿐이다.

가 좌절될 것으로 보였다. 이처럼 정치와 종교가 뒤엉킨 상황에서 **영국혁명**이 일어났고, 이를 **청교도혁명**(Puritan Revolution)이라고 부르는 이유는 왕의 적대자들이 **영국 국교회** 소속 주교들과 적대적 관계에 있는 청교도 신도들로 구성되었으며 왕의 패배가 바로 **감독제**의 폐지를 뜻했기 때문이다.[23)]

이와 같은 정치적, 종교적 상황에서 밀턴이 산문 논쟁에 가담하였기 때문에 그의 산문은 1641 즈음 반감독제 논쟁으로 시작하였다. 1943년에서 1945년에는 그의 산문 주제가 이혼 문제, 언론자유, 교육 등에 관한 것으로 확대되었고, 1949년 찰스 1세가 처형된 후 1655년 사이에는 왕정 타파 등 본격적 정치 산문이 등장하였고, 1659년부터 1660년의 **왕정복고**를 전후하여 정치 및 종교에 관한 소책자들을 냄으로써 산문 논쟁을 마감했다. 밀턴의 산문 논쟁은 이 기간의 그의 경험과 **영국혁명**의 전개와도 맥을 같이 한다. 혁명기 동안 밀턴의 시창작 활동이 빈약했던 이유에 대하여 그가 산문 논쟁에 전념했기 때문이라는 주장은 설득력이 부족하다. 1645년에서 1649년 사이에 그의 산문 출판이 없었고, 1655년에서 1659년 사이에도 거의 없었기 때문이다. 다른 대안으로 제기되는 이유는 평온한 상태에서 글쓰기를 좋아했던 밀턴에게 혁명기의 불안이 지속적인 시창작 활동에 해가 되었으리라는 것이다.[24)] 비록 그가 자신의 산문을 예술적인 의미에서 왼손의 업적으로 평가하였으나, 혼신의 힘을 바쳐서 당대의 종교 및 정치논쟁에 참여하였다. 그는 그 갈등을 해결 가능한 국소적인 것으로 보지 않고 협상의 여지가 전혀 없는 광범위한 것으로 보았다. **감독제**는 개인의 신앙 양심을 억압하고 파괴하고, 자유국가의 기틀을 무너뜨리는 제도적 장치로서, 결코 협상의 대상이 될 수 없는 악의 실체로 인식되었기 때문이다.

이 시기에 가장 주목할 만한 밀턴의 개인적인 사건으로는, **영국혁명**이 시작

---

23) Schiffhorst, *John Milton*, 23.

24) Blair Worden, *Literature and Politics in Cromwellian England: John Milton, Andrew Marvell, Marchamont Nedham* (2009), 168.

되었던 1642년, 그의 나이 33세 때, 그가 아직 17세밖에 되지 않은 메리 파웰(Mary Powell)과 사랑에 빠져 결혼하게 되었고, 결혼 후 3주째에 그녀가 친정으로 돌아가서 3년 후인 1645년에야 다시 돌아와 재결합한 사실이다. 이듬해부터 3년에 걸쳐 밀턴이 이혼 문제를 다룬 산문을 발표하였으므로, 이 글들이 그의 개인적인 문제해결을 위한 것이었다는 해석이 나오는 것도 당연하다. 이혼론을 다룬 마지막 산문들인 『테트라코돈』(*Tetrachordon*)과 『콜라스테리온』(*Colasterion*)이 발표되던 1645년에 메리가 돌아왔고, 이듬해 첫 딸 앤(Anne)이 출생하였으며, 왕의 굴복으로 첫 번째 내란이 종식되었다. 왕권주의자였던 사돈이 공화주의자 밀턴을 멀리한 것도 메리의 별거에 원인이 되었겠지만, 둘 사이의 지나친 나이 차이도 서로의 조화로운 결혼생활의 장애가 되었을 것이다. 밀턴이 정신적 적합성을 결혼의 우선적인 조건으로 내세우며 그것의 결여를 이혼의 사유로 내세운 것도 이러한 이유 때문이었을 것이다. 이처럼 산문 논쟁에 몰두하면서 1645년에는 이제까지의 시작품들을 모아 그의 첫 시집 『존 밀턴의 시집』(*The Poems of Mr. John Milton*)을 출판하기도 하였으나 반응은 기대에 미치지 못하였다.

1949년 찰스 1세가 처형되고 공화정이 선포되자 밀턴은 크롬웰 정부의 외국어 담당 비서관(Secretary of Foreign Tongues)[25]으로 임명을 받아 국무회의(Council of State)를 위해 외교문서 작성 및 번역을 담당했다. 그 해 처형된 찰스 1세를 순교자로 묘사한 『왕의 성상』(*Eikon Basilike*)을 논박한 『우상파괴자』(*Eikonoklastes*)을 내놓았다. 그러나 1652년은 밀턴이 완전히 실명하고 부인 메리와 아들의 사망까지 겹친 불행한 해였다. 밀거나 말거나지만, 밀턴의 실명은

25) 밀턴의 경우, "Secretary"를 장관으로 번역하기에는 무리가 있다. 그가 별도의 집무실 건물에 출근했고 비서를 2명 두었다고 하지만, 주로 라틴어 문서의 번역을 담당하였으며, 의회에 의하여 선출된 41명의 국무회의에 속한 위원이 아니었으므로, 오늘날 장관에 해당하는 국무 위원은 아니었고, 국무회의에 속한 외국어 담당 비서관이었다고 볼 수 있다.

운명적이라는 주장도 있다. 밀턴 당시의 존 개드베리(John Gadbury)라는 유명한 점성술사가 남긴 출생도(natal chart)에 따른 현대적 재구성에 의하면, 밀턴이 실명할 것이라는 예측이 나오며, 또한 당시의 탁월한 점성술사 윌리엄 릴리(William Lily)의 『기독교적 점성술』(*Christian Astrology*)에는 시력 약점에 대한 항목이 있는데, 이를 밀턴의 점성에 적용하면 눈병이 예고된다는 것이다.[26] 어떻든, 이러한 불행이 겹친 때에 『투사 삼손』(*Samson Agonistes*, 1671)의 창작이 시작되었으리라는 추측도 있다.

이러한 와중에, 찰스의 처형과 관련하여 영국 국민을 변론한 라틴어로 된 두 편의 소책자가 1651년과 1654년에 각각 출판되었다. 1655년에는 그가 자신을 옹호하는 『자신에 대한 변호』(*Pro Se Defensio*)를 발표하였으며, 대부분의 소넷 시들을 완성한 해이기도 하다. 이때부터 밀턴은 공직에서 어느 정도 해방되어 새로운 생애를 맞이하게 된다. 1656년 48세의 밀턴은 20년 연하의 여성 캐서린 우드콕(Katherine Woodcock)과 재혼하였으며, 그의 신학 사상을 집대성한 『기독교 교리』(*De Doctrina Christiana*)를 라틴어로 집필하기 시작하였다. 1658년은 밀턴의 생애에 있어 1652년 이상으로 불행한 해였다. 사랑하는 캐서린 모녀가 사망한 해였고 공화국의 지도자 크롬웰이 사망한 해이기도 하여 불행한 사건이 겹친 셈이다. 이 연도를 『실낙원』을 쓰기 시작한 해로 추정하는 것도 이런 이유 때문일 것이다. 1660년 왕정이 복구되자 아이로니컬하게도 밀턴이 혼신의 정열을 기울여 옹호해온 의회가 그의 체포영장을 발부했고 그의 작품들은 불태우도록 명하기까지 했다. 그는 잠시 구금되기도 하였으나 그의 형이자 왕당파 법조인이었던 크리스토퍼(Christopher)와 시인 앤드루 마블(Andrew Marvell)의 도움으로 간신히 풀려나게 되었다. 만일 이때 석방되지 못하고 처형되었다면, 영문학사상 최고의 서사시이자 기독교 인문주의의 최대 결실인 『실

---

26) William Poole, *Milton and the Making of* Paradise Lost (Cambridge, MA: Harvard UP, 2017), 128.

낙원』과 『복낙원』(*Paradise Regained*, 1671), 그리고 마지막 고전적 전통의 비극 『투사 삼손』(*Samson Agonistes*, 1671)은 이 세상에 모습을 드러내지 못했을 것이다. 『실낙원』이 신비로운 서사시라면,[27] 밀턴이 처형을 면한 것 또한 신비로운 일이다.

1659년과 1660년 왕정복고를 전후하여 밀턴이 마지막으로 공화정을 옹호하는 산문들을 발표하였으나 역사의 흐름은 그의 기대를 저버리고 반대편으로 흘러가 버렸다. 그러나 1663년 엘리자베스 민셜(Elizabeth Minshull)과 결혼하여 내면의 낙원을 찾은 그는 시인으로서의 평생의 소명을 성취하게 된다.[28] 그는 유명인사가 되어 외국 여행자들의 방문을 받는가 하면 심지어 찰스 2세로부터 공직까지 제안 받았지만,[29] 이를 거절하고 비교적 가난을 벗하며 살았으며, 대신 내면의 낙원을 즐길 수 있었다. 그가 시인으로서 평생 꿈꾸어 오던 불후의 시작품들을 세상에 내놓는 동안에도, 『영국사』(*History of Britain*, 1671)와 『진정한 종교에 관하여』(*Of True Religion*, 1673) 등을 통해 역사와 종교에 대하여 지

---

27) 『실낙원』에 반영된 밀턴의 예언적 영감에 대해서는 William Kerrigan, *The Prophetic Milton* (Charlottesville: U of Virginia P, 1974)을 참고할 것, 그 구조적 신비성에 대해서는 Galbraith Miller Crump, *The Mystical Design of* Paradise Lost (Lewisburg: Bucknell UP, 1975)를 참고할 것.

28) 밀턴은 뒤늦게 만난 세 번째 부인 엘리자베스와 행복한 여생을 보냈던 것으로 여겨진다. 『실낙원』 집필에도 전처소생의 두 딸 메리(Mary)와 데보라(Deborah)보다는 부인 엘리자베스의 도움이 컸다. 사실 그의 첫 두 부인과는 연령차가 많았고, 당대 최고의 지성과 철부지 처녀의 결혼이었던 셈인데, 셋째 부인은 실명한 남편의 지성과 사상을 흠모하며 불후의 명작을 남기는 데 최고의 도움과 위안을 제공하였다. 엘리자베스는 『실낙원』의 마지막 창작과정을 지켜보며 남편의 진정한 동반자가 되었으며 둘은 음악과 시를 공감하였다. 돈 테일러(Don Taylor) 감독의 영화, 『회복된 낙원』(*Paradise Restored*)은 밀턴의 생애를 극화한 것으로서 그와 엘리자베스의 관계를 감동적으로 묘사하고 있는데, 마지막 장면에서 엘리자베스가 남편과의 공감대 형성을 위해 촛불을 끄고 외부세계로부터 차단된 그들만의 세계를 공유하는 장면은 너무나 인상적이다. 필자는 30여 년 전 인디애나 대학 유학시절에 대학 도서관에서 비디오로 이 영화를 본 적이 있으나, 지금은 그 자료의 접근이 어렵다. Sylvan Barnet, et al., *Classic Theatre: The Humanities in Drama* (Boston: Little, Brown and Company, 1975)를 참고할 것.

29) Schiffhorst, *John Milton*, 36.

속적인 관심을 보여주기도 하였다. 그가 사망한 1674년에 비로소 지금과 같은 12권으로 된 개정판 『실낙원』이 출판되었으니 시인으로서의 대미를 장식한 셈이다. 사후에 출판된 『간결한 모스코비아 역사』(*A Brief History of Moscovia*, 1682)는 그의 역사에 대한 일생의 관심을 말해 주는 것이고, 사후 약 한 세기 반이 지난 1825년에야 비로소 출판된 『기독교 교리』는 기독교적 자유관을 바탕으로 하여 형성된 그의 조직신학을 보여주는 작품이다.[30] 이 모든 산문 작품들은 그의 일관된 관심이 역사나 종교 문제 등에 있었음을 반증한다.

이혼론에 관한 산문을 제외하면, 밀턴의 개인적 사건과 산문 논쟁과는 크게 연관성이 없다는 사실은 그의 소책자들이 대부분 영국과 그 국민을 위한 대의명분에 기반을 두고 보여준다. 개인적 불행을 감수해야 했던 1652년에 그는 산문 작품을 내놓지 않았던 반면, 『투사 삼손』을 쓰기 시작했던 것으로 추정되고, 캐서린과 재혼하여 비교적 안정되었고 공적인 사건이 없었던 1656년에는 논쟁적 산문은 없었지만 『기독교 교리』의 집필에 착수했던 것으로 여겨지는 것도 이를 뒷받침해 준다. 그리고 캐서린 모녀의 사망과 크롬웰의 사망이 겹쳐서 공사 간에 불행이 겹쳤던 1558년에 『실낙원』의 집필이 시작되었을 것으로 여겨지고, 공화정의 운명이 풍전등화의 위기에 놓였던 1659년과 왕정복고의 해인 1660년에는 정치적 산문을 연이어 내놓았으며, 엘리자베스와의 재혼으로 비교적 개인적으로 안정된 1663년에 다시 시 창작에 몰두하여 드디어 1667년에 『실낙원』을 세상에 내놓은 것도 그의 산문 논쟁의 공적인 성격을 잘 반증해 주고 있다.

영국혁명과 관련지어 볼 때, 밀턴의 논쟁적 산문은 종교, 가정, 정치 등 세 분야로 나누어 볼 수 있을 것이다. 그러나 이 모든 산문에는 인간성의 존엄과

30) 콘즈(Thomas N. Corns)는 『기독교 교리』가 밀턴의 사상을 전적으로 반영한다고 보기에는 많은 의문점이 있다고 주장한다(*John Milton: The Prose Works* [New York: Twayne Publishers, 1998], 139-41).

자유의 가치에 대한 그의 신념이 바탕을 이루어 **영국혁명**에 이바지하려는 위대한 시인의 시혼이 불타고 있으므로, 바로 그의 이러한 혁명 정신이 그의 시와 산문을 이어주는 일관된 사상의 흐름이라 하겠다. 래지노위쯔(Radzinowitcz)가 지적한 대로, "밀턴의 주요한 주제는 산문과 시 사이에서 앞뒤로 흘렀고, 영감과 높은 소명 의식이 양쪽에 내재하고 있었다."[31] 그러나 밀턴의 개혁 정신이나 자유사상이 항상 긍정적으로 평가된 것은 아니다. **영국혁명**에 대한 평가와 운명을 같이 하는 그의 산문에 대한 평가는 물론이거니와, 그의 시작품마저도 독자의 관점에 따라 상반된 평가를 받아온 것이다. 그의 문학이 **영국혁명**과 불가분의 관계에 있는 만큼 **영국혁명**만큼이나 독자의 정치적 성향에 따라 평가가 달라질 수 있기 때문이다.[32] **영국혁명**이 수세기가 지난 오늘날까지 관점에 따라 상이하게 평가되는 것처럼, 그의 문학도 보수주의자들에게는 반감을 불러일으켜 왔다. 예를 들면, 20세기 초 **신비평**(New Criticism)을 주도한 엘리엇(T.S. Eliot) 같은 보수주의자에게 그가 반감을 불러일으킨 것은 당연한 일이었을 것이다. 왕권주의자요 가톨릭교도인 엘리엇에게 공화주의자요 종교개혁가인 밀턴은 문학적 전통을 떠나서도 적대적일 수밖에 없었을 것이다. 더구나, 에즈라 파운드(Ezra Pound)나 엘리엇 등 **모더니즘**(Moderniam) 운동을 주도한 시인들은 19세기 낭만주의자들의 우상이 되다시피 한 밀턴의 그늘을 벗어나지 않고는 자신들의 입지를 구축할 수 없었을 것이다. 이들이 그를 반격하여 새로운 시창작 규범을 세우려 모색한 것은 너무나도 당연한 일이었을 것이다. 하여간 그들의 시적 입지가 어느 정도 구축되자 엘리엇은 밀턴의 고전적 지위를 인정하며 연구의 대상으로 돌려놓았는데, 돌이켜 보면, "밀턴 논쟁"(Milton controversy)은 밀턴 연구에 도리어 다양한 비평의 장을 열어준 반면, 파운드나 엘리엇 등 신시

31) Radzinowitcz, M. A. N. "*Samson Agonistes* and Milton the Politician in Defeat," *John Milton: Twenty-century Perspectives*, ed. J. Martin Evans, 5: 457.

32) Hill, *Milton and the English Revolution,* 1-3.

운동을 주도한 시인들에게는 그들의 새로운 시 장르를 개척하는 데 도움이 되었다. 19세기까지 이어져 온 밀턴의 그늘을 벗어나 그들 나름의 새로운 시적 기법을 설정하기 위해서는 반밀턴 운동이 불가결한 선택이었을 것이다. 신비평 이후 이제 밀턴의 영향에서 벗어나려는 노력이 자신의 시를 쓰기 위해 선행되어야 하는 시인은 없어졌다. 특정한 시작법을 옹호하기 위해 다른 시인의 특성을 비난하지 않고도 자기 나름의 좋은 시를 쓸 수 있게 되었기 때문이다. 영문학사를 통틀어 한 시대의 문학은 이전 시대의 문학에 반기를 들거나 비판함으로써 출발하며, 각 시대는 그 나름의 특색 있는 문학 장르와 표현기법이 끊임없이 출몰하지만, 절대적으로 어떤 시작법이 우월한 것일 수는 없기 때문이다. 리비스(F. R. Leavis)가 주도한 **신비평** 이론도 문학사의 한 페이지를 장식한 채 **신역사주의**(New Historicism)나 **탈구조주의**(Deconstruction) 등에 의해 공격대상이 되고 말았으니 말이다. 이제 밀턴 문학은 문학사조의 유행을 벗어나 그 자체의 역사적 맥락 안에서 그 의미와 특징을 평가할 수 있는 시점에 이르렀다고 하겠다.

2. 밀턴 문학의 역사적 배경

밀턴이 산문 논쟁을 통해 자유공화국 건설에 동참하고 그 체험을 승화시켜 대서사시를 남긴 그의 후반기 삶의 역사적 배경은 왕정에서 공화정으로, 공화정에서 다시 왕정으로 되돌아가는 등 **영국혁명**의 시기였다. 영국 역사의 시작점에서부터 내려오는 국가 질서의 상징인 군주제를 공화정으로 바꾼다는 것이 그리 간단한 일은 아니었다. 보수와 개혁의 대립은 세 번에 걸친 내란으로 이어졌으며,[33] 왕이 참수되고 공화정이 수립되었으며 혁명의 기수였던 크롬웰

33) 영국 내란(the Civil War)은 세 번에 걸쳐 일어났는데 그 첫 번째 것은 1640에서 1646까지에 걸쳐 계속되었고 의회의 승리로 끝났다. 두 번째가 1648년, 세 번째가 1649-1651년에 일어났다. 비록 나중에 왕정이 복구되지만, 일단 군주제가 철폐되고 크롬웰 공화정이 수립되었으므로, 이

(Oliver Cromwell) 자신이 사후에 참수되어 전시되기까지 실로 감당하기 어려운 격동의 시기였다.[34] 밀턴의 문학, 특히 산문이 쓰인 시대는 영국이 역사상 가장 큰 정치적 소용돌이에 휘말려 있던 시대였고, 당대의 정치는 종교와 분리하여 생각할 수도 없을 정도로 서로 복잡한 연관성을 지니고 있었다. 이러한 역사적 갈등을 표현하는 명칭도 역사학자들에 따라 다양하여, 혁명, 반역, 혹은 내란 등으로 표현되기도 하지만, 결국 왕권이 축소되고 의회민주정치가 정착되는 계기가 되었다는 점에서 혁명이라고 보아도 무방하다고 본다.[35] 현재까지 의회민주주의를 내세우면서도 군주제의 틀을 벗어나지 못하고 있는 영국의 현실을 미루어볼 때, 개혁적 시각과 보수적 시각이 병존하는 것은 당연할지도 모른다. 그러나 영국 자체의 정치적 현주소와 무관한 제3의 입장에서 해석한다면, 스튜어트 왕조의 절대왕정은 영국혁명을 통해 역사의 뒤안길로 사라졌다고 볼 수 있을 것이다. 피상적으로 본다면, 청교도혁명이 군주제 자체를 영국에서 철폐하는 데는 결국 실패하였으나, 입헌군주제에 입각한 의회민주주의의 기틀

내란을 영국혁명이라 불러도 무리가 없을 것이다. 엄격한 의미에서 잉글랜드는 영국과 다르며, 영국혁명도 잉글랜드혁명이라고 하는 것이 더 정확할 것이나, 본서에서는 관례를 따라 영국혁명이라 칭한다.

34) 영국혁명의 장단기적 원인과 세 번에 걸친 내란에 대하여는 정치적, 종교적 측면에서 그 원인과 과정을 해부하고 있는 모리스 애쉴리(Maurice Ashley)의 『영국 내란』(*The Civil War* [New York: St. Martins's, 1996])을 참고할 것. 그리고 장기적인 사회적, 경제적 제원인에 대하여는, 로렌스 스톤(Lawrence Stone)의 『영국혁명의 제원인』(*The Causes of the English Revolution 1529-1642* [Harper Torchbooks, 1973])을 참고할 것. 이 책은 홍한유(법문사, 1982)에 의해 우리말로 번역되었음. 내란기의 제양상에 대한 저서로는 콘래드 러셀(Conrad Russell)의 『영국내란의 제원인』(*The Causes of the English Civil War*, 1990)을 참고할 것.

35) 17세기 중반기에 일어난 영국의 정치적 갈등을 두고 역사가들은 그 의미를 다양하게 해석해 왔는바, 법치주의를 향한 진보 과정으로 보는 휘그파 역사가들이 있고, 심각한 이념적 구분이 없었다고 하는, 소위 수정주의 역사가들이 있었다(Cf. Sharon Achinstein, Introduction, *Milton and the Revolutionary Reader* [Princeton: Princeton UP, 1994]). 아이로니컬하게도, 콘래드 러셀은 내란 직전의 시기에 관한 저서명을 『비혁명적 영국, 1603-1642』(*Unrevolutionary England, 1603-1642*, 1990)이라고 명명하였다.

을 마련했다는 점에서 역사적 시행착오만으로 치부할 수는 없을 것이다. 아이로니컬하게도, 영국의 왕정이 존속하는 것은 혁명을 통한 왕권의 축소가 가능했기 때문이었다. 절대왕정 대신 들어선 크롬웰의 **호국경 통치**(Protectorate)는 왕정과 흡사한 체제여서 바람직한 대안이 되지 못하여 왕정복고를 초래했다고 할 것이다. 그러나 절대왕정의 독주에 저항한 **청교도혁명**의 근본정신은 명예혁명으로 이어졌고 국민의 자유를 위한 희생은 값진 것이어서 오늘날 영국은 왕국이라는 이름에도 불구하고 의회주의를 상징하는 국가가 되었고, 그 저항 세력의 일부가 미국을 건설하여 명목상의 군주조차도 허용하지 않는 민주국가를 이룩하게 된 것이다. 이러한 역사적 전개 과정을 놓고 볼 때, **영국혁명**에 깊숙이 관련된 밀턴의 문학은 국민 개개인의 인간적 존엄성과 자유를 위한 문필가의 양심이 표출해낸 결실이라 하겠다. 밀턴의 문학을 **영국혁명**의 맥락에서 조명하기 위해서는 적어도 혁명기를 전후한 정치, 종교적 갈등과 내란의 전개 과정을 이해하는 것이 전제되어야 할 것이다. 따라서 다음으로 영국혁명기를 전후한 역사적 흐름을 개관해 보고자 한다.

먼저, 찰스의 선대 튜더(Tudor) 왕조로 거슬러 올라가 왕권과 의회의 관계를 간단히 살펴보기로 하자. **장미전쟁**(Wars of the Roses, 1455-85)으로 인한 봉건 귀족의 약화에 힘입어,[36] 헨리 7세(Henry VII, 1485-1509)는 절대왕정을 구축하

---

36) 장미전쟁이란, 1455년에서 1485년 사이에 랭커스터가(House of Lancaster)와 요오크가(House of York) 사이에 벌어진 왕조쟁탈전이다. 원래 헨리 4세(King Henry IV)가 리처드 2세(King Richard II)로부터 왕위를 찬탈한 것이므로 3대인 헨리 6세 때 요크 공(Duke of York) 리처드가 자신의 왕위계승권을 주장하여 궐기한 것이다. 이 내란의 본질은 귀족전쟁이라는 점에 있다. "장미전쟁"이라는 이름은 랭커스터(Lancaster) 왕가가 붉은 장미, 요크(York) 왕가가 흰 장미를 각각 문장(badge)으로 삼은 것에서 유래하였다. 장미전쟁이 끝나고 헨리 7세가 즉위하여 튜더 왕조를 열었으며, 1486년 에드워드 4세의 딸인 엘리자베스(Elizabeth of York)와 결혼하여 두 가문을 통합시켰다. 장미전쟁을 놓고 볼 때, 왕권은 법적인 문제가 아니라 승자의 특권일 뿐이라는 결론에 이를 수 있다. 역사가들이 "영국혁명"이라는 표현 대신 "영국내란"이라는 표현을 쓰는 것도 여전히 군주제 아래 있는 영국의 정치 상황을 반영하는 것이라 하겠다.

고 국민적 기반 위에 안정된 국가를 이루었으며, 뒤를 이은 헨리 8세(Henry VIII, 1509-1547)도 절대왕권을 유지하면서 행정개혁과 종교개혁을 단행하고 헌정질서를 존중하며 의회를 통해 중대사를 결정하였다. 어떤 의미에서 왕권의 도구에 불과했던 의회였지만 국정에 관여하였다는 사실만으로도 의회정치의 발전에 밑거름이 되었다. 에드워드 6세(Edward VI, 1547-1553) 때는 개신교 성향이 이어지다가, 스페인의 펠리페 2세의 아내가 된 메리 여왕(Queen Mary, 1553-1558)은 "유혈의 메리"(Bloody Mary)라고 불릴 정도로 개신교도들을 탄압했다. 그녀의 뒤를 이어 왕위를 계승한 엘리자베스 여왕(Queen Elizabeth, 1558-1603)은 메리 여왕으로 인해 굴욕감을 느꼈던 영국 국민에게 새로운 희망이었으며, 개신교적인 **영국 국교회**를 확고히 함으로써 신교와 구교의 급진파를 제외한 모든 신자에게 종교적 관용을 베풀어 국민통합을 이루었다. 엘리자베스 치하의 의회는 여왕에게 순종적이었고 불화가 없었다.

그러나 엘리자베스 1세를 마지막으로 튜더 왕조가 단절되고 스코틀랜드의 왕 제임스 6세(King James VI, 1603-1625)가 잉글랜드와 아일랜드의 제임스 1세로 등극하면서 왕권과 의회와의 갈등이 시작되었다. 영국 실정에 어두운 그는 왕권신수설을 더욱 옹호하였고 주교제도에 반대하는 청교도들을 탄압했다. 이에, 왕자비 문제를 기화로 의회는 의회의 권한을 강조한 **대항의서**(Great Protestation, 1621)를 제출하기도 하였다. 제임스의 뒤를 이은 찰스 1세(1625- 1649)는 부왕 못지않게 정세에 어두워 의회와의 충돌이 심화하였다. 1625년에 즉위한 찰스 1세는 부왕인 제임스 1세의 절대군주제를 답습하여 과중한 과세와 강제공채, 민가의 강제적 군인 숙박, 일반인에 대한 군법 적용 등을 통하여 지속적인 전제정치를 행하였다. 왕은 측근에 캔터베리 대주교(Archbishop of Canterbury)였던 윌리엄 로드(William Laud)와 스트래퍼드 백작(Earl of Strafford)을 두고 **성법원**(Star Chamber)과 **고등종무관 재판소**(High Commission) 등을 이용하여 청교도를 탄압하고, 의회 없이 수입을 얻기 위하여 국왕의 대권을 남용하였다. 1628년 스페인 등과의 대외전쟁 비용이 궁핍해진 찰스 1세가 의회를 소집하자, 의회는 강제공채와 불법 투옥 문제를 둘러싸고 왕과 대립을 하게 되었고, 하원의원이었던 코크(E. Coke) 등이 중심이 되어 국왕에게 청원이라는 형식으로 권리선언을 한 것이었다.[37] 그해 6월 7일 영국 헌정사상 중요하게 여겨지는 **권리청원**(Petition of Right)은 영국 하원에서 기초하여 찰스 1세의 승인을 얻은 국민의 인권에 관한 선언으로서 **청교도혁명**과 관련된 인권선언이었다. 그러나 1629년 국왕은 이 **권리청원**을 무시하고 의회를 해산함과 동시에 의회의 지도자를 투옥한 뒤 11년간 의회를 소집하지 않고 전제정치를 하였다. 급기야는 1637년 청교도 혁명가였던 윌리엄 프린(William Prynne), 헨리 버튼(Henry Burton), 그리고 존 바스트윅(John Bastwick)이 신체절단형을 당하고 투옥되었으며, 1638년에는 존 릴번(John Lilburne)은 런던 전역을 끌려다니면서 태형을 당하고 투옥되었다. 이처럼 의회를 무시하고 독주를 계속한 찰스 1세의 통치방식이 **청교도혁명**의 직접적인 원인이 되었다. 저명한 **영국혁명** 역사학자인 존 모릴(John Morill)이 영국 내란을 비행기의 추락사고에 비유하면서 기계적 고장이라기보다 조종사의 과실이라고 보는 것도 이러한 맥락에서 이해된다.[38]

초기 스튜어트 왕조는 스코틀랜드를 소홀히 다루었는데 찰스 1세가 즉위하자 **폐지법**(Act of Revocation)을 설정하여 그곳 귀족의 권위를 무너뜨리고, 1637년에는 **영국 공동기도서**(English Book of Common Prayer)에 기초한 예배 의식을 장로파에 속하는 스코틀랜드에도 강요하여 많은 저항을 초래하였다. 이러한 찰

37) 권리청원의 주요 내용은 의회의 동의 없이는 어떠한 과세나 공채도 강제되지 않는다는 것, 법에 의하지 않고는 누구도 체포나 구금되지 않는다는 것, 육군과 해군은 시민의 의사에 반하여 민가에 숙박할 수 없다는 것, 민간인에 대한 군법 재판을 금지한다는 것 등이었다. 역사적으로 보면, 이 청원은 주권이 국왕으로부터 의회로 옮겨지는 시발점이 되었고 따라서 영국 헌법사상 중대한 의의를 지닌다.

38) John Morill, "The Early Stuarts," *Oxford History of Britain*, ed. Kenneth O. Morgan (Oxford & New York: Oxford UP, 1993), 350.

스 1세의 정책에 항거하여 장로교를 옹호하기 위해 스코틀랜드인들이 1638년 국민계약파(National Covenanters)를 결성하였으며 이에 찰스 1세는 무력에 의하여 교회 정책을 강화하고자 맞섰다.[39] 영국 국교회의 예배 의식을 강요하려는 찰스 1세와 감독제의 폐지를 주장하는 스코틀랜드인들 사이에 벌어진 주교전쟁의 첫 번째 진격은 전투 개시도 전에 평화조약을 체결하는 것으로 끝났으며, 스코틀랜드 의회는 영국의 감독제와 공동기도서를 폐지할 것을 결의하였다. 이에 찰스 1세는 캔터베리 대주교 윌리엄 로드와 아일랜드의 총독 스트래퍼드 백작의 권유에 따라 군비 조달을 위한 임시과세의 승인을 얻고자 의회를 소집하였으나, 의회가 전쟁 재개에 반대하자 다시 의회를 해산하고 선박세(ship money)의 징수를 계속하였다. 이 의회가 후일 단기의회(Short Parliament)라고 불리게 된 의회로서,[40] 단기의회의 해산으로 찰스 1세의 입지가 축소되었고, 반대로 스코틀랜드의 전의는 강화되어 잉글랜드를 공략하게 하였다. 단기의회 해산 후, 스코틀랜드 군대가 영국에 침입하여 찰스 1세는 영국 북부의 영토 일부의 점령을 인정하고 화해하지 않을 수 없었다. 이에 대처하기 위해서 왕은 다시 11월 7일 웨스트민스터에 하원을 소집하였으니 이것이 장기의회(Long Parliament)였으며 영국 내란의 도화선이 되었고 청교도혁명의 중심 무대가 되었다.[41]

---

39) 스코틀랜드의 계약 사상의 역사와 그 의의에 대해서는 홍치모 교수의 『스코틀랜드 종교개혁과 영국혁명』(총신대학출판부, 1991), 241-282를 참고할 것.

40) 단기의회는 1640년 4월 13일 찰스 1세가 소집하여 5월 5일 해산되기까지 3주 동안 존속한 의회로서, 주교전쟁의 첫 진격에 실패한 찰스 2세가 두 번째 전투를 위해 보조세(Subsidy) 법안의 통과를 요구했지만, 의회는 11년 전 해산된 이래 부과된 과세에 대한 고충과 선박세 등의 문제를 먼저 심의하였고 더구나 5월 7일을 스코틀랜드 문제를 토의하는 날로 정하여 전쟁에 반대하는 청원을 하려고 하였다. 그러자 찰스 1세는 스스로 자기와 깊이 연관된 상원으로 가서, 예산이 고충 처리에 앞선다는 것을 인정시킨 뒤, 하원이 보조세(subsidy)를 성립시켜 준다면 선박세를 징수하지 않겠다는 뜻을 전하였다. 그러나 하원이 이에 응하지 않았기 때문에 찰스 1세는 추밀원(Secret Chamber) 회의를 열고 5월 5일 단기의회를 해산하였다. 이 의회는 그해 가을에 열린 장기의회와 대응하는 이름이 되었다.

41) 장기의회는 1640년 11월에 소집되어 1653년 4월에 크롬웰의 군대에 의해 해산된 의회로서 단기

의회의 개혁은 두 가지 다른 목적을 띄고 있었는데, 그 첫째가 의회를 보호하기 위해 왕의 헌법상의 권한을 제한하는 것이고, 둘째는 교회를 재구성하는 것이었다. 최초의 개정법령인 **삼년회기법안**(Triennial Act)이 제정되었고,[42] 선박세의 위법성을 선포하였으며, **고등종무관 재판소**와 **성법원**을 폐지하는 등, 왕권을 제한하고 의회 자체의 권한을 높였다. 교회개혁에 대한 의회의 의견은 **감독제**의 완전 폐지를 놓고 의견이 분분하였다. 언변과 정치 수완이 뛰어났던 의회 지도자 존 핌(John Pym)은 중도적 태도를 견지하고자 하였으나, **평민원**(House of Commons) 의원들은 **근지법안**(Root and Branch Bill)으로 철저한 개혁을 주장하였다.[43] 교회에 대한 의회의 과격한 공격으로 인해 도리어 왕은 종교 문제를 엘리자베스 여왕 시절의 상태로 보존하려는 모습을 보여 줄 수 있었고, 스코틀랜드와의 평화조약 체결에 성공함으로써 대중과 양원 의원들 다수의 환영을 받았다. 그러나 스트래퍼드의 탄압으로 인해 자극받은 아일랜드의 가톨릭교도들은 1641년 10월에 개신교도 관리들과 맞서 반란을 일으켰으며 영국에서 이주

의회와 구별하여 그 명칭이 붙여졌는데, 복원된 의원들이 자체 해산 법안을 통과시킨 1660년 3월까지로 보기도 한다. 1648년 12월 6일 독립파 소속 토머스 프라이드 대령(Colonel Thomas Pride)은 찰스 1세와 타협을 모색한 의회에 반발하여 군대를 이끌고 의사당을 포위한 채 장로파 의원 45명을 포함하여 의원 70여 명을 체포하고 78명의 등원을 저지하고 약 20명은 스스로 등원을 거부하였다. 이로 인해 의회의 장로파 세력은 일소되고 독립파만으로 구성된 60명 미만의 **잔부의회**(Rump Parliament)가 존속하였다. **프라이드 숙청**(Pride's Purge)이라고 불리는 이 사건은 찰스 1세 처형의 서곡이었다. 크롬웰은 1649년에는 왕을 처형하고 공화제를 선언했으나 1653년 4월 임기연장을 꾀하다가 군대의 비판을 초래하자 무력으로 의회를 해산했다. 일반적으로는 이때를 12년 반에 걸친 의회의 종결로 간주하여 장기의회라는 명칭을 붙였지만, 1659년 왕정복고 직전 조지 몽크(George Monck)가 이 의회를 부활하고 이듬해 3월 자진 해산하였으므로, 이때를 장기의회의 종결로 보기도 한다.

42) 1641년 2월 16일에 통과된 이 법안은 왕이 소집을 안 하더라도 3년 후에 자동으로 의원을 선출하고 의회를 연다는 규정을 담고 있으나 사실상 실현성이 희박하여 왕의 체면을 훼손하려는 의도로 해석되기도 한다(J. P. Kenyon, *Stuart England*, 132).

43) 이 법안은 단순히 감독제의 파괴를 목표로 한 것이라기보다는 교회의 "종합적 세속화와 재조직"을 위한 것이었다(Kenyon, *Stuart England,* 139).

한 수천 명의 정착민을 학살한 사건이 발생하였다. 아일랜드를 공격하기 위한 군대가 요구되었으나 당시 상황에서 의회로서는 왕에게 런던에서도 사용될 수 있는 군대를 맡길 수 없었다. 그래서 존 핌과 **장기의회** 지도자들은 1641년 11월 23일 찰스 1세의 왕권남용에 대한 불만을 토로한 **대간의서**(Grand Remonstrance)를 **평민원**이 통과시켰으나, 12월 23일 왕은 이를 거부하였다. 왕은 의회가 신뢰하는 자문단을 임명하기는커녕 헨리 베인 경(Sir Henry Vane)의 지위를 박탈했다. **대간의서**는 왕에 대한 의회의 불신을 드러냈던 반면, 혁명운동의 약점을 드러내기도 했다. 이 **대간의서**의 내용을 두고 전례 없는 분파가 조성되어 **평민원**은 **왕당파**(Cavaliers)와 **의회파**(Roundheads)로 양분되었기 때문이다.[44] 왕권지지자들에게는 대간의서가 단지 지난 과거를 들추어내는 것이며, 당시 의원들 대다수는 의회제정법에 따라 국왕의 대권을 제한하기를 바랐을 뿐이었으나 **대간의서**는 국왕의 대권에 대한 의회주권의 확립을 요구하고 있었기 때문에, 11표라는 근소한 차로 겨우 가결되었다.[45] 대간의서가 통과되자 의회파 지도자 존 핌은 시민군을 창군하려고 시도했으며 군대통솔권과 관리임명권을 의회에 부여하는 법안이 제안되기도 했다. 의회에서는 왕의 의사당 공격이 있으리라는 소문이 퍼지고, 궁정에서는 왕비의 탄핵이 의회에 의해 추진되고 있다는 보고가 들어오는 등 양측의 정치적 불신이 극에 달했다. 의회는 국왕의 대권 포기와 의회주권을 요구하였으나 왕은 이를 거부하고 1642년 1월 400명의 군사를 이끌고 상원의원 한 명과 핌과 햄던(Hamden) 등을 포함한 하원의원 다섯 명을

---

44) 의회파에는 청교도가 많은 반면, 왕당파에는 영국 국교도들이 대부분이었으며 일부 로마가톨릭 교도들도 있었다. 사회적으로, 의회파에 가담한 계층은 귀족과 젠틀맨의 일부, 자유로운 농민 및 상공업자였으며, 왕당파에 가담한 계층은 귀족과 젠틀맨의 대부분, 그리고 그 밑의 소작 농민이었다. 그러나 영국에서는 귀족과 젠틀맨이 한 집단이 되어 한 진영에 가담하는 일은 없었으므로, 현실적인 지역적 이해나 친족관계가 크게 영향을 끼쳤다.

45) Mark Kishlansky, *A Monarchy Transformed: Britian, 1603-1714*. 6th ed. (London: Penguin Books, 1996), 148-49.

반역죄로 체포하려고 의사당에 진입했다. 찰스의 이러한 어리석은 행동으로 인하여 내전은 불가피하게 되어 1주일 후 왕은 런던을 빠져나와 요크로 도주하였다. 의원들을 체포하려다 실패한 왕은 도리어 의회 내의 온건파의 지지까지도 잃어야 했다. 이로써 사태는 더욱 악화하였으며 이것이 계기가 되어 **청교도혁명**이 발생했다.[46)]

청교도혁명이 일어나자 **왕당파**는 몰락하고 의회는 **의회파**의 거점이 되었다. **의회파**는 **장로파**(Presbyterians)와 **독립파**(Independents)로 분열되어 처음에는 장로파가 지배적이었으나 점차 군대를 장악한 **독립파**가 주도권을 장악했다. 이 의회도 찰스에게 비협조적이어서 결국 그는 자신이 아끼던 스트래퍼드의 참수를 지켜보아야만 하였다. 찰스 1세는 지난 11년 동안의 통치방식의 불법성을 시인하게 되었고, 그 와중에도 스코틀랜드를 방문하여 장로교를 보장하는 조건으로 그의 반의회주의 정책을 위한 지지를 요청했다. **왕당파**와 **의회파** 양측이 서로 군사력을 증대시키는 동안, 런던에 남아 있던 의원들 대부분이 왕에게 **십구대제안**(Nineteen Propositions, 1942)을 내놓았는데,[47)] 찰스는 이를 최후통첩으로 여기고 즉각 거부하였으며 이로써 1642년 8월 22일 노팅엄(Nottingham)에서 왕의 깃발을 꽂음으로 내전이 시작되었다.[48)] 의회의 대등한 권한을 인정하면서도 의회가 반역을 감히 하지는 못할 것이라는 신하들의 간언에 따라 찰스는 군사를 일으켰다. 전쟁이 계속되자 이듬해 프랑스 왕가 출신의 왕비 역시 자신의 보석을 팔아 무기를 사들이며 찰스의 전의를 부추겼다. 1643년에 의회의 온건파가 왕과 협상을 시도하였으나 실패하자, 1644년에는 스코틀랜드 군대를 끌어들임으로써 왕의 런던공략을 무산시켰다. 1645년 크롬웰과 함께 페어팩스(Sir

---

46) Kishlansky, 134-36.

47) 이 제안에는, 성직자는 의회의 승인 없이 임명될 수 없다는 것과, 군대는 의회의 통제를 받아야 한다는 것, 교회의 장래는 의회가 결정한다는 것 등이 포함되어 있었다.

48) 왕의 군기(standard)에는 "시저에게 그의 권한을 주라"(Give Caesar his Due)는 모토가 적혀 있었다고 한다(Kishlansky, *A Monarch Transformed,* 151).

Thomas Fairfax)는 **신형군**(New Model Army)을 창군하여 **네이즈비 전투**(Battle of Naseby)를 시발로 왕의 군대를 격퇴하였다. 왕은 자신이 머물던 옥스퍼드가 **신형군**에게 포위되자 위장하여 스코틀랜드군의 진영에 들어가 원조를 구하려 하였으나, 1647년 영국 의회와 화해한 그들은 찰스를 의회군에게 넘겨주고 본국으로 떠났다. 햄프턴 궁(Hampton Court)에 호송된 찰스는 프랑스로 도피하려다 무산된 후 와이트섬(Isle of Wight)에서 군부와 의회 및 스코트랜드를 상대로 등거리 협상을 하였다. 1647년 12월 찰스 1세와 스코틀랜드의 비밀협상에서 스코틀랜드 측은, 찰스가 그들의 장로교를 수락하고 3년 이내로 영국에도 장로교 설립을 허락해준다면, 그의 왕권을 회복시켜 주겠다고 제의했다. 1648년 8월 그를 지지하던 스코틀랜드의 지지자들이 **프레스톤 전투**(Battle of Preston)에서 패함으로써 두 번째 내란은 종지부를 찍었다.

찰스 1세는 1949년 1월 20일 국가 혼란과 유혈의 장본인으로 지목되어 반역의 죄목을 쓰고 재판에 회부되었으나, 그는 재판부의 적법성을 인정치 않았으며 자신은 영국 국민의 자유를 위해 싸웠다고 주장했다.[49] 그는 자신의 왕권을 복구해 줄 수도 있었을 비밀제의도 거부하였고 그의 막내아들에 의한 왕위계승에도 반대함으로써 적들에게 처형 외에는 대안이 없도록 만들고 말았다.[50] 이로써 1949년 1월 30일 국민의 이름으로 화이트홀 연회실 앞에 세워진 단두대에서 폭군, 반역자, 살인자의 죄목으로 찰스는 처형되고, 내란은 의회군의 승리로 끝났다. 비록 찰스 1세는 처형되기 직전까지 군주제와 국민을 위한

---

49) 찰스 1세를 재판한 존 브래드쇼(John Bradshaw)가 그의 죄를 논고하면서 국민이 그에게 위탁한 자유, 정의 및 평화를 그가 개인의 이익을 위해 유린한 것이라고 주장하자, 찰스는 다음과 같이 답변했다고 한다.

> 그 주장에 대해, 나는 그것이 일고의 가치가 없다고 생각한다. 내가 옹호하는 바는 영국 국민의 자유이다. 당신들의 왕인 내가 전에 결코 들어보지 못한 새로운 법정을 인정하려면, 그것이 모든 영국 국민에게 정의를 수호하고 옛 법을 유지하는 하나의 모범이 되는 것이어야 한다. 사실상, 나는 그렇게 인정할 방법을 모르겠다. (Kishlansky, 158-59)

50) Kishlansky, *A Monarch Transformed,* 185-86.

순교자임을 자처했지만, 영국혁명은 의회주의의 밑거름이 되었다는 의미에서 위대한 혁명이었다. 독재의 수단이었던 성법원과 고등종무관 재판소를 폐지하였고 의회가 조세제도를 통제하게 되었으며, 교회 법정은 힘을 상실하여 주교들이 다시는 정부를 통제할 수 없게 되었다.[51]

흔히 영국혁명은 1640년부터 1660년에 걸친 영국 청교도가 중심이 되어 일으킨 최초의 시민혁명을 가리키며 청교도혁명이라고도 부른다. 어떤 의미에서 영국혁명의 완성은 몇 십 년이 지난 후 1688년에 가톨릭교도인 제임스 2세 치하에서 일어난 명예혁명으로 마무리된다고 하겠지만, 청교도혁명이 없었다면 명예혁명도 불가능했을지도 모른다.[52] 그런데, 청교도혁명에서 청교도 집단 내부의 갈등이 없었던 것은 아니었다. 제1차 내란의 종료와 함께 종래부터 문제를 내포하고 있던 의회파 내부의 대립이 표면화하였다. 먼저 그 주류인 장로파와 크롬웰 등의 독립파와의 대립이다. 양파는 다 같이 청교도 정신에서 유래하였지만, 정치상의 장로파와 독립파가 종교상으로 꼭 일치한다고 볼 수는 없다. 장로파가 국왕과의 화평을 고려한 데 반하여, 독립파는 항전을 주장하였다. 장로파에는 런던의 대상인이나 귀족층에 지지자가 많았고, 독립파는 장로파보다 하위

---

51) Christopher Hill, *The Century of Revolution, 1603-1714* (New York: Norton, 1982), 161.

52) 명예혁명(Glorious Revolution)에 대하여 좀 더 상세히 설명하자면, 그 명칭은 청교도혁명과 달리 유혈사태가 없었기 때문에 이런 명칭이 붙게 되었다. 1685년 왕위에 오른 제임스 2세(James II)는 가톨릭교 부활정책과 전제주의를 강력히 추진하였다. 즉, 법을 무시하고 가톨릭교도들을 관리로 등용하고 국민이 싫어하는 상비군을 설치하였다. 이런 갈등 속에서 국민의 반감이 고조되다가 왕자 출생을 계기로 양측의 대립이 표면화하였다. 원래 제임스 2세는 왕자가 없었기 때문에, 왕위는 기독교인이었던 장녀 메리(Mary)에게 계승되리라고 기대하였으나, 1688년 6월 5일 왕자가 탄생함으로써 신교도들의 꿈이 일시에 사라졌다. 의회에서 토리당과 휘그당의 양당 지도자가 협의한 끝에 6월 말 네덜란드 총독 오렌지 공(Duke of Orange) 윌리엄(William)과 메리 부커에게 영국의 자유와 권리를 수호하기 위하여 귀환하도록 초청장을 보냈고, 11월 윌리엄과 메리 부커는 군대를 이끌고 런던으로 진격하여 1689년 2월 윌리엄 3세, 메리 2세로서 공동으로 왕위에 올랐다. 이때 승인된 권리장전(Bill of Rights, 1689)에 나타나 있듯이, 이 혁명은 17세기의 왕권과 의회의 항쟁에 종지부를 찍게 하였고, 의회의 권리를 수호함과 동시에 왕위계승까지도 의회가 결정할 수 있게 하여, 그 뒤 의회정치 발달의 초석이 되었다.

계층에 의존하였다. 이처럼 양파의 개혁노선에는 약간의 차이가 있었으나, 의회주권과 제한군주제에는 다 같이 동의하였다. 이들 양 파에 대한 제3의 세력이 **수평파**(Levellers)로서 런던의 수공업자나 직장인 층을 기반으로 하였으며, 그 사상은 청교도 중의 여러 교파의 흐름을 담은 것을 주류로 하고, 공화제, 국민주권, 보통선거, 기본적 인권 등을 주장하였다. 그리고 **독립파**가 군의 간부들을 기반으로 했던 반면에, **수평파**는 병사들 사이에 영향력을 행세하고 있었다. 유폐 중인 왕은 이 같은 **장로파**와 **독립파**의 대립, 군부의 분열을 틈타 움직이기 시작하였고, 또 스코틀랜드와 결탁한 장로파가 책동하여 제2차 내란이 일어났다.

독립파는 **수평파**와 손잡고 대항한 끝에, 48년 승리를 얻고 왕을 다시 체포하였다. 찰스 1세의 처형 문제를 놓고 의회가 왕의 처형을 망설이자 군대는 의회에 침입하여 소위 **프라이드의 숙청**(Pride's Purge)을 통해 왕의 처형에 반대하던 **장로파** 의원들을 축출하였다.[53] 숙청되지 않은 의원들로 구성된 **잔부의회**는 1948년부터 1653년까지 공화정 시대 동안 자체 국무회의를 구성하는 등 임시정부로서 활동하였다. **장로파** 의원들이 제거되고 **독립파**만으로 구성된 **잔부의회**는 1649년 국왕 재판을 감행하여 처형하였으며. 이로써 영국 역사상 처음이자 마지막으로 군주정이 폐지되고 공화정이 시험대에 올랐다.

1949년에 국왕 찰스 1세를 처형함으로써 드디어 올리버 크롬웰(Oliver Cromwell, 1599-1658)이 주도하는 공화정이 시작되었다. 그는 청교도 신앙에 몰입하여 자신을 하나님으로부터 선택받은 사람이라고 생각한 정치가이자 장군이었다. 1949년 반혁명의 뿌리를 뽑기 위해 찰스 1세를 처형하고 군주정과 상원을 폐지하여 자유공화국을 선언하는 한편, 전통적 질서를 어지럽힌다고 생각되는 좌익의 **수평파**(Levellers)와 **진정한 수평파**(True Levellers)를 탄압하였으며,[54]

---

53) 위의 각주 41을 참고할 것.

54) **수평파**는 정치적 목적을 추구하는 종교집단들과 달리 처음으로 조직된 정당이라고 할 수 있으며, 1645년에 독립파 연합의 좌익으로 모습을 드러냈다. 그들은 집단적 데모, 서명운동, 산문

왕당파의 거점인 아일랜드를 원정하였다. 크롬웰은 내란 후의 국가를 보호한다는 명분 아래 1653년 의회를 해산하고, 자신이 **영국혁명정부**의 최고 행정관인 **호국경**(Lord Protector)의 지위에 올라 **통치장전**(Instrument of Government)을 제정하여 **호국경 통치**(Protectorate)를 출범하였다.[55] **군사위원회**(Army Council)는 144명의 **지명의회**(Nominated Parliament) 의원들로 하여금 국가의 장기적 안정책을 마련하기 위해 **헌법제정의회**를 구성하였으나 이들마저 크롬웰에게 권한을 넘겨주었다.[56] 왕과 다를 바 없는 권력을 소유하게 된 크롬웰은 국내 정치 개혁을

논쟁, 선전물 배포 등 현대의 정치술을 창안하기도 하였고, 평민원이 귀족원 위에 있는 민주공화국을 원했으며, 참정권 확대와 서민을 위한 경제개혁을 주장하고, 신교의 자유, 교구세(tithes) 폐지 등을 주장했다. 정치적 지지자들이 별로 없음을 인정하고, 1647년에는 국민 동의안(Agreement of the People)을 내어 법률개정을 주장했으나, 급진적 종교집단들의 지지를 받았을 뿐, 1949년 이후 독립파와 침례파로부터도 외면당했고, 그들의 지도자 존 릴번(John Lilburne)은 1952년 추방되었다가 이듬해 귀국하여 재판에 회부된 후 감옥에서 여생을 보내면서 케이커교도(Quakers)로 변신하기도 했다. 1650년대에 수평파는 법과 사유재산을 전복시키려는 사회적 교란 세력으로 간주되었고, 의도적으로 진정한 수평파와 동일시하기도 하였다. 진정한 수평파는 디거즈(Diggers)라고도 하는데, 내란에 참여했던 빈민들도 의회가 공약한 자유를 누릴 권리가 있다면서, 공유지나 황무지는 귀족이나 장원(manor)에 속한 것이 아니라 일반 국민에게 속한 것이라고 주장하였다. 그들의 공동생활이 지주들과 교구 사제들의 반대로 실패하자, 지도자 제라드 윈스탠리(Gerrard Winstanley)는 국법에 따른 공산주의 사회의 도입을 주장하기도 하였다. 그에 의하면, 사유재산은 인간 타락의 결과이므로 이를 철폐함으로써 에덴의 낙원으로 복귀할 수 있다는 것이다. 그의 이상적 공화국은 매매행위나 유료법률 행위가 금지되고 국교회가 없으며 모든 교회 의식이 배제되는 나라이다. 밀턴처럼, 그는 영국이 세계의 모범국으로 하나님의 선택을 받았다고 생각하였으나, 점차 실망하여 릴번처럼 케이커교로 전향하여 그 창시자로 여겨지기까지 하였다. 그가 쓴 『자유의 법』(*The Law of Freedom*, 1652)은 이러한 희망에 대한 좌절을 설명하려 한다는 점에서 밀턴의 『실낙원』과 유사하다고 지적되기도 한다(Cf. Christopher Hill, *The Experience of Defeat* [1984], 39). 수평파와 디거즈를 포함한 영국 혁명기의 급진적 사상들에 대하여는, 동일 저자의 *The World Turned Upside Down* (Harmondsworth: Penguin Books, 1975)을 참고할 것. 수평파에 대한 국내의 연구서로는 임희완 저, 『영국혁명의 수평파운동』(민음사, 1988)을 참고할 것.

55) 통치장전은 존 램버트(John Lambert)가 제안한 성문 헌법안으로서 막강한 집행위원회를 거느리면서 정기적으로 의회와 만나도록 규정된 한 사람의 국가수반을 두는 제한된 군주제를 제안한 것이다(John Morrill, ed. *The Oxford Illustrated History of Tudor & Stuart Britain*, 379).

56) 이 의회를 흔히 베어본즈 의회(Barebones Parliament) 혹은 축소의회(Little Parliament)라고도 하

위한 80개의 법안을 개정할 정도로 의욕적으로 개혁을 이루고자 노력하기도 하였다. 그의 목적은 법을 개정하여 청교도 교회를 세우고, 신교의 자유를 허용하며, 교육을 쇄신하고, 행정부를 지방으로 분산화하는 것 등이었다. 그는 사소한 범죄에 대한 중벌에 반대하여 살인과 반역을 제외하고는 사형에서 면제되어야 한다고 생각했으며, 또한 성직자들과 학교장들의 높은 윤리기준을 설정하고, 자신이 옥스퍼드 대학교의 총장(chancellor)이 되어,[57] 문법학교를 번창시켰다. 네덜란드와의 전쟁을 종식하고, 프랑스와 동맹하여 스페인에 맞서는 등, 대외정책에 있어서는 종교적 고려보다 국가적 이익을 위해 추진하였고, 스페인령 자마이카(Jamaica)를 정복하기도 하였다.

반면, 크롬웰은 자신과 의회의 갈등 속에서 네 가지 기본법안, 즉 한 사람과 의회에 의한 정부, 의회의 정기적 소집, 양심의 자유 보장, 호국경과 의회간의 군사통솔권의 분할 등을 제안하였다. 그리고 그는 모든 의원에게 호국경과 의회에 대한 충성을 서약하게 했으며 1654년 왕당파의 음모가 폭로되자 이듬해 의회를 해산하고 전국을 10군구(軍區), 후에 다시 11군구로 구분하여, 이곳에 각각 군정 장관을 배치하여 군사 독재정치를 감행하였다. 1653년의 통치장전에 따르면, 의회와의 관계에 있어서 의회를 통과한 법안은 호국경이 거부하여도 20일 뒤에 법률로서 성립된다든지, 주요 행정관의 임명에는 의회의 동의가

며 1653년 7월에서 12월까지 존속했던 의회였다. 크롬웰에 의해 지명되고 소집된 경건한 사람들로 구성된 입법부로서 그 명칭은 "프레이즈 갓[하나님을 찬양하는] 바아본"(Praise-God Barbon)이라는 한 의원의 이름에서 유래했다고 한다. 따라서 이 의회의 또 다른 명칭은 성도의회(Assembly of Saints)이다. 잔부의회를 해산한 크롬웰은 군사위원회에게 독립파(혹은 조합교회파) 교회에 서신을 띄워 새로운 의회를 위한 적임자들을 추천하게 하였다. 제출된 명단에서 140명을 선별하여 의회를 구성한 것이다. 지명의회 내의 다수 보수세력과 소수 급진세력의 갈등으로 의회가 해체되었고, 존 램버트(John Lambert)에 의해 통치장전이 제안되고 그 바탕 위에 호국경 정부가 들어선 것이다.

57) 현재 영국대학에서 사실상의 학교 운영은 부총장(vice-chanceller)이 수행하고 총장은 명예직과 다름없으나, 중요한 상이나 메달은 총장의 이름으로 수여되기도 한다.

필요하다는 등의 규정이 있어서 반드시 독재 권력이라고는 할 수 없었으나, 크롬웰은 의회를 탄압하여 그 관계가 원활하지 못하였고, 사실상 독재에 가까운 권력을 휘둘렀다고 할 수 있다. 1656년 소집된 두 번째 의회에서도 의원들은 의회의 예속을 이유로 **호국경 통치**에 반대하고 나섰으나, 정국의 혼란 속에서 1657년에는 의회가 **겸손한 청원과 간언**(Humble Petition and Advice)을 통해 크롬웰에게 왕위를 제안하였고 그는 이를 거절하면서 개정 법안을 수락하였다. 무정부 상태의 혼란과 외세침략의 우려를 이유로 자신의 입지를 유지하던 그는 1658년 말라리아로 사망할 때까지 의회와의 갈등은 끊이지 않았다.

1658년 크롬웰이 죽자 그의 지명에 따라 셋째 아들 리처드 크롬웰(Richard Cromwell)이 뒤를 이어 **호국경**이 되었으나 군대를 장악할 수 없었기 때문에, 1659년 재직 8개월 후에 사임하였다. 이로써 공화정은 몰락하고 잔부의회가 복구되고 정치적, 군사적 해체와 함께 무정부 상태가 시작되었다. 1660년 스코틀랜드의 몽크 장군이 런던에 입성하여 그의 요구대로 자유투표에 의하여 의회가 구성되었고, 찰스 2세(Charles II)의 **브레다 선언**(Declaration from Breda)에 따라 왕정이 회복되었다. 이 선언은 모든 분쟁을 의회의 뜻에 맡기겠다는 찰스의 양보 선언인 셈이었다. 1660년 찰스 2세의 왕정복고로 인해 올리버 크롬웰은 사후의 일이지만 최대의 비운을 맞이하게 된다.[58)]

그러나 크롬웰에 대한 후대의 평가는 긍정적으로 바뀌었다. 17세기에는 용

---

58) 사망 후 2년이 넘었던 크롬웰의 유골은 웨스트민스터 대성당(Westminster Abbey)의 묘지에서 파헤쳐져 부관참시 되어 죄수들이 처형되던 타이번(Tyburn)에 전시되었다가, 유골 몸체는 교수대 아래 묻히고 두개골은 웨스트민스터 홀 지붕 위 막대기에 꽂힌 채 1684년 찰스 2세 마지막까지 20년 이상 걸려있었다고 한다. 청교도인 올리버 크롬웰의 가장 큰 실수 중 하나는 자식교육에 있어서 내면적 종교교육에 치중하고 정치적 지도력을 키워주지 못한 채 권좌를 세습적으로 넘겨주었다는 점이다. 왕권 붕괴 후 국정 질서유지를 위해 독재가 불가피했다고 하더라도 그가 권좌를 다른 지도자가 아닌 아들 리처드에게 넘겨줌으로써 세습왕조를 답습하는 자가당착에 빠지게 되었다. 밀턴은 올리버 크롬웰을 끝까지 지지하였지만 새로운 공화국에 대한 그의 실망을 산문에서 피력하기도 했다.

감한 악한으로, 18세기에는 역겨운 위선자로 간주되었으나, 19세기에는 작가이자 역사가인 토머스 칼라일(Thomas Carlyle)의 영향으로 찰스 1세의 절대주의를 무너뜨린 헌정 개혁가로 평가되었고, 금세기 들어 다양한 관점들이 있지만, 일반적으로 내란 이후의 정치적 안정을 이룩하고 헌정의 발전과 신교의 자유에 기여한 애국적 통치자로서, 또한 현대유럽사에서 가장 출중한 지도자의 한 사람으로 여겨지기도 한다. 영국 국내와 해외에서 그가 승리한 것은 영국과 미국에서 청교도 정신을 확장하고 지탱하는 데 이바지하였으며, 오늘날까지 영미의 정치나 사회생활에 영향을 끼쳐오고 있다고 하겠다. 크롬웰에 대한 이러한 평가는 영국 청교도혁명의 평가와 맥을 같이 한다고 할 것이며, 이런 의미에서 밀턴 연구에도 깊이 관련되는 문제이기도 하다.

이상에서 영국 **청교도혁명**을 둘러싼 역사적 배경을 개괄하여 보았다. **영국혁명** 못지않게 밀턴의 산문 논쟁과 시문학은 이러한 역사적 토양 위에 피어난 결실이었다. 그의 문학이 이러한 역사적 토양에서 배출된 종교적 신념의 결실이라면, 반대로 **영국혁명**이라는 역사적 과정은 그의 문학에 의하여 조명되거나 승화되었다고 하겠다. 본서의 목적이 **영국혁명**과 관련지어 밀턴의 작품 전반을 분석평가하는 것이므로, 이상에서 개괄한 역사적 맥락들은 본서 전체를 통해 각 장의 내용에 따라 필요하다면 다시 언급할 것이다.

다만, 의회의 명분이 바로 하나님의 명분이라는 크롬웰의 사상이 **영국혁명**을 주도한 원동력이 되었다는 점에 주목하면서,[59] 이는 밀턴에게도 똑같이 적용될 수 있으며, **청교도혁명**에 있어서 종교적 신념은 정치투쟁의 에너지원이요 바탕이 되었다는 것을 염두에 둘 필요가 있을 것이다. 밀턴의 산문 논쟁이 반감독제 논쟁으로 시작되는 것도 같은 맥락에서 이해할 수 있을 것이다. 신앙의 자유 및 반감독제 주장, 주교 비판, 격식화된 예배 의식의 철폐, 교인들의 성직

59) Christopher Hill, *The Experience of Defeat: Milton and Some Contemporaries* (New York: Elizabeth Sifton, 1984), 84-85.

자 투표권, 개별 교회 성직자의 설교, 즉흥적 기도 등 종교와 관련된 이념에 있어서 크롬웰과 밀턴은 많은 공통점을 지닌다.

이러한 역사적 배경 속에서 태동한 밀턴의 산문 작품은 현실정치와 당대 역사에 대한 직접적인 논쟁을 담고 있으므로 정치적 메시지가 직접 나타나 있지만, 그의 시작품에는 직접적인 현실참여가 아니라 문학적 비유를 통해 암시하기 때문에 학자에 따라 정치적 관점에서 읽기도 하고 초월적 관점에서 읽기도 한다. 이제까지 **영국혁명**과 관련지어 밀턴의 정치사상이나 문학적 표현 등을 연구한 저서나 논문은 무수히 많지만, 크게 두 가지 부류로 나누어본다면, 밀턴의 산문과 시에서 현실정치에 대한 그의 관심이 일관성 있게 표현된다는 주장이 제기되었는가 하면, 그의 산문과 시는 근본적으로 역사적 관점을 달리하므로 시는 산문과 달리 현실역사에 실망한 시인의 초월적 역사관을 담고 있다는 주장도 제기되어 왔다. 두 가지 접근이 나름의 설득력을 가지고 있는 것이 사실이지만, 시작품에는 특히 후기 대작에서는, 현실정치에 대한 메시지는 행간에 숨어있는 정도여서, 직접적으로 현실정치를 다루는 산문과는 엄연히 차이가 있다고 할 것이다. 그러나 본서의 목적이 밀턴의 문학을 **영국혁명**과 관련지어 해석하려는 것이므로, 산문 작품에 더 많은 지면을 할애하겠지만, 시 작품의 분석에도 초월적 관점보다 정치적, 역사적 관점에 초점을 두고 분석할 것이다.

물론 중도적 입장을 취하는 학자들도 있으므로, 두 부류의 연구가 명확하게 분리되지는 않는다고 할 수 있다. 본서는 밀턴의 문학을 **영국혁명**이라는 역사적 사건을 배경으로 하여 조명하는 데에 그 목적이 있으므로, 두 가지 상반된 태도를 다 같이 수렴하되, 어디까지나 밀턴의 산문과 시의 특성을 고려하여 산문에서는 밀턴의 혁명적 사상들을, 시에서는 초월적 역사의식 속에 숨어있는 정치적 메시지를 찾고자 한다. 산문과 시 양자에 공통으로 시인 밀턴의 문학적 상상력이 스며들어 있는가 하면, 그의 혁명적 자유사상도 공존한다고 할 수 있다. 양자의 공통점에 주목하지 않고 차이점에 초점을 맞추면, 그의 산문과 시에 나타난 역사의식이나 정치적 태도는 상당히 대조적일 수밖에 없겠지만, 본서는 밀턴의 문학에 일관성 있게 반영된 그의 자유사상이나 혁명적 태도에 주목하면서 작품 분석을 시도할 것이다. **영국혁명**이라는 맥락에서 밀턴의 문학을 조명하려는 본서의 성격을 고려하여, 제2장에서는 밀턴의 초기시에 나타난 그의 예언자적 소명감 혹은 사회비판적 태도를 살펴보고, 제3장에서는 그의 산문작품들을 몇 가지 부류로 나누어 **영국혁명**의 맥락 안에서 분석 평가할 것이며, 제4장에서는 그의 마지막 대표적인 시작품들이 **영국혁명**을 어떻게 반영하고 있는지를 조명해보고자 한다. 마지막 결론에서는 이상의 연구 결과를 바탕으로 밀턴의 산문과 시가, 서로 다른 장르와 목적을 지니고 있음에도 불구하고, 자유사상의 공유로 인하여 문학적 일관성을 유지하고 있음을 논의할 것이다.

2장

초기시에 나타난 밀턴의 역사의식

현실정치와 역사에 대한 밀턴의 관심은 영국혁명의 발생과 더불어 논쟁적 산문을 통해 구체적으로 표현되기 시작하지만, 이보다 훨씬 앞서 청년 시절의 초기시에서 이미 이러한 관심을 읽을 수 있다. 후기 대작들에서처럼 초기시에서도 인간의 시간적 한계와 현실역사를 초월하려는 그의 의지를 표현하는가 하면, 동시에 현실정치에 관한 풍자적 요소를 내포하기 때문이다. 르네상스 영문학에서 시간에 대한 문학적 관심은 대체적으로 두 가지 다른 유형으로 나타나는데, 하나는 스펜서(Edmund Spenser), 셰익스피어(William Shakespeare), 밀턴 등 주류를 이루는 대시인들의 경우처럼 시적 상상력이나 종교적 신앙에 의해 시간적 한계를 초월하려는 의지를 보여주는 것이고, 다른 하나는 왕당파 시인들(Cavalier poets)이 즐겨 쓰던 카르페 디엠(carpe diem) 풍의 연애시 경우처럼 현실을 즐기자는 식의 향락적 형태로 나타난다.[60] 비록 밀턴과 왕당파 시인들이 영국 르네상스 후기라는 동시대를 살았지만, 장차 의회주의자로서 왕권타파와 자유공화국 건설을 위해 투신할 밀턴의 시간 인식이 왕권에 기생하여 현실을 향유하던 왕당파 시인들의 그것과 현저한 대조를 이루는 것은 조금도 이상하지 않을 것이다. 밀턴의 경우는 물론, 스펜서가 『요정여왕』(*Fairie Queene*)의 마지막 미완성 편인 「변화무상 편」("Mutabilitie Canto")에서 시간의 덧없음을 한탄한 것이나, 중편시 「축혼가」("Epithalamion")에서 영원한 결혼의 주제를 다룬 것, 또는 셰익스피어가 비극에서 역사의 순환적 흐름을 신의 섭리에 따른 역사적 질서로 본 것이나 그의 소넷에서 시를 통한 시간적 한계의 극복을 노래한 것, 등은 왕당파 시인들의 현실향락적 태도와 대조적이다. 거슬러 올라가면, 초서(Geoffrey Chaucer) 역시 인간의 시간적 한계를 극복하려는 태도를 보여주고 있기는 마찬가지다. 두 남녀의 궁정애(coutrly love)를 다룬 그의 로맨스 『트로일러스와 크리세이드』(*Troilus and Criseyde*)에서 가변적 인간사를 극복하려는 시인의 태도를 엿볼 수 있는데, 애인의 배신으로 낙담하여 죽은 트로일러스의 영혼이 천상의 팔계에 올라 지상을 내려다보며 인간사의 무상함을 회고하는 장면에서 시인의 초월적 비전을 읽을 수 있다.[61] 이렇게 볼 때, 밀턴은 초서로부터 스펜서를 거쳐 셰익스피어로 이어지는 영문학의 주류를 계승하여 르네상스 영문학의 대미를 장식한 시인으로서 이에 어울리는 시간관과 역사의식을 그의 시작품 전체를 통해 보여주는 것이다.

---

60) 왕당파 시인들은 영국 내란 당시 찰스 1세를 지지하여 왕당파(Cavalier)라는 호칭이 붙었다. 그들은 삶의 방식에서도 왕당파적 특성을 지향하였는데, 이를테면, 우아한 서정시를 쓰는 것을 군인으로서, 궁정인으로서, 또한 재사(wit)로서 그들이 이루어야 할 소양으로 여겼다. 이들에 속하는 시인들로는 러브레이스(Richard Lovelace), 캐루(Thomas Carew), 서클링(Sir John Suckling), 월러(Edmund Waller), 헤릭(Robert Herrick) 등이 있다. 이들 중 헤릭은 성직자로서 궁정과는 상관이 없었으나 사랑과 연애에 관한 유창하고 우아한 시와 까르페 디엠 철학으로 인해 왕당파 시풍을 대변하는 시인으로 여겨진다. 이들은 연애시 외에도 전쟁이나 영예 혹은 왕에 대한 충성 등을 주제로 시를 쓰기도 했다.

61) 송홍한, 「『트로일러스와 크리세이드』에 나타난 초서의 사랑관」, 『영미어문학』, 제22권 (한국영어영문학회 부산지부[현 새한영어영문학회], 1988)을 참고할 것.

「그리스도 탄생의 아침에」("On the Morning of Christ's Nativity")가 쓰인 1629년과 산문 논쟁이 시작된 1641년 사이에 쓰인 밀턴의 시들은 과연 그의 산문이나 말기의 대작시들과 어떤 관련성이 있느냐의 문제는 적잖은 논쟁거리가 될 수 있다. 그의 초기시에서 이후의 산문에 나타나는 정치적 태도를 예견할 만한 단서를 찾는 것이 불가능하진 않다. 1645년, 왕당파 성향의 출판업자인 험프리 모슬리(Humphrey Moseley)에 의해 발행된 밀턴의 최초 시집인 『존 밀턴의 시집』(*Poems of John Milton*)는 피상적으로 보면 궁정 시인들의 시와 다를 게 없어 보인다. 속표지의 판화에 사용된 전원적 배경부터가 밀턴의 초기시가 쓰였던 1630년대를 되돌아보는 분위기여서 한창 정치적 산문 논쟁에 빠진 그의 당시 모습과 구별되는 과거의 보수적 성향을 떠올리게 한다. 또한 궁정악단의 한 사람인 헨리 로즈(Henry Lawes)가 시의 악곡에 관여하였고, 속표지에 "검열법에 따라 인쇄되고 출판된"(Printed and publish'd according to ORDER) 사실을 밝히고 있는 점도 출판 당시의 밀턴의 이미지와는 거리감이 있다. 더구나 이 시집에 실린 많은 시들이 귀족에게 헌정되었고, 사실상 시의 형식이나 문체에서도 고전적 틀과 취향을 답습하고 있다. 그러나 모슬리의 관점에서 본다면, 전원적 풍경의 표지는 수록된 시의 정치성을 차단하여 검열제를 피할 수 있게 하였을 뿐만 아니라, 산문 논쟁으로 인해 형성된 밀턴의 투쟁적 이미지를 완화하여 일반 독자들이 거부감 없이 그의 시를 접하게 하였을 것이다. 모슬리는 1640년대부터 왕정복고까지 정치적 사상보다 문학적 감수성으로 평가받는 출판업자였기 때문에 이 시집의 출판을 통해 밀턴을 "비밀 왕권주의자"(crypto-royalist)로 만들 생각이었는지도 모른다.[62] 반면, 산문 논쟁에 열중하고 있던 밀턴에게는 이제까지 간헐적으로 써온 시들을 시집으로 출판할 기회였고, 한가로운 과거의 전원적 생활에서 벗어나 이념적 도약을 하는 그 자신의 결심을 공개적으로 인정

---

62) Lois Potter, *Secret Rites and Secret Writing: Royalist Literature, 1641-1660*. Cambridge: Cambridge UP, 1989, 162.

하고 다짐하는 계기가 되었을 것이다.[63] 이렇게 볼 때, 밀턴의 초기시는 분명한 정치적인 입장을 표현하고 있지는 않으나, 전원적 포장이 필요할 정도의 정치적 메시지를 행간에 숨기고 있다고 여겨진다.

출판업자와 시인의 동상이몽 가운데 출판되었을 밀턴의 초기시집은, 그의 논쟁적 산문과의 거리감에도 불구하고, 전반적으로 긍정적 형식 이면에 정치적 비판의식이 태동하고 있음을 알 수 있다. 그것은 바로 예언자적 시인의 비전과 소명감에서 비롯되었다. "예언자 시인"이란 "사제"(priest), "예언자"(prophet) 및 "시인"(poet)의 세 가지 의미를 동시에 지니는 바테스(vates)라는 라틴어 어원에서 유래된 말로서, 예언자의 역할을 하는 시인을 말한다.[64] 필립 시드니(Philip Sidney)에 의하면, 시인은 "있을 수 있고, 있어야 하는 것에 대하여 마음껏 신성한 숙고를 하며 학문적 신중으로만 제지당하는" 바테스라고 정의한다.[65] 비록 영감보다 그 주제의 신성함에 초점을 둔 정의이긴 하지만, 르네상스 시대에서 시인의 위상과 역할을 정의한 것으로 볼 수 있을 것이다. 예언자는 신의 영감을 받아 미래를 예견하고 역사를 현시적 사건으로 통시하는가 하면, 역사적으로 잘못된 권위의 부정과 위선에 대한 경고자의 모습으로 나타났다. 밀턴은 예언자에 대하여 별로 말하지 않지만, 자신이 예언자 시인으로서 당대의 정치와 역사에 대한 비판과 경고를 아끼지 않았다.

이처럼 밀턴은 이미 그의 초기 습작시에서 시간의 의미를 영원과의 관계에서 조명하고자 하는 초월적 비전을 보여주지만, 이러한 그의 초월적 비전은 차

---

63) David Norbrook, *Writing the English Republic: Poetry, Rhetoric and Politics 1627-1660* (Cambridge: Cambridge UP, 1999), 163. 1645년 판 시집의 출판 관련 투기성에 대하여는, C. W. D. Moseley, *The Poetic Birth: Milton's Poems of 1645* (Aldershot, Eng.: Scolar, 1991)을 참고할 것.

64) William Kerrigan, *The Prophetic Milton* (Charlottesville: U of Virginia P, 1974), 8. 예언자와 시인의 관계에 대한 좀 더 상세한 논의는 이 책의 제1장 "Prophets and Poets"을 참고할 것.

65) Philip Sidney, "An Apologie for Poetrie." *Elizabethan Critical Essays*, ed. George Gregory Smith (Oxford: Clarendon, 1904), 159.

층 현실역사에 대한 비판의식으로 변모해 갔다. 그의 사회비판은 단순한 인간적 비판이라기보다 프로테스탄트의 신앙과 영감을 바탕으로 하나님의 정의를 대변하는 예언자적 비판이라고 할 수 있다. 현실역사와 정치에 대한 그의 예언자적 비전은 논쟁적 산문을 통해 구체적으로 표현되지만 이보다 앞서 청년 시절의 초기시에서 이미 감지되기 시작한다. 「사색적인 사람」("Il Penseroso," 1631?)의 화자가 "나의 지친 노년"(my weary age; 167)에 이르러 "예언적 가락 같은 것"(something like Prophetic strain; 174)을 터득하게 될 날을 고대하는 것은 영국 국민을 향한 시인 자신의 예언자적 소명 의식을 반영한 것이라고 볼 수 있을 것이다. 또한, 예언자적 시인으로서의 밀턴의 꿈은 자신의 모국어에 대한 새로운 인식에서도 확인할 수 있다. 영국의 범주를 넘어서려는 소장 학자의 고전적 야망에도 불구하고, 19세 때 쓴 「대학 방학 중의 습작」("At a Vacation Exercise in the College," 1628)에서 그는 외국어로 시를 써온 것에 대해 반성하면서 모국어로 돌아섰음을 선언한다. 그리고 시간과 영원에 대한 상상력을 키워 가는 습작기를 거치면서 「리시더스」("Lycidas," 1638)에 이르면 현실 사회의 부정을 고발하는, 현실비판적 예언자 시인의 면모를 보여주기 시작한다.

밀턴의 초기시에서 이미 그의 급진적 정치 성향이 표현되기 시작한다는 주장의 효시는 크리스토퍼 힐의 『밀턴과 영국혁명』(1978)이라고 할 수 있는데, 그는 1628년 밀턴이 버킹엄(Buckingham)을 비방하다 구속된 알렉산더 질(Alexander Gill) 같은 과격파 인물과 친분을 가졌다는 점을 들어 그의 초기시의 급진적 성향을 주장한다.[66] 데이비드 노브룩(David Norbrook)은 「리시더스」("Lycidas")를 로드(Laud) 주교의 검열로 인한 숨겨진 사회비판으로 보긴 하지만, 힐과 달리, 밀턴을 당대의 다른 시인들과 대비시켜 평가한다. 1638년의 벤 존슨(Ben Jonson)의 비가(elegies)와 비교함으로써, 그는 밀턴의 초기시는 분명하게

66) Christopher Hill, *Milton and the English Revolution*, 28.

드러난 정치적 논평에서뿐만 아니라 기저에 흐르는 환상적 이상주의(visionary idealism)에 있어서도 급진적이라고 단정한다.[67] 여기서 "환상적 이상주의"는 보는 관점에 따라서는 초월적인 것이 되기 때문에, 현실정치나 역사에 깊이 빠져들기 이전에는 밀턴이 전통적인 기독교적 역사관을 수용하고 있음을 보여주기도 한다.

밀턴의 초기시에 이미 나타나고 있는 기독교적 역사관은 원래 성 아우구스티누스(St. Augustine, 354-430)의 역사관에서 시작된다. 아우구스티누스에 의하면, 과거, 현재, 미래로 이어지는 인간의 시간은 하나님의 영원 속에서 영원한 현재로 인식된다.[68] 밀턴이 영국혁명기를 겪으면서 현실역사에 대한 희망과 좌절을 경험함으로써 후기시에서는 보다 성숙한 역사관을 보여주게 되지만, 초기시에서는 아직 비교적 전통적인 기독교적 역사관의 영향 아래 있었다고 할 수 있다. 전통적 기독교 역사관은 인간사에서 하나님의 섭리를 강조하고 이 세상에 일어나는 모든 사건을 그 섭리의 계시로 본다.[69] 따라서 밀턴의 초기시는 현실정치에 관한 관심보다는 인간의 시간적 한계성을 극복하는 종교적 비

---

67) David Norbrook, "The Politics of Milton's Early Poetry," *John Milton*, ed. Annabel Patterson (London & New York: Longman), 62.

68) 아우구스티누스는 『고백록』에서 하나님의 영원한 현재를 다음과 같이 설명한다.

> 당신의 연한(years)은 영원한 정지 상태인 까닭에 당신에게는 모두 동시에 완전히 현존합니다. 그 연한은 결단코 전혀 지나가지 않기에, 다른 연한의 도래 앞에 길을 내주도록 진전하지 않습니다. 그러나 우리의 연한은 과거 속으로 전부 지나가고 나서야, 전적으로 완성되는 것입니다. 당신의 연한은 하루이지만, 그것은 매일 오는 것이 아니라, 항상 오늘입니다. 당신의 오늘은 어떤 내일에도 자리를 내주지 않기 때문입니다. 당신의 오늘은 영원입니다. (*Confessions*, trans. R. S. Pine-Coffin [London: Penguin, 1961], 11.13: 263)

69) 기독교적 역사관에 관한 대표적 연구서인, C. A. Patrides, *The Grand Design of God* (London: Routledge and Kegan Paul, 1972)은 유대 사상에서부터 현대사상에 이르기까지의 기독교적 역사관을 개괄하고 있는데, 영국 르네상스 시대에 일어난 기독교적 역사관의 변천 과정과 밀턴의 역사관을 다루고 있으므로 밀턴의 문학적 위치를 가늠하는 데에 참고된다. 이 책은 패트라이디즈의 이전의 저서인, *The Phoenix and the Ladder* (1964)와 *Milton and the Christian Tradition* (1966)을 종합적으로 확대한 같은 맥락의 연구서이다.

전을 시적인 상상력으로 구현하고 있다. 다시 말하자면, 그의 초기시는 후기의 대작들과 마찬가지로 현실정치와 역사를 암시하거나 반영하지만, 동시에 이를 비판하거나 초월하는 이중성을 보여준다고 하겠다.[70] 초기시에서도 청교도주의적 개성과 사회비판이 암시되기는 하지만, 시라는 예술 장르에 흡입, 여과됨으로써 초월적인 비전을 제시하기 때문이다. 밀턴의 초기시 대부분이 개인적 혹은 공적인 특수한 계기로 인한 기회시(occasional poem)라고 할 수 있지만, 밀턴 스스로 그렇게 생각하듯이, 초기시는 그의 궁극적 야망이라 할 수 있는 후기의 대작을 쓰기 위한 준비단계에 불과하다고 하겠다.[71] 그의 시적 야망은 사물에 대한 단순한 감상이나 순간적 감정을 표현하는 데에 머무르는 경향의 기회시를 쓰는 데에 있지 않기 때문이다. 그의 후기 대작, 특히 『실낙원』은 서정시를 포함한 모든 전통적 문학 장르를 서사시적 비전을 형성하는 요소들로 활용하고 있다고 할 것이다.[72]

그러나 리쉬먼(J. B. Leishman)의 지적대로, 밀턴의 초기시를 후기시의 준비단계로 인식한다면, 시인의 발전단계와 관련하여 양자의 연관성을 주목하게 된다.[73] 문체상으로도 그러하지만, 사상적 배경 또한 동떨어진 것이 아님을 알 수 있다. 어떤 의미에서 초기시 가운데 라틴어나 이탈리아어로 된 시가 많은 것은 사회로부터 자발적인 격리로 여겨진다.[74] 그는 동시대 시인들보다 고전적이면서도 존 드라이든(John Dryden)과 알렉산더 포프(Alexander Pope)의 이성

---

70) Thomas N. Corns, "Milton's Quest for Respectability," *Modern Language Review* 77 (1982): 778.

71) J. B. Leisman, *Milton's Minor Poems* (London: Hutchinson, 1969), 52.

72) 르월스키에 의하면, 밀턴은 서사시를 주제, 양식, 스타일 등 문학적 제반 요소들을 백과사전식으로 통합하는 장르로 보았으며, 따라서 그의 『실낙원』은 문학 형식과 장르의 완전한 스펙트럼을 구현하고 있다는 것이다. Cf. Barbara K. Lewalski, *Paradise Lost and the Rhetoric of Literary Forms* (Princeton: Princeton UP, 1985).

73) J. B. Leishman, *Milton's Minor Poems* (London: Hutchinson, 1969), 52.

74) Schiffhorst, *John Milton*, 40.

시대를 예상케 하는 시인이었다. 이같이 동시대로부터의 자발적 격리를 통해 그는 자기가 속한 시대보다 더 위대한 시대에 속하는 뒤늦은 르네상스 인문주의자로서 기독교 인문주의의 대미를 장식할 수 있었을 것이다.[75] 밀턴은 필립 시드니(Philip Sidney) 못잖게 시적 매체로서의 영어에 대한 확신을 지녔지만, 영국을 넘어서고자 하는 고전적 야망을 마음속 깊이 품고 있었다. 「대학 방학 중의 습작」("At a Vacation Exercise in the Colledge")에서, 그는 영어를 가리켜, "내가 예상한 대로 된다면, / 가장 맛있는 요리는 마지막에 제공될 겁니다"(if it happen as I did forecast, / The daintest dishes shall be serv'd up last; 13-4)라며, 그는 이후 모국어로 쓰일 시에 대해 확신을 피력한다. 나아가, "어떤 보다 엄숙한 주제"(some graver subject; 30)를 위해 영어를 사용할 것을 다짐하는 데서 그의 후기시를 가능하게 하는 잠재력을 찾게 된다. 그가 동시대에 유행하던 형이상학적 시풍을 거부하고 엘리자베스 시대에 유행하던 구식인 스펜서 풍의(Spenserian) 문체를 고수한 것은 결코 우연이 아니다. 그가 쓰고자 꿈꾼 불후의 시는 17세기에 유행한, 한 시대의 시풍이었던 소위 형이상학시(Metaphysical poetry)가 아니라 단테(Dante, 1265-1321)의 『신곡』(*Divina Commedia*) 같은 실존적 인간의 우주적 비전을 보여주는 온전한 의미의 형이상학시였다. 따라서 "보다 엄숙한 주제"를 다룰 수 있는 비극이나 서사시를 통해 시인으로서의 꿈을 달성하려 했다. 밀턴의 그러한 꿈은 후기 대작에서 성취되지만, 학창 시절의 습작에서부터 그 향방을 가늠할 지표들을 발견할 수 있다. 비록 논쟁적 산문이나 후기시의 경우처럼 혁명적 자유사상이 강하게 표출되진 않지만, 초기시에도 현실정치에 관한 흥미와 예언자적 비전이 공존한다. 따라서 본 장에서는 그의

---

75) Richard Helgerson, *Self-Crowned Laureates* (Berkeley: U of California P, 1983), 231. 틸야드(E. M. W. Tillyard)는 『엘리자베스 시대의 세계관』(*The Elizabethan World Picture* [New York: Vintage Books, n. d.)에서 르네상스 질서의 개념을 밀턴에게까지 적용하고 있다. 또한 로이스 포터(Lois Potter)도 밀턴의 고전적 관심을 엘리자베스 왕조 후기의 시인들과 관련지어 설명한다(*A Preface to Milton* [New York: Longman, 1986], 77).

학창 시절 습작으로부터 산문기에 접어들기 이전까지 쓰인 시작품들 가운데 그의 혁명적 사상의 징후를 보여주는 대표적인 초기 시작품들을 살펴보기로 하겠다.

1. 학창 시절의 습작시: 기독교 역사관의 수용

밀턴이 학창 시절에 쓴 시들 가운데 종교적 비전을 통해 현실적 제약을 벗어나려는 시도를 보여준 시들이 많다. 그가 조카딸의 죽음을 추모한 비가, 「기침으로 죽은 어여쁜 아기의 죽음에 부쳐」("On the Death of a Fair Infant Dying of a Cough," 1628)에서 밀턴은 수사적 의문과 스펜서 풍의 고전적 비유 등을 사용하여 그녀의 갑작스러운 죽음을 불멸의 주제에 연결한다. 이 세상의 삶이 제대로 피어나기도 전에 닥친 죽음에 대하여 기독교적 위안을 얻으려는 것이다. "그대의 얼굴에서 죽음을 넘어서는 무언가가 빛났으니 그대의 신성함을 보여주었도다"(something in thy face did shine / Above mortalitie that shew'd thou wast divine; 34-5)라면서 그녀의 영혼에게 그녀의 정체가 무엇이었는지 물어보기도 한다. 만일 인간의 몸을 입고 지상에 내려왔던 "황금빛 날개의 무리"(the golden-winged hoast; 57)였다면, 왜 죄와 형벌(역병)에 직면한 인간을 위해 지상에 머물지 않았느냐고 항변하면서, 천상에서 그 직분을 가장 잘 감당할 것이라고 자위한다. 마지막 연에서, 아기의 어머니를 향해 "거짓된 환상의 상실"(false imagin'd loss; 72)을 그만두고 하나님이 주신 선물을 그에게 돌려주라고 조언한다. 그렇게 하면, 자손을 얻을 것이고 그가 "세상 마지막까지 그대의 이름이 살아남게 하리라"(till the world's last-end shall make thy name to live; 77)고 위로한다. 구약성서의 욥(Job)을 상기시키지만, 이 세상의 유한성에 대한 시인의 인식이 저변에 깔려 있고 하나님의 섭리를 우선시하는 시인의 종교적 태도가 엿보인다. 이 시에서 이미 밀턴의 후기시가 성취하게 될 고전적 형식과 기독교적 의미의 융합을 시도했다고 할 수 있다. 그러나 죽은 아기에 대한 애도에서 갑작스럽게 아기의 어머니에 대한 위로로 급전하는 것이 별로 성공적이지 못하다. 죽은 아이를 다른 아이로 대체한다고 근본적인 위로가 될 수 있는 것이 아닐 뿐 아니라 하나님의 섭리를 형상화하는 데도 성공하지 못한다.

밀턴의 초기시 가운데 비교적 성공작이라고 평가되는 최초의 시는 「그리스도 탄생의 아침에」라고 할 수 있다. 1929년 크리스마스에 쓴 이 시는 단순히 그리스도의 탄생에 관한 찬양이 아니라 우주적 평화를 묘사하고 있는데, 빛과 어두움의 이미저리를 적절히 사용하고 고전과 기독교적 인유를 혼합하여 어두움이 밝혀지고 조화가 성취되는 우주적 변화를 성공적으로 그려내고 있다. 이 시의 두드러진 점이 있다면, 시각적 이미지를 청각적 효과와 병행시키고 있다는 점이다. 빛에 의한 어두움의 정복이 우주적인 음악적 조화의 성취와 밀접하게 연결되고 있다. 필립 시드니(Philip Sidney)의 말대로 시가 "말하는 그림"(speaking picture)일진대, 이 시는 노래하는 그림이라고 할 수 있다. 그리고 이 같은 시청각의 통합은 시의 주제적인 통합을 반영한다고 할 수 있다. 1929년 크리스마스라는 역사적인 어느 한순간을 모든 크리스마스와 통합시킴으로써 한정된 인간적 시간을 초월한 현재, 즉 영원의 한 모퉁이에서 이 송시는 시작되는 것이다. 인간의 역사가 타락에서 구원으로 전개되듯이, 성육신은 역사의 전환점으로 작용한다. 데이비드 모리스(David Morris)에 의하면, 성육신 사건은 영원의 관점에서 보면 고정된 사건이지만 시간적 관점에서는 움직이는 극적인 사건이며, 이 송시는 이 두 관점을 일치시킨다는 것이다.[76)]

그러므로 그리스도의 탄생은 특수한 시점에서 일어난 고정된 사건이면서 "총체적 역사의 드라마 속의 본질적 에피소드"이기도 하다.[77)] 밀턴은 과거와

---

76) David B. Morris, "Drama and Stasis in Milton's 'Ode on the Morning of Christ's Nativity,'" *Studies in Philology* 68 (1971): 207-22.

77) Morris, 207.

현재라는 시간의 한계를 극복하여 성육신이라는 역사적 사건과 그것의 현시적 기념일을 동일시하는가 하면, 천지창조로부터 새 하늘과 새 땅이 열릴 미래에 이르기까지의 우주적 역사를 한눈에 조명한다. 이 시는 과거와 현재를 융합시키는 "선명한 순간적 현재"로 끝나는데, 이 현재 속에서 그리스도는 아기였으며 아기이고, 십자가에 달려야 하며 달렸다. 이러한 시간의 통합적 사용을 로우리 넬슨(Lowry Nelson, Jr.)은 바로크적 요소라고 주장한다.[78] 이처럼 밀턴은 시제를 의도적으로 초월함으로써 그리스도의 성육신과 마지막 심판을 연결하는데, 미래를 현재 시제로 표현하는 것이 그 한 예이다.

그리고 그때 드디어 우리의 지복은
충만하고 완전하게 되는바
　그러나 지금 시작하도다.

And then at last our bliss
Full and perfect is,
　But now begins. (165-67)

이처럼, 예언자적 비전으로 미래를 현재 속에 흡수하지만, "그때"(then)와 "지금"(now)의 대비를 통하여 시제의 차이는 유지된다. 그러나 현재 시제로써 두 사건을 묘사함으로써 성육신의 의미를 "역사 속과 밖에 동시에 존재하는 한 순간"으로 전개한다.[79] 그렇기에, 조오지 스미스(George William Smith, Jr.)는 이 시의 시적인 전략은 성육신과 구원을 찬양하기 위해 다양한 잘못된 종말론적 관점들을 제공하고 수정하여 올바른 비전을 제시하는 것이라고 주장한다.[80]

78) Lowry Nelson, Jr., "Milton's Nativity Ode," *Baroque Lyric Poetry* (New Haven & London: Yale UP, 1961), 52.

79) Kerrigan, *The Prophetic Milton* (Charlottesville: UP of Virginia, 1974), 193.

80) George William Smith, Jr., "Milton's Method of Mistakes in the Nativity Ode." *Studies in*

패트라이디즈가 이 송시를 『실낙원』의 서곡으로 간주한 이유도 이 같은 비전이 서사시의 비전을 예고하는 것이기 때문이다.[81] 또한 로즈몬드 튜브(Rosemond Tuve)가 이 송시를 하나의 찬송가로 보면서 탄생에 대한 것이 아니라 성육신에 대한 시라고 주장하는 것도 그리스도의 탄생이 역사 속에 일어난 사건이자 인간 역사 이후에까지 연결되는 사건으로 묘사되기 때문이다.[82]

「그리스도 탄생의 아침에」와 더불어 밀턴의 다른 초기시 두 편, 즉 「할례에 부쳐」("Upon the Circumcision")와 「수난」("The Passion")도 기독교적 역사관을 수용하고 있는 시이다. 이 세 편의 시는 그리스도의 탄생, 입문 그리고 수난을 그리는 삼부작이라고 할 수 있다. 그러나 「수난」은 「그리스도 탄생」의 자매시로서 쓰였을 것으로 추측이 되지만 일반적으로 졸작으로 평가되는데, 이는 아마 그리스도의 십자가상이 당시 로마가톨릭과 연상되어 개신교도들에게 혐오스러운 주제였기 때문이었을 것이다.[83] 「수난」의 "나의 배회하는 시"(My roving verse)는 결론에 이르지 못한 채 제자리로 돌아오지만, 시인은 성서의 예언자 에스겔(Ezekiel)의 환상을 받는 자신을 보게 된다. 그는 "나의 노래"(my song), "나의 배회하는 시"를 포기하지 않으며, 「그리스도 탄생」의 예언자 시인처럼 시간과 시간을 넘나들거나 "천상의 뮤즈"(Heav'nly Muse; *PL* 3.1)에게 영감을 구하지도 않는다. 결국 「수난」의 실패는 시인이 예언자의 세계에 완전히 들어서지 못함에서 오는 결과이다.[84] 이 시는 시 자체보다 1645년 판 시집에 수록된 시 바로 아래에 기록된 시인 자신의 회상이 흥미를 끈다. 즉, 그는 이 주

English Literature, 1500-1900 18 (1978): 107-23.

81) C. A. Patrides, *The Grand Design of God: The Literary Form of Christian View of History* (London: Routledge & Kegan Paul, 1972), 84.

82) Rosemond Tuve, *Images and Themes in Five Poems by Milton* (Cambridge: Harvard UP, 1962), 39.

83) Roy Flannagan, *The Riverside Milton* (Boston: Houghton Mifflin, 1998), 50.

84) Kerrigan, *The Prophetic Milton*, 109-201.

제가 습작 당시 자신의 연륜에 힘겨운 주제였음을 시인하면서 시도된 것에 만족하지 못하여 미완성으로 두었음을 밝힌다.[85)]

「그리스도 탄생의 아침에」보다 몇 개월 뒤에 쓰인 「할례에 부쳐」는 그리스도의 할례를 그의 수난의 예표(type)로, 그의 수난은 할례의 대형(anti-type)으로 묘사한다. 이렇게 함으로써 시간 속에 일어난 한 역사적 사건을 영원 속에 일어나는 하나님의 구원 역사와 연결 짓는다. 이를 위해 역사 속에 일어나는 순차적 시제를 초월하여 현시적 영원의 관점에서 인간 역사를 조명하려는 것이다. 「시간에 부쳐」("On Time")에서는 지상 세계의 무상함과 천상 세계의 불변성을 대조시키고 철학적 이상주의와 기독교적 이상주의를 대비시키고 있다. 이 시는 운율과 시행의 길이 및 언어를 배합하여 세속적 쾌락을 멸시하고 내세의 완성을 추구하는 기독교 정신을 잘 그려내고 있다. "장구한 영원이 우리의 지복을 개별적인 입맞춤으로 맞이할"(long Eternity shall greet our bliss / With an individual kiss; 11-2) 역사의 마지막 시간에 영적 승리가 완성될 것이라고 소원한다. 따라서 윌리엄 파커의 표현대로, 이 시는 "반전된 카르페 디엠 주제"(the carpe diem theme in reverse)를 표현한다.[86)]

종교적 관점을 음악적 주제로 표현한 「장엄한 음악을 듣고」("At a Solemn Music")의 경우, 완전한 조화를 나타내는 천상의 음악과 지상의 불협화음을 대비시키면서, "멀지 않아 하나님이 / 천상의 무리와 우리를 합하여 / 그와 함께 살면서 영원한 빛의 아침에 노래할 때까지"(till God ere long / To his celestial consort us unite, / To live with him, and sing in endless morn of light; 26-8) 낙원의 노래를 소생시켜 하늘과 조율하기를 기원하고 있다. 이 시는 「시간에 부쳐」와 비교되는 시로서 3행이 더 길며, 「할례에 부쳐」와 똑같은 28행시로서 단지 2행

85) "작가는 이 시를 쓰면서 그 주제가 자신의 연륜을 훨씬 넘어서는 것임을 발견하고, 시작된 것에 아무런 만족도 못 한 채, 미완성으로 남겨두었다."

86) William Riley Parker, *Milton: A Biography*, 2 vols. (Oxford: Clarendon, 1968), 1: 87.

뿐인 짧은 시행을 효과적으로 사용하여 하나님을 찬양하는 천사들의 영원한 노래를 인간의 찬미와 연결하고 있다. 위에 인용한 마지막 시행들이 보여주듯이, 이 시는 영생에 대한 기독교적 확신을 제공한다는 의미에서 「시간에 부쳐」와 주제상 유사성을 보여준다. 「시간에 부쳐」가 종말론적 비전에 더 접근하지만, 양자 모두 완전을 향한 비전을 반영하고 있으며 시간도 음악도 그러한 비전의 세계를 향한 역사의 흐름 속에 하나의 과정이며 수단이다. 「할례에 부쳐」와 더불어 이들 세 편의 초기시는 밀턴이 케임브리지 대학 시절 이미 기독교적 역사관을 수용하고 있었음을 보여주는 작품들이다. 이전에 쓰인 라틴어 시와 영어 습작시에 비하면 상당히 종교적 관심이 고조되었음을 알 수 있지만, 밀턴이 『교회 정부의 이유』(*The Reason of Church Government*)에서 주장한 바와 같이, 시인은 영감과 더불어 근면한 독서와 끊임없는 관찰 및 모든 예술과 세상사에 대한 통찰력을 지녀야 하며 자신 속에 찬양받을 만한 경험과 실행을 거쳐야 한다는 밀턴 자신의 주장을 고려한다면,[87] 아직 순진한 기독교적 역사관에 머물고 있다는 것은 당연한 일이다.

케임브리지 대학의 마지막 해였던 1631년에 밀턴은 자매시, 「쾌활한 사람」("L'Allegro")과 「사색적인 사람」("Il Peseroso")을 내놓았는데,[88] 이즈음에 쓴 시들은 존슨 계열(the Tribe of Ben Jonson)에 속한 시인의 것으로 보일 정도로 존슨의 영향이 돋보인다. 그러나 시어의 단순함과 궁정 풍의 호방함이 회화적 기상(conceit)이나 나중에 유행할 "형이상학적"(metaphysical)이라고 불릴 지적 기상

87) 존 밀턴 저, 송홍한 역, 『밀턴의 산문선집 1』(한국문화사, 2021), 205-207.

88) 이 자매시의 창작연대에 대한 많은 추측이 있지만 정확한 연대는 밝혀지지 않고 있다. 다만, 틸야드(E. M. W. Tillyard)가 *The Miltonic Setting: Past and Present* (London: Chatto and Windus, 1938), 1-28에서 처음으로 그 연대를 호톤(Horton) 시절이 아닌 케임브리지 대학 시절이라고 주장하였고, 윌리엄 파커 역시 권위 있는 밀턴의 전기에서 이 자매시가 밀턴의 케임브리지 마지막 해에 쓰인 것이라고 동조하고 있다(*Milton: A Biography*, 1: 98). 창작연대에 관한 논쟁은 John Carey, ed., *Milton: Complete Shorter Poems* (London: Longman, 1971), 130을 참고할 것.

에 관심을 보이는 것으로 보아 동시대의 시풍을 알고 있었음을 추측할 수 있다. 이 해에 사망한 존 단(John Donne)의 영향을 명확히 규정할 수는 없는 일이지만, 밀턴이 소위 형이상학적 시풍에 지나가는 관심을 보인 것은 사실이다. 그러나 밀턴의 시적 야망은 오늘날 우리가 뜻하는 의미로서가 아닌, 형이하학에 반대되는 개념으로서의 "형이상학적" 시인이기를 바랐던 것이다. 즉, 기상천외한 비유 등을 즐겨 사용하는 존 단 방식의 "형이상학적" 시가 아니라, 현세의 물질세계를 초월하여 영적 세계에 대한 철학과 비전을 제시하는 『실낙원』같은 그런 시를 진정한 "형이상학적" 시로 생각한 것이다. 이렇게 본다면, 「쾌활한 사람」과 「사색적인 사람」이 동시대의 시풍과 어떤 관계에 있든지 간에 시인의 정신적 성숙 과정을 반영한 것이라고 할 수 있다. 즉, 이 두 시가 자매시임에는 틀림없으나, 상반된 두 사람을 묘사하는 건지, 상반된 성격을 지닌 한 사람, 혹은 시인 자신의 상반된 두 성격을 나타내는지는 그리 중요하지 않다. 마리 니콜슨(Marjorie Nicolson)의 주장처럼, 이 자매시를 세밀하게 분석하지 않아야 시인이 의도한 대로 감상할 수 있으며, 독자가 하나의 유형을 인식하는 것이 더 중요할지도 모른다.[89] 하지만, 이 두 자매시를 당대의 사회상과 관련지음으로써 밀턴의 현실 인식을 발견하려는 연구가 있긴 하다. 마이클 윌딩(Michael Wilding)에 의하면, 「쾌활한 사람」과 「사색적인 사람」에서 정치성이 배제된 것은 엄격한 검열 때문이었을 수 있다는 것이다. 이 같은 관점에서 윌딩은 「쾌활한 사람」에는 노동자가 없다는 클린스 브룩스(Cleanth Brooks)의 주장을 조목조목 반박하고, 노동의 기쁨과 고통이 동시에 암시되어 있음을 지적한다. 노동계급에 대한 시인의 공감대는 억압하는 세력에 관한 그의 입장을 잘 대변한다는 것이다.[90] 그러나 섣불리 전자가, 밀턴 자신이 나중에 타도의 대상으로 삼게

89) Majorie Hope Nicholson, *John Milton: A Reader's Guide to His Poetry* (New York: Noonday, 1963), 54.

90) Michael Wilding, "Milton's Early Radicalism," *John Milton*, ed. Annabel Patterson (London &

될 왕당파 정신을 나타낸다거나, 후자가 시인 자신을 대변하는 청교도 정신의 잔영이라고 단정할 수는 없다. 또한 밀턴의 전 생애를 통해 이보다 더 포용력 있고 모호한 시를 쓴 적이 없고 상반된 해석들이 제시된 것 자체가 독창성의 승리를 말하는 것이라는 주장도 있다.[91]

「쾌활한 사람」의 주인공 자신은 순전히 환희를 즐기는 쾌락주의자도 아니지만, 그렇다고 인생을 살면서 어두운 곳을 피하면서 그 의미에 개의치 않는 근심 없는 사람도 아니다. 단지 그는 즐거움을 희구할 뿐이며, 이탈리아어 제목이 경쾌한 박자를 암시하듯이 이 시는 그러한 유쾌한 태도들을 제시할 뿐이다. 반대로, 「사색적인 사람」의 주인공은 연구와 고독을 즐기는 사람이지만, "쾌활한 사람"과 마찬가지로 어떤 틀에 박힌 철학의 희생양은 아니다. 그는 청교도적 반쾌락주의자도 아니며 단지 가장 큰 쾌락을 주게 될 자신의 생활방식을 연구나 고독에서 택할 뿐이다. 따라서 사색형 사람은 병적으로 우울한 사람이 아니며, 수동적이 아니라 능동적 정신상태이며, 그 나름의 즐거움을 추구하는 것이다. 이 두 시에서 생동감 넘치는 리듬이 다 같이 쓰이는 것은, 양쪽 모두가 그 나름의 즐거운 생활방식을 찾고 있음을 반영하는 것이다. 튜브가 이 자매시를 "보편적으로 즐길 수 있는 것과 보편적으로 바람직한 것"을 유형화한 찬양시(encomium)로 보는 것도 이 때문이다.[92] 만일 밀턴의 경험이 반영되어 있다면, 양편 모두에 해당할 것이며, 굳이 후기 대작들과 관련지어 말한다면, 「사색적인 사람」이 밀턴의 미래를 예상케 하는 작품이라 하겠다. 그러나 이제

New York: Longman, 1992), 39-45.

91) Parker, *Milton: A Bibliography*, 1: 99.

92) Rosemond Tuve, *Images and Themes in Five Poems by Milton*, 15. 엘리엇(T. S. Eliot)이 이 자매시의 이미저리가 너무 일반적이라고 주장한 것에 대해, 리쉬먼(J. B. Leishman)은 시인의 의도가 상세한 이미지 묘사가 아니라 상반된 마음 상태에 적합한 즐거움들을 표현하는 것이기 때문에 상세한 경치묘사를 피하고 누구에게나 적용될 수 있는 상황을 제공하고 있다고 반박한다(*Milton's Minor Poems*, 52).

까지의 그의 경험에 비추어 본다면, 두 시에 묘사되는 상반된 인물의 경험을 시인은 모두 겪어왔고 젊은 감성으로 충분히 소화해 냈다고 볼 수 있다. 어떤 의미에서 그가 상반된 인생관에서 각각의 장점을 볼 수 있는 안목이 생겨남으로써 역설적 개념인 기독교 인문주의를 수용하여 삶의 지표로 삼을 준비가 되었음을 보여주는 작품들이라고 할 수 있다.

이렇게 볼 때, 「쾌활한 사람」에서 르네상스 인문주의적 자유가 강조되는 것은 결코 우연이 아니다. 아름답고 자유로운 환희의 여신(Mirth)에게 시인은 다음과 같이 "자유"(Liberty)를 데려오라고 요구한다.

> 오라, 경쾌한 걸음걸이로,
> 날아갈 듯 사뿐히 발끝으로 걸으며,
> 그리고 그대의 오른손엔
> 산의 요정, 감미로운 자유를 대동하고;
> 또한, 나 그대에게 어울리는 경의를 표하리니,
> 환희여, 그대의 무리에 들게 하여
> 자유와 더불어 그대와 함께 살게 하라
> 나무랄 데 없는 자유로운 즐거움으로. . . .
>
> Come, and trip it as you go
> On the light fantastick toe,
> And in thy right hand lead with thee,
> The Mountain Nymph, sweet Liberty;
> And if I give thee honour due,
> Mirth, admit me of thy crue
> To live with her, and live with thee,
> In unreproved pleasures free. . . . (33-40)

여기서 "달콤한 자유"를 자유가 아닌 다른 것이라고 이해할 이유가 없다고 마이클 윌딩(Michael Wilding)은 주장하면서 정치적 의도가 억압되어 있음을 지적한다.[93] 결코 여기서 말하는 자유가 방종이나 사치는 아니며 정치적 의미가 내포된 긍정적 가치로서 환희와 구분되는 더욱 진지한 성격의 표현이라는 것이다. 여기 나오는 "산의 요정"에서 "산"은 그리스 로마 신화의 오리드(Oread)로서 자유를 산악지대와 관련지음으로써 그리스나 스위스, 혹은 종교개혁을 주도한 칼뱅(John Calvin, 1509-64)[94]의 제네바를 언급하고 있는지도 모른다.[95] 윌딩은 자유를 방종으로 몰아가는 클린스 브룩스의 신비평주의적 해석을 비판하면서, 밀턴의 후기시와 상관없이 자유는 자유일 뿐임을 강조한다. 또한 이 시에는 일하는 장면이 없다는 브룩스의 주장에 대해서도, 윌딩은 일하는 시골 사람들의 묘사를 인용하면서 반박한다.[96] 물론 윌딩의 주장에도 무리가 없는 것은 아니다. 피터 허먼(Peter C. Herman)이 주장하듯이, 화자는 다른 사람들이 일하는 것을 지켜볼 뿐이며 그 자신은 분명히 "유유자적"(otium)을 강조하고 있으므로 계급적 우월감을 드러낸다고 볼 수 있다.[97] 그러나 허먼의 주장을 받아들인다고 해도 화자와 밀턴을 동일시할 필요는 없다고 본다. 화자가 한가로움을 즐긴다고 해도 적어도 다른 사람들이 일하는 모습이나 자연의 생동하는 광경을 흡족하게 음미하는 한, 그를 게으름만을 즐기는 사람으로 볼 이유는 없다. 즉 열심히 일하는 사람을 경멸하거나 이들을 착취하는 것이 아니라, 바라보며 기뻐할 수 있는 것은 그의 즐거움이 활동성과 연관되어 있음을 알 수 있다. 이렇게 볼 때, 즐겁게 일하는 농부들의 묘사는 화자가 강조하는 자유에 적극적

93) Michael Wilding, *Dragon's Teeth: Literature in the English Revolution* (New York: Oxford UP, 1987), 22.

94) 프랑스의 종교개혁자이며, 영어로는 캘빈으로 발음한다.

95) John Carey, ed., *Milton: Complete Shorter Poems*, 2nd ed. (London: Longman, 1997), 134 (note 36).

96) Michael Wilding, *Dragon's Teeth*, 24-27.

97) Peter C. Herman, *Squitter-wits and Muse-haters* (Detroit: Wayne State UP, 1996), 185.

개념을 보태주는 효과가 있다. 즉, 여기서 뜻하는 자유는 결코 퇴폐적 방종이나 나태한 안일을 말하는 것이 아니며, 성실한 자가 자연과 조화를 이루며 살아가는 삶 가운데 얻는 자유이다. 이처럼 이 시는 일의 힘겨움을 무시하지 않고 있으므로, 현실을 완전히 왜곡하는 전형적 전원시(pastoral)라고 할 수는 없다. "산들의 황량한 가슴 자락엔 / 일하는 구름이 가끔씩 쉬어 가고"(Mountains on whose barren brest / The laboring clouds do often rest; 73-4) 같은 지나치기 쉬운 단순한 자연 묘사에서 힘든 시골 생활의 단면이 암시되기도 한다. 따라서 윌딩은 억압하는 세력에 대한 밀턴의 인간적 저항이 노동계급에 대한 인식과 동정에 자리 잡고 있다고 결론을 내린다.[98] 다만, 시인의 이러한 혁명적 생각이 아직 암시적 수준에 머물고 있다고 보는 것이 타당할 것이다.

「쾌활한 사람」이 단순한 노동이나 자연 속에서 느끼는 즐거움을 노래한다면, 「사색적인 사람」은 종교적 사색에서 얻게 되는 환희를 표현하고 있다. 따라서 후자의 "우울"(Melancholy)도 일반적으로 여겨지듯이 슬픈 마음을 표현하는 것이 아니라 사색적인 사람에게 어울리는 종교적 환희를 표현하는 것이다. 또한 전자가 일상사의 근심 걱정으로부터의 자유를 추구한다면, 후자는 세상사로부터 자유로운 초월적 자유를 추구하고 있다. 전자에서 자연의 음악이 즐거움의 원천이지만, 후자에서는 외진 수도원의 오르간과 성가대의 음악이 천국의 환희를 제공한다. 그래서 여기서 우울은 "가장 신성한 우울"(divinest Melancholy; 12)로 추앙되고 "그대의 눈빛에 거하는 그대의 황홀한 영혼"(Thy rapt soul sitting in thine eyes; 40)을 소유하는 자이다. 「쾌활한 사람」의 환희가 달콤한 자유를 동반하는 것인데 반해, 「사색적인 사람」의 우울은 조용한 사색(Contemplation)을 동반하는 것이며 평온(Peace)과 여유(Leisure)가 곁들여진다. 여기서 여유란 정신적 자유에 필수적이므로, 결국 이 두 자매시의 기저에 자유가 자리 잡고

---

98) Wilding, *Dragon's Teeth: Literature in the English Revolution* (Oxford: Clarendon, 1987), 26-27.

있음을 알 수 있다. 밀턴의 능동적 산문 논쟁에서나 초월적 시에서 다 같이 자유가 중심사상으로 작용하고 있는 것은 이 자매시에서 이미 충분히 예상되는 것이다. 「쾌활한 사람」이 활동적인 주간을 배경으로 한다면 「사색적인 사람」은 야간을 배경으로 하는데,[99] 이들 관계는 후일 밀턴이 적극적으로 현실정치에 관여한 산문 논쟁과 그가 암울한 시대를 극복하고자 종교적 사색으로 기울었던 후기시와의 관계와 흡사하다. 「사색적인 사람」의 마지막에 화자인 "사색적 사람"은 "나의 지친 노년"(my weary age; 167)에 이르러 "예언적 가락 같은 것"(something like prophetic strain; 174)을 터득하게 될 날을 고대한다. 분명히 이 시의 주인공은 시인이 『실낙원』에서 제시하게 될 "내면의 낙원"(paradise within; 12.587)을 향유하는 방법을 이미 터득하고 있다고 하겠다. 데이비드 밀러(David M. Miller)가 이 두 자매시는 하나의 발전적이고 수직적인 구조를 형성한다고 주장한 것은 "사색적인 사람"이 "쾌활한 사람"의 장점을 통합하여 하나님에게로 더 접근해 간다고 보기 때문이다.[100] 또한 루이스 마아츠(Louis Martz)가 「쾌활한 사람」과 「사색적인 사람」의 관계를 『코머스』에 등장하는 형(Elder Brother)과 동생(Younger Brother)의 관계와 비유하는 것도 이 같은 이유에서일 것이다.[101] 두 자매시가 각기 나름의 즐거움을 추구하는 상반된 인물을 묘사하기는 하지만, 「쾌활한 사람」은 현실에 시야를 맞춘 미래가 없는 사람을 묘사하는 반면, 「사색적인 사람」은 시인이 도달할 수 있는 최고의 경지를 "예언적

99) 캐서린 스웨임(Kathleen M. Swaim)의 견해에 따르면, 「쾌활한 사람은 잠자리(bedtime) 이야기를 포함하여 24시간 하루의 사건을 다루고 있지만, 「사색적인 사람는 초시간적(timeless) 사건들에 대한 개인적 인식이라는 주관적 경험을 다루고 있으므로 이 두 자매시는 하나의 순환(cycle)을 형성한다는 것이다("Cycle and Circle: Time and Structue in *L'Allegro* and *Il Penseroso*," *Texas Studies in Literature and Language* 18 [1976]: 422-32).

100) David M. Miller, "From Delusion to Illumination: A Larger Structure for *L'Allegro-Il Penseroso*," *PMLA* 86 (1971): 32-39.

101) Cf. Louis Martz, *Milton: Poet of Exile* (2nd ed. New Haven: Yale UP, 1986), 46; Don Carmeron Allen, *The Harmonious Vision* (Baltimore: Johns Hopkins, 1954), 3-23.

가락"에 다다르는 단계로 설정하고 있어서, 장차 밀턴이 성취하게 될 시적 세계와 그의 역사관을 예상케 하는 작품이다. 특히 전자를 밀턴의 친구 찰스 디오다티(Charles Diodati)와, 후자를 밀턴 자신과 관련지어 본다면, 밀턴이 지향하는 시인의 목표는 후자에서 희구하는 "예언적 가락"에 도달하는 것임을 알 수 있다.[102)]

그러나 이 자매시는 대립적 측면도 있지만, 상호보완적 관계도 있다. 상호보완적 관계에서 보면, 두 시는 현실에 관한 관심과 초월적 비전을 보완적으로 제시하고 있으며, 이는 예언자 시인이 보여주는 양면성이기도 하다. 더구나 두 시에서 시인은 공통적으로 시적 영감을 기원하고 있는데, 「쾌활한 사람」의 경우 기쁨의 신 에우프로시네(Euphrosyne)에게 영감을 구하고 있으며, 「사색적인 사람」의 경우 뮤즈에 해당하는 우울에게 뮤즈의 노래를 듣게 해달라고 요구한다.[103)] 「쾌활한 사람」에서 미의 신 에우프로시네는 환희나 즐거움뿐만 아니라 영적 축복을 상징하며, 또한 시의 창작과 사회질서를 주관하기도 한다. 그녀 곁에 있는 산의 요정 자유는 그녀에게 관대함과 자유로움으로 다스리라고 권고하고 있으며 자유와 즐거움을 관련짓기도 한다(40). 에우프로시네가 "쾌활한 사람"에게 보여준 경치는 평화로우며, 그곳의 주민들은 농부, 목양녀, 정원사, 목동 등 모두 생산적 작업이나 조화로운 오락에 전념하는 자들이다. 도회지에서도 일치와 협동이 돋보이는데, 기사와 봉신(barons)은 사회적 계약을 행동으로 실천한다. 즉, 에우프로시네가 다스리는 사회는 조화로운 질서의 세계이다. 이에 비해 「사색적인 사람」에서 시인의 영감의 대상인 우울은 "성스러운 용모가 인간의 시각에는 너무나 빛나고"(Saintly visage is too bright / To hit the Sense

---

102) Roy Flannagan, *The Riverside Milton* (Boston: Houghton Mifflin, 1998), 65.

103) 이 두 자매시에 나타난 시적 영감의 기원과 과정에 관한 연구로는 Stella Revard, *Milton and the Tangles of Neaera's Hair: The Making of the 1645 Poems* (Columnia: Missouri UP, 1997), 91-127을 참고할 것.

of human sight; 13-4), 지품천사인 명상(Contemplation)과 벙어리인 침묵(Silence)을 대동하고 있으므로, 스텔라 리바드(Stella Revard)는 『실낙원』에 등장하는 천상의 시신 유레이니아(Urania)임에 틀림없다고 단정한다.[104] 결국 "사색적인 사람"은 우울에게 "황홀경에 빠져들게 하고 / 눈 앞에 모든 천국을 가져오라" (dissolve me into ecstasies / And bring all Heav'n before mine eyes; 165-66)고 요청한다. 「사색적인 사람」의 우울이 젊고 명상적인 예언자 시인에게 천국의 비전을 볼 수 있도록 영감을 기원하는 대상이라면, 우울은 "천상의 뮤즈"(the Heavenly muse)라고 할 수 있을 것이다.[105] 이처럼 두 자매시에서 환희와 우울은 공통적으로 시적 비전의 영감을 제공하고 있으며, 각 화자는 임의의 단순한 쾌락을 요구하는 것이 아니라 시적 창작에 영감을 부여해 줄 그러한 즐거움과 비전을 기원하는 것이다.[106] 이처럼 두 자매시에서 공통적으로 시인이 뮤즈에게 시적 창작의 영감을 기원한다는 것은 예언자 시인의 시적 기원이라고 볼 수 있다. 특히, "사색적 사람"이 하늘의 별들로 눈을 돌리며, 자신이 예언으로서의 시의 목적을 성취할 것을 서약하는 것은, 예언자 시인이기를 바라는 밀턴 자신의 시적 야망과 궤를 같이하는 것이다.

2. 『코머스』: 가면극을 통한 사회비판

『코머스』(*Comus*)는 「리시더스」("Lycidas")보다 한 해 전인 1637년에 출판되었으나 그보다 3년 전인 1634년에 이미 공연된 바 있었던 작품이다. 사실, 이

---

104) Stella Revard, *Milton and the Tangles of Neaera's Hair: The Making of the 1645 Poems* (Columbia: U of Missouri P, 1979), 110.

105) 『실낙원』에서 시인은 시신 유레이니아에게 영감을 기원하는데, 유레이니아는 "천상의 신" 즉 성령과 일치한다고 볼 수 있다.

106) Revard, *Milton*, 122.

가면극은 밀턴이 사용한 제목이 아니었고, 원제목 자체가 『가면극』(*A Mask*)이었다. 18세기에 들어서서 『코머스』라는 제목으로 수백 회 공연되면서 그렇게 불렸고, 동시에 거기에 정치적 의미가 가미되었다.[107] 이 가면극은 1637년 헨리 로즈(Henry Lawes)에 의해 『1634년 러들로우성에서 공연된 가면극』(*A Maske Presented at Ludlow Castle, 1634*)이라는 제명으로 출판되었으나 지금은 흔히들 『코머스』라고 부른다.[108] 밀턴이 그때까지 시도한 운문 작품들 가운데 가장 길고 복잡한 작품이다. 시외적(extra-poetic) 형식을 시적 구조에 통합시킨 작품으로서, 곡을 붙였던 궁정 작곡가 헨리 로즈(Henry Lawes)의 도움으로 1637년에 익명으로 초판을 내놓았다. 보통 극작품은 공연을 염두에 두고 쓰이고 그 원고가 남아 있어서 후대에 문학작품으로서 읽히거나 다시 공연되기도 한다. 그러나 『코머스』의 경우는 처음에 단순히 공연을 목적으로 쓰인 후 그 대본조차 남아 있지 않았으나 3년이 지나서야 하나의 문학작품으로 출판되었다. 어쩌면 문학작품으로서는 끝내 빛을 볼 수도 없었을 운명이었다. 결국 하나의 문학작품으로서 빛을 보게 되었지만, 공연과 별개로 출판됨으로써 그 문학적 형식

---

107) 블레인 그리트먼(Blaine Greteman)은 어떻게 밀턴의 『가면극』이 『코머스』로 불리게 되었으며, 이후에 쓰인 밀턴의 급진적인 작품들과 관련지어지는 개혁적이고 인습타파적인 텍스트로 평가받아오게 되었는지를 그의 논문에서 설명하고 있다. Cf. Blaine Breteman, "How *A Mask Presented at Ludlow-Castle* Became Milton's *Comus*," *Milton in the Long Restoration*, eds. Blair Hoxby and Ann Baynes Coiro (Oxford: Oxford UP, 2016), 147-58.

108) 1637년 처음 이 가면극을 출판되었을 때의 전체 원제는 『1634년 러들로우 성에서 공연된 가면극: 미가엘 축일 밤에 존경하는 브리지워터 백작 면전에서 공연됨』(*A Maske Presented at Ludlow Castle, 1634: On Michaelmasse Night, before the Right Honorable John Earle of Bridgewater, etc.*)이었다. 이 가면극은 원고 상태의 두 판을 포함하여 다섯 판이 남아 있는데, 밀턴의 필체로 된 트리니티 원고(the Trinity Manuscript)와 필경사의 필체로 된 브리지워터 원고(the Bridgewater Manuscript), 익명으로 헨리 로즈에 의해 출판된 1637년 판, 밀턴의 다른 초기시들과 함께 출판된 1645년 판, 그리고 밀턴 생전의 마지막 판인 1673년 판 등이다. 트리니티 원고는 "A Maske 1634"이라는 제목이, 브리지워터 원고는 그냥 "A Maske"라는 제목이 붙었다. 그러나 톨란드(Toland)가 1698년 밀턴의 전기에서, 그리고 1738년 존 달턴(John Dalton)이 무대공연을 위한 개작에서 "Comus"라는 제명을 사용한 후 그렇게 불리게 되었다.

이나 의미에 대한 논쟁이 많을 수밖에 없었다. 특히 르네상스 시대처럼 문학 장르에 관한 관심이 고조된 시대에는 더욱 그러했다.[109]

르네상스 시대의 가면극은 원래 왕이나 귀족의 특별한 행사에 축하공연으로 행해지는 전통이 있었다. 그러므로 어떤 방식으로든지 정치적인 성격을 지니게 되어 있다. 『코머스』는 브리지워터 백작(Earl of Bridgewater)이 웨일스의 추밀원 의장(Lord President of Wales)에 임관되는 것을 기념하여 1634년 대천사 미가엘 축일(Michaelmas; 9월 29일)에 공연되었고 백작의 세 자녀가 이 작품에 출연하기도 하였다. 미가엘 축일은 평상의 사회적 규칙이 중지되고 주인과 하인이 서로 지위를 바꾸는 "의례적 전도"(ritual inversion)의 시간, 즉 "무법의 시간"(lawless hour)을 즐기는 날이다.[110] 이날 공연된 밀턴의 가면극은 이 축일의 취지에 맞게 백작의 취임을 축하하면서도 계층 간의 이해를 촉구하는 메시지를 담고 있다. 단순히 피지배자들의 불만을 해소하는 일회적 기회를 제공하는 것이 아니라 근본적인 사회변혁을 촉구하는 내용을 담고 있다. 백작의 15세 된 딸 앨리스 이거턴(Lady Alice Egerton)이 레이디(Lady)의 역할을 맡고, 그녀의 두 동생인 11세 된 존 브래클리(John Lord Brackley)와 9세 된 토머스 이거턴(Thomas Egerton)이 두 형제의 역할을 맡았는데, 이처럼 백작의 어린 딸이 유혹과 피습을 당하는 주인공으로 등장함으로써 지배층과 피지배층의 전도를 전제로 하고 있다. 동시에 이 가면극은 엄연히 백작의 취임을 축하하는 오락물이기 때문에 복잡성이 더해진다. 물론 이 작품과 연관된 당시의 정치적 맥락을 통하여 작품 이면에 숨겨진 정치성을 찾는 것도 가능할 것이다.[111] 그러나 작품 자

---

109) 르네상스 시대의 장르 이론에 대해서는, Barbara Kiefer Lewalski, ed., *Renaissance Genres: Essays on Theory, History, and Interpretation* (Cambridge, Mass. & London: Harvard UP, 1986)을 참고할 것.

110) Leah S. Marcus, "Justice for Marfgery Evans: A 'Local' Reading of *Comus*," *Milton and the Idea of Woman*, ed. Julia M. Walker (Urbana: U of Illinois P, 1988), 76.

111) 이 작품의 정치성을 주목하게 하는 당시의 화젯거리였던 두 가지 사회적 사건은 공연 당시

체의 형식적 특징과 관련된 정치성을 중심으로 논의를 전개하고자 한다.

전통적으로 가면극은 귀족이나 관료의 취임이나 그들의 특정 기념일을 축하하는 귀족적 행사이기 때문에 근본적으로 정치적 오락이다. 『코머스』는 정치성 자체에 있어서는 종래의 가면극과 다를 바 없으나, 그 세부적 주제와 형식에 있어서 상당한 차이점을 드러낸다. 이 가면극의 정치성은 귀족에 대한 단순한 정치적 찬양에 있지 않고 도리어 사회적 개혁을 촉구하는 메시지에 있다. 백작의 취임을 축하하는 원래의 동기에 충실하지만, 왕궁이나 전체 귀족계급에 대해서는 비판적 태도를 견지한다. 왕권에 대한 칭송은 물론 왕궁에 대한 언급이 거의 없고, 있다고 하더라도 비판적 관점에서 언급하는 정도이다. 특히 백작과의 갈등 관계에 있는 로드 대주교(Archbishop Load)를 정치적 공격의 대상으로 삼고 있음도 주목할 만하다.[112] 『코머스』에서 밀턴은 전통 가면극과 정치적 책략에 대한 당대 독자들의 기대를 의도적으로 불러일으켰다가 이를 전복시킴으로써 왕권과 이에 편승하는 전통적 가면극 형식을 동시에 비판한다. 그는 이 극의 배후가 되는 러들로우와 왕궁이 있는 화이트홀(Whitehall)의 관계를 밀접하게 하기보다 도리어 분리하고, 브리지워터 백작이 중앙정부와의 갈등을 벗어나 독자성을 구축할 수 있도록 격려한다. 이러한 과정은 물론 표면상으

그 악몽이 채 가시지도 않았을 캐슬헤이븐 스캔들(Castlehaven Scandal, 1631-32)과 마저리 에반스(Margery Evans, 1631) 사건이다. 이 두 사건이 얼마만큼 작품과 연관되었을지는 작품 자체에 직접적인 언급이 없으므로 추측에 불과하지만, 밀턴이 순결의 주제를 택한 이유와 깊은 관련이 있을 것이다. 캐슬헤이븐 스캔들에 대해서는 William B. Hunter, "The Liturgical Context of Comus," *English Languge Notes*, 10(1972): 11-15; Barbara Brested, "Com;us and the Castlehaven Scandal," *Milton Studies* 3 (1971): 201-24; John Creaser, "Milton's Comus: The Irrelevance of the Castlehaven Scandal," Flannagan, 23-34를, 마저리 에반스 사건의 논의는 Leah S. Marus, "Justice for Margery Evans: A 'Local' Reading of *Comus*," *Milton and the Idea of Woman*, ed. Julia M. Walker(Urbana: U of Illinois P, 1988), 66-78을 참고할 것.

112) 이 점에 대해서는 Leah S. Marcus, *The Politics of Mirth: Jonson, Herrick, Milton, Marvell, and the Defense of Old Holiday Pastimes* (Chicago: U of Chicago P, 1989) 제6장, "Milton's Anti-Laudian Masque"(169-212)를 참고할 것.

로 나타나기보다는 암시적으로 처리되어 정치적 맥락을 공유하는 당시의 관중들은 쉽게 이해할 수 있었겠지만, 오늘날의 독자들은 쉽게 포착하기 힘들다.

『코머스』는 앞서 언급했듯이 시외적인 형식을 시적 구조에 통합시킨 작품으로서, 그 문학적 형식이나 의미에 대한 논쟁이 많을 수밖에 없다. 그러나 몇 년 후 산문 논쟁에 뛰어들 그의 정치 성향으로 볼 때, 이 작품의 혁신적 내용과 형식은 도리어 충분히 예상되는 것이기도 하다. 일견하여 청교도 시인에게 어울리지 않는 장르인 가면극에 그가 손을 댄 것부터가 새로운 가면극의 탄생을 예고하는 시도였다고 하겠다. 비록 이 가면극이 아직 세파에 젖지 않은 청년기의 밀턴이 쓴 것이라고는 하나, 그가 청교도 가정에서 성장하였고, 청교도 신앙의 온실이었던 케임브리지 대학에서 석사학위까지 취득하였으며, 그 후 부친의 집에 은둔하는 동안에도 런던을 드나들며 종교적 정치적 논쟁에 관심을 가지게 되었음을 고려한다면, 이 시기에 이미 정치적 성향을 보이기 시작했으리라는 추측을 할 수 있다. 다만 출판물에 대한 검열제도가 엄격하던 때였으므로 그 정치성은 표면상으로 드러나기보다 시적 암시로 처리되어 행간에 숨겨졌을 것으로 여겨진다. 이러한 가정 아래 기존의 가면극과 구별되는 『코머스』의 문학적 특성을 살펴보고 이를 밀턴의 정치적 태도와 관련지어 보고자 한다.

『코머스』는 외견상 전통적 가면극처럼 귀족적인 여흥을 제공하기 위한 조건을 갖추었으나, 형식과 내용을 살펴보면 이 작품이 전통에서 이탈되고 있음을 알 수 있다. 우선 백작 가족의 상봉을 축하하는 여흥 한마당이면서도 화려한 의상이나 춤보다 진지한 내용을 전달하려는 의도가 짙다. 이러한 관점에서 에니드 웰스포드(Enid Welsford)는 "가면극은 하나의 극화된 춤이다"라면서 "『코머스』는 극화한 논쟁이다"라고 비판하였으며,[113] 앨런(D. C. Allen)은 그 진지성과 극적 요소를 가면극으로서의 결함을 다음과 같이 열거한다.

113) Enid Welsford, *The Court Masque* (Cambridge: Cambridge UP, 1927), 318.

그것(『코머스』)은 존슨(Jonson)이나 다니엘(Daniel)이 쓴 가면극보다 훨씬 길다. 그 작품에 등장하는 출연진은 훨씬 작고, 그 연기는 훨씬 덜 환상적이며, 그 구성은, 비록 더 정교하진 않지만, 더 강렬하며, 그 주제는 더 진지하며, 극이 전체적으로 유머가 부족하다. 그리고 그 극은 스펙터클, 무용, 의상, 심지어 노래보다도 극적 위기를 강조한다. 우리는 그것이 제임스 1세 시대의 대단한 가면극보다 더 좁은 홀에서 공연되었으며, 실외 연회의 일부로 더 적당한 모의 수상 무대로 끝난다는 것을 또한 주목해야 한다. 이런 요소들의 결핍으로 인하여, 『코머스』는 극으로 진입하지 않더라도, 진정한 가면극이 되지 못한다.[114]

그러나 17세기 가면극은 오페라나 도덕극의 형식을 띠는 등 다양한 방향으로 발전하였으므로 이를 일반화하여 그 형식을 규정하는 것은 의미 없는 일일 것이다.[115] 비록 『코머스』가 화려한 마당놀이(pageantry)나 춤이 부족하다고는 하지만, 가면극이 끝나면 배우들과 청중이 하나가 되어 춤판을 벌였다는 점을 고려한다면, 이는 별로 문제가 되지 않는다. 다양하게 발전한 가면극의 형식들을 하나로 도식화하면서까지 이 작품을 전통적 가면극 형식에 적용하여 그 장단을 평가할 필요는 없다고 본다.

밀턴이 의도한 대로 아무런 전제 없이 『러들로우성에서 증정된 가면극』을 가면극으로 읽고 그 특성을 분석한 비평가들의 연구가 작품이해에 한층 더 기여하였음은 당연한 일이다. 마조리 니콜슨(Marjorie Nicholson)은 작품의 정황에 근거하여 이 작품을 가면극이라고 단정하면서, 만일 밀턴에게 가면극을 부탁한 궁중악단(King's Music) 출신이자 가면극에 정통한 헨리 로즈(Henry Lawes)가 가면극이 아닌 작품을 받았다면, 제일 먼저 그가 이를 알아차렸을 것이고 밀턴의 원고는 받아들여지지 않았으리라고 주장한다.[116] 무엇보다 밀턴이 자신의 작

114) D. C. Allen, *The Harmonious Vision: Studies in Milton's Poetry* (Baltimore: Johns Hopkins UP, 1954), 31.

115) John Carey, ed. *Milton: Complete Shorter Poems*. 2nd ed. (London: Longman, 1997), 169-70.

품을 『코머스』나 다른 제목으로 부르지 않고 『러들로우성에서 공연된 가면극』이라고 불렀다는 사실과 가면극으로서 성공적으로 공연(혹은 증정)되었다는 사실만으로도 이 작품을 가면극으로 보아야 할 이유는 충분하다는 것이다.[117] 메리언 맥가이어(Maryann McGuiire)가 주장한 대로, 특정 인물이나 주제와 연관된 제목을 붙이지 않고 『가면극』이라는 제목을 고수한 것은 가면극 형식과 관련지어 이해돼야 한다는 시인의 의도가 숨겨져 있다고 보아야 할 것이다.[118] 따라서, 중요한 것은 이 가면극의 장단을 전통적 가면극의 잣대에 대고 왈가왈부하는 것이 아니라 이 가면극의 특성과 그 주제의 유기적인 연관성을 이해하는 것이다.

이 작품이 쓰이고 무대에 올려질 당시는 노래와 시가 가면극 전통에서 가장 중요시되었던 벤 존슨의 시대가 지나가고, 무대 쇼에 주로 관심을 보인 이니고 존즈(Inigo Jones)가 그 자리를 물려받았고, 타운센드(Townshend), 셜리(Shirley), 캐루(Carew), 데이브넌트(Davenant) 등이 등장한 때였다. 사실상, 벤 존슨이 이미 가면극에 의미심장한 내용을 담고자 시도했지만 실패했으며, 그는 무대쇼 중심의 가면극에 대해 "그림과 목공기술이 가면극의 진수라니!"(Painting and carpentry are the soul of masque!)라며 분개한 적이 있다.[119] 이들의 가면극은 존슨의 것보다 통일성이 떨어지고 길며 삽화가 많고 스펙터클을 추구하는

116) Majorie Hope Nicholson, *John Milton: A Reader's Guide to His Poetry* (New York: Noonday, 1963), 85.

117) 위의 각주 108에서 밝혔듯이, 밀턴 생전에 세 번에 걸쳐 출판된 이 작품은 모두 『가면극』(*A Masque*)이라는 제명으로 출판되었다. 그리고 헨리 로즈의 헌정사에서 알 수 있듯이 가면극으로서뿐만 아니라 출판된 시로서도 인기를 누렸다. 1637년과 1645년 판에 부친 헌정사에서 로즈는 그 수요가 많아 출판하게 되었음을 밝힌다. "몇몇 친구들의 요구에 부응하려고 가끔 베껴 쓰다가 보니 너무 힘겨워져 대중들이 원고를 볼 수 있도록 출판하지 않을 수 없게 되었다"는 것이다(Cleanth Brooks and John Edward Hardy, eds. *Poems of Mr. John Milton, the 1645 Edition* [New York: Harcourt Brace Jovanovich, 1951; Gordian, 1968], 57).

118) Maryann Cale McGuire, *Milton's Puritan Masque* (Athens, GA: U of Georgia P, 1983), 5.

119) Hill, *Milton and the English Revolution*, 45.

경향이 있었다. 밀턴은 존슨이 실패한 것을 성공시켜 볼 생각이었을 것이다. 바버(C. L. Barber) 역시 니콜슨과 입장을 같이 하여, 이 작품을 성공적인 가면극으로 보고 그 가면극적 요소들을 조목조목 세밀하게 분석하고 있다. 그는 밀턴의 가면극을 희극으로 간주하고 글을 써달라는 부탁을 받았지만, 6개월의 장고 끝에 "밀턴의 가면극은 하나의 가면극"일 뿐이라는 결론에 이르렀음을 밝힌다.[120] 그는 이 작품에 대한 희극작품으로서의 기대를 포기하고 가면극에 합당한 평가를 하게 되었음을 밝히면서, 존슨(Dr. Johnson)이 이 극의 시적 요소를 찬양하면서도 단지 플롯을 문제 삼아 극작품이 아니라고 단정한 것은 가면극의 속성을 무시한 발언이라고 반박한다.[121] 이 작품에는 극적 요소와 아이러니가 들어 있을 뿐 아니라 전원적 서정성을 제공하고 있어, 전체적으로 볼 때, 가면극으로서 훌륭하게 작용하고 있다는 것이다.

물론, 『코머스』를 하나의 성공적 가면극으로 보더라도 전통적 가면극과 구별되는 형식과 내용을 채택하고 있음은 결코 무시할 수 없다. 이러한 특성의 이해는 이 가면극의 올바른 이해를 위해 필수적이라고 생각된다. 우선 형식적 측면에서 밀턴이 당시 유행하던 가면극 형식을 거부하고 노래와 시, 그리고 "극화된 논쟁"을 도입한 것은 이미 산문기의 혁명적 사상을 예고하는 것이었다. 오락 문학(entertainment literature)의 한 형식인 가면극은 고귀한 인물이나 장소 혹은 사건에 대해 의미를 부여하고 미화하는 문학 형식이다. 따라서 다분히 가면극은 정치적 성향을 띈 것이었다. 예를 들어, 『코머스』와 같은 해 공연된 바 있는, 토머스 캐루(Thomas Carew, 1594/95-1639/40)와 이니고 존즈의 『영국의 하늘』(*Coelum Britannicum*, 1633)은 찰스 왕이 왕비에게 선사한 가면극으로서, 현대의 뮤지컬 희극처럼 효과적인 무대쇼를 선보였다.[122] 이 극은 캐루의

---

120) C. L. Barber, "A Masque Presented at Ludlow Castle: The Masque as a Masque," *The Lyric and Dramatic Milton*, ed. Joseph H. Summers (New York: Columbia UP, 1967), 5-6.

121) Barber, "A Masque," 36-7.

유일한 가면극으로서 『코머스』의 작곡가인 헨리 로즈가 곡을 붙였으며, 스티픈 오걸(Stephen Orgel)이 "찰스 독재왕조 최대의 극적 표현"이라고 부를 정도로 화려한 무대를 자랑했다.[123] 바버의 말을 빌리면, 한 마디로, "가면극은 증정되는 것이지 공연되는 것이 아니었다."[124] 따라서 그 기본적 방식은 특정 사건의 상황으로부터 형성되는 허구를 통해 현실성을 확장하고 다시 현실로 되돌아오는 형식이다. 가면극이 비록 허구의 세계를 묘사하는 듯하지만, 사실은 현실적 사건—『코머스』의 경우 브리지워터 백작의 의장취임—을 경축하는 것이며, 그 과정에서 배우나 청중들은 잠시 환상의 세계를 경험하며 축제의 분위기를 만끽할 수 있을 뿐이다. 그러나 밀턴의 가면극은 단순히 권력자의 비위를 맞추는 전통적 쇼무대와는 그 궤를 달리한다. 도리어 이와 반대로 권력에 대한 경고의 메시지를 함축하고 있는 작품이다. "극화된 논쟁"이라는 주장이 일리가 있을 정도로 단순한 구경거리 이상의 정치적 비판의식을 담고 있다. 르네상스 시대의 장르가 "세상에 대한 일련의 해석 방법 내지는 준거나 위치결정"의 의미를 지닌다는 로절리 콜리(Rosalie Colie)의 지적은 당시의 문학 형식과 정치성의 관계를 잘 나타낸다.[125]

또한, 『코머스』에 나타난 가면극적인 양대 요소, 즉 시와 노래를 포괄적으로 분석함으로써 장르 논쟁을 극복한 루이스 마아츠는 이 작품의 전원적 음악성과 오페라적인 요소에 주목하여 하나의 연주회 혹은 뮤지컬이라는 결론을 내리면서, 『가면극』(*Maske*)이라는 초판의 표제를 그대로 고수한다. 그는 이 가

---

122) 토머스 캐루는 첫 번째 왕당파 시인으로서 궁정에서 활동한 시인이었으며 궁정인들을 상대로 연애시나 기회시를 썼으며 부드러운 언어와 기교적인 분위기 및 이미저리로 유명하다. 성서의 「시편」을 상당히 번역하기도 했으나, 자신의 방종한 삶을 뉘우치며 죽었다고 한다.

123) Stephen Orgel, *The Jonsonian Masque* (Cambridge: Harvard UP, 1965), 83.

124) Barber, 30. 사실상, "present"는 "증정되다"와 "공연되다"의 어느 뜻으로도 쓰일 수 있다.

125) Barbara Lewalski, *Renaissance Genres: Essay on Theory, History, and Interpretation* (Cambridge: Harvard UP, 1986), 29.

면극이 셰익스피어와 제임스 1세 시대의 드라마에서 쓰인 무운시(blank verse), 마드리걸(madrigal)과 영창(air), 그리고 대구(couplet)식 수사법 등을 완벽하게 구사한 하나의 시라고 주장하면서, "시와 음악의 문명적인 힘"을 현대의 독자에게 훌륭하게 제공하고 있다고 주장한다.[126] 위에서 지적한 바와 같이 벤 존슨 시대가 저물고 이니고 존즈의 시대가 시작되면서부터 무대쇼가 중시되었지만, 이처럼 밀턴이 노래와 시에 치중했다면, 이는 분명 시인의 의도된 결과로 보아야 할 것이다. 전통적 가면극에서 채용되던 화려한 의상이나 현란한 무대쇼보다 긴 대화와 노래와 시에 치중함으로써 순박한 서정성과 철학적 진지성을 동시에 강조하기 때문이다.[127]

그러나 밀턴의 시학 자체가 그러하듯, 고전적 이상주의로 기우는 것처럼 보여도 그의 사상은 늘 진보적 성향을 담고 있다. 이 작품이 주로 궁정에서 사용된 가면극이라는 문학 형식의 틀에 묶여 있음에도 불구하고 전원적 배경과 순결의 주제를 통해 궁정사회의 허례허식을 비난하고 있는 것도 이 같은 맥락에서 이해될 수 있다. 『코머스』를 역사적 맥락에서 연구한 메리언 맥과이어는 『밀턴의 청교도 가면극』(*Milton's Puritan Masque*)에서, 청교도 정신을 옹호했던 밀턴이 왜 왕권주의자의 세계관을 상징하는 가면극이라는 오락형식을 수용하였는지에 대해 의문을 제기하면서, 밀턴이 『코머스』를 쓰기로 한 것은 그의 신념이 확립되지 않았다거나 후원을 받기 위해서가 아니라, 이 기회를 활용하여 가면극이라는 문학 장르를 개혁하고 부패한 사회 속에서 어떻게 의로운 삶을 살 것인가에 대한 청교도적 해답을 제시하기 위함이었다고 자문자답한다. 그녀에 의하면, 이 가면극은 코머스를 통해 왕권주의자들의 향락추구적 태도를 풍자할 뿐만 아니라 그에 맞선 인물들을 통해 청교도적 태도를 옹호하고 있다는

---

126) Loius Martz, *Milton: Poet of Exile*. 2nd ed. (New Haven: Yale UP, 1986), 29-30

127) 이상주의적 윤리와 전원적 서정성이라는 두 가지 특성에 주목한 존 캐리(John Carey)는 『코머스』를 "플라톤의 전원극"(Platonic pastoral drama)이라고 규정하기도 한다(170).

것이다.[128] "청교도 가면극"이라는 용어 자체가 역설적이고 "청교도"라는 명칭도 애매한 것이지만, 밀턴은 왕정주의자들의 오락형식인 가면극을 청교도적 견지에서 새로이 해석하고자 한 것이다. 이 점에 있어서 『코머스』는 위에 언급한 캐루의 『영국의 하늘』과 대조적이다. 캐루의 가면극은 찰스 궁전의 고결한 질서에 감명을 받은 조브(Jove)가 무질서한 격정과 방종을 천상에서 몰아냄으로써 그의 궁정을 정화한다는 내용이다.[129]

전통적 궁정 가면극이 왕이나 귀족들의 위엄을 과시하는 방편이었으므로, 밀턴 역시 자신이 일부를 쓴 『아케이즈』(*Arcades*)에서 다비 백작의 미망인(Countess Dowager of Darby at Harefield)에게 찬사를 아끼지 않지만, 그녀에 대한 최고의 "불멸의 찬사"(immortal praise; 75)를 위해 언급되는 "천상의 곡조"(the heavenly tune; 72)는 공허하게 들릴 뿐이다. 그러나 밀턴은 두 번째 가면극 『코머스』에서 가면극 형식을 자신의 목적에 부합되게 변형하는 데에 성공한다. 백작에게 가면극이 증정되지만, 품위 있는 찬사로 한정하고 아첨의 극치인 알현의 기회를 가족 상봉으로 변형시킨 것이다. 『아케이즈』에도 가족 상봉을 위한 여행이 없는 것은 아니지만 별 어려움을 수반하지 않으나, 러들로우에서는 주인공 레이디의 여정과 그 극복이 중심적 관심사가 된다. 스펜서 풍의 알레고리를 연상시키는 어두운 숲속을 헤매는 레이디의 시련에 청중이나 독자의 관심이 집중되는 것은 당연한 일이다.[130] 가면극을 주도하는 레이디는 극의 주인

---

128) Maryann C. McGuire, *Milton's Puritan Masque*, 45-6.

129) 이 가면극에서 조브는 별들로 변신한 황도대(zodiac)의 짐승들과 그의 옛 정부들을 그 지위에 도덕적으로 부적당하다 하여 추방하고 그 자리를 대체할 존재를 물색하는데, 찰스 왕과 마리아 왕비(Henrietta Maria), 그리고 그들의 궁전이 우주의 새로운 빛으로 봉사하도록 선택된다. 그러나 그들의 몸은 인간들을 통치하기 위해 지상에 남아 찬란하게 빛을 발하고, 다만 그들의 이미지만 천상으로 받아들여진다. 제신의 풍자가로 등장하는 모무스(Momus)는 천상의 궁전에서 조브신이 이룩한 개혁을 열거하는데, 찰스왕의 개혁을 연상시키는 것들이다.

130) 신비평적 관점에서 『코머스』를 접근한 클린스 브룩스(Cleanth Brooks)와 존 에드워드 하디(John Edward Hardy)는 역사적 안목에서 볼 때 이 작품이 알레고리일 수밖에 없다고 단정한

공이 되고 막간극(antimasque)의 대변인은 사악한 마법사인 적대자이다. 레이디를 극의 중심인물로 만듦으로써 가면극 형식을 벗어난다는 주장이 제기되기도 하지만,[131] 이 극의 전개는 극의 상황 전개를 중심으로 일어난다. 그리고 이 상황은 드라마에서처럼 단순한 허구가 아니라 가면극의 형식이나 사건과 병치하여 실제를 변형시키는 것이다. 직업적 극작가였던 셰익스피어는 귀족적 오락물인 『한여름 밤의 꿈』(*A Midsummer Night's Dream*)이나 『폭풍우』(*The Tempest*)를 쓰면서 무대극으로서의 재공연을 염두에 두었겠지만, 밀턴은 후견인인 로즈의 요구에 부응하였을 뿐, 그 이상의 공연을 염두에 두지 않았을 것이다.[132] 물론 막상 3년 후인 1637년에 로즈가 이 작품을 출판하게 되었을 때는 가면극의 전체 제목이나 헌정사가 극과 연관된 경사를 상기시켰을 것이다.

또한, 밀턴의 극은 공연 장소가 러들로우였다는 이유로 인해 물리적 배경에 있어서 한계를 지니고 있었고, 그는 이 점을 시적 기술에 의해 보완해야 했을 것이다. 가면극이 사회적 격식(decorum)과 예술적 격식이 동일시되는 장르이므로, 그는 오락적 상황을 기독교적 상황으로 직접 대체하지는 않지만, 단순한 가면극적 즐거움을 제공하는 데에 그치지 않고, 고전적 신화를 기독교적 방식으로 표현하려는 르네상스 휴머니스트의 진지한 관심을 작품 속에 투영하고 있다. 그의 후기 대작들에서도 입증되듯이, 고전 신화 가운데서 기독교적 의미를 발견하고 적용하는 것이 르네상스의 과제였던 셈이다. 『코머스』에서 다이어시스(Thyrsis)는 두 형제에게 그들이 처한 신화적 상황을 기독교적 관점에서 인식하도록 다음과 같이 유도한다.

다. 주제상으로 스펜서의 영향을 받았을 뿐만 아니라, 춤과 마당놀이의 알레고리컬한 양식에 바탕을 둔 이탈리아와 영국 가면극 전통에서 유래하였기 때문이라는 것이다(Cleanth Brooks and John Edward Hardy, eds. *Poems of Mr. John Milton, the 1645 Edition*, 187).

131) 윌리엄 파커(William Parker)에 의하면, "이 가면극은 본질상 아동의 파티이다"(*Milton: A Biography* 1: 142).

132) C. L. Barber, "A Masque Presented at Ludlow Castle," 43.

나 그대들에게 말하노니,
(비록 천박한 무지로 그렇게 보였을지 모르나)
천상의 뮤즈에게 배운 현명한 시인들이
숭고한 불멸의 시로 옛것을 이야기한 것이나,
가공할 괴물 키메라와 마법의 섬에 대한 것도,
그리고 입구가 지옥으로 통하는 갈라진 바위의 이야기도
허황하거나 터무니없는 이야기는 아니라네.
이런 것들 존재하나니 불신은 맹목적일지라.

Ile tell ye, 'tis not vain, or fabulous,
(Though so esteem'd by shallow ignorance)
What the sage Poets taught by th' heav'nly Muse,
Storied of old in high immortal vers
Of dire Chimera's and inchanted Iles,
And rifted Rocks whose entrance leads to hell,
For such there be, but unbelief is blind. (513-19)

밀턴의 다른 작품들의 경우처럼, 『코머스』를 제대로 이해하기 위해서는 기독교 인문주의가 고전 신화에서 발견한 도덕적 영적 의미를 인식해야만 한다. 로즈몬드 튜브가 서어스 신화(Circe myth)의 의미를 보여주려 한 것이나,[133] 우드하우스(Woodhouse)가 밀턴의 순결(Chastity)은 자연 질서의 의무로서 은총의 질서 가운데서 성취될 수 있다고 해석한 것도 같은 맥락에서다.[134] 위의 인용구에서 언급되는 "천상의 뮤즈"(th' heav'nly Muse)는 『실낙원』의 첫머리에서 시적 영감의 근원이 되는 바로 그 시신이며 기독교의 성령(Holy Spirit)을 연상케 하는 신이다. 그러나 어떤 면에서 미신적이라고 할 수도 있는 초자연적인 마법

133) Rosemond Tuve, *Images and Themses in Five Poems by Milton* (Cambridge: Harvard UP, 1962), 112-61.

134) A. S. Woodhouse, "Comus Once More," *University of Toronto Quarterly*, (1949-50), 218-23.

의 세계를 당연시하며 선악의 갈등 구도로 이끌어 간다. 물론, 이는 우화적인 요소마저도 현실처럼 인식하게 하려는 시인의 의도된 제스처일 수도 있다. 이는 궁정적 놀이문화인 가면극을 통해 도리어 순결의 내재적 힘과 가치를 일깨우고 있는 주제적 측면과도 상통하는 것이다.

존슨(Dr. Johnson)은 수호신(Attendant Spirit)이 숲속에서 서시를 낭송하는 것에 대해 극적 표현에 위배된다는 불만을 표시했고,[135] 시어즈 제인(Sears Jane)은 수호신의 서시는 배경, 즉 가면극이 전개될 세계를 설명하고 있다고 주장한 바 있다.[136] 그러나 서시는 한 번도 그런 세계를 설명하지 않는다. 다만 르네상스 인문주의의 특성을 이해하는 독자라면 그 배경을 쉽게 이해할 수 있을 뿐이다. 서시의 초두에서 우리가 사는 곳이 "이 어두침침한 장소 / 인간이 지구라고 부르는 곳"(this dim Spot / Which men call earth; 5-6)이며, 그 위에 "조용하고 청명한 대기의 평온한 지역"(Regions milde of calm and serene Ayr; 4)이 있고, "조브의 궁정으로 이르는 별들의 문턱"(the starry threshold of *Joves* court; 1)이 있다는 묘사는 고전 신화를 이용하여 기독교적 진리에 도달코자 하는 시인의 방법론을 엿보게 한다.

『코머스』는 가면극이라는 오락 문학의 형식을 통해 오락의 의미를 다시 재정립하고 권력자에게 아부하기보다 권력자의 억압을 우회적으로 경고하는 특이한 작품이다.[137] 밀턴이 1637년 이 가면극의 첫판을 익명으로 출판한 사실이 이를 증명할 수도 있을 것이다. 이 판의 표지는 밀턴이 저자임을 밝히지 않은 채, 베르길리우스(Vergil)의 「두 번째 목가」("Second Eclogue")의 한 구절을 인용하여 가면극의 출판에 따른 일종의 유감을 표시하고 있다.[138] 표지의 제사

135) Johnson, "Lives of the Poets," *Samuel Johnson on Literature*. Ed. Marlies K. Danziger (New York: Frederick Ungar, 1979), 98.

136) Sears Jayne, "The Subject of Milton's Ludlow Masque," *PMLA* 74(1959): 535.

137) 『코머스』는 찰스 1세의 『오락 교서』(*Book of Sports*) 재판이 나온 후 일 년 정도 지나서, 윌리엄 프린(William Prynne)이 처형된 지 불과 몇 개월이 지난 시점에 공연되었다.

(題辭)로 인용된 베르길리우스(Vergil)[139]의 구절은 "슬프도다! 비참한 나 자신을 위해 나는 무엇을 선택했던가? 파멸에 빠진 나는 꽃들 사이로 남풍이 불어오게 했구나"(Eheu quid volui misero mihi! floribus austrum / Perditus)이다.[140] 몇 년 후 검열제에 맞서 왕권에 도전하는 산문들을 당당히 이름을 밝히며 내놓을 밀턴이 익명으로 이 작품을 냈다는 사실은 검열제가 두려워서라기보다는 공연 당시 이 가면극과 관련하여 의도한 뜻이 이루어지지 않았기 때문이었을지도 모른다. 즉, 이 제사는 밀턴이 가면극의 출판에 대하여 주저하였음을 말해 주기도 하지만, 목동이 본업을 소홀히 한 자신을 탓하는 것으로 해석된다.[141] 그러나 리 마커스는 이 제사를 가면극에 대한 밀턴의 정치적 논평으로 보기도 한다.[142] 새로운 정치적 조정의 희망이 좌절되었다는 의미에서 그의 시의 꽃이 시들게 되었음을 한탄하는 것으로 보기 때문이다. 밀턴은 브리지워터 백작의 취임 시에 품었던 정치적 희망이 좌절되고 이제 그 꿈을 애도하게 된 것이다.

더구나, 맥과이어는 훨씬 넓은 차원에서 역사적 맥락을 『코머스』의 해석에 적용하고 있다. 1630년대에 상호 적대적 관계로 양분된 왕권주의자들과 청교도들 사이에 벌어진 종교적, 정치적 갈등이 이 작품의 기저에 스며들어 있다는

---

138) 파커(Parker)는 밀턴의 아버지가 아들이 가면극 같은 궁정문학에 손댄 것에 대해 반대했을 것이라고 추측하는가 하면(*Miiton: A Biography* 1: 167), 세일런스(E. Saillens)는 밀턴이 레이디 엘리스와 사랑에 빠져 그와 이거턴 가(家) 사이에 불화가 있었을 것이라는 추측하기도 한다(*John Milton—Man—Poet—Polemis*, 51-55). 그들의 불화에 대해 힐(Hill)은 고용된 작가로서의 역할에 밀턴이 불만을 품었을 것이라고 주장한다(*Milton and the English Revolution*, 46).

139) Publius Vergilius Maro(70-19 BC): 고대 로마의 시인으로 대표작은 서사시 『아이네이스』(*Aeneis*; 영어로 *Aeneid*)가 있다.

140) 1645년 판에는 이 제사가 생략되었으나, 1645년 『존 밀턴의 시집』에는 베르길리우스의 일곱 번째 목가로부터 "그의 악의에 찬 말이 그대들의 미래 시인을 해치지 못하도록 내 이마를 디기탈리스로 동여매어라"(Baccare frontem / Cingite, ne vati noceat mala lingua futuro)라는 제사를 쓰고 있다.

141) Cf. Masson, *The Life of John Milton* (1965), 1: 640-41; Parker, *Milton*, 1: 142-43.

142) Leah S. Marcus, *The Politics of Mirth*, 212.

것이다. 당시 스포츠의 개념은 지금보다 넓은 의미를 지니는 말로서 모든 문예 활동을 포함하는 것이었고, 정치, 경제 및 종교 등의 묵직한 문제들에서 의견의 차이가 스포츠에 대한 상반된 태도로 표현되었다.[143] 이러한 오락 전반에 대한 왕권주의자와 청교도 사이의 상반된 태도는 당연히 오락의 한 형식으로 볼 수 있는 가면극에도 적용되었을 것이다. 밀턴은 일단 가면극이라는 오락물에 손을 댄 이상 중립적 입장을 견지할 수 없는 논쟁의 중심으로 빠져들게 된 것이다. 그리고 가면극은 그 어떤 다른 오락형식보다도 이념적 성향을 지니고 있음도 사실이다. 가면극은 흔히 왕정주의의 선전도구로서 선박세 문제, 왕권신수설, 스포츠 논쟁 등의 문제에 관한 궁정의 입장을 전하는 방편이었다. 가면극은 형식적 특징, 사건, 인물, 수사법에 이르기까지 왕정주의의 관점을 반영했다. 막간극의 무질서한 장면에 등장하는 일반배우와 중심극의 이상화된 세계를 지배하는 귀족 배우를 의도적으로 구분한 것도 전통적 가면극의 특징이었다. 무대배경, 기계장치, 화려한 의상, 그리고 두세 번의 공연을 위한 최고의 배우동원 등에 필요한 엄청난 소비는 왕의 장엄한 권력을 보여주는 것이었다. 달리 말하면, 의전을 중시하는 왕이나 거들먹거리는 귀족들의 속물근성을 채워주고 그들에 대한 아부가 가면극의 목적이었다. 배우의 등장을 수직적으로 처리한 것도 왕권신수설에 바탕을 둔 그들의 정치신념을 말해 준다. 특히 『코머스』의 공연이 있고 난 후 밀턴이 「시편」(Psalm) 114편을 희랍어 영웅시의 규칙에 따라 개작한 것은 그의 이러한 관심의 일단을 보여주는 것이다. 「시편」 114편은 하나님이 이집트(Egypt)로부터 이스라엘 민족을 해방한 사실을 찬양하는 내용으로서, 프로테스탄트 신도들이 성도들의 역경을 위로하고 승리를 기원하는데 적용한 것이다. 이런 맥락에서 이해한다면, 『코머스』는 1630년대에 피어난 밀턴의 청교도 사상을 가장 잘 나타내 주는 것이기도 하다.

---

143) Mcguire, *Milton's Puritan Masque*, 9-10.

이상에서 살펴본 바와 같이 『코머스』의 문학적 특성은 당시의 정치적 상황과 밀접한 관계를 맺고 있다. 그렇다면, 밀턴의 정치적 견해가 『코머스』서 어떻게 극화되고 있는지 작품에서 직접 살펴보기로 하겠다. 밀턴은 당시의 독자가 가면극에 대하여 갖는 기대감을 불러일으킨 다음, 이를 다시 좌절시키는 시적 전략을 구사하여 이를 정치적 비판에 원용하고 있다. 전통적 가면극이 왕궁과 권력자에 대한 찬양의 수단이라면, 그 전제를 파괴하거나 수정하는 것은 곧 왕궁과 권력자에 대한 비판으로 이어지기 때문이다. 찰스 왕궁을 하늘나라에 비유하며 찰스를 여타의 별들보다 밝게 빛나는 유일한 별에 비유하는 캐루의 "영국의 하늘"과 반대로, 『코머스』의 하늘나라는 인간 세상과 구별된 신의 영역일 뿐이다. 『코머스』는 야생상태의 숲에 수호신(the Attendent Spirit)이 강림하여 그가 있던 하늘나라를 묘사하는 장면으로 시작한다.

> 별들로 찬란한 조브의 궁전 문전에
> 나의 저택이 있으니, 그곳은 불멸의 모습 지닌
> 찬란한 하늘의 영이 고요하고 청명한 하늘에
> 둘러싸여 살아가는 곳이라네.

> Before the starry threshold of *Joves* Court
> My mansion is, where those immortal shapes
> Of bright aereal Spirits live insphear'd
> In Regions milde of calm and serene Ayr. (1-4)

수호신의 역할을 맡은 배우는 헨리 로즈였기 때문에 당시의 관중들에게 수호신의 본향인 천상의 조브 궁전은 헨리 로즈가 오기 전에 있던 찰스의 궁전을 연상시켰을 것은 분명하다. 그렇다면, 밀턴이 찰스의 왕궁을 하늘나라의 조브 궁전에 비유하여 찬양하려는 것이었을까? 피상적으로는 그럴듯하지만, 이는 검열제의 눈을 피하면서 정치적 메시지를 극화하는 밀턴의 시적 전략일 뿐이다.

무엇보다 수호신이 묘사하는 하늘나라의 조브 궁전은 "인간이 지구라고 부르는 / 연기 같고 혼란스러운 이 어슴푸레한 장소"(smoak and stirr of this dim spot / Which men call Earth; 5-6)로부터 아주 멀리 떨어진 곳이다. 또한 인간 세상은 "저급한 생각의 근심"(low-thoughted care; 6)에 사로잡힌 인간이 "덕성이 제공하는 왕관에는 관심이 없고 / 연약하며 열광적인 존재를 지탱하려고 애쓰는" (Strive to keep up a frail, and Feverish being / Unmindful of the crown that Virtue gives; 8-9) 곳이다. 찰스가 통치하던 시대의 가면극 대부분이 지상의 권력을 천상의 신적 권위에 관련지어 절대화하려는 경향이었음과 달리, 밀턴의 수호신은 이러한 연관성을 차단한다. 전통적 가면극 이미지가 지상의 권력을 신적 권위의 화신으로 본 것에 반해, 밀턴의 이미지는 지상과 천상 세계를 분리함으로써 지상의 권력을 신격화하는 것을 불가능하게 한다.[144) 『영국의 하늘』에서 머큐리(Mercury)가 왕궁의 완벽함을 찬양하지만, 밀턴의 수호신은 도리어 "덕성이 주는 왕관에 관심이 없는" 인간에 대한 경멸을 보일 뿐이다.

밀턴의 수호신은 지상의 권력을 천상의 것으로부터 분리하는 데에 그치지 않고 지상의 군주에게 부여되는 여러 가지 속성을 모든 그리스도인에게로 확대하여 군주의 탈신격화를 시도한다. 『영국의 하늘』의 마지막 장면에서 영국의 군주를 상징하는 특별히 찬란한 한 별이 하늘 전체를 장악하는 것과는 대조적으로, 밀턴의 수호신은 덕성을 추구한 자들이 하늘나라에서 차지하게 될 수많은 면류관과 왕좌에 대하여 언급하고 있다. 전통적 궁정 가면극에서 왕권은 현재와 영원, 지상과 천상을 연결하는 힘이지만, 『코머스』의 하늘은 지상과는 차원이 다른 곳으로서 왕권이 연결할 수 없는 영적인 공간이며 인간이 이 세상에 있는 한 접근할 수 없는 곳이다. 이러한 군주의 탈신격화는 이어지는 해신 넵튠(Neptune)의 언급에서도 확인된다. 모든 섬나라를 다스리는 넵튠은 잉글랜

---

144) 밀턴이 추구한 가면극 이미지의 변환을 가리켜 마커스는 "탈권화"(deincarnation)라고 부른다 (Marcus, *Politics of Mirth*, 182).

드를 비롯한 영국의 섬나라들을 다스리는 영국왕 찰스를 연상시키지만, 후자는 전자처럼 다른 섬나라들의 군주들을 임명할 권한이 없다. 도리어 찰스 역시 넵튠에 의해 임명되는 왕에 불과하다고 추측할 수 있으므로, 넵튠과 찰스의 연결은 독자들의 기대일 뿐, 밀턴의 의도가 아님이 드러난다. 넵튠은 "모든 바다에서 가장 위대하고 최상인 / 이 섬"(this Ile, / The greatest and the best of all the main; 27-8), 즉 영국을 나누어 "푸른 머리의 신들"(blu-hair'd deities; 29)에게 할당하였다. 영국은 최고의 섬나라이긴 하지만 역시 가변성이 지배하는 지상의 한 나라일 뿐이다. 또한, 넵튠에 의한 영토의 분할은 결국 영국의 4대 주요 행정 구역과 관계되며, 찰스도 브리지워터 백작도 영국의 한 구역을 통치하도록 위임받은 자일뿐이다. 따라서 밀턴은 이 가면극이 칭송하려는 이거턴가에 대해서도 결코 신격화되거나 절대화하지는 않는다.

표면상 밀턴은 『코머스』에서 정치적 메시지를 결코 분명하게 처리하지 않는다. 그의 수호신은 "이제 나는 당신들에게 말하리라 / 넓은 방에서도 침실에서도 고금의 어떤 시인에게서도 / 이야기로도 노래로도 결코 아직 들어보지 못한 것을"(I will tell ye now / What never yet was heard in Tale or Song / From old, or modern Bard in Hall, or Bowr; 43-5)이라며, 이 극의 내용을 정치적 차원이 아닌 신화적 차원에 자리매김한다. 그러나 극의 서두에서 암시된 찰스 왕권의 탈신격화는 바로 궁전의 허식에 대한 비판으로 이어진다. 수호신의 서언에 이어 한적한 마법의 숲이 등장하고 코머스의 떠들썩한 한밤의 주연이 소개된다. 이때 등장한 레이디(Lady)는 시골의 왁자지껄한 즐거움을 "방종하고 무지한 시골뜨기들"(loose unleter'd Hinds; 174)의 "조절되지 못한 유흥"(ill manag'd Merriment; 172)이라고 생각하지만, 이는 곧 코머스의 무리에 의한 것임이 드러난다. 즉, 코머스의 세계는 조화되지 않는 촌스러운 여흥이 아니라 도시의 방종한 향락과 관계가 있다. 순진한 레이디를 타락시키려는 코머스의 방탕한 향락은 당대의 향락적 사회상에 대한 밀턴의 태도와 결단코 무관하지 않을 것이다.[145] 계절에 따른 농경사회의 생활 리듬이 시도 때도 없이 향락을 찾고 제공하는 도시 사회의 유흥문화로 바뀌는 시점에서 젊은 밀턴은 청교도적 진지함을 택한 것이다. 이 점에 있어서 『코머스』를 쓸 당시 밀턴의 청교도적 태도는 후일 『실락원』에 나타나는 르네상스 휴머니스트의 자유로운 태도와는 분명히 대조적이다. 그의 레이디는 이브처럼 유혹 앞에 흔들리는 모습을 보이지 않는다. 대학시절에 그의 별명이 "레이디"였던 것처럼, 이 가면극을 쓸 당시만 해도 밀턴은 낭만적 이상주의자였다고 할 수 있다. 물론, 17세기 당시 전형적인 청교도처럼 밀턴이 오락을 회피하거나 경직되고 근엄한 생활만을 강조하지는 않았다. 오락이나 즐거움은 무조건 터부시해야 하는 대상이 아니라 적절히 통제하면 덕행이 될 수 있다는 것이다.[146] 그러나 청년기의 밀턴에게 정치적 허식과 아첨은 가면극 속에서라고 용납될 수 없는 것이었는지도 모른다. 밀턴은 자신의 가면극을 통해 전통적 가면극의 형식을 탈피하고 궁정사회를 비판함으로써 정치적 혁신을 촉구하는 내용까지 담아낸 것이다. 목자로 변신한 코머스가 레이디를 "비천하지만 충실한 오두막집"(a low / But loyal cottage; 319-20)으로 안내하려 하자, 순진한 레이디는 그의 "예절"을 신뢰하며 가식적인 궁정의 격식과 비교한다.

> 예절이란 그 말의 처음 출처이면서도
> 가장 가식적인 휘장 드리운 저택과
> 제왕의 궁전에서보다, 연기로 그을린 서까래 얹은
> 초라한 농막에서 종종 더 수월하게 발견되지요.
>
> Which [courtesie] oft is sooner found in lowly sheds
> With smoaky rafters, then in tapstry Halls

145) C. L. Barber, "A Masque Presented at Ludlow Castle," 59.
146) Cf. Milton, *Areopagitica, CPW* 2: 523-27.

And Courts of Princes, where it first was nam'd,
And yet is most pretended. (323-26)

원래 "예절"(courtesie)이라는 말은 "궁정"(court)에서 유래되었지만, 거기서는 가장 가식적으로 사용되는 말이며, 연기에 그을린 서까래가 둘러쳐진 비천한 농막에서 꾸밈없는 인간적 예절을 찾아보기가 더욱 쉽다는 것이다. 힐의 지적처럼, 이러한 그녀의 생각은 사회적 비판으로까지 이어져 "보다 위대한 경제적 평등"(greater economic equality)을 다음과 같이 주장하기에 이른다.[147]

만일 궁핍으로 지금 수척해지는 모든 의로운 사람들이,
음탕하게 욕망 채운 사치가 지금 엄청난 과잉 공급으로
몇몇 소수 사람에게 엄청나게 쌓이는 것을
적당히 어울리도록 나누어 갖기만 한다면,
자연의 충분한 축복은 과하지 않게
공정한 비율로 잘 분배될 거예요.
그러면 자연은 자신의 축적 때문에 전혀 해롭지 않고,
그렇게 되면 베푸는 자에게 더욱 감사할 것이며,
그에게 적절한 찬사 돌아가리니, 돼지 같은 욕심쟁이는
화려한 축제 가운데도 하늘을 경외하지 않고
물욕에 얼빠진 저속한 배은망덕으로
포식하며 자신의 양육자를 모독하기 때문이지요.

If every just man that now pines with want
Had but a moderate and beseeming share
Of that which lewdly pamper'd Luxury
Now heaps upon some few with vast excess,
Natures full blessings would be well dispenc't

147) Hill, *Milton and the English Revolution*, 47.

In unsuperfluous eeven proportion,
And she no whit encomber'd with her store,
And then the giver would be better thank't,
His praise due paid, for swinish gluttony
Ne're looks to Heav'n amidst his gorgeous feast,
But with besotted base ingratitude
Cramms, and blasphemes his feeder. (768-79)

"음탕하게 채운 사치"가 소수에게 과잉 공급한 것을 공평하게 분배한다면, 자연의 풍성한 축복을 공유할 수 있을 것이지만, "돼지 같은 욕심쟁이"는 물질의 공급자에 대한 감사를 모르고 배은망덕으로 신을 모독할 뿐이라는 것이다. 청교도적 절제는 결국 이웃에 대한 사랑과 통하는 것으로서, 여기서 순결이란 단순하게 부정적 금욕을 뜻한다기보다 긍정적 덕성 가운데 하나임을 알 수 있다. 이는 동생(2nd Brother)의 염려를 달래며 덕성의 힘을 강조하는 형(Elder Brother)의 주장에서도 분명하게 드러난다.

덕성은 습격당할 수 있지만 상처받지 않으며,
부당한 힘에 놀라긴 하지만 노예 신세는 되지 않아,
그래, 해악이 가장 큰 손해를 입히려는 것조차
행복한 시험을 거쳐 가장 큰 영광으로 드러날 거야.

Vertue may be assail'd, but never hurt,
Surpriz'd by unjust force, but not enthrall'd,
Yea even that which mischief meant most harm,
Shall in the happy trial prove most glory. (589-92)

덕성의 궁극적 승리를 확신하는 형의 이러한 발언은, 현실적 위험에 봉착한 레이디의 곤경을 고려한다면, 지나친 이상주의적 관념으로 보인다. 그러나

이는 장차 『실낙원』에서 잃어버린 낙원에 대한 대안으로 제시되는 "마음속의 낙원"을 예고하는 것이기도 하다. 또한 이는 종국적 승리를 확신하는 신앙의 표현으로서 구약성서의 욥(Job)의 신앙을 연상하게 한다. 덕성의 승리에 대한 형의 확신은 코머스의 감각적 유혹의 논리와 대조적이다. "부당한 힘"이나 "노예 신세"라는 말은 정치적 속박을 말하는 것으로서 덕성은 내면의 자유이자 곧 우상숭배로부터의 자유이다. 스티픈 코건(Stephen Kogan)은 "노예 신세"(enthralled)의 두 가지 의미를 "속박"(bondage)과 "유혹"(seduction)이라고 설명한다.[148] 즉, 코머스의 유혹은 정신을 노예화하는 것이며, "부당한 힘"에 의한 속박 역시 인간을 노예로 만드는 것이다. 우상숭배는 사물에 대한 종교적 숭배뿐만 아니라 권력의 신격화를 뜻하며 이러한 맹목적 숭배로부터의 자유야말로 밀턴의 레이디가 끝까지 지키려고 하는 가치이다.

반면, 코머스가 레이디의 거절을 "우리의 기본이 되는 (교회)법규에 반하는 / 단순한 도덕적 지껄임"(meer moral babble, and direct / Against the canon laws of our foundation; 807-8)이라고 치부하는 것은 국교를 선호하는 왕당파의 종교적 관점을 반영한 것이다. 코머스의 이 말을 당시의 독자들은 쉽게 영국 국교의 교회법을 뜻하는 것으로 이해했을 것이다.[149] 그렇다면, 밀턴은 여기서 코머스의 입을 빌려 왕당파와 국교회를 주도하는 자들에 대하여 비판하고 있음을 알 수 있다. 더구나, 센서보오(G. F. Sensabaugh)나 더글라스 부시(Douglas Bush)가 코머스를 왕당파 시인에 비유한 것처럼,[150] 그는 왕당파 시인처럼 카르페 디

---

148) Stephen Kogan, *The Hieroglyphic King: Wisdom and Idolatry in the Seventeenth-Century Masque* (Cranbury, NJ: Associated UP, 1986), 255.

149) A. S. P. Woodhouse, "Comus Once More," *University of Toronto Quarterly* (1949-50), 155.

150) 센서보오는 코머스의 "번지르르한 예절"(glozing courtesie)을 찰스의 궁정에서 유행한 궁정애의 수사법에 비유하면서 코머스를 당대 희곡의 등장인물들처럼 보이게 하는 다양한 구절들을 지적하였고("The Milieu of Comus," *Studies in Philology* 41 (1944): 238-49), 같은 맥락에서 부시는 "사실상 코머스는 교양 있는 신사요 왕당파 시인이다"라고 단정한다(*English Literature in the Earlier Seventeenth Century*, 365).

엠(carpe diem)의 논리로 레이디를 유혹하려 한다. 코머스가 레이디에게 마법의 컵을 제공하면서 인간의 연약한 조건을 받아들여 자연의 선물을 즐기라고 유혹하는 것은 **왕당파** 시인들이 여인을 유혹하기 위해 사용한 논리와 흡사한 것이다. 또한 그는 무비판적 순종과 그 순종의 표현으로서 통일성을 요구하는 로드(Laud)식 주장을 레이디의 유혹에 그대로 적용하는 것이다. 레이디와 코머스 사이의 대결은 로드 주교의 권력에 직면하여 청교도들이 처한 딜레마를 나타내는 것이라고 할 수 있다.[151] 밀턴이 인간의 내면적 덕성을 강조하는 것은 궁정의 위선적 격식과 국교의 획일적 교회 정치에 대한 비판이며, 코머스의 위장이 실패하고 레이디의 덕성이 승리하는 것은 악의 자멸에 근거하는 것이다.

그러나 악은 그것 자체로 되돌아오는 것,
더 이상 선과 섞이지 못하다가, 때가 되어
거품 찌꺼기처럼 모여들어 굳어지면
영원히 끊임없는 변화를 계속할 것이요.
스스로 먹히고 스스로 소모하면서,
만일 그렇지 않으면, 하늘을 떠받친 기둥은 썩고,
세상의 기반은 그루터기에 세워진 형국일 겁니다.

But evil on it self shall back recoyl,
And mix no more with goodness, when at last
Gather'd like scum, and setl'd to it self
It shall be in eternal restless change
Self-fed, and self-consum'd, if this fail,
The pillar'd firmament is rott'nness,
And earths base built on stubble. (593-99)

---

151) Marcus, *The Politics of Mirth*, 198.

악의 자멸을 전제하지 않는다면 우주의 근본원리가 무너져 내린다는 것이다. 『실낙원』에서 사탄(Satan)이 일시적 뉘우침에도 불구하고 자기 자신에게로 되돌아오는 것은 악의 화신인 그의 악한 속성 때문이다. 악은 영원히 불안하게 그 모습을 바꾸면서도 정작 선과 섞일 수 없다는 것이다. 비록 악이 일시적 선의 가면을 쓰긴 하더라도, 결국 악의 물거품처럼 뭉치고 소멸할 뿐이다. 따라서 진리가 믿는 자를 자유롭게 하듯이, 덕성도 마음의 자유를 보상으로 제공한다. 코머스가 마법의 지팡이를 자랑하자, 레이디는 그에게, "어리석은 자여 자랑하지 말라, / 그대는 내 마음의 자유를 건드릴 수 없으리라 / 그대의 모든 마법을 동원할지라도."(Fool do not boast, / Thou canst not touch the freedom of my minde / With all thy charms; 663-65)라며 덕성이 부여하는 자유의 힘을 방패로 사용한다. 덕성의 결실인 기독교적 자유는 악으로부터의 자유를 뜻하는 것이며, 그 자유는 선을 행하는 자에게 주어지는 하나님의 선물이다. 『코머스』에서 레이디는 선악의 딜레마에 빠져 있는 연약한 여인이 아니라 덕성의 승리를 확신하는 믿음의 여장부이다. 크리스토퍼 힐은 이 극의 상황을 로빈슨 크루소(Robinson Crusoe)의 상황이라고 규정하는데,[152] 황야의 그리스도(Christ)나 눈먼 삼손(Samson)처럼 레이디는 하나님에 대한 믿음만으로 그녀의 고독한 운명을 대적하기 때문이다. 말년의 시인 자신이 사회적으로 고립되고 실명하게 되지만, 좌초된 혁명적 사상을 기독교적 역사관으로 승화시키는 것은 선의 승리를 확신하는 레이디의 신앙을 내면화한 것이라고 할 수 있을 것이다. 이 가면극의 마지막을 장식하는 수호신의 에필로그가 덕성을 강조함으로 끝나는 것은 당연한 귀결일 것이다.

> 나를 따르려는 인간들이여,
> 덕성을 사랑하라, 그녀만이 자유롭기에,

---

152) Hill, *Milton and the English Revolution*, 49.

천체의 음악 소리보다 더 높이 오르는 법을
그녀만이 가르칠 수 있나니;
만일 덕성이 연약하다면,
하늘 자신이 그녀를 굽어살피리라.

  Mortals that would follow me,
Love vertue, she alone is free,
She can teach ye how to clime
Higher then the Spheary chime;
Or if Vertue feeble were,
Heav'n it self would stoop to her. (1018-23)

덕성이 세상의 유혹과 욕망으로부터 사람을 자유롭게 하고 하늘에 이르는 길을 안내하지만, 덕성의 힘으로 부족할 때는 하늘이 개입하여 도움을 주리라는 것이다. 이는 레이디의 마지막 구원이 요정 사브리나(Sabrina)의 개입으로 가능했다는 것을 다시 확인시켜 주는 결말이기도 하다. 전통적 가면극에서는 그중 인물들의 해방을 왕권의 승리와 결부시키지만, 밀턴의 가면극은 레이디의 해방을 군주가 아닌 그 지역의 요정 사브리나에게 맡긴다. 사브리나는 "맑은 샘"(fountain pure; 913)의 물방울로 레이디를 자유롭게 하는데, 궁정을 국가의 샘으로 여기던 왕권신수설을 뒤엎는 결말이다. 이러한 결말은 가면극의 전통을 벗어나 완성의 이미지를 궁정이 아닌 시골과 현장의 관중에게 연결한 셈이다. 정신적 판별력이 어두움에 휩싸인 이 세상에서 진리는 외관에 있지 않다는 밀턴의 지론이 확인된 것이다. 시골의 순진한 목자의 모습으로 레이디에게 접근한 코머스가 결국 레이디를 데리고 간 곳은 "장엄한 궁전"(a stately Palace)이었으니,[153] 『코머스』의 주제는 "우상숭배의 '장엄한 궁전'으로부터의 자유"인 셈

153) 『코머스』 657행 다음에 이어지는 장면 묘사는 잔잔한 음악과 진수성찬이 차려진 식탁이 놓인 장중한 궁궐이다: "그 장면은 부드러운 음악과 모든 진수성찬으로 차려진 식탁이 있는 각종

이다."[154] 이 자유는 밀턴이 그의 전 생애를 통해 추구한 전투적 기독교인의 덕성과는 다소 거리감이 있으나, 이 가면극에서 그의 이상주의는 결코 사회현실을 등진 것이 아니라 청교도적인 책임의식과 정치적 비판의식을 기저에 깔고 있다. 피상적으로 보면, 『코머스』는 정치성을 초월하는 순결의 주제를 다루고 있지만, 심층적으로는 새로운 사회질서를 구축하고자 하기 때문이다.

이상에서 『코머스』에 나타난 형식상의 특성을 시인의 청교도적 비판의식과 관련지어 살펴보았다. 밀턴의 청교도적 진지성으로 미루어보나 후일 전제왕권의 타파에 혼신의 정열을 바친 것을 고려해 본다면, 그가 왕이나 관리의 권위와 세도를 위한 의식적 과시용이었던 가면극을 썼다는 것 자체가 이해하기 어려운 것이다. 이러한 피상적 모순은 이 가면극의 특징을 밀턴이 추구한 정치적 주제와 관련지어 볼 때 해소된다. 그는 가면극이라는 틀을 이용하면서도 그 전통을 벗어난 문학 형식을 채택함으로써, 이를테면 전통적 가면극을 풍자한 새로운 형식의 가면극을 쓴 것이다. 『코머스』는 가면극의 형식을 빌려 전통적 가면극의 역할을 간접적으로 비판한 특별한 가면극이다. 장르상 이 가면극은 가면극의 유희성을 살려 이거턴가의 상봉을 축하하는 한마당을 제공하지만, 그 주제에 있어서는 오락 문학에 어울리지 않는 순결의 가치와 힘을 보여준다. 가면극의 전통적 언어와 주제가 코머스의 유혹적 발언에 반영되어 일종의 축소판 가면극을 만들어 내지만, 레이디의 안전은 그녀 개인의 의지력과 정신적 자유에 바탕을 둔다는 것이다. 이 작품에는 전통적 가면극의 보편적 주제인 왕정에 대한 찬양이 없는 대신, 개인의 자유로운 의지력이 덕성을 유지하는 관권이 된다. 권위적이고 향락적인 당대의 정치문화에 대해 청년기의 밀턴이

유쾌한 것으로 준비된 장엄한 궁전으로 변모하도다. 코머스가 그의 무리와 나타나는지라"(*The Scene changes to a stately Palace, set out with all manner of deliciousness: soft Music, Tables spread with all dainties.* Comus *appears with his rabble*).

154) Stephen Kogan, *The Hieroglyphic King, Wisdom and Idolatry in the Seventeenth-Century Masque* (Cranbury, NJ: Associated UP, 1986), 259.

할 수 있는 고발 방법은 이러한 우회적 방법을 통한 사회비판이 최선이었을 지도 모른다. 가면극에 어울리지 않게 순결이라는 주제를 선택한 것이나 부의 분배 문제 등을 지적한 것은, 절대왕권 속에서 부패하고 사치스러운 상류계층에 대한 고발이자 전통적 가면극에 대한 비판인 셈이다. 비유적으로 표현한다면, 밀턴은 자신의 정치적 메시지에 마스크를 씌워 가면극에 등장시켰다고 볼 수 있다. 이는 성서적 주제를 그리스나 로마의 고전문학과 접목한 그의 후기 대작들을 예상케 하는 시도였으며, 나아가 배타적 청교도 시인으로 치부되기 쉬운 밀턴이 실상은 형식으로부터 자유로운 시인이었음을 보여주는 것이다. 비록 이 극을 쓸 당시 그가 검열법 등 당대의 사회적 장벽으로부터 완전히 자유로울 수는 없었지만, 장르적인 전통에 구애받지 않고 자신의 의도와 사상을 표출할 수 있었다는 것은, 장차 르네상스 휴머니즘과 종교개혁의 정신을 접목할 가능성을 보여준 것이다. 『코머스』에서 밀턴이 보여준 장르적인 자유와 혁신은 그의 청교도적인 책임의식과 사회적 비판의식이 문학적 상상력에 작용한 결과이다. 이 가면극에서 그는 기존 가면극의 전통에 묶이지 않고 새로운 형식과 내용을 부여함으로써 당시의 정치적 상황을 새로운 문학 형식으로 담아내는 데에 성공하였다. 요컨대 『코머스』는 정치사상과 예술의 상관성을 보여주는 밀턴 특유의 정치시학의 발로인 셈이다.

3. 「리시더스」: 혁명적 상상력의 전원 비가

밀턴의 초기시 가운데 그의 현실 인식이나 역사관과 관련하여 빼놓을 수 없는 시는 전원 비가인 「리시더스」("Lycidas," 1638)이다. 이 시는 밀턴의 초기시 가운데 그의 예언자적 비전이 가장 직접적으로 사회적 비판의식과 합류되어 주목받는 작품인 셈이다. 1637년 8월 그의 대학 동료였던 친구 에드워드 킹(Edward King)이 아일랜드해(the Irish Sea)에서 익사 사고를 당하자, 밀턴은 그해

11월 이 시를 썼으며, 이 시는 다음 해에 킹의 추모시집에 수록되었다. 이 시는 단순히 친구의 죽음을 애도하는 차원에 머무르지 않고 이 사건을 통해 느끼는 시인의 개인적 불안과 사회적 비판을 담고 있어 예언자적 시인의 면모를 예고한다. 비록 조숙한 펜을 들었음을 불평하면서 시를 시작하지만, 시인에게 새로운 출발의 확신을 주는 것으로 끝난다. 「리시더스」가 쓰였던 1637년, 스코틀랜드인들에게 새로운 기도서를 부과하려 했던 로드(Laud) 주교의 노력은 에든버러(Edinburgh)에서 폭동을 초래하여 대대적 반란으로 이어졌다.[155] 이 시는 그의 산문 논쟁기 와중에 출판된 1645년 판 시집 마지막에 실렸으며, 맨 처음에 실린 강탄 송시(Nativity Ode)와 균형을 이루고 있다. 두 시 모두 개인적 프롤로그로 시작되고 마지막에 객관적 결말을 짓고 있지만, 영국시와 민요에 기원을 둔 강탄 송시와는 대조적으로 이탈리아의 칸초네(canzone)나 전원시와의 연관성이 지적되기도 하고,[156] 고금의 유럽풍 전원시를 답습한 흔적도 보인다.[157] 또한 이 시는 스펜서의 「목자의 달력」("Shepheardes Calender")을 상기시키는 목가 형식을 답습하고 있어서, 추모시집에 실린 다른 시인들의 "형이상학적" 시어(diction)나 이미저리와 대조된다. 또한 최근에 나온 저서로서, 밀턴의 정치적 급진주의를 새롭게 설명해주는 밀턴의 형성기를 다룬 전기적인 비평서, 『혁명의 시인』에서 니콜라스 맥도웰(Nicholas McDowell)이 지적한 대로,[158] 「리

155) David Norbrook, "The Politics of Milton's Early Poems," *John Milton*, ed. Patterson, 62.

156) 「리시더스」가 칸초네의 형식을 차용하고 있다는 주장은 일찍이 프린스(F.T. Prince)에 의하여 제기되었으며, 타소(Tasso)의 『아민타』(*Aminta*)나 베르길리우스의 『목가』(*Eclogues*)와 흡사한 점들이 제기된다. Cf. F. T. Prince, *The Italian Element in Milton's* Verse (Oxford: Oxford UP, 1954), 71-81.

157) 「리시더스」와 유럽의 전원시들과의 유사성에 대하여는, Ellen Zetzel Lambert, *Placing Sorrow: A Study of the Pastoral Elegy Convention from Theocritus to Milton* (Chapel Hill: U of North Carolina P, 1976)을 참고할 것.

158) Nicholas McDowell, *Poet of Revolution: The Making of John Milton* (Princeton & Oxford: Princeton UP, 2020), 311.

시더스」에 나타난 성직자에 대한 반감은 스펜서의 「목자의 달력」에 나오는 오월 목가(May eclogue)의 선례에 기인하고 있기도 하다. 더구나 「리시더스」는 밀턴의 산문 논쟁 이전까지의 시를 수록한 시집의 마지막에 실음으로써 성서의 계시록과 같은 예언적 의미를 암시하기도 한다.

"리시더스"란 이름은 그리스 시인 시오크리터스(Theocritus, 300-260 BC)의 일곱 번째 목가와 이탈리아 시인 베르길리우스(70-19 BC)의 아홉 번째 목가에서 중요한 인물로 등장한다. 전원시의 창시자라 불리는 시오크리터스의 전원시는 아이딜리아(eidyllia)라고 명명되었으며, 일곱 번째 목가 「추수하는 집」("Harvest Home")은 코스(Cos) 섬의 축제를 묘사한다. 시오크리터스의 페르소나(persona)라고 할 수 있는 시인 시미키다스(Simichidas)에 의해 일인칭으로 구현되는 이 시에서 시미키다스는 추수 축제에 참여하기 위해 가는 도중 염소치기인 리시더스를 만나 서로 노래를 나누다가 정표로 올리브 지팡이를 교환하고 헤어진다. 전원시의 틀 속에서 시인은 동시대의 시인들을 소개하는 등 사실상 이 시는 시와 시인에 대한 시라고 할 수 있다. 길버트 로월(Gilbert Lawall)이 주장한 대로, 이 시에서 리시더스가 완벽한 시인의 상징이라면, 추수 축제는 시적인 영감을 나타낸다고 할 수 있다.[159] 또한 열 편의 전원시로 구성된, 베르길리우스의 『목가시집』(*Eclogues*)은 평화로운 전원세계인 아카디아(Arcadia)에서 펼쳐지는 목동들의 사랑과 노래를 묘사하지만 현실 세계와의 접근을 모색한다. 리시더스가 등장하는 아홉 번째 목가의 경우, 농장에서 쫓겨나는 목자들을 다루기도 한다. 여기서 그는 다른 시인들, 특히 베르길리우스의 페르소나로 여겨지는 메널카스(Menalcas)의 시를 감상하기도 하지만, 전원적 조화의 임박한 파멸이 예고된다. 이러한 형국에서도 리시더스는 친구 모리스(Moeris)를 위로하며 낙관적인 태도를 견지하고 자연 속에서 조화를 찾을 것을 권고한다. 모리스

159) Gilbert Lawall, *Theocritus Coan Pastoral* (Washingto, D. C.: Center for Hellenic Studies, 1967), 102-108.

의 두려움은 밀턴의 「리시더스」 초두에 시인의 상실감으로 표현된다.

이처럼 「리시더스」의 세계는 결코 평화로운 목가의 세계가 아니라 도리어 냉엄한 자연현상이 지배하는 세계로서 생명을 잃은 친구에 대한 애도의 절규로 시작된다. 따라서 이 시는 시오크리투스나 베르길리우스의 현실 인식을 넘어서서 성서 「히브리서」에 나오는 종말론적 메시지를 상기시킨다.[160] 이 종말론적 메시지 안에 기독교적 구원의 소망이 담겨 있는 것은 물론이다. 현세에 속한 것들이 소멸한 후 불멸의 영원한 것이 도래할 것이기 때문이다. 그러나 시의 초반부에는 소망보다 절망의 소용돌이가 분위기를 장악하고 있으며, "타는 듯한 바람에 뒹구는"(welter to the parching wind; 13) 리시더스의 시체는 눈물의 비가를 요청한다. 현실적 인식에 바탕을 두고 불멸의 영적 구원을 추구하는 시인의 기독교 인문주의 정신이 이 시에서 시적 표현의 기회를 만난 것이다. 즉 이 시를 쓸 즈음에 이미 밀턴은 동시대 시인들과의 차별화를 시도하고 있었고, 고전을 이용하되 자신의 사상과 문학에 맞게 적용하는 방법을 터득한 셈이다. 따라서 초기시를 마무리하는 「리시더스」에서 『실낙원』에서 주요한 주제로 다루어질 "하나님의 도리를 정당화"하려는 목적이 전원비가의 형식을 빌려 시도되었다고 할 수 있다.

「리시더스」는 시인(혹은 화자)이 리시더스라는 한 개인의 죽음을 애도하며 함께 양치기 하며 노래하던 추억을 회상함으로 시작된다. 이러한 추억의 회상은 상실감으로 이어져, "오 암울한 변화여, 이제 그대는 가고 없네, / 이제 그대 가버리고 결코 돌아올 수 없다네"(O the heavy change, now thou art gon, / Now thou art gon, and never must return!; 37-8)라며 리시더스의 상실을 낙원 상

160) 「히브리서」 12: 25-27: "[25]너희는 삼가 말씀하신 이를 거역하지 말라 땅에서 경고하신 이를 거역한 그들이 피하지 못하였거든 하물며 하늘로부터 경고하신 이를 배반하는 우리일까보냐 [26]그 때에는 그 소리가 땅을 진동하였거니와 이제는 약속하여 이르시되 내가 또 한 번 땅만 아니라 하늘도 진동하리라 하셨느니라 / [27]이 또 한 번이라 하심은 진동하지 아니하는 것을 영존하게 하기 위하여 진동할 것들 곧 만드신 것들이 변동될 것을 나타내심이라."

실처럼 아쉬워한다. 리시더스가 살아 있을 때 함께 양치고 노래하던 산야가 바로 낙원처럼 기억되고 있기 때문이다. 시인의 이러한 절망과 상실감은 하나님의 정의에 대한 의문으로 이어진다. 하나님의 뜻을 좇아 헌신해온 에드워드 킹을 왜 하나님은 불시에 죽도록 하셨는가에 대한 의문이다. 이러한 의문은 한 친구의 죽음을 보편적 인간의 죽음으로 확대하고 인간의 삶과 역사 전체를 성찰하는 계기로 삼게 한다. 이 순간에 시인은 고전적, 세속적 명예 개념에 도전하여 다음과 같이 명예의 새로운 개념을 규정한다. "슬프도다! 무슨 소용이 있단 말인가? 끊임없는 관심으로 / 비천하고 멸시받는 목양의 일을 돌본들, / 감사할 줄 모르는 뮤즈를 꿋꿋이 묵상한들"(Alas! What boots it with uncessant care / To tend the homely slighted Shepherds trade, / And strictly meditate the thankles Muse; 64-6)이라며 한탄한다. 이처럼 부당하게 죽임을 당할 바에야 누가 목양의 길(성직자의 길)을 갈 것이며 시인의 삶에 헌신할 것인가? 이러한 의문은 한 친구의 죽음을 보편적 인간의 죽음으로 확대해 가고 인간의 삶과 역사 전체를 성찰하는 계기로 삼게 한다. 이 순간, 시인은 고전적, 세속적 명예 개념에 도전하여, 다음과 같이 명예의 새로운 개념을 설정한다.

명예는 필멸의 토양에 자라나는 식물이 아니며,
세상에 내보이는 번쩍이는 금박에도
널리 퍼지는 소문에 있는 것도 아니라서,
모든 것을 판단하는 조브의 순수한 시선과
완전한 증거에 의해 고고하게 살며 퍼져갈 뿐이라네.
그가 각자의 행위에 최후 심판을 선고할 때
하늘에서 누릴 그만한 명성의 보상을 기대하라.

Fame is no plant that grows on mortal soil,
Nor in the glistering foil
Set off to th' world, nor in broad rumour lies,

But lives and spreads aloft by those pure eyes,
And perfect witness of all-judging *Jove*;
As he pronounces lastly on each deed,
Of so much fame in Heav'n expect thy meed. (78-84)

이제 시인은 진정한 명예는 "모든 것을 판단하는 조브"(all-judging Jove)의 완전한 판단에 달린 것임을 깨달은 것이다. 리시더스의 시체는 익사하여 바닷물에 가라앉았지만, 그의 영혼은 높이 솟아올랐다는 인식과 함께 하나님의 도리에 대한 시인의 일시적 회의는 사라진다. 따라서 「리시더스」에서 밀턴은 그의 대학 친구인 킹의 죽음을 삶의 의미를 되새기는 계기로 삼고 있다. 데이비드 노브룩(David Norbrook)의 지적처럼 어떤 의미에서 리시더스의 죽음이 도리어 시인 밀턴을 그의 시적 딜레마에서 구원한 계기를 제공하는지도 모른다.[161] 이 점은 시의 마지막 부분에서 일어나는 파격적인 인칭변화에서 확인되고 있는데, 마지막 시구에서 시인 자신을 "무명의 시골 젊은이"(the uncouth Swain; 186)로 객관화하고 있다. 킹은 이 시에서 명목상의 주제일 뿐 근본적으로는 밀턴 자신의 문제를 다루고 있는 셈이다.[162] 자신과 킹의 운명을 동일시함으로 인해 일어나는 죽음에의 공포를 해결하고 정신적 평화를 다시 찾는 시적 독백과도 같은 것이다. 킹의 죽음은 하나의 계기일 뿐, 문제는 시인 자신의 인생을 재조명하는 데에 있다. 그러나 자신에 대한 시인의 관심은 결코 이기적이거나 타산적인 성질의 것이 아니다. 도리어 자신과 사회와의 관계에서 자신의 현재와 미래를 새롭게 조명하는 것이다.

이 시의 마지막에서 시인과 화자가 분리되면서 화자가 내일을 위해 절망을 딛고 다시 일어서는 시인을 하루의 근심을 마감하고 내일을 기약하는 목동으

161) David Norbrook, "The Politics of Milton's Early Poetry," *John Milton*, ed. Patterson, 51.
162) E. M. W. Tillyard, *Milton*, rev. ed. (Harmondsworth: Penguin, 1966), 80-5. 틸야드 이후로 대부분의 밀턴 비평가들은 그의 견해를 따르고 있다.

로 묘사함으로써 흔히 목자로 비유되는 성직자의 이미지와 목동의 피리연주로 상징되는 시인의 이미지를 동시에 제공하고 있다. 이러한 반전은 이 시가 화자를 침묵하게 하여 승리의 비전을 이룩한다는 스텐리 피쉬(Stanley E. Fish)의 주장과도 상통한다.[163] 따라서 주제적으로 볼 때, 이 시는 온 인류를 향하여 하나님의 도리를 정당화하고 있다는 의미에서, 랠프 콘디(Ralph Waterbury Condee)가 단언하듯이, "『실낙원』을 향한 주요한 전진"임에 틀림없다.[164] 이 시에서 시인이 현실적 절망을 딛고 예언자적 승화를 성취한다는 점에서 장차 있을 그의 문학적 여정을 예측하게 한다. 또한 성서적 인물들을 등장시켜 예언적, 종말론적 상상력을 불러일으킨다.

또한, 사고 배의 선장으로 갈릴리 호수의 선장을 내세우고 있는데, 이 선장은 일반적으로 베드로(St. Peter)를 지칭하는 것으로 이해되지만 예수 그리스도의 뉘앙스마저 풍긴다. 예수는 밀턴에 의해 주교로 묘사되기도 하고, 「요한계시록」에서는 열쇠를 지닌 자로 나타나며, 풍랑에서 제자들을 구출한 것이 기록되어 있기 때문이다.[165] 그러나 배의 선장은 베드로이고, 그의 배에 오른 예수가 갈릴리 바닷가에 모인 그를 따르는 사람들에게 설교한 것으로 보는 게 더 타당하다. 성경에는 예수가 베드로에게 "천국의 열쇠"를 주었다고 했고,[166] 베드로는 교회의 초대 주교로서 주교관(主敎冠)을 쓰고 있기 때문이다. 메리트 휴즈(Merritt Y. Hughes)는 이 시를 너무 정치적으로 읽는 것을 경계하며, 그렇게 읽는 경우엔 문학적 가치가 훼손된다고 주장하지만,[167] 베드로가 "주교관을 쓴

163) Stanley E. Fish, "Lycidas" A Poem Finally Anonymous," *Glyph: Johns Hopkins Textual Studies* 8 (1981): 18.

164) Ralph Waterbury Condee, *Structure in Milton's Poetry* (University Park: Pennsylvania State UP, 1974), 41.

165) Cf. John Carey, ed., *Milton: Complete Shorter Poems*, 247 (note 109).

166) 「마태복음」 16:19.

167) Merritt Y. Hughes, ed. *John Milton: Complete Poems and Major Prose* (Indianapolis: Odyssey, 1980), 117-18 (headnotes 5-6 for "Lycidas").

머리 타래"(Mitr'd locks; 112)를 지니고 있는바, 밀턴이 감독제를 아직 포기하지 않았음을 알 수 있다. 오히려, 부적절한 행위와 부패로 인하여 비난받는 성직자들은 초대 주교의 모범대로 살지 못하였을 뿐이다.[168] 여기서 킹의 죽음에서 촉발된 종말론적 상상력은 잠시 본류를 벗어나 부패한 성직자들에 대한 현실적 비판으로 나타난다. 선장은 자신들의 배를 채우기 위해 양의 우리를 침범하는 자들에 대한 인내는 충분히 베풀었다면서, 이들을 신랄하게 비판한다.

> 눈먼 주둥이들! 양치기의 지팡이 어떻게 잡는지
> 그들이 알 턱이 없고, 양치기의 기술이라고는
> 배운 것이 아무것도 없으니!
>
> Blind mouths! that scarce themselves know how to hold
> A Sheep-hook, or have learn'd aught els the least
> That to the faithful Heardmans art belongs! (119-121)

이것은 분명 현실 도피적인 종말론적 상상력의 산물은 아니다. 목축업과 기독교 사역을 자연스럽게 비유하면서 당대의 부패한 성직자들을 비난하는 것이다. 그러나 목양의 비유는 이들 부패한 성직자들을 문턱에서 기다리는 "쌍수의 기계"(two-handed engine; 130) 앞에 다시 종말론적 긴박성으로 빠져든다. OED의 정의에 의하면, 이 기계는 전쟁에 쓰이는 기계나 도구를 나타내며, 「요한계시록」에서는 하나님의 입에서 나오는 양날의 칼과 동일시되는 것으로서, 결국 하나님의 말씀을 상징하는 것이며 종교개혁기에 교회의 권위를 대체하는 말씀의 권위를 상징한다고 할 수 있다.[169] 루이스 마아츠(Louis L. Martz)는 이

168) Nicholas McDowell, *Poet of Revolution: The Making of John Milton* (Princeton & Oxford: Princeton UP, 2020), 312.

169) 「요한계시록」 1:16 참고: "그의 오른손에 일곱 별이 있고 그의 입에서 좌우에 날선 검이 나오고 그 얼굴은 해가 힘있게 비치는 것 같더라." 이 "쌍수의 기계"에 대한 논쟁은 Marritt Y.

기계를 신의 정의(Divine Justice), 혹은 최후 심판의 날의 이미지로 본다.[170] 이는 밀턴이 후일 산문에서 언급하는 "살아 있어 찔러 쪼개는 말씀"(the quick and pearcing word)과 상통하는 이미지로서, 연약해 보이나 강한 복음이 강해 보이나 약한 인간의 이성을 무너뜨림을 나타낸다.[171] "그러나 다시 한 번"(Yet once more)이라고 시작한 이 시의 기대감은 "일격에 후려쳐, 끝장낼"(to smite once, and smite no more; 131) "쌍수의 기계"로 인해 성취된다고 볼 수 있기 때문이다. 밀턴의 이러한 종말론적 입장은 1641년 감독제를 비판한 『비난』(*Animadversion*, 1641)에서 여실히 입증된다.[172]

그다음, 기계의 이미지에 이어 바다 괴물의 비전으로 후퇴하지만, 다시 영국 남부 해안의 수호신인 마이클 대천사(Archangel Michael)의 비전으로 이어지면서 구원의 메시지가 제공된다. 마이클은 나만코스(Namancos)와 베이요나(Bayona)로 대표되는 스페인의 가톨릭에 대항하여 영국을 수호하는 천사이다. 마이클의 등장과 더불어 천국의 있는 리시더스의 비전은 종말론적 분위기를 더욱 고조시킨다. "고향으로 향하는 천사여 보시라"(Look homeward Angel)며 구원의 손길을 구하는 시인은 결국 이제 확신에 찬 듯, "더이상 울지 말라, 애처로운 목자들이여, 더 이상 울지 말라"(Weep no more, woful Shepherds weep no more; 165)며 목자들을 위로하게 된다.[173] 이러한 위로는 "하나님께서 저희 눈

Hughes, gen. ed., *A Variorum Commentary on the Poems of John Milton*, 2.2: 686-706을 참고할 것.

170) Louis L. Martz, *Milton: Poet of Exile*, 2nd ed. (New Haven and London: Yale UP, 1986), 71-2.

171) Cf. "하나님의 말씀은 살았고 운동력이 있어 좌우에 날선 어떤 검보다도 예리하여 혼과 영과 및 관절과 골수를 찔러 쪼개기까지 하며 또 마음의 생각과 뜻을 감찰하나니 지으신 것이 하나도 그 앞에 나타나지 않음이 없고 오직 만물이 우리를 상관하시는 자의 눈앞에 벌거벗은 것 같이 드러나느니라"(「히브리서」 4:12).

172) 이 산문에서 감독제의 신성한 권위를 주장한 조지프 홀(Joseph Hall) 주교에 대한 밀턴의 공격은 그리스도의 최후 심판에 대한 기원으로 이어진다(*CPW* 1: 707 참조).

173) "더이상 울지 말라"로 시작되는 구절(165-181)에 대해 윌리엄 매드선(William Madsen)은 천사

에서 모든 눈물을 씻어 주실 것임이러라"(God will wipe away every tear from their eyes)고 하는 「요한계시록」의 말씀에 근거한다고 할 수 있다.[174] 이 시에서 성 베드로의 발언이 결국 온전한 종교개혁에 대한 시인의 기대를 반영한 것이라고 본다면, 이 이미지를 당시의 현실정치에 관련지어 해석할 수 있다.[175] 킹의 죽음을 초래한 난파선은 로드 대주교 치하에서의 부패한 교회상을 뜻하며, 그의 구원은 물 위를 걸었던 그리스도의 직접 개입으로만 가능하다는 것이다. 이렇게 보면, 선장은 로마의 첫 주교였던 베드로가 아니라 보이지 않는 교회의 수장인 그리스도가 된다. 그러나 주교관(mitre)나 열쇠의 언급으로 인해 이러한 주장은 설득력이 약하다. 하여튼 이 시를 쓸 무렵 이미 밀턴은 전통적 영국 국교회에 대한 어떤 타협도 거부할 준비가 되어 있었다고 할 수 있다. 첫 논쟁문인 『종교개혁론』(*Of Reformation*, 1641)에서 이미 밀턴은 어셔(Ussher)가 옹호하고 퀄스(Quarles)가 지지한 타협안, 즉 축소 감독제안을 거부하며 과거로부터의 근본적인 단절을 주장하고 있다. 머지않아 장로제에 대해서도 실망하게 되지만, 이 시점에서는 개혁의 수단으로 활용된다. 유럽대륙의 개혁교회를 수용하고 영국의 전통적 교회 제도를 탈피하는 것이 급선무로 여겨졌기 때문이다.

「리시더스」의 종결부에 이르면, 이제 밤낮과 계절의 순환도, 시인의 절망과 소망의 불안정한 동요도 모두 기독교적 죽음과 부활의 이미지로 바뀌어, 확고부동한 신앙으로 자리매김한다. 서시의 손상된 율격이 결론부의 완벽한 8행시체(ottava rima)로 대체되기 때문이다.

장 마이클이 직접 하는 말로 해석하기도 하지만(*Studies in English Literature*, 3 [1963]: 1-7), 마아츠는 시인의 내면에 일어나는 위로의 응답으로 해석한다(*Milton: Poet of Exile*, 73). 그러나 분명히 이 구절이 화자가 복수의 목자들에게 주는 위로의 말이므로, 먼저 절망에서 벗어난 화자가(혹은 시인이) 아직 애도하는 목자들을 상대로 하는 말로 보아도 무방하다.

174) 「요한계시록」 7:17.

175) D. S. Berkeley, *Inwrough with Figures Dim: A Reading of Milton's "Lycidas"* (The Hague, Paris: Mouton, 1974), 197-98.

이렇게 이름 없는 시골 젊은이는 참나무와 개울에게 노래했네,
조용한 아침이 회색 샌들을 신고서 외출하는 동안에도,
그는 여러 가지 갈대피리 부드럽게 불었다네,
진지한 생각으로 도리스 풍 노래 읊으며.
그리고 이제 태양은 모두 언덕배기에 펼쳐지고,
그리고 이제 서쪽 바다로 넘어갔다네.
드디어 그는 일어서서, 푸른 조끼 끌어당기네
내일은 신선한 숲과 새로운 목초지를 찾아.

Thus sang the uncouth Swain to th' Okes and rills,
While the still morn went out with Sandals gray,
He touch'd the tender stops of various Quills,
With eager thought warbling his *Dorick* lay:
And now the Sun had stretch'd out all the hills,
And now was dropt into the Western bay;
At last he rose, and twitch'd his Mantle blew:
To morrow to fresh Woods, and Pastures new. (186-93)

여기서 인칭의 변화는 시인으로 하여금 또 다른 화자의 관점으로 올라서서 이제까지의 시인의 절망과 희망의 질곡을 관조하게 한다. 이처럼 자신을 객관화함으로써 시인의 시적 관점을 한 단계 끌어올리는 데에 성공할 뿐 아니라, 자신의 관점을 보편화시키는 데도 기여하고 있다. 자연의 일상적 순환에 조화를 찾게 되었고 인간의 생사에 대해 초연해진 시인은 드디어 숭고한 시를 쓸 준비를 한 셈이다. 인용한 전통적 8행시체는 객관적 묘사에 사용되는 형식인바, 이 형식에 완벽한 각운을 적용하여 제3의 객관적 관찰자를 끌어들인 셈이다. 아니면, "이름 없는 시골 젊은이"의 시창작을 인도해온 "성숙한 의식의 존재"(the presence of the mature consciousness)를 급기야 폭로해 보여준 셈이다.[176] 그리고 밀턴은 리시더스라는 인물을 채택함으로써 시오크리토스와 베르길리우스의

선례에 힘입어 전원 비가(pastoral elegy)의 한계를 넘어설 수 있었을 뿐 아니라, 처음부터 고전적 전원시보다 넓은 영역을 취급할 수 있는 준비가 되어 있는 것이다. 따라서 개인의 절망에서 시작한 시는 현실역사와 기독교적인 종말론적 역사관을 포함할 수 있게 된 것이다.

밀턴이 「리시더스」에서 이처럼 새로운 시적 시도를 할 수 있었던 것은 그의 정치적, 종교적 태도에서뿐만 아니라 시에 대한 급진적 태도에서 찾아볼 수 있다. 말하자면, 밀턴은 시의 역사를 정치사처럼 종말론적 입장에서 다루고 있는 셈인데, 이는 그의 시가 완성을 향한 완만하고 안정된 진보를 나타내기보다 전후를 뒤엎는 시도를 보여주기 때문이다. 당시에는 유행이 지난 구시대적인 예언적 전통을 고수하는 반면에, 궁정풍 작가들의 현대적 형식을 모방하기도 한다. 그러나 후자의 경우 모방을 위한 모방이 아니라, 그 이면에 있는 정치적 보수성을 파헤치기 위한 모방을 한 것이다. 종교의 순화가 시의 순화를 가져올 수 있다는 생각이 예언적 전통에 내재하고 있었다. 1630년대에 수많은 종말론적 작품들이 출판되지 못한 채 남아 있었고, 1940년대 들어서야 검열제가 풀리면서 이 작품들의 출판이 쏟아져 나왔다. 이렇게 본다면, 「리시더스」의 정치적 배경을 이해하는 것이 어려운 일은 아니다. 사실상, 케임브리지 대학 시절 로드 대주교 편으로 기울던 에드워드 킹은 밀턴의 지속적 우정의 대상이 아니었다. 킹의 시적 재능도 이 시에서 밀턴이 인정하는 것처럼 대단한 것이 못되었다. 밀턴은 최근 어머니를 여의었고, 역병이 그의 마을을 덮쳤던 터였으므로, 당연히 그가 죽음에 대하여 많은 관심을 가졌을 것이다. 따라서 킹의 죽음이 계기가 되어 밀턴은 예언적 시의 특수한 전통을 변화된 정치 상황에 따라 새롭게 규정하게 된 것이다. 물론 케임브리지 대학이라는 이름 자체가 스펜서의 시적 전통을 연상시키는 것이었으며, 스펜서 풍의 시와 연관되는 저교회파

176) Martz, *Milton: Poet of Exile*, 74.

(Low-Church) 전통은 선동적인 청교도주의로 비난받았다. 1637년 칼뱅 사상을 추종하던 존 윌리엄스(John Williams) 주교의 체포는 고교회파(High Church)의 상승세를 입증하는 사건이었다.[177] 프린(Prynne), 배스트윅(Bastwicke), 리이턴(Leighton)의 야만적 처형과 1637년 7월의 성법원의 법령은 검열법안의 허점까지도 없앤 것이었다. 이러한 정치 상황을 고려하면, 「리시더스」에서 부패한 성직자들에 대한 성 베드로의 비난은 이 시의 정치적 성격을 극명하게 입증해 준다. 시인이요 성직자가 될 킹의 죽음을 애도하는 과정에서 시와 교회 문제를 끌어들이는 것은 어쩌면 당연한 탈선일 수도 있다. 그러나 베드로의 비판을 암시적으로 처리함으로써 로드의 검열을 피하고 있다. "눈먼 입들"이라는 표현은 말씀을 선포하지 못하고 무지와 미신을 부추기는 주교들을 암시적이지만 신랄하게 공격하는 조어이다. 어원적으로 "돌보는 자"인 주교(bishop)은 보지 못하고, "먹이는 자"인 목자(pastor)는 먹이기보다 먹기를 좋아하는 까닭에, 이 주교들은 "눈먼 입들"일 수밖에 없다.

스펜서 이후 계관시인으로 군림해 온 존슨이 킹보다 단지 6일 전에 죽었고, 결국 그의 후계자로 등장한 자는 왕당파 시인 윌리언 데이브넌트 경(Sir William Davenent)이었다.[178] 밀턴은 존슨의 죽음에 대하여는 침묵을 지켰으나 킹의 죽음에는 모든 시적 재능을 동원하여 애도의 시를 쓴 것이다. 「리시더스」에서 밀턴은 그 자신의 시적 아버지인 스펜서의 전통을 따르고 있으며, "벤의 아들들"(sons of Ben)의 무리에 들지 않으려 애써오던 터였다. 그는 이 시에서 기존의 종교 및 정치 체제와 독립된 문학적 권위를 요구하는 것이다. 말하자면, 공적 권위를 부여받지 못한 킹에게 월계관(月桂棺; hearse laureate)을 제공하면서 당대의 시적, 정치적 전개 과정을 비판하고 있다. 킹의 추모시집에 실린 다른 시작품들과 달리, 유일한 전원시이자 장시이고, 하나님의 섭리를 문제 삼는가

177) Norbrook, "The Politics of Milton's Early Poetry," 56.
178) Norbrook, "The Politics," 50.

하면, 도회의 일상적 언어를 피하여 예언적인 열정으로 타오른다. 이는 당대에 유행하던 "형이상학적 기상"이나 불규칙한 시행과 대조적이다. 과장적 표현은 드러나지 않고 기저에 깔리고 율격의 파괴는 감정의 격함을 표현하며 평정될 듯하다가 다시 격노하듯 치솟으며 결론부인 마지막 8행시체에 이르러서야 평정된다. 존슨이 이 시를 너무 현학적이라고 비난한 것은 그의 전투적 인문주의와 정치적 급진사상을 감지했기 때문일지도 모른다.[179)]

이상에서 밀턴의 초기시 가운데 대표적인 작품들을 정치 및 역사적 맥락에서 살펴보았다. 물론, 혁명가 시인으로서의 진면목은 사회개혁을 위한 산문 논쟁에서 좀 더 직접적이고 현실적으로 표출되지만, 초기시에서도 사회비판 의식이나 자유사상의 서광을 엿볼 수 있다. 장차 산문 논쟁을 통해 영국혁명기의 대표 논객이 될 시인의 젊은 시절에 손색이 없는 사회적 비판의식이 초기시의 기저에 흐르고 있다고 하겠다. 이 같은 밀턴의 개인적 성숙 과정은 시대적 상황과도 맞물린 현상일 것이다. 노브룩이 비유한 것처럼, 밀턴의 초기시는 두 면의 책과 같아서 한 면은 1630년대의 평온한 전원 세계를 돌이켜 보고, 다른 한 면은 정치적인 현실 사회를 직시하는 시인의 모습을 그리고 있다.[180)] 그러나 초기시를 감히 참여문학이라고 단정한다면, 지나친 속단일 것이다. 사회적 비판만큼 시적인 이상주의 혹은 이상주의적 초월성이 분명히 나타나 있기 때문이다. 달리 말하면, 초기시에서는 밀턴의 잠재적 혁명정신이 폭발의 날을 기다리며 그 힘을 응축시키고 있었다고 할 수 있을 것이다. 그러다가 급기야 혁명의 정치적 분위기가 형성되자 그는 참여문학으로서의 효율성을 위해 논쟁적 산문을 통해 혁명가의 대열에 정식으로 뛰어들게 된다.

예언자란 현실의 잘못을 지적하고 수정 방향을 제시하지만, 아이로니컬하게도, 현실을 뛰어넘는 비전에 바탕을 두고 그렇게 한다. 비전이 없는 현실참

179) Norbrook, "The Politics," 54.

180) Norbrook, *Writing the English Republic*, 163.

여는 예언가의 영역이 아니라 정객의 영역일 뿐이다. 절대군주 치하에서 예언자 시인 밀턴은 출세를 위하여 권력을 추구하거나, 권력에 아부하는 수단으로 문학을 이용하지 않고, 예언자 시인의 비전으로 인간 역사를 우주적 역사의 한 부분으로 시화하거나 예언자적 양심과 종교적 신념에 따라 현실정치를 비판하였다. 밀턴의 논쟁적 산문이 영국혁명의 이념을 제공한 것이라면, 그의 후기 서사시나 비극은 초월적 역사관을 장엄하게 펼치고 있다. 그의 초기시는 이러한 상반된 특징을 동시에 내포하고 있지만, 산문 논쟁을 앞두고 점차적으로 현실적 비판으로 그 중심을 옮겨는 중이었다. 영국혁명기가 도래하면서 산문 논쟁을 통해 그는 현실적 투쟁에 몰입하였으며, 혁명이 좌절되자 그 실패의 의미를 다시 초월적 비전으로 조명한 것이다. 이렇게 볼 때, 밀턴의 초기시는 그가 예언자 시인의 소명을 서서히 내면화하면서 "예언적 가락"을 향하여 전진하고 있었음을 보여준다.

3장

산문 논쟁과 영국혁명

밀턴은 영문학사상 어느 작가보다도 시인의 공적인 역할에 대하여 더 깊이 느끼고 이를 실천하려 한 시인이다. 그는 학창 시절부터 장차 영국의 나아갈 길을 밝히는 예언자적인 시인이 되고자 다짐하고 다방면의 지식을 습득하며 시인의 길을 준비하였으나, 영국혁명이 본격적으로 점화되면서 그의 생애 중간에 시인의 창작활동을 접고 산문 논쟁에 뛰어들 수밖에 없었다. 이 장에서는, 정치권력가로서가 아니라 문필가로서 밀턴이 영국혁명에 어떻게 참여하는지 그의 산문 작품을 분석함으로써 살펴보겠다.

시인이야말로 "진실한 시"(a true poem; *CPW* 1: 890)가 되어야 한다고 생각한 밀턴은 아이로니컬하게도 그 자신이 "진실한 시"가 되기 위해 산문을 통한 문필혁명가의 역할을 자임하게 되었다. 정치와 종교가 불가분의 관계에 있던 영국혁명기에 그의 혁명 정신은 그에게 종교적 권위와 독재왕권으로부터의 정치적 자유를 동시에 추구하게 하였다. 그의 시에서 자유란 인간에게 우주론적 차원의 의미를 부여하는 조건이며 하나님의 섭리를 정당화할 수 있는 척도이지만, 산문에서 자유는 현실 사회 속에서 인간의 존엄성을 구현하는 조건이다. 시에서 초월적 이념으로 표현되는 자유의 개념이 산문에서는 사회개혁을 위한 현실 참여적 성격을 띠게 된다. 블레어 워든(Blair Worden)이 지적한 대로, 밀턴에게 있어서 진정한 자유란 정신이나 영혼의 자유로운 상태를 말한다.[181] 그것은 기독교적인 자유의 이상이며, 죄의 사슬에서 자유롭게 해방되는 것을 뜻한다. 밀턴에게 자유란 덕성과 불가분의 관계이고 경건, 지혜, 절제와 상관된다. 따라서 진정한 자유는 정욕과 욕망의 노예가 되게 하는 타락한 자의 자기 탐닉이나 방종과는 반대된다. 그의 논쟁적 산문이 당대의 사회를 개혁하기 위한 것이라면, 결국 "자유를 위한 시인의 열정"(a poet's passion for freedom)이 현실에 반응한 결과물인 셈이다.[182] 그는 논쟁적 산문에 몰두하면서도 자신의 산문을 왼손의 업적으로 간주했을 만큼(*CPW* I: 808) 시에 대한 높은 가치 부여를 하였으나, 인생의 황금기를 산문 논쟁에 바친 것은 그의 산문이 현실 정치와 종교에 대한 절실한 반응이자 지체할 수 없는 소명감의 표현이었기 때문이다.

1640년대 초 영국의 종교분쟁은 정치 분쟁과 깊은 연관성을 지니고 있다. 왕과 의회의 권력다툼에서 주교들은 다 같이 왕의 편에 섰지만, 의회의 편에 선 쪽은 청교도들만이 아니었고 많은 귀족도 포함하고 있었다. 청교도와 일부 귀족들의 연대가 왕과 의회 간의 권력 이동을 가능하게 하였고, 선박세(ship money) 같은 시민의 재산과 연관되는 법률에 대해서는 신흥 청교도들과 의회에 속한 전통 가문들 간의 의견일치가 있었다. 물론 전통 가문들은 교회 안의 불만을 시정하는 차원에 머물길 바랐으나, 청교도들은 헨리 8세(Henry VIII) 이

181) Balir Worden, "Milton: Literature and Life," *John Milton: Life, Writing, Reputation*, eds. Paul Hammond & Blair Worden (Oxford: Oxford UP, 2010), 3.

182) Peter Levi, *Eden Renewed: The Public and Private Life of John Milton* (New York: St. Martins, 1997), 25.

후 전해 내려온 로마교회의 전통이나 예배 의식을 전면 철폐하기를 바랐다. 청교도들은 수적으로는 아직 열세였으나 사회 정치적 측면에서는 개혁 세력으로 변모하고 있었다.[183] 즉, 영국의 **종교개혁**은 교회를 로마가톨릭교회로부터 독립하게 하는 것으로 끝나지 않고, **영국 국교회**의 종교적 권위로부터 독립시키는 운동으로 이어졌다. 청교도들은 시골에서 도시로 진출하여 부를 축적하며 세력을 키워나가자 가난한 노동자들도 이들과 합세하여 주교들에 저항하게 되었고, 자유주의적 귀족들마저 합세하여 왕권을 의회에 종속시키려 하였다. 청교도들은 모두 성서적 권위를 최고로 인정하게 되었고 성서로부터 모든 성도의 영적 평등, 개인적 기도 생활, 노동의 신성함 등을 확신하게 되었다. 또한 **영국 국교회의 감독제** 체제는 군주제와 공생관계에 있었기 때문에 반감독제 운동은 태생적으로 정치적 개혁운동일 수밖에 없었다. 이런 이유로 인하여, 비록 청교도혁명이라고도 불리는 **영국혁명**의 기본 정신은 개인적 양심, 특히 신앙적 양심의 자유에 바탕을 둔 것이지만, 정치적 운동으로 귀결될 수밖에 없었다. 밀턴은 이들과 사상을 공유했으나 어디까지나 필봉을 무기로 삼아 투쟁했을 뿐, 다른 과격한 청교도 지도자들처럼 폭력에 의존하지는 않았다. 개인의 자유의지와 판단을 중요시하는 그의 민주적 사고방식으로 인하여 그는 교회 안의 계급과 질서에 바탕을 둔 장로교회와 결별하게 되고 **독립파**(Independents)[184]에 속하게 되었다.

이러한 격동의 시기에 군사력을 동원한 힘의 대결 못지않게 문필가나 논객들의 논리적 대립이 태동하였고, 이에 밀턴은 정치, 종교, 사회 등 각 분야에 있어서 자유의 중요성을 계몽하려고 노력하였다. 그러나 1640년대에 자유에 대한

---

183) 로드 대주교(Archbishop Load)의 박해를 피해 미국으로 이주한 극단적인 청교도들은 3, 4백만 명 전체 인구 중 1만여 명에 정도였으며 청교도들의 과반수가 문맹인이었고 9만여 명의 성직자들 가운데 청교도는 천여 명에 불과했다고 한다(*CPW* 1: Introduction, 209).

184) 혹은 **조합교회파**라고 불린다.

개념 규정은 논란의 대상이었다. 예를 들면, 의회주의자들에게는 자유와 소유는 불가분의 것이었고, 디거즈(Diggers)의 지도자 윈스텐리(Gerard Winstanley)의 경우 사유재산은 도리어 자유를 방해하는 죄악이었다.[185] 보수와 혁신, 질서와 자유의 대립 속에서 쓰인 밀턴의 산문은 자유의 개념 규정에서부터 그 실천을 위한 계몽에 이르기까지 다양한 반응으로 나타났으며, 그 대립적 갈등 속에서 자유를 쟁취하려는 노력의 산물이었다. 크리스토퍼 다다리오(Christopher D'addario)가 주장하듯이, 밀턴의 초기 산문에 나타난 공민적 자유에 대한 밀턴의 이상주의적 옹호와 잘못된 실행에 대한 그의 비관적인 수용 사이의 모순은 그에게 자유를 방어하는 수사적인 에너지로 작용했다고 볼 수 있다.[186] 다시 말하면, 고위성직제나 영구적인 결혼, 출판의 사전 검열, 군주제 등에 대한 밀턴의 열성적인 반론은, 자유의 가치를 제대로 인식하지 못하는 대다수 군중의 무관심에 대한 그의 실망과 분노로 인하여 촉진된 것이라고 하겠다.

어떤 의미에서, 스미스 나이젤(Smith Nigel)의 말대로, 밀턴의 산문이 집중적으로 쓰인 1640년대는 모든 유형의 문학이 내란에 관한 것이었다.[187] 의회주의자의 편에 서서 절대왕정에 반기를 들며 절대권력의 시녀가 된 부패한 영국국교회에 저항한 밀턴은 정치, 종교, 교육뿐 아니라 이혼의 교리에 이르기까지 다양한 산문을 썼는데, 이들 모든 부류의 작품 속에 그의 혁명적 자유사상이

---

185) 디거즈는 진정한 수평파(True Levelers)라고도 불리는데, 1649년 성 조지의 언덕(St George's Hill)의 황무지를 개간하여 공동경작을 시도하였던 공산주의 사상을 가진 종교 집단이었다. 이들에게 예수는 역사적 실체로서가 아니라 인간 내면에 존재하는 심리적 변화에 필요한 존재였으며, 개인 소유는 타락의 결과요 그 철폐는 아담과 이브의 순수함으로 되돌아가는 것을 의미한다. 디거즈의 지도자 윈스텐리의 공화국에서는 국가교회도 삯을 받는 설교도 교회의 모든 의식도 거부되었다. 1652년 경 그들의 꿈은 사라지고 크롬웰을 지지하기도 하고, 말년에 국교회에 기울었다고 한다. 위의 각주 54 참조; Cf. Hill, *Experience* 37-42.

186) Christopher D'addario, "Against Fescues and Ferulas," *The New Milton Criticism*, eds. Perter C. Herman and Elizabeth Saucer (Cambridge: Cambridge UP, 2012), 151.

187) Smith Nigel, *Literature and Revolution in England 1640-1660* (New Haven: Yale UP, 1994), 33.

스며들어 있다. 청교도혁명이라고도 불리는 영국혁명의 기본 정신은 개인 양심, 특히 신앙적 양심의 자유에 바탕을 둔 것으로서 본 장은 밀턴의 산문에 나타난 혁명적 자유사상을 탐색하고 문학적으로 분석해 보고자 한다. 밀턴의 산문은 학창 시절의 라틴어 습작에서부터 신학, 역사 혹은 논리학 등 순전히 학문적인 산문에 이르기까지 40여 편이나 된다. 밀턴이 『두 번째 변호』에서 자유를 세 종류로 분류한 바가 있는데, "종교적인[교회적인] 자유, 가정적 혹은 개인적 자유, 그리고 공민적인[사회적인] 자유"(ecclesiastical liberty, domestic or personal liberty, and civil liberty)로 나누어진다(*CPW* I: 624). 이런 자유의 유형에 따라, 자유의 문제를 다룬 밀턴의 산문 작품을 국가권력으로부터 종교의 독립을 주창한 반감독제 산문 그룹, 가정적인 자유와 사회적 자유를 다룬 산문 그룹, 그리고 공화정을 옹호한 일련의 산문 그룹으로 나눌 수 있겠으나, 본서에서는 영국혁명의 이념적 논쟁을 이끌었다고 보이는 논쟁적인 산문을 출판 시기와 주제별로 좀더 세분화하여 다섯 부류로 나누어 다루고자 한다. 공화정을 옹호한 정치적 산문은 찰스의 처형을 변호한 것과 외국 독자를 대상으로 한 라틴어 산문, 그리고 왕정복고를 앞둔 시점에 나온 마지막 공화국 변론 등으로 나누어 다룰 것이다.

1. 반감독제 산문: 종교개혁과 신앙의 자유

밀턴이 영국혁명의 이념적 지도자로 나서게 된 것은 결국 논쟁적 산문을 통한 정치적 투쟁으로 표출되지만, 그 출발은 종교적 신념에서부터였다. 그의 논쟁적 산문은 1641에서 1642년 사이에 영국 국교회의 감독제에 반대하는 다섯 편의 소책자를 내는 것으로 시작된다. 이들 소책자에서 밀턴은 영국 국교회에 속한 주교나 일반 성직자에 대한 성서적 근거를 의문시하면서 제도권 기독교에 저항했다. 이 산문들은 그의 종교적 자유사상을 반영하는 것인데, 그는 종교개혁의 완성은 감독제의 철폐를 통해 달성될 수 있다고 보았고, 반면에 왕과 왕권주의자들은 국가의 종교적 통제를 통해 왕권신수설을 좀 더 확고하게 하기를 바랐던 것이다. 밀턴이 이탈리아를 여행하면서 확증하게 된 것은 교회의 **감독제**가 사상의 자유를 손상하는 정치적 측면이 있다는 것이었다. 밀턴이 명목상으로 속해 있던 **영국 국교회**가 가톨릭에 가까운 권위적 요소를 많이 답습하고 있었으므로 장로교 조직을 갖게 되기를 바랐다. 물론 나중에 **장로파**(the Presbyterians)가 찰스의 처형에 반대하면서 밀턴은 이들과도 등을 돌리게 되지만 말이다. 반감독제를 주창하는 그의 산문들은 영국이 **종교개혁**의 완성을 주도할 수 있을 것이라는 청교도적 신념의 소산이라 하겠다.

그러나 밀턴이 청교도 시인이면서 동시에 르네상스 휴머니스트라는 점을 간과해서는 안 된다. 말하자면, 그의 산문 논쟁은 종교적 청교도 정신을 정치적 휴머니즘으로 실현하려는 한 방편이었다. 1630년대에 찰스 1세는 계층적이고 의례적인 국가적 교회에 대한 기대 때문에 청교도 신앙을 탄압했으며, 이에 저항하는 청교도들이 중심이 되어 혁명의 깃발을 올렸기 때문에 **영국혁명**을 **청교도혁명**이라고 한다. 그러나 밀턴이 산문 논쟁으로 **영국혁명**의 선봉에 선 것은 단순히 청교도 정신 때문만은 아니다. 그의 사상의 기저에 자리한 자유주의 정신은 청교도 정신과 르네상스 휴머니즘을 통합하게 하였으며, 르네상스 전반기에 문화 예술적 차원에서 추구하였던 인간성의 존엄성이 르네상스 후반기에 접어들면서 **영국혁명**의 흐름을 타고 정치적 휴머니즘으로 구현되기 시작한 것이다. 이렇게 볼 때, 밀턴은 단순한 청교도 시인이 아니라 르네상스 휴머니스트로서 인간존엄성을 정치적 차원에서 구현하려 했던 시인이었다.

밀턴은, 다른 청교도 지도자들과 달리, 칼뱅(John Calvin)이 주창한 **예정설**(the theory of predestination)을 수용하지 않았으며, 네덜란드의 아르미니우스(Jacobus Arminius, 1560-1609)가 주도한 **아르미니우스주의**(Arminianism)의 영향을 받아 인간의 자유의지를 주장하였다. 칼뱅은 『기독교강요』(*Institutes of the Christian*

Religion)에서, “성경이 명시하는 바와 같이 하나님은 영원 전에 구원받을 사람들을 일단 결정하셨다. 이는 하나님의 영원불변하는 계획에 의한 것이다. 다른 한편 멸망 받을 사람들도 확정하셨다”라고 **이중 예정**(double predestination)을 주장하였던 반면,[188] 아르미니우스는 하나님의 절대적 예정은 오직 기독교 구원론적 맥락에만 적용되면 개개인의 구원은 절대적인 것이 아니라 자유의지에 의한 선택에 달려있다고 주장하였다.[189] 그러나 칼뱅주의자들은 국가에 질서유지 기능을 위탁하면서도 교회의 전적인 자율권을 주장한 데 반해, 아르미니우스주의자들은 (기독교)관료들이 교회의 정책에 관한 법을 입법할 수도, 목사의 임명과 감독에 참여할 수도 있다고 주장하였다. 이렇게 볼 때, 인간의 자유의지를 강조하고 삼위일체(Trinity) 교리와 그리스도의 신성을 부정했던 이탈리아의 이성주의 교파 **소지니주의**(Socinianism)에 가깝다고 여겨지기도 하지만,[190] 극단적 이성주의에 따라 하나님의 예지(foreknowledge)까지 부정했던 교리에 밀턴은 동의할 수 없었다.[191] 따라서, 그는 하나님의 예정과 인간의 자유의지의

---

188) John Calvin, *Institutes of the Christian Religion*, 2 vols. trans. Bord Lewis Battles and ed. John T. Mcneill (Philadelpia: Westminster, 1696), 4.1: 2.

189) 윌리스턴 워커(Williston Walker) 외 공저, 송인설 역, 『기독교 교회사』(*A History of the Christian Church*) (서울: 크리스찬 다이제스트, 1993), 599-604 참조.

190) 소지니주의는 16세기 후반에 이탈리아의 법학도 출신의 레리오 소지니(Lelio Sozzini, 1525-62)와 그의 조카 파우스토스 소지니(Faustos Sozzini, 1539-1604)에 의해 주도된 반삼위일체론(Antitrinitarianism)의 한 형태로서 삼위일체론이나 예수의 신성을 거부하고, 합리주의적 사유에 입각하여 인간의 자유의지를 강하게 주장하면서 원죄와 예정을 부정하였으며, 하나님의 전지(omniscience)는 미래에 일어날 필연적 진리에 한정되며 우연적인 것에는 적용되지 않는다고 보았던 16-17세기의 회의주의적 신학사상이었다. 1580년 파우스토스는 당시 유럽에서 가장 관용적인 국가였던 폴란드로 가서 반삼위일체 교리를 구축하였으나 예수회의 저항에 직면하여 1658년 폴란드에서 추방되었다. 극단적 인문주의적 합리주의에 빠진 이 교리는 하나님을 절대적인 군주(Dominium Absolutum)로 간주하면서 그리스도를 하나님의 계시로 보지만 단순한 한 인간으로 봄으로서 그의 속죄를 무용지물로 여겼다. 토머스 린제이(Thomas M. Lindsday) 저, 이형기 · 차종순 역, 『종교개혁사』(*A History of the Reformation*), 제3권 (한국장로교출판사, 1991), 189-203 참조.

191) Dennis Richard Danielson, *Milton's Good God: A Study of Milton's Theodicy* (Cambridge:

문제에 있어서 칼뱅주의보다 아르미니우스주의나 소지니주의에 가깝다고 할 수 있으나, 국가권력과 교회의 관계를 두고 본다면, 칼뱅주의에 가깝다고 할 수 있다. 즉, 밀턴은 인간의 자유의지를 부정하는 칼뱅식 청교도적 신앙도, 예수의 신성을 부정하는 극단적 인문주의적 합리주의도, 모두 배격함으로써 청교도 정신과 르네상스 휴머니즘을 양면성을 보여주고 있다고 하겠다.

그렇다면 이처럼 종교개혁 사상과 르네상스 휴머니즘의 전통을 동시에 수용한 밀턴의 근본 사상은 무엇인가? 이 양대 혁명적 사조의 기저에는 자유사상이 자리 잡고 있다. 밀턴이 국가권력으로부터 교회의 자율적 운영을 주장한 것이나 절대왕정에 반기를 들고 공화정을 옹호한 것이나 개인적, 사회적 자유를 변호한 것은 모두 그의 급진적 자유사상에 바탕을 두고 있다고 하겠다. 다만 그가 반감독제 산문들에서 영국 국교회의 감독제를 비난한 것은 교회의 자율권을 주장한 칼뱅의 개혁 정신과 부합한다. 영국의 종교개혁이 교회를 로마가톨릭의 교황절대주의로부터 해방시키는 데는 성공하였으나 국가권력으로부터는 해방하지 못하였기 때문에 보완작업이 필요하다는 것이다. 종교와 정치가 불가분의 관계에 있던 시기에 밀턴의 혁명적 자유사상이 종교적 문제를 시발로 표현된 것은 당연한 일이다. 이 장에서는 밀턴의 반감독제 산문 다섯 편을 영국혁명의 맥락 속에서 하나씩 살펴보기로 하겠다.

(1) 『종교개혁론』

『종교개혁론』(*Of Reformation*, 1641)은 밀턴이 처음으로 쓴 팸플릿으로서 이후 약 20여 년간 산문 논쟁을 통해 영국혁명에 개입하게 된 효시였다.[192] 영국

Cambridge UP, 1982), 156.

192) 전체 서명은 『잉글랜드의 교회 계율과 지금까지 이를 방해한 요인들에 관한 종교개혁론』(*Of Reformation touching Church-Discipline in England and the Causes that hitherto have hindred it*)이다.

혁명의 주요 원인이 무엇보다 종교적 갈등에서 유래하였기 때문에 밀턴이 영국 혁명에 깊이 관여하게 된 것도 종교적 관심사였기 때문이다. 밀턴이 종교적 논쟁에 개입하기 전에 이미 스멕팀누스(SMECTYMNUUS)라고 하는 청교도 성직자들과 왕정주의자 조지프 홀(Joseph Hall) 주교 사이의 공방전이 있었다.[193] 홀은 원래는 청교도였으나 주교가 된 재능 있는 작가였으며 로드(Laud) 주교와의 연관성이 비교적 적어 엑시터(Exeter) 관구에서 수입이 더 좋은 노리치(Norwich) 관구로 영전된 바 있으며, 『교회의 충성스러운 아들이 의회의 최고 법정에 올리는 겸손한 항의』(*An Humble Remonstrance to the High Court of Parliament, by a Dutiful Son of the Church*, Jan., 1641])에서, 교회를 분열하고 있는 문제들은 별로 중요한 것이 아니고 중요한 문제는 공감대가 형성되어 있으나 정치적 저의를 품은 "사납고 악의적인 영들"이 소요와 갈등을 유발하려고 논쟁을 부추긴다고 주장하였다.[194] 이에 대하여 스멕팀누스는 『「겸손한 항의」라는 제명의 책에 대한 답변』(*An Answer to a Book Entitled "An Humble Remonstrance,"* Mar., 1641)을 통해 공동으로 홀의 주장을 논박하였으며, 밀턴의 가정교사였던 토머스 영(Thomas Young)이 주도하였다. 이보다 한해 전, 대주교 윌리엄 로드(William Laud)의 요청으로 홀은 『신성한 권리로 인정되는 감독제』(*Episcopacie by Divine Right Asserted*, Feb., 1640)를 출판하여 종교논쟁의 불을 지핀 바 있었다. 당시 장기의회는 교회의 개혁을 문제 삼고 있었고 대주교와 주교를 모두 철폐하려는 근지 법안(Root and Branch Bill)이 상정되어 있었기 때문에 홀 주교와 스멕팀누스 사이의 공방이 이어진 것이다. 스멕팀누스의 『답변』에 대응하여 다시 홀 주교의 『겸손한 항의에 대한 변호』(*A Defense of the Humble Remonstrance*, April,

---

193) "SMECTYMNUUS"란 Stephen Marshall, Edmund Calamy, Thomas Young, Matthew Newcomen, William Spurstow 등 다섯 명의 청교도 성직자들의 이름에서 따온 두문자어인데, 마지막 William의 W를 UU로 취급하여 이루어진 것이다. Thomas Young은 밀턴의 가정교사였으며 밀턴은 그를 위해 라틴어 시를 쓴 바 있다.

194) Thomas Corns, *John Milton: The Prose Works* (New York: Twayne Publishers, 1998), 18.

1641)가 나왔다.

이상과 같은 스멕팀누스와 홀 주교 사이의 공방이 계속되고 있었으나 내적으로 이들 사이에 은밀한 협상이 전개되고 있었다. 주교를 존속시키되 청교도들이 수용할 수 있도록 국교회를 개혁하자는 것이었다. 토머스 콘즈(Thomas Corns)는 밀턴의 개입이 이들의 협상에 대한 불안감에서 비롯되었을 것으로 추정한다.[195] 밀턴이 스멕팀누스와 홀 사이의 협상 조짐에 이처럼 민감한 반응을 보이게 된 것은 역사적 맥락에서 볼 때 이해할 만하다. 『종교개혁론』이 출판되기 바로 전달에 로드 주교가 체포되어 감금되었고 연말에는 다른 주교들도 대역죄로 몰리게 되었다.[196] 그리고 감독제에 대한 청교도들의 적대감이 비등하고 있는 때였다. 콘즈에 의하면, 찰스 1세의 일인 전제정치가 저항을 받게 된 두 가지 근본 이유는 모두 종교적인 이유이다. 그 첫째는 1637년 헨리 버튼(Henry Burton), 존 바스트윅(John Bastwick), 윌리엄 프린(William Prynne) 등 세 명의 청교도 지도자들이 감독제를 모독한 책자를 출판했다는 이유로 귀가 잘리고 종신형을 선고받은 사건이었다. 당시의 처형은 국가권력의 절대성을 보여주려는 의도로 공개적으로 시행되었으나, 이들이 신체 절단을 영웅적으로 참는 순교적인 용기에 군중은 도리어 감명을 받았을 것이다. 바로 이 해에 밀턴은 전원 비가 「리시더스」("Lycidas")를 발표하여 청교도적 사회비판을 가한 것은 이러한 사건과 무관하지 않았을 것이다. 존 쇼크로스(John T. Shawcross)의 주장에 따르면, 밀턴이 이듬해 유럽으로 장기 외유를 떠난 것은 그의 가족이 그를 정치적 궁지에 빠지지 않게 함이었다고 한다.[197] 두 번째 이유는 찰스가 당시

195) Corns, *John Milton*, 19.

196) 당시 전쟁에 여념이 없던 의회는 5년 뒤인 1645년에야 로드 주교를 재판에 회부하여 처형하게 된다. 기소를 주도한 자는 윌리엄 프린(William Prynne)으로 그 자신이 감독제에 반대한 이유로 귀가 잘리고 종신형을 선고받은 바 있었으며, 보복을 지지하는 청교도측 여론이 비등했다.

197) John T. Shawcross, *Milton: The Self and the World* (Lexington: U of Kentucky P, 1993), 88-89.

에 독자적인 교회와 의회를 가지고 있었던 스코틀랜드의 종교를 영국과 같은 노선으로 개혁하려고 시도하면서 군사적 대결을 하게 되었다는 점이다. 전비 조달을 위해 찰스는 의회소집을 하게 되었고 1640년 소집된 장기의회는 로드 주교와 웬트워스 백작(Wentworth)을 감금함으로써 찰스와 의회 간의 군사적 대결로 비화하여 1642년 여름에 내전으로 확대되었다. 밀턴은 이러한 종교적 갈등 속에서 장기의회 소집으로부터 내란의 발발에 이르는 기간에 찰스의 국교회 지배에 반대하여 독자들을 설득하고자 종교논쟁에 뛰어들었다.

『종교개혁론』은 밀턴이 영국혁명의 실마리가 된 종교적 갈등에 처음으로 뛰어들어 논리적으로 그의 종교적 사상을 전개한 첫 번째 시도로서, 초대 기독교 정신과 영국 국교회의 의식적 측면을 비교하는 것으로 시작한다. 국교회의 이러한 의식을 "새로이 분출된 관능적 우상숭배의 이교신앙"(*CPW* 1: 520)이라고 부르며 감각에 의존하는 미신적 신앙으로 비난한다. 이미 프로테스탄트 정신을 신봉하는 밀턴은 이 글에서 교회의 가르침이 역사적으로 부패하게 된 이유를 추적한다. 개신교의 후원자로 알려진 헨리 8세의 진정한 관심은 종교개혁에 있었던 것이 아니라 교황의 권위에 대한 왕권의 우위를 주장하는 것이었으며,[198] 따라서 에드워드 6세(Edward VI) 치하에서 이러한 온건한 종교개혁의 시도는 중단되었다는 것이다. 심지어는 메리 여왕(Queen Mary) 치하에 박해를 받아 화형을 당한 주교들조차도 개신교의 순교자로 여기지 않은 것은 잘못된 명분을 위해 죽은 자들은 결코 순교자가 될 수 없다는 이유에서였다. 그리고 엘리자베스 여왕(Queen Elizabeth)도 "주교들을 억압하면 그녀의 대권이 침해당할 것이다"(*CPW* 1: 540)라고 염려하였다는 점을 지적하며 감독제가 왕권의 방편임을 주장한다. 밀턴은 전통 신앙을 지지하는 성직자들을 개혁의 방해자로 취급

198) 사실상, 밀턴은 케임브리지 대학(Cambridge University)에서 BA와 MA 학위를 취득하는 졸업 서약에서 영국 국교회의 교리를 신봉하고 국왕의 최고 권위를 인정하는 맹세를 하기도 했다 (Levi, *Eden Renewed* 38).

하는데, 이는 교부철학자들이 서로 의견을 달리하였으므로 교리상의 지침이 될 수 없기 때문이라는 것이다. 동시에 그는 감독제 하의 위계질서로부터 자유로운 교회를 정당화하기 위해 초대교회의 주교 선출을 고위성직자에 의한 감독제 하의 주교 임명과 대조적으로 언급한다. 일견 모순되어 보이지만, 교리상으로는 전통 신앙을 거부하면서도 교회 운영에 있어서 주교 선출 방식이 주교 임명보다 더 민주적이었다는 판단의 결과이다.

또한 밀턴은 초대교회의 교리를 논하는 가운데 기독교인 개개인이 성서에서 직접 진리를 찾을 것을 주장하며 획일적 신앙을 강요하는 감독제에 반론을 제기한다. 남녀노소를 불문하고 누구나 성서를 읽고 이해할 수 있으며 일상생활에 적용할 수 있다는 그의 주장은 개신교 교리의 근간이지만, 동시에 많은 상반되고 모순된 해석을 정당화시키는 것이기도 하였다. 신학적으로 혹은 정치적으로 입장을 달리하는 자들이 아전인수격으로 자신들의 주장을 정당화시켜 줄 근거를 성서에서 찾을 수 있었으며, 그만큼 성서해석은 다양한 해석을 가능하게 하고 있기 때문이다. 우리 시대에 유행하는 말로 표현하자면, 성서해석의 해체주의라고 부를 수 있는 이러한 자유주의적 태도가 영국의 개신교를 수많은 교파로 분열시켰으며, 밀턴으로 하여금 자신의 양심 외에 어떤 교파에도 속하지 않게 하였으며, 심지어 디거즈를 이끌었던 제라드 윈스텐리(Gerrad Winstanley)의 공산주의 사상까지 가능하게 하였다. 그러나 밀턴에게 있어서 진정한 신앙의 자유는 교회 안의 위계질서에 의한 권위로부터 신자 개개인이 자유로워져야 하며, 이를 위해서는 권위적 감독제가 폐지되고 대신 신도들에 의해 선출되는 겸손한 성직자로 대체되는 것이다. 교회 안에서 민주적으로 선출된 주교의 특성을 밀턴은 다음과 같이 묘사하고 있다.

> 현대의 주교를 옛 감독제 신자(primitive)로 만들려는 자는, 자신이 대중의 음성에 의해 선택받고, 교구 관구에서 탈퇴하고, 고정수입을 포기하고, 주인 노릇을 하지 않아야 하고, 형제적인 평등만 남기고, 비길 수 없는 절제를 보이고, 빈번

하게 금식하며, 끊임없이 기도와 설교를 하고, 목회에서 계속적인 보살핌과 사역을 해야 할 것입니다. (*CPW* 1: 548-49)

초대교회의 진정한 주교와 대조적으로, 당대의 영국 주교들은 그들이 믿는 주님(the Lord)이 보여준 겸손을 실천하기는커녕 허식과 사치를 즐기고 성도들의 양심을 폭압적으로 통제하여 그들 중 다수가 해외로 도피하게 만들고 있다는 것이다. 현대적 주교의 기원을 콘스탄틴 황제 치하의 정교일치에서 유래한 것으로 추적하며, 밀턴은 주교의 타락 과정을 세속화의 과정으로 설명한다(*CPW* 1: 576-77). 주교에 대한 밀턴의 공격은 무차별적으로 확대되고 일반화되어 그에게 주교는 "폭압적 도당이며 사기꾼들의 연합"(537)이 되는가 하면, 야생동물에 비유되어 양들을 잡아먹는 "끈질긴 늑대," 영혼의 밭에 오염된 발자국을 남기는 "야생 멧돼지"(614), 혹은 "왕국의 종양"(191)에 비유되기도 한다. 이러한 주교들에 의해 시행되는 감독제는 더럽고 보기 흉물스럽고 불필요한 커다란 "혹"에 비유된다(583-84). 그뿐만 아니라 주교들의 도덕적 타락상도 넌지시 비난하고 있는데, 감독제 아래 고위성직자들은 순박한 부인과 같은 복음을 매춘부처럼 화려하게 치장하여 자신의 허세를 지탱하려 한다는 것이다(556-57). 이 비유는 주교들이 교회 정부의 계층구조를 이용하여 중간계층의 사람들을 유린하고 고위직으로 진출한 것을 희화한다. 이처럼 학교에서 배운 전통적 수사법에 능한 밀턴은 모든 주교를 동일시하여 소수의 극단적 경우를 모두에게 적용할 뿐 아니라 심지어 영국 교회사 전체로까지 확대 적용하여 비난의 강도를 고조시킨다. 물론 그 자신이 이러한 표현상의 지나친 일반화나 난폭성을 모를 리가 없다. 그래서 그는 자신의 폭력적 언어에 대하여 "흠 없는 진리를 치욕적 결박으로부터 수호하기 위한 것"(535)이라고 변명하면서 목적을 위한 수단의 정당화를 내세운다. 어떻든 이 첫 번째 팸플릿에 나타난 그의 태도는, 혁명적 사상가들이 흔히 그렇듯이, 이성적이라기보다는 다분히 감정적이며 전투적 기독교인의 모습을 보여주는 것이 사실이다. 이를 긍정적 시각에서 평가한다면, 밀턴이 스튜어트 왕정에 반대하면서도 사제나 왕에게 종교적 책임을 전가하기를 거부하고 개인 양심과 책임을 중시하는 청교도 원칙을 따랐다고 볼 수 있다. 밀턴이 사제나 왕에게 책임을 돌리지 않았다고 단정하는 것은 무리지만, 신자 개인의 책임을 강조한 것만은 틀림없는 일이기 때문이다. 그러나 종교적 자유를 찾아 낯선 이국땅으로 도피하는 시민들의 모습은 국내에 몰아닥칠 종교적 박해를 예고하는 조짐처럼 보였기 때문에, 밀턴의 저항은 단순히 종교 문제만이 아닌, 인간의 자유 자체를 옹호하기 위한 투쟁이었다. 따라서 신학적 논쟁이 치열하였고 국법에 따라 의무적으로 교회에 참석해야 하던 당시의 사회적 분위기를 감안할 때, 밀턴의 이러한 태도는 종교적 자유를 갈망하던 청교도들을 위시한 비국교도들의 불만을 대변한다고 하겠다.

나아가 『종교개혁론』은 단순히 논리적 논쟁의 차원을 넘어서서 시인 밀턴의 출중한 상상력이 당대의 사회적 갈등과 파국을 종말론적 비전으로 조명하고 있다는 점에서 문학적 관심을 끈다. 이 산문의 마지막은 그리스도가 산 자와 죽은 자를 심판하러 올 마지막 심판의 비전을 제시함으로써 장식된다. 재림주와 함께 성도들이 지상의 왕국들을 다스리게 될 천년왕국의 비전은 영국의 현실에 대한 묵시론적 시각을 보여준다. 종말의 날에 주권을 회복하게 될 성도들은 영국혁명을 위해 투쟁하고 있는 청교도 혁명가들을 암시하는 반면, "이 수치스러운 삶을 마감하고"(*CPW* 1: 616). 지옥의 형벌을 맞이할 자들은 현재 신앙과 조국을 팔아 자신의 영달을 꾀하고 있는 무리를 암시하고 있다. 그때가 되면, 현재의 폭정을 즐기며 신앙 양심을 강요하는 자들이 정반대의 신세가 되어 다른 저주받은 자들로부터 비참하게 유린당하며 가장 비천한 신세가 될 것이라는 경고이다. 또한 여기서 "이 수치스러운 삶을 마감하고"라는 말은 그들의 처형을 요구하는 것이라고 해석할 수 있을 것이다.[199] 밀턴의 이러한 경고는

199) Corns, *John Milton*, 20.

극단적 태도를 보여주긴 하지만, 당시의 청교도 여론을 반영한 것으로 보인다. 종말적 비전이 현실의 혁명 결과를 조명하듯이, 인간 역사를 종결할 최후의 심판이 마지막 문장의 무게로 대변되기도 한다.

『종교개혁론』은 **영국 국교회**에 대한 밀턴의 저항 외에도 장래의 혁명적 사상들을 예고하는 사상적 기반을 마련한다. 서른두 살의 젊은 나이에 그가 품게 된 고위성직자들에 대한 반감은 위계질서의 철폐는 물론 **영국 국교회**를 원천적으로 부정하게 만들었다. 제이널 뮤얼러(Janel Mueller)가 이 글의 종말론적 성격을 논하면서 **예수의 재림**(the Second Coming)을 준비하는 행동주의가 성직자로부터 평신도에게로 옮겨진다고 주장한 것도 같은 맥락에서 이해할 수 있을 것이다.[200] 이를 보다 현실적 맥락에서 파악한 돈 울프(Don Wolfe)의 주장에 따르면, 이 소책자에서 밀턴이 보여준 독창적 사상이 있다면, 그것은 개별 교회의 신도들이 그들의 목회자를 선출하는 것이다(*CPW* 1: 115). 이는 개개인이 성서를 읽고 해석하여 진리에 이를 수 있다고 생각하는 밀턴의 사상에 근거하는 것으로 그의 종교적 성향과 더불어 자유사상의 단면을 보여주는 것이기도 하다. 그는 개인의 신앙적 양심 위에 군림하는 어떠한 종파도 인정하지 않았다. 물론 성서의 절대적 권위와 개인의 자유로운 해석 사이에서 태동하는 갈등이 그에게 문제가 되지 않는 것은 아니었다.[201] 어떻든 밀턴이 성서의 권위를 강조하는 것은 **영국 국교회**의 전통과 권위적 해석에 대한 도전이며, 이는 후일 **영국 국교회**뿐만 아니라 장로교회까지도 배척하게 되는 요인이 되기도 한다.

비록 개인의 양심과 판단을 중시하는 밀턴의 종교적 입장이 **종교개혁**에 그치지 않고 정치적 혁명을 위한 투쟁으로 이어지지만, 이 팸플릿을 쓸 무렵 그

---

200) Mueller, Janel. "Embodying Glory," *Politics, Poetics, and Hermeneutics in Milton's Prose*, eds. Loewenstein & Turner (Cambridge: Cambridge UP, 1990), 33.

201) 이 점은 밀턴 비평에 독자반응 이론을 적용하여 주목을 끌었던 스텐리 피쉬(Stanley Fish)에 의해 제기되었다. Cf. Stanley Fish, *Surprised by Sin: The Reader in* Paradise Lost (1967; Cambridge: Harvard UP, 1998).

는 아직 왕정에 도전하여 정치적 혁명을 주장할 단계는 아니었다. 그는 왕정 치하의 영국 공화국에 대한 자신의 신뢰를 다음과 같이 표현하고 있다.

> **영국 공화국**(the Commonwealth of England)보다, 이를테면 정의의 손과 저울에 의해 더 신성하고 조화롭게 조율되고, 더 대등하게 균형이 잡힌, 국가 정부는 알려진 바 없으며, 스파르타 정부도 로마 정부도, 비록 이 두 정부를 이런 면에서 현명한 폴리비우스(Polibius)가 그토록 많이 칭송하긴 했지만, 비교가 안 됩니다. **영국 공화국**에는 자유롭고 교육이 부족한(untutored) 군주 치하에서, 가장 고결하고, 자격 있고, 신중한 사람들이 국민의 전폭적인 인정과 동의를 얻어,[202] 그들의 권력 안에서 최고 문제들에 관해 가장 중요한 최종 결정을 합니다. (*CPW* 1: 599)

여기서 주목되는 것은 왕권을 인정하되 국민의 인정과 동의(투표)를 받는 대표들의 권력을 강조하고 있음을 알 수 있다. 밀턴이 칭송하는 공화국은 자유롭고 잘 훈련되지 않은 자연적인 왕 아래서일지라도 진정한 권력이 국민의 대표자들에게 있는 공화국이다. 스파르타나 로마를 비롯한 역사상의 어느 정부도 소박한 왕과 국민대표들이 다스리는 **영국 공화국**보다 신성하고 조화롭고 정의로운 정부는 아니었다는 것이다. 따라서 그는 주교를 비난하기 위해 군주제를 두둔하는 듯한 인상마저 주고 있다. 주교들이 영국 왕국을 훼손시켰다는 것을 보여주기 위해서 일련의 역사적 일화들을 소개하기도 한다(*CPW* 1: 581). 비록 감독제 자체의 결함이 아니라 가톨릭적인 과실에 빠져든 사람들의 결함일 수도 있다고 하면서도, **종교개혁**을 전후한 **감독제**의 폐단을 강조한다. 복음에 나타난 바와 같은 기독교의 단순 명료함과 **감독제** 전통에 따른 추악한 허식을 대립

202) 군주가 잘 훈련되어 있지 않고 자제력을 발휘하지 못하더라고, 그의 아래 훌륭한 관리들이 국민의 신뢰를 바탕으로 정책 결정을 잘 해나갔다는 뜻임. 이 구절에서 왕권신수설에 대한 밀턴의 암시적인 반대가 드러나는바, 밀턴에게 잉글랜드는 결코 한정된 군주제 이상은 아니었다. Wolfe, *Milton in the Puritan Revolution*, pp. 208~209.

시키면서, 감독제에 따른 교회 정치는 사도(disciple)의 기원에서 유래한 것이 아니라 타락과 개인적 이익 추구에서 온 것이라고 주장한다. 성서해석의 전통은 복음의 모호성을 근거로 하고 있지만, 기독교인이 진정 알아야 할 것은 명료하게 나타나 있으므로, "진리의 본질 자체는 명료성과 선명성이며 모호성과 왜곡은 우리 자신의 본질이다"(*CPW* 1: 566)라고 청교도적 입장을 강조한다. 청교도 정신은 명료하고 순수한 것을 추구하며 허식과 장식을 거부하는 데서 출발하기 때문이다.

이처럼 『종교개혁론』의 목적이 감독제의 허식과 권위주의에 반대하여 청교도적 내실과 신앙적 자유를 옹호하는 것이므로, 그 내용은 원색적인 비난과 이를 뒷받침하는 사례들을 제시하면서도 교리적 이유 등을 별로 내세우지 않고 있다. 초기 기독교 교부의 교리에 대하여 논쟁하지 않고 당시 유행하던 아르미니우스주의에 대해서도 문제 삼지 않는다. 교회의 의식이나 교회 정치에 대해 언급하지만, 이는 어디까지나 교회의 운영방식에 관한 문제이지 교리 문제는 아니다. 교리상으로 영국 국교회는 유럽대륙의 개혁교회와 별로 다를 바 없지만, 교회 운영에 있어서는 "모든 종교개혁으로부터의 이단에 불과하며 쓰라린 치욕"(*CPW* 1: 526)이라는 것이다. 따라서 밀턴은 감독제의 지나친 의식적 요소와 불필요한 제의(vestments), 신도들과 성직자를 분리하는 제단의 방위 설정, 성호 긋기, 미사 전례서에 기초한 예배 의식 등 "우리만이 유지하고 있는 무의미한 모든 의식"을 "로마[가톨릭]로 후퇴시키는 위험한 징조"라며 집중적으로 논박한다(*CPW* 1: 526-27). 이처럼 감독제를 가톨릭과 관련지음으로써 청교도들의 공감을 효과적으로 불러일으킨다. 이 글에서 밀턴은 자신처럼 철저한 반감독제주의자든 아니면 감독제의 개선을 주장하는 개량주의자든 모든 청교도를 독자 대상으로 삼고 있으며, 이들을 상대로 감독제가 진정한 청교도적 신앙에 반하는 것임을 항변한다.

(2) 『고위성직자 감독제론』

『종교개혁론』이 출판되고 두 달 지나서 출판된 『고위성직자 감독제론』(*Of Prelatical Episcopacy*)은 아마(Armagh)의 대주교였던 제임스 어셔(James Ussher)가 쓴 『감독제의 기원에 관한 레이놀즈 박사의 판단』(*The Judgement of Doctor Rainoldes Touching the Originall of Episcopacy*)을 논박한 글이다.[203] 제임스 왕을 지지하여 아마의 대주교에 오른 어셔는 아일랜드에서 가톨릭교회에 대적하여 투쟁하였고 분리주의 청교도들의 불평을 해소하려 했다. 그는 찰스의 아일랜드 왕국에서 최고 원로 격인 개신교 성직자였으나 가톨릭이 대세를 형성하고 있고 개신교는 장로교가 대부분이었으므로 그 지위 자체는 대수로운 것이 아니었지만 학문적 명성이 높았다. 그는 의회주의자였던 존 셀던(John Selden)과 함께 국제적 명성으로 쌍벽을 이루었으며 성서적 사건을 세계사와 관련지어 독창적으로 해석한 성서학자였다. 의회의 청교도들이 교리를 논하기 위해 웨스트민스터 총회[종교회의](Westminster Assembly of Divines)를 개최했을 때, 초대받은 몇 안 되는 감독제주의자들 중 한 사람으로 포함될 정도로 온건주의자였다.[204] 1641년에 그는 교회 개혁을 연구하도록 상원에 의해 지명되어 민주적인 장로제도의 개념을 수용하는 온건 감독제를 계획하였고, 홀(Hall) 주교의 요청으로 감독제의 기원이 초대교회로부터 시작되었음을 주장하는 『판단』을 쓰게 된 것이다. 밀턴은 어셔 대주교처럼 교회 전통에 대해 박식하면서도 온건한 입장을 견지한 국교회 지지자들이 도리어 철저한 개혁의 장애물이라고 생각했다. 어셔는 자신이 유명한 학자이면서도 레이놀즈 박사의 글을 인용함으로써 주교의

---

203) 『고위성직자 감독제론』의 전체 서명은 『고위성직자 감독제론과, 그것이 최근의 몇몇 논문에서 그런 목적으로 주장되는 고증(考證) 덕분에 사도 시대에서 유래를 찾을 수 있는지에 대하여』(*Of Prelatical Episcopacy, and Whether it may be deduc'd from the Apostolical times by vertue of those Testimonies which are alledg'd to that purpose in some late Treatises: One whereof goes under the Name of Iames Arch-bishop of Armagh*)이다.

204) R. Buick Knox, *James Ussher Archbishop of Armagh* (Cardiff: U of Wales P, 1967), 189.

기원에 대해 설득력을 더했다. 레이놀즈에 의하면, 주교라는 말은 모든 장로와 성직자에게 적용되는 말이며 주교는 장로들의 중재자 내지는 회장을 의미했고, 주교의 신성한 권한을 주장하기보다 도리어 주교제가 장로들 자신이 만들어 낸 인간적 편의에서 나온 것이라고 주장한다. 레이놀즈의 주장을 소개하면서, 어셔는 교회 협의회나 교부들의 의견을 소개하며, 「계시록」에 언급되는 "교회의 천사"(angel of the church)는 이들의 계통을 잇는 주교의 한 사람일 것이라고 주장한다. 그리고 그는 교회의 회중에 의해 선출되지는 않았으나 사도들에 의해 각 교회를 다스리도록 지명된 주교들의 전통을 초대교회로까지 추적한다. 그러나 레이놀즈가 장로의 선택을 회중에 의한 것으로 본 것과 대조적으로, 어셔는 교부들의 글에 권위를 부여함으로써 주교제와 주교의 권위를 높이려고 한다.

밀턴의 『고위성직자 감독제론』은 어셔의 이와 같은 태도를 논박하는 것으로서 주교와 다른 성직자의 영적 권위는 차이가 없다는 점을 어셔의 자료 자체의 가치를 격하시키는 방식으로 반증하려 한다. 감독제가 신성한 기원이 아닌 인간적 기원에서 출발하였다면, 자유롭게 태어난 인간은 그것을 변화시킬 권한이 있다는 것이다. 이를 위해 밀턴은 글의 서두에서 어셔가 의존하고 있는 교부의 권위를 무너뜨리는 작업에서부터 시작한다. 그는 주교의 우월성을 의문시한 에우세비우스(Euseius of Caesarea)를 언급하면서도, 이냐시오(Ignatius)에 대해서는 주교 선출의 신봉자로서 묘사하지 않고 그의 글에 나타난 모순을 지적하는 데에 초점을 두고 있다. 또한 에우세비우스의 권위를 실추시키기 위해 밀턴은 그가 주교의 권한을 왕권 위에 올려놓았다고 비난하기도 한다. 장차 밀턴이 찰스의 왕권에 저항하게 될 것을 고려해 본다면, 아이로니컬하게 보이지만, 『종교개혁론』에서 볼 수 있듯이, 아직 그가 영국의 군주제에 대해 부정적이지 않다는 점과 이 팸플릿의 주된 목표가 교회 감독제에 반대하는 것임을 고려하면 이해될 수 있다.

이처럼 밀턴의 주된 목적이 교부의 권위를 격하시키고 성서 자체에 신성한 권위를 부여함으로써 감독제를 논박하려는 것이기 때문에 『고위성직자 감독제론』에서 그가 사용한 전략은 어셔를 직접 공격하거나 그가 제시한 초대교회의 증거들을 반박하는 것이 아니라 그 내용의 전달과정을 문제 삼는다. 즉, 초기 기독교 교부들의 남아 있는 기록들은 우연에 의한 것이며 그마저도 가톨릭적 전통에 의해 손상된 것이라고 일축한다. 따라서 어셔가 증거로서 제시하는 교부들의 문헌은 때로는 타당성을 보여주지만, 사도시대 이후 이단적 교리와 미신적 사상이 가미된 것으로서 사도들의 순수한 교리에서 벗어났다는 것이다. 환상적이고 기적적인 일화를 중심으로 성인들을 이상화하는 전통을 미신적인 것으로 치부하며 복음서(Gospel)의 순수성을 강조한다. 이렇게 함으로써 인간적 전통과 신성한 복음서를 대비시키고 성서만이 교회 문제를 해결하는 신성한 권위임을 밝힌다. 밀턴이 채택한 간접적 공격방식으로 인해, 이 글은 『종교개혁론』과 대조적으로 품위를 지킨 논조를 유지하고 있고, 적대시하기보다 국가교회 내부의 문제인 것처럼 다루고 있을 정도로 포용성을 보여주고 있다.

(3) 『비난』

『스멕팀누스에 대한 항의자의 답변에 부치는 비난』(*Animadversions on the Remonstrants Defence against Smectymnuus*, 1641)[205]은 조지프 홀(Joseph Hall) 주교와 스멕팀누스 사이의 연이은 논쟁 과정에서 1641년 4월에 나온 홀 주교의 『겸손한 항의에 대한 변호』에 대하여 밀턴이 그해 7월에서야 반박한 것이다.[206] 두어 달 전에 출판된 『종교개혁론』은 감독제와 주교에 대한 일반적 공

205) 밀턴의 『비난』은 확실한 출판 일자가 알려지지 않고 있지만, 위에서 언급한 바와 같이 홀의 『답변』에 대한 공격이었다는 점을 고려한다면 이 책의 출판 등록일인 4월 12일과 『간단한 응답』의 등록일인 7월 28일 사이로 추정된다.

206) 『겸손한 항의』(*Humble Remonstrance*)에 대한 스멕팀주스의 『답변』에 대응하여 다시 홀 주

격이었으나, 『비난』은 홀 주교의 『변명』을 공격한 것으로서 이러한 논쟁 과정을 지켜보다가 개입하게 되었을 것이다. 밀턴은 계속되는 홀과 스멕팀누스 사이의 논쟁에서 후자의 대처가 너무 미약하다고 판단되었는지 전례 없는 신랄한 공격을 홀에게 퍼붓는다. 그는 이전의 팸플릿에서 보여준 자제된 논쟁이나 설득이 아니라 야유와 독설을 서슴지 않고 동원하여 홀의 약점을 꼬집으며 집중적 공격을 가한다. 같은 7월에 앞서 『고위성직자 감독제론』에서 보여주었던 학자적 자제나 체면을 몰수한 채, 밀턴은 그야말로 혁명적 투사의 면모를 유감없이 발휘하여 펜을 이용한 싸움을 한다. 종교개혁이라는 자신이 설정한 투쟁의 목표를 세운 이상, 그는 마치 무력 전쟁에서처럼 그야말로 필봉을 휘두르며 모든 방법의 언어적 공격을 서슴지 않는다. 이전의 산문에서 보여준 학자적 품위는 오간 데 없고 쌍스러운 욕설과 인신공격성 야유, 욕설 및 풍자를 사용하는가 하면, 하나님에게 기도로서 간청하기도 한다. 언어적 폭력을 의식해서인지 이 글의 서문에서 밀턴은 자신의 글이 기독교인의 겸손에 위배되는 것이 아니라고 강변하기도 한다(*CPW* 1: 662). 이처럼, 밀턴은 이미 정치적 자유를 위한 혁명적 문필투쟁의 첫 발걸음을 내디딘 셈이다. 『비난』은 한 혁명적 논객의 결전 태세를 보여주기도 하지만, 이 글의 서명이 암시하듯이, 비난조의 인신공격으로 차 있다. 자신을 재치 있고 열성적인 청교도로, 홀을 초로의 난봉꾼 내지 거만한 허풍쟁이로 묘사하면서 둘의 개인적인 싸움으로 몰고 간다. 혁명의 목적이 세워진 이상 이를 성취하기 위한 모든 비난과 논박이 정당화된다. 인간의 자유가 사회적, 정치적 환경에 의해 제한되지 않고 합의된 법과 개인의 양심에 의해서만 제한되는 사회를 건설하기 위해서는 그 수단이 정당화될 수 있다고

교의 『겸손한 항의를 위한 변호』(*A Defense of the Humble Remonstrance*, April, 1641)이 나왔다. 다시 스멕팀누스는 『겸손한 항의에 대한 답변의 옹호』(*A Vindication of the Answer to the Humble Remonstrance*, June, 1961)을 내놓았고, 이어서 다시 홀의 『스멕팀누스의 지겨운 옹호에 대한 간단한 응답』(*A Short Answer to the Tedious Vindication of Smectymnuus*, July, 1641)이 나왔다.

생각한 것이다.

이러한 밀턴의 공격은 심각한 논쟁이나 무차별적 공격에 국한되지 않고 다양한 재담으로 이어지기도 한다. 홀의 주장을 구구절절 논박하는 가운데 수반되는 진부함을 의식했음인지, 진지한 주제에 엄중한 풍자적 재담을 섞는 것이 경박스럽거나 건방진 것은 아니라고 변명하면서 독설적으로 비난하고 풍자한다. 예를 들자면, 홀과 스멕팀누스의 논리적 공방과 관련하여 홀이 "그 수반되는 찌꺼기 거품은 걷어낼 가치가 있을 겁니다"라며 자신의 실수를 얼버무리려 한 것에 대해, 밀턴은 "국자를 아끼시지요. 주교의 발을 국물에 담근 만큼이나 나쁜 일일 겁니다. 찌꺼기 거품은 당신 자신의 『항의』에서 발견될 겁니다."라고 빈정대는가 하면(*CPW* 1: 671-72), 홀이 영국 국교회는 세계의 어느 교회보다도 훌륭한 학자, 설교자, 그리고 성직자들을 배출했다고 주장하자, 밀턴은 단지 "하, 하, 하"(Ha, ha, ha)라는 단순한 비웃음으로 응수한다(1: 726). 그런가 하면, 외설적인 재담을 사용하여 상대를 공격하기도 한다. 교회를 자식들의 경제적인 직업으로 만들려는 자들은 자신들의 "왕성한 탐욕에서 생겨난 더러운 정자"와 "고깃덩이"를 퍼뜨리려고 안달하는 "가증스러운 아버지"로 비유된다(1: 722). 이처럼 단순한 비웃음에서 외설적인 재담에 이르기까지 다양한 파격적 수사법을 동원하여 홀의 전통적 수사법과 권위 지향적 태도에 대응함으로써 홀이 주장하는 감독제의 권위적 위계질서나 예배 의식에 대한 논리적 공격을 한다.

감독제에 반대하는 다른 산문들에 비하면 『비난』은 홀 주교 개인을 향한 인신공격에 치우치고 있는 듯한 인상을 주지만, 『종교개혁론』에서 보여준 철저한 반감독제 사상과 『고위성직자 감독제론』에서 보여준 반전통적 혁명사상이 관통하고 있다. 『종교개혁론』에서 종말론적 비전을 현실에 접목하려 한 것처럼, 『비난』에서도 현실적인 정치 상황의 변화가 청교도 편에 유리하게 전개되고 있다고 판단하고 있다. 홀이 스멕팀누스가 법의 심판에 붙여질 것이라고 경고하지만, 밀턴은 도리어 주교들이 "그토록 많은 자유의 몸으로 태어난 기독교인들의 귀를 자르고 낙인찍은 것"에 대한 상응하는 형벌을 받게 되리라고 반격한다(*CPW* 1: 728). 또한 『고위성직자 감독제론』에서 보듯이, 전통을 쓸데없는 근심거리로 보고 거대한 크기의 조각상에 비유한다.

그러므로 어린이들과 허약자들에게 무시무시하게 위협적인 거대한 조각상처럼 방망이를 들고 있지만 치지 못하고 모든 참새의 침묵을 요구하는 이 무력하고 생명 없는 거상(Colossus)을 왜 우리는 숭배하고 황홀하게 바라본단 말인가. 만일 그것이 그 토대 위에 있도록 내버려 두면 아마 그것은 산 같은 거체(Bulk)와 거대한 수족의 기묘한 솜씨로 인해 어떤 이들의 눈을 즐겁게 할 수도 있겠지만, 산산조각을 내어 수용하고자 한다면 도리어 망쳐버리고 만다는 것이다(1: 699).

전통은 그 자체대로는 문화 유물로써 신기하고 구경거리가 되지만 현실에 적용하려 한다면 그 가치가 오히려 파손될 뿐이다. 그것은 거대한 조각상처럼 생명력도 없으며 사람이 참새처럼 스스로 두려움을 갖지 않는다면 아무런 위협이 될 수도 없다. 밀턴에게 있어서 전통은 그것의 무게에 눌려 숭배하지 않고 거리를 두고 관찰하고 비판하는 태도를 지닐 때 비로소 그 가치가 있는 것이다. 이교도의 조각된 거대한 우상처럼 전통적 신앙이나 교리도 맹목적 숭배의 대상이 되기 쉬운 것이므로 경계해야 한다. 이처럼 밀턴은 전통을 이교도 우상에 비유함으로써 전통에 근거한 허세와 복잡한 논리에 입각한 감독제를 논박하는 반면, 성서에 근거한 주장이야말로 명료하고 순수하며 하나님이 인준한 것으로서 이교 우상을 쓰러뜨리기 위한 충분한 무기라고 주장한다. 홀이 감독제의 역사적 전통을 들어 그 정당성을 주장하는 것에 대하여 밀턴은 감독제와 가톨릭의 보수성을 다음과 같이 비교한다.

> 이 무슨 낡고 맥 빠진 논쟁이며 여태 남아 있는 오랜 거짓의 마지막 피난처이며, 그러기에 당신의 성곽이 오래 지탱하지 못하리라 생각되는 좋은 징조란 말인가. 이것이 그리스도와 그의 제자들을 대적하는 유대교와 우상숭배의 구실이

며 종교개혁에 반대하는 교황제의 구실이었다. (*CPW* 1: 703)

여기서 제2의 종교개혁을 주장하는 청교도들에 대한 홀의 반응을 종교개혁을 외친 루터에 대한 가톨릭교의 반응에 비유하면서 이제까지의 전통에 근거하여 감독제를 옹호하는 홀의 주장을 논박한다. 영국 국교회를 포함한 모든 개신교는 종교개혁을 통해 가톨릭으로부터 개혁된 것인데, 홀이 전통에 근거하여 감독제를 옹호하고, 종교개혁을 완성하려는 청교도를 가톨릭적 반감으로 적대시한다면, 이는 감독제가 과거의 전통에 집착하여 미완의 종교개혁에 안주하고 있음을 나타내기 때문이다. 밀턴의 이러한 주장은 『고위성직자 감독제론』에서 이미 강조한 전통 교리로부터의 해방을 재차 강조한 것이라고 할 수 있다.

밀턴의 반감독제 산문들이 공통적으로 그의 자유사상에 근거하고 있다고 한다면, 『비난』에서 특히 우리의 주의를 끄는 것은 3년 이후 쓰인 그의 『아레오파기티카』의 서명과 관계되는 논급이 있다는 사실이다. 스멕팀누스가 『응답』에서 사용한 "아레오파기"(Areopagi)라는 어휘에 대해 홀 주교가 사용이 잘못되었음을 밝히자, 밀턴은 영어에서 새로운 어미변화가 흔히 있다고 항변하였고, 이에 다시 홀은 밀턴의 지적을 수용하면서도 오용되었다는 주장을 고수한다(*CPW* 1: 666-67). 하여간 한 단어의 어미 논쟁이 언론자유의 고전이 될 책의 서명을 태동시키는 데에 이바지했을 것이라는 추측은 밀턴의 산문 전체의 맥을 이어주는 고리가 된다. 『비난』이 홀 주교에 대한 개인적 인신공격으로 인해 그 품격이 저하되기는 하지만, 개인의 판단을 중시하는 대목들은 출판의 자유를 역설하게 될 『아레오파기티카』를 예고할 뿐 아니라 자유공화국의 건설을 위한 밀턴의 향후 투쟁 방향을 예상케 한다. 홀 주교에 대한 인신공격성 발언도 따지고 보면 한 개인에 대한 증오심이라기보다는 자유가 억압되는 당시의 영국 사회에 대한 밀턴의 분개에서 비롯된 것이다. 그는 자유롭지 못한 영국인을 로마의 노예와 비교하기도 하는데, 로마의 관습에 의하면 노예들조차 한 해에 한 번 그들의 생각을 자유로이 표현할 수 있었다고 한다. 그래서 밀턴은 자유인으로 태어난 영국인이 그들의 의사를 마음대로 표현할 수 없다는 것은 로마의 노예만도 못하다는 비통한 심정을 토로한다. 편협한 사고와 편견에 사로잡힌 성직자들에 의해 진리가 교리와 인습에 묻힌 채 외면당하고 개인 양심의 판단이 금지되는 사회를 그는 좌시할 수 없었기 때문이다.

이러한 종교논쟁에는 종교적 자유의 한계가 문제시되게 마련이다. 밀턴처럼 반감독제주의자들은 주교가 가톨릭을 용인하거나 다소간 가톨릭에 가깝다는 비판하는 반면, 반청교도 진영에서는 청교도들이 이단 분파를 인정한다고 비난했다. 이러한 전략은 1640년에서 1642년 사이에 감독제주의자들이 장로파에 대해 사용하였고, 1642년경 이후로는 중도파 청교도들이 **독립파**를 비난하는 데에 사용되었다. 이 2-3년 사이에 청교도 진영에 내적 분파가 일기 시작하였는데, **스멕팀누스**를 포함한 **장로파**는 감독제주의자들처럼 신앙과 예배의 통일을 추구하는 국가교회의 개념에 공감하고 있었다. **영국 국교회**를 칼뱅이 세운 **제네바 교회**(Church of Geneva)와 일치시킨 이상, **장로파**는 비정통적 신앙을 통제하고 규정된 예배식을 보장하는 방안을 지지하였으며, 이에 반해 개별 교회가 그 나름의 독립적 예배방식과 교리를 개발할 수 있고, 각 교인은 자신의 신앙 양심에 맞는 형식과 교리에 부합하는 교회를 택할 수 있어야 한다는 **독립교회주의**(Independency)가 생겨났다.[207] 이러한 분파 논쟁의 와중에서, 당시 교회와 의회에서 우세한 중도적 **청교도주의**가 **분리파 교회**를 양산하고 있다는 홀의 주장에 대해, 밀턴은 이단사상은 통제가 어렵고 역사적으로 **감독제** 교회 정부도 실패했음을 밝힌다(*CPW* 1: 685). 이때부터 **장로파**가 서서히 보수성향을 드러내기 시작하면서 밀턴은 서서히 **장로파**와 의견을 달리하면서 독립파적 시각을 보이기 시작한다. 그는 사회의 관습적 의식보다 개인의 이성적 판단을 중시하였는데,

---

207) Corns, *John Milton*, 28-29.

그 예로서 영국 국교에서 인정하는 전통적 기도문이 아닌 개인의 신앙 양심에서 자발적으로 솟아나는 기도를 중시하였고, 평신도들의 가식 없는 의견을 직업적 성직자들의 자기중심적 권위보다 높게 평가했다. 인간이 권위적 예배 의식보다 이성에 근거한 개인적 판단을 중시해야 하는 이유는 "이성은 천 명의 인간에게처럼 한 인간에게도 내재한 하나님의 선물"이기 때문이다(1: 684-5). 따지고 보면 기도서의 정형화도 이단을 막기 위한 이성적 판단에 따른 것인데, 그렇다면 기도서뿐만 아니라 설교나 찬송가도 정형화되어야 할 것이 아닌가? 무모하고 무지한 성직자가 설교나 강해를 통해 성도들을 올바르게 인도하지 못한다면 어떻게 할 것인가? 이러한 오류를 방지하기 위해 고위성직자 회의보다 성도들의 이성이 더 좋은 처방을 제공할 수도 있지 않겠는가? 결국 이성과 성서에 근거하지 않는 모든 인간의 권위를 밀턴은 부정한다. 어떠한 특별한 예배 의식이나 교리도 하나님이 인간에게 진리에의 도구로 허용한 이성을 사용하지 못하게 하는 한, 거부되어야 마땅하다는 것이다. 합당한 소명에 따라 충분히 훈련된 성직자들에게 감독제라는 권위의 틀에 박힌 기도서와 의식을 강요하는 것은 "하나님의 영을 자신들의 독점물로 만들려는 거만한 폭압"일 뿐이다(1: 682). 하나님 앞에서 모든 성직자는 성서로부터 진리를 찾고 기도를 통해 이를 표현할 수 있어야 한다는 말이다.

물론, 밀턴과 홀 주교 둘 다 진리에 도달하는 적절한 수단을 중시하는 것은 사실이다. 홀이 청교도를 비난하는 근거도 결국 그들의 배타적 오만이 진리에 이르는 데에 방해가 된다고 보기 때문이다. 다만 밀턴의 경우 영국 국교회의 종교적 권위로부터 단일 교회 성직자의 이성을 자유롭게 하고 자발적 판단과 기도를 허용하게 함으로써 성도 개개인의 신앙 양심과 판단을 해방하고자 이성을 거론한다는 점이 다르다. 밀턴은 일단 일반 성직자 개인의 이성적 판단의 권위를 인정하고 나서, 이를 확대하여 그 자신을 포함한 평신도 모두에게 확대하는가 하면, 이를 종교적 영역을 넘어 사회적, 정치적 영역으로까지 넓혀 간다. 그는 영국 국민과 의회를 상대로 자신이 생각하는 자유의 메시지를 설파하는 선지자의 역할을 자임하기 때문이다. 이렇게 본다면, 종교적 권위를 타파하고 개인 신앙의 자유를 추구하는 밀턴의 산문에서도 이미 사회적, 정치적 자유를 향한 그의 절규를 읽을 수 있는 것이다. 결국, 개인의 신앙적 자유를 얼마나 인정하느냐가 종교개혁의 관건인바, 밀턴은 그 자유의 한계를 성서 자체에 두고 개개인 성도들이 성서에서 진리를 찾아 감독제에서 벗어나 종교개혁의 완성에 동참할 것을 호소하였다고 하겠다.

(4) 『교회 정부의 이유』

『교회 정부의 이유』(*The Reason of Church-Government*)[208]는 네 번째 출판된 밀턴의 반감독제 소책자로서 그가 쓴 다섯 편의 반감독제 산문들 가운데 가장 긴 글일 뿐만 아니라 처음으로 표지에 자신의 이름을 밝히면서 일신상의 자기 표출을 적극적으로 개진한 산문이다. 랄프 호그(Ralph Haug)는 이 산문이 밀턴 학자들과 사상사 학도들에게 중요시되는 몇 가지 이유를 제시한다.[209] 그

---

208) 이 산문의 전체 제명은 『감독제에 반대하여 존 밀턴이 주장한 교회 정부의 이유』(*The Reason of Church-Government Urg'd against Prelaty By Mr. John Milton*)이다. 이 팸플릿이 언제 쓰였는지는 정확하게 알려진 바 없다. 표지에는 1641년으로 되어 있지만, 1752년까지 사용된 줄리언 달력에 의하면 신년이 3월 25일에 시작되었기 때문에 현재의 그레고리안 달력으로 환산하면 1642년에 출판된 셈이다(*CPW* 1: 737). 옥스퍼드 영어 사전(OED)의 정의에 의하면, "church-government"는 "개별적인 교회 문제의 정치(행정) 혹은 지도; 감독제, 장로제, 독립교회제(회중주의) 등의 경우처럼 개교회가 권위나 훈계를 수행할 수 있도록 하는 교회 정부(행정)의 정치체계"라고 되어 있다. 즉 교회 문제를 관리하거나 지도하는 교회 정치를 뜻하기도 하고, 그 정치(행정)조직의 형태를 의미하기도 한다. OED에 의한 "government"의 정의들 가운데 이와 관련하여 적합한 정의는 "한 국가나 사회의 통치체계; 정치조직의 형태나 종류"라고 할 수 있으며, 이 경우 지배되는 사회(단체)나 이에 해당하는 조직 형태의 성격을 나타내는 수식어가 종종 첨가된다. "교회 정부(조직)"를 비롯하여 "군주정", "감독(정치)제" 등이 그 예이다. 결국, 밀턴이 뜻하는 "church-government"는 교회의 정치 행위 자체뿐만 아니라 감독제와 대조되는 교회의 내적 행정조직 혹은 체계를 뜻하며, 사실상 이러한 모든 의미를 포괄하는 우리말 해당어가 없으므로 편의상 "교회 정부"라고 번역한다.

이유 가운데 첫째는 밀턴이 그 자신에 대한 흥미로운 사실을 밝히고 있다는 점, 둘째는 그가 자신의 시론과 시인으로서의 야망을 밝힌 점, 셋째는 공적인 생애의 시발점에서 그가 순진하고 낙관적인 사상을 보여준다는 점이라는 것이다. 이렇게 본다면, 밀턴은 아직 경험보다 이론에 의존하는 단계로서 사람보다 원리를 더 믿고 있었으며 이론에 근거하여 장로교 체제를 옹호한다고 할 수 있다. 오늘날도 국교가 엄연히 존속하고 있는 영국의 학자들이 보는 관점에서 본다면, 밀턴이 주장한 교회의 조직이 감독제보다 나을 바가 없을 것이며, 그가 처음엔 감독제보다 장로제가 상대적으로 개인의 신앙 양심을 더 잘 보장하는 것으로 생각하였다가 후일 자신의 잘못을 깨닫고 입장을 변경한 사실 등으로 인해, 이 산문의 중심주제보다 지엽적인 내용이 관심을 끌 수도 있을 것이다. 그렇지만, 영국혁명의 맥락에서 본다면, 그가 감독제에 반대되는 교회 정부의 필요성을 제기한 것은 성직자가 아니었던 밀턴에게는 결코 개인적인 이익이 걸린 사안이 아니었으므로 청교도혁명의 기반을 조성하는 한 과정으로 이해해야 타당할 것이다.

『교회 정부의 이유』가 쓰인 직접적인 동기는 몇몇 감독제 지지자들에 의하여 쓰였던 『어떤 간결한 논설문들』(*Certain Briefe Treatises*, 1641)[210]이었으나, 이에 개별적으로 논박하지 않고 전체적으로 대응하였다. 이 논설집에 실린 아홉 편의 글들은 전반적으로 온건하고 평화적인 논조의 내용이며, 필자들도 일반 성직자들이고 그 가운데 밀턴의 친구인 존 듀리(John Dury)와 나중에 그의 이혼론을 뒷받침하게 될 마르틴 부커(Martin Bucer)도 포함된다. 이 논설집에서 가장 독창적인 글인 리처드 후커(Richard Hooker)의 『교회 정부에 관한 연속적

209) Ralph A. Haug, Preface and Notes. *Reason of Church-Government*, *CPW* 1: 736-77.

210) 전체 제목은 『고대 및 현대의 교회 정부에 관하여 다양한 학자들이 쓴 몇몇 논문들』(*Certain Briefe Treatises, Written by Diverse Learned Men, Concerning the Ancient and Moderne Government of the Church,* Oxford, 1641)이다. 이 논문집은 밀턴이 『고위성직자 감독제론』에서 공격했던 어셔(Ussher) 대주교에 의해 편집된 것으로 여겨진다.

논쟁의 제원인』(*The Causes of the Continuance of these Contentions Concerning Church-Government*)은 이단을 다스리는 방법으로서 온건한 통제와 처벌을 내세우며 신도들을 교육하지 않고 공포에 몰아넣는 것은 효용이 없다고 주장한다. 역대의 통치자들이 이단을 너무 심하게 다루면서 사상적으로 교화하지 못한 것이 실패의 원인이었다고 주장하는 반면, 청교도들의 편협한 열성도 문제였다고 지적한다. 후커의 글은 종교논쟁의 원인과 그 평화적 해결책을 성찰했다는 점에서 돋보인다. 여기서 주목되는 또 다른 필자는 마르틴 부커로서 그의 「부커의 판단」("The Judgment of M. Bucer")은 주교의 기원에 관한 설득력 있는 글이다. 루터와 달리 그는 평화주의자였고, 주교의 기원에 관한 분석에서 절제된 객관성을 보여준다. 부커에 의하면, 원래 주교와 일반 성직자는 동일하였고 각각의 교회는 당회에 의해 통치되었는데 교회에서 이단이 생겨나자 당회원 가운데 한 사람이 나머지를 감독하게 되었으며 그를 주교라 부르게 되었다는 것이다. 마지막에 실린 듀리(Dury)의 글, 「개신교가 수용한 몇몇 정치 형태들」("The Severall Formes of Government, Receiv'd in the Reformed Churches")은 스웨덴, 덴마크, 독일 등의 교회에서 운영되는 위계적 교회조직을 소개한다. 전체적으로, 『논설문들』에 담긴 아홉 편의 글들은 구약시대로부터 당시 유럽의 개신교 국가들에 이르는 교회사를 조명함으로써 감독제의 극단적 폐단에 반대하면서도 사도 시대부터 전해 내려온 감독제의 기능을 고수할 것을 주장한다.

『논설문들』에서 제기된 이러한 중도적 입장은 밀턴의 혁명적 사상을 만족시켜 줄 수 없었다. 그래서 그는 『교회 정부의 이유』를 분석하면서 감독제가 교회 정치 체제의 모델로서 합당치 않음을 주장하고 장로제를 대안으로 제시한 것이다. 얼핏 생각하면, 서명이 의도하는 바가 애매해 보이지만,[211] 이 산문에

211) 실제로 국내에서 *Reason of Church-Government*를 "교회 정치의 이유"라고 번역한 경우도 있다. 이 경우 감독제에 대응하여 국가권력으로부터 독립된 교회의 정치를 주장하는 것으로 보이지만, 밀턴은 교회 정부가 어떤 체제로 이루어져야 하는가를 논하면서 감독제가 교회 정부

서 제시되는 교회 정부의 이유란 감독제에 대응하여 제시된 것이긴 하지만 감독제를 배제한 개념은 아니다. 즉 감독제 역시 교회 정부 혹은 그 체계의 하나이다. 따라서 『교회 정부의 이유』는 교회 정부의 필요성을 새삼스럽게 제안하려는 것이 아니라, 교회 정부의 이유를 재검토함으로써 어떤 형태의 교회 정치가 바람직한가를 도출하려는 것이다. 따라서 이 글은 이중적 논의 구조를 띠고 있다. 처음부터 교리(doctrine)와 계율(discipline)을 구별함으로써 이론적 지식과 실제적 행동 사이의 균형을 제안하고 있으며, 서명의 "이유"는 이중적 의미를 지닌다. 제1권에서의 이유는 교회 정부의 일반적 이론, 즉 교회 정부의 근거와 구성에 대한 것이고, 제2권에서 제시되는 이유는 그 구체적인 작용, 즉 교회 정부의 형식과 목적에 관한 것이다. 제1권에서 밀턴은 두 가지 문제를 자문자답한다. 교회 정부의 유래에 관하여는 복음에 명한 것으로, 그 구성은 장로들(presbyters)로 이루어진다는 것이다. 교회 정부의 체제는 성서를 통해 하나님이 명한 것이기 때문에 복종해야 할 첫 번째의 가장 큰 이유이며, 장로제냐 감독제냐의 문제는 이차적인 논쟁거리라는 것이다. 제2권에서는 교회 정부가 목적하는 바가 무엇이며 어떻게 작용하느냐의 문제를 제기하고 이에 답한다. 교회 정부는 복음에 계시된 인간의 영적 상태를 겨냥하며, 개인적 훈계와 사회적 압력을 통해 작용해야 하며, 복음의 신비는 섬김을 받으러 온 것이 아니라 섬기러 온 그리스도에게서 성취되었으며 그의 성직자들에게서도 성취되어야 한다는 것이다.

『교회 정부의 이유』 제1권에서 밀턴은 교회 정부의 이유를 먼저 철학과 성서에서 찾고 있다. 성서 신구약으로부터 자신의 견해를 뒷받침할 만한 근거를 제시하면서 율법과 복음의 근본적 차이점을 들어 앤드루스(Andrewes)와 어셔 주교의 주장을 반박한다. 유대민족의 법과 성직제도 및 왕위는 기독교 목회에

에 합당치 않는 체제임을 반증하고 있을 뿐이다.

부적당한 모델이라는 것이다. 이어서 그는 현실적 교파 문제와 아일랜드 정치 문제까지 언급하면서 교회 정부의 논리적, 역사적 근거를 제시한다. 제2권은 종교사회의 성격을 그 목적과 방법적 측면에서 조명하면서 이를 영국의 종교사회에 적용한다. 밀턴이 장로회 정치의 근본 이유에 대해 "탐구대상이라기보다는 관점의 문제"라고 한 것처럼(*CPW* 1: 775), 개별적인 인용에 의한 증거보다는 전체적인 성서의 원리에 주목하게 한다. 모세의 율법에서 예수의 복음에 이르는 계시의 과정은 영적 성숙의 과정으로서 파악되어야 한다는 것이다. 이런 이유에서 신약성서로부터 교회 정부의 모형을 찾고자 했고 그 모형이 바로 장로교회 체제로서 장로와 집사로 구성된 것이었다. 고위성직자들에 대해 적대적인 밀턴은 교회 정부를 그들의 뜻에 맡겨둘 수 없다고 생각했고, 따라서 구약성서에 나타난 의식과 체제를 부정하고 신약성서에서 그 모형을 찾고자 했다. 이전의 논쟁적 산문들에서 누차 강조된 바와 같이 개인의 양심적 판단을 중시하는 밀턴은 세속적 지식이나 기존 교리의 도움 없이 성서에서 진리를 찾을 수 있다는 신념을 다시 한 번 강조하면서 교회 문제의 실마리를 성서의 전체적 흐름 속에서 파악하고자 시도한 것이다.

따라서 앤드루스와 어셔 주교에 대한 것을 제외하면 『논설문들』에 대한 밀턴의 논박은 다수의 논객을 겨냥하고 있으므로, 『교회 정부의 이유』 제1권에서 그는 가상의 감독제주의자들이 제안하는 감독제의 세 가지 이유를 상정하고 이에 답하고 있다. 후커의 견해이기도 한 이들의 첫 번째 주장은 성서에는 기독교의 교리만 제시되었을 뿐이고 교회 정부에 관한 내용이 없으므로 인간의 판단에 따르면 된다는 것이다. 이에 대해 밀턴은, 계율(discipline)은 모든 인간의 목표지향적인 노력의 특징으로서 구약의 모세가 교회 정책의 형식을 선포한 바 있으며 그 운영이 역사서에 기록되었고 그 미래는 「에스겔서」(Ezekiel)에 투영되었다고 반박한다. 또한 이와 병행하여 신약의 복음서는 교회 정책을 선포하고, 「사도행전」(Acts)과 「서신서들」(Epistles)에서는 그 운영을, 「계시록」

은 성도들의 새로운 사회적 관계를 예고하고 있다는 것이다. 둘째, 교회 정부에 대한 하나님의 계획은 구약의 제사장제도에 반영되었고 신약의 사도들에 의해 모방되었다는 주장에 대해, 밀턴은 레위족 제사장과 복음 시대의 성직자는 신학적, 역사적, 행동양식적 측면에서 모두 근본적으로 구별된다고 주장한다. 셋째는 교회 분파의 문제이다. 민주적 혹은 장로제 교회 정부가 복음에서 확립되었다고 하더라도 역사적으로 교회의 분파를 통제하는 과정에서 주교와 대주교의 계층구조가 발생했다는 것이다. 이에 대해 밀턴은 역사적 논거는 그 자체가 인간적 약점을 반증하는 것이라고 논박하면서, 분파와 반항은 장로제가 뒷받침하는 충분한 설교, 복음적 훈계, 민주적 회의 등으로 통제될 수 있다고 주장한다. 결국 감독제는 인간이 세운 것이며 장로제는 하나님이 세운 것이라는 결론이다.

『교회 정부의 이유』 제2권에서 밀턴은 제1권의 귀결이 아니라 교회 정부와 관련된 실제적인 문제를 다룬다. 감독제가 교회의 정치가 아니라 폭정이라는 주장이 쉽게 이해되지 못하는 이유는 세속적 시각으로써 기독교의 역설적 진리를 파악하려 하기 때문이다. 세속적 권력과 위계질서에 의하여 권위를 판단하는 한, 겸손과 봉사와 희생의 의미가 이해될 수 없는 것은 당연하다. 따라서 내면적 측면, 즉 외적 형식이 아니라 내적 영향을 강조하면서 감독제를 반박한다. 첫째, 교회 정부의 한 형식인 감독제는 기독교의 복음주의적 목적을 파괴한다는 것이다. 감독제는 교회를 세속적 권력 체계로 다스림으로써 그리스도의 뜻을 저버린다. 제1장에서 주장하듯이, 복음이 지향하는 질서는 폭정의 위계적 형태가 아니라 민주주의적 횡적 형태이기 때문이다. 또한 제2장의 주장처럼 감독제는 세속적 부패에 오염되어 신앙적 교리를 파괴하기도 한다. 나아가 마지막 제3장에서 주장하듯이, 감독제는 신자 개인에 대한 법적 태도를 견지하여 인간 속에 배태한 하나님의 형상을 파괴한다. 종교적 사회와 그 구성원들의 관계는 관료적 권력과 복종에 의한 것이 아니라 설득과 사회적 영향으로 인한 자발적 참여로 이루어져야 한다는 것이다. 둘째, 이상과 같은 외관상의 해로운 영향 외에도 감독제의 숨겨진 동기가 있다는 것이다. 밀턴의 주장에 따르면, 감독제는 국가권력을 장악하고 관료를 전복시키고 의회를 파괴하며 왕권을 찬탈하려는 의도로 복음의 목적과 상반된 입장이라는 것이다.

제2권 결론부에서 제기되는 실제적인 교회 정부의 문제들은 제1권에서 밝힌 교회 정부의 첫 번째 일반적 이유, 즉 하나님의 명령과 그리스도의 본보기로부터 파생되는 것으로서 교회뿐 아니라 국가 정부와 의회 및 일반 개인의 법과 자유, 부와 교육 등에 관계된다. 이러한 모든 이유와 목적들을 고려하면, 감독제는 하나님의 형상을 지닐 수 있는 인간을 노예화하는 것이요, 장로제는 하나님에게로 향할 인간에게 왕다운 존엄성을 부여하는 것이다. 밀턴 자신은 이러한 목적을 위하여 종교개혁을 완수하기 위해 산문 논쟁을 통해 투쟁해 온 것이다. 이 책자는 의회나 지식층에게 획기적인 행동을 보일 것을 촉구하면서도 세부적 대안이 빈약하다는 평을 받지만, 종교개혁의 핵심을 강조하고 그 개념을 정립하는 것이 밀턴의 목적이므로 논쟁적이라기보다는 논설적인 경향을 띨 수밖에 없었을 것이다.[212]

피상적으로 보면, 그가 언급하는 성서적 근거가 『논설문들』에 나타난 수많은 성서적 근거와 교부들의 해석에 비해 빈약하게 보일 뿐 아니라, 영국 국교회의 감독제든 밀턴이 지지하는 장로교든 둘 다 성서상으로 완벽한 근거를 갖지 못한 것이 사실이다. 따라서 교회 정부의 모형을 성서에서만 찾겠다는 그의 발상은 시작부터 한계를 가지는지도 모를 일이다. 그러나 『교회 정부의 이유』 제1장 서두에서 밀턴이 주장하듯이, 원래 교회 정부의 가장 큰 이유는 성서에서 온 것임을 자타가 인정하였고, 논쟁의 여지는 어차피 성서해석의 문제였다. 다

212) John F. Huntley, "Images of Poet and Poetry in Milton's *The Reason of Church-Government*," *Achievements of the Left Hand: Essays on the Pose of John Milton*, eds. Lieb & Shawcross (Amherst: U of Massachusetts P, 1974), 96.

만 이미 대단한 학식을 습득한 그가 현학적 과시에 치중하지 않고 논쟁의 성격에 맞추어 논의를 적당히 단순화하거나 상대방의 현학적 지식의 나열에 끌려들지 않은 것은 도리어 그가 이미 자신의 지식을 목적에 맞게 사용하는 방법을 터득했음을 보여주는 것이다.

이처럼 바람직한 교회 정부의 모형을 찾으려는 밀턴의 노력은 성서에 의존하면서도 종교개혁의 현실적 장애물인 주교들과의 싸움을 의미한다. 교회 운영에 관한 중요한 문제를 논의하고 결정하는 주체가 주교들이 아니라 평신도들이 되어야 한다는 주장은 민주적 혁명사상이 교회 정치에 적용된 것으로서 평신도들이 성경해석과 신앙생활의 주체로 등장하게 된 것이다. 따라서 밀턴의 반감독제 사상의 의의는 그의 청교도적 혁명사상에서 찾아야 한다. 감독제의 위계질서나 지휘체계는 하나님의 이미지를 따라 창조된 인간의 존엄성과 상반된다는 생각되었기 때문에 그는 온건한 감독제 지지자들까지 일괄적으로 공격하였으며 인간의 자유와 위계적 권위를 대비시켜 양자 가운데 택일을 제시한 것이다. 성도 개개인인 성서를 읽고 해석할 권한을 부여하지 않는 감독제는 인간의 근본적 자유를 억압하여 영적 성장을 방해한다. 자유정신에 근거한 종교개혁은 교회의 분리와 종파를 만드는 것이 사실이지만, 이는 "종교개혁의 태동에 앞서 오는 산고"에 불과하다는 것이다(*CPW* 1: 795). 나아가 교파의 다양한 의견들은 종교개혁의 자극제가 될 수 있으므로 진정한 종교개혁은 건실한 성도들의 저항을 통해 가능하다는 주장이다. 이에 반해, 감독제는 세속적 권위와 전통에 의존하여 맹목적 추종과 미신을 통해 획일성을 강요하며 성도 개개인에게 교회 정부에 참여할 수 없게 함으로써 복음이 제공하는 인간의 자유를 원천적으로 봉쇄한다는 것이다. 성직자도 인간이므로 교회 운영에 관한 모든 것을 파악하지는 못할 것이며, 반면에 평신도가 예배 절차에 참여함으로써 "그리스도의 합당한 성직자, 택하신 족속, 영적 헌신을 드리는 왕과 같은 제사장"으로서 봉사하게 된다(1: 838). 이처럼 성도 각자의 신앙적 지위가 복음적 자유에 의해 보장되어야 하므로, 개개인의 자유로운 신앙적 교류나 내적 자유가 세속적 국가권력에 의해 유린당하거나, 교회가 국가권력을 이용하여 획일적 예배나 종교행사를 성도들에게 강요해서도 안 된다는 것이다.

『교회 정부의 이유』에서 밀턴은 감독제와 달리 개인의 판단 능력과 자유를 중시한다는 점에서 민주적이고 자유로운 장로교를 신약성서의 복음이 제시하는 민주 정신에 입각한 체제로 파악한다. 교회 정부의 문제에 있어서 장로교가 국가교회를 선호하기 때문에 장로교의 모형을 따르는 밀턴의 딜레마가 없는 것은 아니지만, 아직 장로교가 감독제에 대항하여 영국 국교회를 칼뱅이 창설한 제네바 교회와 일치시키고자 하는 단계였으므로, 밀턴은 청교도혁명 진영에 가담하고 있었다. 그러나 이 글에서 이미 개신교 내부의 다양한 분파 문제가 관심사로 떠오르고 있다. 콘즈가 지적한 바와 같이, 교회의 분파와 관련된 단어들인 "분리파 교회"(sect[s]), "분리파 신도들"(sectaries), "분파"(schism[s]), "교회 분리론자"(schismatic[s]) 등이 이전의 세 팸플릿 모두에서 6회 사용되었으나 『교회 정부의 이유』에서만 70회나 사용되었다고 한다.[213] 위에서 이미 지적한 대로, 『비난』에서 밀턴은 분리파 교회에 대한 비판을 피하면서 단지 감독제가 다른 교회 체제만큼 이를 효과적으로 통제하지 못하고 있음을 지적한 바 있지만, 이러한 주장은 『교회 정부의 이유』에서도 다시 제기된다. 사도시대 이후 감독제 교회에서 이단은 탄생과 동시에 다른 이단을 출산할 만큼 연이어 번성하였다고 주장하면서도, 상대편이 이단 문제를 과장하고 있다고 주장한다. 고위성직자들이 과장된 위협으로 인해 일반 교인들에게 공포감을 불러일으킴으로써 사회질서와 재산을 보호하려면 감독제를 고수해야 한다는 여론을 일으키고 있다는 것이다. 따라서 분리파 교회들은 "더 많은 영예와 활력으로 나아가게 하는 자극제"로서 종교개혁의 탄생에 수반되는 필요악쯤으로 치부한다.

213) Thomas Corns, *Uncloistered Virtue: English Political Literature, 1640-1660* (Oxford: Clarendon, 1992), 34.

> 만일 한 교회가 수정의 손길 아래 놓여 있어서 불안정한 상태에서, 교파와 분파가 요동친다면, 그것은 종교개혁의 탄생 이전에 지나가는 우리의 산통과 고통일 뿐이며, 개혁 자체가 지금 진행 중이라고 생각하는 것이 우리의 기독교적 용기에 가장 잘 어울립니다. 왜냐면, 우리가 원소적이거나 혼합적인 물체의 성격을 보더라도, 그것은 상반된 요소들의 다툼 없이 어떤 종류나 자질에서 다른 것으로의 변화를 겪지 못한다는 것을 우리가 알기 때문입니다. (795)

분파 문제는 감독제 지지자들이 유약한 기독교인들에게 경고와 공포를 유발하기 위해 거론한 허구일 뿐이며, 종교개혁이 완성되면 "많은 어리석은 실수와 광적인 의견들"은 제거될 것이므로, 지식의 단련이 될 뿐 신앙의 장애는 되지 않을 것이다(*CPW* 1: 796). 그렇게 되면, 영국 국교회는 분리주의자들, 즉 독립적 조합교회주의자들까지 포용하는 교회로 거듭날 것이다. 초대교회의 교인들도 당대에는 밀턴 당시의 가족주의파(Familists)나 아담파(Adamites)처럼 여겨졌으므로, 크게 문제 되지 않는 분리파들 가운데 이러한 "수치스러운 오명"을 쓰고 있는 자들은 초대 교인들처럼 부적절한 비난을 받고 있다(788).[214] 이처럼 수많은 분파를 가능하게 하는 밀턴의 입장은 청교도혁명의 성격을 잘 표현해준다. 청교도혁명은 정치적 혁명이기에 앞서 종교적, 문화적 혁명으로서 교리상의 다양성을 긍정적으로 수용하고 있기 때문이다.

『교회 정부의 이유』가 영국혁명의 종교적 맥락 외에도 오늘날까지 독자의 관심을 끈 것은 제2권 서문에서 밀턴이 밝히는 국민 시인으로서의 소명과 그의 시학 때문이기도 하다. 그러나 그가 중심적인 주제로부터 이탈하여 시와 시

---

214) 사랑의 가족(Family of Love)으로 알려진 가족주의파는 16세기 중엽 헨리 니클래스(Henry Niclaes)에 의해 창설된 운동으로서 타락 이전의 순진한 상태를 지상에서 재현할 수 있으리라고 믿고 재산의 공유를 주장하며 신자의 내면에 거하는 하나님의 영만이 성서를 올바르게 이해할 수 있다고 주장했다. 아담파는 타락 이전의 상태와 동일한 순수함을 보이기 위해 나체로 다닐 것을 주장하는 이단으로서 밀턴 당시 영국에 존재하지는 않았지만, 초기 퀘이커교처럼 급진적 분파들 가운데 이를 모방하기도 하였다(Hill, *The World Turned Upside Down*, 27).

인에 대하여 논급한 것도 교회 정부와 동떨어진 지엽적인 문제만은 아니다. 그의 시론은 사회적 교화와 변혁에 목표를 둔 것이고 그가 의도하는 좋은 시는 교회 정부보다 훨씬 더 성공적으로 "내면의 정치 혹은 자기 수양"을 가능하게 하기 때문이다.[215] 그는 시인으로서의 자신의 이미지를 제고함으로써 자신의 주장을 보다 신빙성 있게 하였고, 교회 정부도 시처럼 인간을 계몽하고 나아가 사회를 개혁하는 수단이 될 수 있음을 보여주면서,[216] 독자의 인격과 지성을 치켜세우면서 영국 국민의 종교적 성품을 평가하고 교화의 필요성을 제기한다. 그의 낙관적 태도는 이상적 정치조직에 대한 믿음에서 온 것이 아니라 교육과 종교에 의한 인간의 교화 능력을 믿었기 때문이었다.[217] 미래의 시창작 계획에 대하여 그는 앞으로는 모국어인 영어로 시를 쓸 것과 고결한 야망이 있는 시인으로서 서사시, 비극, 그리고 송시 등의 장르를 택할 것을 밝히면서, 연구가 완성될 때까지 새로운 시인의 탄생을 기다릴 것을 독자들에게 주문한다. 그가 숭고한 시의 세 형식을 언급하는 것이 단순히 시형에 관한 논의인지 아니면 장래에 쓸 시를 가늠하는 것인지 이견이 있을 수 있지만, 윌리엄 파커(William R. Parker)가 지적한 대로, "자신의 예술에 대한 기독교 시인의 태도"를 보여주는 것이라고 하겠다.[218] 기독교 휴머니스트로서 또한 진지한 르네상스 시인으로서 서사시와 비극이야말로 최고의 문학 장르였기 때문이다. 그리스의 호머

215) John F. Huntley, "The Images of Poet and Poetry in Milton's *Reason of Church Government*," *Achievements of the Left Hand*, eds. Lief & Shawcross (Amherst: U of Massachusetts P, 1974), 85-89.

216) Cf. Michael Fixler, *Milton and the Kingdoms of God* (Evanston: Northwestern UP, 1964), 103; John Diekhoff, "The Function of the Prologues in *Paradise Lost*," *PMLA*, 58 (1942), 694-704. 밀턴은 모든 웅변에서 화자(speaker)의 성격을 설정하는 것은 청중의 호감을 사기 위한 준비작업으로서 연설 초기에 도입되어야 한다고 인정하지만("First Prolusion, *CPW* 1: 218), 『교회 정부의 이유』에서는 그 작업이 늦게 도입된다.

217) Michael Fixler, *Milton and the Kingdoms of God* (London: Faber and Faber, 1964), 97.

218) William Parker, *Milton: A Bibliography*, 1: 53.

(Homer)나 로마의 베르길리우스(Virgil)에 비교되는 위대한 시인이 되기 위해 독서와 성찰을 해왔던 그가 자유를 짓밟는 교회와 국가의 현실적 폭정에 맞서 시인의 소명을 뒤로 미루고 산문 논쟁에 투신한 것은 그의 혁명 정신을 한층 강조해준다고 하겠다.

(5) 『한 팸플릿에 대한 항변』

『교회 정부의 이유』와 2개월 후에 출판된 『한 팸플릿에 대한 항변』(*An Apology Against a Pamphlet*, 1642)[219]은 공통적으로 종교개혁을 위한 투쟁의 맥락에서뿐만 아니라 영국 역사에 대한 시인 밀턴의 예언자적 소명을 보여주는 자서전적 의미를 지니기도 한다. 『한 팸플릿에 대한 항변』은 밀턴 자신이 쓴 『비난』(*Animadversions*, 1641)에 대한 익명의 필자가 쓴 『「비난」이라는 서명의 모략적이고 상스러운 비방문에 대한 겸손한 논박』(*A Modest Confutation of a Slanderous and Scurrious Libell, Entituled, Animadversions etc.*)을 역공한 것이다. 그러니까 조지프 홀 주교에 대한 스멕팀누스의 공격을 홀이 역공한 것을 밀턴이 『비난』에서 공격하였는데, 이에 대해 익명의 공격이 있자, 이에 다시 밀턴이 반격한 것이다. 『겸손한 논박』은 흔히 홀의 아들이 아마도 아버지의 도움을 받아 쓴 것으로 여겨진다.

『겸손한 논박』에 나타난 밀턴에 대한 공격이 너무나도 인신공격적인 내용이어서 그로서는 자신에 대한 방어가 급선무였다. 엘리자베스조 이후 감독제 논객들은 청교도들의 광신적인 태도를 개인적 야망을 성취하기 위한 저급한

---

219) 이 팸플릿의 전체 서명은 『스멕팀누스에 항변한 항의자에 대한 비난의 겸손한 논박이라 불리는 한 팸플릿에 대한 항변』(*An Apology against a Pamphlet Call'd A Modest Confutation of the Animadversions Upon the Remonstrant against Smectymnuus*, 1642)이며, 1654년 불매된 잔본들을 모아 『교회 정부의 이유』의 잔본과 함께 『스멕팀누스를 위한 변호』(*An Apology for Smectymnuus*)라는 제명으로 재발행하였다.

수단으로 치부하며 풍자적으로 공격해 왔으며, 『겸손한 논박』에서 익명의 논객도 밀턴을 선량한 주교들을 내몰고 자신의 입지를 구축하려는 저급한 위선자로 부각하려고 시도하였다. 예를 들면, 『비난』에서 밀턴이 이따금씩 사창가의 이미저리를 사용하는 것으로 보아 그가 그 주변을 잘 알고 있을 것이라고 익명의 논객은 주장한다. 이러한 공격에 대응하여 몇 주 전만 해도 시인의 꿈을 그리워하던 그가 다시 공격적인 논객으로서 감독제 성직자들, 특히 홀을 비난하고 나섰다. 자신이 사창가를 안다면, 학창 시절 미래의 성직자들이 타락한 남녀 궁정인들의 구미에 맞추기 위해 학생연극에서 그들의 치부를 드러내며 과장된 연기를 하던 모습을 잘 기억하기 때문이라는 것이다. 현재는 근엄한 성직자의 모습을 하고 있지만, 학창 시절에 광대의 역할을 즐겼던 그들은 지금도 광대일 뿐이다. 학창 시절 당시 그들은 공개적으로 외설적인 것을 좋아했지만, 지금은 아마 은밀하게 즐기고 있는지도 모른다는 것이다. 홀은 외설적인 풍자작가로서 그 내용이 충격적이어서 전소 명령을 받은 바 있었으므로 밀턴의 공격에 노출되어 있었다. 밀턴은 공격을 최선의 방어로 삼은 것이다.

『비난』과 『항변』은 종교개혁에 대한 이론적 논쟁으로서의 가치보다 이들 산문에서 사용되는 공격적 언어가 정치적 혁명가로서의 밀턴의 장래를 예고한다는 점에서 주목된다고 하겠다. 『항변』은 너무 개인적이고 독창성이 결여되었다는 지적을 받지만, 『교회 정부의 이유』처럼 교회 안의 민주주의를 옹호한다는 점에서 맥을 같이 한다. 『겸손한 논박』에서 평신도가 무시될수록 『항변』에서 밀턴의 항변은 거세어진다. 미천한 평신도일지라도 글을 읽고 성직자의 품행을 판단할 능력이 있다는 것이다. 홀 주교 부자가 왕과 양원의 의원들에게 충성을 맹세하는 반면, 밀턴은 평민원 의원을 가리켜 자유의 수호자, 주교의 대적자로 취급한다. 그는 영국 의회가 이미 개혁을 단행하고 있다고 밝히면서 하원의원들이야말로 올바른 판단으로 잘못된 전통적 교육을 극복한 귀족의 후예들이라고 추켜세우고 감사를 표한다. 여기서 자신의 신뢰성을 높이기 위해 그는 자신의 성실한 생활 습관을 소개하면서 조국의 자유를 위해 일하려면 심신의 건강이 중요하기에 독서와 운동으로 단련하고 있음도 공개한다. 그리고 위대한 시인은 개인적 덕성을 갖추어야 하므로, 위대한 시를 쓰기 위해서 시인 스스로가 "진실한 시"가 되어야 한다고 주장하기도 한다. 이처럼 밀턴이 자신의 시적 창의성이 성숙하였음을 인식하고 역사에 남을 위대한 시를 쓰려는 꿈에 부풀어 있던 시절에 시창작을 중단하고 종교 및 정치 분쟁에 더욱 깊숙이 뛰어든 것은 영국혁명의 정신적 지도자로서의 그의 확고한 출발을 알리는 것이다.

이상에서 밀턴의 반감독제 산문들, 특히 『종교개혁론』과 『교회 정부의 이유』에 나타난 영국 내의 종교개혁의 정치성을 살펴보았다. 반감독제 산문들에서 밀턴의 정치적 태도가 엿보이긴 하지만, 감독제가 왕권으로부터 독립된 것이 아님에도 불구하고 왕권 자체를 공격하기보다 주교의 막강한 종교적 감독 권한에 초점을 맞추고 있음을 볼 수 있다. 이 점에 있어서 반감독제 산문은 아직 반군주제적 성격을 크게 띠고 있지 않고 교회와 정치에 관련된 문제에 한정하고 있음을 볼 수 있다. 어떤 사람이나 행동이 정치성을 띠고 있다고 할 때, 보통 그 궁극적 목적이나 방법이 정치적 성격을 띠고 있다는 말이다. 정치적 목적이라고 함은 세속적 권력에 대한 저항이나 지지 의사를 분명히 드러내거나 적어도 숨기고 있는 것이 분명해야 한다. 그렇게 본다면, 이 산문들은 아직 정치성을 그다지 많이 띠고 있다고 할 수 없다. 밀턴의 반감독제 산문은 그 목적 자체가 개인의 종교적 자유를 주장하기 위한 것이기 때문에, 정치성을 별로 띠고 있지 않은 듯이 보이는지도 모른다. 정치성의 일반적인 개념에 한정하여 적용한다면, 주교의 권한이나 감독제의 체제를 반대하는 것은 정치적 자유라기보다 종교적 자유를 주장하는 것으로 보는 게 더 타당할 것이다. 반감독제 산문들 가운데 도처에서 왕권을 침해하는 주교의 권한에 대해 비판하는 것을 보면, 밀턴이 이들 산문에서 아직 공화주의적 정치성을 숨기고 있다고 할 수 있을 것이다.

그렇다고 장차 반군주제 공화주의의 선봉에 서서 영국혁명의 정신적 지도자가 될 밀턴에게 있어서, 그의 산문이 정치성과 무관하다고 말하는 것도 무리이다. 비록 교회 내의 종교적 자유나 개인의 종교적 자유에 국한하여 반감독제 주장을 한다고 하지만, 그것이 실천적, 현실적 자유를 주장하고 있는 한, 어느 정도 정치성을 띠고 있음을 부인할 수는 없다. 밀턴이 반감독제 산문을 쓸 당시 반군주제 운동을 주도할 만큼 청교도혁명의 분위기가 아직 조성된 것도 아니었거니와, 산문 논쟁의 대상 역시 종교적 문제에 초점을 맞추고 있던 때였음을 고려하면, 비록 종교적 문제에 국한된 것이라고 하더라도, 개인의 자유를 주장하는 것 자체가 잠재적 정치성을 띠고 있다고 할 것이다. 헨리 8세가 영국의 종교개혁을 영국 왕권의 정치적 자유와 자신의 개인적(이혼의) 자유를 위해 이용한 것과는 반대로, 밀턴은 영국 종교개혁의 완성이 개인적 신앙의 자유에 의해 가능하다는 점을 강조함으로써 종교개혁을 통해 영국혁명의 초석을 쌓고 있음을 알 수 있다. 왕권과 주교의 권한이 불가분인 관계에서 주교의 감독 권한을 공격하는 것은 결국 왕권에 대한 공격으로 이어질 수 있기 때문이다.

더구나 영국 종교개혁의 특유한 원인이 교황의 권위에 대한 헨리 8세의 왕권 독립 의지였다는 점을 고려한다면, 처음부터 어쩌면 영국 종교개혁의 특성이 정치적 이유였다고 할 수도 있을 것이다. 즉, 정치적 이유에서 시작된 영국 종교개혁이 그 목적을 성취한 후 진정한 종교개혁의 취지는 무시되고 교회의 가톨릭적인 의식과 권위주의만 남아 있다는 사실에 대하여 밀턴은 저항한 것이다. 그 가톨릭적인 의식과 권위주의가 감독제에 그대로 남아 있다고 판단한 밀턴은 감독제를 무너뜨리는 것이야말로 영국의 종교개혁을 완성하는 것이라고 보았다. 물론, 따지고 보면, 감독제는 왕권과 밀접한 관계에 있었기 때문에 감독제에 대한 반대는 결국 왕권에 대한 반대로 이어질 것이지만, 반감독제 산문에서는 일단 의도적일지 모르지만, 그 잠재적 정치성이 표면에 나타나지는 않는다. 그러나 왕들이 감독제를 왕권의 방패로 생각했듯이, 감독제에 대한 공격은 왕권에 대한 공격일 수밖에 없으므로 그 정치성은 아무리 표면에 드러나지 않아도 감지된다. 『종교개혁론』이 왕권에 대한 반대를 내세우지 않지만, 주교의 감독이 없는 개교회의 자유와 신도 각자의 신앙적 자유를 옹호하며, 왕권의 보루인 감독제를 비판하고 있는 한, 영국 종교개혁의 정치성을 도마에 올려놓는 셈이다. 특히 『교회 정부의 이유』에서는 교회의 정치문제를 전면에 내세우며 교회 정부가 왕권이라는 국가권력으로부터 독립하기 위해서는 감독제가 아닌 개별 교회의 독립적 정치가 이루어져야 하며 이를 위해 교회 정부가 필요하다고 본 것이다. 밀턴이 감독제를 교회 정치의 한 방식으로 보기보다 개인의 신앙을 제약하는 종교적 폭정으로 보았다면, 감독제의 상위 권력인 왕권을 정치적 폭정으로 보게 되는 것은 시간문제일 것이다. 『교회 정부의 이유』에서 밀턴이 밝힌 국민 시인으로서의 자신의 소명이라든가, 교회 운영에 관한 중요한 문제를 결정하는 주체가 주교들이 아니라 평신도들이 되어야 한다는 주장은 개인의 자유를 강조하는 그의 혁명사상이 교회 및 정치와 어떻게 연관되는지를 보여준다고 할 것이다.

2. 이혼, 교육 및 언론에 관한 산문: 공화국 건설의 초석

밀턴은 그가 쓴 마지막 반감독제 산문, 즉 『한 팸플릿에 대한 항변』(1642)을 쓴 후, 약 16개월 동안 침묵하다가, 첫 번째 이혼론 산문인 『이혼의 교리와 계율』(*Doctrine and Discipline of Divorce*)을 내놓았다. 『교회 정부의 이유』와 『한 팸플릿에 대한 항변』에서 시인으로서의 꿈과 현실적 산문 논쟁 사이에서 갈등하는 모습을 보여준 그는 한동안 산문 논쟁의 장에서 물러나 있었는지도 모른다. 그러나 그는 영국혁명이라는 시대적 갈등을 외면할 수 없었을 것이다. 개인적 자유를 위한 이혼 논쟁에서 출발하여 사회적 자유라고 할 수 있는 언론자유의 논쟁으로 이어지는 이 모든 자유 논쟁의 여정에서 장차 밀턴이 추구하게 될 공화주의 사상을 엿볼 수 있다. 밀턴에게 있어서 개인적, 가정적 자유는 사회적, 정치적 자유의 토대가 될 뿐만 아니라 진정한 자유는 이 모든 자유를 포함하는 것이다.

이러한 개인적, 가정적 자유에 관련된 산문들이 나온 역사적 배경은 격동기였다. 1642년 8월에 찰스 1세는 의회를 진압하고 영국 정부를 탈환하고자 군대를 일으켰으며 의회의 반격으로 제1차 내란이 벌어졌다. 영국혁명사에서 주요한 전투였던 **에지힐 전투**(Battle of Edgehill)를 포함한 초기의 전투들은 교착 상태에 빠져들었다. 의회의 아성이던 런던(London)은 한때 왕정주의자들에 의해 점령당할 심각한 위협에 놓이기도 했으나, 그런 와중에 **청교도혁명**이 진행되고 있었다. **장기의회**는 당시의 주도적 성직자들로 구성된 **웨스터민스터 성직자 회의**(Westminster Assembly of Divines)를 소집하여 1643년 7월 1일 첫 회의를 개최하였다. 이 회의는 밀턴이 주장해온 제2의 **종교개혁**을 완수하기 위해 **영국 국교회**의 교리와 훈계를 재검토하는 임무를 띠고 있었다.

이러한 급변하는 정세 속에서 밀턴은 산문 논쟁을 일시 중지한 듯하였으나 결혼과 더불어 다시금 논쟁거리를 찾게 된다. 이미 밀턴은 위에서 논급한 『한 팸플릿에 대한 항변』에서 "가장 부유한 과부보다 정직하게 양육된 가난한 처녀"를 선택하겠다는 의사를 밝힌 바 있지만, 실제로 그는 이러한 주장을 한 후 얼마 안 지나서 33세의 나이에 아직 17세의 가난한 처녀 메리 파월(Mary Powell)과 결혼하였다. 파월의 아버지는 밀턴의 아버지에게 빚을 지고 있었고, 당시는 신부가 지참금을 가지고 오던 때였으므로, 채무의 청산과 직접적 연관성이 있었던 것 같지는 않다. 사실상 그가 약속받은 1천 파운드는 죽을 때까지 받지 못하였다고 한다. 파월가(家)는 왕정주의자들이었고 그녀의 할아버지 대(代)까지 로마가톨릭 신도였으며 그녀의 아버지는 치안판사였다. 이점으로 미루어 볼 때, 파월이 밀턴을 떠나 있었던 것은 당대의 최고 지성과 철없는 젊은 여자의 정신적 부조화에 기인했으리라는 점 외에도 가족들의 개입이 있었으리라는 추측도 가능하다. 그렇다면 당사자들의 정신적 부조화에 가족적 배경까지상이하여 밀턴의 불만이 가중되었을 것이고 이를 개인의 자유 확보 차원에서 교리적 해석으로까지 발전시켰을 것이다. 상당한 학문의 경지에 이른 밀턴과 순진한 어린 메리의 신혼은 부조화할 수밖에 없었고 더구나 이즈음 발생한 내란은 그들의 별거에 상당한 영향을 끼쳤을 것이다. 하여간 밀턴의 이러한 경험이 그가 이혼의 자유를 포함한 개인적인 자유에 깊은 관심을 가지게 된 동기였다고 생각된다. 로렌스 스톤(Lawrence Stone)에 의하면, 17세기 말까지 새로운 가족 유형이 생겨났고 배우자의 선택은 부모의 결정보다 개인의 선택으로 바뀌었으며 금전이나 신분상의 상승을 고려하기보다 결혼 당사자들 상호 간의 애정이 관건이 되었다고 한다.[220] 밀턴은 이처럼 새롭게 대두된 결혼관의 변화에 부응하여 집안 사이의 계약관계가 아닌 남녀 당사자 간의 개인적 차원의 조화를 강조하였고, 특히 그들의 정신적 적합성을 결혼의 제1차적 조건으로 내세웠다. 당시의 법이 허용하는 이혼은 간음, 성교 불능, 신체적 잔혹 행위, 유기 등 신체적 부조화나 무능을 문제 삼았으며, 정신적 부조화는 문제 삼지 않았다. 결혼 당사자들 가운데 어느 일방의 결함을 문제 삼았을 뿐, 쌍방의 행불행은 문제 삼지 않았다. 따라서 본질상으로 본다면, 당시의 법은 결혼의 성적 측면만을 문제 삼고 있었으므로 오늘날 육체적 쾌락만을 추구하는 성문화 못지않게 문제를 내포하고 있었다. 이에 밀턴은 남녀의 "정신적 적합성"(spiritual compatibility)을 결혼상태의 존속에 필수적인 조건으로 내세우며, 그것이 충족되지 못할 경우, 이혼이 허용되어야 한다고 주장한 것이다.

그러나 1641년 7월 장기의회가 성법원을 철폐하고 그 결과 거의 2년간 출판이 자유로웠으나, 1643년 6월에 의회의 다수를 차지하는 장로파가 출판의 조건으로 출판업 조합에 등록하고 특별위원회의 허가를 받도록 법령을 만들었다. 이에 밀턴은 장로파 누구도 동의할 수 없는 이혼론 팸플릿을 출판하여 개인의 언론 자

220) Lawrence Stone, *The Family, Sex and Marriage in England 1500-1800* (London: Weidenfeld and Nicolson, 1977; Harmondsworth: Penguin, 1979), 411-12.

유를 시험대에 올렸던 것이다.[221] 이혼 문제에 관한 밀턴의 관심은 『이혼의 교리와 계율』(*Doctrine and Discipline of Divorce*)로부터 『콜라스테리온』(*Colasterion*)에 이르기까지 일련의 팸플릿들을 통해 표출되었는데, 그 사이에 『아레오파기티카』(*Areopagitica*)와 『교육론』(*Of Education*)이 출판되었으며, 이들 역시 개인의 자유와 밀접한 관계가 있는 산문들이다. 이 시기의 산문들은 개인적, 가정적 자유를 옹호하거나, 자유공화국의 한 국민으로서 개인이 성취하여야 할 표현의 자유 및 교육 문제를 다루고 있는 작품들이다. 이혼론 산문들이 개인적 가정생활의 자유를 문제 삼고 있다면, 『교육론』은 자유공화국에 합당한 지도자를 교육하기 위한 교육 프로그램을 제안하고 있으며, 또한 이 시기에 쓰인 『아레오파기티카』는 이혼론 산문들에서처럼 개인의 정신적 혹은 지적 자유를 옹호하였으며 언론사적으로 중대한 의의를 지닌 산문이다. 전체적으로 볼 때, 이 시기의 산문 작품들은 밀턴이 이제까지 내놓은 반감독제 산문들에서처럼 사회적 구조의 변경을 통한 자유의 추구가 아니라, 개인적 자유의 신장을 통한 사회구조의 변혁을 시도하고 있다. 개인적 자유의 신장이 자유공화국의 초석을 다지는 작업이라고 볼 때, 이혼론을 다룬 산문들을 포함하여 이 그룹의 산문들은 종교적 경향의 청교도 정신을 넘어서서 정치적 혁명사상으로 진일보한 것으로 볼 수 있다. 물론 이 산문들이 종교적 색채가 완전히 배제된 것은 아니지만, 교리상의 논쟁까지도 일단 개인적 자유를 옹호하는 차원에서 전개되며, 자유공화국의 초석을 위한 과정으로 인식할 수 있다. 사실상 오늘날까지도 국교가 엄존하고 그 수장이 왕이 되는 영국의 상황을 염두에 둔다면, 영국혁명 당시의 정치를 종교와 분리해서 논하는 것은 근본적으로 불가능한 일이다. 개인적, 가정적 문제에도, 밀턴의 주장은 교리논쟁의 색채를 띠고 있는바, 그 이면에 자유가 인간의 존엄성을 규정하는 척도로서 강조되고 있기 때문이다. 기독교가

---

221) Wilbur Elwyn Gilman, *Milton's Rhetoric: Studies in His Defense of Liberty*, (Columbia: U of Missouri P, 1939; Rept. New York: Phaeton, 1970), 9.

국교의 자리를 점하고 있는 영국의 당시 상황에서 어떠한 문화적, 정치적 논쟁도 교리상의 논쟁과 완전히 분리될 수는 없겠지만, 밀턴이 이처럼 개인의 자유를 다양하게 강조한 것은 자유가 자유공화국을 건설하려는 그의 혁명사상의 근본정신이기 때문이다.

(1)『이혼의 교리와 계율』

반감독제 산문에서 개인의 자유의지와 신앙적 판단을 진리를 향한 최선의 길이라고 옹호해온 밀턴은 종교논쟁의 마지막 책자를 낸 후 한동안 침묵하다가 이혼 문제와 관련하여 새로운 자유의 영역을 탐색한『이혼의 교리와 계율』(*The Doctrine and Discipline of Divorce*, 1643)을 출판하였다.[222] 이혼에 대한 그의 팸플릿이 비록 그 자신의 결혼에 대한 불만에서 비롯되었음을 인정하더라도, 순전히 그의 개인적 필요성에 의한 것으로 보는 것도 문제이다. 사실 그의 결혼 시점이 전통적으로 1643년 여름으로 여겨져 왔으나 1642년 6월로 밝혀짐에 따라 이 팸플릿의 동기를 좀 더 객관화시켜 볼 수 있게 되었다.[223] 불과 결혼한 지 몇 달 지나지 않아 친정에 간 젊은 아내가 무슨 이유에서인지 돌아오지 않자 그는 이혼을 생각하게 되었을 터이고, 이에 대한 평소의 생각을 관련

222) 이 팸플릿의 전체 원제는『이혼의 교리와 계율: 율법의 속박과 다른 실수들로부터 사랑의 원리에 의해 인도되어 기독인의 자유로 향하게 하는 남녀성의 유익을 위한 재정립』(*The Doctrine and Discipline of Divorce: Restor'd to the Good of Both Sexes, from the bondage of Canon Law, and other mistakes, to Christian freedom, guided by the Rule of Charity*)이라고 되어 있고, 그 밑에 "이 책자에는 성서의 많은 구절도 포함되어 있어 의도된 종교개혁이 진행 중인 지금 성찰하기에 시기적절하며, 오랫동안 잃어버렸던 의미를 되찾아 주었다"라고 적혀 있다. 대폭 확충된 제2판은 1644년에 출판되었고 대동소이한 서명이지만 "성직자 회의와 영국 의회에 고함"(To the Parliament of England with the Assembly)이라는 첨언이 있고 실제로 의원들에게 주는 서한문이 첨부되어 있다.

223) 처음 밀턴의 1642년 결혼을 주장한 것은 번즈 마틴이었고 라이트에 의해 재확인되었다. Cf. Burns Martin, "The Date of Milton's First Marriage," *SP*, 25 (1298), 457-61; B. A. Right, "Milton's First Mariage," *MLR* 26 (1931), 384-400; 27 (1932), 6-23.

서적들을 읽으면서 재정리하여 자신뿐만 아니라 모든 개인의 자유를 주창하는 차원에서 또 하나의 논쟁에 뛰어들었을 것이다. 이혼론 산문들이 쓰인 가운데 언론의 자유를 주창하는 『아레오파기티카』가 쓰였다는 사실은 이를 더욱 입증한다고 하겠다.

『이혼의 교리와 계율』은 1643년 8월에 출판되었고, 그 이듬해인 1644년 2월 개정된 제2판이 출판되었다. 그리고 6개월 지난 그해 8월에 『이혼에 관한 마틴 부커의 판단』(*The Judgment of Martin Bucer Concerning Divorce*)이 출판되었다. 그해 11월에 『아레오파기티카』가 출판되었으며, 그 이듬해인 1645년 3월 『테트라코돈』(*Tetrachordon*)과 『콜라스테리온』이 출판되었다. 이 산문들이 출판된 순서를 주목해 보면, 『아레오파기티카』는 이혼론 산문들을 계속 출판하는 와중에 출판되었음을 알 수 있다. 이 같은 사실은 밀턴의 이혼론이 그의 자유사상의 한 단면임을 입증하는 것이다. 사실상, 당시 허용되는 이혼 사유는 간음과 유기(desertion)에 한정되었으므로 그의 경우 메리 파월이 3년간 유기한 것이어서 이혼에 아무 문제가 없는 터에, 구태여 당시에 성경적으로나 사회적으로 이혼 사유로 인정도 되지 않는 "정신적 적합성"을 논쟁으로 끌어들여 스스로 악명을 자초할 이유가 없었을 것이기 때문이다.

이혼론을 주장하는 다섯 편의 산문들은 그의 불행한 결혼생활을 반영하고 있다고 주장하는 비평가들도 있지만,[224] 이들 산문에서조차 역사적 배경과 밀

224) 이런 주장은 Saurat, *Milton, Man and Thinker* (London: J.M. Dent and Sons Ltd., 1946), 50; Arthur Barker, *Milton and the Puritan Dilemma* (Toronto: U of Toronto P, 1942), 63-64; E. M.. W. Tillyard, *Milton* (London: Chatto & Windus, 1956), 40; David Daiches, *Milton* (London: Huchinson University Library, 1959), 114; James G. Turner, *One Flesh: Paradisal Marriage and Sexual Relations in the Age of Milton* (Oxford: Clarendon, 1987), 188 등에서 찾아볼 수 있다. 그리고 이혼론을 다룬 글들의 편수는 『이혼론의 교리』 초판과 개정판을 한 작품의 연장으로 보느냐 안 보느냐에 따라, 『부커의 판단』과 『테트라코오든』(*Tetrachordon*, 1645) 및 『콜라스테리온』(*Colasterion*, 1645)을 포함하여, 이혼 논쟁을 다룬 글이 네 편이 되기도 하고 다섯 편이 되기도 한다.

턴의 논조를 충분히 고려한다면 자유를 바탕으로 한 남녀조화의 사상을 이해할 수 있다. 이혼의 조건으로 외적인 이유만 인정되던 당시의 종교적 규제에 맞서 도리어 내적 자유의 조건을 내세운 것이다. 존 할킷(John Halkett)에 의하면, 이들 산문이 밀턴의 개인적 목적에서 쓰였다고 볼 수 없는 이유는 당시의 개신교 어떤 종파도 남녀의 정신적 부적합성을 근거로 이혼을 허용하지는 않았다고 것이다.[225] 같은 맥락에서 밀턴의 이혼론이 그의 경험에 근거하고 있음을 인정한 바커(Barker)조차도 이를 기독교적 자유관의 한 발전단계로 보고 있다.[226] 글래디스 윌리스(Gladys J. Willis) 역시 밀턴의 개인적 경험이나 시대배경을 참고 사항 정도로 평가하고 그의 이혼론이 결혼의 숭고한 의미를 당시의 영국 국민에게 계몽하고 이혼의 도덕성을 홍보하는 것이었음을 주장한다.[227] 밀턴에게 있어서, 정신적 적합성이란 결국 당사자의 자의적 판단에 속하기 때문에, 바로 이런 이유에 밀턴의 이혼론이 내포하는 정치적 함의가 수반된다. 밀턴의 이혼론이 이론상으로는 이상을 추구하지만, 실제적 적용에 있어서는 당사자의 권리에 대한 외면과 자녀 문제 등 많은 문제를 수반할 수 있을 것이다. 툴럭(Tulloch)이 지적한 바와 같이, 이런 문제점은 현대적 관점이 아니더라도 19세기에도 지적되었던 문제이다.[228] 그래서 이혼의 자유 자체를 넘어서 정치적 자유의 문제로 읽을 때, 도리어 그 잠재적 가치가 인정될 수 있는 것이다. 자유에 대한 그의 신념이 정치적 공화주의 사상으로 발전하는 과정에서 개인적 문제가 도화선이 된 것이며, 이를 기회로 사회적 자유에 관한 관심으로 확대되어 갔다고 할 수 있을 것이다.

물론 이와 상반된 관점이 존재하기도 한다. 여성주의적 관점에서 밀턴의

---

225) John Halkett, *Milton and the Idea of Matrimony* (New Haven & London: Yale UP, 1970), 3.

226) A. C. Barker, *Milton and the Puritan Dilemma*, 72.

227) Gladys, J. Willis, *The Penalty of Eve: John Milton and Divorce* (New York: Peter Lang, 1984), 30-31.

228) John Tulloch, *English Puritanism and Its Leaders*, 212-16.

이혼론을 평가한 비평가들은 그를 가부장적 작가로 치부하면서 그가 남성 중심의 입장에서 이혼론을 전개하고 있다고 비판한다. 메리 나이퀴스트(Mary Nyquist)의 견해에 따르면, 밀턴이 주장하는 남녀의 "상호관계"(mutuality)는 순전히 추상적 수준의 것으로서 그 균형을 상실하고 있다는 것이다.[229] 심지어 토머스 콘즈는 밀턴이 주장하는 남녀관계를 주인과 개의 관계로 설명하기까지 한다.[230] 밀턴의 남편은 아내가 마음에 들지 않으면 법적 판단 없이도 이혼할 수 있을 만큼 여성의 머리로서 권한을 가지고 있다는 것이다.

그러나 비록 밀턴의 이혼론이 34세의 나이에 17세의 어린 아내와 겪었던 개인적 갈등과 불만에 기인한 것이어서 남편 중심의 문제 제기라고 볼 수도 있지만, 남녀 상호 간의 정신적, 영적 적합성을 강조한 것이므로 그의 이혼 문제를 꼭 남성 입장에만 국한된 것으로 생각할 이유는 없다고 본다. 다시 말하면, 이 산문 자체의 동기가 어떻든지 간에, 잠재적으로 남녀 어느 쪽에서든 결혼을 지속하기 힘들 정도로 "정신적 적합성"이 문제가 된다면, 이혼이 가능하다는 주장으로 볼 수 있기 때문이다. 남녀의 평등 개념을 상상조차 할 수 없던 시기에 이혼 문제는 남녀평등의 문제가 아니라, 종교적 금지를 타파하고 개인적 결정의 자유를 부각하는 것이 더 큰 과제였다. 밀턴은 성서적 남녀의 위계질서를 따르고 있으므로 남녀를 대등하게 보진 않지만, 스티비 데이비스(Stevie Davies)의 지적처럼, 남녀의 진정한 정신적 조화를 이룬 결혼은 타락 이전의 관계를 회복시켜 줄 수 있는 것으로서 남녀평등의 현대적 개념 이상의 의미를 지니는 것이다.[231] 그러므로, 밀턴에게 있어서, 이혼의 자유는 가정적 자유이자 정치적 자유를 향한 정치적 출발점이다.[232] 이혼에 관한 밀턴의 주장은 근본적으

---

229) Mary Nyquist, "The Genesis of Gendered Subjectivity in the Divorce Tracts and in *Paradise Lost*," *Remembering Milton: New Essays on the Texts and the Traditions*, eds. Mary Nyquist and Margaret W. Ferguson (London: Methuen, 1988), 105.

230) Corns, *John Milton*, 40.

231) Stevie Davies, *The Idea of Woman: The Feminine Reclaimed* (Brighton: Harvest, 1986), 182.

로 그가 최고의 권위를 부여하는 성서적 남녀관계 그 이상도 이하도 아니다. 이론적 측면에서 보면, 밀턴의 의도가 성서적 가부장제의 틀을 벗어나지 못한 듯하나, 오히려 『이혼의 교리와 계율: 율법의 속박과 다른 실수들로부터 사랑의 원리에 의해 인도되어 기독교적 자유로 향하게 하는 남녀성의 유익을 위한 재정립』이라는 전체 제목에서 보듯이, 구약의 율법으로부터 남녀의 성을 자유롭게 함으로써 기독교적 자유를 찾아주려는 것이 목적이다. 더구나 이 글에서 밀턴은 장기의회가 소집한 웨스트민스터 성직자회의의 소속 성직자들을 대상으로 설득하고 있으며, 이혼법을 개정할 수 있는 권한이 그들에게 있음도 잘 알고 있었다.[233] 일차적으로, 이 성직자들이 밀턴의 의견을 공감하지 않는 한, 의회의 법률을 개정할 수 없었다. 이들 청교도 성직자들이나 장기의회 의원들이 여성의 평등을 받아들이는 것은 생각할 수도 없는 일이었다. 또한 근엄한 청교도 성직자들은 성을 금욕적 대상으로 보았기 때문에, 밀턴 자신은 성을 결코 부정적으로 보지 않았음에도 불구하고 성을 "배설의 본질"로 보고 이혼법의 개정이 간통이나 간음을 방지하는 데에 이바지할 것이라고 주장한다(*CPW* 2: 248, 279). 육체적 욕망을 금기 대상으로 취급할수록 정신적 조화의 필요성을 입증할 수 있다고 보았는지도 모른다. 지금까지의 이혼법은 혼외의 성이나 성적 불능을 문제 삼았지만, 밀턴은 정신적 조화가 육체적 조화보다 더 중요함을 전제함으로써 정신적 적합성을 결혼의 첫 번째 조건으로 삼는 것이다.

1571년 영국 성공회 39개 신조(Thirty Nine Articles)에 의하여 잉글랜드의 결혼은 공적으로 성례에서 벗어나긴 했지만, 이혼에 관한 조항은 없었고, 결혼제도나 이혼은 교회법에서 국가법의 지배 아래 놓이게 되는 시점이었다. 그러나 샤론 에이킨스타인(Sharon Achistein)이 지적한 대로, 밀턴이나 영국혁명기의 공화주의자들에겐, 결혼 언약은 남편과 아내 사이의 계약일 뿐 아니라 관계된 인

---

232) Schiffhorst, *John Milton*, 30; Armitage, *Milton*, 11.

233) Corns, *John Milton*, 40.

간과 하나님 사이의 계약이었다.[234] 결혼을 신성한 언약으로 인정하면서도, 밀턴은 하나님이 인간의 외로움을 완화하고자 결혼을 제도화한 것으로 시작하여, 금방 하나님을 그 요인에서 빼버리고, 결혼을 인간의 통제권에 넣는다. 이에 따라 밀턴은 이혼에 관한 성경적 설명을 제공해야만 했다. 사실상, 당대의 종교적 규범으로 보면, 밀턴이 주장한 이혼론은 개인적 자유에 관한 것이자 종교적 질서에 관계되는 것으로서 당시의 종교계가 밀턴의 주장을 받아들이기에는 너무나 급진적인 주장이었다. 어떤 독자들은 밀턴의 주장을 자신들의 방탕을 정당화해 주는 것으로 왜곡하는가 하면, 이 책자를 음탕한 것으로 여기거나 자신들과 무관한 것으로 여기는 등, 저자로서는 달갑지 않은 반응들이었다. 그래서 『이혼의 교리와 계율』 개정판에서는 자신의 이름을 밝히고 대상 독자를 "성직자 회의와 더불어 영국 의회에 바침"(To the Parliament of England, with the Assembly)이라고 한정하고 있다.[235] 어니스트 써럭(Earnest Sirluck)이 지적하듯이, 밀턴이 영국 의회를 이혼법 개정을 위한 설득의 주요 대상으로 삼은 것은 성직자 회의를 통한 개혁의 가능성이 희박해졌다고 생각했기 때문이다.[236] 그러나 이는 밀턴이 이혼 논쟁의 중심을 종교적 문제에서 정치적 문제로 확장해가는 계기가 되었다고 볼 수도 있다.

또한, 이 시기를 시발점으로 하여 밀턴은 장로파에 등을 돌리고 독립파 진영에 가담하여 정치적, 종교적 투쟁을 계속하게 되었다. 교회로부터 시민생활을

---

234) Sharon Achnistein, "Early Modern Marriage in a Secular Age," *Milton in the Long Restoration*, eds. Blair Hoxby and ann Baynes Coiro (Oxford: Oxford UP, 2016), 368.

235) 여기서 "the Assembly"는 "Westminster Assembly of Divines"를 말하며 장기의회의 요청에 따라 영국 국교회의 개혁을 위하여 설립되어 1643~47년 사이 웨스트민스터 대성당에서 열린 종교회의였으며, 장로교 교리에 입각하여 신앙고백(Confession of Faith)을 만들었고, 대부분 장로교 성직자들이 참석하였으며 감독제 성직자는 참석하지 않았다. 이 고백서는 성서의 권위를 교리해석의 중심으로 삼고 있어서 밀턴의 신앙과 공통점이 있으나, 밀턴은 『이혼의 교리』에 대한 장로교 성직자들의 실망스러운 반응으로 인해 장로교로부터 점차 멀어지게 되었다.

236) Earnest Sirluck, "Introduction," *CPW* 2:139.

분리하려는 목적에서 보면, 그의 주장은 조합교회파와 장로파의 목적에도 부합되지만, 그 상세한 내용에 있어서는 장로교 교리와는 다르다. 유럽의 개신교나 영국 청교도와 같은 입장에서 밀턴은 결혼을 성례로 보지 않고 일반 시민 사이의 계약으로 본다. 영국 국교회나 로마 가톨릭교에서는 한쪽의 이교 신앙이 이혼의 유일한 사유가 되며, 간음은 별거의 사유가 될 뿐이다. 독일 종교개혁가들이나 스위스 칼뱅주의자들은 매춘, 간음, 살인, 독살 등으로 인한 이혼과 재혼을 허용하고 있으나, 영국 장로교는 그때까지 이혼 사유로 간음과 유기만 인정하고 있었다. 따라서 이혼에 관한 밀턴의 견해는 로마가톨릭, 영국 국교회뿐 아니라 장로교의 교리를 공격하는 것이었다. 다른 조합교회파 지도자들과 함께 그는 철저한 개혁을 요구한 것이며, 1641년 근지법안(Root and Branch Bill)에 의한 감독제의 폐지에 이은 새로운 개혁과제였다. 밀턴의 이혼론은 독일의 종교개혁과 영국왕 헨리 8세의 첫 이혼으로 거슬러 올라가는 청교도적 전통의 혁신적 결혼관과도 관계가 있다.[237] 이러한 근본적인 종교개혁을 요구하는 밀턴에게는 가정생활에 관련된 이혼 문제의 논의는 근본적인 공민적 자유를 위한 투쟁으로 이어질 수밖에 없었다.

그러면 『이혼의 교리와 계율』의 핵심적 논점은, 정신적 조화에 의한 진정한 만족과 자유를 보장하지 못하는 결혼은 "한 몸"(one flesh)이 아니라 도리어 "부자연스럽게 함께 묶인 두 시체," 혹은 "죽은 송장에 묶인 살아 있는 영혼"의 운명에 불과한 것이다(*CPW* 2: 326-27). 17세기 당시에 이미 남녀의 사랑이 다른 경제적, 사회적 조건들보다 중요하게 여겨지기 시작했다고는 하지만, 이혼의 관건이 될 수는 없었다. 이혼 논쟁의 첫 책자가 『이혼의 교리와 계율』이라는 서명으로 등장한 것은 왕이 국교의 수장인 사회에서 이혼 문제는 다분히 성경의 교리나 훈계를 따라야 하기 때문이었다. 따라서 그의 이혼론은 근본적으로

---

237) Nathaniel H. Henry, *The True Wayfaring Christian: Studies in Milton's Puritanism* (New York: Peter Lang, 1987), 23-25.

성서해석의 문제로 귀착될 수밖에 없었다. 당시로서는 성서적 교리나 훈계에 바탕을 두지 않는 주장은, 아무리 그것이 인간적 공감을 불러일으킨다고 하더라도, 무의미한 억지 주장으로 여겨졌다. 따라서 비록 밀턴의 이혼 논쟁이 가부장적, 성서적 전통의 범주에 묶여 있다는 인상을 주지만, 그 틀에서 나름으로 벗어나려고 시도한다는 점은 시대를 초월한 예언자적 자유정신의 발로라고 하겠다. 영국의 경우, 부부가 특별한 이혼 사유가 없더라도 이혼을 할 수 있도록 법 개정이 이루어진 것이 고작 지금으로부터 50여 년 전인 1971년의 일로서, 그의 이혼론은 3세기 이상을 앞서간 선구적 사상이었다.[238)]

밀턴의 이혼론은 하나님이 해체될 수 없는 결혼을 통해 인간을 불행하게 만들지는 않았을 것이라는 가정에 그 논거를 두고 있다. 이런 논거는 관련된 성서 구절의 재해석을 요구하였으며, 밀턴은 구약성서와 신약성서에 나타난 결혼 및 이혼에 관련된 구절들을 상호관계성과 텍스트상의 맥락 및 역사적 배경과 관련지어 재해석하였다. 이혼론에 관하여 밀턴이 제1차적으로 풀어야 할 문제는 이혼을 허용하는 구약성서의 텍스트와 이혼을 금하는 신약성서의 텍스트를 어떻게 조화시키느냐 하는 문제였다. 우선 그는 이혼을 허용하는 구약성서의 텍스트를 이혼론의 근간으로 삼고 이혼을 금하는 신약성서의 텍스트를 재해석하는 방식을 택한다. 『이혼의 교리와 계율』 제1권에서는 주로 구약성서에 나타난 이혼의 문제를 결혼의 근본적 목적과 관련지어 9개 항목에 걸쳐 조목조목 반박하고 있다. 다른 곳에서는 율법적 권위에 도전하며 신앙 양심의 자유를 주장한 그가 이혼 문제에 있어서 신약성서를 구약성서에 비추어 해석함으로써 일견하여 모순되어 보이지만, 결국 개인의 양심에 따른 판단을 중시한다는 점에서 일관성을 보여준다. 이혼을 허용한 성구로서 밀턴이 인용하고 있는 「신명기」 24장 1절은, "사람이 아내를 맞이하여 데려온 후에 그에게 수치되는

---

238) Corns, *John Milton*, 36 (epigraph for chap. 4).

일이 있음을 발견하고 그를 기뻐하지 아니하면 이혼 증서를 써서 그 손에 주고 그를 자기 집에서 내보낼 것이요."(*CPW* 2: 242)라고 되어 있다. 여기서 밀턴은 이혼 사유로 "수치되는 일"을 정신적 차원으로 끌어올리려는 새로운 해석을 시도한다. "수치되는 일"은 히브리어로 "당위의 결핍"(nakednes of ought) 혹은 "어떤 진정한 결핍"으로 해석될 수 있으며 육체뿐 아니라 정신에 관계된다는 것이다(*CPW* 2: 244). 해리스 플렛처(Harris Fletcher)는 이 구절이 구약성서에서 밀턴의 이런 해석을 가능하게 할 만큼 융통성 있게 여러 번 사용된다는 점을 지적한다.[239] 「신명기」 23장 14절에서는 불결한 것, 「이사야서」 20장 4절과 「사무엘 상서」 20장 30절에서는 수치나 모욕을 뜻한다는 것이다. 밀턴은 하나님이 아담을 창조하고 "사람이 독처하는 것이 좋지 못하니 내가 그를 위하여 돕는 배필을 지으리라"고 한 것은 "합당하고 행복한 대화가 결혼의 가장 주요하고 고귀한 목적"임을 뜻한다고 보는 것이다(*CPW* 2: 246). 이처럼 결혼의 목적이 부부의 육체적 관계보다 그들의 외로움을 덜어줄 정신적 동반자로서의 관계에 있다면, 그러한 목적이 성취되지 못하는 관계는 진정한 결혼이 될 수 없을 것이다. 이러한 정신적 불행에 빠진 남편은 성적 돌파구를 찾거나 남모를 정신적 고통을 겪으면서 삶을 낭비할 것이며, 이는 결코 하나님이 뜻한 결혼의 목적에 어긋난다는 주장이다. 율법에 대한 무지가 부부의 육체적 권리만 중시하고 정신적 고충을 경시하게 한다는 것이다.

나아가 결혼의 영적 목적에 대한 밀턴의 관심은 신약성서의 관련 구절에 관한 해석에 있어서 똑같이 적용된다. 바울이 "[정욕이] 불같이 타는 것보다 혼인하는 것이 나으니라"[240]고 한 구절에서 "불같이 타는 것"의 의미도 육체적 정욕에 국한하지 않고 타락 이전의 아담에게 준 욕망 즉 외로움을 피하기 위하여 적합한 영혼을 지닌 다른 사람의 육체와 합하려는 욕망이라고 해석한다. 따라서

239) Harris Francis Fletcher, *Milton's Semiotic Studies* (Chicago, 1926), 68.
240) 「고린도전서」 7:9.

"결혼은 강제된 동거나 마음에도 없는 의무의 실천이 아니라 거짓 없는 사랑과 평화로 이루어지는 계약"이다(*CPW* 2: 254). 이러한 계약의 목적을 이루지 못하는 결혼은 하나님이 맺어준 관계가 아니므로 이혼이 필요하다는 주장이다. 결혼 계약을 온전하게 하는 것은 결혼의 외적 연속이 아니라 평화와 사랑의 추구이며 그 방편이 결혼을 통해서일 수도 이혼을 통해서일 수도 있다는 것이다. 결혼과 이혼에 대한 이러한 목적론적 시각은 여태까지 일반적으로 이혼의 첫 번째 이유로 인정되어온 간음(fornication)보다 더 큰 이유, 즉 부부가 자녀를 낳아 신앙적으로 양육하는 것과 상호 간에 돕고 위로하는 것을 중시한다. 또한 결혼이 인간적 계약을 넘어서 하나님의 계약이기 때문에 인간이 해체할 수 없다는 주장에 대해서는, 그럴수록 부부의 주된 교제가 육체보다 영혼에 있는 만큼 가장 큰 위반은 육체의 결함이 아니라 정신적 부적합성이라고 항변한다.

이처럼 이혼에 관한 신구약 성서의 일관성을 전제하고 그리스도의 이혼 금지를 재해석하기 위해서 밀턴은 인류 전체에 적용되는 이혼의 사유를 원초적 결혼제도의 목적에서 찾는다. 결혼의 주된 목적은 사람(아담)에게 "돕는 배필"(help meet)을 갖게 하는 것이었으며, 그 목적이 성취될 수 없을 때 결혼은 무의미하게 된다. 당시의 교회법에 의하면, 성불능(impotence)의 경우 이혼이 허락되었는데, 이는 성불능이 결혼의 육체적 목적에 방해가 되기 때문이다. 성불능은 결혼의 육체적 목적만을 불가능하게 하지만, 정신적 부적합성이야말로 결혼의 일차적 목적인 정신적 교제를 불가능하게 하므로, 더 큰 이혼의 사유가 된다는 것이다. 이처럼, 흔히들 일원론자(monist)로 여겨지는 밀턴은 이혼 논쟁에 있어서는 결혼의 육체적 측면보다 영적 측면을 중시함으로써 이원론자(dualist)의 논리를 전개했다.[241] 모든 것을 설명할 수 있는 "카리타스"(Caritas; Charity), 즉 기독교적인 사랑의 원리에 의하면,[242] 하나님이 아담(Adam)에 이

---

241) Stephen M. Fallon, "The Metaphysics of Milton's Divorce Tracts," *Politics, Poetics, and Hermeneutics*, eds. Loewenstein & Turner, 69.

어 이브(Eve)를 창조한 목적이 그들의 행복을 위한 것이었으므로, 영혼을 파멸로 이끄는 불행한 결혼이 결코 하나님이 맺어준 것일 수 없다. 이렇게 보면, 하나님이 아담에게 "돕는 배필"(a meet help)을 약속한 것 자체가 바로 이혼을 허용하는 유일한 근거가 될 수 있다(*CPW* 2: 309). 다시 말하면, "본성상으로 그리고 영원하게 협력자가 되지 않는 여자는 아내가 될 수 없다"는 것이다(309).

『이혼의 교리와 계율』 제1판에서 주요 논점이자 가장 큰 약점으로 작용한 것은 이혼에 대한 모세와 그리스도의 상반된 견해를 조율하는 것이었다. 구약성서 「신명기」에 나타난 모세의 계명은 "수치되는 일"의 해석에 따라 이혼 사유를 육체적인 것으로부터 정신적인 것으로 확대할 수 있었으나, 신약성서 「마태복음」 등에 나타난 그리스도의 이혼 금지는 간음이라는 명백한 단어를 이혼의 조건으로 한정하고 있어 어휘 해석으로 해명하기에는 곤란함이 있었다. 그래서 그리스도가 간음 외의 사유로 이혼을 금한 것은 모세의 계명을 폐하려는 것이 아니고 바리새인들이라는 특정 집단을 겨냥하여 극단적 처방을 한 것으로 해석했다. 그러나 밀턴은 이러한 해석으로는 불충분하다고 생각했는지 『이혼의 교리와 계율』 제2판에서는 제1판에서 취했던 해석의 제한성을 탈피하여 이성과 자연 및 기독교적 자유의 개념을 적용하여 이혼의 보편적 필요성을 강조한다. 다만 그리스도가 모세의 이혼법을 철폐하려고 한 것이 아니라고 주장하기 위해 반감독제 산문에서 취했던 성서해석 방법과 반대되는 방식을 택하였다. 반감독제 산문에서는 구약성서의 율법보다 신약성서의 복음에 더 높은 권위를 부여하였으나 이는 유대민족의 정치적 율법의 경우이며, 도덕적 율법의 경우는 신구약 성서에 일관된 불변의 진리여야 한다고 이미 주장한 바 있다.[243]

---

242) 성 아우구스티누스(St. Augustine)는, "카리타스"란 "하나님을 위한 하나님 자신의 즐거움, 그리고 하나님을 위한 한 사람과 그의 이웃들의 즐거움을 지향하는 영혼의 감동"이라고 정의한다(Saint Augustine, *On Christian Doctirine*, trans. D. W. Robertson, Jr. [1958; New York: Macmillan, 1989], 88).

243) *Reason of Church Government, CPW* 1: 762-64.

이혼법은 도덕적인 문제이기 때문에 신구약 성서 전체에 걸쳐 일관성이 있어야 하며, 따라서 그리스도는 "그의 말로써 율법을 해석하려 한 것이 아니라 율법에 의해 그 자신의 말이 해석되도록 했다"는 것이다(*CPW* 2: 301). 하나님의 의지(will)는 둘이 아니라 하나이며 특히 상반된 두 가지 의지일 수 없으므로 올바른 이성과 같은 것이며 자연법에도 일치해야 하기 때문이다(292). 자연법에 따르면, 부적합성으로 인한 이혼은 자연적이며, 강제적으로 이혼을 금하는 것이 도리어 자연법과 율법에 어긋난다는 것이다.

성경해석은 말씀의 상황과 어원적 의미해석에 있는 만큼, 그리스도가 이혼 사유로 인정한 간음에 대해서도 밀턴은 재해석을 시도하였다. 그리스도는 사법적 성격의 법을 준 것이 아니며 그가 의도한 "간음"은 성서에서 다양한 의미를 지닌다는 것이다. 그래서 증인에 의해 확증된 실제적인 간음만이 이혼을 허용하는 사유가 되는지를 의문시하면서 이에 대한 그로티우스(Grotius), 요세푸스(Josephus), 벤 게르솜(Ben Gersom) 등을 언급한다. 이들은 성서에 나타난 간음은 남편을 멸시하는 경향이 있는 지속적인 완강한 행위나 남편에 대한 반항 혹은 불순종이라고 보았다.[244] 사실상 그리스도가 이혼 문제를 거론한 당시의 율법에 따르면, 간음 중에 잡힌 여자는 돌로 쳐 죽이도록 규정하고 있었기 때문에 이혼에 의존할 필요가 없었다. 따라서 이혼 사유가 되는 간음은 실제적 행위에 국한되는 것이 아니라 그러한 의심을 유도하는 다양한 행위들로 확대된다. 이러한 해석상의 확대는 결국 이혼 문제는 율법에 의한 규제보다 양심에 따른 판단에 맡겨져야 한다는 결론에 도달한다. 남녀의 설명할 수 없는 비밀스러운 불만의 요인들을 당사자가 아닌 국가법이나 종교법으로 판단하는 것은 양심 위에 권위를 두는 가톨릭적인 발상이라는 것이다.

그러나 이혼 문제가 종교법의 개정으로 해결될 수밖에 없는 상황에서 연관

244) *Doctrine and Discipline*, *CPW* 2: 334-37.

된 성서 구절의 해석이 논쟁의 관건이었기 때문에 밀턴은 새로운 해석을 통해 이혼의 문제를 개인의 신앙 · 양심적 판단에 따른 종교적 자유의 문제로 부각시킨 것이다. 정신적 적합성이 결핍된 부부의 관계는 필수적인 사랑의 위안이 없으므로 피해자는 가정 밖에서 위안을 찾고자 할 것이며, 그렇지 않으면 절망에 빠지거나 하나님의 섭리에 도전하게 될 것이다. 이 경우 율법에 따라 이혼의 두 번째 사유로 인정되는 어느 일방의 우상숭배만큼이나 이혼의 사유가 된다. 우상 숭배자와는 이혼하도록 한 유대의 법은 두 가지 이유, 즉 의식적 부정(ceremonial uncleanness)과 신앙의 위험인데, 전자는 의식적 율법의 폐지와 더불어 사라졌으며 후자는 기독교 신앙 규범 안에서 도덕적이자 영원한 것으로서 복음의 자유 아래서는 명령이 아니라 충고이며 허용이다. 따라서 우상숭배로 인한 이혼이 그리스도인의 자유이듯이 부적합성으로 인한 이혼도 자유이다. 밀턴은 그리스도가 간음 이외의 일시적 이유로 인한 이혼은 금했지만, 자연적인 영구적 불만으로 인한 이혼은 허용했다고 해석한다(*CPW* 2: 331). 그리스도가 바리새인들에게 간음 이외의 이혼을 금한 것은 그들이 일시적 사소한 이유를 들어 이혼을 남용했기 때문이라는 것이다. 그러므로 이혼 문제에 대한 사법권을 제멋대로 행사하려는 것은 가톨릭적인 폭압일 뿐이다. 밀턴은 반감독제 산문에서 국가권력으로부터의 교회의 독립과 신자 개인의 자의적 신앙 양심을 주장하였듯이 이혼 논쟁 산문에서는 이혼의 권한을 개인의 양심에 두었으며 그렇게 복구하고자 하였다. 결혼이나 이혼은 중립적인 것(a thing indifferent)으로서 세속적 권력이 결혼을 강제할 수 없듯이 이혼을 간섭할 수도 없다. 따라서 국가권력은 부부 쌍방의 요청에 의하지 않고는 이혼에 관여할 권한이 없다. 밀턴은 이혼을 죄악시하는 것은 하나의 미신일 뿐이라고 단정한다: "세상에서 가장 무거운 짐은 미신이다. 교회의 의식에 대해서도 그렇고 가정에서의 상상적인 헛된 죄에 대해서도 그러하다"(*CPW* 2: 228). 바울이 "모든 것을 사랑으로 하라"[245]고 권면한 것처럼 하나님이 허용한 것을 교회법이 금지하는 것은 가톨릭적 미신이라는 것이다.

밀턴의 이혼론은 단순히 개인의 종교적 자유문제일 뿐 아니라 정치적 투쟁의 한 과정이기도 하다. 그는 한 개인과 잘못된 결혼의 관계를 한 나라의 국민과 옳지 못한 정부의 관계에 비유함으로써 이혼론을 정치적 개혁의 차원으로 끌어올린다.

> 결혼하는 자는 신의를 맹세하는 자가 그렇듯이 그 자신의 파멸을 꾀할 의향은 거의 없습니다. 그리고 한 개인과 잘못된 결혼과의 관계는 전체 국민과 나쁜 정부와의 관계와 같습니다. 만일 국민이 어떤 권위, 계약 혹은 법규에 저항하여, 사랑이라는 최고의 명령에 따라, 그들 자신의 삶뿐만 아니라 정직한 자유를 부당한 속박에서 구해낼 수 있다면, 이와 마찬가지로, 한 개인은 결코 자신에게 해가 되게끔 맺지 않은 어떤 개인적인 계약에 저항하여, 정직한 평화와 정당한 만족을 해치는 견딜 수 없는 방해에서 그 자신을 구원할 수 있을 것입니다. (*CPW* 2: 229)

폭군의 통치하에 신음하는 국민이 혁명을 통해 새로운 정부를 세우듯이 잘못된 결혼으로 고통받는 개인은 이혼을 통해 새로운 출발을 해야 한다. 결혼 서약에서 표현되지 않았더라도 부부의 한쪽이 간음하면 그 계약이 취소되고 이혼이 성립되듯이, 왕(혹은 국가)이 폭정을 자행한다면 국민은 그에게 충성할 의무가 없어지고 위탁한 권력을 회수할 수 있다는 것이다. 왕이 국민의 신뢰를 잃었을 때 국민이 그로부터 권력을 회수할 수 있느냐 없느냐의 문제는 밀턴 당시 왕정주의자들과 의회주의자들 사이의 논란거리가 되었고 권력관계를 결혼의 부부관계에 비유하기도 하였다. 다만 밀턴은 결혼 계약의 취소를 부부의 별거를 넘어서 이혼으로까지 확대한 것이다. 밀턴에게 있어서 이혼의 자유는 정치적 개혁을 위한 기초적 준비작업의 하나였다고 할 수도 있다. 사회의 최하위

245) 「고린도전서」 16:14.

단위로 볼 수 있는 가정 내에서의 개인의 양심적 판단의 자유는 국가권력이나 종교로부터의 개인의 자유를 확보하는 하나의 과정이기 때문이다. 한 국가를 개혁하고자 하는 자는 "하나님이 제한한 것을 풀지 않도록 하는 만큼이나 그가 풀어놓은 것을 제한하지 말아야 한다"는 주장이다(227). 따라서 밀턴에게 있어서 교회법에 따른 이혼 금지는 하나님이 제한하지 않은 개인의 자유를 교회나 국가가 침해하는 것에 불과하다.

(2) 『마틴 부커의 이혼관』

『마틴 부커의 이혼관』(*The Judgment of Martin Bucer Concerning Divorce*, 1644)은 밀턴이 의회에 바치는 서한문과 함께 부커(1491-1551)의 글을 발췌 번역한 글이다. 부커의 글이야말로 밀턴의 이혼 논쟁에 더없이 좋은 호재였다. 부커는 자의에 반하여 열다섯 살에 수도원 생활을 시작하여 도미니크회의 수도사(Dominican friar)였으나 서른 살에 탈퇴하여 수녀 출신 소녀와 결혼하였고, 루터(Luther)와 츠빙글리(Zwingli)의 조수가 되어 독일 개혁신학자로서 명성을 얻었으며 이혼을 옹호하기도 하였다. 슈트라스부르크(Strasbourg)에서 개신교 지도자로 활약하던 그는 로마 교황 샤를 5세(Charles V)에 의해 추출되어 영국으로 건너갔다. 그는 젊은 에드워드 6세(Edward VI)의 환대를 받고 케임브리지 대학에 교수로 근무하게 되었으나 곧 사망하였고, 가톨릭교도인 메리 여왕의 등극과 더불어 부관참시를 당했다. 당시 독립파나 분리파 교회 신도들에 대한 반대는 그들이 로마가톨릭교는 물론 루터나 칼뱅의 개신교와도 구분되는 노선, 즉 재세례파(Anabaptists)와 같은 제3의 세력과 연계되어 있다는 시각에서였다.[246] 사실상, 루터는 재세례파의 제재를 인정하였으며, 부커도 재세례파가 기

246) 재세례파는 16세기 스위스 취리히(zurich)에서 발생한 종교개혁 운동의 급진 좌파 그룹으로서, 훌트리치 츠빙글리(Huldrych Zwingli)가 취리히 종교의식을 성서적 표준에 맞추지 못하고 세속적 권력에 동조하여 즉각적 개혁을 추진하지 않고 있다고 생각하여 반기를 든 일단의 젊은이들에

독교 공동체의 통일을 위협한다고 생각하여 그들의 종파주의를 배척하였고 루터를 추종하는 개신교도들의 존경을 받는 인물이었다. 따라서 밀턴은 이혼에 대한 자신의 견해가 부커의 것과 일치한다는 점을 역설함으로써 이해를 구하고자 했으며 나아가 자신을 포함한 독립파에 대한 반감을 줄이고자 한 것이다.

『부커의 판단』에서 밀턴은 본론으로 들어가기에 앞서 서론을 대신하여 「학식 있는 자들이 마르틴 부커에 관해 제공한 높은 찬성의 증거」(Testimonies of the high approbation Which leanred men have given of Martin Bucer)를 첨부하고 있다. 이렇게 개신교 신학자이자 가톨릭교에 의해 유린당한 개신교 순교자로서의 부커의 이미지를 독자인 의원들에게 각인시키고 이혼에 관한 그의 주장을 소개함으로써 밀턴은 그 자신의 이혼론을 개인적 주장으로서가 아니라 프로테스탄트 맥락 속에서 이해하도록 유도하고 있다. 그리고 연이어 의회에 주는 서간문에서 밀턴은 "제가 쓴 것은 제 견해가 아니라 저의 지식이었다"라고 선언하고 있다. 이처럼 개신교 개혁가들의 전통적 대열에 자신을 속하게 함으로써, 밀턴은 자신을 공격하고 있는 장로파를 과거 부커를 핍박했던 가톨릭교도들과

의해 시작되었다. 루터의 복음주의를 추종하던 발타자르 후프마이어(Balthasar Hubmeier, 1480?-1528)는 1523년 유아세례에 회의감을 품고 츠빙글리와 토론하였고, 이로써 츠빙글리는 물론 펠릭스 만츠(Felix Manz, 1500?-1527)와 콘래드 그레벨(Conrad Grebel, 1498-1526)까지 동조하여 1525년 시의회와 이에 대관 공개토론을 하게 되었다. 그 결과 도리어 재세례파에 대한 탄압이 시작되었고 재세례파는 성인 세례를 주장하며 국가교회에 도전하였다. 그해 초 첫 번째 성인 세례가 졸리콘(Zollikon)에서 있었으며, 그 교의는 복음주의적 재세례파의 확신을 대변하는 쉴라이트하임 신앙고백(Schleitheim Confession, 1527)으로 나타났다. 주요한 교리는 성인 세례식이었으나, 사실상 유아세례를 부정했기 때문에 그들 스스로는 재세례주의자로 불리기를 거부했다. 스위스에서 시작된 재세례파의 이념은 그 후 독일, 스위스, 네덜란드, 모라비아 등으로 확산하였으며, 종교개혁기가 끝날 무렵 재세례파 회중은 모라비아에서 멀리 떨어진 프러시아, 폴란드, 영국 등지에까지 퍼져나갔다. 재세례파의 급진적 주장 때문에 후프마이어를 위시하여 토머스 뮌저(Thomas Muntzer), 한스 후트(Hans Hut) 등 많은 지도자가 처형되거나 박해를 받았다. 모라비아의 경우, 제이콥 후터(Jacob Hutter)의 주도하에 공산 집단이 생겨나기도 했으며, 이는 오늘날까지도 미국 서부와 캐나다 등지에 남아 있다. 송인설 역, 『기독교회사』(*A History of Christain Church*) (크리스천 다이제스트, 1993), 505-12 참고.

일치시키고 있다. 또한 그는 이혼에 대한 자신의 견해와 독일의 저명한 신학자 파울루스 파기우스(Paulus Fagius)의 견해 사이의 유사성을 제시하기도 한다. 청교도 신앙에 따라 통치했던 에드워드 6세 치하에서 정중하게 대우받았던 신학자들과 공유된 자신의 이혼론이 결코 수용할 수 없는 과격한 이념으로 치부되어서는 안 된다는 것이다. 그러나 밀턴이 부커의 주장을 소개하였다고 하여 그가 부커의 견해를 전적으로 답습한 것은 결코 아니다. 밀턴의 주장에 따르면, 『이혼의 교리』 제2판이 발행된 후 약 3개월이 지나서야 그가 당시 종교개혁의 지도자로 추앙받아온 부커가 자신과 같은 의견을 갖고 있었음을 알게 된다.[247) 다시 말하면, 『이혼의 교리』는 성서에 근거한 자신의 독자적 의견이었다는 것이다. 따라서 『부커의 판단』은 밀턴이 자신의 판단을 다른 외적 근거에 의해 형성하려 했다기보다는, 고군분투하던 그가 교부들과 로마법 그리고 종교개혁의 주창자들에게서 그의 원군을 찾은 결과의 산물이라고 보아야 한다. 그는 자신의 주장을 관철하기 위해 부커의 글을 번역하여 소개함으로써 다시 한 번 의회를 설득하고자 한 것이다. 장로교 성직자들의 개혁 의지를 의심하게 된 그는 웨스트민스터 성직자 회의를 무시하고 의회만을 상대로 서간문을 썼으며, 전통과 관습의 숭배자들에 의해 의회가 이끌려가지 말도록 경고하고 있다(*CPW* 2: 439). 이제까지 주교에 대항하여 함께 투쟁해오던 동지들까지도 믿을 수 없다고 생각하게 된 모양이다. 『이혼의 교리』가 두 판이나 출판되어 매진되는 동안 딴전이나 피우는 자들에게 더이상 기대할 것이 없다고 결론을 내린 것이다.[248)]

한마디로, 『부커의 이혼관』에서 사용된 전략은 우회적이라고 할 수 있다. 밀턴의 중상자들이 그와 부커의 공통된 의견을 성경적인 차원의 반박이 아닌 관습에 의한 편견에서 모략한다는 것은 교황의 군림으로부터 영국을 해방하기 위해 독일로부터 불려왔던 부커에 대한 중상이 될 것임을 경고한 것이다. 그래

247) "To the Parliament," *The Judgement of Martin Bucer Concerning Divorce*, *CPW* 2: 435.
248) *Tetrachordon*, *CPW* 2: 436-37.

서 책 앞부분에 부커에 관한 종교지도자들의 칭송 글들을 발췌하여 싣고, 의회에 주는 자신의 서간문 형식의 글을 제공한 후, 드디어 부커의 글 『그리스도의 왕국에 관하여』(*Of the Kingdom of Christ*)를 발췌 번역하여 소개하고 있다.[249] 의회에 주는 글에서 밀턴은 그가 『이혼의 교리』를 쓰던 중 스웨덴 출신 위고 그로티우스(Hugo Grotius)의 글을 읽게 되었음을 언급하며, 사랑(charity)의 원칙과 결혼의 진정한 목적에 관심을 가지고 이 문제에 관여하게 되었음을 밝히고 있다. 또한 파울루스 파기우스에 대해서도 언급하면서 이들과 뜻을 같이하도록 이끈 것은 "하나님의 특별한 섭리"임을 밝힌다(*CPW* 2: 437). 그러나 정작 본론에 해당하는 부커의 글은 어떤 새로운 내용을 소개하려는 목적이 아닌 만큼, 앞서 자신의 산문 『이혼의 교리와 계율』에 대하여 쏟아졌던 비난에 대응하여 신학적 증인을 세운 셈이다. 밀턴이 번역한 글 중에 가장 긴 작품인 『부커의 판단』은 단순한 자구적인 번역이 아니라 선별적으로 발췌 및 압축한 것으로서 문학성도 뛰어나다. 따라서 밀턴의 사상을 연구하기 위한 가치도 있지만, 그보다는 창작에 버금가는 문체상의 특징에 더 주목하게 된다.

『부커의 이혼관』은 부커의 글을 번역한 것에 불과한 만큼, 밀턴의 이혼 논쟁의 맥락을 넘어서 그의 사상적 전모와 관련지어 판단할 필요가 있다. 마지막에 첨부된 「후기」(A Post-Script)에서 밀턴은 부커와 에라스무스를 다시금 언급하면서 언론의 자유와 관련지어 자유사상을 토로한다.

그리로 만일 이러한 그들의 책들이 . . . 기성 교리에 위배됨에도 불구하고 진

---

249) 원제는 *De Regno Christi*로, 『영국의 성서』(*Scripta Anglicana*, 1577)에 실린 글이었다. 밀턴이 번역한 부분은 결혼 문제는 교회가 아닌 국가에 의해 통제되어야 한다는 점, 신약성서에서 간음 외의 사유로는 이혼을 금지한 듯한 구절은 자유분방한 이혼에 대한 항의로서 문맥과 역사적 상황에 따라 해석되어야 한다는 점, 그리고 초대교회는 이 구절이 간음 외의 이혼을 모두 금한 것으로 해석하지 않았다는 점 등이며, 이 중 마지막 내용은 나중에 나오게 되는 밀턴의 『테트라코든』(*Tetrachordon*)에서 많이 이용된다.

리를 전파하기 위해 출판을 거듭하면서, 똑같은 것만을 포함하고 있는 나의 책이, 개혁의 시대, 자유 언론의 시대에, 출판 허가를 받지 못한다면, 지금 우리 사이에서 진리가 진리이기 위해 혹은 자유가 자유이기 위해 고통을 받아야 하고, 우리의 모든 희망과 노고가 헛되이 새로운 족쇄와 속박의 위험에 다시금 처하지 않을지, 그리고 학식이 무지에 의해 (우리의 적대자들이 너무나도 예언적으로 두려워했던바) 유린당하는 과정에 있지는 않은지를 가장 현명하신 여러분께 묻고 싶습니다. (*CPW* 2: 479)

이처럼 밀턴은 이혼에 대한 부커나 에라스무스(Erasmus)의 글들은 자유롭게 읽히고 있음에도 불구하고 자신의 글은 중상모략 받는 것에 대해 이의를 제기하고 있다. 그리고 이혼 문제의 성서적 해석을 떠나 언론의 자유와 관련지어 의회의 각성을 촉구함으로써 종교개혁을 개인적, 사회적 자유의 문제로 부각하고 있다. 글 마지막에는, 진리와 자유가 다시 속박되는 일이 없도록 경계할 것을 의원들에게 호소하는 것으로 글을 마무리 짓는다. 결국 밀턴이 이혼의 자유 문제를 주장한 가장 큰 이유이자 결과는 그의 기독교적 휴머니즘에서 찾을 수 있다. 아서 바커(Arthur Barker)의 주장처럼, 밀턴의 이혼론은 청교도 정신이 갈라놓은 기독교인으로서의 인간과 인간으로서의 인간 사이의 간극을 연결해주었다고 할 수 있다.[250] 이와 같은 의미에서, 이혼론 산문들은 『교육론』과 『아레오파기티카』와 더불어 밀턴의 가정적인 혹은 개인적인 기독교적 자유사상을 추구한다.

(3) 『테트라코돈』과 『콜라스테리온』[251]

『테트라코돈』(*Tetrachordon*)은 표지에 기록된 것처럼 "결혼 혹은 결혼의 무

---

250) Arthur Barker, *Milton and the Puritan Dilemma 1641-1660* (Toronto: U of Toronto P, 1942), 118.

251) 이 두 산문은 『아레오파기티카』보다 몇 개월 뒤에 출판되었으나, 『아혼의 교리』와 같은 맥락의 이혼 논쟁이므로 본서에서 먼저 다루기로 한다.

효를 다루는 성서의 주요한 네 구절에 대한 해설"이다. 장르적으로 본다면, 성경해석에 관련된 하나의 신학적 주석에 해당한다고 할 수 있다. 제목부터가 좀 생소하여, 이 산문이 출판되고 얼마 안 되어 쓴 소넷 11번에서 밀턴은 독자들이 그 뜻을 제대로 이해하지 못하였음을 언급하고 있다.[252] 그러나 이처럼 애매한 제목을 택한 것은 전통에 젖어 있는 단순한 일반 독자들을 의도적으로 배제하려는 것으로 보인다. "테트라코돈"은 고전 희랍어에서 유래한 말로서 네 개의 현으로 된 악기의 이름이었다. 이 말에서 유래된 "테트라코드"(tetrachord)는 밀턴 당시 제한적으로 사용되었던 단어로서 "테트라코돈"을 뜻하기도 하고 4음계 혹은 4음계의 첫 음과 마지막 음 사이의 간격을 뜻하기도 하였다. 비유적으로 보면, "테트라코돈"은 성서에 나타난 이혼에 관한 네 구절, 즉 「창세기」 1장 27-28절, 「신명기」 24장 1절, 「마태복음」 5장 31-32절 및 「고린도전서」 7장을 조화롭게 연주(해석)한다는 암시도 된다. 이들 성서 본문들을 해석하고 상호 간의 보충적 해석을 함으로써 『이혼의 교리와 계율』 제2판보다 더 긴 산문이 되었다. 정치와 도덕의 기준을 성서에 두었던 당대 영국의 상황을 고려한다면, 잘못된 결혼의 사슬에 묶여 있는 자들을 해방할 방안은 무조건 이혼의 자유를 강변하는 것이 아니라, 이혼에 관한 성서 구절들을 종합적으로 재해석함으로써 교리상으로 이혼의 자유가 허용되도록 해야 했다. 교리상의 재해석이 가능하다면 이에 따른 새로운 법안을 세울 수 있을 것이기 때문이다.

먼저, 이혼을 확실하게 허용하고 있는 구약성서 「신명기」 24장 1-2절에 관

252) Milton, 소네트 11, 1-8행:

최근 『테트라코돈』이라 불리는 한 권의 책을 썼다네.
그런데 형식과 문체 두 가지 문제가 긴밀히 짜인 글이었다네.
새로운 주제였고, 한동안 읍내의 화젯거리였지.
상당한 지성인들이 관심을 끌었으나 이젠 눈여겨보지 않는다네.
진열대 독자는 소리치기를, 맙소사 책 표지를 보고
책 제목이 이게 뭐야 한다네! 그리고 누군가 마일엔드 그린까지
걸어갈 동안, 줄지어 선 몇 명은 철자를 잘못 읽고 서 있다네."
[여기서 "마일 엔드 그린"은 런던 동쪽에 있는 지역을 가리킴].

하여,[253] 밀턴은 두 가지 의문점을 지적한다. 이것이 율법이냐 아니냐의 문제와 "수치되는 일"(some uncleanesse)이 무엇을 의미하느냐의 문제이다. 밀턴은 이혼을 허용한 이 구절이 명백한 성서적 율법에 근거하고 있음을 하나님의 모든 율법의 정당성을 들어 논증한다. 바리새인(Pharasee)처럼 이 율법을 단순히 방종의 허용으로 간주하지 않도록, 모세(Moses)는 이혼의 이유로 "수치되는 일"의 경우에 한정하고 있다. 여기서 밀턴은 "수치되는 일"을 육체적 간음만을 뜻하는 것으로 보는 것은 어리석은 해석이라고 단정한다. 탁월한 이혼론을 내놓았던 에라스무스(Erasmus)가 이를 육체적인 것에 한정하지 않은 이래, 히브리어 본문을 이해하게 된 성서 주석가들은 "수치되는 일"을 원문에 입각하여 문자 그대로 "어떤 사물의 결핍"(the nakednes of any thing)으로 해석하게 되었으며, 이를 육체적인 측면뿐 아니라 정신적인 측면에 적용하여 본성상의 "어떤 결함, 성가심, 혹은 나쁜 성품"을 뜻하는 것으로 해석하였다는 것이다(*CPW* 2: 620). 밀턴은 이러한 해석에 근거하여 하나님은, 육체나 정신에 있어서 변경할 수 없을 정도로 마음에 들지 않을 경우, 이혼을 허용한 것이라는 결론에 도달한다. 그리고 이러한 율법의 진의가 훼손되고 무시되는 시대에는 성서적 이유에 여러 가지 이유를 첨가할 필요가 있다면서, 이혼을 허용해야 하는 열두 가지 항목에 이르는 이유를 원본 기준으로 열한 쪽을 할애하여 제시한다.

이혼 논쟁에서 밀턴이 직면한 보다 큰 장벽은 신약성서 「마태복음」 5장 31-32절에 분명히 나타난 예수의 이혼 금지이다.[254] 이미 『이혼의 교리와 계율』 개정판에서 밀턴은 이 구절에 대한 새로운 해석을 시도한 바 있다. 예수가

---

253) "[1]사람이 아내를 취하여 데려온 후에 수치되는 일이 그에게 있음을 발견하고 그를 기뻐하지 아니하거든 이혼 증서를 써서 그 손에 주고 그를 자기 집에서 내어보낼 것이요 [2]그 여자는 그 집에서 나가서 다른 사람의 아내가 되려니와"(「신명기」 24:1-2).

254) "[31]또 일렀으되 누구든지 아내를 버리거든 이혼 증서를 줄 것이라 하였으나 [32]나는 너희에게 이르노니 누구든지 음행한 연고 없이 아내를 버리면 이는 저로 간음하게 함이요 또 누구든지 버린 여자에게 장가든 자도 간음함이니라"(「마태복음」 5:31-32).

이혼을 금지한 것은 당시 성적으로 너무 문란하고 마음 내키는 대로 쉽게 이혼했던 바리새인을 상대로 한 것으로 「신명기」에 나타난 모세의 율법을 부정하는 것이 아니라는 것이다. 즉 예수의 이혼 금지는 바리새인이라는 특정 집단을 대상으로 한 것으로서 불변의 금기사항은 아니라는 것이다.

그리고 이혼이 결혼의 존엄성과 평화를 위해 필요한 것이라는 밀턴 특유의 역설적 주장은 결혼의 정신적 측면을 강조한다. 육체적 부조화만을 문제 삼아 이혼을 허용하는 기존의 성경해석은 정신적 조화를 도외시한 것으로 문제가 있다는 것이다. 결혼은 성적인 관계를 통해서 뿐만 아니라 정서적, 이념적, 지성적 적합성을 통해서 성취되는 것이기 때문에 그러한 목적이 근본적으로 좌절되는 경우 결혼의 의미가 상실된다고 보기 때문이다. 밀턴은 정신적 혹은 영적 적합성을 결혼의 육체적 적합성보다 더 중요한 조건으로 주장함으로써 정신적 가치를 더 강조하는 인간적 주장을 하는 반면, 이혼의 이유가 되는 잘못된 결혼의 해악을 묘사함에 있어서는 지나칠 정도로 무차별적 비유를 사용한다. 예를 들자면, 살아 있는 사람에게 묶여 있는 썩는 송장의 이미지라든가 원시적 수술을 통해 도려내야 하는 부패하는 살의 이미지는 실패한 결혼의 해악을 정신적 차원에서 육체적 차원으로 격하시키는 측면도 없지 않다. 그러나 이미지란 어차피 시각적으로 제시되는 것이므로 밀턴의 의도는 부부의 정신적 관계가 육체적 관계 이상으로 중요하며 정신적 부조화는 부부의 공존을 불가능하게 한다는 점을 강조하는 것이다.

밀턴의 산문 연구로 유명한 토머스 콘즈는 『테트라코돈』에서 밀턴이 추상적 차원에서는 여성의 가치를 동시대인들보다 더 높이고 있지만 기이한 이미지들을 통해 여성을 비하하고 있다고 주장하면서, 밀턴의 "성의 정치"(gender politics)가 혼란스러움을 지적한다.[255] 그러나 밀턴의 시에 나타난 여성관의 경

255) Corns, *John Milton*, 52.

우 추상적 이론에 있어서는 성서적 가부장제를 따르면서도 실제적 묘사에서는 남녀의 조화로운 사랑을 강조하고 있다.[256] 가부장적 사회에서 가부장적 의원들을 독자로 하는 글에서 남성의 관점에서 이혼론을 전개하는 것은 당연한 일이며, 따라서 그 이미지가 여성을 비하하는 것으로 해석하기 쉬우나, 밀턴은 이혼의 자유를 결코 남성에게 한정하고 있지 않다. 결혼의 제1차적 목적을 "경건을 이루는 남녀 상호 간의 도움"(a mutual help to piety)으로 보았듯이(*CPW* 2: 599), 여성의 일방적 도움을 강조하는 것이 아니며, 단지 당시의 가부장적 사회의 언어를 통하여 결혼의 목적과 이유를 설명했을 뿐이다. 사실상, 밀턴은 때에 따라 여성이 남성을 다스려야 한다는 주장도 한다. 그는 「고린도전서」 11장 등에서 "여자의 머리는 남자니"라는 구절을 인용하면서 사도 바울(St. Paul)의 노선을 따라 남자의 우위성을 주장하지만, 그 예외를 인정한다. 만일 여성이 그녀의 남편보다 신중하고 재치가 있다면, 그리고 남편이 만족스럽게 양보한다면, 특별한 예외가 일어날 수도 있을 것이다. 이런 경우에, 자연적인 법칙이 개입되어 남녀를 불문하고 상대적으로 더 우수하고 현명한 자가 그렇지 못한 자를 다스릴 수 있어야 하기 때문이다(*CPW* 2: 589).

현대적 관점에서 본다면 밀턴이 이혼 문제를 남성의 문제로만 다루고 있다는 비난이 있을 수 있으나, 당시의 상황을 미루어 보면, 이 정도의 주장도 검열을 통과할 수 없는 급진적 주장이었고 그의 상대는 가부장제적 전통을 신봉하는 자들이었음을 고려해야 한다. 밀턴이 남성중심적 혹은 가부장적 성 이데올로기의 언어를 사용한다고 하더라도, 이는 독자들의 반응을 누그러뜨릴 의도였다고 보인다.[257] 당시로서는 극좌 운동권에 해당할 만한 공산주의 집단이었던 디거즈마저도 기껏해야 남자들 간의 평등한 선거권을 주장할 정도였다. 오늘날

256) 송홍한, 「밀턴의 시에 나타난 그의 여성관」, 『밀턴 연구』 제7집 (밀턴과 근세영문학회, 1997) 참조.

257) Thomas Corn, *Uncloistered Virtue* (Oxford: Clarendon, 1992), 44.

기준으로는 미흡할 수밖에 없는, 남자들 사이의 이런 평등 주장이 결과적으로는 모든 남녀 성인의 평등한 선거권을 가능하게 한 시발점이었다. 마찬가지로, 남성을 중심으로 논의한 듯한 이혼의 문제는 결국 모든 남녀에게 확대될 수밖에 없는 개인 양심과 신앙적 판단의 자유를 위한 투쟁이며 그 초석이었다고 하겠다. 그리고 밀턴에게 있어서 이혼의 문제는 궁극적으로 자유를 위한 정치적 투쟁임도 고려해야 한다. 따라서 밀턴의 이혼론은 남성 중심으로 논의를 전개하고 있는 것처럼 보이지만, 남녀 양성 모두의 행복을 염두에 두고 있다고 하겠다. 데이비스의 지적처럼, 밀턴이 결코 남녀가 대등하다고 보지는 않지만 진정한 정신적 조화를 이룬 결혼은 타락 이전의 관계를 회복시켜 줄 수 있는 것으로서 남녀평등의 현대적 개념 이상의 의미를 지니는 것이다.[258] 타락 이전의 경우엔 남녀평등의 문제가 중요시되기보다 그 이상의 개념인 조화로운 관계가 강조되고 있어, 남녀는 제각기 다른 역할과 개성에도 불구하고 불평 없이 조화를 이루며 지고의 행복을 향유하는 관계로 묘사되는 것이다.[259] 이렇게 볼 때, 이혼론을 제기한 산문들에서, 밀턴이 개인적인 목적을 추구한 것이 아니라, 그의 개인적 경험이 그에게 그러한 문제에 관심을 가지도록 작용하였을 뿐이다. 다만, 가부장제 아래에서 이혼이 최선의 해결책일 수밖에 없는 남녀의 정신적 부조화를 다루는 글이므로, 여성의 부정적인 면에 초점을 맞추고 있다고 볼 수 있다.

다음으로, 『콜라스테리온』은 『테트라코돈』과 마찬가지로 고전 희랍어에 기원을 둔 말로서 형벌의 장소나 도구를 의미하는 단어의 음역(音譯)이다. 어니스트 서럭(Earnest Sirluck)은 밀턴이 "콜라스테리온"이라는 서명을 채택하면서,

---

258) Davies, *The Idea of Woman*, 182

259) 이 점을 가장 심도 있게 해부한 학자는 아마 다이앤 맥콜리(Diane Kelsey McColley)이다. 그녀는 『밀턴의 이브』(*Milton's Eve*, 1983)에 이어 『낙원의 풍미』(*A Gust for Paradise*, 1993)에서 그녀의 지론을 더욱 넓혀서 양성의 조화를 우주론으로까지 확장한다. 밀턴이 이브야말로 "예술가[밀턴]의 말하는 초상"이자 "시적 상상력"의 상징이라고 주장한다(*A Gust*, 126).

그리스의 풍자작가였던 루키아노스(Luician)가 고전 하계(Underworld)를 배경으로 쓴 풍자적인 대화록 『메니푸스』(*Menippus*)에 나오는 구절, 즉 "그리고 나서 심판의 자리를 떠나, 우리는 형벌의 자리로 왔다네"라는 구절을 염두에 두었을 것이라고 지적한다.[260] 따라서 『테트라코돈』이 이혼 문제에 있어서 올바른 판단(재판)을 하도록 하기 위한 것이었다면, 『콜라스테리온』은 정죄 받은 범인에게 형벌을 가하기 위한 것으로 볼 수 있다.[261] 비록 이 책자에서 밀턴이 자신의 이혼론 책자를 비난했던 모든 비난자를 겨냥하고 있긴 하지만, 주모자로 지목하는 대상은, 『『이혼의 교리와 계율』이라는 제명의 책에 대한 답변, 혹은 이혼에 대한 신사 숙녀 및 모든 기혼 부인들을 위한 답변서』(*An Anser to a Book, Intituled, The Doctrine and Discipline of Divorce, or, A Plea for Ladies and Gentlemen, and all other Married Women against Divorce*, 1644)를 쓴 익명의 저자였다. 이 익명의 저자가 밀턴의 이혼론에 대하여 책자 분량의 반론을 제기한 유일한 반론자였다. 그는 밀턴이 상당한 내용을 첨가한 이혼론 산문의 개정판이 아니라 첫째 판을 비판하는 데에 그쳤다. 그래서 밀턴은 10개 항목에 걸쳐 상대의 주장을 조목조목 인용하면서 풀이하거나 인신공격성 비난을 서슴지 않는다. 즉, 자신의 논리를 전개하여 상대와 논쟁하기보다 상대의 주장을 비난함으로써 자신의 기존 입장을 옹호하려 한다.

이처럼 상대의 주장을 비난하는 것이 목적이었으므로 밀턴은 익명의 상대가 학문적 배경도 없는 하인 출신이라는 점을 들어 그의 주장을 매도하며 그를 조롱거리로 삼는다. 예를 들어, 상대가 밀턴이 주장하는 부부의 정신적 조화의 중요성을 인정하면서도 이혼당한 여인이 임신 중일 수도 있다는 현실적 문제를 지적한 것에 대해, 밀턴은 "하인이 임신한 배에 대해 그토록 신중해진 것을 하녀들이 들으면 희소식이 되겠구먼요."라며 빈정거린다.[262] 사실상, 웨스터민

260) *CPW*, II: 722, n. 1.
261) Corns, *John Milton*, 52.

스터 성직자 회의에 지배되는 당대의 지적 풍토에서, 별로 알려지지도 않은 무명의 저자에 의하여 밀턴의 이혼론 책자가 논박당하는 형국이었다. 이런 상황에서, 밀턴은 자신의 적수가 변호사가 되어 자기 신분을 높인 자라면서, 다른 사람들의 도움을 받아서 봉사하는 하수인 정도로 생각하였다. 이런 생각에서, 밀턴은 그 적수를 신분을 상승시킨 하층계급 출신자로 취급하며 귀족들 사이의 농담처럼 『콜라스테리온』을 내놓은 것이다.[263]

이 같은 톤으로 쓰였기 때문에, 『콜라스테리온』은 조롱 투의 빈정댐이 이어지고 계급적 편견마저 느껴져서 밀턴을 귀족주의자로 보이게 만들기도 한다. 이 글의 제목 자체가 어쩌면 그리스어를 모를 것으로 여겨지는 상대에 대한 조롱을 내포하고 있다고 하겠다. 그런데 하인 같은 하층민이 그리스어까지 알아야 할 이유가 있겠는가. 마치 『비난』에서 홀 주교를 상대로 학술적인 토론을 상대의 글을 인용하고 풀이하는 논증으로 만들었던 것처럼, 여기서도 상대를 논박하다가, 다시 상대의 계급적 배경을 들먹인다. 예를 들어, 밀턴이 주장한 부부의 지적인 교제에 대해서, 상대가 그런 주장은 인정하면서도 성관계는 자식을 낳게 되므로 만일 불만족한 배우자가 이혼당하는 여자를 임신한 상태에서 버리는 경우를 거론하자, 밀턴은 임신하여 배부른 하녀가 상대 하인이 그걸 예상하고 기다리고 있어 좋겠다는 식으로 비아냥거린다(*CPW* 2: 746). 이런 식의 비난은 『답변서』를 쓴 저자에 대한 비난에 그치지 않고, 하층계급 전체에 대한 비난이어서 하층민의 성적 무책임에 대한 비난이 담겨 있다고 하겠다. 흔히 하인이 하녀를 유혹할 때는 갖은 재주를 부리며 교묘히 접근하여 하녀가 임신하면 무관심한데, 하인 출신인 상대가 이런 문제에 대해서도 고려하다니 놀랍다는 것이다.

또한, 밀턴이 이혼론을 제기하면서 우아한 논쟁을 하고자 회피하려 했던

262) *Colasterion, CPW* 2: 734.
263) Corns, *John Milton*, 52.

성적 용어들을 상대가 망설임 없이 사용했으므로, 밀턴은 그를 밀턴의 글을 씹어대는 "포도밭의 멧돼지" 혹은 그의 말에 꿀꿀대는 "불깐 수퇘지"로 표현하기도 한다(*CPW* 2: 747). 밀턴은 "아무것도 읽지 않은 이런 돼지고기와 철학을 논의할 마음도 없다"며 논의 자체를 거부한다. 반면, 그의 독자에게는 자신과 대등한 지위에서 잘난 체하는 하인을 거칠게 다루면서 이런 문제에서 전문가 행세를 못 하도록 해야 한다고 주장한다. 이런 돼지의 이미지는 결국 상대를 귀족의 담론에서 배제하려는 계급적 편견이라는 콘즈의 주장은 일리가 있다.[264)] 이런 비난이 계급의식을 담고 있으므로 현대 독자에게는 눈살을 찌푸리게 하는 게 사실이다. 밀턴 자신이 추구하는 사변적인 신학이 당대의 하급 소상인들로 구성된 분파들과 연관되어 있었고, 밀턴 자신이 장로파의 챔피언이긴 했지만, 부유한 아버지의 아들로서 실제적인 소득이 없으면서, 다른 장로파 귀족들을 상대로 논쟁하고 있기 때문이다. 당시에 제라드 윈스탠리 같은 디거즈의 사회주의 포고문이나 존 번연(John Bunyan)의 평범한 산문에서도 노동자들에 의해 비범한 산문이 쓰였는데, 밀턴은 무산자 계층이 정치나 신학과 관련된 상위 담론에는 가담할 자격도 없다는 식으로 주장하니까 말이다.

이런 사회적 계층과 관련된 비하 표현 때문에 콘즈는 밀턴이 상대편 주장의 부당성을 지적하는 방편으로서 상대의 사회적 지위를 조롱하면서 사회계층에 대한 편견을 보여준다고 주장한다.[265)] 사실상 오늘날의 사회계급적 시각에서 본다면, 이 주장이 일리가 있지만, 당시의 논쟁적 풍토에서 상대의 무식을 지적함으로써 자기주장의 타당성을 반증하려는 책략은 흔히 있는 일이었다. 더구나 밀턴이 자신의 다른 산문들에서도 이미 상대방에 대한 원색적인 비난과 인신공격성 매도를 주저하지 않았다는 점을 상기한다면, 그의 사회계급적 편견을 여기서 강조하는 것은 별로 의미가 없어 보인다. 당대에 흔히 사용되던 수

264) Corns, *John Milton*, 54.
265) Corns, 53.

사학적인 방편 상의 문제를 사회사적 이념의 차원에서 거론할 수는 없기 때문이다. 밀턴은 『답변서』의 저자가 익명이기 때문에 그런 공격을 가했으리라는 추측이 가능하고, 어쩌면 이런 숨어서 공격하는 상대와 논쟁을 벌이는 것이 썩 내키지 않았을지도 모른다.

익명의 『답변서』 저자에 대해 답변한 가치가 없는 하인 취급을 한 것은 논지에서 벗어난 듯하지만, 이혼 사유로서 육체적 간음만을 인정하는 당대의 종교적 분위기 속에서, 결혼에서 차지하는 정신적 측면의 중요성을 주장한 것이 밀턴의 핵심이다. 예를 들어, "정신이나 기질적 불일치는 비록 상당한 심각성을 보일지라도 하나님이나 인간의 법에 따라 이혼의 정당한 이유가 되지 않는다"는 상대의 주장에 대해, 밀턴은 그것이 자신의 논쟁에 대한 직접적인 공격이 아니라 경의를 표하는, 해롭지 않은 논박처럼 비켜 간다고 일축한다. 밀턴 자신도 "정신이나 기질적 불일치는 아무리 심각하다고 해도 이혼의 정당한 사유가 항상 되지는 않는다는 점"은 인정한다는 것이다(*CPW* 2: 730). 상당한 부분은 견딜 수 있기 때문이라는 것이다. 그러나 그 심각성이 그가 말하는 상당한 수준을 넘어서는 경우는 어쩔 것인가. 바로 그런 정도에까지 그의 엄정한 결정이 따르지 못하는 것이 문제라는 것이다. 밀턴이 주장하는 긍정적인 해결방안을 부정하려는 자는 "정신이나 기질의 불일치는 가장 심각하게 나타날지라도 이혼할 수 없다"는 주장을 해야 한다는 것이다(730). 도저히 견딜 수 없을 만큼 불화가 심각할 경우, 개인의 자유를 위한 종교적 돌파구를 찾은 것이라고 이해할 수 있겠다.

이처럼 밀턴과 그의 적대자들 사이에 벌어진 이혼 논쟁은 일종의 교리해석이나 성경 주해와 같은 것이었으므로 상대편이 성경의 구절을 인용하거나 의존하여 반론을 전개하였기 때문에 이에 맞서 밀턴도 성경해석을 통해 상대를 논박하였다. 부부가 한 몸이라는 바울의 은유적 표현에 근거하여 상대가 이혼의 자유를 부정한 것에 대하여 밀턴은 이를 역이용하여 부부의 일체성을 해체하는 요인들이 바로 이혼의 사유라고 주장한다. 이렇게 볼 때, 정신적 부적합성과 상반성이야말로 부부의 정신적 육체적 연합을 직간접으로 해체하는 가장 중요한 요인이라는 것이다. 간음은 피해 당사자가 용서한다면 일시적인 해프닝에 그칠 수도 있으므로 결혼을 무효로 하지도 부적합하게 하지도 않지만, 부부의 부적합성이나 상반성은 결혼의 근본적 목적과 평화를 파괴하는 "굴종적이고 야만적인 필연"을 남길 뿐이다.[266] 또한 바울이 부부의 관계를 그리스도와 교회의 관계에 비유한 것과 관련하여, 밀턴은 그 조건으로 아내가 남편에게 교회와 같아야 함을 지적하면서 그렇지 않고 교회 안에 그리스도와 상반된 정신이 양립한다면 진정한 교회가 아니고 따라서 진정한 아내일 수도 없다는 것이다. 같은 맥락에서 남편이 아내를 자기 몸과 같이 사랑해야 한다는 상대편의 주장에 대해서도 밀턴은 그 사랑은 자신을 파멸로 이끄는 것이 아니라 보존하는 것이어야 하며, 아내는 결혼의 계율에 따라 그 의무를 충분히 지키는 것이 전제되어야 한다는 것이다.

밀턴의 이혼론 산문들 전체를 현대적 시각에서 본다면, 어쩌면 그가 당연한 개인의 자유를 전통적 교리의 사슬에서 벗기려고 노력했다고 볼 수도 있다. 그러나 1971년에 이르러서야 영국에서 이혼의 자유가 법에 따라 보장되었다는 점을 상기해 볼 때, 1640년대의 전통적인 영국 사회에서 정신적 부적합성을 이혼의 사유로 주장한 밀턴의 용기와 자유정신을 높이 평가하지 않을 수 없다. 그가 주장하는 자유는 악한 자들의 방종이 아니라 "정직하고 양심적인 자유"였으며 그의 이혼론은 그 자신의 불행한 결혼생활의 산물로서가 아니라 청교도혁명이라는 시대사적 자유정신의 맥락에서 이해되어야 할 것이다. 나중에 밀턴이 『두 번째 변호』에서 그의 이혼론 산문들을 그의 더 큰 정치적 프로젝트에 관련짓는 것을 가리켜, 샤론 에이킨스타인(Sharon Achinstein)은 밀턴이 자존감에

266) *Colasterion*, *CPW* 2: 732-33.

대한 관심, 즉 하나의 윤리적 형성을 보여주는 것이라고 평가한다.[267] 또한 로재너 콕스(Rosanna Cox)의 주장에 따르면, 밀턴의 이혼론 산문들은 이혼과 이혼이 허용되어야 하는 이유에 관한 것이지만, 더 중요한 점은, 그 글들이 결혼에 관한 것이며, 결혼이 어떠해야 하는가에 대한 것이다.[268] 물론, 린 그린버그(Lynne Greenberg)의 지적대로, 아담과 이브의 결혼에서 이브의 동의와 자유의지가 충분히 작용한 것은 아니다.[269] 더 큰 맥락에서 보면, 가정 내의 자유를 주창한 이혼론 산문들이 출판되는 동안, 즉 『부커의 판단』과 『테트라코돈』 두 작품 사이에 『아레오파기티카』가 나왔다는 것은 이 산문들의 상관성을 말해 준다. 밀턴에게 있어서 가정적 자유는 사회적, 정치적 자유의 토대가 될 뿐만 아니라 진정한 기독교적 자유는 이 모든 자유를 포함하기 때문이다.

(4) 『아레오파기티카』(*Areopagitica*)

이상에서 살펴본 바와 같이, 종교적 자유를 위한 논쟁으로 출발한 밀턴의 혁명적 자유사상은 개인 생활의 종교적 규범인 이혼에 관한 논쟁을 거쳐 사회적 자유로 그 영역을 확대해 나간다. 언론과 교육의 문제는 개인의 개인적 자유와 사회적 자유를 연결해주는 문제이기도 하다. 위에 언급한 「후기」에서 예상되듯이, 『부커의 판단』은 『아레오파기티카』에서 본격적으로 논의되는 자유언론관의 시발점이라 할 수 있으며, 『아레오파기티카』는 밀턴의 자유사상에서 핵심을 이루는 작품일 뿐 아니라 후대의 언론사에서 마그나 카르타와 같은 역

---

267) Sharon Achistein, "Medea's Dilemma," in *Rethinking Historicism from Shakespeare to Milton*, ed. Ann Baynes Coiro and Thomas Fulton (Cambridge: Cambridge UP, 2012), 185.

268) Rosanna Cox, "Millton, Marriage, and the Politics of Gender," *John Milton*, eds. Paul Hammond & Blair Worden, 133.

269) Cf. Lynne Greenberg, "A Preliminary Study of Informed Consent and Free Will in the Garden of Eden: John Milton's Social Contract," *Living Texts: Interpreting Milton*, eds. Kristin A. Pruitt and Charles W. Durham, 99-117.

할을 하였다.[270] 1643년 6월의 의회의 검열법(Parliament's Licensing Order)이 발표되자, 밀턴이 『아레오파기티카』를 썼다. 그해 11월엔 밀턴은 이 산문을 검열을 받지 않고 출판하였는데, 내란의 진통을 겪고 있는 때였다. 내란 중에는 관용이 통하지 않는다는 점을 기억할 필요가 있다. 당대에 거론하기 힘든 이혼론을 제기하던 밀턴으로서는 이 검열법에 맞설 이유가 있었을 것이다. 앞서 이미 『이혼의 교리』 두 판을 검열 받지 않은 채 출판한 바 있고, 이혼론과 관련된 두 편의 산문을 검열 받지 않고 낼 참이었다. 그러나 『아레오파기티카』에서 이혼에 대한 언급이 없으며, 더 높은 차원에서 더 일반적인 자유를 주장하게 된 것이다. 얼마나 일반적인 자유인가 하는 점은 논쟁의 여지가 있다. 내란이라는 상황에서 자유를 억압하는 자유까지 포괄하지는 않았기 때문이다. 그러나 이 글의 번역사만 보더라도 다양한 시대, 다양한 문화 속에서 언론이 탄압받을 때마다 이 글이 번역되고 거론되며 언론자유의 경전으로 취급되어왔다.[271]

『아레오파기티카』의 제목은 아테네의 이소크라테스(Isocrates, 436-338 BC)가 쓴 제7 연설문, 『아레오파고스의 담론 혹은 아레오파기티쿠스』(*Areopagitic Discourse or Ateopagiticus*, 355 BC)에서 유래한 것으로서, 그는 건강상 대중 앞에서 연설할 수가 없었기 때문에 읽히도록 연설문을 작성하였다. 밀턴과 이소크라테스의 연설문 사이의 공통점은 연설하도록 쓰인 것이 아니라 읽히도록 쓰였다는 점, 그리고 평범한 시민이 정책의 변혁을 요구한 상황이 흡사하다.[272] 그러나 이소크라테스가 대중 도덕의 감독을 증진하기 위해 쓴 연설문이라는 점이 문제이다. 『아레오파기티카』가 관용적이지 않다고 주장하는 존 일로(John Illo)는 밀턴의 제목을 전체주의적 의도의 선언이라고 보고, 이 산문이 자유를

---

270) Gertrude Himmelfarb, Introduction, *On Liberty*, by J. S. Mill (1859; Penguin Books, 1980), 8.

271) 『아레오파기티카』의 번역사에 대해서는 C. Huckabay, *John Milton: An Annotated Bibliograpy 1929-1960*, rev. ed. (Pittsburgh, 1969)을 참고할 것.

272) *Areopagitica* (noted by Ernest Sirluck), *CPW* 2: 486, n. 1.

주장한다면, 왜 자유를 억압하는 연설문을 그의 모델로 사용했겠느냐는 것이다.[273] 그러나 존 레오나르드(John Leonard)가 지적한 바와 같이, 이소크라테스가 엄격한 법을 옹호한 것은 결코 아니며, 그의 이상적 입법자는 드라코(Draco)의 법을 철폐한 솔론(Solon)이었고, 이소크라테스는 옛 아레오파고스(Areopagus)[274]가 덕성을 법으로 규정하지 않은 것에 대해 칭송하기 때문이다.[275] 또한 밀턴 당시에 이소크라테스의 『아레오파기티쿠스』는 공화국을 항상 괴롭히는 두 가지 역병, 즉 폭정과 무정부 상태를 피함으로써 진정한 자유가 보존될 수 있다는 점을 보여주려는 의미로 널리 해석되고 있었다는 것이다.[276] 이렇게 본다면, 밀턴은 그의 독자(혹은 의원)를 아테네의 고등법원이었던 아레오파구스에 비유함으로써 이성과 민주주의적 전통을 이어받을 것을 권유함과 동시에, 고전을 이용하여 자신을 "자유을 위한 공적인 대변인"으로 부각하려 하였다.[277]

『아레오파기티카』는 신교의 자유와 연관된 것이지만, 그러한 자유를 향상하는 방편으로서 출판의 자유가 전면에 제기된 것이다. 17세기 초기 영국에는 출판물에 대한 통제가 사전 검열과 사후 검열이라는 두 가지 방법으로 행해졌다. 밀턴이 문제 삼고 있는 검열은 사실상 사전 검열을 염두에 두고 하는 말이다. 이 검열법은 찰스 1세의 집권 말년에 완성된 제도였으며 고등법원이었던 **성법원**(Star Chamber)이 1637년 확정한 것으로서, 모든 출판물은 런던 주교나 캔터베리 대주교에 의해 지명된 성직자들에 의해 검열되고 **서적출판업 조합**(Stationer's Company)에 등재되어야만 출판될 수 있으며, 이를 어기는 자에게는

---

273) John Illo, "Areopagiticas Mythic and Real," Prose Studeies II (1988), 4.

274) 아레오파구스는 원래 아테네의 아크로폴리스(Acropolis) 서족에 있던 언덕의 이름이었으나 그곳에 있는 회의장에서 벌어졌던 장로나 유력자들의 회의를 뜻하게 되었으며, 처음에는 공적인 문제 전반을 다루다가 후에는 재판만을 다루게 된 아테네의 최고재판소를 뜻하게 되었다.

275) John Leonard, *The Value of Milton* (Cambridge: Cambridge UP, 2016), 3.

276) Blair Hoxby, "*Areopagitica* and Liberty," *The Oxford Handbook of Milton*, eds. Nicholas McDowell and Nigel Smith (Oxford: Oxford UP, 2009), 234.

277) Achinstein, *Milton and the Revolutionary Reader* (Princeton: Princeton UP, 1994), 59.

그 이후 출판이 일절 금지되고 고등법원의 판단에 따른 형벌이 따르게 되어 있었다(*CPW* 2: 793-94).[278] 그러나 이런 제약은 성법원의 임의적 판단에 따를 수밖에 없었으므로 정치적 갈등의 절정이었던 1637년에 반대자들을 억압하는 수단이었다. 이 법안은 성법원의 해체로 종식되었으나 1643년에 다시 의회가 검열법(Licensing Order)을 통과시켜 개정안으로 재건하였다. 달라진 것은 검열관의 지명을 의회가 한다는 것이었다(*CPW* 2: 797-98).[279] 따라서 의회를 상대로 밀턴이 출판의 자유를 호소한 것은 당연하다. 의회로서는 당시의 출판물이 급격히 증가하고 있었기 때문에 출판을 통한 민주화에 대한 염려가 따랐을 것이다.[280] 이러한 상황에서 『이혼의 교리와 훈계』 제2판, 『테트라코돈』, 『콜라스테리온』 및 『아레오파기티카』는 인쇄인의 명의를 숨기고 있으나 밀턴 자신의 이름을 밝히고 있다. 특히 『아레오파기티카』의 표지는 이탤릭체로 크게 저자인 밀턴의 이름을 밝히고 있으므로 그가 검열법을 무시하고 정면으로 도전하였음을 알 수 있다.

밀턴은 먼저 언론 검열의 역사적 과정을 개관하면서 그것이 로마교회에 의해 만들어진 것임을 밝힘으로써 개혁의 대상임을 밝힌다. 고대의 민주적 문화 속에서는 출판물에 대한 사전 검열은 없었으며 출판 후 만일 그 내용이 무신론이나 신에 대한 모독 혹은 중상모략 등인 것으로 밝혀지면 그때 처벌받거나 출판물이 금지 당했다는 것이다. 그러나 로마가 기독교국이 되면서 교황제가 득세하자 출판물에 대한 자유가 침해되기 시작하였고, 이는 개신교를 말살하려는 시도로 이어졌으며, 감독제 교회를 통해 영국으로 소개되었다. 영국에 소개된 검열제는 개

---

278) The Star Chamber Decree of 1637, item 2.

279) The Licensing Order of 1643.

280) 조지 토머슨(George Thomason)은 1640년부터 왕정복고까지 약 15,000권의 장서와 수천 권의 정기간행물을 모았고 특히 1640년대의 것들이 많았다고 한다. Cf. Thomas N. Corns, "Publication and Politics, 1640-1661: An SPSS-based Account of the Thomason Collection of Civil War Tracts," *Literary and Linguistic Computing* 1 (1986): 74-84.

혁적인 장기의회에 의해 일시 폐지되었으나 결국 재개되어 존속되었는데, 이 검열제의 폐지야말로 결국 개신교의 자유를 보장하기 위한 관건이라는 것이다. 그러나 물론 그런 자유는 가톨릭에 반대하는 영국 내의 개신교 여러 교파 사이에서 신교의 자유를 말하는 것이었으며, 결코 현대적인 의미의 보편적인 종교 자유를 말하는 것은 아니었다. 이견을 불허하는 하나의 통합된 국교의 회중이 아니라 다양한 의견교환이 이루어지는 독립적 개신교 사회를 추구한 것이다.

『아레오파기티카』는 이처럼 근본적으로 개신교 교파들 사이의 교리해석이나 예배방식 등의 자유를 주장한 글이지만, 이러한 주장 자체가 널리 전달되기 위해서는 현대적 민주주의 가치인 출판의 자유를 전제하지 않을 수 없었다. 출판의 자유는 글을 통한 올바른 판단을 위해 요구된다고 생각한 밀턴은 자유로운 이성적 판단의 중요성을 강조하기 위해 역사적 맥락 외에도 상반된 예언자들이나 교부들의 글을 전략적으로 인용하며 궁극적 권위는 독자 자신의 이성에 있음을 암시하고 있다. 다양하고 상반된 독서를 통하여 균형 잡힌 안목을 견지하며 판단을 해야 한다는 주장이다. 밀턴의 이 같은 견해는 그의 선악관에서 출발한다고 할 수 있다. 그는 인간의 자유의지를 신의 섭리와 관련지어 다음과 같이 설명하고 있다.

> 아담이 죄를 범하도록 내버려 두신 하나님의 섭리에 대하여 불평하는 많은 사람이 있다는 말씀입니다! 어리석은 소립니다! 하나님이 그에게 이성을 주었을 때, 선택할 자유를 주셨는데, 이는 이성이 바로 선택이기 때문이지요. 그렇지 않았다면 아담은 단지 인형극에 나오는 인조 아담에 불과할 것입니다. 우리 자신은 강제적인 순종이나 사랑, 혹은 선물을 높이 평가하지 않습니다. 그러므로, 하나님은 그를 자유롭게 하시고, 항상 그 목전에 자극적인 대상을 두셨습니다. 이 점에 있어 그의 공로가 있고 보상받을 권리가 있으며, 그의 절제를 칭찬할 만한 이유가 있었던 것입니다. [. . .] 이것이 바로, 우리에게 절제, 정의, 금욕을 명하고서도 우리 앞에 모든 욕망을 자극하는 것들을 넘치도록 부어주시고 모든 제약과 만족을 넘어 방황하는 마음을 주시는, 그런 하나님의 숭고한 섭리를 정

당화하는 것입니다. (*CPW* 2: 527-28)

이처럼 밀턴은 인간의 자유의지를 하나님의 섭리와 관련지어 자유의지야말로 "하나님의 높은 섭리를 정당화"할 수 있게 하는 것이라고 주장한다.[281] 하나님에 대한 인간의 순종이 강요된 것이고 인간에게 자유의지가 주어지지 않았다면, 인간의 모든 행위에 대한 비판은 하나님에게 돌려질 것이며 인간 행위의 모든 공과(功過)는 무의미하게 되고 말 것이다. 개인이 구원을 위한 신앙과 불신앙을 선택할 수 있는 자유의지가 있다는 그의 생각은 당시 이단시되었던 아르미니우스주의나 소지니주의와 일치한다고 볼 수 있다. 틸야드(E. M. W. Tillyard)에 의하면, 밀턴의 자유의지론은 그가 어떤 행위에 의미를 부여하는 조건이 될 뿐 아니라 의지의 가치에 대한 그의 신념을 표현한다는 것이다.[282] 이처럼 인간 행위에 의미를 부여하는 조건으로서 자유의지를 강조하는 밀턴이 독재 군주 개인의 의사에 의해 억압되고 있는 영국 국민에 대해 의회주의자들의 편에서서 필봉으로 항쟁한 것은 너무도 당연한 노릇이다. 선악은 외적 환경에 의해서 결코 분리될 수 없는 것이며 이것이 타락 후 인간이 살아가는 환경이라는 것이다. 인간이 살아가는 현재의 외적인 환경은 그 자체로서 선도 악도 아닌 중립적인 것으로서, 그것을 인간이 어떻게 받아들이고 판단하며 대응하는가 하는 것이 바로 도덕의 문제이며 자유의지에 의한 선택의 대상이다. 인간에게 부여된 이성을 통해 올바른 선택을 하느냐 못하느냐가 인간의 덕행과 악행을 가름하는 잣대이며, 악의 존재와 인식을 바탕으로 인간의 덕성과 악행이 판가름난다. 악을 모름으로 인해 선할 수 있었던 타락 이전의 인간 조건과 악을 통해 선을 알 수 있는 타락 이후의 인간 조건은 상반된다는 것이 밀턴이 주장하는

281) 밀턴은『실낙원』제1권 첫머리에서 뮤즈(성령)의 영감을 기원하면서 이 서사시의 목적을 언급하여, "하나님의 도리를 인간에게 정당화하고자"(to justify the ways of God to men) 함이라고 밝히고 있다.

282) E. M. W. Tillyard, *Milton*. Rev. ed. (London: Chatto, 1969), 227.

자유사상의 핵심이다. 선악이 공존하고 인간이 자유의지에 의해 선택하는 기회가 부여되지 않았다면, 인간 타락의 근본적 책임은 인간이 아닌 하나님에게 귀결될 수밖에 없다는 것이 밀턴의 논지이며 『실낙원』의 중심사상의 하나이기도 하다. 인간은 악 자체로부터 자유롭게 될 수 있는 것이 아니라, 다만 악행으로부터 자유로운 선택을 할 수 있을 뿐이다.

이처럼 선과 악을 동시에 아는 지식이 덕성을 선택하게 하는 관건이 되기에 좋은 책뿐만 아니라 나쁜 책도 읽을 필요성이 있다는 것이며, 이 책들 가운데서 자유로운 이성을 통해 올바른 선택과 판단을 하는 것이 독자의 몫이다. 논문 서두에서도 언급했듯이, 밀턴은 좋은 책의 가치를 누구보다 높게 평가하는 작가이지만, 그의 자유사상은 외적 권력이나 종교 세력에 의해 책의 가치가 규정되고 출판의 자유가 말살되는 것을 용납하지 않는다. 밀턴은 나쁜 책의 해악에 대해 열거하면서, 모든 책은 독자의 판단과 양식에 따라 유익을 줄 수도 해악을 끼칠 수도 있다고 결론을 내린다. 위대한 고전과 성서조차도 불경스러운 내용을 담고 있으며, 이러한 이유로 인해서 독자의 접근을 일률적으로 막을 수는 없으며, 또한 검열자의 판단기준에 맡길 수도 없다는 것이다.

여기서 밀턴은 한 걸음 양보하여 논의를 현실적인 차원으로 끌어내린다. 설령 검열의 목적이 정당화된다는 가정을 하더라도 실제로 검열이 성공할 수 있겠느냐는 것이다. 음악과 무용까지 금지하라고 요구했던 플라톤의 예를 들면서, 이런 영역도 금지하려면 금지는 무한정으로 확대될 수 있을 것이며, 이처럼 모든 인간의 활동과 생활 방식을 검열하는 것은 불가능하다는 주장이다. 종교재판소(the Inquisition)가 도전을 받지 않는 국가들의 풍습이 더 나아진 것도 없으며, 책이 없이도 교파는 얼마든지 번성한다는 것이다. 또한 결과를 놓고 본다면, 검열은 건전하고 유익한 서적을 혐의 대상으로 만드는가 하면 국민을 우중으로 간주하고 스승과 성직자의 가치를 격하시키는 행위일 뿐이다. 연구와 탐색을 위한 진정한 자유가 보장되어야만 영국은 진리를 향해 나아가리라는 것이다. 외적 억압에 강제되어 믿는 것은 결코 진리가 될 수 없으며, 이성적 판단 없이 막연히 목회자나 성직자 회의의 규정을 따라 믿는 것은 이단적 사상이라고까지 주장한다(*CPW* 1: 543).

마지막으로 밀턴은 검열법이 새로운 진리를 찾는 데에 방해가 된다는 주장에 근거하여 새로운 진리를 찾기 위해 신교 자유(Toleration)[283]가 필수적임을 설파한다. 당시 런던은 종교적 논쟁이 불붙은 곳이어서 무수한 교파와 종교지도자들이 난무하였지만, 진정한 개혁의 지도자가 절실히 요구되는 때이므로, 교회 분리론자들도 하나님이 이 시대를 위해 선택한 자들일 수 있다는 것이다. 따라서 이들의 언론을 탄압하는 것은 복음을 옹호한다는 미명으로 박해를 하는 것이 된다. 검열을 주도하는 자들은 교회의 분파를 두려워하였지만, 도리어 시인 밀턴은 이 산문에서 영국을 잠에서 일어나는 삼손(Samson)과 정오의 태양 빛을 향해 비상하는 독수리에 비유한다.[284] 진리를 향해 매진하기 위해서는 자유가 필요하고 자유를 보장하는 기독교적 사랑이 요구된다는 것이다. 자유가 허용될 수 없는 것은 모든 종파와 시민의 권리를 말살하는 "교황주의와 공개적인 미신"일 뿐이다. "근소한 차이점, 아니 차라리 무관성"은 "영적 일체성"을 헤치지 않는다는 것이다(*CPW* 1: 565). 여기서 관용의 대상에서 제외하고 있는 것이 무엇인지는 확실하지 않다. "공개적 미신"이 가톨릭의 미신적 의식을 말하는지 혹은 국교나 왕궁의 의식을 말하는지 분명치 않기 때문이다. 그러나 신교자유주의자들과 밀턴은 여기서 입장을 달리한다. 프로테스탄트에 의하면, 보수

283) 아이로니컬하게도 밀턴의 이러한 주장이 결실을 본 것은 공화정이 아닌 왕정복고 이후 찰스 2세 치하에서 의회에 의해 신교 자유령(Act of Toleration; May 24, 1689)이 제정되어 비국교도들에게도 예배의 자유를 허용하게 되면서이다. 이는 명예혁명의 결실을 확고히 한 조치 중의 하나이다. 그러나 이런 개혁에도 불구하고 가톨릭이나 프로테스탄트에겐 예배의 자유가 허용되지 않았으며 비국교도에게는 정치적, 사회적 자격을 허용하지 않았다.

284) 밀턴은 새로운 진리에 눈뜨는 영국을 잠에서 깨어나는 삼손과 태양 빛을 향해 솟아오르는 독수리에 비유하는 반면, 개혁을 두려워하는 우중을 밝은 빛을 싫어하는 잡새에 비유한다(*CPW* 1: 557-8).

적인 비국교도와 이단적 비국교도를 구분 짓는 것은 그들의 연합전선을 와해시키려는 책략이며, 이는 국가의 관할권 밖의 문제라는 것이다. 반면, 밀턴은 모든 교파가 진리에 이르는 것이 아니라 이들 중 일부 교파가 진리를 계시 받을 수도 있으므로, 신교 자유를 옹호한다. 이 시점에서 밀턴이 정교분리를 내세우지 않는 장로교에 관해 불만을 제기하기 시작했다는 추측도 가능하다. 하여간, 개혁을 가장하는 많은 거짓 성직자나 교회 지도자가 활약하는 것을 인정하면서도 검열을 반대해야 하는 밀턴은 진리와 무관한 것들에 대하여 기독교적인 자유를 허용할 것을 요구한다.

그러나 가톨릭이 국가 정부 위에 군림하며 국가의 자율을 억압하고 개신교와 모든 경건한 신앙을 탄압하기 때문에 억제되어야 하는 것처럼, 개신교 교파들의 공통된 신앙에 어긋나고 불경하고 악한 의견도 통제되어야 한다는 주장은 분명하다. 이처럼 임의적인 것으로 여겨질 수 있는 경계선 때문에 밀턴의 자유사상은 현대적 의미의 자유 개념에 미달한 것으로 평가되기도 하지만, 여기서 간과하지 말아야 할 것은 당시엔 종교개혁과 반종교개혁 사이의 갈등이 전쟁에 비길 정도로 심각한 양상이었음을 상기해야 한다. 현재 우리가 사는 남한이 자유민주주의 이념을 추구하지만, 자유민주주의를 적대시하는 공산주의를 찬양하거나 선동할 자유가 없음과 같은 것이다. 정권에 따라 어느 정도 표현의 자유로 인정되기도 하지만, 이적행위가 되는 표현의 자유는 원칙적으로 인정되지 않는다. 밀턴에게 가톨릭은 종교의 자유를 억압하는 절대군주제와 다름없었다. 신교의 자유를 위해서 가톨릭의 자유를 억압해야 한다고 생각한 것이다. 그러나 밀턴의 전반적 논리가 제한 없는 자유를 옹호하고 있으므로, 이유가 어떻든, 자유에 대한 예외를 인정한 것 자체가 문제시되기도 한다. "도피적이고 폐쇄적인 덕성"을 추구하는 것이 아니라, 모든 유혹에 노출되었으되 이를 삼가고 선악을 구별하여 선을 택하는 자가 "진정한 전투적 기독교인"(the true warfaring Christian)이라는 밀턴의 주장은 예외 없는 완전한 자유만이 인간 행위에 의미를 부여할 수 있는 전제조건임을 강조한 것이다(*CPW* 2: 515). 그렇다면, 가톨릭이나 미신 행위도 완전한 자유를 위해 보장되어야 하지 않는가? "자유로운 공개 교전"에서 "진리의 논박이 최선의 가장 확실한 제압"이라면(512), 가톨릭이나 왕당파의 선전이나 의식행위 역시 자유로워야 할 것이기 때문이다. 당대의 개신교도들에게 가톨릭은 그 신학적 관용과 의식적 위안 등으로 인해 거부해야 할 유혹의 실체였을 것이지만, 밀턴의 논리대로라면, 이런 유혹도 억압의 대상이라기보다는 금욕의 대상이어야 할 것이다.

이러한 관점에 대해, 사실상 밀턴의 개신교 논리를 따르지 않는 한, 일관성 있는 논리를 찾기가 어려운 것이 사실이다. 그가 주장하는 출판의 자유란 국교 성직자에 의한 검열로부터의 자유를 뜻하는 것이었지만, 논리의 전개 과정에서 너무 광범한 자유를 주장하게 되었으므로 이러한 대의적 자유론이 자유 자체의 억압자에 대한 배제와 상충할 수밖에 없는 것이다. 따라서 청교도의 관점에서 혁명적 시각에서 보지 않는 한, 일관성의 문제가 제기될 수밖에 없다. 이러한 문제를 극복하기 위해 스탠리 피쉬(Stanley Fish)는 밀턴이 언론에 대한 완전한 자유를 주장한 것이 아니라 책의 무관성을 강조한 것이라고 해석하기도 한다.[285] 이러한 무관성은 인간의 구원이나 경건은 책을 포함한 외적 방편에 의해서 얻어지는 것이 아니라 영적인 내면세계에서 온다는 인식에서 기인한 것으로서, 이는 위대한 책을 진리의 수호자로 비유한 밀턴 자신의 주장과 어긋난다는 것이다.

역사적 맥락에서 볼 때, 『아레오파기티카』는 단순한 언론출판의 자유를 주장한 추상적 논설문이 아니라 의원들을 상대로 혁명적 과업으로 끌어들이려는 밀턴의 연설문으로 보는 것이 더 타당하다고 할 수 있다. 콘즈가 이 산문을 밀턴의 산문 가운데 가장 수사적인 글로 본 것도 이 때문이다.[286] 밀턴은 "종교개

285) Stanley Fish, "Driving from the Letter: Truth and Indeterminacy in Milton's *Areopagitica*," *Re-membering Milton*, ed. Nyquest and Ferguson, 238.

혁 자체의 개혁"(the reformation of Reformation it self)을 요구하는 하나님의 명령이 영국 국민에게 선포되고 있다고 선언하면서 혁명의 문턱에서 "자유의 저택"인 런던은 하나님의 진리를 수호하기 위한 중심지가 되어야 한다고 선언한다(553-54). 『아레오파기티카』가 출판되기 4개월 전에 의회군이 마스턴 무어(Marston Moor)에서 첫 승전을 거둔바 있던 터라, 밀턴은 의회를 상대로 승리를 낙관하도록 독려하는 한편, 검열법의 기원을 트렌트 회의(Council of Trent)에 돌리는 등 반가톨릭 감정을 자극하고 있다. 즉, 이 산문은 단순히 자유 언론관을 피력하기 위한 글이 아니라, 청교도혁명을 완성하는 방편의 하나로서 출판의 자유를 역설한 것으로 보아야 한다. 이렇게 볼 때, 그의 자유사상과 가톨릭 배제의 모순을 이해할 수 있을 것이다.

이상과 같은 관점에서 보면, 밀턴이 주장하는 언론의 자유란 결국 개신교 안에서의 신교의 자유를 뜻한 것이었으며 청교도혁명과 밀접한 연관성이 있음을 알 수 있다. 그는 모든 교파가 진리에 이르는 것이 아니라는 점을 인정하면서도, 이들 중 일부 교파가 진리를 계시받을 수도 있으므로 신교 자유를 옹호한다. 『아레오파기티카』는 『부커의 판단』과 마찬가지로 의회 의원들이 읽도록 할 목적으로 쓰인 것이며, 밀턴은 장로교에 실망한 터였기 때문이다. 그래서 그는 상하원 의원들에게 다음과 같이 웅변적으로 호소한다.

> 이 모든 자유로운 논설과 자유로운 언변의 직접적 원인을 알고자 한다면, 당신들 자신의 관대하고 자유롭고 인간적인 정부보다 더 진실한 원인을 거론할 수는 없을 것입니다. 상하의원 여러분, 우리 자신의 용감하고 행복한 권고가 우리에게 얻어준 것은 자유입니다. 우리의 위대한 지성의 양육자도, 우리의 영혼을 하늘의 영향인 양 고결하게 밝혀주는 것도, 우리의 이해력을 해방하여 넓혀주고 한 차원 높여주는 것도 자유입니다. 우리를 그렇게 만들어준 당신들 자신이 스스로 우리의 진정한 자유의 옹호자이며 창설자가 되기를 포기하지 않는 한,

286) Corns, *John Milton*, 60.

진리에 대한 우리의 능력과 지식이 감퇴하고 추구하는 열성이 떨어지게 할 수는 없습니다. 우리는 당신들이 보았던 예전의 모습대로 다시 무지하고, 야만적이며, 형식적이고, 노예같이 될 수도 있을 것입니다. (*CPW* 1: 559)

먼저 의회정치가 언론 자유의 산실이었음을 찬양한 후, 자유야말로 위대한 지성의 보육자로서 영혼을 계몽하고, 판단력을 향상하는 것임을 강조한다. 국민이 진리를 못 보게 하면, 의원들 자신이 자유의 창시자이기를 포기하는 것이요, 국민이 무지하고 틀에 묶인 노예처럼 된다면, 자유를 추구해 온 의원들 자신이 폭압적으로 변하는 것을 의미한다는 것이다.

이처럼 의원들을 상대로 자유의 수호자가 될 것을 독려한 것은 단순히 개인적 표현의 자유를 넘어서 자유공화국 건설을 향한 행보에 의원들이 동참할 것을 촉구한 것으로 볼 수 있다. 밀턴이 이혼의 자유와 주장한 것이 개인적인 표현의 자유를 주창하는 동기가 되었지만, 이보다 궁극적인 장기적인 목표가 있다면, 그러한 개인의 모든 삶의 영역에서 자유를 보장해줄 수 있는 자유로운 공화주의 국가의 건설이었을 것이다. 이런 관점에서, 바바라 르윌스키(Barbara K. Lewalski)는 밀턴이 고전적 공화주의에 바탕을 둔 공민적 휴머니즘의 개념을 하나의 새로운 이스라엘 같은 영국을 건설하기 위한 예언적, 청교도적 관점과 연결 짓는다고 주장한다.[287] 또한 데이비드 로웬스타인(David Lowenstein)은 이 산문에서 사용된 고전 신화나 성서적 언어가 혁명의 임박성과 밀레니엄의 기대감을 나타낸다고 지적하기도 한다.[288] 그러나 밀턴이 이러한 공화주의 정부를 염원하지만, 이 산문에서 군주제에 대한 직접적인 언급은 아직 없다. 군주가 존재하든 안 하든, 의회가 국민의 자유를 보장하는 구심점이 되어 자유공화국이 되어주기를 바랄 뿐이다. 적어도 이 시기에 밀턴이 군주제의 완전한 폐지

---

287) Barbara Lewalski, *The Life of Johm Milton*, 190.

288) Lowenstein, David. "Milton's Prose and the Revolution." *The Cambridge Companion to Writing of the English Revolution*, ed. N. H. Keeble (Cambridge: Cambridge UP, 2001), 93-94.

를 아직 원한 것이 아니라면, 오늘날의 입헌군주제와 같이 국민에게 주권이 있는 의회민주주의를 원했을지도 모른다. 하여튼, 후일 그런 국민을 대표하는 의회가 왕과 충돌하여 선택의 기로에 서게 되자, 밀턴은 주저 없이 국민의 편에 서서 공화주의의 기치를 걸고 반군주제 혁명에 앞장서게 되는 것이다.

이렇게 본다면, 의원들을 상대로 자유의 수호자가 되라고 독려한 것은, 단기적으로는 그 효력을 발휘하지 못했지만, 장기적으로 보면 후대의 민주주의 발전에 지대한 영향을 남겼다고 할 수 있다. 비록 영국혁명기를 통해 그의 주장이 실효를 거두지는 못했지만, 『아레오파기티카』가 출판된 후 약 50년 후인 1695년, 그가 주장한 대로 사전검열제가 폐지됨으로써, 영미 헌법사에서 출판의 자유가 승리하는 데에 이바지한 것이다. 검열제에 대한 영미계의 두 번째 진전은 그다음 약 한 세기 뒤인 1791년 미국 헌법의 1차 개정법안에서 확인되었는바, 미국에서 언론출판의 자유를 포함하여 종교, 결사, 청원의 자유가 보장되게 되었다. 그리고 이 개정법은 정부를 선택하고 교체할 권한을 국민에게 부여한 미국 독립선언문에 의해 이미 예상된 것이기도 했다. 영미와 서구 유럽에서 시작된 언론출판의 자유는 민주주의의 기틀을 세우는 데에 원동력이 되었다는 점을 인정한다면, 밀턴의 자유 언론관은 수세기를 앞지른 민주주의 정신의 신호탄이었음이 틀림없다.

(5) 『교육론』

밀턴의 이혼론이나 언론 자유의 사상이 개인의 자유뿐 아니라 공민 생활의 자유를 위해 요구되듯이, 그의 『교육론』(*Of Reformation*, 1644)은 자유공화국의 이상적 시민이 되기 위한 교육관을 피력하고 있다. 밀턴이 마지막 반감독제 산문을 내고 16개월 정도 침묵하던 끝에 1643년 8월 첫 번째 이혼론 소책자를 출판한 것을 필두로 이혼 문제에 대한 일련의 산문들을 내는 와중에 출판한 것이다.[289] 주목할 만한 것은 『이혼의 교리와 계율』(1643)로부터 『콜라스테리온』

(1645)에 이르기까지 가정적 자유를 논파하던 기간에 그가 『아레오파기티카』와 『교육론』을 함께 출판했다는 점이다. 이러한 저작 연대의 맥락을 미루어 볼 때, 이 두 팸플릿은 이혼 논쟁 산문 작품들과 같이 개인의 자유와 밀접한 관계가 있는 산문이다. 전자는 이혼론 산문들에서처럼 개인의 정신적 혹은 지성적 자유를 논파한 글이고 언론사적 의의를 지니는 산문이며, 후자는 자유공화국의 한 국민으로서 개인이 받아야 할 교육의 문제를 다루고 있다고 할 수 있다. 언론의 자유 없이 자유공화국을 생각할 수 없듯이, 전인적 인문주의 교육을 통한 지도자상의 재정립이 없이는 진정한 자유공화국의 수립이 어렵다고 보았기 때문이다.

밀턴의 『교육론』은 『아레오파기티카』와 같은 해에 출판되어 굳이 그 연관성을 찾는다면, 둘 다 자유공화국 건설을 위한 기반조성에 있다고 하겠다. 밀턴에게 있어, 언론의 자유 없는 자유공화국을 생각할 수 없듯이, 전인적 인문주의 교육을 통한 시민의식의 재정립 없이는 진정한 자유공화국의 수립은 불가능한 것이다. 밀턴이 이혼 문제를 다루는 산문을 쓰면서 자신의 주장이 검열의 대상이 되자 『아레오파기티카』를 통해 언론의 자유를 주장하게 된 것처럼, 그의 『교육론』도 마지막 두 이혼 논쟁 산문을 쓰기 전인 1644년 출판되어 즉흥적인 감이 없지 않다. 당시 영국혁명의 매개자 역할을 하던 프러시아(Prusia)의 새뮤얼 하틀립(Samuel Hartlib)의 요청으로 밀턴이 평소에 품고 있던 교육관을 표명한 논설문이기 때문이다.

흔히 밀턴의 『교육론』은 당시 유럽의 교육개혁을 주도하던 보헤미아(Bohemia)의 존 아모스 코메니우스(John Amos Comenius)의 교육사상과 비교되곤 한다. 당시의 국제적인 개혁운동가로서 활약하던 하틀립과 코메니우스는 스코틀랜드의 존 듀리(John Dury)와 더불어 영국혁명에 많은 영향을 끼쳤다. 하틀

289) 『교육론』은 밀턴의 『이혼의 교리』 제2판(1644년 2월)과 『부커의 판단』(1644년 7월)이 출판된 사이의 시점인 1644년 6월에 출판되었다.

립은 무역과 상업을 촉진할 발명이나 발견, 그리고 빈민의 생활 향상에도 많은 관심을 기울인 개혁가였고, 듀리는 유럽의 여러 개신교 교파들 사이의 공존을 추구한 개혁가였다. 코메니우스는 하틀립처럼 개혁의 기반을 물질적인 것에 두면서 세속적인 것이 신학적인 개혁에 선행되어야 한다고 생각했다. 폴란드 출신의 상인 아버지와 영국인 어머니 사이에서 태어난 하틀립은 영국으로 이주하여 과학자, 작가, 정치가 등 다양한 지식인들을 알게 되었고, 이들 중 밀턴도 포함되었다. 밀턴은 후일 『교육론』에서 하틀립을 가리켜 하나님의 섭리로 영국의 유익을 위해 먼 나라에서 보내진 인물이라고 칭송했다(*CPW* 2: 363). 하틀립도 밀턴처럼 출판을 통한 지식의 전달이 시민의 자유를 확대하는 방편이라고 생각했다. 출판술의 발달이 지식의 확대를 가져올 것이고 이는 일반 국민에게 그들의 권리와 자유를 깨닫게 하여 억압적 통치를 벗어나게 하리라는 생각이었다.[290]

혁명적 과업에 대해 공감대를 가지고 있던 하틀립으로부터 교육에 관한 글을 써 달라는 요청을 받은 밀턴은 이혼에 관한 논쟁의 와중에서 『교육론』을 쓰게 되었다. 사실상, 밀턴은 이미 오랫동안 교육 문제에 대해 생각해왔으며 1640년경부터 그의 집에서 개인 학교를 구성하여 가르치고 있던 터여서 교육에 대하여 나름대로 자신의 관점이 확립되어 있었다. 그러나 이 글을 쓸 즈음 그는 "어떤 다른 주장을 추구하던 중이어서," 당시 국제적으로 유명했던 교육개혁가 코메니우스의 열렬한 제자였던 하틀립의 간청에 의한 것이었음을 분명히 하고 있다(*CPW* 2: 363).[291] 그들이 개인적으로 서로의 교육관을 논한 경험이 있어서 교육개혁가 하틀립이 혁명 세력의 중심이었던 밀턴에게 그의 교육관을 피력해 달라고 요청한 것이다.

이 산문은 어떤 새로운 개혁적 교육관을 피력하지는 않지만, 영국의 미래

---

290) Don M. Wolfe, Introduction, *CPW* 1: 159.

291) 여기서 "어떤 다른 주장"이란 물론 밀턴이 이혼논쟁에 몰두하고 있었음을 가리킨다.

를 짊어질 지도자를 교육하기 위한 르네상스 인문주의적 교과과정을 제시하며, 동시에 기독교적 교육관을 제시하고 있다. 따라서 교육의 목표를 "우리의 최초 부모가 초래한 파멸을 교정하는 것," 즉 인간의 타락 이전의 선(행)을 다시 찾아주는 것이라고 선언하고 있다. 또한, 크리스토퍼 힐이 지적한 것처럼, 『교육론』의 근본적인 목적이 국가의 지도자가 될 소수 선별된 자들을 위한 르네상스적 전인교육을 제안하는 것이다.[292] 이 목적을 염두에 두지 않고 단지 대중교육론이 아니라는 이유 등으로 보수적 교육론에 불과하다고 판단하면 안 될 것이다. 새러 나이트(Sarah Knight)가 지적하듯이, 밀턴은 학창 시절에 더 보수적인 교육관을 보였으나, 정치적 상황의 변화와 더불어 그의 교육관이 도리어 개혁적으로 변해갔다고 하겠다.[293] 물론 『아레오파기티카』와 마찬가지로 이 산문도 역사적 한계성이 있지만, 무엇보다 이 글은 일반 교육론을 제시하는 것이 아니라 바람직한 지도자 교육을 제안하려는 것임을 간과해서는 안 된다.

『교육론』의 서두에서 밀턴은 이 글의 목적을 단기간에 폭넓은 내용을 교육하는 방안을 제시하는 것이라고 밝힌다. 교육개혁은 논쟁보다 실천이 중요하므로 간략하게 논의하겠다는 전제하에 그는 고대의 유명한 저자들의 영향이나 당시의 교육개혁안 등에 대해서도 언급을 삼가겠다고 밝힌다. 이는 자신의 교육사상이 그들의 것과 차별되는 것임을 보여주고자 하는 의도로 생각할 수 있다. 실제 내용에 있어서 고대의 유명한 저자들의 많은 영향을 보여주고 있지만, 그의 근본적인 교육안은 차이가 있다. 그들에게서 차용된 내용은 학생들을 위한 방대한 독서내용 같은 것에 불과하다. "현대 제뉴어와 교육들"(modern Janua's and Didactics)과의 차별화는 경고 이상의 의미를 지니는데,[294] 이는 밀

---

292) Christopher Hill, *Milton and the English Revolution*, 147.

293) Sarah Knight, "Milton and the Idea of the University," *Young Milton: The Emerging Author, 1620-1642*, ed. Edward Jones (Oxford: Oxford UP, 2013), 138.

294) 재뉴어(Janua)와 교수학(Didactic)은 각각 코메니우스의 두 저서인 『열린 언어의 문』(*Janua Linguarum Reserata*)과 『대 교수학』(*Didactica Magna*)을 가리킨다. 밀턴이 이 책들을 복수로

턴의 교육사상이 코메니우스와 그의 제자들의 것과 차이점이 있기 때문이다.

그러나 밀턴의 교육사상을 이해하기 위해서는 당시의 교육개혁을 주도한 코메니우스의 사상과의 연관성을 배제할 수는 없다. 밀턴이 코메니우스와 그를 추종하는 교육개혁가들과 우호적 유대관계를 지속하였다는 사실은, 하틀립이 학교협의회 법안을 위한 위원들의 명단에 밀턴과 듀리의 이름을 함께 올렸다는 점이라든지, 듀리가 밀턴이 그에게 준 『우상파괴자』(*Eikonoklastes*, 1649)를 프랑스어로 번역했다는 점에서도 짐작할 수 있다.[295] 방대한 밀턴 전기를 쓴 데이비드 매슨(Daved Masson)에 의하면, 밀턴은 그 자신도 모르게 코메니우스적인 교육개혁가가 되었으며,[296] 또한 교육 역사가들에게 지대한 영향을 끼친 포스터 왓슨(Foster Watson)도 물질적인 지식의 습득에 선행하는 논리 학습에 대한 저항을 논하면서 밀턴과 코메니우스 및 듀리를 거명한다.[297] 문법 논쟁은 문법 선생과 라틴어 작가를 가르치는 선생 사이의 싸움이었고, 밀턴은 코메니우스를 위시한 공화국 교육개혁가들 집단과 함께 후자의 편이었다는 것이다.[298] 코메니우스는 공화국을 주창하는 작가들의 지도자였고 그들이 바라는 것은 개혁적인 학교의 설립이었다는 것이다.[299]

이에 반해, 어니스트 써럭(Ernest Sirluck)은 밀턴과 코메니우스 등 당대의 교육개혁가들과의 연관성을 부인하고 있다. 그는 이러한 접근을 잘못된 것이라고 단정하면서 이 글이 쓰인 1644년 당시 밀턴이 생각한 우수한 교육제도는 코메니우스의 것과 근본적으로 다르며, 공통점이 있어도 부분적인 것에 불과하다는

언급한 것은 당대의 유사한 교육 개혁론을 총칭하기 위함이다.

295) Hill, *Milton and the English Revolution*, 146-47.

296) David Masson, *Life of Milton* (London, 1881-94; rpt. Gloucester, Mass: Peter Smith, 1965), 3: 235ff.

297) Foster Watson, *The English Grammar Schools to 1660* (Cambridge, 1908), 117, 89-90.

298) Watson, 276, 283.

299) Watson, 120.

것이다.[300] 밀턴의 교육개혁 사상을 좀 더 잘 이해하기 위해 이들의 차이점을 먼저 간략히 검토한 후, 그 공통점과 의미를 조명해보고자 한다.

코메니우스파 교육개혁가들의 주장들 가운데 가장 주목할 만한 것은 국가에 의해 운영되는 의무적인 학교 교육이다.[301] 그다음으로 교육의 목적을 직업교육에 두었다는 점이다. 그 자체로서 인류사회에 유용하고 고용에 적합한 것을 가르치자는 것이다. 이렇게 하여, 전통적 교육에 소비되었던 많은 시간이 절약될 수 있다는 것인데, 이 점은 밀턴의 생각과 일치한다. 다만 그 방법에 있어서 밀턴의 견해와 상반되는 것은, 문학을 뿌리째 커리큘럼에서 배제하자는 주장이다. 이 교육개혁가들이 문학을 폐지하자는 이유가 단지 시간의 절약 차원만은 아니다. 비유적이고 과장된 문학은 직설적이고 실용적인 과학과는 적대적인 관계이며, 따라서 시인이나 웅변가, 혹은 같은 부류의 철학자나 신학자들에 의해 사용되는 문학적 묘사는 사실과 진리를 왜곡하는 방편이라는 것이다. 그리고 문학은 종교의 적대자이기도 하다는 것이다. 진정한 기독교적 방식에 의해 학교를 개혁하려면, 이교도적인 작가들이 배제되어야 한다는 것이다. 고전과 기독교적 전통을 동시에 수용한 밀턴의 문학과는 너무나도 대조적이다. 문학을 폐지하고 일종의 편집물로 대체하려는 것은 이들이 내세우는 하나의 신념에 근거하고 있다.

이 교육개혁가들은 보편적(혹은 우주적) 존재 원리, 즉 팬하모니(Pan-harmony)를 연구함으로써 궁극적인 보편적 지식, 즉 팬소피(Pansophy)를 성취할 수 있다는 것이다. 이것은 예술(모든 의식적인 인간 활동), 자연, 그리고 하나님 사이의 궁극적인 조화와 관계되는 것이며, 이러한 지식은 감성, 이성 및 계시라는

---

300) Earnest Sirluck, Introduction, *CPW* 2: 186-87.

301) 코메니우스의 『대 교수학』의 부제는 "어떤 특정한 기독교 왕국의 모든 도시와 읍과 마을에, 남녀불문하고 예외 없이, 모든 젊은이들을 교육적으로 양육할 수 있는 학교들을 설립하기 위한 확실하고 세부적인 방법"이다.

세 방편에 의해 모든 사물과 행위의 지식을 가능하게 한다. 이러한 지식을 집대성하여 인간 정신을 궁극적으로 확정 짓고자 하는 시도가 보편적 **기독교 백과사전**(Universal Christian Encyclopedia)의 편찬이다. 이와 같은 코메니우스파 교육개혁가들의 주장을 미루어보자면, 르네상스 인문주의자요 기독교 시인인 밀턴이 그들의 개혁적 교육사상에 전적으로 공감할 수 없었던 것은 당연한지도 모를 일이다. 이 백과사전의 편찬자들은 문학을 포함한 모든 문헌을 조사하겠지만, 그들이 만족스럽다고 생각하는 것을 선별적으로 취사선택할 것이므로 밀턴의 『아레오파기티카』의 세계와는 근본적으로 다르다.[302)]

이상과 같은 코메니우스파 교육개혁가들의 주장은 『교육론』에 나타난 밀턴의 교육사상과는 대조되는 것이다. 이들의 교육개혁안에 비추어 밀턴의 교육사상을 조명해보면, 밀턴은 역시 르네상스의 기독교 인문주의자라는 것을 다시금 확인하게 된다. 르네상스 시대의 이상적 인간상은 전인적인 인격체를 말하며 다양한 영역의 지식을 고루 갖춘 지식인을 말한다. 코메니우스의 팬소피와 상통하지만, 코메니우스가 문학을 배제하는 등 선별적이고 실용적인 지식에 치중하는 반면, 밀턴은 전인적인 르네상스 이상주의적 교육을 주장한다. 크리스토퍼 힐이 지적한 것처럼, 『교육론』의 근본적인 목적이 국가의 지도자가 될 소수 선별된 자들을 위한 르네상스적 전인교육을 제안하는 것이다.[303)] 이러한 특별한 교육대상을 염두에 둔 교육론이기 때문에 코메니우스의 일반 대중교육론과는 거리가 있을 수밖에 없다. 그러나 교육이 잃어버린 하나님의 이미지를 되찾는 것이라는 밀턴의 견해는 코메니우스의 것과 일치한다. 또한 그는 자신이 추천하는 유형의 학교가 “전국의 모든 도시에서” 설립되어 교육과 시민의식 함양에 이바지할 것이라고 주장한다(*CPW* II: 380-81). 이 점은 밀턴이 이 글을 쓸 즈음 선택된 소수 엘리트의 교육이라는 측면과 전국에 걸친 다수 학교의 설립

---

302) Sirluck, Introduction, *CPW* 2: 187-93.

303) Christopher Hill, *Milton and the English Revolution*, 147.

이라는 민주적인 발상이 그에게 혼재하고 있음을 암시한다고 할 수 있다. 『아레오파기티카』가 자유공화국의 건설을 위한 언론 자유를 주장하고 있다면, 『교육론』은 자유공화국의 시민정신을 위한 인문주의 교양(자유)교육을 제안하고 있다고 하겠다. 『코머스』에서 덕성이 레이디를 자유롭게 하듯이, 『교육론』에서는 인본주의 교육을 통한 덕성의 함양을 자유로운 시민의식의 밑거름으로 삼고 있다. 밀턴이 의도하는 르네상스 인문주의 교육은 그 자신을 위한 교육 프로그램이기도 하였다.

밀턴이 코메니우스 방식의 교육개혁과 다소 구별된다고 하여 그의 교육사상을 그의 다른 혁명적 자유사상과 상반된다거나 무관하다고 볼 수는 없다. 여기서 그의 『교육론』이 언론의 자유를 주장한 『아레오파기티카』와 같은 해에 연이어 출판되었음을 상기할 필요가 있다. 『아레오파기티카』가 모든 언론의 자유를 주장하듯 밀턴이 이상적으로 생각하는 교육은 결코 국가나 기관이 통제하는 편협된 교육이라기보다는 자유롭게 모든 영역의 지식을 습득하게 하는 교양교육(liberal education)을 의미하는 것이다. 이러한 교육은 당연히 르네상스적 전인교육을 뜻하는 것일 수밖에 없는 노릇이다. 그러나 『교육론』이 결코 보수적인 교육안을 제시하는 것은 아니다. 중세적 교육제도와 구별되는 르네상스적 전인교육이라는 차원에서뿐만 아니라, 밀턴이 제시하는 새로운 교육 내용에 있어서 그러하다. 교육의 목적에 있어서 코메니우스와 일치할 뿐 아니라, 외국어 교육에 있어서 도구로서만 가치 부여를 하고 있다는 점에서도 당대의 교육개혁가들과 의견을 공유한다. 또한 교육의 절차에 있어서 감각적인 것으로부터 추상적인 것으로 발전해 나아가야 한다는 점에서도 이들은 서로 공감하고 있다. 교육의 목적을 도덕적 혹은 종교적 훈련으로 본 것은, 사실 르네상스 시대의 교육풍토가 그러했으므로, 별로 특이한 것이 아닐지도 모른다. 공사립 구별없이 모든 학교는 교회의 통제하에 있었으며,[304] 밀턴 자신이 그러한 교육을 받았기 때문이다.

그러나 이러한 프로그램은 『아레오파기티카』를 위시한 그의 산문 작품들에 나타난 자유사상과 관련지어 볼 때, 종교와 정치가 불가분의 관계에 있던 시대에 자유공화국 건설을 위해 요구되는 밀턴 나름의 교육사상으로서 돋보인다. 비록 『교육론』이 하틀립의 요청에 따라 쓰였다고 하더라도, 일련의 이혼론 관련 소책자를 내놓고 있는 와중에 『아레오파기티카』에 연이어 쓰인 산문이라는 점에서 결코 혁명적 사고의 틀을 벗어나지 않고 있다. 단지 이 글의 목적이 사회지도자 교육을 위한 교육 프로그램 제공이었기 때문에 대중교육론을 제창하는 코메니우스의 입장과 궤를 달리할 뿐이다. 이 글의 마지막 부분에서 밀턴이 밝히고 있듯이, 이 글은 그가 하틀립과 몇 번이나 논의한 적이 있던 "가장 좋고 고상한 교육방식"(the best and Noblest way of Education)에 대한 일반적 견해의 표명에 지나지 않는다(*CPW* 2: 414).

이처럼 『교육론』이 엘리트 지도자들을 겨냥하고 있음에도 불구하고 교육개혁에 대한 밀턴 나름의 관심은 구석구석 드러난다. 교육이 필요 이상으로 장황하고 힘든데다 쓸모없는 영역도 있다는 생각은 밀턴이 케임브리지 대학 재학시절부터 가져온 생각이었다. 그는 한 해 동안에 즐겁게 배울 수 있을 라틴어와 희랍어 학습에 7, 8년이란 세월을 낭비하고 있는 현실에 분개한다. 쓸데없이 장기간에 걸친 문법 교육 중심의 언어교육은 학습을 무미건조하게 만들 뿐만 아니라 실패로 이끈다는 것이다. 위대한 작가들의 사상을 뒷전으로 돌리고 문법 학습에만 시간을 보내는 것은 막대한 시간 낭비일 뿐 아니라 내용 대신 형식에만 매달리는 셈이 될 것이다.[305] 언어는 단지 진리에 도달하기 위한 수단에 불과하다는 밀턴의 생각은 에라스무스(Erasmus)의 견해와 일치하는 반

---

304) W. A. L. Vincent, *The State and School Education 1640-1660 in England and Wales* (London: Society for the Propagation of Christian Knowledge, 1950), 12.

305) 이런 형식적 교육을 반영하듯이, 당시 영국의 교육제도는 지배계급의 특권을 유지하기 위한 수단의 하나였다는 지적도 있다. Cf. Hill, *Milton and the English Revolution*, 148-49.

면, 전통적 교부철학자들의 교육방식과는 상반된 생각이다. 밀턴에게 있어서 언어학습은 사실적 정보를 습득하기 위한 것에 국한되지 않고 언어 속에 구현된 전체 문화를 습득하는 것이다. 당시의 모든 문법학교에서 그렇듯이, 주요한 문법 규칙들을 암기하는 것으로 언어학습이 시작되지만, 밀턴은 그 규칙들을 반드시 알아야 할 것들로만 단순화한 것이다(*CPW* 2: 369-374). 밀턴 자신의 교재, 『문법 입문』(*Accidence Commanced Grammar*)은 영어로 최대한 간략하게 쓴 것이다.

그러나 특별히 주목할 것은, 밀턴이 언어교육에 있어서 작문을 독서와 병행시키지 않고 그 이후의 단계로 돌리고 있다는 점이다(*CPW* 2: 372-374, 403-406). 언어학습과 동시에 선의 본질과 학예를 습득하도록 구성된 광범위한 독서가 끝난 후 마지막 단계에서 이들 지식을 작문에 응용하도록 하는 것이다. 그는 작문을 "가장 성숙한 판단의 행위요, 오랜 독서와 관찰에 의한 두뇌의 마지막 작업"으로 여겼다(327). 따라서 작문(혹은 창작)은 문법교육과 광범위한 독서를 통해 "사물에 대한 보편적 통찰력"이 생긴 후에나 가능한, 언어교육의 최종적 결실로 간주한 것이다(406). 이러한 견해는 시를 자신의 삶 자체와 동일시한 밀턴의 문학관이 투영된 것이라고 볼 수 있다. 그는 작문이 단순히 문법적으로 말을 짜 맞추는 게 아니라 필자의 인생관과 삶 전체를 투영하는 행위로 여겼기 때문이다. 이렇게 볼 때, 그가 라틴어를 비롯하여 희랍어, 이탈리아어 및 히브리어 등 주요 고전어에 능통했던 것은 그가 고전문학과 역사 및 사상을 중시한 마지막 인문주의자였음을 반영하는 것이기도 하다. 이 점이 실용주의적인 접근에 치우친 코메니우스파 교육개혁가들과 밀턴의 차이점이다.

밀턴의 개혁적인 교육사상 가운데 또 한 가지 주목할 만한 것은, 교육이 감각적인 것에서부터 시작하여 추상적인 것으로 나아가야 한다는 그의 주장이다. 이 점에 있어서는 밀턴과 코메니우스파 교육개혁가들이 의견을 공유하는 듯하지만, 세부적으로는 상반된 의견을 포함하고 있다. 베이컨의 영향을 입은 밀턴은 논리학, 형이상학, 및 수사학을 교육의 마지막 단계로 연기함과 동시에 자연과학이나 응용과학은 초기 단계로 앞당길 것을 주장한다. 이러한 밀턴의 주장은 코메니우스파 개혁가들이 실용적인 자연과학을 더 중시하고 논리학이나 형이상학, 혹은 수사학을 무시하는 것과 대조적이다. 사실 밀턴이 제안하는 교육안도 코메니우스의 주장 못지않게 백과사전적이지만, 코메니우스가 문학을 실용성 없는 허구로 치부하는 반면, 밀턴은 도리어 시(문학)를 교육의 대미를 장식하는 마지막 교육단계로 설정하고 있다(*CPW* 2: 403-406).

밀턴의 교육안에 의하면, 간단한 문법교육과 쉽고 즐거운 교육적 교재로 시작하여, 산수, 지학, 삼각술, 천문학, 지리학, 물리학, 의학 등의 자연과학에 관한 교육과, 오페우스(Orpheus)나 헤시오드(Hesiod), 베르길리우스의 목가 부분 등을 접하고, 다음으로 윤리학과 성서를 접하면서, 경제학, 고전 희극과 가사 문제를 다룬 비극, 정치학, 법학을 학습하고, 주일이나 저녁 시간을 이용하여 신학이나 교회사 등을 공부하면서, 역사서, 영웅시, 장엄한 희랍비극을 음미하고, 마지막 단계에서 논리학, 수사학과 더불어 시학으로 대미를 장식한다. 문학, 특히 이교도 시인들을 목록에서 제외한 비비스(Vives)나 코메니우스와 대조적으로, 밀턴은 이교도 시인들을 아무런 경고 없이 교육 프로그램에 삽입하고 있다.[306] 이 점은 르네상스 인문주의자 밀턴의 면모를 다시금 확증시켜 주는 것이다. 마지막으로 진정한 서사시, 극(시), 서정시에 대한 시학의 학습을 통해, "평범한 시 쓰는 사람과 극작가들"이 얼마나 경멸스러운 존재인가를 인식하게 될 것이며, "시가 신성한 일과 인간적인 일 모두에서 얼마나 종교적이고 영광스러우며 장엄하게 사용될 수 있는가"를 깨닫게 될 것이고, 이런 교육을 통해 유능한 작가나 의회 의원이나 설교자가 탄생할 것이라고 예고한다(405-406). 이러한 교육 프로그램을 통해 "우리의 고귀한 양가 출신의 젊은이"가

306) Donald C. Dorian, Preface and notes. *Of Education*, *CPW* 2: 394 (note 114).

열두 살부터 스물한 살까지에 걸쳐 "그들의 완전한 지식 체계"를 확립하게 될 것이다(406-407).

이상과 같은 학습프로그램에 첨가하여 밀턴은 이러한 교육체계에 어울리는 운동과 오락을 제안하고 국내외의 여행을 권장하는가 하면, 식사 습관까지 언급함으로써 르네상스적 전인교육의 한 프로그램을 제공한다. 하지만, 글의 마지막에 "이 글은 자신을 교육자로 생각하는 모든 사람이 시위를 당기는 활은 아니다"라고 밝힘으로써 다시 한 번 이 글이 특정한 독자를 위한 것임을 확인한다.

이상에서 검토한 바와 같이 밀턴의 『교육론』은 나름대로 혁신적 교육관을 제시하면서도 사회지도자 배출이라는 특정 목적에 한정된 르네상스적 전인교육을 제안하고 있어서 코메니우스파 교육개혁가들의 전향적 대중교육론에 비하면 엘리트 교육론으로 여겨진다. 그러나 이상에서 거론한 바와 같이 이 글의 특수한 목적을 충분히 이해한다면, 여기서 일반 시민을 위한 그의 교육론을 찾으려 해서는 안 된다. 비록 그가 대중교육론에 대한 본격적인 글을 내놓지는 않았지만, 그의 혁신적 교육사상의 면모를 다른 산문에서 찾아보는 것은 가능하기 때문이다. 『영국 국민을 위한 두 번째 변호』(*Defensio Secunda Pro Populo Anglicano*, 1654)에서 밀턴은 크롬웰에게 국고지원에 의한 젊은이들의 교육을 위해 더 많은 관심을 가질 것을 권유한다(*CPW* 4.1: 679). 또한 『교회에서 고용된 성직자를 퇴출하는 가장 적당한 방법에 대한 고찰』(*Considerations Touching the Likeliest Means to Remove Hirelings out of the Church*, 1659)[307]에서는 전국에 걸쳐 학교와 부설 도서관들을 다수 설립하여 언어와 학예의 무상 교육을 제안한다(*CPW* 7: 305). 이러한 학교에서 학습 능력과 직업교육을 받도록 하고 교육시간도 노동이나 다른 직장생활에 지장을 주지 않도록 조정해야 한다는 것이다. 이어서 그 다음해에, 『자유공화국 건설을 위한 준비된 쉬운 길』(*The Readie*

307) 이후 이 산문을 『고용된 성직자』로 약기함.

and Easie Way to Establish a Free Commonwealth)[308]에서 밀턴은 모든 군 단위마다 상류층 시민(젠트리)이 그들의 자녀를 교육할 수 있는 학교나 학원을 그들의 요청에 따라 세울 것을 요구한다(*CPW* 7: 460). 이러한 교육은 공화국에서 필요한 것이자 공화국에서만 가능한 것이다. 국민이 자신들의 통치자를 올바르게 선출하기 위해서는, 그리고 선출된 통치자가 통치에 적합한 지도자가 되려면, "우리의 부패하고 잘못된 교육"을 바로 잡아야 하고, 국민에게 "신앙과 함께 덕성, 절제, 겸손, 온건, 절약 및 정의"를 교육할 수 있도록 교육제도를 바꾸어야 한다는 것이다. 이러한 교육을 통해 자유공화국 시민은 "공공의 평화와 자유 및 안녕"을 위해 이기심을 버릴 수 있도록 교육되어야 한다는 것이다(443).

이상에서 살펴본 바와 같이, 당시의 역사적 배경과 저작 동기 및 자유공화국을 향한 밀턴의 전반적인 사고방식을 염두에 두고 평가한다면, 『교육론』을 결코 대중교육을 무시한 보수적인 것으로 치부할 수는 없을 것이다. 역으로 생각해 본다면, 고전과 성서 지식에 박식하고 고전어와 서양어에 능했던 밀턴이 단순히 실용주의 대중교육을 주장할 수는 없었을 것이다. 하틀립이 그에게 교육에 관한 글을 부탁하였을 때 대중교육론을 부탁하지도 않았을 것이다. 새로운 정신적 혁신을 모색하는 밀턴에게 속물적 산업화에 치중하는 실용주의 교육은 이상적 교육일 리가 없었다. 더구나 일반 대중교육이 아닌 청교도 국가의 지도자를 교육하는 프로그램을 제안하는 것이었으므로 당연히 그 내용은 청교도 사회가 요구하는 엄격한 지도자를 어떻게 교육할 것인가 하는 문제였을 것이다. 그의 『교육론』은 교육개혁가 하틀립의 요청에 따른 것이었으므로 혁신적인 내용을 기대하게 하지만, 밀턴의 반응은 르네상스 전인교육의 틀 안에서 실용성을 가미하는 수준이었다. 따라서 이 산문은 여태까지의 다른 산문들처럼 가히 혁명적이라고 할 만한 내용은 별로 찾아볼 수 없다. **청교도혁명**의 주역을

308) 이하 이 산문은 『준비된 쉬운 길』로 약기함.

길러낼 엘리트 교육이 목적이기 때문에 그 교육 목적은 근본적으로 기독교적 성향을 띠게 된다. 따라서 밀턴은 먼저 교육의 목적을 다음과 같이 정의한다.

> 학문의 목적은 하나님을 올바르게 알게 되도록 회복하여 우리의 첫 조상의 파멸을 바로잡는 것이며, 그런 지식에서 그분을 사랑하고, 모방하고, 그분과 같이 되는 것입니다. 우리는 진정한 덕성의 영혼을 소유함으로써 그분과 가장 가까워질 것이며, 그 덕성이 믿음의 거룩한 은총과 연합하는 것이 최고의 완성을 이루는 것이기 때문입니다. (*CPW* 2: 366-67)

이 같은 청교도적인 교육관은 보편론에 불과하며, 밀턴이 실제로 주창하는 온전한 교육은 "한 남자가 평시와 전시에 공사를 막론하고 모든 임무를 합당하고 능숙하고 관대하게 이행하기에 적합하게 하는 것"이다(*CPW* 2: 377-79). 즉, 전시에는 훌륭한 장교가 될 수 있어야 하고, 평시에는 경제발전에 이바지하고 의회와 교회의 지도자가 될 수 있는 인재를 양성하는 교육이어야 한다. 대중교육은 아니지만, 상당히 실용성을 강조한 것이다. 학교에 넓은 건물과 주변 대지를 전제하고 교수와 학생의 적당한 비율을 1:6.5로 한 것은 대중교육과 거리가 멀지만(379-80), 경제발전, 특히 농업에 대한 교육을 중시한 것은 미래지향적이라 할 수 있다. 다만, 사관학교의 교육을 연상시키는 군사교육이나 강제성을 띤 체육교육은 물론, 엄격한 규율과 계획에 따른 여타의 교육 프로그램과 독서계획, 나아가 일요일에 요구되는 신학 및 교회사 공부에 이르기까지 모든 교육이 현대적 민주교육과는 너무나 거리가 멀긴 하다. 이단시되던 이혼론과 신교의 자유 등을 부르짖던 밀턴이 이와 같은 강제적 교육 프로그램을 주창한 것에 대하여 일견 실망스럽기도 하다. 콘즈가 밀턴이 주창하는 학교를 "억압적, 규범적, 엘리트적, 남성적, 군사적, 지저분하게 현학적, 계급적, 몰인정한," "지옥 같은 곳"이라고 규정하는 것은 이런 측면에 대한 현대적 반감 때문이다.[309] 자유의 기수인 밀턴이 왜 이런 타율적 교육 프로그램을 제안한 것일까에 대하여 의문이 제기되는 것은 당연하다.

그러나 이러한 피상적 모순은 역사적 상황에 눈을 돌리면 충분히 이해가 간다. 『교육론』은 청교도혁명에 이바지하기 위해 시인의 꿈을 접어두고 필사적 투쟁을 하고 있던 한 혁명가 시인의 교육론이다. 이러한 전시의 지도자를 위한 교육이 자유로운 분위기 속에서 추상적 교육으로 흐르는 것을 작가는 용납할 수 없었을 것이다. 밀턴이 제안하는 교육 프로그램은 일반대중의 의무교육이 아니라 전시와 평시에 다 같이 지도력을 발휘할 선별적 지원자를 위한 특수 교육 프로그램이다. 군사학교에 들어간 생도가 엄격한 훈련을 탓할 수 없듯이, 폭넓은 교양과 엄격한 신체적 단련을 자원한 예비 지도자가 엄격한 규율과 훈련과정을 탓할 수는 없을 것이다.

밀턴의 교육사상을 근본적으로 저항적이며 혁명적인 것으로 규정하는 윌리엄 파커(William Parker)는 그 이유로서 밀턴이 중등교육과 고등교육의 전통적 구분을 무시하고 대학의 철폐를 주장한 것을 지적하기도 한다.[310] 옥스퍼드나 케임브리지 대학 대신 향상된 대학들을 각기 도시마다 하나 이상씩 설립하여야 한다는 밀턴의 견해는 후일 윌리엄 델(William Dell)에 의해 다시금 재개되기도 한다.[311] 이러한 대학들은 중등교육과 대학의 구실을 동시에 수행하는 것으로서 전인적인 고전교육뿐만 아니라 자연과학 교육을 제공하는 것이다. 밀턴이 케임브리지 대학의 교과 내용을 혐오한 점과 대학에서 교육받는 특수 계층의 성직자들에 대해 부정적이었다는 점을 고려해 본다면, 반국교적 학원이 그가 생각한 대안이었을 지도 모른다. 또한 『교육론』에서 산수, 지학, 삼각술, 농업, 의학 등 다양한 학문 분야의 교육을 주장하는 것은 오늘날의 현대적 학문의 학제적 다양성을 예고하는 것이었다고도 볼 수 있다.

309) Corns, *John Milton*, 63.

310) Parker, *Milton* 1: 285-9, 295.

311) Dell, *Several Sermons and Discourses* (1709; First Published 1652), 642-8.

이렇게 볼 때, 밀턴의 교육사상을 코메니우스파 교육개혁가들의 사상과 상반된 것으로 파악하는 존 써럭(John Sirluck)의 주장은 그의 교육사상을 하나의 특정한 글에서 일반화하려는 시도에서 기인한 것으로 볼 수 있다.[312] 1641년에 이미 밀턴은 『종교개혁론』에서 고위성직자들의 예식과 저택 및 장식에 쏟아붓는 비용을 부족한 교회와 학교를 세우는 데에 써야 한다고 질타한 바 있다(*CPW* 1: 590). 또한 1644년 존 홀(John Hall)이 밀턴의 『교육론』을 탁월한 교육론으로 극찬하며 하틀립에게 밀턴을 소개해달라고 수차 간청했다는 사실, 그리고 듀리의 『개혁 학교』(*Reformed School*)가 밀턴의 직접적 영향을 입은 것이었다는 점 등을 미루어 보더라도 써럭의 주장은 무리가 있다. 도리어, 크리스토퍼 힐의 주장처럼, 밀턴은 장차 왕정복고 이후 영국교육에서 중요한 역할을 담당하게 될 반국교적 학원의 선구자라 할 수 있을 것이다.[313] 당시 극단적 청교도들은 교육이란 근본적으로 세속적인 것으로 간주하였던바, 이는 칼뱅이 인간의 본성과 하나님의 은총을 구분한 것이나 베이컨이 철학과 신학을 구분한 것과 관련이 있을 것이다. 반대로 청교도가 아닌 윌리엄 페티(William Petty) 같은 사람도 실용적 학문과 기술을 강조했다.[314] 밀턴의 경우, 당시의 대학교육이 보여준 현학적이고 비실용적인 측면에 청교도적 환멸을 느낀 것도 사실이나, 기독교 휴머니스트로서 영적인 것과 자연적인 것을 통합한 교육론을 설정했다고 할 수 있다. 그가 지향하는 교육은 인간의 존엄과 기독교적 자유를 성취하는 것이며, 이는 당시의 정치적 위기에 대한 해결책이라고 생각에 기인한 것이다.[315] 밀턴은 실용적인 지식의 교육 못잖게 고전 학문을 통한 덕성의 배양과 자유 의식의 고취가 새로운 국가건설을 위해 필수적이었다고 생각했기 때문이다.

312) 상기한 각주 302를 참조할 것.

313) Hill, *Milton and the English Revolution*, 149.

314) Barker, *Milton and the Puritan Dilemma*, 119.

315) Dzelzainis, "Milton's Classical Republicanism," *Milton and Republicanism*, ed. David Armitage, et al. (Cambridge: Cambridge UP, 1995), 14.

3. 폭군처형에 관한 산문: 왕정 타파와 국민주권론

밀턴의 산문 논쟁은 반감독제 산문으로부터 시작하여 개인과 가정에서의 자유에 관한 산문을 거쳐 마침내 정치적 논쟁으로 접어든다. 1645년 『테트라코돈』과 『콜라스테리온』을 내놓은 후 1646년, 밀턴은 그의 초기 시들을 모아 『존 밀턴의 시집』(*Poems of Mr. John Milton*, 1645)을 내놓은 것밖에는 주목할만한 작품을 발표하지 않았으나, 1649년 1월 30일 찰스 1세가 처형되고 공화정이 수립되자 자유공화정의 성공적 정착을 위해 의회의 편에 서서 다시금 필봉을 들었다. 크롬웰의 새로운 정부가 들어서고 밀턴은 그 정부의 **국무위원회**(Council of State)에 속한 **외국어 담당 비서관**의 임무를 수행하게 되었는데, 외교문서의 작성을 담당하는 직책으로서 그의 외국어 실력을 발휘하기에 적당한 자리였다. 그러나 밀턴은 단순한 번역자의 역할에 안주하지 않고 적극적으로 새로운 공화국을 홍보하였고, 팰런의 연구가 보여주듯이, 정부의 정책에 상당히 깊이 관여하기도 했다.[316] 찰스 1세의 처형을 정당화한 팸플릿인 『왕과 관료들의 재직 조건』(*Tenure of Kings and Magistrates*, 1649)[317]은 아일랜드 내전을 배후에서

---

316) Cf. Fallon, R. T. *Milton in Government* (University Park: Pennsylvania State UP, 1993).

317) 국내에서 "Tenure"를 신분보장을 의미하는 "종신재직권" 등으로 번역한 경우가 있었으나 이는 합당치 않다. 현재의 사전적 의미는 재산이나 직책 등의 보유 및 그 기간 혹은 보유권이나 보유 조건을 뜻하지만, "종신재직권"은 미국에서 대학교수 등의 신분 보장권을 지칭하는 말로서 금세기 들어 생겨난 의미이다. 그러므로 이 의미를 밀턴의 글에 적용하는 것은 시대착오적이며, 더구나 밀턴이 여기서 주장하는 것은 왕과 관료의 종신 보장권이 아니라 그들과 국민과의 계약관계이다. 그리고 이 산문의 출판 일자는 토머슨(Thomason)이 그의 초판본에 기록한 출판 일자(1949년 2월 13일)로 여겨지나, 같은 해 1월 30일 찰스 1세가 처형되었음을 고려한다면, 그 짧은 기간에 글이 완성되고 인쇄가 완료되었다고는 보기 어려우므로 창작연대에 대해서는 논란의 여지가 있다. 『영국 국민에 대한 두 번째 변호』(*Pro Populo Anglicano Defensio Secunda*, 1655)에서 밀턴은 그가 외국어 담당 비서관으로 임명되기 전까지 썼던 소책자들을 개괄하고 난 후 『왕과 관료의 재직조건』의 저술에 대해 언급하고 있는데, 이에 따르면, 그 구상은 적어도 왕의 재판 도중에 이루어진 것으로, 저술 자체는 왕의 처형 이후에 이루어진 것으로 생각된다(*CPW* 3: 101-2).

조종한 왕당파의 음모를 파헤친 『오몬드의 평화조항에 대한 관찰』(*Observations on Ormond's Articles of the Peace*)[318]과 찰스 1세가 처형 전날 쓴 것이라고 여겨지는 『왕의 성상』(*Eikon Basilike*)에 대응하여 쓴 『우상파괴자』(*Eikonoklastes*, 1649),[319] 그리고 1년 4개월 정도 외국의 여론을 상대로 국왕의 처형을 변호하는 글인 『영국 국민을 위한 변호』(*Pro Populo Anglicano Defensio*, 1651)를 위시한 세 편의 라틴어 변호들과 더불어 이 시기에 밀턴이 새로운 정치적 상황에 대응하여 공화국의 대의를 옹호한 산문들이다.[320] 개인적인 이유로 쓰였다고 치부되는 경향이 있었던 『테트라코돈』이 나온 후 4년 정도밖에 지나지 않았지만, 이혼론 책자들에서 제기된 자유사상을 더 넓게 확장하여 적용하고 있다. 크리스토퍼 힐이 이 시기를 가리켜 "출산을 기다리는 침묵의 해들"[321]이라고 한 것은 밀턴의 사상적 확장을 놓고 볼 때 적절한 표현이라고 생각된다. 밀턴은 그 자신의 불운한 결혼과 자신의 주장에 대한 청교도 성직자들과 보수적 의회 의원들 사이의 오해, 그리고 시력의 악화 등으로 어려운 시련에 빠지게 되었으며, 설상가상으로 당시의 정치적 상황 전개는 영국 국민에 대한 선민의식

318) 국무위원회의 요청으로 1649년 5월에 쓴 이 팸플릿의 원제는, 『죽은 왕을 위해 그를 대신하여, 그리고 그의 권위에 의하여 올몬드 백작 제임스가 아일랜드 반역자들과 조인한 평화조약. 그리고 더블린 지사 존즈(Jones) 대령에게 오몬드(Ormond)가 보낸 편지와 이에 따른 답장. 그리고 아일랜드 벨파스트의 스코틀랜드 장로회의 성명. 이 모든 것에 첨가된 관찰』이었다. 이 산문은 아일랜드의 내전을 자신의 이익을 위해 표리부동하게 이용한 찰스의 음모를 폭로한 글이다. 피상적으로 상대편의 글을 실어주는 것 같지만, 가톨릭 봉기를 진압한다는 명목 아래 자신들의 이익을 위해 가톨릭과 협상한 찰스와 그의 추종자들의 이중성을 실증적으로 폭로하고 영국 신교도들에게 가톨릭에 대한 증오심을 불러일으켜 공화정부의 정당성을 홍보한 것이다.

319) "우상파괴자"가 뜻하는 바는 종교적인 우상 자체를 파괴하는 것이라기보다 왕을 우상처럼 숭배하게 만드는 왕에 대한 상상적인 이미지를 파괴하는 것으로 봐야 할 것이다.

320) Eikon (icon)은 성상 혹은 우상을 뜻하는 그리스어 어원으로서 *Eikon Basilike*는 처형된 찰스 1세를 순교자로 비유하는 등 그를 성인으로 다루고 있으므로 『왕의 성상』이라 번역하고, *Eikonoklastes*의 경우 우상처럼 숭배되는 왕의 이미지를 파괴하려는 목적의 글이므로 『우상파괴자』라고 번역하기로 한다.

321) Hill, *Milton and the English Revolution*, 165.

을 상실하게 하였다. 진리를 추구하는 신자들에 의한 통합된 국가 건설의 이상이 의회와 군대 사이의 정쟁이라는 현실 속에 허물어졌으며, 마침내, 『장기의회의 성격』(*The Character of the Long Parliament*, 1647-8?)에서 의회 의원들에 대한 비난과 국가에 대한 실망을 토로한다. 이제 드디어 공화정의 틀이 잡힌 마당에 다시 폭군의 처형을 놓고 왈가왈부하는 장로파 의원들을 위시한 국내외의 비난에 대해 논쟁적으로 대적할 필요가 생겨났다고 하겠다. 국왕 처형이라는 역사적 사건을 계기로 일단 자유공화국의 건설을 향하여 한 걸음 진보했다고 생각한 밀턴은 이로 인한 국내외적 갈등과 비난에 대응하여 국민주권론을 피력하게 되었다.

(1) 『왕과 관료의 재직조건』

『왕과 관료의 재직조건』(1649)은 권력의 조건에 대한 밀턴의 근본 사상을 보여주는 글인 동시에 또한 정치적 자유를 주창한 산문들 가운데 첫 번째 것이다. 이 글을 분기점으로 하여 그의 관심은 개인적 자유와 가정적인 자유를 위한 투쟁에서 공민적 내지 정치적 자유를 위한 투쟁으로 한 걸음 더 나아간 진전을 보여준다. 찰스 1세가 의회군에게 패배하여 재판에 회부되고 교수형을 선고받기 이전에는 밀턴이 군주제 자체에 반대하지도 않았고, 공민적 자유에 대해 특별한 관심을 보여주지도 않았다. 1649년 1월 30일 화이트 홀(White Hall)의 연회궁(Banqueting House) 바깥 교수대에서 찰스 1세가 처형되고 공화정이 수립되자, 밀턴은 자유 공화정의 성공적 정착을 위해 의회의 편에 서서 다시금 필봉을 들었고 반군주제 국민주권론을 주창하게 된 것이다.

그러므로 『왕과 관료의 재직조건』은 찰스 1세의 처형을 둘러싸고 국내외의 비난 여론이 일어나자 이를 반박하고 무마하기 위해 쓴 폭군처형론이다. 사실상, 폭군의 처형이 공화정 이론의 성과물로서 온 것이 아니라 찰스 1세라는 한 폭군의 제거를 목적으로 한 것이었기 때문에, 왕의 처형 후에도 여론은 갈

피를 못 잡고 있었다.[322] 이에, 밀턴은 왕권에 대한 새로운 해석과 더불어 국민의 주권을 강조해야 했다. 이 산문은 찰스 1세의 처형일(1949년 1월 30일)보다 13일이 지난 1649년 2월 13일에 출판되었고, 데이비드 매슨(David Masson)의 추정에 의하면, "주로 재판이 아직 진행되는 동안 혹은 형 집행 도중에 작성되었으며 처형 후에 여기저기 첨가한 흔적이 있을 뿐이다.[323] 이 산문을 쓴 밀턴의 동기를 놓고, 매슨은 "기사도적"이라고 규정하면서 새 정부가 위험에 처한 시기에 공화국과 국왕 살해자들의 지지자로 나선 그를 칭송한다.[324] 반면, 제임스 핸퍼드(James H. Hanford)는 밀턴의 동기는 양심과 신념이 아니라 그에게 등을 돌린 옛 동지들, 즉 장로파에 대한 개인적 증오심이었다고 주장한다.[325] 그러나 이처럼 상반된 주장도 따지고 보면 서로 연관성이 있다고 할 수 있다. 그 동기가 장로파에 대한 개인적 실망이라고 하더라도, 밀턴 자신이 주장하듯이, 이 산문은 "폭군에 대하여 일반적으로 용인된 것"을 정당화한 것이라고 할 수 있기 때문이다(*CPW* 4.1: 626-27).

이렇게 보면, 밀턴의 산문 작품들에 나타난 그의 사상적 발전이 급변하는 정치적 상황 속에서 그에 의한 반응의 결과임을 인정하더라도, 그의 정치사상

322) Blair Worden, *The Rump Parliament 1648-1653* (Cambridge: Cambridge UP, 1974), 40.

323) David Masson, *The Life of John Milton: Narrated in Connexion with the Political, Ecclesiastical and Literary History of His Time*. 7 vols. (London, 1881-94; rpt. Gloucester, Mass: Peter Smith, 1965), 4: 74. 『왕과 관료의 재직조건』의 출판 일자는 토머슨(Thomason)이 그의 초판본에 기록한 출판 일자(1949년 2월 13일)로 여겨지지만, 같은 해 1월 30일 찰스 1세가 처형되었다는 사실과 당시의 인쇄술 등을 고려한다면, 찰스가 처형된 후 13일 사이에 저술과 인쇄가 모두 완료되었다고 보기는 어려우므로, 창작연대에 대해서는 논란의 여지가 있다. 『영국 국민에 대한 두 번째 변호』(1655)에서 밀턴은 그가 외국어 담당 비서관으로 임명되기 전까지 썼던 소책자들을 개괄하고 난 후 『왕과 관료의 재직조건』의 저술에 대해 언급하고 있는데, 이에 따르면, 그 구상은 적어도 왕의 재판 도중에 이루어졌으며 저술 자체는 왕의 처형 이후에 이루어진 것으로 생각된다(*CPW* 4.1: 620-27). 저술 시기에 대한 보다 상세한 논쟁은 Hughes, Introduction, *CPW* 3: 111-106을 참고할 것.

324) Masson, *The Life of John Milton* 4: 77.

325) James H. Hanford, *John Milton, Englishman*. New York: Crown Publishers, 1949), 143.

의 기저에 깔린 자유 사회를 겨냥한 일관된 신념을 부인할 수는 없다.[326] 밀턴의 산문에서 일관성이 없는 듯이 보이는 경우, 대게는 수사적 방편으로 인한 것이다. 『왕과 관료의 재직조건』에서 논리의 일관성이 없어 보이는 주된 근거는, 밀턴 자신이 논리를 상실했다기보다는 장로파 의원들이 왕과 대적하여 내란을 일으키고 지금 와서 왕의 처형을 비난하는 모순된 행태에 대한 반론에서 오는 것이다. 다시 말하면, 왕의 처형을 비난하는 것이 정당화되기 위해서는 그들이 여태까지 왕의 권위와 존엄성을 지켜왔어야 했음을 강조하는 것이지, 밀턴 자신이 그들을 비난하기 위해 왕의 절대성을 옹호하는 것은 절대 아니었다. 그는 케임브리지 대학 시절에도 주교나 대학 인사들에게 바친 문학적 찬사를 왕권에는 바친 적이 없었다는 점도 상기할 필요가 있을 것이다. 크리스토퍼 힐이 『왕과 관료의 재직조건』이 반감독제나 이혼론을 다룬 산문처럼 기회적인 작품이 아니라고 한 것도 이 때문이다.[327] 이후에 이어지는 정치적 산문들은 말할 것도 없고, 왕정복고 후에 출판될 『영국사』(*History of Britain*, 1670)에서도 국왕 살해가 "내가 읽은 것 중에 야망에 대한 유일한 효과적인 처방"이라고 단정하고 있다(*CPW* 5.1: 255). 돌이켜 보면, 반감독제 산문에서 밀턴이 찰스 1세를 공격하지 않은 것은, 절대적 왕권에 기생하거나 협조함으로써 종교적 절대주의를 고수하는 감독제로부터 왕권을 독립시킴으로써 종교적 자유를 쟁취하기 위한 목적 때문이었으며, 이는 지지 세력을 분열시키지 않으려는 전략이었다고 볼 수도 있다. 이렇게 볼 때, 이 산문이 찰스의 처형에 따른 변호로 쓰이긴 하였으나, 그 속에 나타난 절대군주제에 대한 밀턴의 태도는 찰스 1세의 처형에 따른 급조된 사상이 아니라 억압과 폭정에 저항하는 일관된 정치사상에서 유래한 것이었음을 알 수 있다.

---

326) Arthur Barker, *Milton and the Puritan Dilemma, 1641-1660* (Tronto: U of Toronto P, 1942), 123.

327) Hill, *Milton and the English Revolution*, 166.

다음으로 이 산문에서 제기되는 국민주권론을 검토하기 위해 먼저 파악해야 할 문제는 국민(people)의 개념이라고 할 수 있다. 국민의 개념에 대한 그의 정의는 나중에 출판된 『영국 국민을 위한 변호』[328]에서 더욱 상세히 설명될 것이다. 여기서 지적할 것은, 밀턴이 뜻하는 국민이란 왕이나 관료의 지배를 받는 일반대중을 뜻하는 것이어서, 오늘날만큼 포괄적이지는 않다는 점이다. 왕의 절대권력을 부정한다는 점에서 밀턴의 정치사상이 현대적 민주주의 이념에 접근한 것은 사실이지만, 교육의 기회가 일부 귀족층에 한정된 당시의 상황이 우민정치를 경계하게 하여 귀족주의적 성향을 띠는 것은 인정해야 할 것이다.

그런데 장로파 왕권주의자들에 의하면, 참정권이 있는 영국 국민의 의사는 합법적으로 선출된 장기의회에 의해 반영되어왔으나, 왕의 법적 처리에 반대한 의원들을 추출한 프라이드의 숙정(Pride's Purge)으로 인하여 장기의회의 대표성이 완전히 손상되었다는 것이다. 그러나 어차피 당대의 참정권이란 현대적 개념의 국민 전체를 포함하는 개념이 아니고 특정 유산자 계급을 뜻하는 것이었으므로, 참정권을 근거로 왕권주의자들이 국민의 대표성 논쟁을 한다는 것 자체가 의미가 없다고 할 수 있다. 군주 한 사람에게 절대권력이 주어지는 군주제와 이와 상반된 개념의 공화정 가운데 어느 제도가 국민의 주권을 옹호하는지를 판단하면 되는 것이다. 폭군을 처형할 수 있느냐 없느냐 하는 판단은 주권이 국민에게 있느냐 없느냐의 문제일 수밖에 없다. 왕권주의자들과 공화주의자들이 경쟁하듯이 서로 국민을 내세우며 상대방을 공격하는 것은 마치 오늘날 민주주의 국가와 공산주의 국가가 다 같이 국민(혹은 인민)을 내세우며 자기 체제를 옹호하는 것과 같다. 어느 제도가 국민의 주권을 인정하고 진정으로 국민

---

328) 원제는 『익명의 클로디우스, 혹은 살마시우스의 「왕권의 변호」에 대하여 영국인 존 밀턴이 쓴 영국 국민을 위한 변명』(*Joannis Miltoni Angli Pro Populo Anglicano Defensio Contra Claudii Anonymi, alias Salmasii, Defensionem Regiam*)이다. 지금은 흔히 『두 번째 변호』(*Defensio Secunda*)와 구분하여 『첫 번째 변호』(*Defensio Prima*)라고 부른다.

을 위한 제도인지가 문제이다. 군주제나 공산주의나 모두 국민을 위한 체제라고 제각기 주장하지만, 과연 군주나 공산주의 독재자가 국민을 억압하고 자신의 체제를 위해 반대자들을 가차 없이 숙청해도 대적할 힘과 권한이 국민에게 있는가? 오늘날의 민주주의 체제하에서 어떤 권력자의 그런 폭정이 가능한가? 이런 역사를 예견이라도 한 듯이, 밀턴은 『왕과 관료의 재직조건』에서 국민의 의사를 강조하지만, 절대군주제를 지지하거나 폭정을 일삼은 찰스 1세의 왕권을 시인하는 국민은 국민으로서 용납하지 않는다. 국민을 노예화하며 폭정을 저지르는 절대군주제를 지지하는 의원들의 의사는, 설령 그들이 합헌적 선거를 통해 선출된 의원들이라고 하더라도, 국민의 의사를 반영한다고 볼 수 없다는 것이다. 다시 말하면, 국민의 주권을 방해하는 국민은 국민의 범주에 들 수 없다는 것이다.

왕권주의자들의 시각에서 보면, 왕정에 찬성하는 의원들의 의사는 국민의 의사가 될 수 없다는 논리는 억지처럼 여겨질 수도 있으나, 혁명적 상황에서 반군주제 세력의 논리는 그럴 수밖에 없었다. 절대왕정 국가에서 기득권자들로 구성된 의원들이 자신들의 기득권을 보장하고 있는 왕정을 허물어가면서 국민 대중의 권익을 위해 희생한다는 것은 상상할 수 없는 일이었기 때문이다. 더구나 1640년 **장기의회**를 재건하기 위한 선거에 참여한 유산자 인구는 성인 남성의 6분지 1에 불과했으므로, **수평파**(Levellers)는 참정권을 확대하여 21세 이상의 모든 성인 남성들에게 참정권을 부여하고 400명의 **국민 대의원**(Representative of the People)을 구성하여 이들에게 최고의 권력을 맡기자고 주장하기도 하였다.[329] 그러나 이런 **수평파**의 주장은 왕정이 붕괴하고 나서 1649년 5월에 제기된 것이었으며, 처형된 왕에게 봉사하지 않았다는 점을 들어 참정권을 요구하고 있으므로 어차피 왕정주의자들의 배제를 전제로 한 주장이었다. 이렇게 보면,

---

329) A. L. Morton ed., *Freedom in Arms: A Selection of Leveller Writings* (London: Lawrence and Wishart, 1975), 268.

군주제에 저항하는 공화주의 지지자들이 국민의 자격을 갖는다고 할 수 있다. 그러므로 국민주권론은 전통적인 왕권신수설의 부정과 궤를 같이하게 된다.

이러한 국민의 개념에 근거하여, 밀턴의 전략은 먼저 군주가 어떻게 존재하게 되었는지 그 역사적 과정을 추정하여 왕권신수설의 개념을 부정하는 것, 다음으로 왕의 존재 이유에서 유래하는 그들의 책임을 밝히고 그들의 책임회피가 어떻게 그들을 폭군으로 만들게 되는지를 규명하는 것, 그리고 마지막으로 폭군을 폐위하고 처벌하는 것이 국민의 권리이자 의무임을 설득하는 것이다. 밀턴은 왕이나 관료의 권력을 그들과 국민 사이의 사회계약론에 근거한 것이라고 보고, 그 역사를 아담(Adam)의 타락에서부터 찾고 있다. 사실 구약성서는 왕권신수설과 절대왕권을 인정하고 있는 것이 사실이다. 구약성서에는 다윗이나 솔로몬 같은 왕들은 모두 하나님이 기름을 부어 세운 자들이다. 그러나 밀턴은 왕의 기원에 대한 해석부터 새롭게 접근하고 있어서 특별한 관점을 드러낸다. 하나님의 형상을 따라 창조된 인간은 원래 자유로운 존재이나 아담의 원죄로 인하여 인간이 서로를 해하게 되자 상호간의 협약에 의하여 자신들을 방어하고자 하였고, 이로써 도시와 읍과 공화국이 생겨났으며, 평화와 공동의 권리를 지키기 위하여 어떤 권위를 공동으로 지명하고 강제와 형벌을 통해 이를 지키려 하였다는 것이다. 자기보존의 권한과 힘은 원래 개인 각자에게 속한 것이지만, 개개인은 각자 자신에게 편향적일 수밖에 없으므로, 그들 중에서 지혜와 성실함이 뛰어난 한 사람을 택하여 왕이라 칭하였고 버금가는 자들을 택하여 관료로 삼았다는 것이다(*CPW* 3: 198-99). 따라서 왕이나 관리는 그들의 주인이나 지배자가 되는 것이 아니라 그들로부터 권력을 위탁받은 대리인이며 수임자에 불과하다. 왕권과 법의 기원에 대한 이 같은 해석에 따르면, 만일 왕이나 관료가 위임받은 임무를 법에 따라 집행하지 못하면, 국민은 그들의 권력을 박탈할 수 있게 된다. 왕과 관료의 권력은 "국민으로부터 그들 모두의 공익을 위해 그들에게 양도되고 위탁되고 파생된 것일 뿐"이다(202).

밀턴의 국민주권론은 근본적으로 동시대 영국의 정치사상가였던 토머스 홉스(Thomas Hobbes, 1588-1579)와 존 로크(John Locke, 1632-1704)의 **사회계약설**(Social Contract)과 공통점이 있다. **사회계약설**은 홉스와 로크에 의해 제기되어 18세기 스웨덴 출신의 프랑스 사상가 장-자크 루소(Jean-Jacques Rousseau, 1712-78)로 이어지는 정치사상으로 현대 입헌주의의 이론적 기초가 되었다고 할 수 있다. 영국에서는 **종교개혁**의 결과로 유럽의 종교를 지배하던 로마 가톨릭교의 지배가 무너지고 헨리 8세가 **영국 국교회**를 로마의 종교적 지배로부터 독립시키자, 새로운 정치적, 종교적 질서가 요구되었다. 개신교 정치이론가들은 구약시대의 계약관계에 눈을 돌렸고, 하나님이 인간을 선택하는 것 대신 사회계약의 이름으로 국민이 지도자를 선택하는 방법이 모색되었다. 그러나 홉스의 전체주의적 국가인 **리바이어던**(Leviathan)은 개인들이 자연법적 권한을 포기하고 사회적인 계약에 따라 군주가 만든 법에 순종할 때 형성되는 것으로서, 이러한 국가에서는 모든 군신이 다 같이 원할지라도 군주를 폐위할 수 없다. 홉스는 모든 권력이 한 개인에게 집중되어야만 무질서한 자연 상태에서 벗어날 수 있다고 주장했다. 따라서 홉스의 사회계약설은 왕과 국민 사이의 계약관계에 근거하고 있다고 하지만, 절대군주제를 지지하는 이론이라는 점에서 밀턴의 국민주권론과 상반된 이론이다.[330)]

홉스보다 진일보한 계몽사상의 선구자였던 로크에 의하면, 정치권력은 공익을 위하여 법과 벌칙을 제정하는 권한이기 때문에 권력자의 권위는 절대적이 아니라 조건적이며 시민사회 속에서 개인은 모든 권리를 포기하는 것이 아니다. 로크에 의하면, 개인은 인류에게 공통으로 주어진 사물에 노동을 부가함

330) 이런 절대군주론에도 불구하고 홉스는 『자연법과 정치법의 요인들』(*Elements of Law, Natural and Politic*, 1650; written in 1640)에서 최초의 민주주의는 사회적 계약에 따라 창출된 민주적인 최고기관이 그 권한을 한 개인이나 소수에게 절대적으로 양도함으로써 무너지게 되자 생겨난 공화국의 첫 형태라고 주장함으로써 당시의 헌정 위기 속에서 왕권주의자들과 의회주의자들 양측의 반감을 동시에 사게 되었다.

으로써 재산권을 획득한다. 개인은 재산권과 더불어 사상과 언론 및 신앙의 자유를 보장할 정치적 권력을 기대할 권리가 있다. 그러나 시민사회 속에서 유일하게 제한되는 개인의 권리는 그의 동료를 판단하고 벌할 권리일 뿐이다. 시민사회에 들어오려면, 개인은 대중을 위해 자연법을 포기하고 시민법을 따라야 한다. 비록 그가 입법은 선출된 기관에, 행정은 한 개인, 즉 군주에게 맡겨야 한다고 생각했지만, 정부가 국민의 뜻을 따르지 못하면 국민은 정부를 무너뜨릴 권한이 있다고 생각했다. 로크의 사상은 밀턴의 폭군처형론을 어느 정도 수용한 셈이다.[331]

그런데 밀턴이 권력의 지배를 원초적 타락의 결과로 본 이유는, 인간은 본성상 선하긴 하지만, 사회와 문명에 의해 타락했다는 루소의 주장과 일맥상통한다.[332] "인간은 자유롭게 태어났으나 도처에서 사슬에 묶여 있다"라는 유명한 구절로 시작하는 『사회계약설』(*Du Contrat social*, 1762)에서 루소는 사회계약을 통해 잃어버린 자유를 찾는 방안을 제안한다. 진정한 정치적 자유를 얻기 위하여 진정한 사회계약을 체결해야 한다는 것이다. 그런데 개인의 의지들이 상충할 수밖에 없으므로, 시민사회는 하나의 일반의지(volonté generale)를 형성

---

331) 로크의 대표적 저서는 『두 편의 정부론』(*Two Treatises of Government*)인데 첫 번째 정부론은 17세기 중엽에 쓰인 로버트 필머(Robert Filmer)의 왕권신수설 옹호서인 『패트리아카』(*Patriarcha*)에 대한 논박이고, 두 번째 것은 절대주의 정부론 자체에 대한 논박이다.

332) 1712년 칼뱅의 도시 제네바에서 태어난 루소는 종교, 윤리, 예술, 교육, 정치 등 다방면에 걸쳐 개혁을 주창했다. 그는 『과학 예술론』(*Discours sur les sciences et les arts*, 1750)에서 인간의 역사는 쇠퇴의 역사였다고 주장했다. 그는 『불평등의 기원론』(*Discours sur l'origine de l'inegalité*, 1755)에서 불평등을 두 종류, 즉 자연적인 것과 인위적인 것으로 나누어 논의하면서, 최초의 인간은 사회적 존재가 아닌 고독한 존재였음을 주장한다. 이 점에 있어서 홉스의 견해와 일치하기도 하지만, 루소는 고독한 최초의 인간이 행복하고 자유로운 존재였으며, 인간의 악행은 사회가 구성되면서 유래했다고 주장한다. 공동 주거생활을 하면서 사랑과 함께 질투가 생겨나고, 이웃과의 비교에서 이기심과 교만이 생기고, 사유재산권의 등장은 불평등을 심화시켰다는 것이다. 또한 불평등은 개별 문제가 아닌 자연과 순수에서 멀어지게 된 전체 과정의 특징들 가운데 하나였다는 것이다.

해야 한다. 모든 시민의 의사를 절대적 군주에게 통합함으로써 일반의지로 표현될 수 있게 한 것이다. 플라톤처럼 루소도 한 국민의 대다수는 어리석으므로 대다수의 의지가 잘못될 수도 있음을 인정한다. 이 때문에 하나의 입법자가 요구되며 그 입법자는 우중을 설득하기 위해 영감을 주장할 필요가 있다. 이점에 있어서 루소는 그가 존경했던 마키아벨리(Niccolo Machiavelli, 1469-1527)와 견해를 같이하기도 한다. 루소의 사회계약설은 밀턴의 국민주권론과 상통하지만, 군주제의 전통을 벗어나는 데 실패하였고, 카리스마적 독재자의 손을 들어줄 가능성도 엿보인다. 독일의 사회주의자 마르크스(Karl Marx, 1818-83)나 소련의 혁명가 레닌(Nikolai Lenin, 1870-1924) 같은 후대의 공산혁명가들이 루소의 사상을 흠모한 것이 이를 입증해 준다.[333]

밀턴의 국민주권론이나 폭군처형론은 당대의 사상가들보다 앞서간 사상이었고 홉스나 로크를 넘어서 18세기 프랑스의 루소마저도 뛰어넘는 사상이었다. 밀턴은 정치이론가는 아니었지만, 예언자적 통찰력으로 시대를 넘어서는 정치사상을 보여준 것이다. 밀턴의 국민주권론은 폭군처형론을 넘어서 반군주제로까지 나아간다는 점에서, 홉스나 로크는 물론 뒤늦게 등장하는 루소의 정치사상까지도 넘어서는 현대적 민주주의 개념에 가장 가깝게 접근했다고 할 수 있다. 그의 국민주권론은 일종의 사회계약설에서 출발하지만, 권력자의 책임을 누구보다 강하게 주장하고 있다. 왕과 관료의 권력은 인간 타락의 결과로 생겨난 일종의 필요악에 불과하며, 인간의 원초적 존엄성과 자유를 되찾아 주기 위한 국민과의 계약이지, 결코 권력자들의 독재나 폭정의 대상이 될 수가 없다. 따라서 만일 왕과 국민 사이의 계약이 목적한 대로 이행되지 않으면, 그것은 즉각 철회되어야 한다. 세습적 군주제는 이러한 계약의 파기를 불가능하게 하

333) 물론, 역사적 발전단계로 볼 때, 홉스, 로크, 루소로 이어지는 사회계약설은 실제적 문제들, 특히 인간의 자연적 권리와 정부의 기능 문제에 있어 미국과 프랑스의 정치발전에도 지대한 영향을 미친 것은 인정해야 할 것이다.

므로, 밀턴은 왕의 권력세습을 격식과 편의를 위한 것으로 보았고 일반인의 재산상속과는 본질상 다르다고 생각했다. 국민은 왕이 사거나 팔 수 있는 노예나 재산일 수 없으며, 재산을 소유할 수 있는 자유로운 국민이 왕의 소유물이 될 수도 없다는 것이다. 밀턴의 이러한 국민주권 사상은 왕은 오직 하나님에게만 설명할 의무가 있으며 법 위에 군림한다는 홉스의 왕권신수설과 정면으로 대립하는 것이다.

또한 밀턴은 이러한 이론적 근거를 바탕으로 장차 영국이 나아갈 실천적 방향을 간단히 제시하기도 한다. 찰스의 폭정이 확인되었다면 그를 제거함과 동시에 군주제 자체를 보다 대표성 있는 정부로 대체하는 것이 앞으로 취할 수 있는 합당한 처방이라고 생각하였다. 여기서 암시되는 것은 폭군의 제거와 민주적인 정부의 수립, 그리고 폭정을 막고 자유를 보장할 정치적 수단의 준비이다. 그러나 우선 집행된 왕의 처형을 계기로 분열된 여론을 다시 통합하는 것이 급선무였으므로, 실제적인 처방은 대표성 있는 정부의 구성을 언급하는 정도에 그친다. 찰스를 비난해온 장로파가 찰스의 재판 도중 그리고 처형 후에까지 이러한 처방을 비난하며 독립파를 견제하고 나선 것은, 그 동기를 의심받을 만했다. 밀턴이 보기에, 이들은 변화를 두려워하고 과거에 기대는, 이기적이고 출세지향적인 기회주의자이다. 밀턴은 반군주제 의견에 동조했던 자들에게 이제 진정한 자유의 실현을 위해 실천적 행동에도 가담할 것을 당부한다. 따라서 이 산문은 왕의 추종자들을 대상으로 한 글이라기보다는 혁명을 지지하며 가담했다가 자신들에게 불리한 결과가 나타나자 뒤로 빠지는 장로파 변절자들을 대상으로 한 것이다.[334] 밀턴은 한 편으로는 내란에 대한 찰스 1세의 책임을 부각하고, 다른 한 편으로는 장로파가 군사적 혼란을 자초했다는 점을 지적하면서, 찰스 2세가 복위할 경우의 보복을 염려하게 했다.

334) Cf. Shawcross, "The Higher wisdom of The Tunure of Kings and Magistrates." *Achievement of the Left Hand*, eds. Michael and John T. Shawcross, 144; Corns, *John Milton*, 72.

『왕과 관료의 재직조건』은 찰스 1세의 처형에 반대한 장로파를 상대로 그 정당성을 주장한 것으로서, 혁명을 역사발전의 한 에너지로 받아들이고 있다는 점이 독창적이다. 공개적으로 왕의 해명을 요구할 권리와, 이에 불응하는 경우 그의 왕권을 폐위시킬 수 있는 권한이 국민에게 있다는 주장은, 절대왕권에 대한 도전이지만, 처음부터 왕정 자체에 대해 반대했다기보다는 잘못된 왕정의 교정에 그 목적이 있었다고 할 수 있다. 그러나 왕을 의회가 폐위시킨다면, 왕의 권한은 의회에 종속되는 것이고, 이는 전통적 절대왕정의 붕괴를 의미하기 때문에, 왕권의 박탈은 찰스 1세라는 특정 왕에 대한 조치라기보다 왕정의 철폐를 전제한 혁명이 될 수밖에 없다. 따라서 의회에 의한 왕의 폐위는 왕의 처형으로 이어지게 되고, 여기에는 오랜 역사에 걸쳐 신이 내린 권한으로 인식되어온 왕권에 대한 새로운 인식이 요구되며, 밀턴은 이러한 인식의 변화를 『왕과 관료의 재직조건』에서 강조하고 있다. 이 글의 표지에 길게 서술된 부제만 보더라도 전체 내용의 요지를 충분히 짐작하게 해준다. 즉, 부제에서 "모든 시대를 통하여 권력을 지닌 자라면 누구나 폭군이나 악한 왕에게 해명을 요구할 수 있고, 적당한 혐의가 확인되면 왕위를 폐하고 처형하는 것은 합법적이고 그렇게 여겨져 왔으며, 일반 관리가 그의 의무를 소홀히 하거나 거부하더라도 마찬가지다. 또한 최근 그토록 폐위를 비난한 자들은 그들 자신이 그렇게 행한 자들이다."라고 부언하고 있다.

또한 이 산문의 서두에서 밀턴은 외적인 관습과 내적인 맹목적 애착이라는 "이중의 폭정"(double tyranny; *CPW* 3:190)에 사람들이 그들의 이성을 내어주지 않아야만 한 국가의 폭군을 옹호하는 것이 무엇을 뜻하는지 깨닫게 될 것이라고 선언한다. 여기서 밀턴은 진정한 자유는 선한 인간만이 누릴 수 있으며, 악인은 폭군과 우호적 관계를 유지하게 된다는 논리를 전개한다. "선한 사람들 외에는 아무도 자유를 진정으로 사랑할 수 없으며, 그렇지 않은 다른 사람들은 자유가 아니라 방종을 사랑하는 것이다."(190)라는 밀턴의 논리는, 여태껏 그 자신이 주창한 자유가 방종으로 매도되어온 것에 대한 올바른 인식을 촉구하는 것이다. 진정한 자유가 억압되는 전제군주 치하에서 도리어 방종이 확대되고 용인되었으며, 악인들은 본성상 노예근성을 가지고 있어 폭군에게 저항감이 없다는 것이다. 여기서 밀턴은 장로파가 바로 이들에 속하는 사람들임을 밝히게 된다. 설교와 산문 논쟁을 통해 왕을 저주하고 군대를 선동하여 왕을 체포했던 그들이 자신들의 원리로부터 변절하여 왕권을 옹호하고 있기 때문이다. 의회파의 승리가 하나님의 뜻이요 대의명분일진대, 법의 개정과 정부형태의 변경, 그리고 왕가의 몰락은 당연한 귀결이라는 것이다. 사실, 왕의 처형에 이어 1649년 2월 6일 하원의 의회법에 따라 상원의 폐지가 선언됨으로써 이러한 혁명은 완수된다.

그러나 이 변절자들이 자신의 기득권이나 관습 혹은 형식을 위해 투쟁하면서 이미 저버린 왕에 대한 충성을 다짐하는 것은 신앙적 동정에서가 아니라 그가 잃어버린 "세속적 허세와 위엄에 대한 육욕적 동경"에서 기인하는 것일 뿐이다(193). 이러한 자비는 한 사람을 구하기 위해 국가 전체를 위협하는 처사일 뿐이다. 혁명 도중에 동참하였으나 그 거사에 대해 위축되어 큰 죄를 범하는 것으로 생각하는 자들에 대하여, 밀턴은 그들의 경건한 결단을 굽히지 말 것과 변절자의 대열에 들어서지 말 것을 종용한다. 변절한 성직자들은 "하나님의 성스러운 진실"을 "두 얼굴을 가진 우상"으로 변형시키고 있다는 것이다(195).

그렇다면, 과연 폭군은 어떤 자인가? 폭군의 결정은 행정관료와 당파에 연구되지 않는 국민의 판단에 맡겨야 한다. 그가 왕이든 폭군이든 황제이든 정의의 칼은 그 위에 있으며, 악한 자에게 하나님의 진노를 내리는 권력은 하나님에게서 온 것이므로 적법한 것이며 거부될 수 없는 것이다. 여기서 밀턴은 왕의 기원에 대해 자문한다. 모든 인간은 자유롭게 태어났으며 하나님의 형상을 닮은 존재이므로 다른 모든 동물을 다스리도록 특권을 부여받았으나 아담의 타락으로 부정과 폭력을 행사하게 되어 공동 파멸에 이르게 되었으며, 이에 서로 간의 상해로부터 서로를 보호하기 위해 협약을 하게 되었고, 여기서 도시와 읍과 국가가 형성되었으며, 그 협약을 집행할 권위를 세울 필요가 있게 되었다는 것이다. 모든 개인이 자기방어의 권위를 지니고 있지만, 편의와 질서를 위하여 그리고 각자가 이기적 판단을 내리지 않기 위하여 가장 지혜가 뛰어난 사람에게 권위를 부여하게 되었고 이로써 왕이나 관료가 생겨났다는 것이다. 여기서 중요한 것은 왕이나 관리는 국민의 주인이 되는 것이 아니라 그들로부터 권력을 위탁받은 대리인이며 수임자라는 것이다. 권력을 위탁받은 자들이 수중에 쥐어진 권력을 부당하게 편파적으로 사용하게 되자, 모두가 동의하는 법이 만들어지고 권력자의 권위를 제한하게 되었으며, 권력자는 법 아래에 놓이게 되었다는 것이다. 만일 왕이나 관료가 위임받은 임무를 법에 따라 집행하지 못하면, 국민은 그들의 권력을 박탈하게 된다. 국왕 처형을 정당화한 의원들에 의하면, 국가란 국민의 이익을 위해 구성된 방편일 뿐이다. 『왕과 관료의 재직 조건』보다 여섯 주 먼저 출판된 『정의와 권력의 만남』(*Right and Mighty Well Met*)에서 존 굿윈(John Goodwin)은 인간 사회의 공익이야말로 자연법의 정치적 지상 명령이라고 주장했다. 이러한 생각은 밀턴의 폭군처형론의 중심적 논거이기도 하다. 모든 법의 목적은, 그것이 신성한 것이든 인간적인 것이든, 인간에게 유익을 주기 위함이며, 이혼 논쟁에서 최초의 결혼제도로 거슬러 올라가듯이 정치논쟁에서는 국가 제도의 기원으로 거슬러 올라간다. 그리고 같은 논거에 따라 밀턴은 왕의 속성에 대하여 다음과 같은 몇 가지 제약을 주장한다 (*CPW* 3: 202-7).

첫째, 왕은 그 자신을 위해서가 아니라 국민의 공익을 위해 다스리는 자이므로 "지고의 군주"이나 "천부의 군주"같은 호칭은 오만이나 아첨에 불과한 것이며, 훌륭한 군왕은 그러한 호칭을 쓰지 않았고, 유대교나 고대 기독교에서도 수용하지 않았다는 것이다.

둘째, 보통 사람이 유산을 상속받듯이 왕은 왕위와 왕권을 물려받을 권리가 있다는 주장은 백성을 왕의 노예나 소유물에 불과한 존재로 전락시킨다는 점이다.

셋째, 왕은 하나님 외에는 누구에게도 해명할 필요가 없다는 주장은 모든 법과 정부를 전복하는 것이며, 그가 대관식에서 행한 계약을 파기하게 되어 모든 맹세도 헛되고 법률도 효력을 잃어버리게 된다는 것이다.

넷째, 왕은 그 자신이 아니라 백성을 위해 권위를 위임받았으므로 그들이 최선책이라 판단되면 그의 왕권을 수호하거나 박탈할 수도 있다는 것이다.

이상과 같은 왕권의 제약을 거론하면서 밀턴은 성서적 근거를 들어 왕권신수설을 논박한다. 특히 오늘날까지도 독재자에게 아첨하는 교회 성직자들이 흔히 애용하는 구절, 즉 "모든 권세는 다 하나님께서 정하신 바라"라고 하는 바울(St. Paul)의 경고에 대하여, 그는 공동의 평화를 먼저 생각하라는 의미로 해석한다. 베드로(Peter)가 왕국을 "인간의 제도"로 간주하면서 자유인으로 복종하라는 것과 모순되기 때문이다.[335] 또한 그리스도를 유혹하기 위해 사탄이 지상권력을 제안했듯이 권력 중에는 마귀에게 속한 권력이 있으므로, 바울이 뜻하는 권력은 합법적인 정당한 권력을 말한다는 것이다. 더구나, 바울이나 베드로가 언급하는 권력은 구체적인 것이 아니고 추상적인 것으로써 법령이나 권위를 뜻할 뿐이며 이를 실행하는 사람을 의미하지 않는다고 주장한다. 따라서 권력이 정당하지 못하거나 개인이 정당한 권력을 집행하지 않는다면, 이러한 권력이나 권력자는 하나님에게 속한 것이 아니라 악마에 속한다는 것이다. 여기서 밀턴은 성 바실(St. Basil)의 정의에 따라 폭군을 규정하며 그 폐해를 강조한다.

폭군이란, 부정한 방법으로 왕위에 올랐든 정당하게 올랐든, 법률이나 공동의 유익을 무시하고 단지 그 자신과 그의 당파만을 위해 군림하는 자이다. 많은 이들 가운데 특히 성 바실은 이렇게 규정한다. 그리고 그의 권력은 막강한

335)「로마서」13:1-2;「베드로전서」2: 13-16.

것이고 그의 의지는 무한정으로 지나쳐서 그것을 성취한다는 것은 흔히 백성에 대한 무수한 해악과 억압, 학살, 강간, 간음, 슬픔, 그리고 도시와 온 지방의 파괴를 수반하므로 정의로운 왕이 얼마나 유익과 행복을 주는지, 폭군이 얼마나 큰 해를 끼치는지를 보라. 선한 왕이 국가의 공적인 아버지라면, 폭군은 국민 모두의 원수이다(*CPW* 3: 212).

이처럼 폭군은 모든 국민에게 해로운 존재이므로 폭군을 처형하는 것은 고대 역사에서도 정당화 내지 당연시되었다는 것이다. 여기서 그 전례들을 그리스나 로마 및 유대의 역사와 문헌을 통해 제시하고 나서 다시 영국의 현실에 눈을 돌린다. 7년간의 내전과 파괴로 왕이 죄수가 된 마당에 영국 왕은 국민의 원수일 수밖에 없다는 것이다. 여기서 흔히 민족주의자 혹은 애국주의자로 여겨지는 밀턴은 색다른 주장을 내어놓는다. "장소 상의 거리가 악의를 일으키는 것이 아니라 악의가 거리를 만든다"는 것이다(215). 어느 국가 출신이건 진정으로 평화로운 관계를 유지하는 자가 이웃이며, 영국인이 되며, 국가적, 종교적 법률을 무시하고 그의 마음에 들지 않는 자들의 생명과 자유를 유린하는 자는, 설령 같은 어머니의 태생이라고 하더라도, 적국의 국민이며 이교도일 뿐이라고 주장한다.

밀턴은 다시 그의 정치적 논거를 위해 종교적 권위를 끌어들인다. 찰스 1세가 처형되기 바로 전 1649년 1월 18일에, 47명의 성직자들이 기름을 부어 신성한 왕위에 오른 찰스를 옹호하며 **중대하고 충성스러운 진정서**(A Serious and Faithful Representation)를 페어팩스(Fairfax) 장군에게 올린 바 있는데, 이 진정서에서 다윗이 기름을 부어 왕위에 오른 사울(Saul)을 헤치지 않은 것을 예로 들어 재판관들에게 찰스의 처형을 경고한 바 있다. 이에 대해 밀턴은 사울은 다윗의 개인적 증오를 사긴 했지만, 그가 폭군은 아니었다고 주장한다. 이어서, 기독교 최고의 권위인 그리스도의 표현을 인용하면서 폭군에 대한 처형의 정당성을 뒷받침한다. 이방인들의 군왕은 백성 위에 군림하지만, 그리스도인은 그렇지 않으므로, "너희 중에 누구든지 크고자 하는 자는 너희를 섬기는 자가 되리라"[336]고 하는 기독교적 겸손의 미덕을 인용한다. 반면에 폭군 헤롯(Herod)을 가리켜 "여우"(Fox)라고 부를 정도로 그리스도나 성서가 폭군의 피신처가 될 수 없으며, 도리어 진정한 교회와 하나님의 성도들은 폭군에게 최악의 증오와 두려움의 대상이라는 것이다. 그리스도는 오만한 폭군을 폐하러 왔으며 기독교 역사 이래 폭정으로 인해 왕을 폐위시키고 처형한 것은 정당한 행위로 여겨졌다는 것이다.

또한 밀턴은 성서적 예들뿐만 아니라 영국과 다른 개신교 국가들의 역사와 이야기에서 폭군처형의 정당성을 찾기도 한다. 원래 공작이니 백작 혹은 후작 등의 작위는 신뢰와 직무를 뜻하는 호칭이었으며, 상속에 의한 허식적인 것이 아니었다는 것이다. 그러한 직무가 없어진 지금은 왕이 수여했던 남작(Baron) 같은 귀족 칭호도 중요하지 않으므로 자질 있는 의회 의원들이 공익을 위해 왕을 적절히 감시하는 귀족(Peer)이며 재판관이 되어야 한다는 것이다.[337] 만일 밀턴이 오늘날 영국에 살아 있다면 영국의 명목상의 군주제에 대해 어떤 반응을 보일까? 틀림없이 상속에 의한 허식적인 지위에 대해 분개할 것이라는 생각이 든다. 로마제국에 의해 정복당했던 영국 국민은 446년경 주권을 되찾게 되자 왕을 선출하였고, 마찬가지 권한으로 합당한 사유가 있으면 왕을 처형하기도 하였는데, 이것이 영국의 왕이 누릴 수 있는 권한 혹은 조건이다.

『왕과 관료의 재직조건』은 찰스 1세의 처형을 비난하는 장로파 의원들을 논박하는 것이 목적이므로, 후반부 대부분은 왕의 처형에 대한 개신교 신학자들을 태도를 거론하는 데에 할애된다. 스코틀랜드 개신교도들이 여왕 메리

---

336) 「마가복음」 10:42-43.

337) 밀턴은 여기서 둘 다 귀족이라는 뜻을 지닌 단어인 봉신(Baron)이라는 말과 대등한 사람이라는 의미를 지닌 귀족(Peer)을 대조시키고 있다. "Baron"은 남작을, "Peer"는 상원의원을 각각 뜻하기도 한다.

(Mary)의 섭정 황후(the Regent Queen)에게 양심의 자유를 공약하라고 요구하였으나 거절되자 충성을 철회하고 군에 가담한 것, 스코틀랜드와 영국의 장로교 창시자들 가운데 한 사람으로 유명한 존 녹스(John Knox)가 국무장관 레딩턴(Lethington)을 상대로 주장하기를, 신하들이 왕에게 하나님의 심판을 내릴 수 있으며, 왕도 법을 어기면 법의 형벌을 받아야 한다는 것, 메리 여왕이 남편을 살해하고 폭정이 광폭해지자 스코틀랜드의 전교회와 개신교 정부가 그녀를 폐위하고 처형한 것, 그리고 네덜란드 국민이 헤이그(Hague) 종교회의에서 스페인의 필립 왕에게 독립을 선언한 것 등을 왕권에 대한 통제의 예로 언급한다. 그리고는 현재 문제가 되는 장로파에게 대입시켜, "지금 그토록 왕의 폐위를 정죄하는 장로파는 왕을 폐위시킨 장본인들이며 그들의 모든 변절과 퇴보에도 불구하고 그들 자신의 손에서 죄악을 씻을 수 없을 것이다"라고 그들의 일관성 없는 태도를 비난한다(*CPW* 3: 227). 다시 말하면, 지금 장로파의 태도는 그들 자신이 여태까지의 보여주었던 태도로 인해 정당화될 수 없다는 것이다. 이미 왕을 폐위하는 행동을 줄곧 행동으로 보여줬기 때문에, 이제 상반된 입장을 보일지라도 달라질 것이 없으며, 도리어 자신의 죄과를 인정하는 것이 될 뿐이라는 것이다. 지금 폐위에 반대하는 그들은 이미 왕의 명령과 권위를 거부함으로써 충성의 선서를 어겼으며, 왕이 없는 의회를 세움으로써 국왕에 대한 지상권 승인선서(the Oath of Supremacy)를 공공연히 거부한 것이다. 밀턴은 왕과 신하의 관계를 상대적 관계로 설명하는데, 이 관계에서 한 쪽 상대자가 그들의 관계를 일방적으로 폐기하면, 다른 쪽 상대자도 그 관계를 폐지하게 된다는 것이다. 그런데 지난 7년간 신하였던 한쪽 상대자가 그들의 관계, 즉 왕의 권위와 그에 대한 복종을 철회함으로써 왕이라는 다른 쪽 상대자를 소멸시켰다는 것이다. 다시 말하면, 그들은 "왕위를 찬탈하였고"(unkinged the King), 7년간의 전쟁을 통해 "그를 무법자로 만들었고 이방인 취급을 하며 법의 반역자, 국가의 적으로 여겼다"는 것이다(229-230). 왕을 폐위시킴으로써 왕의 삶과 임무와 존

엄성을 박탈하였기에 진정한 의미에서 왕을 살해했다는 것이다.

밀턴은 장로파를 공격하면서도 그들이 처음의 원칙으로 돌아오기를 촉구한다. 사람 위에 군림하려 하지 말고, 종교적으로 강제할 수 없는 것을 강요하지도 말며, 성서의 왜곡된 해석을 통해 형제의 행위를 공격하지 말 것 등을 요청한다. 다른 한편으로, 왕이 처형되지 않고 복귀하는 날에는 그의 복수가 있을 것임을 경고하면서 역사적 예증을 든다. 덴마크의 왕 크리스티에른(Christiern)이 신하들에게 폐위 당했다가 새로운 선서와 함께 복귀하자 유혈의 복수를 한 것이나, 프랑스의 신교도들이 국왕 샤를 9세(Charles the Ninth)와의 화해가 파리의 학살을 초대한 것, 나아가 사울 왕이 한번 무기를 들자 그 이후로 다윗은 결코 그를 믿지 않았다는 것 등을 상기시킨다. 그리고 마지막으로 성직자들이 공민적인 사건에 개입하지 말고 선한 목자의 소명에 전념하며 탐욕을 피할 것을 부탁한다. 끝으로 개혁의 주도적 역할을 했던 루터, 츠빙글리, 칼뱅 등이 보여준 폭군에 대한 태도를 정리하면서 국민의 주권을 예증한다. 자체적으로 해산되지 않는 한, 해산될 수 없는 그런 의회가 정당한 사유로 인하여 왕의 목숨을 걸고 그의 모든 권력과 권위를 탈취했다면, 이제 왕이 아니라 범법자인 그를 처형하지 못할 이유가 없으며, 자연법에 따라 한 개인이 자신을 방어할 권리가 있다면, 한 국가나 그 국민 전체의 방어를 위해서 더더욱 그러하다는 것이다. 밀턴은 왕의 처형 문제를 종교적 시각으로 조명하여, 이에 대한 장로파의 반대가 결코 기독교적 휴머니즘과 무관함을 강조한다. 왕과 그의 편에 선 군대를 상대로 전쟁을 치르고 그의 추종자들을 적절한 처벌을 하면서 내전의 장본인인 왕은 보호하고 예우를 갖추려 하는 것은 "기독교적"이라고 하기엔 가장 이상한 정의며, "인간적"이라고 하기엔 가장 이상한 이성적 태도라는 것이다(254). 모든 폭군에게 파멸을 가져다줄 영원한 왕인 재림주와 그를 사랑하는 자들은 폭군처형에 반대하는 성직자들을 증오하지만, 폭군에 반대한 최고 성직자들의 인도를 받을 것을 권고한다. 심지어 왕의 처형에 반대하는 성직자들은 개신교 성직자들이 아니라 "교회를 삼키려는 굶주린 이리떼"라고까지 비난한다.

왕권에 대한 밀턴의 생각은 당대의 정치이론가나 정파들 사이에서 형성된 것이었지만, 『왕과 관료의 재직조건』에서 그의 주요관심사는 왕의 재판과 처형이라는 현안에 집중되었다. 왕권을 법과 동일시했던 토머스 홉스는, 군주가 폭군임이 드러난 경우에도, 저항을 인정치 않았다. 그에게 저항은 곧 무법으로 돌아가는 것을 뜻하기 때문에 합법적 저항이란 있을 수 없는 것이다. 장로파도 부분적으로 홉스와 공감하였으나 무제한의 대권이나 과도한 자유를 동시에 경계했다. 홉스나 장로파들과 대조적으로, 밀턴은 수평파와 함께 왕의 처형을 주장하면서도 과도한 자유의 위험성을 인식하여 적어도 의회의 권위에 의존하려 하였다. 수평파에게 장기의회는 왕과 다를 바 없이 폭정을 보였으나, 밀턴의 주요관심은 폭군의 처형에 집중되어 있었다. 또한, 그는 의회만으로는 왕의 처형이 불가능하리라고 생각한 나머지, 군대의 압력이 필수적이라고 생각하였다. 이 같은 판단에서 그의 소위 폭군처형론은 의회의 입장을 넘어서서 자연법과 국민의 권리에 호소하게 된다. 여기서 수평파와 밀턴이 부분적으로 유사한 인식을 했음을 확인할 수 있다. 당시에 윌리엄 월윈(William Walwyn)이나 리차드 오버턴(Richard Overton)도 밀턴처럼 의회를 비판하면서 국민의 주권을 강조했다.[338] 따라서 밀턴의 폭군처형론은 수평파의 국민주권론과 상통한다. 그 합법성은 의회의 권위와 의회에 의해 위임된 군대의 권위에 호소함으로써 방어될 수 있었으나, 그 궁극적인 정당성은 하나님의 섭리와 자연과 이성에 따르는 것이다.

이처럼, 밀턴에게 있어서, 자연의 근본법은 곧 하나님의 섭리와 일치되고, 인간의 타고난 자유도 기독교적 자유와 상통한다. 따라서 이혼이나 언론의 자유를 억압하는 것은 인간의 존엄성을 침범하는 것이며, 왕이나 관료가 국민의

338) Barker, *Milton and the Puritan Dilemma*, 146-47.

절대적인 주인이라는 발상은 인류의 존엄성에 대한 일종의 반역이 된다. 따라서 밀턴의 국민주권론은 성서적 권위와 자연법에 의존하였고, 인간존엄성의 근간이 되는 자유사상에 근거하고 있다. 그가 청년기에 쓴 가면극 『코머스』에서 진정한 자유는 덕성과 불가분의 관계로 묘사되듯이, 정치적 산문에서도 자유는 인간존엄성의 전제조건이 된다. 그리고 인간존엄성의 핵심인 자유는 국민 개개인이 내외적 폭정으로부터 해방될 때 가능한 것이기 때문에, 모든 국민이 개인적 덕성과 주권 의식을 가질 때 쟁취할 수 있는 것이다. 따라서 밀턴에게 있어서 국민 주권론은 그의 자유사상의 외적, 정치적 표현이라고 할 수 있을 것이다. 『왕과 관료의 재직조건』은 표면상 폭군처형과 국민주권 문제를 다루지만, 근본적인 사상은 이상주의적 인간관에서 기인하고 있다. 인간의 존엄성이 진정한 자유에 기반을 두는 것이기 때문에 모든 인간의 생득적 권리인 자유야말로 이상적 국가의 기본이념이 되어야 하기 때문이다.

이러한 이상주의적 요소들로 인해 쇼크로스는 밀턴의 주장이 특히 현대적이라고 규정하기도 한다.[339] 그런데 밀턴의 이상주의는 결국 개인의 자유에 그 기초를 두고 있으므로 현대 민주주의 국가에서 찾아볼 수 있는 개인주의 이념의 근간이기도 하다. 밀턴이 개인의 자유를 특히 강조한다는 점에서 그의 국민주권론은 반군주제론의 차원을 넘어서 현대적 개인주의 사상에 가깝다고 할 수 있다. 이 점에서 확실히 그의 정치사상은 대단히 현대적이지만, 동시에 이런 개인적 계몽에 근거하는 이론이기에 그에게는 도리어 희망과 우려를 자아내기도 하였다. 왕의 처형을 겪으며 두려움에 떨고 있는 자들이 계속 혁명의 대의명분과 그 결과를 지지한다면 희망이 있겠지만, 국민 개개인의 참여와 지원이 없다면 군주제의 폭정은 계속될 것이기 때문이다. 결국, 『왕과 관료의 재직조건』에서 밀턴은 왕권과 국민주권 문제를 다루면서 동시에 지속적 자유를

339) John T. Shawcross, "The Higher Wisdom of *The Tenure*," 143, 148.

가능케 할 개개인의 자율적 변화와 미래의 지속적 행동을 위한 지혜를 제공하려 한 것이다. 요컨대, 이 산문은 국민의 생득적 자유를 자연적 권리로 규정함으로써 국민주권론을 자유공화국의 이념적 바탕으로 제시하고 있다고 할 수 있다.

(2) 『우상파괴자』

『왕과 관료의 재직조건』이 찰스 1세의 재판회부와 처형을 논리적으로 정당화한 것이라면, 『우상파괴자』(*EikonoKlastes*, 1649)은 "당대 최대의 쿠데타적인 선전물"[340]이었던 『왕의 성상』(E*ikon Basilike*)[341]에 나타난 찰스의 순교자적 이미지의 허구성을 파헤치고 찰스의 실상을 보여주고자 쓴 반박문이라고 할 수 있다. 국민의 자유를 자연적인 태생적인 권리로 규정함으로써 국민의 자유를 짓밟은 왕의 처형을 정당한 법집행으로 정당화하는 산문으로서, 정치적 상황 변화에 따른 밀턴의 새로운 인식을 반영하고 있다. 그러나 처형에 대한 논리적 정당성보다는 찰스의 위조된 이미지 뒤에 숨겨진 진면목을 당대의 정치적 사건과 연결하며 조목조목 설파하여 보여줌으로써 우상화된 이미지에 속지 말도록 영국 국민에게 경고하는 측면이 강하다.

『왕과 관료의 재직조건』을 쓸 무렵에도 정치적 변절자들이 없었던 것은 아니지만, **잔부의회**(Rump Parliament)와 승리한 의회군이 아직 국민의 지지를 받고 있다고 생각한 밀턴은 영국의 정치적 장래에 대해 기대를 잃지 않았으나, 점차

---

340) Gorden Campbell and Thomas N. Corns. *John Milton: Life, Work, and Thought*. (Oxford: Oxford UP, 2008), 220.

341) 표제어 전체는 『왕의 성상: 고독과 고통을 감내하는 성스러운 폐하의 표상』(*Eikon Basilike: The Portraiture of His Sacred Majesty in HIs Solitudes and Sufferings*)이다. 『두 번째 변호』(1654)에서 밀턴은 『우상파괴자』를 쓰게 된 경위에 대해, "왕의 것으로 추정되고 명백하게 의회에 대하여 중대한 악의를 품고 쓰인 책이 나타났다. 이 책에 대응하라는 명을 받고 나는 『성상』에 대응하여 『우상파괴자』를 썼다."라고 밝히고 있다(*CPW* 4.1: 628).

왕권파, 장로파, 수평파 및 제5왕국파(Fifth Monarchists)[342] 사이의 갈등과 혼란 속에서 공화국과 호국경 통치는 강하긴 하나 소수 집단에게 주어진 과업임을 인식하게 된다.[343] 특히, 『왕의 성상』이 출판되고 대중들 사이에서 처형된 왕에 대한 동정론이 일기 시작하자, 밀턴은 조작된 이미지에 쉽게 속아 넘어가는 대중들에게 크게 실망하게 된다. 폭군을 처형하고 공화정이 들어서긴 했으나 공화정의 앞날이 밝지만은 않을 것이라는 조짐이 보였기 때문이다. 이에 밀턴은 새로 태동한 공화국의 입지가 흔들리지 않도록 왕에 대한 동정 여론을 차단하기 위해 찰스의 우상화된 이미지를 파괴하고자 『우상파괴자』를 쓴 것이다.

『우상파괴자』를 분석하기에 앞서, 『왕의 성상』에 대해 좀 더 알 필요가 있다. 『왕의 성상』은 1949년 영국 내란의 결과 찰스 1세가 의회에 의하여 참수된 후 10일이 지난 1949년 2월 9일에 발행되어 시중에 나돌기 시작하였으며, 정치적인 목적을 겨냥한 왕의 정신적인 전기라고 할 수 있는 책자이다. 이 산문은 처형된 찰스 1세를 순교자로 묘사하고 있고, 기도하는 모습의 표지 그림으로 유명하며, 9년간에 걸친 내란 기간에 겪었던 전투, 협상, 산문 논쟁 등 모든 주요한 고비를 왕정주의자의 입장에서 다루고 있다. 그러므로 찰스 1세 자신의 정치적인 회고와 명상을 순교자의 관점에서 기록함으로써 그에 대한 동정심을 불러일으키고 처형자들에 대한 분노를 유발하려는 취지로 쓰였다. 또한, 이 산문은 군주제에 대한 변호와 더불어 내란으로 이어진 왕의 정치적, 군사적 행보에 대해 일기형식을 취하여 독자의 감정에 호소하는 간결하고 직설적인 문체로 쓰였다. 나아가 왕을 처형한 자들을 용서하도록 권고하는 화해의 제스처도 담고 있어 반대 세력까지 포용하려는 듯한 인상을 주기도 한다. 또한

342) 존 로저스(John Rogers [1627-1665]가 이끈 종말론적 청교도 단체로서 성서적 예언에 의한 교회 정부를 추구하였다. 크롬웰이 호국경 시대를 열자 로저스는 그를 변절자로 규정하며 종교적 자유를 요구하다가 투옥되기도 하였다.

343) Arthur E. Barker, *Milton and the Puritan Dilemma: 1641-1660* (Toronto: U of Toronto P, 1971), 156.

모든 장에 왕의 기도가 첨부되어 하나님 앞에 기도하듯이 쓴 것임을 암시하여 진정성을 보여주고자 하였다.

『왕의 성상』에 묘사된 찰스 1세의 순교적인 자화상은 그를 예수 그리스도(Jesus Christ)와 비교하기까지 한다. 이런 순교자의 이미지는 단순히 정치적 패자의 이미지를 벗어나 진리와 정의를 위해 목숨을 바치며 왕권의 복구를 유언으로 남기는 담대하고 정의로운 순교자로서의 성군의 이미지를 부각하였다. 이런 순교자의 이미지는 대중의 동정적 감정을 불러일으키는 데 이바지하였고, 공적으로 출판이 인정되지 않은 상황에서도 대단한 대중적 인기를 누렸다. 『왕의 성상』에 대한 참고문헌을 정리한 마단(Madan)에 의하면, 첫판이 출판되고 1년 이내에 런던에서만 35판 이상이 출판되었고, 아일랜드(Ireland)와 해외에서 25판이 나왔으며, 권두화(frontispiece)도 47가지나 다양하게 등장하였고, 이 책에 나오는 기도문이나 명상을 발췌한 인쇄물도 많이 나왔다고 한다.[344)]

예상외로 『왕의 성상』이 대중의 인기를 누리게 되자, 밀턴은 『우상파괴자』에서 우상처럼 숭앙받고 있는 처형된 왕의 위조된 이미지를 파괴하는 동시에, 자신의 박식과 설득력 있는 수사법을 유감없이 발휘하여 왕의 처형에 대한 비난의 글을 조목조목 반격한 것이다.[345)] 『왕과 관료의 재직조건』이 성공적으로 출판되고 1개월이 지나 밀턴의 재능이 발탁되어 크롬웰 국무회의의 외국어 담당 비서관이 되었는데 이로 인해 새로운 공화국의 반대자들은 그를 더욱 적대시하였다. 『왕의 성상』이 만들어낸 왕의 순교자적 이미지가 예상외로 다수의 일반 국민을 현혹하는 데 성공하는 것을 지켜본 밀턴은 "일관성도 합리성도 없이 이미지에 미친 군중"의 반응을 개탄스럽게 생각하였다. 밀턴에게는 폭정을 자

344) Merritt Y. Hughes, Introduction, *CPW* 3: 150.

345) 사실상 1949년 3월 15일 밀턴이 외국어 담당 서기가 된 후 국무회의가 그에게 『왕의 성상』에 대한 답변을 쓰도록 요구한 것이다. 또한 토마슨(Thomason)이 그가 소장한 책에 1649년 10월 6일이라고 적고 있어 그즈음 출판되었을 것으로 추정된다.

행하는 조직들에 현혹된 오합지졸 같은 군중은 노예근성에 익숙한 속기 쉬운 불쌍한 무리에 불과했다. 이들은 종교적으로 우상을 숭배하는 경향이 있듯이, 진정한 경배의 대상을 찾지 못한 채 왕을 우상화하여 왕에게 정치적 폭정을 허용한다고 생각되었다. 사실상, 『왕의 성상』은 왕가와 감독제에 대한 감상적 애착을 불러일으키는 구심점의 역할을 했으며, 공화국은 소수인 공화주의자들에 의해 설립된 것이었고 다수 국민은 정치적 혼란에 빠져들었고 경제적 어려움을 당하고 있었다. 그러나 밀턴은 소수인 공화주의자들의 명분을 하나님의 뜻과 동일시했기 때문에, 호국경 시대 동안 인기도 없는 공화정부를 변호하는 글을 써야만 했다. 따라서 『우상파괴자』는 단순히 공화국에 대한 변호가 아니라 유럽 국가들을 상대로 영국을 변호하는 것으로서, 유럽에서의 자신의 국제적인 명성을 포기하고, 모국어로 시를 쓰겠다던 결심을 번복이라도 하려는 듯, 유럽을 상대로 영국 국민의 폭군처형을 변호한다.

『우상파괴자』의 서문에서 밝히고 있듯이, 밀턴은 이미 처형된 왕과 논쟁을 하려는 것이 아니라, 관습과 교육 부족 등으로 인해 폐하(Majesty)라는 화려한 이름 외에는 왕에 대해 진지하게 생각조차 하지 못한 채 숭배만 해온 자들을 상대로 자유와 공화국을 위해 칼자루를 잡는다고 이글의 목적을 밝히고 있다.[346] 처음부터 독립파(Independents)에 의해 『왕의 성상』을 쓴 원저자의 실체가 의문시되었으며, 익명의 저자가 쓴 『성상의 진상』(*Eikon Alethine*, August 26, 1949)은 그것이 성직자의 조작일 것이라는 주장을 하였으나, 이 또한 다른 익명의 왕정주의자가 『왕의 성상』을 옹호하기 위해 쓴 『신하가 본 성상』으로 인해 타격을 입고 있었다. 이에 밀턴은 『왕의 성상』에 나오는 모든 내용의 책임을 찰스에게 돌리는 한편, 성직자의 문체에 주목함으로써 숨겨진 저자가 어느 성직자였으리라고 확신했다. 왕의 말년에 적극적으로 활동한 장로교 성직자로

346) The Preface to *Eikonoklasters*, *CPW* 3: 338.

서, 찰스의 글을 편집했던 존 고든(John Gauden)이 『왕의 성상』을 자신이 썼다고 고백하기도 하였지만, 그의 주장에 대해 학자들 사이에 의견이 일치하는 것은 아니다. 찰스가 감금되어 있던 시기에 이 책을 쓰는 것을 보았다는 윌리엄 레벳(William Levett)의 증언이 있어서 저자 논쟁은 다소 혼란스럽기도 하다. 레벳은 찰스가 처형된 후 그의 시체를 윈저 성(Windsor Castle)으로 운구하도록 한 인물이기도 하다.[347]

『성상의 진상』은, 비록 『왕의 성상』의 저자가 고든이라는 주장은 하지 않았으나, 『왕의 성상』의 문체로 보아 주교직이나 주임사제직 같은 성직을 노리는 어느 성직자의 저작일 것이라고 보고 장별로 그것이 조작된 것임을 입증하고자 한다. 『성상의 진상』에 있는 권두화는 커튼이 젖혀진 장면을 보여주어 뒤에 숨어있는 학자 겸 성직자 의상을 입은 진짜 저자를 보여주고 있다. 또한 고든의 이름을 상기시키는 듯한 "gaudy phrase"(화려한 구절), "gaudy outside"(화려한 외관), "gaudily drest"(화려하게 차려입은) 같은 구절의 사용은 저자의 정체가 항간에 떠도는 공개된 비밀이라는 점을 암시하는 듯하다.[348] 이 책의 저자는 독자들에게 『왕의 성상』을 왕의 책으로 믿고 이에 마취되어 자유의 산고를 겪고 있는 조국 잉글랜드를 배신하지 말라고 권고한다. 반면, 며칠 후 이 반격의 책에 대해 익명의 한 왕정주의자가 『신하가 본 성상』(*Eikon Episte*)이라는 책을 내어 왕의 두뇌에서 나온 출판물을 전에 왕을 죽인 것처럼 다시 죽이지 말라고 상반된 호소를 하기도 한다.[349]

반면, 『왕의 성상』이 출판된 후 4년이 지난 1653년, 토머스 왜그스태프(Thomas Wagstaff)는 『순교자 찰스 왕의 옹호』(*A Vindication of King Charles the Martyr*)에서 파멜라(Pamela)의 기도문에 대해 밀턴의 조작을 제기했는데, 왜그

347) Cf. "Eikon Basilike," http://en.wikipedia.org/wiki/Eikon_Basilike.

348) Cf. Sirluck, "*Eikon Basilike, Eikon Alethine, and Eikono-klastes,*" 475-501.

349) Barbara Lewalski. *The Life of John Milton: A Critical Biography* (Oxford: Blackwell, 2000), 248.

스태프는 출판업자 윌리엄 더가드(William Dugard)에게 고용된 한 인쇄공에게서 흘러나왔다는 풍문을 근거로 밀턴과 브래드쇼(Bradshaw)가 그 인쇄공에게 『왕의 성상』에 찰스가 남긴 네 편의 기도를 첨가하도록 했다고 주장했다.[350] 문제는 왕의 기도문 가운데 첫 번째 것이 시드니(Sidney)의 『아카디아』(*Arcadia*)에 등장하는 감금된 파멜라가 만물을 내다보는 어떤 신에게 바친 기도문을 바꾸어 쓴 것이라는 점이다. 왜그스태프는 밀턴이 왕의 마지막 기도에 이 기도를 삽입시키게 함으로써 찰스를 공격할 구실을 만들었다고 주장했다. 그러나 이 주장이 설득력을 얻기 위해서는 더가드나 다른 많은 지하 출판업자들이 그렇게 출판하도록 뇌물을 받았어야 하며, 그런 음모가 효력을 발휘하였어야 마땅하지만, 실제로는 출판업자나 대중이 왕의 기도를 좋게 받아들였으며 기도가 첨가된 판이 판매에도 유리했다.

또한, 체임버스(R. W. Chambers)는 당시 여론의 악화에 시달리는 공화국 정부가 자신에게 불리하게 작용할 것이 분명한 선전에 구실을 제공하려 시도했으리라는 것은 부당한 추정이라고 단정한다.[351] 마단의 증거에 의하면, 의회는 더가드가 『왕의 성상』에 기도를 첨부한 것을 묵인하기는커녕 그를 체포하였으며, 지하 출판업자들은 왕정주의자들의 명분을 위한 기도의 가치를 밀턴의 공격이 있고 나서 8개월이 지날 때까지 확신하고 있었다는 것이다. 결국, 만일 밀턴이 찰스의 기도를 문제 삼지 않았다면, 아무도 이에 대해 문제 삼지 않았을 것이다. 밀턴의 공격으로 인해, 왕정복고 이후 찰스 2세의 특별 허가에 따

350) 후일 존슨 박사(Dr. Johnson)가 「밀턴의 생애」("Life of Milton")에서 왜그스태프의 주장을 수용하였다. 라이트(B. A. Wright)는 존슨의 주장이 전적으로 왜그스태프의 주장을 따르고 있으며 왜그스태프 또한 헨리 힐리스(Henry Hillis)라는 인간성이 의문시되는 인쇄공의 말 외에는 다른 아무런 증거도 갖고 있지 않았다고 주장한다(Hughes, 152; *London Times Literary Suplement* [March 30, 1962], 217). 금세기 들어서 릴저그렌(S. B. Lilgegren)이나 폴 펠프스-모런드 (Paul Phelps-Morand)가 이러한 주장을 옹호하기도 했다.

351) R. W. Chambers, "Poets and Their Critics," *Proceedings of the British Academy* (1941), 47.

라 훨씬 나중인 1680년에 출판된 공식적인 로이스턴(Royston) 판에서는 청교도의 비위를 상하게 할 수 있는 기도를 생략하였으나, 왕정복고 이후 찰스의 전집물에는 파멜라의 기도를 포함하여 일곱 가지 기도들이 실려 있었다. 기도문의 첨가로 인해 찰스에 대한 동정이 고조되자 밀턴은 이를 문제 삼지 않을 수 없었을 것이고, 파멜라의 기도는 특히 공격하기 좋은 것으로 판단했을 것이다. 사실 밀턴은 그의 반감독제 산문 이후 줄곧 규정된 기도문에 반대해왔음도 상기할 필요가 있다.

『왕의 성상』의 저자가 누구든지 일단 왕 자신이 아니라면, 왕을 순교자로 만들려는 추종자들의 숨은 노력이 인정되고, 추종자들이 그들의 세력을 확대하기 위해 왕의 우상화 작업을 한 것으로 볼 수 있다. 밀턴의 깊이 있는 학술적인 전기를 쓴 윌리엄 파커의 표현을 빌리자면, 『왕의 성상』은 처형된 "찰스에 대한 영리한 문학적 시성식(諡聖式; canonization)"인 셈이다. 기독교 역사에서 최초로 종교적 성인(saint)으로 추대된 첫 케이스도 순교자였는데, 찰스는 단순히 정치적 희생자의 수준을 넘어서 종교적 성인으로 추대되어 숭배의 대상이 된 것이다. 『왕의 성상』이 출판된 후 왕의 전기적 회고록에 대한 일종의 종교적 숭배의식이 일어나서 수십 년 아니 수백 년 동안 눈물과 분노로 읽히고 왕정주의자들의 거실에는 성서와 나란히 놓여 성물처럼 취급되었다는 것이다.[352] 한 인간에 대한 우상화 작업으로서 이보다 더한 성공은 없었을 것이다. 왕은 패자로서의 자신의 약점을 인정하면서도 자신의 정치적 동기의 순수성을 주장하고, 나아가 종교적 원칙들을 고수하며 처형을 앞둔 시점에서도 하나님을 의지하는 독실한 크리스천 성군의 이미지를 구축한 것이다.

『왕의 성상』의 저자가 왕 자신이라면, 이는 왕이 죽을 때까지 자신의 왕권을 하나님이 부여한 절대권력으로 생각하고 폭정의 도구로 사용하였다는 증명

---

352) William Riley Parker, *Milton: A Biography*. 2nd ed. 2 vols. (Oxford: Clarendon, 1996), 1: 360-61.

이 된다. 비록 찰스 자신은 스스로 선량한 하나님의 대행자 역할을 성실히 수행했을 뿐이며 악의적인 반대 세력에 의해 순교자가 된 것으로 묘사하고 있지만, 밀턴이 보기에 그는 국민과 국민의 대표기관인 의회를 무시하고 절대권력을 휘두르며 폭정을 자행해온 폭군일 뿐이다. 그러나 왕의 절대권력에 눌려 살아온 백성들은 왕의 말이라면 무조건 절대적 무게를 두고 받아들였던 상황에서, 이 책이 누군가에 의해 대신 쓰인 것임을 명확히 증명할 수 있다면 최대의 공격수단이 될 수도 있겠지만, 비록 공공연한 비밀처럼 세간에 대필자가 누구라는 소문이 나돌았다고 하더라도, 실제 명확한 증거가 없는 상황에서 가정적인 추측으로 작가 논쟁을 하는 것은 에너지 낭비라는 것을 밀턴은 인정한 것 같다. 그래서 『우상파괴자』에서 밀턴은 작가 논쟁을 포기하고 찰스가 썼다는 전제로 반격을 시작하는 것이다. 밀턴은 『왕의 성상』에 나오는 모든 내용의 책임이 집필 여부와 상관없이 찰스에게 있다는 전제하에 『우상파괴자』에서 찰스 1세의 우상화된 이미지 파괴에 집중한다.

『왕의 성상』의 권두화만 보더라도 앞에 가시면류관을 놓고 천상에서 제공한 왕관을 쳐다보며 성스러운 모습으로 기도하는 모습은 마치 하나님의 뜻에 따라 십자가를 지기 전에 기도하는 그리스도와 비교되는 모습이다. 그 속에 암시된 조작된 경건성은 종교적 동정심을 자아내므로, 밀턴이 보기엔, 옛 영국인의 용기와 자유를 사랑하는 소수(some few)를 제외하면, 대부분 군중은 "선대의 어느 영국왕보다 더 교활하게 우리의 자유를 침해하고 폭정을 예술로 만드는 이 인간의 이미지와 기억을 숭배할 준비가 되어 있다"는 것이다(*CPW* 3: 344). 이런 허구를 통한 찰스의 우상화 작업이 진실인 양 받아들여지기 위해서는, 논리보다 감정에 쉽게 흔들리는 대중의 어리석음이 전제되어야 한다. 라나 케이블(Lana Cable)의 지적대로, 하나의 이미지나 우상이 그 영향력을 행사하기 위해서는 무엇보다 "속기 쉬운 숭배자"가 전제되어야 한다.[353] 그러므로 우상파괴의 대상은 우상화된 찰스뿐만 아니라 그 우상에 동조하여 함께 슬퍼하고 자책하는 대중의 피해의식도 파괴의 대상이다. 밀턴이 보기에는, 이처럼 왕의 우상화를 쉽게 받아들이는 것은 영국인의 타고난 성향이 아니라 두 가지 다른 이유가 있는데, 첫째는 감독제 성직자들과 그 동역자들이 그들의 성도들에게 노예근성과 비천함을 가르친 결과이며, 두 번째는 사람들 대부분이 자기 목적과 기질에 따른 파당적 성향을 가지고 있기 때문이라는 것이다. 처음에는 의회를 해산하고 해외 개신교도들을 배신한 왕의 폭정에 대해 모두 비난하더니, 각자의 이기심으로 인하여 왕의 편에 서게 되고, 왕은 이들을 규합하여 의회에 도전하는 세력을 만들었다는 것이다(*CPW* 3: 344-45). 즉, 밀턴은 정치적 우상화가 감독제의 권위적인 가르침에서 기인한 것이며 정치적 이기심의 발로라고 설명한다. 이런 종교적, 정치적 배경 속에서 영국 국민 대부분의 노예근성과 이기적인 당파심이 여태껏 왕에게 함께 저항하던 결속력을 깨뜨리고 왕을 우상화하게 되었다는 것이다.

정치적 우상화도 정치적 숭배자들의 상상에 의한 산물이므로 『왕의 성상』의 허구도 시적 상상의 수준으로 전개된다는 점에 밀턴은 주목한다. 그가 『왕의 성상』 전체가 "한 편의 시"로 쓰인 것 같다며, 단어도 잘 사용되었고, 허구도 부드럽고 깔끔하고, 운율만 부족하다고 지적한 것은, 이 산문이 역사적 사실을 상상의 허구적 예술로 표현한 것을 비난한 것이다(406). 밀턴이 『왕의 성상』을 가리켜 시와 같다고 한 것은 상상력을 통해 불멸의 진리를 표현하는 문학의 한 장르를 말하는 것이 아니라, 사실과 상관없이 하나의 허구를 그려내는 기술방식과 내용을 두고 하는 말이다. 자서전이라고 하면 자신의 진실한 삶을 기술해야 하지만 찰스가 보여준 생전의 폭정이나 당대 역사의 진실과 거리가 먼 왜곡된 표현과 거짓된 논리를 가리키는 것은 물론이다. 세드릭 브라운

353) Lana Cable, "Milton's Iconoclastic Truth," *Politics, Poetics, and Hermeneutics in Milton's Prose*, eds. David Loewenstein & James Grantham Turner (Cambridge: Cambridge UP, 1990), 143.

(Cedric Brown)은 찰스가 폭정을 예술로 변화시킴으로써 "교묘히 조종하는 목적으로 종교적 언어를 부당하게 이용했다"고 주장한다.[354] 세속적 폭정을 종교적 행위로 둔갑시키고 정치권력의 사실을 애매하게 덮어버리고 자신의 순교자 이미지 확립에만 초점을 맞춘 것이기 때문이다.

『왕의 성상』에서 찰스 1세는 자신을 순교한 제2의 그리스도, 혹은 제2의 다윗 왕(King David)으로 표현하여 하나님의 인정을 받은 신앙심 돈독한 성군의 이미지로 묘사하고 있는데, 이에 동정하고 흔들리는 대중은 스스로 우상을 그들의 뇌리에 세우고 있다고 생각되었다. 밀턴은 순교자는 자신을 증거 하는 것이 아니라 진리를 증거해야 한다고 반박한다. 스스로 순교자라고 증거하는 자는 마치 모양도 없는 그림을 그리고 지나가는 사람들에게 그 형체가 뭐라고 설명하는 잘못된 화가와 같다는 것이다(*CPW* 3: 575). 이처럼 찰스 1세가 자신을 스스로 그리스도와 비교하여 묘사함으로써, 비록 처형된 왕의 형상을 만들어 세우거나 숭배하지 않더라도, 왕에 대한 내적인 우상을 만들어 세우는 셈이다. 밀턴은 『왕의 성상』에 묘사된 왕의 우상이 대중의 머릿속에 투영되어 동정심을 유발한 것으로 보고 그 머릿속의 정신적인 우상을 파괴하고자 자신의 책을 "우상파괴자"라고 한 것이다. 책 자체가 우상파괴를 하는 내용이라는 의미도 될 것이고 자신이 우상파괴자 역할을 하겠다는 뜻도 될 것이다.

『왕의 성상』에서 왕이 사용한 언어는 추상적이고 모호하며 개별적 사건을 다루는 경우도 사건을 구체적으로 묘사하지 않고 자신의 주장에 맞게 전체적 회상과 자기변명적인 명상으로 끌고 가며, 더구나 각장마다 기도문을 첨부하여 왕의 내면적 세계로 끌어들인다. 여기에 밀턴은 이런 허구에 대해 이미 독자들이 알고 있는 구체적 사실을 언급하며 응수하고, "심문하는 분위기"로 몰아붙인다.[355] 자신의 기도라며 끌어다 쓴 것은 기도행위 자체를 "속되고 반기독교

---

354) Cedric Brown, *John Milton: A Literary Life* (London: Macmillan, 1995), 126.

355) Gorden Campbell and Thomas N. Corns. *John Milton: Life, Work, and Thought*. (Oxford:

적인" 것으로 만드는 행위이며, "이교도 신에게 바쳐진 이교도의 상상적인 입에서 구구절절 훔쳐낸 기도"일 뿐이다(362). 이런 기도문의 도용은 찰스 1세가 종교까지 정치에 이용하고 있다는 증거가 되며 이교도의 기도문을 기독교 순교자의 기도문으로 둔갑시킨 것은 위선이라는 것이다.

이처럼 『왕의 성상』에 묘사된 찰스 1세의 이미지가 밀턴이 생각하는 우상파괴의 대상이라면, 과연 밀턴에게 우상이란 어떤 의미를 지니는 것일까? 밀턴은 『기독교 교리』(*Christian Doctrine*)에서 "우상숭배란 진정한 신이든 거짓된 신이든 간에 신의 형상(우상)을 만들거나 숭배하거나 믿는 것"이라고 정의한다(*CPW* 4: 690-91). 여기서 우상을 믿는다는 것은 단순히 물리적인 우상을 숭배하는 외적 행위만을 뜻하는 것이 아니라 우상을 신뢰하는 내적 숭배를 뜻하기도 한다. 하나님에게 바쳐져야 하는 숭배를 하나님의 표상이나 다른 거짓 신의 표상에 바치는 것은 외적 숭배행위일 뿐만 아니라 내적 숭배의 표현이다. 존 칼뱅은 『기독교 강요』(*Institutes of the Christian Religion*)에서 「창세기」에 나오는 라헬(Rachel)이 그녀의 아버지의 우상을 훔쳐 왔다는 모세의 이야기를 전하며, 이로 미루어 인간성 자체에서 우상숭배 기질이 생겨나는 것으로 보고 인간 정신은 "끊임없는 우상 제작소"(a perpetual factory of idols)[356]라고 규정한다. 칼뱅은 「솔로몬의 지혜서」(Wisdom of Solomon)[357]에 나오는 우상의 기원에 관한 이야기를 소개하고 있는데, 한 아버지가 아들이 죽자 그를 추모하고 싶어 그의 수하 사람들에게 죽은 아들의 형상을 만들게 하여 하나의 신처럼 경배하게 하여 우상화했다고 한다.[358]

이런 맥락에서 밀턴은 가톨릭 교황을 적그리스도(Antichrist)로 간주하고 교황

Oxford UP, 2008), 225.

356) John Calvin, *Institutes of the Christian Religion*, 1: 108.

357) 성경의 외경 중 한 편이다.

358) 「솔로몬의 지혜서」 14:15-16.

숭배를 미신행위 중 최악이라고 주장하기까지 한다(*CPW* 4: 180). 그리고 그는 이런 가톨릭의 미신행위가 영국 국교에까지 침투하여 내적 신앙보다 외적 치장에 치중하고 물질주의를 증폭시킨다고 보았다. 황제나 왕이 왕권신수설을 내세워 그가 신처럼 행동하려는 것은 설령 우상숭배를 배척했다고 하더라도 스스로 우상이 되려는 것이므로 우상숭배를 조장한다는 것이다. 어쩌면 기원전 4세기의 그리스 철학자, 에우헤메루스(Euhemerus)에 의해 시작된 인간 권력의 신격화를 경계한다고 볼 수 있다. 신화에 등장하는 신들은 신격화된 인간일 뿐이며, 그들(신화의 신들)의 생활은 단지 인간의 생활이 상상력으로 부풀려진 것이라는 주장으로서 절대군주가 자신을 신격화하여 숭배대상으로 만드는 것은 정치와 종교를 결합하여 권력을 절대화하는 방편이라는 것이다. 데이비드 로웬스타인의 표현을 빌리자면, 『우상파괴자』는 『왕의 성상』에서 사용된 유혹적인 언어와 왕의 이미지를 파괴하려는 하나의 시도로서, "군주제의 강력한 언어와 도상성을 탈신화하는 것"이다.[359]

이처럼 정치가 종교적 권위를 이용하는 상황에서 『우상파괴자』에서 밀턴은 정치적인 측면에서 군주제의 폭정가능성을 주장하는 데 그치지 않는다. 이 산문을 쓰게 된 동기였던 『왕의 성상』이 처형된 찰스 1세의 순교자 이미지를 강조하고 나아가 그를 예수 그리스도와 동일시하여 신격화하며 왕권신수설을 감성적으로 대중의 뇌리에 주입하려는 의도였다면, 밀턴은 이에 대한 대응으로 감정보다 논리를 내세워 정치적인 이유뿐만 아니라 종교적 이유에 있어서 군주제를 받아들일 수 없음을 주장한다. 개인의 자유는 "우리가 노력한 결실을 즐기는 것과 우리 자신이 동의한 법의 혜택에 있다"는 찰스 1세의 주장에 대해, 밀턴은 그것은 진정한 자유도 정의도 될 수 없다고 주장한다.

첫째, 우리의 근면과 노력이 우리에게 우리 자신의 것으로 만들어준 그런

359) David, Loewenstein. "Milton's Prose and the Revolution," *The Cambridge Companion to Writing of the English Revolution*. Ed. N. H. Keeble (Cambridge: Cambridge UP, 2001), 97.

결실을 즐긴다면, 터기 군주제 아래 터키인이나 유대인이나 모르족이 즐기는 것 이상의 무슨 특권이 있겠는가? 알제리에서 도둑이나 해적들이 자신들 사이에 있는 그런 종류의 정의라도 그것이 타당하든 부당하든 아예 없다면 어떤 종류의 정부나 사회도 결속될 수 없을 것이기 때문이다. 그러므로 우리는 자유로운 정부를 억압적인 정부와 구별해줄 뭔가를 더 기대하는 것이다(*CPW* 3: 574).

어떤 폭군이 다스리는 국가든 혹은 도둑이나 해적집단도 그 나름의 정의를 내세우는 법은 있겠지만, 그것이 국민 개인에게 진정한 자유와 정의를 실현해주는 것은 아니라는 말이다. 찰스가 "우리 자신이 동의한 법의 혜택"에 대해서 자유를 누린다고 주장하지만, 밀턴은 왕이 의회가 정한 법에 대해 마음대로 "거부 의사"를 행사하고 그것이 "우리의 모든 법을 초월하는 궁극적인 법"인 양 우리가 동의하지 않은 법에 따라 강제적으로 국민을 통치한다고 반박한다. 모든 국민이 의회를 통해 "우리 모두가 동의한" 법을 만든다고 해도, 왕이 이 모든 법 위에 군림하는 "부정적 소리의 폭정"을 하는 한, 국민의 자유는 없다는 것이다(575). 마틴 드젤제이너스(Martin Dzelzainis)의 지적대로, 밀턴은 국민의 자유가 재산권의 자유에 한정된 것이 아니라 군주의 자의적인 통치 가능성으로부터 자유로워야 한다고 본 것이다.[360]

찰스 1세의 우상화와 관련하여, 밀턴은 『왕의 성상』에서 만들어진 그리스도와 같은 왕의 순교자 이미지를 파괴하기 위해 우상파괴의 오래된 전통의 연장선상에서 시작한다. 그리스의 황제들의 유명한 성(Surname)이 "우상파괴자"(Eikonoklastes)였다는 것을 언급하며, 그들이 교회의 오랜 우상숭배의 전통이 있고 난 후 하나님의 명령에 따르기 위해 용기를 내어 모든 미신적인 우상을 파괴하였다고 주장한다(343). 『왕의 성상』은 단순히 성군으로서의 왕의 이미지를 묘사하는 것이 아니라 왕의 이미지에 종교적 우상화를 덧씌워 찰스 자신이

360) Martin Dzelzainis, "Republicanism." *A Companion to Milton*. Ed. Thomas Corns. (Oxford: Blackwell Publishing, 2003), 307.

진리를 위한 순교자가 되고 하나의 정신적 우상이 되도록 만들어간다. 책의 제목 그대로 찰스는 하나의 아이콘(성상, 우상)이 된다. 이 산문은 9년간에 걸친 내란 기간에 겪었던 전투, 협상, 산문 논쟁 등 모든 주요한 고비들을 왕정주의자들의 입장에서 다루고 있다. 이 책의 저자가 왕이든 신하이든 상관없이, 직접적인 정치적 목적을 가지고 썼으며 그 목적은 처형된 왕을 지지하기 위해 대중적 감성을 자극하고 결국 공화국 정부의 통치를 화해시키려는 것이었다. 밀턴은 『왕의 성상』을 반박하는 글을 쓰면서도 대중적 감성에 호소하기보다 그 책에 나와 있는 주요한 내용을 조목조목 반박한다.

간간이 삽입된 찰스의 명상이나 기도문을 제외하면, 『왕의 성상』은 1640년 찰스가 장기의회를 소집한 후 거의 6년이 지나서 홈비 하우스(Holmby House)에서 체포되기까지에 걸쳐 장기의회와 다투는 과정에서 겪은 이정표적인 스물여섯 가지 사건들에 대한 찰스의 해석으로 구성되어 있다. 이에 따라, 『우상파괴자』에서 밀턴은 스물여섯 장에 걸쳐 찰스의 사건해석에 대해 조목조목 반박하고 있다. 바로 이 점이 그에게는 어려움이기도 했으나, 일반적인 방식으로 독립파의 노선을 견지하며 논쟁하는 것으로는 국무회의나 대중을 만족시킬 수 없는 형편이었다. 따라서, 사건 하나하나에 대해 되묻는 식의 반박을 하면서 찰스가 한 진술의 진실성을 도마에 올려놓는다. 그래서 왕이 뜻밖의 사건을 끌어들일 때마다 밀턴은 역사적 맥락에 맞추어 설명했다. 그러면서도, 찰스의 기술 태도에 대해 신랄한 풍자를 하기도 한다. 밀턴은 때로 왕의 우상화에 쉽게 속아 넘어간 우매한 군중에게 화를 내기도 하고 실망을 토로하기도 하지만, 막연한 추상적인 논리로 대응하지 않고 찰스가 설명한 사건 하나하나에 반박하는 방식을 취하면서도 정치적 우상화를 경계하고 폭정에 대한 비판과 국민의 자유를 줄기차게 옹호한다.

찰스 1세가 『왕의 성상』의 서두에서 자신이 장기의회를 소집한 것은 "타인의 권유나 내 형편의 필요성에서가 아니라 나 자신이 선택하고 의도한 것"이었다고 주장하였는데, 밀턴은 찰스가 의회를 소집하지 않고 몇 년이나 다스린 것을 개괄하면서 그의 정직성과 역사기록에 대한 평가능력을 문제 삼는다.[361] 찰스는 의회의 요구를 묵살하고 1629년부터 11년간 의회 소집 없는 11년의 폭정(Eleven Years' Tyranny)을 이어갔다. 찰스는 부왕 제임스 1세로부터 종교적 갈등과 왕권신수설 및 의회와의 갈등을 유산으로 물려받았는데, 부왕은 왕권이 아무리 하나님에게서 받은 것이라고 해도 타협과 정략이 필요하다고 생각했으나, 찰스 1세는 왕권은 국민과 법 위에 군림한다는 고집을 부리며 의회의 승인 없이 전쟁을 일으켜 수차례나 실패하기도 하였다.[362] 제1차 내란기에 아일랜드 가톨릭 연맹 최고회의(The Supreme Council of Irish Catholic Confederacy)는 찰스의 지원군 파견을 위해 30,000 파운드의 보조금을 약속했고, 2차 내란기에는 1만 명의 군대를 6주 내로 파견키로 했으며, 3차 내란기에는 1만 명 이상을 왕이 사용할 수 있게 하겠다는 것이었다. 찰스와 아일랜드 사이의 이러한 음모가 널리 알려지자 의회가 그에게 군대를 임의로 사용할 수 없게 하였다는 사실을 언급함으로써 밀턴은 찰스의 속임수에 응수했다(*CPW* 3: 163). 찰스는 1641년의 11월 학살은 청교도 의회가 탐욕과 무자비한 분노 때문에 일으킨 것이라고 몰아붙였으며, 첨가된 기도문에서는 유혈사태를 예방하지 못한 자신과 가문에 하나님의 저주를 빌기까지 하고, 자신의 정책에 대한 비판을 하나님과 왕권에 대한 모욕이라고 분개하는 등, 자신을 동정의 대상으로 만들려 했다. 왕의 천부적 권한에 대적하며 인간의 법과 하나님의 법을 어기는 자들이 동료 신하들의 자유를 돌보는 것은 불가능한 일일 것이므로 이들에게 불평하기보다 차라리 자멸의 길을 택하겠다는 것이다. 이처럼 감상을 유발하려는 자조적인 찰스의

---

361) 사실 2년 후 윌리엄 릴리(William Lily)는 찰스 1세의 주장을 문제 삼으면서, 그가 의회를 소집한 실제 이유는 스코틀랜드와의 전쟁을 거부하는 영국인들의 간청 때문이었다고 주장했다. *Cf. Monarch or No Monarchy*, August 6, 1651; Thomason Index, E638[17], 80-1;. William Lilly Parker, *Milton's Contemporary Reputation* (New York: Haskell House, 1971), 87-8.

362) Hughes, Introduction. *CPW* 3: 163.

표현에 대해 밀턴은 찰스의 처형으로 이미 그 저주가 내렸으며, "이 훌륭한 예로써 사람들이 하나님의 심판에 무서워 떠는 것을 배워야 하며 장난으로 저주하면 안 된다"고 부연했다(485). 밀턴의 신랄함이 항상 악의적인 풍자인 것은 아니며, 그 목적은 왕에 대한 모욕이 아니라 실제적인 정확한 동기를 파헤치는 것이었다.

또한 찰스가 **평민원**(House of Commons)에 난입한 것을 모호하게 묘사한 것에 대해서도, 『우상파괴자』 제3장에서 밀턴은 구체적 사실을 지적하며 논박한다. 밀턴의 목적은 골수 왕정주의자들을 설득하려는 것이 아니라 과거의 동지였던 **장로파**를 겨냥한 것이다. 밀턴은 의사당 문이 열려있는 상황에서 3백 명가량의 건달과 악한들이 학살을 외치고 쳐들어왔다고 지적한다(377). 찰스는 "신사들"의 수행을 받으며 왕의 존엄에 어울리게 들어왔다고 주장하지만, 밀턴은 그들이 "사창가의 거친 보병들이며 선술집과 노름집에 죽치고 지내는 쓰레기들"(380)이라고 일갈한다. "무대포와 깡패들"(Braves and Hacksters)이 의회와 모든 선한 사람들의 불만에 대항하여 왕의 신변을 경호하는 것이 왕의 존엄과 보안에 합당할 것이라고 빈정거리기도 한다(381). 밀턴의 이런 반격은 당대에 거리를 누비던 왕당파 당원들의 방탕하고 술주정하며 빚에 쪼들리고 병든 모습을 상기시켜주는 것이다.[363]

나아가, 밀턴은 찰스가 자신을 제2의 그리스도로 표현하여 정치에 종교적 우상화를 덧씌운 것에 맞불을 놓아 그의 처형이 도리어 하나님의 섭리(Providence)에 의하여 가능했다고 논박함으로써 결코 그가 종교적 순교자가 될 수 없음을 강조한다. 찰스가 스스로 순교자임을 자처하지만, 국민의 천부적인 자유와 권리를 억압하며 하나님의 뜻을 따르기보다 거역하여 전쟁을 일으키고 수많은 사상자를 낸 찰스는 하나님의 섭리에 따라 내란에서 패하고 그의 정의

---

363) Thomas N. Corns, *John Milton* (New York: Twayne Publishers, 1998), 88.

의 칼에 단죄된 것이라고 주장한다. 의회의 승리를 이끌어준 것도, 왕이 재판대에 서게 되도록 인도한 것도, 그를 처형되게 한 것도 모두 하나님의 섭리에 의한 것이라는 것이다.

> 그렇다면 그 이상 무슨 논쟁이 필요한가요? 그(찰스)는 하나님의 심판대에 호소했던 것이니, 하나님이 찰스가 그 자신의 입으로 스스로 한 평결에 따라 만인이 보는 앞에서 판단하시고 그에게 행하신 것을 보시라. 이후 모든 왕들에게 하나의 경고가 된 것이니, 그들이 다윗의 영혼과 양심도 없으면서 다윗의 말과 주장을 건방지게 어찌 따라 하는지 경고가 되는 것입니다. (*CPW* 3: 381-82).

이처럼, 밀턴은 찰스의 실패와 처형이 하나님의 섭리에 따라 성취된 것이라고 반박함으로써, 왕권신수설만 고집하지 말고 폭정을 단죄한 하나님의 섭리를 이해하라는 것이다.

『우상파괴자』보다 몇 개월 앞서 출판되었던 『왕과 관료의 재직조건』에서도 밀턴은 왕이나 관료의 권력을 그들과 국민 사이의 사회계약론에 근거한 것으로 보고, 국민 개인의 행동을 정의의 유일한 방편으로 본 것이다.[364] 밀턴은 왕의 기원에 대하여 왕권신수설과 반대되는 사회계약론적인 관점을 보여준다. 『우상파괴자』에서는 찰스의 우상화를 반격하는 것이 당면한 과제이므로 군주제 일반론보다 법을 따르지 않는 군주 개인의 문제에 초점을 맞추긴 하지만, 밀턴이 당시까지 당연시되던 왕권신수설을 거부함으로써 결국 군주제 자체를 인정치 않은 셈이고, 이것이 당시로서는 이 작품에 대한 광범위한 수용을 막는 요인이 되기도 하였다.[365] 또한 찰스 개인의 폭정에 초점을 맞추면서도 군주제 자체의 잠재적 폭정가능성을 지적하여 공화정을 옹호한 셈이다. 왕권의 우

---

364) 밀턴의 국민주권론에 대한 보다 상세한 논의는 송홍한, 「『왕과 관료의 재직조건』에 나타난 국민주권론」, 323-41을 참고할 것.

365) J. Max Patrick, *The Prose of John Milton* (New York: Doubleday, 1967), 365.

상화 가능성에 대한 밀턴의 거부감은 영국혁명기에 가톨릭이나 영국 국교회의 종교적 의식에 대한 청교도들의 거부감을 반영한 것이라고 볼 수도 있다.

찰스 자신은 물론 그의 추종자들이 정당한 비판까지 거부하는 마당에 밀턴이 신랄한 풍자로 대응하는 것은 공적인 명분을 위해 한 치의 양보도 허용될 수 없었던 시대에 취할 수 있는 유일한 대안이었을 지도 모른다. 찰스는 자신의 정책에 대한 비판을 그 자신과 왕권에 대한 모욕이라고 생각하여 분개했으며 자신을 동정의 대상으로 만들려 했다. 왕의 천부적 권한에 대적하며 인간의 법과 신의 법을 어기는 자들이 동료 신하의 자유를 돌보는 것은 불가능한 일일 것이므로 이들에게 불평하기보다 차라리 자멸의 길을 택하겠다며 찰스는 절망적인 후퇴를 하지만, 자신을 신과 대등하게 여기는 태도를 결코 버리진 않는다. 찰스에게 이들은 "하나님과 나에 대한 그들의 의무를 그토록 망각하는" 자들이며, "하나님의 이름과 함께 숭배되는 자들에게 비난을 퍼붓는" 자들과 한 패거리일 뿐이다.[366] 왕의 신격화는 찰스가 그의 부왕이었던 제임스 1세로부터 받은 교육과 왕으로서의 누려온 특권에 기인한 것이었다. 왕은 신이 세운 지상의 대리인이며 심판자로서 "그들[신하들]을 심판하되 자신은 하나님에 의해서만 심판받을 권한이 있으며 하나님에게만 자신의 판단을 해명할 필요가 있다"는 것이다.[367]

그러나 이러한 왕권신수설에 대한 밀턴의 방어는 국민의 권리를 왕권 위에 올려놓는 것이었다. 왕은 국민의 동의와 투표에 의해서만 국민을 지배하고, 그들 자신이 정한 법률에 따라 다스려야 하며 국민의 공복이 되어야 한다. 왕이 자연적으로 혹은 스스로 권력을 소유한 것도 아니며 하나님이 국민을 그에게 위탁한 것도 아니기 때문이다(*CPW* 3: 485-86). 밀턴의 이러한 공격은 왕이나 『왕의

---

366) *Eikon Basilike* (1649), 118.

367) *The Trew Law of Free Monarchie, The Political Works of James I*, ed. Charles H. McIlwain, 61. *CPW* 3: 165에서 재인용.

성상』의 필자에 국한된 것이 아니라 종교적 신조처럼 되어버린 왕에 대한 숭배를 겨냥한 것이다. 이러한 종교적 측면과 더불어 이성 중심의 인문주의적 사고방식도 밀턴의 반군주주의(anti-monarchism)에서 빼놓을 수 없는 요소였다. "이성을 지위의 우세함에 종속시키는 것은 미치광이 같은 법일 것이다"라고 밀턴은 단언한다(462). 가디너(Gardiner)가 『우상파괴자』를 밀턴적인 매문(hackwork)이라고 매도한바, 이에 대하여 메릿 휴즈(Merritt Hughes)가 이 산문의 가치를 개인에 대한 존경보다 인간 이성을 중시하는 밀턴의 신념에서 찾고 있는 것도 이 때문이다.[368] 엣절 릭워드(Edgell Rickword)가 주장한 대로, 『우상파괴자』는 공민의 자유와 종교적 자유를 보장할 수 없는 찰스에 대한 군사적 반란의 필요성을 가장 간명하게 해설한 것이다.[369] 그러나 이미 처형된 왕을 다시 반역의 대상으로 삼은 것이 아니라 왕의 순교자적 이미지를 파괴하는 것이었다. 즉, 처형된 왕의 그늘에서 기득권을 누리던 추종자들이 그에 대한 동정론을 일으켜 다시금 세력을 규합하려는 시도를 밀턴은 경계한 것이다.[370] 『왕의 성상』은 처형된 찰스를 하나의 성상으로 만듦으로써 왕정주의자들이 무력이 아닌 새로운 여론조작에 의한 공격을 시도하게 하였고, 이에 밀턴은 "가차 없는 정의의 칼"로 맞선다(*CPW* 3: 346). 그리고 이 "정의의 칼"은 "진리가 모든 것들 가운데 가장 강하다"는 사실을 보여주는 조로바벨(Zorobabel)의 우화 서문에서 공명정대한 정의의 칼로 나타나며, "지상의 모든 폭력과 압제를 대적하여" 사용되는 것이다(584). 여기서, 정의를 가능하게 하는 것은 자유로운 이성적 탐색과 연계되어, 군사력의 우위에 의한 단순한 힘의 논리가 아니라 공명정대한 정치적 원리를 제공한다. 즉, 왕의 처형에 대한 반박 논리에 머무르지 않고, 의회의 군사

368) Merritt Y. Hughes, Introduction, *CPW* 3: 167.

369) Edgell Rickword, "Milton: The Revolutionary Intellectual," *The English Revolution, 1640: Three Essays*, ed. Christopher Hill (London: Lawrence N. Wishart, 1940), 127.

370) *Eikonoklastes, CPW* 3: 342.

적 승리를 새로운 시대를 열어나갈 하나의 공정한 정치적 원리로 확립하는 것이다. 따라서 『왕의 성상』이 정치적 재건을 꾀하는 왕정주의자들의 돌파구였다면, 『우상파괴자』은 새로운 공화국의 장래를 위한 밀턴의 대응 논리였다고 할 수 있다.

『우상파괴자』의 목적이 『왕의 성상』에 나타난 찰스의 우상화를 파괴하는 것에 국한된 것으로 본다면, 이 산문이 출판된 후에도 대부분 여론이 찰스 1세를 여전히 지지했다는 점에서 실패했다고 볼 수도 있다(Raymond 206). 그러나 『우상파괴자』가 밀턴의 산문들 가운데 널리 읽혀진 첫 번째 산문이다.[371] 단기적 관점에서 보면, 10여 년 동안의 공화정이 실패로 돌아가고 왕정복고가 되자 밀턴의 독자들 대부분이 왕의 편으로 돌아섰고, 국왕처형을 정당화했던 밀턴의 『우상파괴자』는 그의 라틴어 『변호』(*Defensio*)들과 함께 찰스 2세의 지시에 따라 공개적으로 소각되기도 하여 완전히 실패한 듯하다. 반면, 장기적 관점에서 보면, 다시 한 세대가 지난 후 급기야 왕권을 유명무실하게 만드는 입헌군주제를 태동시킨 **명예혁명**(1688)이 일어나고, 그렇게 절대군주제가 무너지고 2년이 지난 후, 정치적 우상이 없어진 세상에서 『우상파괴자』는 승리를 자축하듯이 새로운 판으로 부활하여 출판되었으니 결과적으로 성공을 거둔 것이다. 결국, 『우상파괴자』에서 보여준, 절대군주의 정치적 우상화에 대한 밀턴의 비판은 정치적 우상으로부터 우상숭배자를 구출하려는 전략이라 하겠다. 밀턴은 군주제의 정치적 우상화를 비판함과 동시에 그 자리에 국민주권과 자유의 가치를 높이 세운 것이다.

371) Dennis Danielson, "The Fall and Milton's Thodicy," *The Cambridge Companion to Milton*, ed. Dennis Danielson (Cambridge: cambridge UP, 2003), 239.

4. 라틴어 『변호』: 영국 공화국을 위한 국제적 변호

『우상파괴자』를 쓴 후 약 1년 4개월이 지나서 밀턴은 또 하나의 폭군처형을 옹호하는 글인 『영국 국민을 위한 변호』(*Defensio Pro populo Anglicano*, 1651)을 내놓게 되는데, 이번에는 유럽 국가들을 상대로 영국 국민의 선택을 옹호하는 글이었다.[372] 『영국 국민을 위한 변호』는 1949년 익명의 저자가 라틴어로 쓴 『찰스 1세를 위한 왕권의 변호』(*Defensio regia pro Carolo I*)에 대한 대응으로서, 국무회의의 요청에 따라 외국의 독자들을 상대로 쓴 것이었다. 『왕권의 변호』는 발행지도 저자도 밝히지 않았으나, 그 저자가 국제적으로 명성을 떨쳤던 프랑스의 개신교 학자이자 신학자였던 클로디우스 살마시우스(Claudius Salmasius)였으며, 암스테르담(Amsterdam)에서 출판된 것으로 인정된다.[373] 살마시우스가 영국 역사나 찰스의 처형을 둘러싼 사건 배경을 충분히 통찰하지 못한 점은 있지만, 그 요지는 유럽의 왕들이 영국의 새 공화정에 공동으로 저항하고, 헤이그(Hague)에 피신 중인 찰스 왕자를 복위시키자는 것이었다.[374] 영국 공화정부는 이 책의 수입을 금지하였지만, 바다 건너 대륙에서 일어나는 반대 여론을 차단할 길이 없었다. 살마시우스의 국제적인 명성만으로도 대단한 파장을 일으킬 것이 염려되었기 때문에, 영국 공화정의 명분을 대변해줄 이에 필적할 만한 논쟁가의 대응이 요구되었다. 이 일을 할 사람으로 선택된 밀턴은

372) 원제는 『익명의 클로디우스, 혹은 살마시우스의 「왕의 변명」에 대하여 영국인 존 밀턴이 쓴 영국 국민을 위한 변호』(*Joannis Miltoni Angli Pro Populo Anglicano Defensio Contra* Claudii Anonymi, *alias* Salmasii, *Defensionem Regiam*)이다. 지금은 흔히 『두 번째 변호』(*Defensio Secunda*)과 구분하여 『첫 번째 변호』(*Defensio Prima*)라고 불린다.

373) 살마시우스는 라틴어식 표기이며, 프랑스명은 끌로드 드 쏘마이즈(Claude de Saumaise)이다. 유럽 르네상스 시대에 흔히 그랬듯이 살마시우스는 몇몇 나라에 초대를 받아 머무른 적이 있는데 1631년 이후에는 라이든(Leyden)에 머물러 있었다.

374) 『왕권의 변호』에 대한 개략적 평가는 *CPW*, 4.1, Introduction, Chapter 13, "Defensio Regia of Salmasius"를 참고할 것, 그리고 그 발체문은 같은 책 2부에 부록으로 실렸으니 참고할 것.

왼쪽 눈이 멀고 오른쪽 눈마저 약화되는 중이었으나, 영국 공화정을 옹호하는 글을 쓰기 위해 그는 기꺼이 남은 시력을 바쳤다. 밀턴의 조카 에드워드 필립스(Edward Philips)의 증언에 의하면, 이 산문으로 인하여 그의 건강이 크게 손상되었던 반면, 살마시우스에게는 파멸의 원인이 되기도 했다고 한다.[375]

사실상 오늘날 밀턴의 문학과 학식을 연구하는 학자의 관점에서 보면, 밀턴이야말로 살마시우스의 책에 대적할 만한 학자라는 생각을 당연하게 받아들일 수 있을 것이다. 그러나 그 당시에 밀턴은 아직 변변찮은 시인의 명성과 이혼 논쟁으로 인한 별난 경력, 그리고 실명이라는 시련을 겪고 있었고, 가정적 근심거리에 시달리는 중이었으므로, 살마시우스는 그에게 대적하기에 힘겨운 상대였을 것이다.[376] 더구나 그의 상대는 박학다식기로 유럽 전체에서 서너 명 내에 드는 20세 연상의 국제적 학자였기 때문에, 밀턴은 1백여 권 이상의 책을 조사하며 공격 논리를 준비했다고 한다.[377] 이즈음 쓰인 소넷 19번은 폭군 찰스를 벌한 하나님이 그의 처형을 옹호한 자신을 실명하게 했는지에 대한 갈등을 보여주고 있지만, 소넷 22번에서 그는 "나의 고귀한 일, 자유의 변호"(liberty's defense, my noble task)를 위해 실명한 것을 위안으로 삼았다고 한다. 이런 관점에서 보면, 밀턴이 실명 후에 쓴 서사시나 비극에 못지않게 그의 라틴어 변호 팸플릿들은 영국 국민을 향한 그의 예언자적 소명 의식의 소산물이었다고 할 것이다.

(1) 『영국 국민을 위한 첫 번째 변호』

살마시우스의 『왕권의 변호』에 대한 답변으로 쓰인 밀턴의 첫 번째 라틴어

375) A. N. Wilson, *The Life of John Milton* (Oxford: Oxford UP, 1983), 168.

376) Parker, *Milton: A Biography*, 377-78; Corns, *John Milton*, 92.

377) Levi, *Eden Renewed: The Public and Private Life of John Milton* (New York: St. Martins, 1997), 169; Parker, *Life*, 2: 961-62.

변호인 『영국 국민을 위한 변호』는 1950년 12월 국무위원회의 인가를 받아 1651년에 출판되었다. 이 산문은 현재 흔히 『첫 번째 변호』라고 불리는데, 『우상파괴자』와 같은 분량으로서 4절판, 200쪽 정도 되었으며, 살마시우스의 글에 조목조목 반론을 제기한 것이다. 함부로 대처할 경우, 도리어 자국의 명분을 헤칠 수도 있는 상황에서, 밀턴의 의도는 영국이 여전히 학식 있는 교양인에 의해 지배되고 있음을 보여주는 것이었다. 건강을 담보로 자신의 모든 힘과 학식을 바쳐 유럽의 여론이라는 법정 앞에서 폭정에 맞서 신생 공화국인 영국을 변호할 각오였다. 『첫 번째 변호』는 『왕권의 변호』와 마찬가지로 전부 12장으로 구성되었으며 서문이 있다. 밀턴의 책 서문은 『왕권의 변호』의 서문에 논의된 몇몇 쟁점에 대하여 응답하고 있으며, 특히 혁명의 명분에 대한 그의 확신을 보여주는 연설조의 웅변으로 마무리된다.

> 그러므로 저들 편에는 기만과 거짓말과 무지와 야만성이, 우리 편에는 빛과 진리, 이성, 그리고 인류의 모든 위대한 시대의 희망과 가르침이 있다는 확실한 믿음에 의해 고양된 마음으로 그토록 정당한 이 명분을 이룩하도록 합시다. (*CPW* 4.1: 307)

이처럼 자신의 명분에 대하여 확신에 찬 밀턴은 상대의 동기에 대하여는 그 순수성을 전면 부정한다. 그는 『왕권의 변호』 속표지에 적힌 "왕의 비용으로"(Sumptbus Regiis)라는 문구를 거론하며 살마시우스가 굶주린 왕에게서 비싼 대가를 받고 이 글을 썼을 것이라고 공격하기도 한다. 반대로 자신의 주제는 후대를 위한 가장 고귀한 유산이 될 것이며, 영국 국민은 미신적인 왕권신수설을 무너뜨림으로써 다른 어떤 왕정국가보다도 후대에 빛날 것이라고 한다. 법위에 군림하고 신적인 권위를 휘둘렀던 폭군을 전복시킨 영국 국민의 위대함을 후대에 전하기 위해서는 이에 상응하는 위대한 문필가가 요구되기에, 밀턴은 자신이 이 소임을 맡게 된 것에 대해 영광스럽게 받아들인다. 그러나 그가 이처럼 찬양하는 주제에 어울리지 않게도 살마시우스에 대한 공격이 지나치게 비속한 인신공격을 담고 있기도 하다. 이에 대한 밀턴 나름의 이유가 없는 것은 물론 아니다. 공격대상인 『왕의 변호』는 공화국의 국무위원회에 의하여 "이 공화국에 대한 악의와 신랄함으로 가득 찬" 책이라고 판단되어 몰수 명령을 받은 책이었다.[378] 부정한 명분은 불의한 사람에 의해 옹호되는 것이므로 이런 사람에 대한 인신공격은 정당화될 수 있다고 생각한 밀턴은 살마시우스의 학문을 서슴없이 조롱하였으며, 왕의 권력은 자유로운 국민에게서 유래하며, 따라서 국민은 자신들을 억압하는 폭군을 벌할 수 있는 권한이 있다고 주장한다.

살마시우스에 대한 밀턴의 논박은 단순한 학문적 논쟁 차원을 넘어선, 혁명기에 취할 수 있는 필봉의 싸움이었고 적을 공격하는 방편이었기 때문에, 그에게 글의 예절 같은 것은 사치스러운 위선에 불과했다. 자유에 대한 불타는 열정과 폭정에 대한 증오심은 밀턴이 스스로 옹호해온 기독교적 사랑과 관용을 등지게 하여, 그는 살마시우스를 괴물, 미치광이, 바보, 기생충, 돼지 등 온갖 호칭을 써가며 신랄한 공격을 가하며, "난폭한 짐승," "여자가 올라탄 수다쟁이 바보," "왕의 거짓을 위한 최고 중재인" 혹은 "순전한 똥더미 같은 프랑스인"에 불과하다(*CPW* 4.1: 339, 428, 468, 534). 이는 반감독제 산문에서 주교에게 퍼부었던 독설을 능가하는 것이다. 이 때문에 파커는 "밀턴이 정복하기 위해 웅크렸다"는 점을 인정하면서도, 그의 논쟁을 "꽁생원의 삿대질이며, 도서관의 언쟁"이라고 혹평했다.[379] 울프 역시 밀턴이 적대자의 한계성에 묶여 자신이 언명한 서문의 약속을 이행하지 못하고 있다고 불평한다.[380] 그가 지나친 독설과 맞대응에 집착한 나머지 공화정의 대의명분을 유창하게 분석해주지 못하

378) J. Milton French, ed., *The Life Records of John Milton*. 5 vols. (New Brunswick, 1950), 2: 299.

379) Parker, *Milton: A Biography*, 1: 383.

380) Don M. Wolfe, Introduction, *CPW* 4.1: 112, 114-15.

고 있다는 것이다.

이와 같은 개인적 독설이나 비속한 언어의 사용에도 불구하고, 최근에 밀턴의 산문에서 시적 상상력을 발견한 로웬스타인에 의하면, 밀턴의 라틴어 『변호』들은 역사적 논쟁과 시적 상상력을 접목한 산문으로 평가받는다. 『첫 번째 변호』는 그 신랄한 논박에도 불구하고 이따금 "서사시적 절정"에 오르고 있어 1649년의 『우상파괴자』와 『두 번째 변호』의 역사 시학 사이의 과도기적 산문이라는 것이다.[381] 『첫 번째 변호』은 전통적 서사시처럼 시적 영감을 비는 기원(invocation)으로 시작하는데, 이는 밀턴의 시학과 산문 담론 사이의 상관성을 암시한다고 할 수 있다. 서사시적 기원의 대상인 하나님은 "인간의 한계보다 자신을 높이는 오만하고 방자한 왕들"을 파괴하는 역사의 이미지파괴자로 등장한다(*CPW* 4.1: 305). 밀턴이 선언하는 이 산문의 목적 역시 서사시적 품격을 암시한다. 살마시우스의 주장을 논박하는 현실적 목적 외에도 "모든 국가와 모든 시대가 아마 읽을 수 있는 하나의 기념비적 작품"을 하나님의 영감에 힘입어 쓰겠다는 것이다(305). 이러한 서사시적 요소들은 신랄한 언쟁의 저속함을 어느 정도 감소시킨다고 볼 수 있다. 목적상의 이러한 품격이 신랄한 언어로 인해 손상되긴 하지만, 내면의 악의를 번지르르한 수사법으로 위장하는 현대적 정치논쟁보다 덜 위선적일 지도 모른다. 고상한 목적의 성취를 위한 저속한 언어의 사용에는 적어도 위선은 없기 때문이다. 이 때문에, 개인적 독설이나 비속한 언어의 사용에도 불구하고 라틴어로 쓰인 일련의 변호는 공화정의 외교정책의 일환이라고 볼 수 있다.

서사시적 숭고한 목적의 선언에도 불구하고 『첫 번째 변호』는 현실적 동기에서 출발한 작품이다. 살마시우스가 『왕권의 변호』를 통해 영국 공화국의 국제적 고립을 노렸다면, 밀턴은 『첫 번째 변호』에서 영국의 국제적 관계를 순탄

381) David Lowenstein, *Milton and the Drama of History* (Cambridge: Cambridge UP, 1990.), 75.

하게 유지하려고 하였다. 16세기 수십 년에 걸쳐 스페인과 독립전쟁을 해오던 네덜란드 연방(The United Provinces of the Netherlands)이 1648년 베스트팔렌조약에서 국제적 승인을 얻음으로써 독립을 쟁취하게 되자, 영국의 공화정부는 네덜란드와의 더욱 밀접한 관계를 모색하고 있었다. 토머스 콘즈가 이 산문을 평가하면서 특별히 강조하는 점이 바로 영국 공화정부와 네덜란드 연방과의 관계이다.[382] 16세기 말 독립전쟁을 치르는 동안 스페인의 가톨릭교에 맞서 항쟁하던 개신교도들을 지원했으나 외국과의 교역 등 마찰도 있었다. 각 주의 대의원으로 구성된 총의회가 있었던 반면, 오렌지가(家)(House of Orange)는 왕조에 준하는 권력을 행사해 온 것이다. 1650년 당시 네덜란드는 영국과 흡사한 정치적 과정을 겪고 있었다. 네덜란드의 총독(stadtholder)이던 빌헬름 2세가 사망하자 빌헬름 3세가 그 자리를 물려받았으나 왕권 수행을 제대로 할 수 없는 어린이였으며, 이러한 권력의 공백을 공화주의자 요한 드 빗(Johan de Witt)이 채우고 있었다. 오렌지가는 빌헬름 2세와 찰스 1세의 딸 메리(Mary)와의 결혼을 통해 스튜어트가(家)와 밀접하게 연결되어 있었다. 오렌지가에 대한 네덜란드 공화주의자들의 저항은 스튜어트 왕가에 대한 영국 공화주의자들의 저항과 비교되는 것이었다. 『첫 번째 변호』가 발행된 지 4개월 뒤 영국 공화정부는 27대의 마차와 250명의 사절단을 헤이그로 파견했다고 한다.[383] 영국과 네덜란드의 이러한 관계는 공화주의자 밀턴에게 적어도 이 글에서는 군주제를 수용하게 한다. 공화정의 형태가 군주정보다 인간의 조건에 더 부합된 것이며, 모든 국민과 국가는 그들이 원하는 정부형태를 택할 수 있고 변경시킬 수 있다는 것이다. 이것은 히브리의 왕정 수립의 역사에도 적용되는데, 하나님이 처음에는 공화정을 세웠으나 그의 선민이 왕정을 요구하여 오랜 망설임 끝에 이를 수

382) Corns, *John Milton* 93-6.

383) 밀턴이 관련된 영국과 네덜란드의 외교관계에 대하여는, Robert Thomas Fallon, *Milton in Government* (University Park: Pennsylvania State UP, 1993), 73-88을 참고할 것.

락했다는 것이다. 그러나 국민이 어떤 형태의 정부를 취하느냐의 문제는 그들의 자유이지만, 그것이 정의로운 것이어야 한다는 조건이 따른다는 것이다. 여기서 왕국이 정의롭기 위해서는, "유일한 통치자가 사람들 가운데 가장 훌륭한 자로서 왕권의 자격이 있어야 하며, 그렇지 않으며, 가장 급속히 최악의 폭정에 빠진다"는 것이다(*CPW* 4.1: 427). 그러나 왕권의 상속은 이러한 조건을 보장할 수 없을 것이므로 사실상 공화정의 우월성을 함축하는 것이기도 하다. 따라서 밀턴의 이러한 성서해석은 단순히 성서를 통한 공화정의 우월성을 입증하려는 것이었다기보다는 당대의 국제관계를 염두에 둔 것으로서 어떤 면에서는 그의 논지를 약화할 수도 있는 위험스러운 접근이었다.

> 그러므로 한 국민에게 가장 적합하고 유익한 것이 무엇인지를 발견하는 것이 가장 지혜로운 사람들이 할 일이다. 분명히 같은 정부라도 모든 국민에게 적당하지 않고 한 국민에게 언제나 그렇지도 않다. 국민의 용기와 근면성이 변화하기 때문에 어떤 경우엔 이런 형태가, 다른 경우엔 다른 형태가 더 적합한 것이다. 한 국민에게서 그들이 선호하는 정부형태가 어떤 것이든 이를 선택할 권리를 빼앗는 자는 분명히 그들에게서 공민적인 자유를 구성하는 모든 것을 박탈하는 셈이다. (*CPW* 4.1: 392)

밀턴이 그의 예상 독자가 왕정국가에 속할 수도 있다고 생각하여 이런 융통성 있는 태도를 보일지 몰라도, 새로이 형성된 네덜란드의 공화정을 염두에 두고 있는 것은 확실하다. 오랜 전쟁 끝에 스페인 왕을 몰아내고 자유를 쟁취한 네덜란드의 예는 영국의 공화정을 옹호하기 위한 당연한 언급일 수 있겠지만, 그보다 중요한 것은 살마시우스가 네덜란드 개신교의 수혜자라는 점을 강조하여 그의 배신적 행위를 강조하려는 것이다. 그가 영국 공화국을 비난하는 것이 네덜란드 후원자들에게 알려지면, 지원을 잃을까 두려워 두 국가의 차이점을 부각하려 했다는 것이다. 밀턴은 두 국가의 공화정이 서로 흡사함을 주장해 왔음에도 불구하고, 살마시우스의 비교가 잘못된 것임을 지적하며, 공화정을 키워온 영국 특유의 역사적 배경을 강조한다. 여기에는 콘즈의 지적대로, 영국의 공화정이 해외로 파급될 것을 두려워하는 다른 나라를 안심시키려는 밀턴의 의도가 내포되어 있기도 하다.[384]

이 글을 쓸 즈음 아직 학자로서 별로 알려지지 않았던 밀턴은 국제적 명성을 지닌 학자를 상대한다는 부담 때문인지 몰라도 살마시우스를 스튜어트 왕조에 의해 고용된 문필가로 몰아세우며 그의 라틴어를 문제 삼으면서 학자적 자질을 깎아내린다. "왕의 지원을 받고 왕의 변호를 쓰도록 고용된" 살마시우스는 마치 "장례식에서 애도하도록 고용된 여인들의 무의미한 통곡"처럼 부적절한 라틴어 구사로 독자들의 웃음을 자아낸다는 것이다(310). 그는 현학적 거드름을 피우는 학교 선생에 비유될 수 있으며, 만일 그의 실수가 처벌된다면 어린 학생들의 모든 매가 도리어 그의 등 위에서 부러질 만큼 그가 매질을 당할 것이라고 비유하기도 한다(488). 물론 그의 라틴어 실력을 학자적 자질에 연결하는 것은 왕권에 대한 그의 인식을 문제 삼기 위해서이다. 밀턴이 보기에는 유럽에서 최고의 평판을 지닌 학자 가운데 한 사람인 살마시우스가 왕권신수설을 진지하게 수용한다는 것이 도대체 이해되지 않는 것이다. 홉스(Hobbes) 같은 왕정주의자조차도 그리스나 로마의 공화주의자들의 주장을 잘 알고 있었는데, 살마시우스는 왕정의 시작을 태양의 창조와 동시에 일어난 것으로 보았으니 말이다(326). 살마시우스의 이 같은 왕권 절대화는 왕을 국민의 아버지에 비유함으로써 한국의 옛 군사부일체 사상을 연상하게 한다. 밀턴은 "우리의 아버지는 우리를 낳으셨으나 우리의 왕은 그렇지 아니하니 우리가 도리어 왕을 창조한 것이다"라고 주장하면서, "따라서 국민이 왕을 위해 존재하는 것이 아니라 왕이 국민을 위해 존재하는 것이다"라고 반박한다(327).

384) Corns, *John Milton*, 96.

살마시우스의 학자적 결함에 대한 밀턴의 공격은 영국의 정치적 상황과 찰스 1세의 행위에 대한 그의 무지에 대한 공격으로 이어진다. 찰스가 십여 년을 국민의 적으로 부당하게 군림해 오다가 결국 재판을 거쳐 처형되었음을 안다면, 그의 공개 처형을 부당하게 여길 수 없다는 것이다. 공개 처형이 부당하다면, 체포 즉시 현장에서 짐승처럼 죽였어야 옳았겠냐고 반문한다. 그를 비공개적으로 처형했다면 좋은 선례가 되지 못했을 것이라는 말이다. 찰스의 재판이 사실상 처형을 위한 요식적 행위에 불과했음에도 불구하고, 맹목적 감정에 의한 즉석 처형보다 신중한 재판과정을 거쳤다는 밀턴의 항변은 논리적이라기보다는 도리어 현실적이다. 절대군주를 왕좌에서 몰아낸 후 처형하지 않은 채 새로운 권력자가 권력을 안정적으로 지탱한 예는 동서고금을 통해 없는 일이었기 때문이다. 사실상 왕권 도전자가 실패했을 경우 역적으로 몰려 그의 삼족까지 멸문지가(滅門之價)의 형을 당하고, 반대로 성공하면 폐위된 왕족의 뿌리를 근절시키는 것만이 자신의 왕위를 구축하는 유일한 길이기 때문이다. 그래서 새로운 왕조가 탄생하는 것인데, 영국의 크롬웰 공화정이 결국 왕정복고를 맞이하게 되는 것은 왕족을 완전히 제거하지 않고 찰스 2세를 추방하는 것으로 불씨를 남겨두었기 때문에 화근이 되었다고 볼 수 있다. 사실상 처형하지 않고 절대군주를 제거하는 방법은 그의 왕권이 절대적일수록 불가능한 일이다. 현대적 시각에서 왕이든 평범한 서민이든 한 인간이 법 앞에 평등하다면, 법을 어긴 왕에 대한 처형도 평민처럼 얼마든지 가능한 일이겠지만, 17세기 당시 국가와 동일시되던 왕을 처형하는 것은 국가의 새로운 탄생을 의미하는 혁명적 사건이기 때문에 찰스 재판의 형식을 논하는 것은 너무나 순진한 발상이 아닐 수 없다.

살마시우스에 의하면, "왕은 하나님에 의해서만 판단될 수 있으며 하나님 외에 누구에게도 자신의 행위를 해명할 필요가 없다."[385] 왕은 자신이 원하는 대로 모든 것을 할 수 있고 법에도 종속되지 않는다는 것이다. 밀턴은 살마시우스 자신도 찰스 2세의 뇌물을 받아서 그러한 주장을 하게 되었으며, 이는 히브리, 그리스, 로마의 최고 작가들에게도 전례가 없는 저속한 사상이라고 비방한다. 왕권신수설을 반박하기 위해 귀족주의를 최고의 정부형태로 보았던 요세푸스(Josephus), 왕과 폭군을 구분했던 필로 유다에우스(Philo Judaeus) 등을 예로 들기도 한다. 또한 현실적 차원에서 말하자면, 왕이 살인을 하고 강간을 하고 도시를 불태워도 관료나 국민은 이를 묵인해야 하느냐고 되묻는다. 만일 살마시우스가 왕권신수설이 아니라 입헌군주제를 주장하였다면, 밀턴의 이러한 주장은 설득력이 없었을 것이다. 그리고 역사적으로 보면, 영국 국왕은 대관식에서 법을 준수하겠다는 서약을 해오고 있었으며, 사실상 『첫 번째 변호』가 쓰였던 1651년 당시에 제임스 1세가 내세웠던 왕권신수설에 입각한 절대주의는 별로 지지를 받지 못했다. 이런 맥락에서 보면, 살마시우스가 절대왕정을 주장했기 때문에, 도리어 밀턴으로서는 그의 주장을 논박하기 쉬웠다고 하겠다.

또한, 살마시우스가 신약성서를 근거로 군주제를 옹호한 데 대하여, 밀턴은 성서적 지식을 유감없이 발휘하여 효과적인 논박을 한다. 그리스도는 영혼의 치유자일 뿐 아니라 정치적 해방자라는 것이다. 독재 권력에 기생하는 성직자들이 오늘날까지도 아전인수격으로 빈번히 인용하는 구절, 즉 "그러므로, 가이사의 것은 가이사에게, 하나님의 것은 하나님께 바치라"고 하는 그리스도의 말을 밀턴은 상세히 해석한다. 한 데나리온의 돈은 시저에게 속했을지라도 시민의 자유가 그에게 속한 것은 아니라는 것이며, 시저이든 누구든 한 개인에게 우리의 자유를 넘겨주는 것은 하나님의 형상을 본떠 창조된 인간에게 가장 합당치 않는 치욕이라는 것이다(*CPW* 4.1: 376). 여기서도 밀턴의 정치사상이 얼마나 그의 신학 사상과 밀접하게 연관된 것임을 알 수 있다. 심지어 그는, 하나님이 이스라엘 민족에게 왕을 허용한 것은 공화정을 수용하지 못하는 그들을 처벌

385) Kathryn A. McEuen, trans., *Defensio Regia* (Selections), *CPW* 4.2: 986.

하는 방편이었다고까지 주장한다(370). 또한, 높아지고자 하는 자는 낮아지고 낮아지고자 하는 자가 높아진다는 그리스도의 가르침을 다음과 같이 왕권의 전면적 부정으로 이어간다.

> 그러므로 기독교인 가운데 왕이 전혀 없거나 모든 사람들의 종인 왕이 있을 것이다. 분명하게도, 군림하면서 기독교인이기를 바라는 자는 없을 것이기 때문이다. (*CPW* 4.1: 379)

밀턴의 주장에 따르면, 왕권의 절대적 우위성을 주장하는 것만으로도 기독교 정신과 부합될 수 없다는 것이다. 앞서 지적한 바와 같이, 왕과 폭군을 구분하여 자신이 부정하는 것은 폭군이지 왕이 아니라는 주장이 있었지만, 성서적 관점에서는 왕권을 철저히 부정하고 있다. 따라서 왕은 하나님에 의해 기름부음을 받은 자이기에 그를 죽인 자는 존속 살해자(parricide)라는 살마시우스의 주장에 대해, 밀턴은 "찰스에게 왕국을 준 자가 오직 하나님이라면, 그것을 빼앗아 귀족과 국민에게 돌려주는 자도 하나님이었다"라고 응수하면서(394), "악한 왕조차도 하나님에 의해 기름 부음을 받았다"는 살마시우스의 주장이 결코 악한 왕에게 주는 면죄부일 수는 없으며, "이성, 정의 및 도덕은 모든 죄인의 차별 없는 처형을 요구한다"고 단언한다(397). 살마시우스의 주장대로 개인의 신앙을 억압하는 주교나 교황으로부터 교회를 보호해야 한다면, 국가에 해악을 가져오는 폭군도 마땅히 배척해야 한다는 것이다. 살마시우스가 왕의 처형을 국가의 성문법을 기준으로 문제 삼는다면, 밀턴은 국가법과 자연법, 그리고 성서적 법 사이의 완벽한 연관성에 근거하여 악한 왕의 처형을 정당하게 여긴다.

이처럼 왕의 절대권력을 부정한다는 점에서 밀턴의 정치사상이 현대적 민주주의 이념에 접근한 것은 사실이지만, 교육의 기회가 일부 귀족층에 한정된 당시의 상황이 우민정치를 경계하게 하여 귀족적 입장의 정치적 성향을 띠게 한다. 이러한 경향은 국민에 대한 그의 정의에서도 여실히 드러난다. 살마시우스가 『왕권의 변호』 제6장에서 찰스의 왕위를 무너뜨린 세력이 밀턴의 주장과 달리 국민이 아니라 군대였음을 주장한 데 대하여, 밀턴은 국민이 주체였음을 다시 한 번 강변하면서 국민의 진정한 힘이 반영된 의회의 행위는 바로 국민의 행위였다고 논박한다(457). 그리고 살마시우스가 국민이란 말의 정의를 요구한 데 대하여, 밀턴은 "우리가 의미하는 국민이란 모든 계층의 모든 시민을 뜻한다"고 응수한다(471). 영국 공화정이 **귀족원**을 철폐한 것이 귀족정치의 철폐를 뜻하는 것은 아니며, 귀족계급도 국민에 포함되며, **평민원**에 의해 대변된다고 항변한다. 따라서 국민(people)의 개념은 귀족층과 중류층을 배제하는 서민(populace)과는 엄연히 구분된다는 것이다. 또한 살마시우스가 서민을 맹목적이며 야만적이고 변덕스러운 사람이라고 매도하자, 밀턴은 이러한 견해는 "서민의 찌꺼기"(the dregs of the populace)에는 해당하지만, "양식 있고 사리에 밝은 사람들 대부분을 구성하는 중류층"에는 해당하지 않는다고 반격한다(471). 여기서 밀턴은 중류층이 서민의 상층부에 해당하는 분별력 있는 시민들임을 인정한 셈이다. 결국 그가 뜻하는 국민은 변덕스럽고 분별력 없는 하층계급의 서민도 아니고, 세습적 지위에 의해 특별히 권위를 부여받는 귀족계급도 아닌, 양식과 분별력이 있는 모든 시민을 뜻하는 포괄적 개념이다.[386] 따라서 밀턴이 뜻하는 국민은, 적어도 이론상으로는, 살마시우스가 주장하듯이 하급 서민계층에 한정된 것이 아니라, 자유를 희구하는 분별력 있는 모든 국민을 포함하는 개념이다. 오늘날 안정된 민주국가에서는 당연히 대통령을 포함한 모든 관료도 국민의 한 사람이 되겠지만, 당시 절대군주제 아래서 국민은 피지배 집단으로 분류되었으므로 어차피 제한된 개념일 수밖에 없었다. 따라서 절대왕정을 선호하며 자유의 가치를 부정하는 세력은 관료들이든 하층 서민이든 국민의 개념에서 제외되었다. 국민의 자유와 권리를 부정하는 집단은 국민이 아니라

---

386) Parker, *Milton* 1: 378.

국민의 적이었다. 이렇게 보면, 국민은 국민의 자유와 권리를 찾기 위해 혁명에 가담하거나 최소한 지지하는 집단이었다. 물론 살마시우스가 뜻하는 국민이 주로 하층 서민을 뜻하는 데 반해, 밀턴이 뜻하는 국민은 엘리트 집단을 뜻하긴 하지만, 군주제 아래서 사회의 계층구조는 피할 수 없었음을 인정한다면, 결국 국민에 대한 밀턴의 개념이 살마시우스의 개념보다 민주주의에 더 부합된 개념이라고 볼 수 있다.

그러나 이런 국민의 개념에 밀턴의 청교도적 해석이 가미되기 때문에 그가 의도하는 국민은 하나님의 뜻에 순응하는 거듭난 영혼의 소유자들을 뜻하기도 한다. 타락 이전의 자연법에 따르면, 모든 인간이 대등하게 창조되었으나 인간의 타락으로 인해 그 자연법이 불완전하게 되었고, 인간은 자유를 상실하게 되었다는 것이므로, 신앙으로 거듭난 자들이 폭정으로부터의 자유를 위해 앞장서야 한다는 것이다. 이처럼 국민의 개념이 제한된 것을 두고 계급의식적 발상이라고 비판할 수도 있겠으나, 쇼크로스가 지적하였듯이, 오늘날의 국민주권도, 따지고 보면, 모든 국민의 주권은 아니며, 민주적 투표를 거친 경우라고 항상 논리적 결과와 일치하는 것도 아니다.[387] 사실상 17세기 중엽의 제한된 참정권이 허용되는 상황에서 모든 계층의 국민을 포괄하려는 국민의 정의만으로도 밀턴의 민주 의식은 수세기를 앞지르고 있었다고 하겠다.

실제 왕의 폭정에 저항한 국민은 다수 국민이 아니었으며 주역이었던 독립파는 소수집단이었음을 밀턴 자신도 인정하고 있다. 왕의 처형에 동의한 국민은 극소수에 불과했다는 살마시우스의 주장에 대해, 이러한 범죄가 일어나게 묵인한 자들은 "나무 기둥"이냐고 반박한다(*CPW* 4.1: 508-9). 영국 국민이 자신들이 폐위시킨 폭군에게 다시 굴복한다면 끝없는 노예 생활을 재개하게 될 것이라고 경고하면서, 왕과 새로이 결탁한 장로파를 이러한 굴종의 장본인으로

387) Shawcross, "The Higher Wisdom," *Achievements of the Left Hand*, eds. Michael Liebf & John T. Shawcross (Amherst: U of Massachusetts P, 1974), 154.

규정한다. 장로파와 반대로, 왕이었던 원수가 다시 왕으로 복귀하는 것을 거부하고 승리를 쟁취한 독립파야말로 진정한 자유의 옹호자라는 것이다. 이들이 자유를 쟁취하고 나라를 구할 수 있었던 것은 군대의 도움으로 가능했을 뿐, 혁명을 성취한 주역이 국민이 아닌 군대였다는 것은 어불성설이라는 것이다. 왕정을 무너뜨리고 공화국을 수립하려는 급박한 혁명적 위기감에서 다수 국민이 독립파에 등을 돌렸음에도 불구하고 크롬웰과 잔부의회가 왕을 처형하고 성공적으로 공화정을 수립할 수 있었던 것은 애국적 청교도 정신의 승리였다는 것이다(511-12).

돈 울프(Don M. Wolfe)는 밀턴이 살마시우스를 성공적으로 논박할 수 있었던 이유를 두 가지로 설명한다(115ff). 하나는, 밀턴이 살마시우스가 겪어보지 못한 혁명적 동요를 경험하면서 시인으로서의 꿈을 접어두고 현실 참여에 몰두하게 되었다는 점이다. 이러한 동요 가운데서 그의 기독교적 자유사상이 왕권신수설에 대한 거부감으로 나타났다는 것이다. 왕의 사치스러운 허세와 군림은 그리스도의 가난과 겸손에 상반된 것으로서 밀턴의 혁명적 상상력을 자극하기에 족하였다. 다른 한 가지 이유는 희랍 및 로마 고전에 대한 밀턴의 해박한 지식에 있었다는 점이다. 그가 승계를 통한 왕권에 대해 부정적 견해를 갖게 된 것은 고전적 지식과 깊은 관련성이 있어 보이는데, "왕권의 왜곡된 행사가 폭정이다"라고 했던 아리스토텔레스뿐만 아니라 플라톤, 소포클레스, 유리피데스, 키케로 등을 논급하면서 그리스와 로마의 지도자들은 국민에게 그들의 통치에 관한 책임을 져야 했음을 입증하려 한다. 로마나 그리스의 경우 폭군은 처형되고 폭군을 처형한 자들은 수상하는 사례가 있었는데, 영국은 도리어 폭군을 신중하게 다루었다고 변호한다. 밀턴의 견해에 따르면, 결국 독립파는 그리스와 로마의 전통에 따라 공화국을 건설한 것이며 민주주의라기보다는 중류층의 연합과 같은 것이다. 이처럼 그가 왕정을 거부한 것은 고전적 민주주의에 대한 지식과 기독교적 자유를 추구하는 청교도 정신에 기초하고 있음을 알 수 있다. 그래서 유럽 왕정국가의 비위를 맞추기 위해 왕정 자체보다 폭정에 반대한다고 주장했음에도 불구하고, 『첫 번째 변호』 마지막 부분은 군주제의 철저한 부정으로 끝난다.

> 만일 당신이 부와 자유, 평화와 권력을 원한다면, 그러한 목적을 왕의 통제 아래 헛되이 추구하는 것보다 당신 자신의 덕행, 근면, 신중과 용기를 통해 결연히 노력하는 것이 훨씬 좋고 당신 자신의 공적에 합당하지 않을까요? (*CPW* 4.1: 532)

이처럼, 오늘날까지 입헌군주제를 고수하고 있는 나라의 국민은 이해하기 힘들 만큼 밀턴의 왕정 거부는 완강하다. 또한 오늘날의 입헌군주제는 사실상 군주에게 실제적인 통치권이 없고 상징적 지위를 부여할 뿐이지만, 군주 한 사람의 폭정에 저항했던 밀턴이나 혁명의 주도 세력으로서는 이러한 군주제를 상정한다는 것은 불가능하였으므로 군주제를 폐지하는 것만이 국민의 자유를 보장하는 방안으로 생각하였을 것이다. 살마시우스에 대한 밀턴의 개인적 독설이나 수사적 기교 등은 17세기 당시로는 흔히 있었던 것인 만큼, 이를 무시하고 사상사적 관점에서 영국혁명에 이바지한 사상의 일단으로 본다면, 그 나름의 논리적 입장은 분명하다. 유럽의 독자들을 겨냥하여 라틴어로 쓴 글이지만, 객관적 논리 전개보다는 혁명 주도 세력의 논리에 근거하여 이를 강화하려는 의도가 분명하다. 따라서 밀턴은 찰스의 처형을 "옛날 가장 영웅적인 시대에도 어울릴 그토록 훌륭한 행위"라고 찬양하고, 찰스의 재판은 합법적 절차로서 후세의 좋은 본보기가 되어야 한다고 주장한다(329-30).

결론적으로, 『첫 번째 변호』는 살마시우스의 『왕권의 변호』를 논박하고 찰스라는 한 폭군을 제거한 영국 국민의 권리를 정당화함과 동시에, 군주제 자체를 부정한 반군주제론이라고 하겠다. 이런 의미에서, 밀턴의 전기작가 톨란드(Toland)는, 밀턴의 『첫 번째 변호』를 가리켜 "그의 걸작이며, 산문 중 제일의 애장품"으로서 가장 숭고한 논쟁과 가장 웅변적인 스타일과 성향으로 인해, "사람들 사이에 웅변과 정치와 역사가 존중되는 한," 존속할 것이라고 말한 바 있다.[388)]

(2) 『영국 국민을 위한 두 번째 변호』

『첫 번째 변호』를 마무리하면서 밀턴은 자신이 서둘러 이 글을 출판하게 되었음과 후일 기회가 생기면 개정판을 낼 것을 예고한 바 있다. 그러나 『두 번째 변호』(1654)[389)]는 다른 한 계기로 인해 쓰인 것이다. 1651년 2월 『첫 번째 변호』를 출판한 후 약 1년이 지난 1652년 2월 말경 밀턴은 녹내장(glaucoma)으로 추정되는 안질환으로 인해 시력을 완전히 잃어버렸다. 그리고 그해 5월에 딸 데보라(Deborah)가 태어났고, 밀턴의 아내 메리는 출산 후유증으로 27세의 젊은 나이에 사망하였다. 그리고 설상가상으로, 여섯 주간이 지나 아들 존(John)까지 사망하였다.[390)] 밀턴이 이러한 개인적 시련 속에 빠져 있던 8월에, 그의 『영국 국민을 위한 변호』에 대응하여 삐에르 드 물랭(Pierre du Moulin)이 『왕의 피의 절규』(*Regii Sanguinis Clamor*, 1652)를 내놓았다. 이듬해 살마시우스가 죽었고, 다음 해 5월 밀턴은 물랭의 글에 대응하는 『두 번째 변호』를 출판하였다.

『왕의 피의 절규』의 숨은 저자, 삐에르 드 물랭은 공화정 기간에 영국에 거주하면서 옥스퍼드 대학의 신학박사 학위까지 취득한, 영국 국교회의 성직자이자 프랑스 개신교 성직자의 아들이었다고 한다.[391)] 그가 원고를 해외에서

388) Helen Darbishire, ed. *The Early Lives of Milton*. London: Constabel & Co., 1932), 152-53.

389) 라틴어 원제는 『영국인 존 밀턴의 영국 국민을 위한 두 번째 변호』(*Joannis Miltoni Angli pro Populo Anglicano Defensio Secounda*)였다.

390) 파커(Parker)는 아들 존의 사망원인을 유모의 소홀한 보살핌으로 추정하기도 한다(*Milton* 1: 412).

391) Donald A. Roberts, Preface to *A Seond Defence of the English People, CPW* 4.1: 542-43.

출판하기 위해 살마시우스에게 보냈고, 살마시우스는 이를 다시 개신교 성직자였던 알렉산더 모어(Alexander More)에게 보냈으며, 모어는 헤이그(Hague)의 아드리언 블락크(Adrian Vlacq)에게 출판을 의뢰했다. 일종의 편집인 겸 출판인 역할을 한 모어는 이 책의 독설적인 서문을 씀으로써 깊이 관여하게 되었다. 이로써 유럽대륙에서 그가 『절규』와 관련지어졌으며, 구체적 공격대상이 필요했던 밀턴은 그를 익명 뒤에 숨은 저자로 지명하였다. 듀리(Dury)나 하틀립(Hartlib) 같은 많은 그의 동료들이 밀턴의 오판을 제지하려 하였고, 실제로 블락크는 하틀립에게 서한을 보내어 모어가 저자가 아님을 알려 주도록 요청했다고 한다.[392] 그러나 블락크도 진짜 저자 뮬랭을 밝히지 않았으므로 밀턴은 『두 번째 변호』에서 모어를 저자로 지명하여 계속 그를 공격대상으로 삼았다.

실명에다가 공무원의 역할과 급료까지 줄어든 밀턴은 가장 독설적이고 신랄한 산문을 내놓았지만, 『두 번째 변호』는 그 독설만큼이나 위대한 수사적 기교로도 유명한 글이다. 이전의 정치적 산문에 의해 자신에게 쏟아진 공격들에 대해 포괄적으로 자신을 변호하기도 한다. 그리고 자신에 대한 변호를 공화국의 명분과 관련지어, 크롬웰이 이끄는 공화정의 승리가 바로 영국 국민에 대한 하나님의 특별한 은총을 보여주는 것이라고 반론하기도 한다. 밀턴이 보기에, 『왕의 피의 절규』의 저자는 살마시우스보다 더 미신적인 왕권 숭배자였다. 이 책의 서문에서, 뮬랭은 "왕의 지상권은 신성한 것의 이미지요, 국민의 평안이며, 법의 생명이므로, 모든 시대에 신성시되었다"고 선언한다.[393] 이러한 왕권에 도전하여 찰스를 처형한 범죄는 그리스도를 처형한 유대인의 죄보다 더 크다는 것이다. 유대인들은 그들의 죄악을 모르고 저질렀지만, 찰스를 처형한 자들은 자신들의 행위를 잘 알고 범죄를 저질렀다는 것이다. 또한 왕은 교회의

392) J. Miilton French, *he Life Records of John Milton*. 5 vols. (New Brunswick, NJ: Rutgers UP, 1949-58; New York: Gordian, 1966), 3: 255.

393) Don M. Wolfe, Introduction, *CPW* 4.1: 252.

머리여서 왕의 처형은 교회를 무너뜨린 행위이다. 이러한 범죄는 유럽의 개신교 군주국에도 악영향을 끼칠 소지가 있다. 이러한 반역행위를 라틴어로 옹호하는 글을 쓸 자는 존 밀턴밖에 없었다는 것이다. 의도적으로 밀턴을 무시하기 위해서 그의 출신은 물론, "그가 사람인지 똥구덩이에서 나온 벌레인지"도 모르겠다고 한다. 당당히 이름을 밝히고 글을 낸 밀턴을 이처럼 무시하는 반면, 익명으로 그를 공격했던 살마시우스를 "위대한 살마시우스"라고 칭송한다. 그러면서 밀턴의 경력을 공격대상으로 삼아, 그가 케임브리지에서 쫓겨났다느니 남자나 여자에 의해 제기된 이혼의 옹호자라느니 하면서 말이다. 그는 결혼제도의 파괴로부터 시작하여 급기야는 왕국을 전복하기에 이르렀다는 것이다.[394] 이처럼 왕권주의자의 시각에서 보면, 밀턴의 행적이 파괴의 연속으로 보이는 것은 당연하다. 문제는 무엇을 파괴하려 했는가 하는 점이다. 밀턴이 정신적 결합이 불가능한 결혼과 폭군의 왕국을 파괴하려 했다면, 그가 파괴하려 했던 것은 인간의 자유를 제한하는 족쇄였다고 할 것이다.

그렇다면, 왜 뮬랭은 살마시우스가 이미 한 공격을 되풀이하려는 것인가? 그는 자신의 글이 비교적 학식 없는 독자들을 상대로 한 것으로서, 밀턴의 속된 표현에 부담 없이 맞설 수 있다는 것이다. 반면, 이 같은 뮬랭의 태도 이면에는 밀턴의 위상에 대한 두려움이 깔려 있었던 것도 사실이다. 『왕의 피의 절규』 마지막에 실린 일련의 시에는 밀턴에 대한 가장 혹독한 공격이 담겨 있다. "그를 잡아라! 빨리! 빨리! 그의 손발을 묶어라! 그에게 성스러운 응징의 의례를 가해야겠다. 먼저, 이 교수형으로 갈 놈, 국민의 중심적인 보루, 의회의 지주(支柱) 같은 놈을 꼬챙이로 찔러라"[395]는 표현은 논쟁이 아니라 차라리 시중잡배의 욕지거리에 불과하다. 이러한 욕설 가운데 "국민의 중심적인 보루"라느니 "의회의 지주 같은 놈"이라는 표현은 어쩌면 밀턴이 가장 듣고자 하는 칭송

394) Paul W. Blackford, trans., Appendix D, *CPW* 4.2: 1050-51; *Clamor* (1652), 8-9.

395) Blackford, trans., Appendix E, *CPW* 4.2: 1078; *Clamor* (1652), 162.

이 될 수 있는 표현이었을 것이다. 어떻든 당대의 학자였던 살마시우스의 산문과는 너무나도 대조적인 글이다. 『두 번째 변호』에서 밀턴이 자기중심적 논쟁과 귀에 거슬리는 표현을 사용한 것은 바로 뮬랭의 저속한 독설과 비난에 기인한 것이라고 할 수 있다.

『왕의 피의 절규』가 출판된 후 2년이 지나고 나서야 드디어 밀턴은 『두 번째 변호』에서 반격에 나서게 된다. 『첫 번째 변호』의 경우처럼 장별로 조목조목 반박한 것이 아니라 상대의 공격 중에 대응할 필요가 있다고 생각되는 부분만 골라 응수했다. 아마 『첫 번째 변호』의 세부적 반박이 당대의 대학자 살마시우스의 글에 대응했다면, 『두 번째 변호』의 선별적 반박은 상대의 낮은 수준을 염두에 둔 대응이었을 것이다. 따라서 밀턴은 뮬랭의 독설에 대응하면서도 이전의 글보다 훨씬 더 야심적인 서사시적 도약을 보여주고 있다. 이러한 그의 태도는 이 산문의 시작과 마지막에 강조되기도 한다. 글의 서두와 말미에서 그는 자유를 위한 영국인의 영웅적 투쟁을 찬양하면서 동시에 그러한 역할을 맡은 자신을 자랑스럽게 여긴다.[396] 특히 결론부에서 그는, 서사시인이 영웅의 전 생애를 찬양하지 않고 하나의 영웅적 사건을 찬양하듯이, 자신도 동포의 한 가지 영웅적 업적을 찬양한 것으로 족하다고 주장한다(*CPW* 4.1: 685). 그러면서 『일리아드』와 『오디세이』 그리고 『아이네이스』를 예로 든다. 로웬스타인은 밀턴이 이처럼 신화적, 시적 요소를 역사의식에 접목하여 상상적인 "자기 극화"(self-dramatization)를 시도하고 있다고 주장한다.[397] 이런 관점에서 『두 번째 변호』는 나중에 등장할 밀턴의 서사시에 나타나는 역사 시학을 예상케 하는 작품이다. 물론 공화국 건설에 대한 현재의 자부심이 서사시에로까지 이어지는 것은 아니지만 말이다.

뮬랭이 반역을 옹호한 유일한 선동가라고 밀턴을 공격한 것과 대조적으로,

---

396) *A Second Defense*, *CPW* 4.1: 548-50, 684-86.

397) Lowenstein, *Milton and the Drama of History*, 76.

밀턴 자신은 한 폭군의 압제로부터 나라를 구하고, 처참한 노예 상태에서 교회를 구할 수 있었던, 세상에서 가장 위대한 공훈이 요구되었던, 위기의 시기에 자신이 태어난 것을 하나님께 감사한다. 더구나 저명한 살마시우스를 상대하여 성공적으로 대적할 수 있었던 것을 자화자찬하기도 한다. 자신의 실명에 대해 살마시우스가 하나님이 내린 벌이라고 주장한 것과 반대로, 밀턴은 살마시우스의 죽음이 그의 죄악 때문이라고 생각하지 않는다는 풍자적인 여유를 보이기도 한다(559). 그러나 자신의 실명을 언급한 것은 저자로서 당당한 입장임을 의미하지만, 이 글의 자기중심적 논리 전개를 보여주는 것이기도 하다.

그러나 『왕의 피의 절규』에서 쏟아진 개인적 비난의 화살을 방어하기 위해서는 무엇보다 그 저자가 누구인지를 아는 것이 필수적이지만, 밀턴은 익명의 저자를 모른 채 추측에 근거하여 공격함으로써 적의 방향을 향해 막연히 화살을 쏘아 응수하는 격이 되었다. 뮬랭이 밀턴을 정확히 겨냥하고 공격했다면, 밀턴은 뮬랭을 알지 못하고 정확히 겨냥할 수 없는 상태에서 모어(Alexander More)를 공격대상으로 설정하였다. 책 제목과 달리 왕의 피의 절규가 아니라 익명 뒤에 숨은 악한의 절규이기 때문에, 저자는 분명 노예만도 못한 저속한 사람일 것이라는 추측을 한다(560). 왕의 추종자가 왜 왕을 위해 이름 하나 드러내지 못하는가? 밀턴 자신은 그렇게 위대한 주제를 놓고 공개적으로 정체를 드러내지 않고 공박하는 것은 수치라고 생각한다(561). 『왕의 피의 절규』에서 뮬랭이 밀턴을 무시하면서도 정확히 겨냥하고 공격했다면, 『두 번째 변호』에서 밀턴은 뮬랭을 알지 못하고 정확히 겨냥할 수 없는 상태에서 충분한 증거도 없이 알렉산더 모어를 공격대상으로 설정하였다(564).[398] 일단 모어를 공격대상으로 삼은 밀턴은 모어가 이름을 숨긴 이유를 살마시우스처럼 왕의 뇌물을 받고 저

398) 모어(1616-1670)는 스코틀랜드계 아버지와 프랑스계 어머니 사이에서 프랑스에서 태어난 학자이자 성직자였는데 후대에 알려진 것은 밀턴이 『왕의 피의 절규』의 저자로 지목했기 때문이다.

속하게 고용되었거나, 그의 수치스러운 인생을 숨기고자 한 것이었으리라고 추정한다. 일단 공격목표로 정해진 모어는 주인의 하녀와 성추문이 있어서 도덕적 공격의 대상이 되기에 족하였다(*CPW* 4.1: 563, 565-66). 그러나 공격목표 자체가 추측에 불과하므로 공격은 당연히 성공적일 수 없었다. 그래서 모어에 대한 개인적 공박은 신랄하긴 하지만 객관성이 부족할 수밖에 없는 시도였다.

그러나 여기서 독자의 관심을 끄는 것은 모어에 대한 밀턴의 공격보다, 밀턴이 자신을 방어하는 과정에서 보여주는 자기변호이다. 밀턴이 추정된 대상을 표적으로 비난의 화살을 겨냥하는 반면, 그 자신의 투쟁은 도덕적이며 애국적인 충정의 결과라고 변명하기도 한다. 그가 살마시우스를 공격한 후, 뮬랭이 그를 가리켜 "무시무시하고, 기형적이며, 거구에, 눈먼 괴물"이라고 하였다가, 그토록 크지는 않고 아주 연약하고 창백하다고 비난한 데 대하여, 밀턴은 "나의 신장은 작다기보다는 중간 정도에 가깝고," 못생긴 편도 아니며 칼도 쓸 줄 알며, 정신력과 용기도 있으며, 실제보다 10년은 젊어 보인다고 항변한다(583). 뮬랭이 그의 실명을 가리켜 왕의 처형을 지지한 데 대한 하나님의 형벌이라고 비난한 것도 중요한 변명거리였다. 그는 실명으로 인해 자신이 하나님에게 더 가까이 나아가게 되었으며, 실명의 불운을 초래할 만한 아무런 죄책감이 없다고 확언한다. 그가 이제까지 쓴 글에 대하여 정의감에 찬 자기 확신을 다음과 같이 토로한다.

> 내가 여태껏 쓴 것에 대하여 말하자면. . . , 나는 역시 그때나 지금이나 정의롭고 진실하며 하나님을 기쁘시게 하는 것이라고 확신하지 않는 그런 종류의 글은 아무것도 쓰지 않았음을 하나님이 증언해 주시길 바랍니다. 그리고 맹세하지만, 내 행위는 야망이나 이익 혹은 영광에 의한 것이 아니라 전적으로 의무, 영예, 그리고 내 조국을 위한 헌신에 의하여 영향을 받았던 것입니다. 나는 나의 조국을 자유롭게 할 뿐 아니라 나의 교회를 자유롭게 하려고 최선을 다했습니다. (*CPW* 4.1: 587)

밀턴의 이 같은 신념은 살마시우스의 『왕권의 변호』를 논박하는 글을 쓰라는 임무가 그에게 부여되었을 때, 실명에 대한 의사의 경고를 무시하고, "내면의 어떤 신성한 충고자의 소리"에 귀를 기울이게 하였다는 것이다(588). 『두 번째 변호』가 나왔을 때, 이미 2년 동안이나 실명하게 된 그는 신의 보호를 느끼며 실명의 어두움은 "천사의 날개의 그림자"가 드리워서 그렇다고 생각할 정도였다(590). 이스라엘의 이삭(Isaac)과 그리스의 눈먼 예언가 티레시아스(Tiresias) 등을 언급하며 자신의 실명도 하나님이 부여한 은총이라고 생각한다. 국가는 그가 실명이 되기 전에 누렸던 관직을 계속 유지하게 하였고 당시 정가의 중심이던 화이트홀(Whitehall)에 주거를 제공하여 공직 수행에 어려움이 없도록 배려했다는 것이다. 또한 밀턴은 자기의 유년 시절과 학창 시절, 유럽 여행 등 집안 배경까지 거론하면서 자신의 학문적 위상과 사회적 지위를 밝힌다.

밀턴의 이러한 자전적인 기술 가운데서 특히 우리의 관심을 끄는 부분은 그가 이전의 산문이 쓰인 배경을 회상하는 대목이다. 조국의 혁명에 누구보다 필봉으로 일조를 할 수 있는 준비를 하고 있었다는 주장이다. 젊은 시절에는 영국 국교회의 예배의식을 좋아했으나, 주교의 감독을 철폐하여 국가와 교회를 개혁해야겠다는 생각이 우세하게 되었으며, 모든 형식의 속박으로부터 자유로워지기 위해 종교적, 정치적 방안을 연구하게 되었다는 것이다. 자신의 업적을 다시 한 번 확인시키려는 듯이 1649년 공화정이 들어서기까지 그가 저술했던 논쟁적 산문들의 요점을 간략하게 정리하기도 한다. 교회개혁에 관한 다섯 편의 반감독제 산문과 혼인법의 개혁을 다룬 이혼론 산문들, 출판의 자유와 검열제의 폐지를 다룬 『아레오파기티카』 등을 반추하면서, 그가 왕의 권한에 대해 논쟁하게 된 것은 의회군과의 내전에서 왕이 패전하고 최고재판소로부터 유죄 판결을 받은 후의 일로서 그때까지 찰스를 가장 신랄하게 비난해온 장로교 성직자들이 독립파의 득세에 질투하여 도리어 그의 처형을 반대하였기 때문에 이를 반박하게 되었다는 것이다(622-27). 밀턴은 그의 정치참여가 결코 사사로운 이득이나 출세를 노린 것이 아니었으며 자신의 사재로써 생계를 유지하며 조국의 혁명을 위해 헌신했음을 강조한다. 그리고 그가 외국어 담당 비서관에 임명될 때까지 『영국사』(*History of Britain*)의 첫 네 권을 완성하게 되었음도 밝힌다.[399]

밀턴이 자신의 애국적 충정과 영웅적 정의감 그리고 순교자적 희생정신을 자찬하는 것과 대조적으로, 적수 모어에 대한 그의 신랄한 공격은 무차별적이다. 모어가 살마시우스의 식솔인 한 젊은 여인과 성적 스캔들에 연루되어 인생을 망쳤다는 풍문이 퍼져있는 터라, 밀턴은 그가 『절규』와 관련하여 살마시우스를 만나면서 폰티아(Pontia)라는 그 집 하녀를 유혹하여 임신하게 하였다고 주장한다. 더구나 이 특정 스캔들 이전에도 하녀들과 성관계가 복잡하다는 것이다. 여기서 밀턴은 "모어는 이 속 빈 무정란을 잉태하였고 거기에서 부푼 왕의 피의 절규가 터져 나왔다"면서 『절규』의 기원을 모어와 폰티아의 관계에서 찾는다. 비유에 사용되는 "conceive"라는 단어는 "임신하다"라는 뜻 외에 "상상하다"라는 뜻이 있으므로 하녀와의 관계를 『절규』의 탄생과 관련지은 일종의 펀(pun)이다. 그러나 콘즈는 이 같은 저속한 말장난과 고양된 공화정의 찬양이 혼재하는 것은 격식(decorum)의 차원에서 불안하다고 비판한다.[400] 콘즈의 반응은 『두 번째 변호』에서 다양한 담론 양식과 논쟁 태도를 발견하며 밀턴의 문학적 창의력을 극찬한 로웬스타인의 반응과 너무나 대조적이다.[401]

다음으로, 『두 번째 변호』에서 밀턴의 개인적 변호 외에 주목할 것은 크롬

---

399) 밀턴의 주장에 따르면, 『왕과 관료의 재직조건』이 완성된 시점인 1649년 1월부터 같은 해 3월 그가 공직에 오르기까지의 2-3개월 사이에 『영국사』의 첫 네 권을 썼다고 하지만, 1670년에 가서야 여섯 권으로 구성된 완성본이 출판되었으며 그 내용도 전설적 초기시대로부터 헤이스팅즈 전투(Battle of Hastings)까지를 다루고 있다.

400) Corns, *John Milton*, 104.

401) Loewenstein, "Milton and the Poetics of Defense," *Politics, Poetics, and Hermeneutics*, eds. Loewenstein and Turner, 172.

웰에 대한 찬양과 비판의 병행이라고 할 수 있다. 근본적으로 밀턴은 혁명가 크롬웰의 인품과 출신배경과 경력 등 모든 면에서 그를 칭송한다. 그래서 그는 모든 국민과 시대를 향해, "그[크롬웰]가 얼마나 훌륭하며, 모든 찬사를 받을 자격이 있는지"를 보여주는 것이 국가와 자신에게 유익한 일이라며 적극적 찬사를 아끼지 않는다(*CPW* 4.1: 666). 크롬웰이야말로 가장 모범적 시민이자 최고의 지도자이었으며, 가장 용감한 군대의 사령관이었고, "당신 나라의 아버지"라고까지 칭송을 아끼지 않는다(672). 이전에 왕을 국민의 아버지에 비유한 주장에 대해 왕은 국민이 만든 자일뿐이라던 밀턴이 크롬웰을 이렇게 묘사한 것은 놀라운 일이다. 그러면서도 크롬웰 정부에 대한 불만을 간간이 삽입하고 있다. 1653년 12월 16일 선포된 **호국경** 통치에 대하여 처음부터 문제가 있었다는 것을, 존 브래드쇼(John Bradshaw)에 대한 칭송을 통해 간접적으로 지적한 것도 그 예의 하나이다. 찰스를 재판한 **최고재판소**의 소장이었으며 두 차례나 **국무위원회**의 의장이었지만 크롬웰이 **잔부의회**를 해체했던 같은 해 4월 20일을 기해 정치권에서 밀려났던 브래드쇼는 크롬웰의 갑작스러운 일방적인 의회 해산에 대해 그 부당성을 지적하며 "하늘 아래 어떤 권력도 자진해산 외에는 의회를 해산할 수 없다"며 맞섰으며,[402] 12월 크롬웰의 **호국경** 통치가 시작되었을 때도 반대 의사를 밝혔다. 밀턴은 브래드쇼가 겸손하며 인재를 알아볼 줄 알고 정적을 용서하면서도 압제당하는 자들의 편을 드는 의리 있는 인물이라며 극찬하고 있다. 『두 번째 변호』를 쓸 즈음 브래드쇼와 크롬웰 사이의 불화가 결정적이었던 것은 아니지만, 이처럼 밀턴이 브래드쇼를 극찬하고 나선 것은 그가 찰스의 처형을 선고한 재판관으로서 뮬랭의 공격대상이었다는 점뿐만 아니라, 그에 대한 크롬웰의 주의를 되돌려 주려는 의도로도 보인다. 즉, 둘 사이를 화해시키려는 의도일 뿐만 아니라 크롬웰의 각성을 촉구하는 의미도 있는 것

402) Samuel R. Gardiner, *Commonwealth and Protectorate*, 2: 265 (*CPW* 4.1: 262에서 재인용).

같다. 산적한 개혁을 추진하기 위해서는 시민들이 검열관의 방해 없이 자유롭게 그들의 의견을 표현할 수 있어야 한다는 것이다. "전쟁이 많은 사람을 위인으로 만들었으나 평화가 그들을 소인배로 만들었다"는 밀턴의 판단은 크롬웰을 위시한 호국경 정부 권력자들의 독주를 겨냥한 발언으로 보인다.

그러나 밀턴으로서는 크롬웰의 통치 방식을 직접 비판하는 것이 자칫 왕의 처형을 비난하는 무리의 주장을 본의 아니게 지원하는 결과가 되지 않을까 두려웠을 것이다. 그래서 크롬웰에 대한 직접적 비난 대신 크롬웰의 비판 세력을 찬양하는 방식을 택했을 것이다. 그래서 근본적으로는 크롬웰을 여전히 찬양하면서도, 토머스 페어팩스(Thomas Fairfax)의 영예스러운 은퇴를 야망을 정복한 위대한 승리로 해석한다.[403] 그의 은퇴는 크롬웰이 자유를 수호할 것으로 믿었기에 가능했던 것이며, 크롬웰은 그 기대를 저버려서는 안 된다는 암시가 풍긴다. 그러나 실상은 페어팩스가 찰스의 처형에 반대한 것이 그의 퇴진의 이유였으며 밀턴은 이를 공개적으로 인정하고 싶지 않았던 것 같다. 페어팩스의 퇴진 이유가 밀턴의 현재 논지에 방해가 되었기 때문이다. 이외에도 밀턴은 크롬웰이 혁명의 동지로서 고견을 모아야 할 인물들을 열거한다. 아일랜드의 사령관이었던 찰스 플리트우드(Charles Fleetwood), 프레스톤(Preston) 전투에서 맹활약했던 존 램버트(John Lambert), 마스톤(Marston) 전투에서 공을 세웠으나 현재의 호국경 통치에 회의적인 로버트 오버톤(Robert Overton) 등의 혁명군 지휘관들의 이름을 거명하는가 하면, 장기의회 의원을 지냈으며 크롬웰 치하에서 스웨덴 대사였던 불스트로드 화이트록(Bulstrode Whitelocke), 찰스의 재판에서 처형에는 서명하지 않았으나 장기 및 단기 의회 의원이었으며 국무위원회의 위원이기

403) 「페어팩스 장군에게 바치는 소넷」("On the Lord General Fairfax")에서 밀턴은 페어팩스의 용맹과 실전 사령관으로서의 탁월한 능력을 칭송하면서 아울러 그가 훌륭한 정치가 될 것이라는 확신을 표명한다. 실제 군사적인 사안 외에는 관여하지 않았으므로 밀턴의 평가는 과장된 면이 없지 않다.

도 하였던 길버트 픽커링 경(Sir Gilbert Pickering), 의회의 편에서 기마 대장으로 활약하였고 마스톤 전투에서 공을 세워 의원으로까지 선출되었으나 왕정과 귀족원의 철폐에 반대하고 호국경 통치에 반대한 앨저넌 시드니(Algernon Sidney) 등을 열거한다. 그러나 생존해 있던 혁명의 영웅 토머스 해리슨(Thomas Harrison) 소장을 제외한 것은 당시 그와 크롬웰의 적대관계 때문으로 여겨진다. 이처럼 밀턴은 크롬웰의 지나친 배타적 통치가 그의 지지 세력을 무력하게 하지 않을까 경계한 흔적이 보인다.

그러나 밀턴이 원칙 없는 타협을 결코 용납한 것은 아니다. 『두 번째 변호』의 마지막 부분에 이르러서 밀턴은 이상과 같은 간접적 비판과 충언에서 벗어나 호국경 통치의 방향을 좀 더 직접적으로 제시하기도 한다. 그는 호국경이 된 크롬웰에게, 교회의 일을 교회에 맡김으로써 정부의 짐을 절반으로 줄이라고 권고하면서, 이 둘이 서로 분리되지 않으면 서로 간에 매춘부 역할을 하게 되며, 이는 쌍방의 파멸을 가져올 뿐이라고 주장한다(*CPW* 4.1: 678). 국가가 교회의 일에 간섭하지 않을 때 양자의 순수성이 지켜지리라는 것이다. 이러한 주장은 물론 국가와 교회의 독립에 관한 밀턴의 평소의 신념을 반영하는 것이지만, 호국경 정부에서도, 비록 일시적 방편이라고는 하지만, 변화 없이 그대로 유지되고 있었던 십일조세(tithe)[404]나 감독제에 대하여 밀턴은 전혀 타협하지 않았음을 볼 수 있다. 또한 젊은이들의 교육과 도덕에 대해 좀 더 관심을 가지라고 촉구하고, 자유로운 진리 탐구를 보장할 것을 권고한다. 그러나 무엇보다도 밀턴의 핵심적 메시지는 자유의 보존에 있음이 드러난다.

> 마지막으로, 당신이 진리든 거짓이든 그것이 무엇이든 듣는 것을 두려워하지 않아도 되지만, 다른 사람의 자유를 부정하지 않는 한, 자신이 자유롭다고 생각

404) 십일조세는 오늘날의 교회에서 자발적으로 헌금으로 내는 십일조 개념과 달라서 교구 단위로 거둬들이는 조세 형태의 10분의 1 교구세를 말한다.

할 수 없는 자들, 가장 열성적으로 활기차게 형제의 몸뿐 아니라 양심까지 구속하고 모든 폭정 가운데서도 최악의 것인 그들 자신의 저속한 관습과 편견의 폭정을 국가와 교회에 강요하는 자들의 말은 가장 듣지 말기를 바랍니다. 자신의 당이나 분파뿐 아니라 모든 시민이 대등하게 국가에서 자유의 평등권을 갖는다고 생각하는 자들의 편을 항상 들기를 기원합니다. (*CPW* 4.1: 679)

크롬웰에게 바친 찬사와 권유에 이어 마지막으로 밀턴은 그의 동포를 향해 개인의 도덕적 각성을 촉구한다. 국민 개개인이 내면적 자유를 성취하지 않고는 정치적 자유를 쟁취할 수 없다는 것이다. 자유로워지는 것은 곧, "경건하고 현명하고, 의롭고, 절제하며, 타인의 재산에 초연하게 자신의 재산을 돌보고, 이러므로 결국 관대하고 용감하게 되는 것"이기 때문이다(684). 국민 개개인이 영적으로 그들을 속박하는 악덕으로부터 해방되기 위해서는 현명하게 판단하는 것이 중요하며, 이러한 태도는 위에서 언급한 바와 같이 하층민에 대한 불신과 귀족층에 대한 기대감으로 나타나기도 한다. 이러한 밀턴의 입장이 당시 수평파가 제시했던 투표권의 확대에 대한 반대로 나타나기도 했다. 즉, 그는 이러한 투표권의 확대가 자격도 없는 자를 자신의 당파에 속했다는 이유로 뽑게 되는 폐단을 우려한 것이다. 사실 우리나라의 경우처럼 20세기 말 현재까지도 학연이나 지역 연고 등에 의해 투표의 승패가 결정된다는 사실을 고려한다면, 17세기 당시 교육의 격차가 심한 영국의 사회적 계층구조 속에서 밀턴이 우민정치의 두려움에 사로잡힌 점은 충분히 이해할 만하다. 현대적 민주주의의 잣대로 『두 번째 변호』를 판단한다면 미흡한 점이 있겠지만, 자유를 국가가 보장해야 할 최고의 가치로 설정하고 절대군주제에 반대하여 국민의 주권에 바탕을 둔 공화정의 논리를 효과적인 수사적 구조를 통해 전개했다는 점에서, 틸야드는 이 산문을, "밀턴의 산문 작품 가운데 가장 위대하며 세계의 수사적 글들 가운데 가장 위대한 것 중의 하나"라고 극찬한다.[405] 또한 밀턴이 상대 논객에 대해 노골적인 인신공격을 가했던 것도 오늘날의 기준에서 보면 저속한 공방인 것 같지만, 당시의 논쟁 관례나 방식에 비추어 본다면, 글의 품격을 격하시키는 것이 아니라 도리어 밀턴이 고전 수사학에 정통하였음을 보여준다고 하겠다. 이렇게 보면, 음담패설의 사용도 상대편을 효과적으로 공격하기 위한 필수적인 한 방편으로 파악해야 마땅하다. 크롬웰 공화국의 입장을 대변하도록 지명된 자신의 개인적 명예를 지키는 것이 공화국의 명예를 유지하기 위해 필수적이라는 인식을 바탕으로, 밀턴은 상대의 야만적 공격에 대응하고 훌륭히 맞선 것이다.

(3) 『자신에 대한 변호』

밀턴의 『두 번째 변호』가 출판되고 두 달 정도 지난 1654년 10월에 모어는 『공적 신뢰』(*Fides Publica*)[406]에서 자신이 『절규』의 저자가 아님을 밝히면서 진짜 저자가 정체를 드러내길 요구했다. 블라크는 『두 번째 변호』를 『공적 신뢰』와 함께 다시 출판하면서 자신의 서문과 살마시우스의 친구 조오지 크란츠(George Crantz)의 서문을 책머리에 실었다. 크란츠는 모어의 학자적 재능을 찬양하는 데 그쳤으나 블라크는 모어에 대한 밀턴의 실수를 비난하면서도 『절규』의 저자가 누구인지는 아직 모른다고 주장했다. 그러나 밀턴은 모어가 『절규』의 출판을 감독하고 찰스 2세에게 바치는 서한문을 직접 써서 서두에 첨가했다는 사실을 근거로 모어에 대한 이전의 공격을 정당화하고자 했다. 『자신에 대한 변호』(*Pro Se Defensio*, 1655)에서 밀턴은 『절규』의 마지막에 실린 10쪽 분량의 풍자문을 염두에 두고 모어가 그에 대한 "가장 소란한 풍자문의 저자"라

405) E. M. W. Tillyard, *Milton*, rev. ed. (London: Chatto & Windus, 1930; Harmondsworth: Penguin Books, 1966), 192-93.

406) "공적 신뢰"는 원래 신뢰를 주관하는 로마의 여신 피데스(Fides)를 가리키며, 높은 정신적 이상을 대변하는 로마의 신들 가운데 하나이다. 로마 후기에 Fides가 Fides Publica로 불리게 되었다.

고 비난하면서, "그 절규를 출판한 자는 그 책의 저자로 간주되어야 한다"고 주장함으로써, 만일에 오류에 대비한다(*CPW* 4.2: 701). 다른 누구도 저자를 자처하거나 지목하지 않는 상황에서 한 페이지 한 소절이라도 썼든지 출판을 했든지 혹은 그 책임을 졌다면, "내[밀턴]에게는 당신만이 전체 작품의 저자, 즉 범죄자요 절규의 주인공일 것이다"라며 사전 변명의 복선을 깔고 있다(712-13).

자신의 판단에 대한 밀턴의 이 같은 합리화는 모어의 방탕한 사생활에 대한 비난으로 이어진다. 비방문은 은밀히 쓰일 수 있으나 방탕은 증인이 있게 마련이라는 논리에 따라, 모어의 방탕한 사생활을 공격의 대상으로 삼는다. 밀턴은 이 산문에서 막연히 자기변명에만 급급하지 않고 공격이 최선의 방어라는 자세로 모어의 사생활을 적극적으로 공격한다. 모어에 대한 인신공격으로는 그가 유럽대륙에서 보여준 여태까지의 행적, 그 가운데 그를 제네바에서 떠나가게 만든 섹스 스캔들, 살마시우스의 아내의 하녀를 욕보인 것 등을 거론한다. 국민의 정부 선택권 같은 무거운 주제와 성직자의 혼외정사 가십거리 문제를 동시에 다루고 있다는 점은 전통적 연구자들의 비위에 거슬렀다. 패트라이디즈(A. C. Patrides)는 "두 『변호』들 그리고 특히 세 번째의 『자신에 대한 변호』는 독자들이 가끔 주목하고 그만큼 개탄하는 종종 무절제한 언어에 의해 상당히 손상된다"고 보았고,[407] 근래에 콘즈도 밀턴이 이 산문의 서두에서 밝힌 "자유의 변호라는 명분"을 구현하지 못했다고 단정하면서, "모어 씨의 생식선에 관한 언쟁은 그 [자유를 위한] 투쟁에 이상하리만큼 용두사미격인 종결부이다."라고 지적한다.[408]

그러나 모어의 도덕적 결함은 곧 그의 모든 주장에 대한 신빙성을 의심하게 하는 결과를 가져오게 되므로, 결국 그가 관계된 책의 내용을 부정하는 효

---

407) C. A. Patrides, *John Milton: Selected Prose*, rev. ed. (Columbia, MO.: U of Missouri P, 1986), 36.

408) Corns, *John Milton,* 107.

과가 있다. 이러한 효과를 노리고 상대의 저급한 인신공격성 비난에 대하여 밀턴은 자기변명이나 원론적 논리 전개를 지양하고 의도적으로 같은 수준의 인신공격으로 대응하였다고 볼 수 있다. 모어 자신이 법적인 방법으로 비난을 벗어나려 한다면, 도리어 그의 비행을 확인해줄 증인이 나타날 것이다. 밀턴은 그 첫 번째 증인으로 모어가 시골 정자에서 클로디아(Claudia)라는 하녀와 혼외정사를 벌이고 나오는 광경을 목격한 정원사를 지명하는데, 이 순간의 모어의 모습을 "무화과나무 대신, 그만큼 오래되었으나 뽕나무로 만들어진, 옛날 정원의 외설적 수호신"에 비유한다(*CPW* 4.2: 756). 로마 신화의 고전적 정원에 등장하는 프리아푸스(Priapus)는 흔히 무화과나무로 만들어졌으며 거대하게 발기된 남근이 특징이다. 밀턴이 모어가 정자에서 하녀와 정사를 치른 후 정원으로 나오는 모습을 뽕나무(mulberry)로 만들어진 프리아푸스 상에 비유한 것은 모어, 즉 모루스(Morus)는 뽕나무를 뜻하기 때문이다. 여기서 고전을 이용한 밀턴의 풍자적 해학을 엿볼 수 있다.

밀턴은 모어가 설령 저자가 아닐지라도 출판에 일조한 사실만으로도 같은 비난을 받아 마땅하다고 주장하는데, 독자들은 논리적인 비약으로 느낄 수 있지만, 밀턴이 느낀 감정적 손상으로 볼 때, 어쩌면 당연한 반응인지도 모른다. 출판의 자유가 별로 제약되지 않는 현재도, 어떤 저자의 책이 제재를 받게 되면 그 책의 출판사도 같은 처벌을 받게 되는 것은 저자와 출판사가 출판에 대한 공동책임을 져야 하기 때문이다. 현대적 법의 논리가 이러하다면, 모략을 당한 피해자의 입장에 있던 밀턴에게 숨겨진 저자보다 드러난 모어가 공격의 대상이 된 것은 당연한 일이다. 모어가 쓴 것으로 여겨지고 분명히 출판한 책으로 인하여 가장 상처를 입은 밀턴에게 모어가 저자냐 아니냐의 문제는 그리 중요하지 않았을지 모른다. 또한 유럽에서 들려오는 모어에 대한 소문도 밀턴의 추측을 부추겼다. 밀턴은 이러한 소문을 "국민의 음성"으로 받아들였다(704). 더구나 지난 2년간 그와 생각을 달리하는 사람을 만나보지 못했으며 모어 외에 저자로 거론된 사람은 없었다는 것이다. 좀 더 확실해 보이는 증거는 라이든(Leyden)에서 온 어떤 편지에 『하늘을 향한 왕의 피의 절규』(*The Cry of the Royal Blood to Heaven*)라는 모어의 책에 대한 언급이 있었고, 암스테르담에서 온 편지에는 모어가 『절규』의 원고를 교정하였으며 몇몇 책들에는 모어의 이름이 저자인 양 증정인으로 적혀 있었다(714). 이러한 증거로는 충분하지 않다고 생각한 밀턴은 발설할 수 없는 다른 이유도 있다고 주장하면서, 언제가 진리의 편에서 증인들이 나서주길 기대한다고 한다.

그러나 밀턴은 모어가 저자임을 확증하는 증거는 제시하지 못함으로써 자기변명의 한계를 노출하고 만다. 밀턴은 라이든에서 온 편지 이후 2년이 지나서 듀리로부터 두 통의 편지를 받았는데, 둘 다 모어의 결백을 주장하는 것이었다. 그러나 밀턴은 듀리의 정보원인 호톤(Hotton)이 왕정주의자요 모어와 긴밀한 사이라는 점을 들어 듀리의 충고를 받아들이지 않았다. 밀턴은 자신이 결정적 증거를 제시할 수 없자 모어에게 그가 저자가 아님을 증명하라고 다그친다. 이러한 상황에서 진짜 저자를 밝히는 것이 혐의를 벗는 유일한 방편일 것임에도 불구하고 모어는 끝내 숨겨진 저자 뮬랭을 발설하지 않음으로써 자신이 골수 왕정주의자임을 입증한 셈이다. 이런 모어를 공격하는 것은 자유공화국의 대변자인 밀턴에게는 당연한 의무로 여겨졌을 것이다. 그러나 밀턴이 애국적 명분에 묶여 논리적 비약을 서슴지 않은 듯한 인상을 받는 것도 사실이다. 빈약한 근거로 억울한 공격대상자를 설정하고 그의 사생활을 비난했을 뿐만 아니라 공격목표가 잘못되었음을 뒤늦게 깨닫고도 이를 인정하기보다 변명하기에 급급한 것은 그의 당혹감을 반영한 것인지도 모른다. 글의 제목이 그러하듯 밀턴은 자기 자신의 실수를 변명하는 데 급급하여 마음의 여유를 잃은 듯하지만, 공화정이라는 대의명분을 위해 위대한 시인의 꿈까지도 희생해온 그의 생애에 비춰본다면 옥의 티일 뿐이다.

또한, 모어를 『절규』의 저자로 오판한 밀턴의 실수는 그 책과 관련된 다른 저자가 드러나지 않은 상황에서 모어만이 간접적으로나마 연관된 유일한 공격 대상이었기 때문에 불가피한 판단이었을 것이다. 밀턴의 독설에 대해서도 근자에 그것을 결함으로 전혀 보지 않고 예언자 시인의 격정의 시학으로 보는 시각이 제시되었다. 밀턴의 독설을 시적 권위와 힘을 창출한 원동력으로 본 것이다. 로웬스타인에 의하면, 『자신에 대한 변호』는 밀턴의 논쟁적 산문에서 차지하는 독설의 힘과 가치를 다시금 정당화하고 있다고 주장한다.409) 사실상 밀턴 자신이 자신의 독설을 다음과 같이 정당화하고 있다.

> 당신[모어]과 당신의 악행을 묘사하는 자는 외설적으로 말해야 한다. 따라서 비록 내가 당신의 욕설에 대하여 불결한 단어들을 사용했을지라도, 가장 근엄한 작가들의 예를 들더라도, 나는 나 자신을 쉽게 변호할 수 있었을 것이다. 그들은 분개하여 내뱉은 불결하고 속된 단어들이 외설을 나타내는 것이 아니라 가장 엄숙한 비난의 맹위를 나타내는 것이라고 항상 생각해 왔다. (*CPW* 4.2: 744)

독설에 대한 밀턴의 정당화는 아마 그의 논쟁적 산문 전반에 걸쳐 적용될 수 있는 주장으로서 논쟁을 위한 수사법의 일부로서 작용한다. 그는 자신의 독설이 막연히 저급한 욕설쯤으로 취급되는 것을 경계했기 때문에 독설이 사용될 때마다 이를 정당화하였다. 『스멕팀누스를 위한 변호』에서는 "열성의 전차" (Chariot of Zeale) 대목에서 "분노"와 "조롱과 냉소"를 극화하는 종말론적 비전을 제공하고 있고, 하나님 자신이 맹렬한 성품을 보이기도 한다.410) 밀턴 시대에 독설은 격렬한 논쟁적 산문에서 일반적으로 통용되는 것이었고 밀턴 자신이 수사법상의 맹렬함을 논쟁술의 본질로 보았기 때문에, 현대 비평가들이 그의 독설을 옹호하거나 불평하는 것은 그 문학적 가치를 도외시한 지나친 현대적

---

409) Loewenstein, "Milton and the Poetics of Defense," *Poltics Poetics, and Hermeneutics in Milton's Prose*, eds, Loewenstein and Turner, 179.

410) *An Apology for Smectymnuus*, *CPW* 1: 900, 902.

편견이다. 밀턴의 독설이 그의 논쟁에서 차지하는 진가는, 그것을 논쟁자의 품위를 재는 척도로서 본다면, 결코 파악될 수 없을 것이다. 논쟁은 일종의 언어적 전쟁이며, 그 전쟁에 사용되는 언어는 상대방을 파괴하는 힘을 보여야 한다. 그리고 밀턴의 논쟁적 산문에서 독설은 문학적 상상력과 결합하여 그 파괴력을 발휘하기도 한다.

이상에서 살펴본 세 편의 라틴어 『변호』들은 밀턴의 변호가 단순히 방어적 담론이 아니라 공격적 담론이었음을 보여준다. 그리고 그 공격적 담론은, 영국 역사상 처음으로 공화국이 들어서고 외국 전제군주국가들로부터 공격의 대상이 되는 상황에서 나온 것으로서, 그 담론의 핵심은 자유사상이라고 할 수 있다. 물론, 자유의 주체는 개인에서 출발하지만, 왕의 자유보다 국민의 자유를 우위에 둠으로써 국민 개인의 자유가 상호 충돌하면 다수의 자유가 우선이라는 전제를 두고 있다. 이러한 전제에서 보면, 왕을 포함한 어떠한 개인도 전체 국민 위에 군림할 수 없으며, 당시의 군주제는 왕군신수설이 보여주듯이 왕권을 절대화하고 국민을 지배대상으로 삼았으므로 혁명의 대상이었다. 국민의 주권을 되찾아 주고 국민에게 자유를 보장해주기 위해서는 통치자의 권력이 국민에게서 나온 것임을 인정해야 하며, 전제군주국가보다 공화정이 국민 전체의 주권을 우선하는 정체이기 때문이다.

5. 왕정복고 전야의 산문: 자유공화국을 위한 마지막 논쟁

찰스 1세의 처형에 대한 외국의 비난 여론에 대응하여 밀턴이 쓴 세 편의 라틴어 변호들 가운데, 첫 번째 변호인 『영국 국민을 위한 변호』(1651)은 실명하기 전에 쓴 것이고, 『두 번째 변호』(1654)과 세 번째 변호인 『자신에 대한 변호』(1955)는 실명한 후에 쓴 것이다. 또한 이듬해인 1656년에 캐서린 우드칵(Katherine Woodcock)과 재혼하여 딸의 출생을 보기도 했으나 그 다음해 2월과

3월에 아내와 딸을 잃게 되었던 때였다. 이처럼 실명과 더불어 가정적 불행에 시달리던 밀턴은 급기야 자신이 그토록 혼신의 정열을 바쳐온 공화정의 위기에 봉착하게 되었다. 이 와중에서 눈먼 밀턴은 역경을 딛고 계속하여 문필활동을 펼쳤는데, 1655년에는 필경사의 도움을 받아 가며 공화정 외국어 담당 서기관의 임무를 수행하였으며, 개인적 연구를 재개하여 그의 신학 사상을 총괄한 『기독교 교리론』(*De Doctrina Christiana*)과 『실낙원』의 집필에 착수한 것으로 여겨진다. 그 후 약 3년 동안 밀턴은 개인적인 변화를 겪으면서 이렇다 할 작품을 내놓지 않았지만, 1659년 공화국의 운명이 풍전등화에 놓이자 다시금 공화정을 옹호하기 위한 필봉을 들었다. 그 첫 번째 작품이 『교회 문제에 관한 국가권력론』(*A Treatise of Civil Power in Ecclesiastical Causes*, 1659)이며,[411] 이어서 성직자의 임금 문제를 다룬 『교회에서 고용된 성직자를 퇴출하는 가장 적당한 방법에 대한 고찰』(*Considerations Touching the Likeliest Means to Remove Hirelings out of the Church*, 1659)[412]을 내놓았고, 그 이듬해에 내놓은 『자유공화국 건설을 위한 준비된 쉬운 길』(*The Readie and Easie Way to Establish a Free Commonwealth*, April 1660)은 왕정복고의 기운이 감도는 마지막 순간의 절규였다. 첫 두 산문 작품은 국가권력으로부터의 종교적 자유를 주장한 글이고, 『준비된 쉬운 길』은 공화국을 위한 밀턴의 마지막 제안이자 외침이라고 할 수 있다.

---

411) 이 산문의 전체 제목은 『교회 문제에 관한 국가권력론: 지상의 어떤 권력도 종교 문제에 있어 강제하는 것은 적법하지 않음을 보여주는 논문』(*A Treatise of Civil Power in Ecclesiastical Causes: Shewing That it is not lawfull for any power on earth to compell in matters of Religion*)이다. 여기서 "Civil power"는 교회의 권위에 대조되는 개념으로써 시민의 권한이 아니라 국가의 공권력을 의미한다.

412) 이 산문의 전체 제목은 『교회에서 고용인을 몰아내는 가장 적당한 방법에 관해 고려할 사항들. 그 가운데 십일조세, 교회 요금, 교회 수입에 대하여 그리고 성직자의 부양이 법에 따라 해결될 수 있는지에 대한 논의됨』(*Considerations Touching The Likeliest means to remove Hirelings out the church. Wherein is also discourc'd Of* Tithes, Church-fees, Church-revenues; *And whether any maintenance of ministers can be settl'd by law*, August 1659)이다. 원어 제목의 "hirelings"는 돈을 목적으로 일하는 고용인을 가리키는 경멸적인 표현임.

(1) 『국가권력론』

『국가권력론』은 온건 장로파의 주장을 선호하고 급진적 종교사상을 회피하던 리처드 크롬웰(Richard Cromwell)의 등극으로 인해 변화가 예상되는 시점에서 나온 것이며, **사보이 선언**(Savoy Declaration)으로 인해 가장 영향력 있는 독립파 신교도들이 분리파 교회의 주장이나 자유주의 원리로부터 점점 멀어지게 된 상황에서 출판된 것이다.[413] 올리버 크롬웰에게 왕위에 오를 것을 제안했던 **겸손한 청원과 간언**(Humble Petition and Advice; 1657) 이후 의회와의 갈등을 빚어왔던 크롬웰은 **국무위원회**의 자문에만 의존하는 등 군주와 다를 바 없는 최고통치자로 군림하였고, 1658년 스튜어트 왕조를 복구하려는 스페인군의 소식을 듣고 왕당파 음모자들을 색출하여 처형해야만 했다. 영불 연합군이 스페인군과의 전쟁에서 덩케르크(Dunkirk)를 포위하여 승리하자 크롬웰의 호국경 시대는 새로운 절정을 맞는 듯하였으나, 그해 여름 유행한 혹독한 열병으로 인하여 1658년 9월 3일 전 유럽의 두려움과 존경을 받던 크롬웰의 일생도 종지부를 찍었다.

1658년 9월 올리버 크롬웰이 사망하자 리처드 크롬웰(Richard Cromwell)이 뒤를 이었으며, 그해 11월 23일 밀턴도 참여한 올리버 크롬웰의 장례식이 있고 나서 6일이 지나서, 리처드 크롬웰의 **국무위원회**는 다음 국회의 소집을 1월 27일로 예정했다.[414] 이 불안정한 기간에 밀턴은 새 의회를 상대로 국가권력으

413) **사보이 선언**과 **웨스터민스터 고백**(Westminster Confession)은 인간이 제정한 교리나 명령으로부터 신앙의 자유를 선언한 점에서 공통점이 있으나, 후자가 종교 문제에서 국가 관료의 개입을 인정한데 반하여 전자는 이 점을 인정하지 않았다. **사보이 선언**은 1650년대에 독립파 성직자들의 주도로 성안된 신안고백이자 교회조직에 관한 동의안이다. 이 선언은 밀턴이 수용하기에는 지나치게 신앙의 기본을 제약하고 있지만, 교회문제에 있어서 관료의 개입을 부정하고 있다는 점에서 『국가권력론』에서 그가 취한 입장과 흡사하다. **사보이 선언**에 대하여는, A. G. Matthews, ed. *The Savoy Declaration of Faith and Order*, 1658 (London: Independent, 1959)를 참고할 것.

414) Cf. Prker, *Milton: A Biography*, 1: 516-19.

로부터의 종교적 자유를 주장하는 산문을 준비하였는데, 그것이 바로 『국가권력론』이었다. 이처럼 리처드 크롬웰이 새로운 **호국경**으로 등장하자, 밀턴은 선대의 크롬웰이 **던버 전투**(Battle of Dunbar; 1650)[415]에서 승리한 후 공약하였으나 실천에 옮기지 못한 종교개혁의 공약을 리처드 치하의 새로운 의회가 지키도록 촉구한 것이다. 따라서 밀턴은 이 글의 서문에서 "최고 의회[의원들]여, 나는 고대하던 당신들의 회기에 맞춰 이 글을 준비했습니다"라고 밝힌다.[416]

이 산문의 핵심은 리처드의 의회가 기독교적 자유에 입각한 종교적 양심을 인정할 것을 권고하는 것이다. 극존칭의 사용이라든가 헌사의 격식을 갖춘 것은 **호국경** 통치가 범한 오류를 의회가 수정해 주기를 바라는 기대에서 비롯된 것일지 모른다. 세속적 권위와 영적 권위를 분리하려는 운동은 지명의회의 몰락과 더불어 시들해졌고, **십일조세** 그리고 유급 성직자에 대한 **퀘이커교도**의 광적인 행적이 밀턴의 주장을 더욱 외면당하게 했다. 이러한 상황에서 그는 무식한 급진주의자들로부터 자신을 분리하고 무정부주의자의 오명을 벗을 필요가 있었다. 자신의 국제적 명성과 공화국의 공민적 자유를 위해 일했던 과거 관직의 권위까지 동원해가며 자신의 주장을 격상시키고자 다시금 필봉을 든 것이다. 다시 말하면, 이 산문의 의의는 독창적 사상에 있는 것이 아니라 하나의 위대한 주장을 품격과 간결함으로 포장한 것에 있다.

반감독제 산문에서처럼 『국가권력론』에서도 밀턴은 자신의 모든 주장의 근거를 성서적 권위에 둔다. 『국가권력론』은 정치와 종교의 상관성 속에서 분명한 목적을 가지고 썼기 때문에, 문장 자체는 좀 까다롭고 복잡하지만, 그 논리는 그리 복잡하지 않다. 글의 서두에서 목적을 분명히 밝히고 그 목적에 따

415) 세 번째 영국 내전이었던 이 전투에서 올리버 크롬웰의 영국 의회군은 스코틀랜드 왕으로 선포된 찰스 2세(Charles II)에 충성했던 데이비드 레슬리 (David Leslie)가 이끄는 스코틀랜드군(軍)을 격퇴하였다.

416) Milton, *Treatise of Civil Power, CPW* 7: 239.

라 정교분리가 왜 필요한지를 조목조목 밝혀 나가게 된다. 밀턴은 이 글의 논의를 시작하기에 앞서 글의 목적을 다음과 같이 명확하게 밝힌다.

> 이런 양심적인 신념에 따른 종교적인 신앙이나 행동을 이유로 누구나 지상의 그 어떤 외적 세력에 의하여 처벌받거나 박해받아서는 안 된다는 점을,[417] 하나님의 절실한 도움을 통해, 다음과 같은 논쟁을 함으로써, 분명하게 할 수 있을 것으로 저는 확신합니다. (*CPW* 7: 242)

이처럼 글의 목적이 종교적 자유에 있음을 분명히 밝히고 나서, 새 의회의 권위를 높이면서도 자신의 주장을 좀 더 설득력 있게 하려고, 밀턴은 이전에 쓴 반감독제 산문에서처럼 여기서도 자신의 모든 주장의 근거를 신구교 모두가 부정할 수 없는 성서적 권위에 둔다.

> 이 시대의 우리는, 공통된 기반으로 상호 간에 보장할 수 있는, 우리 외부에서 오는 다른 신성한 규칙이나 권위가 성경밖에 없고, 그리고 우리 자신에게, 또한 우리가 그들의 양심을 그렇게 설득할 수 있는 자들에게만, 그 성경을 공통적인 기반으로 보장할 수 있다고 해석해주는, 우리 내부에 있는, 성령의 조명밖에는 다른 규칙이나 권위가 없으므로, 우리는 종교 문제에서 오직 성경에서 오는 것 외에는 다른 기반을 가질 수 없다는 점을 인정하지 않을 수 없습니다. (*CPW* 7: 242)

이 같은 성서적 권위의 강조는 외적 전통이나 교파 간의 야합에서 비롯되는 종

---

417) 이것이 이 논문의 나머지 부분에서 밀턴이 주장하려는 논지이다. "우리 내부의 성령"(Holy Spirit)이 해석하시는 바와 같이, 성경의 유일한 권위를 강조하는 것이 그의 성숙한 생각을 지배한다. 이처럼 성령의 인도를 강조하는 것은 외적 권위를 지지하는 모든 전통에 그를 맞서게 한다. 이를테면, 로마 교회나 영국 국교회에 의하여 예시되는 역사적인 교회의 권위를 반대하고, 반면, 퀘이커교도, 재세례파 및 급진적인 아르미니우스주의자 등과 공감대를 지녔다. *Cf.* William B. Hunter, Jr., "John Milton: Autobiographer," *Milton Quarterly*, VIII (1974), 101~104.

교적 강제로부터 해방되기 위함이었다. 이 산문의 첫머리에서 밀턴은 종교적 해악이 되는 두 가지 요인으로서 억압적인 권력과 성직자 고용제도를 들고 있다.[418] 『국가권력론』에서 문제 삼고 있는 것은 국가권력의 종교적 간섭이다. 일차적으로 국가권력으로부터 해방하고자 하는 종교 문제란 하나님에 대한 지식과 예배인데, 이는 신성한 양심의 활동에 의한 것이며 외적 권력의 영향을 받아서는 안 된다는 것이다.

여기서 신앙 양심이란 인간의 신앙이나 행위가 하나님의 뜻과 성령(Holy Spirit)에 의한 것인지에 대한 각자의 양심적 확신을 말한다. 밀턴은 이 산문의 목적이 "양심적 확신에 따른 종교적 신앙이나 행위 때문에 그 누구도 지상의 어떤 외적 권위에 의하여 처형되거나 괴롭힘을 당해서는 안 된다는 것"(*CPW* 7: 242)임을 밝히면서, 이에 대한 네 가지 이유를 상세하게 풀어서 제시한다. 이 네 가지 이유를 하나씩 논리적으로 설명하고, 그 근거를 제시하며 의회를 설득하는 것이 이 산문의 전체 구성이므로 그 이유를 하나씩 분석해 보고자 한다.

첫째, 어떤 사람이나 단체도 신앙 문제에 있어서 타인의 양심을 온전하게 판단할 수는 없다는 것이다. 신앙 양심에 대한 유일한 판단 근거는 성서이고 성령의 조명을 통해서만 가능하기 때문이다. 전통적인 교회 관습이나 정치적 권위에 의해 신앙 문제가 규제되고 억압되던 당시 상황에서 청교도들은 그러한 권위에서 벗어나고자 하였다. 외적으로는 성서밖에 서로에게 인정될 만한 신성한 원칙이나 권위가 없으며, 내적으로는 성령밖에 그 성서를 조명해줄 권위가 없다는 것이다. 즉, 신교도들은 신앙의 토대로서 성서의 권위만을 인정하며 성서의 이해는 각 개인이 성령으로부터 받아들이는 내적 조명을 통해서만 가능하다고 본다. 따라서 어느 누구도 타인의 신앙 양심을 판단할 수 없으며, 국가권력은 종교 문제에 개입해서는 안 된다는 것이다. 여기서 밀턴은 프로테

418) 이 두 가지 요인들 가운데 성직자 고용제에 대하여 밀턴은 나중에 『고용된 성직자』(1959)에서 본격적으로 논의한다.

스탄트의 기원이 성서보다 교회의 전통을 강요하는 교황 샤를 5세(Charls V)의 칙령에 대한 초기 종교개혁가들의 저항에서 온 것임을 상기시킨다. 또한 "프로테스탄트"라는 명칭과 더불어 교회보다 성서를 더욱 중시하고 성서해석을 개인의 신앙 양심에 맡기는 개신교 교리가 생겨났다는 것이다. 만일 교회가 절대적 믿음의 대상이 되기에 충분하지 않다면, 교회보다 더 권위를 지닐 수 있는 것은 신앙 양심밖에 없다는 것이다.

신교도들은 신앙의 토대로서 성서의 권위만을 인정하며, 성서의 이해는 각 개인이 성령으로부터 받아들이는 내적 조명을 통해서만 가능하다고 본다. 따라서 누구도 타인의 신앙 양심을 판단할 수 없는 것이다. 모든 진정한 개신교도가 교황을 적그리스도(anti-Christ)로 간주하는 것은 그가 양심과 성서보다 자신의 무오성(infallibility)을 주장하기 때문이며, 신앙 문제를 강제하는 관료는 "공민적인 교황권"(civil papacie)을 행사하므로 교황과 다를 바 없다는 것이다.[419] 당시의 로마가톨릭이나 영국 국교의 경우 세속 권력이 교회 문제에 개입된 경우로서, 둘 다 신앙 양심에 의한 성서해석의 자유를 침해하게 된다. 교회의 계율은 자발적 의도에 의하여 그것을 따르기로 하는 자에게 적용되는 것으로서 교회로부터의 제명은 가능하지만, 신체적, 금전적 형벌을 부가할 수는 없다는 것이다. 교회 문제에 권력이 개입하지 않으면, 불경(blasphemy)과 이단 신앙이 활개칠 수 있을 것이라는 우려에 대해, 밀턴은 불경이 양심의 인가를 받을 수 없으며, 국가법에 따라 범죄로 다스릴 수 없다고 응수한다.[420] 이 점이 로저 윌리

419) *Treatise of Civil Power*, *CPW* 7: 244.

420) 1650년 8월 9일에 공포된 몇몇 무신론적이고, 불경스럽고, 저주스러운 견해에 대한 금지법(Act Against several Atheistical, Blasphemous and Execrable Opinions)을 가리키는데, 이 법안은 주로 과격한 랜터즈(Ranters)를 겨냥한 것이었으나, 그 이전 1648년 5월에 장기의회가 통과시켰던 법안, 즉 불경과 이단 처벌법(An Ordinance for the punishing of Blasphemies and Heresies)보다는 덜 엄격하였다. 장기의회의 처벌법은 불경에 대해 사형까지 내릴 정도로 엄격하였다.

엄스(Roger Williams)나 존 굿윈(John Goodwin) 같은 절대적인 신교자유주의자들과 밀턴의 차이점이다.[421] 이단이란 것도 원래는 남들과 다른 개인의 선택을 뜻했던 것이므로, 신앙 양심에 따라 성서를 해석하는 한, 이단자가 아니라 최상의 신교도이며, 성서에 근거하지 않은 전통과 사건을 따르는 교황주의자야말로 유일한 이단자라는 것이다.[422] 하나님의 계시가 개인의 신앙 양심에 따라 다양한 해석을 가능하게 하므로, 장로교 교인들 못지않게 조합파 교회 교인들까지 괴롭혀온 이단의 문제는 신교의 자유를 통해 사라진 것이다.

이처럼 밀턴은 이단 신앙까지도 조건적으로 인정하지만, 로마 가톨릭교 신앙에 대하여는 배타적이다. 로마가톨릭 신앙을 우상숭배의 범주에 넣어 배제하는 이유는 그것이 "성서에 반하는 보편적 이단 신앙"으로서 맹신(implicit faith)을 강요하기 때문에 하나님이 아닌 인간에게 양심을 예속시킨다고 보기 때문이다. 어떤 형태로든 우상숭배는 신구약의 모든 교리에 분명히 위배 되는 까닭에 공권력이 그것의 공적인 사용을 금해야 한다는 것이다. 또한 가톨릭교는 보편적(catholic) 종교라는 미명과 허울 아래 "옛날에 누리던 세계적 지배"를 유지하려 하므로 배척되어야 한다는 것이다(*CPW* 7: 254).[423] 이처럼 국가권력이 독신이나 천주교 제도 및 우상숭배를 억제해야 한다는 주장은, 궁극적으로 밀턴이 옹호하는 자유가 단순한 자유가 아니라 기독교적 자유라는 점을 상기시킨다.[424] 그는 국가권력이 종교 문제에 개입하는 것을 원칙적으로 반대하지만, 개인적 신앙의 자유를 억압하는 교황제도나 인간을 사물에 종속시키는 우상숭

421) Austine Woolrych. Historical Introduction. *Complete Prose Works of John Milton*. 8 vols. Eds. Wolfe, Don, et al. (New Haven: Yale UP, 1953-82), 7: 49.

422) Cf. Milton, *Treatise of Civil Power*, *CPW* 7: 247-49.

423) 여기서 소문자 이니셜의 "catholic"이 "보편적인," "만인에 공통적인" 등의 뜻을 지니는 것에 주목할 필요가 있다.

424) 밀턴의 산문에 나타난 기독교적 자유에 대한 논의는, Barker, *Milton and the Puritan Dilemma*, 14장을 참고할 것.

배의 경우는 공권력의 개입이 불가피하다고 보았다. 이러한 견해는 성서에 궁극적 권위를 부여하고 성서의 해석에 신앙적 자유를 강조한 결과이다.

둘째, 국가권력은 종교 문제를 판단할 권한이 없다는 것이다. 밀턴은 기독교적 자유 자체를 방해하는 교황제도나 우상숭배에 대해서는 국가권력의 개입이 불가피하다고 주장하였지만, 성서에 근거한 신앙양심의 자유로운 판단에 대해서는 어떠한 외적 통제나 간섭도 배제했다. 따라서 그는 국가권력이 종교 문제를 판단할 능력이 있다고 하더라도 다른 개인의 신앙 양심을 침해할 권한이 없다고 주장한다. 그리스도는 "그의 교회를 다스림에 있어서 자신의 모든 목적과 의도에 그 자체로서 충분한 그 자신의 정부"가 있지만, 그것은 국가 정부와 상당히 다르다(255).[425] 그리스도의 정부가 세상의 정부와 다른 점은 외적 힘을 동원하여 다스리지 않는다는 점이며 여기에는 두 가지 이유가 있다. 첫째 이유는 그리스도의 정부는 내적인 인간과 그의 영적인 행위를 취급한다는 점이고, 둘째 이유는 그것이 세상 권력에 의존하지 않고도 이 세상의 모든 권력과 왕국을 정복할 수 있다는 점이다.

여기서 내적인 인간이란 "인간의 내적 부분, 즉 그의 이해와 그의 의지"에 불과한 것이고(255), 이 내적 인간에게 하나님의 은총이 작용하여 행위를 유발하는 것이다. 복음주의 신앙(evangelical religion)은 신앙과 사랑으로 이루어지며, 신앙은 이해로부터, 사랑은 의지에서, 혹은 둘 다 이해와 의지에서 오는 것이지만, 한때 자유로웠던 이러한 능력이 지금은 하나님의 은총으로써만 자유로워질 수 있기 때문이라는 것이다. 당시 종교 문제에 있어서 관료의 권한과 의무에 대한 논쟁에 참여했던 독립파나 수평파 혹은 분리주의자(Separatists)에 동정적이었던 모든 성직자는 공통으로, 아이어턴(Ireton)의 주장한 대로, 관료는 "사

425) 밀턴은 앞서 1641년에 출판한 『교회정부의 이유』는 네 번째 출판된 밀턴의 반감독제 소책자로서 그가 쓴 다섯 편의 반감독제 산문들 가운데서 가장 긴 것일 뿐 아니라 처음으로 표지에 자신의 이름을 밝히면서 일신상의 자기 표출을 적극적으로 개진한 산문이다.

람들의 판단"을 제한해서는 안 되며, "당신의 내적인 인간이 아니라, 단지 당신의 외적인 인간을 결정할 권한이 있을 뿐이다"라고 생각했다.[426] 따라서 밀턴의 논쟁도 이런 신교도들의 범주를 크게 벗어나는 것은 아니었다.

셋째, 국가권력이 종교 문제에 개입할 경우, 그것이 문제를 해결하기는커녕 도리어 악화시킨다는 주장이다. 권력과 교회의 관계에 대하여 국교주의자들은 구약성서의 선례를 들어 권력자들이 교회 문제에 관여했던 점을 강조하고 있었는데, 이런 주장에 대하여 밀턴은 율법 시대와 복음 시대를 구분하여 논박한다. 복음주의 시대의 주인공인 그리스도의 목적은 세상의 모든 권력을 오직 내적 권위만으로 지배하게 될 그의 영적 왕국을 보여주는 것이므로 강압적 획일성에 의해 그의 왕국을 추구하는 것은 도리어 그 수준을 격하시키는 행위일 뿐이다. 바커(A. C. Barker)는 바로 이 점을 밀턴이 그의 마지막 종교적 산문들에서 사용한 논쟁의 주요한 의의라고 단정하면서 그의 기독교적 자유사상의 핵심임을 지적한다.[427] 교회 신자들을 유혹으로부터 보호하는 것은 적절하게 교육된 건전한 교리이지 결코 강제적인 권력은 아니라는 것이다. 신앙 문제에 권력자가 개입하게 되면, 복음의 특권이자 모든 신자의 생득권(birthright)이라고 할 수 있는 "기독교적 자유"(Christian libertie)를 파괴하는 우를 범하게 된다(262). 예배에 있어서 기독교적 자유는 구약시대의 의례뿐만 아니라 모든 정해진 형식과 장소 혹은 시간으로부터 신자들을 자유롭게 하는 것인데, 다른 유럽의 개신교에 비해 영국 개신교는 기독교적 자유를 누리지 못하고 있다는 것이다. 예를 들어, 영국의 청교도와 스코틀랜드 장로교도의 안식일 엄수주의(sabbatarianism)는 유럽에서는 유례없는 것이었다.[428] 밀턴이 안식일 지키는 것 자체를 문제로

---

426) Woodhouse, *Puritanism and Liberty*, 130-31.

427) Cf. Barker, *Milton and the Puritan Dilemma*, 236-40.

428) 잔부의회(the Rump)의 종교적이고 평화적인 국민을 위한 구제법안(Act for Relief of Religious and Peaceable People)은 엘리자베스조의 영국 국교 기피 관련법을 폐지하고 교구 예배 불참자에 대한 벌과금을 없앴지만, 모든 일요일과 특정한 날에는 예배 참석을 요구하고 있었으며, 1657

삼지는 않았지만, 그에게 안식일 엄수주의는 복음이 자유롭게 하였음에도 불구하고 세상 권력이 강요하는 종교적 의무 가운데 하나였음에 틀림이 없다.

넷째, 국가권력이 종교에 강압적으로 개입한다고 하더라도, 그 의도한 목적은 철저하게 실패할 뿐이라는 것이다. 그것은 하나님의 영광도, 강요당하는 신도들의 영성에도 도움이 되지 않는다. 신자의 행위는 믿음에 의해 정당화되어야 하므로 강요에 의한 어떤 신앙 행위도 그 종교적 목적을 성취하지 못한다는 것이다. 양심적인 사람에게 그의 신앙 양심에 위배 되는 행위를 하게 함으로써 권력자는 그에게 죄를 범하게 할 뿐이다. 그러므로 불경하고 방탕한 자의 비종교적 생활이 경건한 자에게 나쁜 예가 되어 피해를 주더라도 기독교적 자유는 보장되어야 하며, 불경한 사람이 외적 강요에 따라 종교적 의무를 이행한다고 해도 하나님을 욕되게 할 뿐이다. 밀턴은 성서 자체를 절대적 기준으로 여기며 모든 신앙적 권위를 찾지만, 성서 자체도 신앙을 강제하는 것은 아님을 강조한다. 그리스도가 힘을 사용하여 불경한 자들을 성전에서 몰아낸 적은 있어도 강제적으로 그들을 끌어들이지는 않았다는 것이다(268).[429]

이상에서 『국가권력론』에서 밀턴이 주장하는 정교분리의 이유에 대하여 개괄적으로 분석해 보았다. 그의 정교분리 사상에서 특히 눈길을 끄는 것은 가톨릭과 우상숭배 및 십일조세에 대한 그의 태도이다. 여기에 그의 정교분리 사상이 현대적 개념의 종교적 자유에 얼마나 근접할 수 있는지에 대한 논쟁이 유발되기 때문이다. 밀턴은 개인의 신앙 양심에 따른 성서해석의 자유를 주장함으로써 당시 "이단적"이라고 여겨지는 성서해석이나 신앙 형태까지도 옹호하려

년에는 일요일의 예배 참석 요구는 더 강화되었다. 영국 청교도들의 안식일 엄수주의에 대한 논의는 Christopher Hill, *Society and Puritanism in pre-Revolutionary England* (London: Secker & Warburg, 1964), 4장을 참조할 것.

429) 예수가 성전에서 가축 판매상과 환전상을 발견하고 채찍으로 내쫓는 장면이 나오는데, 이것이 그가 힘을 사용하여 종교 문제에 개입한 성서에 등장하는 유일한 에피소드이다(「요한복음」 2:14-16 참조).

하였다. 이를 위해 밀턴은 이단의 의미를 역사적으로 재조명하고 이단의 의미가 당시 잘못 사용되고 있음을 지적한다. 그는 "이단"의 희랍어 어원을 언급하면서 그 말이 원래 나쁜 뜻이 아니었음을 지적한다. 이 용어는 선악을 떠나 종교나 학문에 있어서 어떤 견해를 선택하거나 따르는 것을 의미하며, 따라서, 교회의 분파와 다를 바 없으며 단지 특정 견해의 선택일 뿐이다. 이를테면, 장로교 신자나 독립교회 신자는 비난의 여지없이 이단으로 불릴 수 있다. 원래 성서가 있기 이전 사도 시대에는, 사도들이 전한 교리에 모순된 교리가 이단이었으나, 이제 진정한 이단이란 "우리가 현재 유일하게 가진 빛인 성서의 빛에 반하여 제기된 교리"이다(247). 사실 따지고 보면, 당시 국교회나 정통교리의 관점에서 보면, 밀턴 자신의 신학 사상이 이단적이었다. 이에 대해 메리 앤 래지노위츠(Mary Ann Radizinowicz)는 밀턴 자신의 이단적 교리에 대하여 "확장된 자유로운 종교적 사유의 증거"라고 주장하기도 한다.[430)]

이처럼 이단의 개념을 재정립함으로써 밀턴은 신앙 양심에 따라 성서적 근거와 타당성을 지녔다고 여겨지는 믿음이나 의견을 지닌 자를 타인과 의견이 다르다는 이유로 이단으로 간주해서는 안 된다고 주장한다. 신앙 양심에 근거하여 성서를 따르는 자는 비록 전 교회의 어떤 교리에 의해 받아들여지지 않는다고 해도 이단이 아니며, 반대로 성서에 근거한 양심에 무시하고 교회의 전통을 따르는 자는 이단이다. **프로테스탄트** 교리에 의하며, "우리는 교회가 [그렇게] 말하기 때문에 성서를 믿는 것이 아니라 그것 자체로서 하나님의 말씀으로 믿는 것이다"(*CPW* 7: 247-48). 따라서 이단자(heretic)는 성서에 의해 지원되지 않는 전통이나 견해를 주장하는 자가 이단자이며 교황주의자가 유일한 이단자라는 것이다(249). 결국, 밀턴이 생각하는 최상의 **프로테스탄트**는 눈에 보이는 교회나 전통 혹은 학자들의 주장보다 신앙 양심을 중시하여 성서적 가르침을 파

430) Mary Ann Radzinowicz, *Toward* Samson Agonistes: *The Growth of Milton's Mind* (Princeton: Princeton UP, 1978), 314.

악하고 믿는 자이다. 이처럼 밀턴은 이단 여부를 신앙 양심에 근거한 성서해석의 문제로 설명함으로써 신앙의 자유를 강조한 것인데, 이는 곧 교회 문제가 국가권력으로부터 자유로울 때만 가능하다고 보기 때문이다.

이처럼 밀턴은 당시 이단으로 여겨지는 교리까지도 국가권력으로부터 자유가 보장되어야 한다고 보았지만, 그 양심의 자유 자체를 방해하는 가톨릭이나 우상숭배에 대하여는 국가가 통제해야 한다고 보았다. 로마가톨릭 신앙이 신앙 양심의 자유를 방해하는 "맹신"(implicit faith)으로 본 것은, 로마가톨릭 신자는 하나님 대신 교황(인간)에게 "노예화되어" 있어서 자유로운 양심이 제약된다고 보기 때문이다.

> 그러면, 하나님 대신에 인간에게 맹목적으로 노예화되어 있기에, 자유롭지 않은 의지는 의지가 되지 않듯이, 거의 양심이 없어진 이런 양심을 위해 누가 변론할 수 있을까요? 그럼에도 불구하고, 그들이 용인될 수 없는 것은, 종교적인 이유라기보다는 단지 국가적인 이유 때문일 것입니다. 종교를 강제하는 자는, 비록 프로테스탄트라고 자백하더라도, 가장 교황다운 면에서 교황제에 따르는 비난의 여지가 적지 않으므로, 용인될 자격이 없는 것입니다. (*CPW* 7: 254)

여기서 "국가의 올바른 이성"이 의미하는 것은, 교파 간의 교리 차이에 따른 억압이나 개입이 있어서는 안 됨에도 불구하고, 당시의 가톨릭이 양심의 자유를 방해한다는 판단에 따라 국가가 종교에 예외적으로 개입할 수밖에 없다는 점을 암시한다. 결국, 크롬웰이 프로테스탄트라고 해도 국가권력으로 신앙 양심을 강제한다면, 로마가톨릭처럼 신앙 양심의 자유를 억압하는 것이 될 것이다.

우상숭배의 경우, 루벤 산체스(Reuben Sanchez)의 지적처럼, 밀턴의 입장이 애매한 점이 있다. 산체스는 우상숭배가 "진정한 이단이거나 아니면 차라리 불신앙"(a true heresie, or rather an impietie; 7: 254)이라는 밀턴의 표현을 언급하며, 이단인지 불경인지에 대한 밀턴의 의도가 애매하므로, 이단이면 용인될 수 있고 불경이면 용인될 수 없다고 주장한다.[431] 그러나 산체스는 "진정한"이라는 단서를 묵과하고, 용인될 수 없는 "진정한 이단"과 용인될 수 있는 일반적인 이단을 혼동하고 있는 듯하다. 밀턴이 뜻하는 "진정한 이단"은 성서에 반하는 것으로서 결국 불경과 같은 의미이기 때문이다. 그렇다면, "아니면 차라리"(or rather)는 전자를 부정하는 것이라기보다 비슷한 뜻의 다른 표현을 안내하는 구절로 봐야 할 것이다. 즉, 우상숭배는 단지 전통 교리에 어긋날 뿐인 일반적 이단과 달리, 신구약성서 모두에 반하는 진정한 의미의 이단이며 그것은 차라리 불경이라고 표현해도 옳다는 말이다.

가톨릭이나 우상숭배에 대하여는 배타적이면서도, 공화국을 상대로 하여 밀턴은 가톨릭 신자나 우상숭배자 혹은 거짓된 교리를 가르치는 자에 대한 투쟁도 폭력을 지양하고 교회의 신앙적 훈계를 통해서 이루어져야 한다고 주장한다.

> 강제력이란 정직한 논박이 아니라서 효과가 없는 것이며, 대부분 성공하지 못하고, 그것을 사용하는 자들에게 종종 치명적입니다. 건실한 교리는, 부지런히 그리고 적절히 가르치면, 그 자체로서 충분하며, (하나님의 어떤 신비스러운 판단이 개입하지 않는다면) 미혹하는 자들을 상대로 항상 이깁니다. (*CPW* 7: 261-62)

이런 주장은 오늘날의 비폭력적 저항운동을 상기시키는 구절이다. 이런 태도는 찰스 1세를 처형하고 폭군처형의 정당성을 대내외에 설파했던 『왕과 관료의 재직조건』에서 10여 년 전에 보여줬던 태도와 현저한 대조를 이룬다. 물론 영국 역사상 처음으로 국왕을 처형한 혁명 초기의 역사적 상황과 현저히 달라진 공화정 치하의 의회를 상대로 한 글이긴 하지만, 어쨌든 자유를 위한 투쟁도

---

431) Reuben Sanchez, Jr., *Persona and Decorum in Milton's Prose* (Madison: Fairleigh Dickinson UP; London, Associated UP, 1997), 151.

물리적 폭력에 의한 것이 아니라 평화적 논쟁에 의한 영적 차원의 것이어야 한다는 밀턴의 주장은 진일보한 것이다.

밀턴의 정교분리론과 관련하여 한 가지 더 주목할 것은 십일조세 폐지론이다. 당시 십일조세는 교구별로 징수되는 강제적 조세의 성격을 띠고 있었다. 크롬웰 정부의 종교개혁에서 핵심 사안이 될 수밖에 없었던 강제적 교구세가 공화정 말기까지 그대로 존속하고 있었는데, 이는 국가 조세에 의존하지 않고 국교를 유지하는 방편이었기 때문이다.[432] 이 제도의 역사는 구약성서 시대로 거슬러 올라가는 것으로서 원래 성직자의 생계를 보장하는 방편이었다. 그러나 밀턴 당시 이 제도는 단점이 드러나기 시작하였으며, 교구세 폐지론의 논거가 정치적 측면과 경제적 측면에서 제기되었다.

십일조세에 대한 종교적 반대는, 이 제도가 레위기(Leviticus)의 율법에 따른 것으로 복음에 의해 폐지되었으며, 교리상 반대하는 성직자의 생계비를 억지로 내도록 하는 것은 양심을 강요하는 것이라는 이유에서였다. 율법에 따라 레위인 성직자를 위해 부과된 십일조는 사제직이 특정 족속에 한정되지 않고 사도들에게로 옮겨짐으로써 신성한 제약이 될 수 없게 되었다는 것이다. 특히 분리주의자들이 볼 때, 교구세는 그들이 반대하는 교구 성직자들을 지원하는 것이고 그 존재 자체가 그들의 양심에 반하는 국가교회의 존속을 보장하는 것이었다.

그리고 십일조세의 경제적 측면은 과세의 불평등에 있었는데, 토지나 농산물에 부과되는 교구세는 과중한 부담을 주는 반면, 도시인이나 상인들의 교구세는 대수롭지 않게 여겨졌다. 토지에서 생산되는 농산물의 10분지 1을 종류별로 각출 당하는 소규모 지주들은 순수익에 근거하여 교구세를 내는 부자 상인들보다 부담이 컸다. 그뿐만 아니라 3분지 1가량의 교구세가 교구의 성직자가 아닌 교회의 재산 관리인들에게 새어나갔으며, 이로써 교구 내의 부당한 불평

432) Corns, *John Milton*, 109.

등이 생겨난 것이다.[433] 특히 물품으로 교구세를 냈던 소규모 소작농에게 그 부담은 엄격하게 적용되었다. 그러나 1650년대 후반에 주된 관심거리는 성직자들의 생계비 문제였다. 1658년경 교구세 논란은 가라앉아 있었고 두 호국경은 교구세의 존속을 확실히 정착시킨 터였다.

십일조세에 대한 논쟁은 1653년의 베어본 의회(Barebone's Parliament)[434] 시절부터 제기되어 왔으며, 밀턴은 1652년 쓴 「크롬웰 장군께」(To the Lord General Cromwell)라는 소넷에서, "복음이 오직 그들의 목구멍이 되어버린 고용된 늑대들의 발톱으로부터 / 우리를 도와 자유로운 양심을 구하게 하소서"(Help us to save free Conscience from the paw / Of hireling wolves whose Gospel is their maw)라고 간청한 바 있다. 공화정의 등장과 더불어 십일조세의 폐지와 더불어 완전한 정교분리가 이루어지기를 기대해왔지만 이루어지지 않았으므로, 그는 1659년 잔부의회가 부활하자 새로운 기대를 걸고 십일조세의 폐지를 주장하게 되었다. 십일조세를 옹호하는 보존론자들은 장로파와 우익 청교도들이었다. 그들은 십일조가 구약성서에서뿐만 아니라 신약성서에서도 규정된 것이며 역대의 국가법에도 부응한 것이라고 주장했다. 지주가 소작료를 받듯이 성직자는 교구세를 받을 권리가 있으며, 교구세 철폐주의자는 재산권의 파괴자라는 주장이었다. 신앙 양심상 교리를 달리하는 성직자의 생계비를 지원할 수 없다는 반대론자들의 주장도, 근본적으로 신교 자유에 반대하는 그들에게는 아무런 설득력이 없었다. 결국, 교구세 논쟁은 영국 국교회의 감독제에 대한 찬반 논쟁의 연장선상에서 이해될 수 있다.[435] 밀턴이 십일조세에 반대한 것은 그가 국가에 의

433) Austin Woolrych, *Commonwealth to Protectorate* (Oxford: Clarendon, 1982), 236-37.

434) 베어본 의회는 작은 의회, 지명의회(Nominated Assembly) 혹은 성도의회(Parliament of Saints)라고도 불리는데, 1653년 7월 4일에 설립되었으며 올리버 크롬웰을 호국경(Lord Protector)으로 임명하기 전에 안정적인 정치 형태를 찾기 위한 잉글랜드 영연방의 마지막 시도였다. 그것은 올리버 크롬웰 군사 장교 위원회에 의해 지명된 의회였으며, 그 명칭은 런던시의 후보인 Praise-God Barebone에서 유래하였다.

해 유지되는 성직자 제도에 대해 근본적으로 반대했기 때문이며, 국가권력과 종교의 분리를 통해 신앙 양심의 자유가 보장되어야 한다고 생각했기 때문이다. 필립 콘넬(Philip Connell)이 지적한 바와 같이, 십일조세 문제에 있어서 밀턴은 기독교적 자유와 모세의 율법을 대조시키고 있다.[436] 고대 유대인의 국가종교에서라면 십일조세가 적절하지만, 그리스도의 보편적인 교회에서는 상관이 없다는 것이다. 오늘날까지 남아 있는 십일조 헌금은 강제적인 것은 아니더라도 교인들에게 일종의 의무감을 부여하는 게 사실이므로, 적어도 십일조세에 대한 밀턴의 생각은 신앙의 자유에 대한 현대적 개념을 넘어선다고 할 수 있다.

밀턴의 정교분리 주장은 현대 민주국가에서 당연시되고 있는 종교적 자유에 익숙한 독자들에게 새로운 것이 없겠지만, 당시의 역사적 맥락을 고려한다면, 이는 가히 혁명적 사상일 수밖에 없었다. 성서 이상으로 내적인 빛을 높게 평가하고 관료에 대한 종속관계를 거부하는 퀘이커교도들, 성서적 근거를 내세워 모든 세속적 정부를 거부하는 제5왕국파, 사유재산권을 부정하는 디거즈 등의 태도는 가장 자유로운 관료들에게도 고충거리가 아닐 수 없었다. 이런 상황에서 종교적 문제에 대해 세상 권력이 개입하지 말도록 요구하는 밀턴의 주장은, 관료의 입장에서는, 쉽게 받아들일 수 없는 것이었다. 더구나 권력자들에 대한 그의 불신이 절대적이었고 비국교적 태도나 종교적 분열은 국가전복의 위험이 있다고 여겨졌기 때문에 기독교적 자유를 밀턴 못지않게 신봉한 관료들조차도 대다수가 그의 사상에 반감을 보였다. 물론 로드 주교나 장로파가 신교의 자유를 억압하던 과거와 달리 6년의 호국경 시대를 거친 다음에야 비로소 국가권력에 의한 일체의 종교개입을 반박하는 것은 크롬웰 정권에 대한 그의

435) 십일조세의 대표적 보존론자들과 폐지론자들에 대한 개괄은, Austin Woolrych, Introduction, *CPW* 3: 79-83을 참고할 것.

436) Philip Connell, *Secular Chains: Poetry and the Politics of Religion from Milton to Pope* (Oxford: Oxford UP, 2016), 46.

실망에 기인한 것인지도 모른다. 하여간, 크롬웰 정권이 양심의 자유를 위해 애쓴 모든 노력을 외면한 채, 밀턴은 국가권력이 이상적 청교도 사회 건설을 위해 교회와 공조할 수 있다는 가능성을 배제했다. 이 점은 런던 안에서의 신앙 문제에 국한하여 생각한 밀턴이 선교 문제에 대해서는 그리 심각하게 생각하지 않았기 때문이기도 하다.[437] 사실 17세기 당시 가난한 자들 가운데 다수가 교회에 다니지 않았으며, 청교도혁명 이전에는 외진 지역에 살았던 일반인들은 제도권의 종교를 거의 접할 수 없었다고 한다.[438]

이처럼, 밀턴의 정교분리론은 십일조세의 폐지론으로 이어졌으며, 당시 교구세 폐지론의 논거는 경제적 측면과 종교적 측면에서 제기되었다. 경제적 측면은 과세의 불평등에 있었는데 토지나 농산물에 부과되는 교구세는 과중한 부담이었으나, 도시인이나 상인들의 교구세는 대수롭지 않았다. 교구사제에 의해 토지에서 생산되는 농산물의 10분지 1을 종류별로 각출 당하는 소규모 지주들은 순수익에 근거하여 교구세를 내는 부자 상인들보다 어려움이 컸다. 그러나 1650년대 후반에 주된 관심거리는 성직자들의 생계비 문제였다. 십일조세에 대한 종교적 반대는 두 가지 논거에 따른 것으로, 원래의 십일조가 레위기의 율법에 따른 것이었으나 복음에 의해 폐지되었으며, 교리상 반대하는 성직자의 생계비를 억지로 내도록 하는 것은 양심을 강요한다는 주장이다. 1658년경 교구세 논란은 가라앉아 있었고 두 호국경은 교구세의 존속을 확실히 한 터였고, 십일조세에 대한 공격은 잔부의회가 부활한 후의 일이었다.

오늘날의 기준으로 보면, 밀턴의 종교적 자유는 기독교 내부의 신구교 사이의 논쟁 내지 교파간의 논쟁처럼 보이며, 무조건적인 신앙의 자유에는 미흡한 것이 사실이다. 비록 밀턴이 신앙 양심의 자유를 위한 정교분리를 추구하였

437) Austin Woolrych, "Introduction," *CPW* 7: 54.

438) Christopher Hill, *Society and Puritanism in pre-Revolutionary England* (London: Secker & Warburg, 1964), 472-74,

다고 하지만, 가톨릭과 우상숭배를 배제했다는 점에서 불완전하고 제한적이라는 비난을 면키 어렵기 때문이다. 그러나 그가 정교분리를 주장하면서도 가톨릭과 우상숭배를 진정한 이단 혹은 불경으로 보고 신교의 자유에서 배제한 이유는 가톨릭 교리를 일반적인 이단 신앙으로 보기보다 교황에 대한 맹신으로 보았기 때문에 우상숭배와 같은 맥락에서 이해했기 때문이다. 오늘날도 가톨릭에서 신앙적 권위가 교황에게 집중되지만, 당시 제왕들 위에 군림하던 교황의 권위는 한 국가의 정치권력 이상으로 절대적이었고, 크롬웰 치하의 **영국 국교회**도 비록 로마가톨릭으로부터 독립되었다고는 하지만, 가톨릭의 예배 의식을 상당히 답습하고 있었다.

이런 상황에서 국가권력으로부터의 종교적 자유가 보장되기 위해서는 국가가 가톨릭이나 우상숭배를 인정하는 것보다 크롬웰 당시에도 아직 **영국 국교회**에 잔재해 있던 가톨릭의 정치적 전통에서 벗어나는 것이 급선무라고 밀턴은 생각했다. 즉, 가톨릭교의 배제는 종교적 이단의 문제가 아니라, 이제까지 왕권 위에 군림하며 정치권력화 하여 신앙의 자유를 침해하고 교황에 대한 맹신을 요구했던 정교일치의 역사적 전통 때문이라고 볼 수 있을 것이다. 그러기에 밀턴은 가톨릭교 신자들이 국가에 위협이 되지 않고 불경하지 않다면, 다른 어떤 종교적 이유로도 그들 역시 신앙의 자유가 제한되어서는 안 된다고 생각했다. 산체스의 주장처럼, 밀턴의 이런 태도에서 개신교와 가톨릭교 사이에 타협의 여지를 발견할 수도 있을 것이다.[439] 밀턴은 가톨릭이 예전처럼 권력과 연계하여 신앙 양심의 자유를 침해하지 않는 한, 종교적 이유로 배척될 이유는 없다고 보았기 때문이다.

밀턴의 정교분리 사상은 권력이 종교를 지배하던 정교일치의 과거 역사를 벗어나려는 투쟁의 일환이었기 때문에 권력과 결탁했던 일부 가톨릭에 대해서

---

439) Reuben.Sanchez Jr., *Persona and Decorum in Milton's Prose*. Madison: Fairleigh Dickinson UP; London, Associated UP, 1997), 151.

는 배타적이었던 게 사실이다. 그 점이 현대적 개념의 종교적 자유에는 미치지 못한 부분이긴 하지만, 그것은 가톨릭이나 영국 국교회가 권력과 결탁하여 다른 신교의 자유를 억압한 역사에서 비롯되었다고 볼 것이다. 종교논쟁도 폭력적 방법이 아니라 비폭력적 방법, 즉 이성적 논쟁을 통해 해결해야 한다는 밀턴의 주장은 국가권력에 의한 폭력적, 강제적 방법의 악순환을 차단하려는 의도라고 보겠다. 이렇게 볼 때, 밀턴이 국가권력으로부터 신앙의 자유를 주창했다는 점에서 종교적 자유의 선구자 역할을 했다고 볼 수 있을 것이다. 이는 마치 그가 일부 페미니스트들에 의해 가부장적 작가로 공격받지만, 17-18세기 당시엔 도리어 여권의 옹호자로 여겨졌고, 그가 주장한 개인적, 정치적 자유의 향상이 결과적으로 여권의 향상에도 이바지한 공적과 비교된다. 밀턴 당시 영국의 종교가 기독교에 국한되었고 영국 국교회도 로마가톨릭으로부터 독립하여 국교로 지정된 상황에서 국교의 틀을 벗어나려는 것만으로도 종교적 자유를 향한 전진이었다고 여겨진다.

(2) 『고용된 성직자』

위에서 이미 살펴본 바와 같이, 『국가권력론』에서 밀턴은 종교적 해악이 되는 두 가지 주요 요인으로서 억압적인 권력과 성직자 고용제도를 지적하였으며, 전자에 대한 논의에 한정하고 후자에 대한 논의를 뒤로 미룬 바 있는데, 『고용성직자』는 바로 그 미루어 놓았던 성직자 고용제도에 대한 논의이다. 이 글은 학자들에 의해 1659년 8월 말경에 쓰였을 것으로 여겨지지만, 내적 증거로 본다면, 잔부의회가 교구세 문제를 위원회에 위탁한 6월 14일에서 8월 이전에 쓰였을 것으로 추정되기도 한다.[440] 『국가권력론』의 경우처럼, 『고용성직자』도 본론에 들어가기에 앞서 공화국 의회를 상대로 하는 인사말을 먼저 하

440) Woolrych, Introduction, *CPW* 7: 84.

고 있다. 밀턴은 잔부의회 의원들을 감독제와 왕의 폭정으로부터 영국을 구원할 자들로 환영하며, "영국이 배출한 종교적, 공민적 자유의 창시자이자 최고의 후원자"라고 추켜세운다. 이어서 "짧지만 수치스러운 중단의 밤"이 지나고 영국의 평화와 안전이 의회의 책임으로 돌아왔음을 밝힌다(*CPW* 7: 274). 여기서 "중단의 밤"에 대한 비평가들의 의견이 분분하지만, 1653년 크롬웰에 의해 잔부의회가 해체된 후 1659년 군부에 의해 재기할 때까지로 생각할 수 있다.[441] 즉, 밀턴은 호국경 통치 기간에 벌어진 억압정치를 상기시키며 재기한 잔부의회에 종교적 자유를 기대하고 있는 셈이다.

『고용성직자』는 교회의 두 가지 해악으로서 지적되었던 강압(force)과 임금(hire)을 다시 언급함으로써 시작하는데, 성직자의 임금 문제를 공권력에 의한 종교적 강압 이상의 위험한 요인으로 취급한다. 성직자의 임금 그 자체는 적절한 보상을 제공하는 것이기 때문에 부당한 것이 아니라고 하더라도, 문제는 그 정도가 지나칠 경우와 그것을 주고받는 방법이 잘못될 경우이다. 지나친 보상은 콘스탄틴 황제에게서 시작된 것으로, 전설에 의하면, 그가 교회에 헌금을 제공했을 때 하늘로부터 "이날 독약이 교회 속으로 흘러들어 오도다"라는 음성이 들렸다는 것이다(*CPW* 7: 279). 더 거슬러 올라가면, 첫 삯꾼 목자로서 유다

441) 공화국이 시작된 이래 10여 년의 기간에 잔부의회가 해체되었던 6년 동안이 짧다고 할 수 있는지, 그리고 그가 몸담아 일하고 급료를 받았으며 『두 번째 변호』에서 찬양했던 정부에 대해서 이렇게 신랄한 표현을 할 수 있는지, 이에 대해 매슨(Masson)은 의문을 제기하면서 이 구절이 리처드의 의회가 해체되고 잔부의회가 부활한 두 주일을 가리키는 것이라 했으며(*The Life of John Milton* 5: 606-07), 헌터(William B. Hunter, Jr.)는 8개월간에 걸친 리처드의 호국경 통치 기간을 가리키는 것이라고 주장했으나("Milton and Richard Cromwell," *English Language Notes*, 3 [1966], pp. 252-59), 울프(Wolfe), 르월스키(Lewalski) 울리치(Woolrych) 등 대부분의 비평가들은 잔부의회의 해체 기간인 6년간을 가리킨다고 보았다. Cf. Don M. Wofe, *Milton in the Puritan Revolution*, 289-90; Barbara Lewalski, "Milton: Political Beliefs and Polemical Methods, 1659-60," *PMLA* 74 (1959), 129-93; Austin Woolrych, "Milton and Cromwell: 'A Short but Scandalous Night of Interuption," *Achievements of the Left Hand*, eds. Michael Lieb & John Shawcross (1974), 200-09.

(Judas), 그다음으로 시몬 마구스(Simon Magus)가 있었으며, 사도 시대에 "늑대 같은 삯꾼 목자들이 떼를 지어 몰려들게 되었다"는 것이다(280). 수행한 일에 대한 보상을 받는 것은 당연하지만, 문제는 그 남용을 어떻게 방지하느냐는 것이다. 밀턴은 이 문제를 세 가지 문항으로 나누어 자문자답한다.

첫째, 교회 성직자에게 하나님은 어떤 보상을 명했는가 하는 문제이다. 밀턴은 이미 『종교개혁론』에서 십일조세를 비난한 바 있지만, 상세한 성서적 해석을 가하면서 논의하기는 처음이었다. 논쟁의 초점은 하나님이 십일조를 명한 것은 레위족의 율법에 따른 예배 의식을 위한 것이었다는 주장이다. 복음 시대의 성직자는 율법 시대의 제사장과 달리 신도들의 자유로운 헌금에 의존해야 한다. 그리스도가 모든 신도를 그와 함께 천국을 상속받을 "공동 상속자이며 왕이요 제사장"이라고 부른 것은, 이러한 연합을 통해 "교회에서 강요되는 모든 공물이나 조세"로부터 그들을 자유롭게 했다는 것이다(286). 사제의 특별한 권리를 자임하는 성직자는 진정한 종교개혁에 반하는 자들이다. 이러한 주장은 밀턴이 이미 『교회 정부의 이유』에서 평신도의 교회 정부 참여를 주장한 것과 같은 맥락에서 이해될 수 있다. "일곱 번째 날의 설교라는 언어노동"의 보답으로 자발적인 감사의 손길이 아니라, 소득의 엄격한 10분의 1, 그것도 소득만에 대한 것이 아니고 모든 소유지와 노동에 대한 과세라는 점에 대하여 밀턴은 분개한 것이다(285). 한 성직자 족속인 레위족은 끝났으며 모세의 율법은 예루살렘 성전의 파괴와 더불어 결국 철폐되었다는 것이다. 그리스도가 "복음을 전하는 자들이 복음으로 말미암아 살리라"(they who preach the gospel, should live of the gospel)고 한 것이나, "일군이 그 삯을 얻는 것이 마땅하니라"고 한 것은 십일조세 같은 정해진 보상을 명한 것이 아니라 받는 자의 노동과 주는 자의 능력을 다 같이 고려하는 형평의 법칙을 제시한 것이다.[442] 기독교 역사상으로 보

442) 「고린도전서」 9:13; 「누가복음」 10:7.

더라도, 원래 십입조세는 없었으나 356년 쾰른 종교회의(Council of Cologne)를 시발점으로 사제와 제단 그리고 봉헌식이 생겨났고 이로써 교회를 유대화시켰다(Judaiz'd)고 밀턴은 주장한다(290). 십일조세를 옹호하는 자들의 역사적 혹은 법적 주장에 대해서 일일이 논박하면서, 유대 전통의 예배 의식을 채택하도록 기독교인 관료와 의회를 설득하는 반면, 종교개혁을 표방하는 개신교 성직자들을 비난한다. 가난한 자들에 대한 교구세 담당 성직자들의 강탈을 비난하는 대목에서는 "영적 문둥이," "탐욕스러운 개" 등의 신랄한 표현을 서슴지 않는다(296-97). 여기서 밀턴의 반성직자주의(anti-clericalism)는 감독제 하의 고위성직자나 장로파뿐 아니라 유급 목회자 전체를 상대로 한 것이다. 그리고 세례, 결혼, 장례 등 예배당에서 시행하는 모든 의식에 대한 부과금에 대해서도 같은 맥락에서 비판한다. 특히 결혼을 민간의식 내지 가족간의 계약으로 본 것은 밀턴의 이혼 논쟁을 상기시키는 대목이다(299). 여기서 그는 결혼을 민간예식으로 제도화한 1653년의 지명의회를 찬양하기도 한다(304).

둘째, 누가 성직자에게 생계비를 제공하느냐의 문제이다. 설교자가 가르침을 받는 자에게서 보답을 받는 것은 당연하지만, 문제는 그를 선택하지도 가르침을 받지도 않는 주민조차 그가 속한 교구의 성직자 생계비를 강제로 책임져야 한다는 현실이었다. 강제적 교구세는 자신이 원하는 목회자를 택할 수 없게 하므로 기독교적 자유를 침해한다는 것이다. 성직자를 지원할 수 없는 빈촌에서는 번역 성서를 통하여 신앙을 얻을 수 있으므로 평생을 설교자의 강대상 아래 앉아 있을 필요는 없다는 것이다. 또한 그리스도와 그의 제자들이 그러했던 것처럼 성직자가 마을을 순회하며 한 곳에 한두 해씩 머물며 설교하거나 몇 개의 구역으로 나누어 각 구역에 유능한 사람을 설교하는 장로로 훈련시키는 방안을 제안한다(304). 이런 방안은 신앙교육에 도움도 되지 않는 무능한 성직자를 종신토록 지원하는 것보다 더 적은 비용으로 더 큰 효과를 기대할 수 있다는 것이다. 정교분리를 열렬히 주장한 밀턴이지만 이러한 순회설교자 육성책에 대해서는 관료의 역할을 배제하지 않았다. 미신적인 용도로 사용되어오던 적잖은 수입을 관리하여 교회 영지(glebe)나 보조금으로 쓰는 대신, 각 지역에 학교와 도서관을 건립하여 필요한 성직자를 육성할 수 있다고 제안하기도 한다. 이러한 제안은 종교적 문제일 뿐만 아니라 밀턴의 교육사상에도 관련되는 것이다.

> 그리고 그 용도들은, 틀림없이, 교회 영지나 보조금으로써 현재 부여되는 것보다는 차라리 교회의 요청 같은 것을 허용하거나, 혹은 전국에 걸쳐 더 많은 학교와 거기에 부속된 적당한 도서관을 더 많이 건립하여, 언어와 예술을 함께 자유롭게 가르치면, 무익하고 불편하게 다른 곳으로 옮겨 갈 필요가 없게 될 것이다. 그래서 전국이 머지않아 더 개화되고, 공공 비용으로 자유롭게 배우는 자들이 그것으로 만족하고, 자기 지역 밖으로 진출하지 않고 무상으로 받은 교육을 감사하게 여기며, 자신의 출생환경을 넘어서려는 야망을 갖지 않고, 무상으로 그 지역에 베풀겠다는 조건으로 교육을 받을 수 있을 것이다. (*CPW* 7: 305)

이렇게 교육받은 자들의 생계비에 관하여, 밀턴은 학문과 더불어 정직한 생업 교육을 제공할 것을 제안한다. 성직 외에 직업을 가짐으로써 교회의 부담을 주지 않고 자신의 비용으로 자유롭게 복음 전파를 할 수 있으리라는 주장이다. 『교육론』에서는 일반 지도자 육성 교육에 중점을 두었다면, 여기서는 성직자 교육에 초점을 두고 있다. 밀턴의 이러한 주장이 일견 그 자신의 정교분리사상과 모순되는 것처럼 보이기도 하지만, 순수한 헌금을 이러한 기금에서 배제할 뿐만 아니라 각 교회의 자유로운 성직자 선택권을 강조함으로써 종교 심판관(Triers)의 존재 자체에 반대하는 셈이다. 결국, 기독교는 국가 종교가 되어서는 안 되며, 늘 변화하는 다양한 회중으로 구성되며, 그 수입은 신도들의 자발적인 헌금으로 이루어져야 한다는 것이다.

셋째, 성직자는 어떤 방식으로 보상되어야 하는 문제이다. 한 마디로, 성직자는 자의적으로 그의 가르침을 받는 자가 자유롭게 제공하는 것만 취할 수 있어야 한다는 것이다. 초대 교회의 경우, 신도가 헌금을 바친 것은 교회였지 성직자가 아니었으며, 그것도 기본적 생계를 위한 것이었으며 나머지는 가난한 사람들에게 분배하였다면서, 바람직한 봉헌방식과 용도의 본보기로 들고 있다. 생활비 걱정도 없이 수년간 학문에 몰두할 수 있었던 밀턴 자신이 다년간의 각고 끝에 대학을 졸업하고 그 대가로 드디어 성직록(benefice)을 받게 된 자들을 조롱하는 것이 옳은가 하는 문제도 제기된다. 밀턴은 성직자들이 대학에 간 동기부터 비난하고, 대학이 복음을 가르치는 성직자를 만들어 낸다는 것은 어리석은 생각이며, 중요한 것은 복음을 전파하려는 내적 충동이라고 단정한다(315). 열성적인 설교자가 되려는 자는 자신의 집에서도 60파운드의 비용이면 필요한 서재를 꾸밀 수 있으며, 교회에서 성서 교육을, 학교에서 성서 원전 교육을 받을 수 있다는 것이다(317).

마지막으로, 밀턴은 모든 신자가 거룩하고 왕다운 성직자라는 자신의 일관된 주장을 다시 한 번 강조한다. 그가 근본적으로 반대하는 것은 십일조세나 다른 보수가 아니라, 그것들이 다른 신자들과 다른 특별한 성직자 계급, 즉 "공화국에서 특이한 레위족, 한 집단, 구별된 계급"을 만들어 낸다는 점이다(319). 이리하여, 국가권력에 의하여 유지되고 통제되는 성직자는 특권층으로 행세하며 성도에게 신앙의 자유를 보장하는 것이 아니라, 도리어 신앙 양심의 자유를 구속하고 억압하리라고 밀턴은 생각하였기에, 이러한 제도적 장치를 반대한 것이다.

(3) 『준비된 쉬운 길』[443)]

1659년 공화국의 운명이 풍전등화에 놓이자 공화정을 옹호하기 위해 『국

443) 이 산문의 전체 제목은 『자유공화국 건설을 위한 준비된 쉬운 길: 이 나라에서 왕권을 재도입하는 불편과 위험에 비교하여 그 길의 우수성』(*The Ready and Easy Way to Establish a Free Commonwealth; and the Excellence thereof Compared with the Inconveniences and Dangers of Readmitting Kingship in this Nation*)이다.

가권력론』과 『고용된 성직자』를 내놓은 후, 이듬해에 왕정복고가 임박한 시점에서 『준비된 쉬운 길』을 내놓았다. 『국가권력론』의 서두에서 밀턴은 종교적 자유에 해악이 되는 두 가지 요인으로서 억압적인 권력과 성직자 고용제도를 거론하며, 이 두 가지 요인들 가운데 국가권력의 종교적 간섭을 문제 삼았고, 성직자 고용제에 대한 문제는 『고용된 성직자』에서 다루었다. 일차적으로 국가권력으로부터 해방하려는 종교 문제란 하나님에 대한 지식과 예배인데, 이는 신성한 양심의 활동에 의한 것으로서 외적 권력의 영향을 받아서는 안 된다는 것이며, 다음으로 고용된 성직자 문제는 권력으로부터 자유로운 개인적 신앙 양심을 중시하는 종교개혁의 완성을 위해 성직자 고용제도가 철폐되어야 하며, 또한 그 제도의 핵심인 십일조세가 폐지돼야 한다는 것이었다. 이에 반해, 『준비된 쉬운 길』은 이 두 팸플릿보다 한 해 뒤에 나온 것이지만, 종교개혁의 문제보다는 실제적인 정치개혁에 집중된다. 이 산문은 1660년 왕정복고 바로 전 숨가쁘게 진행되는 정치적 상황 속에서 제1판이 2월 초반에 쓰였으며 제2판은 3월 말에서 4월 초 사이에 쓰인 것으로 보인다. 이 두 판의 차이점은 2개월 사이에 벌어진 정치적 변화에 적응한 밀턴의 태도를 반영하는 듯하다.

밀턴이 『준비된 쉬운 길』의 첫판을 쓰기 시작할 즈음, 완고한 공화주의자들이 지배하고 있던 의회는 재직 의원들의 엄격한 자격심사를 거친 자들로 여석을 채울 것을 제안하고 있는 참이었다. 몽크(Monck) 장군도 왕이나 귀족원이 없는 공화국을 계속 공약하고 있었다. 왕정복고의 기운이 감도는 분위기였으나 아직 역전이 가능할 수도 있으리라는 기대가 있었다. 그러나 2월 말 첫판이 나왔을 때는 왕정복고의 대세가 이미 기울어진 때였다. 이런 위태한 상황에서 밀턴은 몽크가 친왕권주의 여론을 힘으로 꺾어야 한다고 주장하지만, 이는 공화주의가 여론적으로 수세에 몰리고 있었음을 반증한다. 이런 분위기에서 군주제에 대한 통렬한 공격을 가하는 것은 불멸의 작품을 남기겠다는 꿈은 물론 자신의 생명까지도 위태롭게 할 수 있음을 밀턴은 알았을 것이다. 공화국의 옹호자들은 별로 없는데 반해 자유로운 의회를 두둔하거나 잔부의회를 비난하는 글들은 봇물처럼 쏟아져 나왔기 때문이다. 베어본(Barebone)과 그의 추종자들에게는 마지막 궁지에 몰린 공화정의 명분을 옹호하는 영예는커녕 도리어 대세를 거스르는 데 대한 비난이 쏟아졌으며, 2월 11일과 21일 두 차례에 걸쳐 도시의 젊은이들은 그의 창문을 부수기까지 했다.[444]

밀턴이 이 글에서 주장하는 요지는 잔부의회를 자체 확대케 하여 영구적인 총의회(Grand Council)를 구성하자는 것이다. 이러한 주장이 실현 가능성이 희박한 것임에도 불구하고 밀턴은 의회가 빈번히 모이는 지금이 적기라고 강변하면서 위험한 주장을 발표한 것이다. 바버라 르윌스키(Barbara Lewalski)는 이를 새로이 부활한 장기의회를 영원히 존속시키려는 제안으로 해석한다.[445] 그러나 이미 몽크가 해산된 의원들을 소집하고 잔부의회를 해체하도록 하여 의회의 계승에 대비토록 했다는 점과, 같은 달 22일에는 가까운 장래의 총선거를 위한 투표를 실시할 것임을 밀턴이 알고 있었을 것이므로, 돈 울프(Don M. Wolfe)의 말대로, 밀턴이 여기서 수단보다 목적을 중요시하고 있다고 할 수 있다.[446] 따라서 『준비된 쉬운 길』이 이상적 공화국 건설의 모델을 제안한다거나 완전한 정치적 신조를 나타낸 것은 결코 아니다. 근본적 메시지는 군주제가 수반할 위험성에 대하여 경각심을 일깨우고 기독교 공화국이 지향하는 이상을 분명히 하려는 데 있는 것이다.

또한 밀턴이 잔부의회를 확대하여 영구적 지위를 부여하고자 한 것은, 일정 기간의 임기가 주어지는 의회는 동요와 불안정을 야기하고 좋지 못한 정치적 야욕을 불러일으키므로 안정적 의회를 구성할 필요가 있다고 생각하였기 때문

444) Woolrych, Historical Introduction, *CPW* 7: 178.

445) Barbara Lewalski, "Milton: Political Beliefs and Polemical Methods," *PMLA* 74: 195.

446) Don M. Wolfe, *Milton and the Puritan Revolution* (New York and London: Nelson, 1941), 296.

이다. 이러한 야망을 제지하기 위한 수단으로 2-3년마다 선거를 통해 100명 정도의 의원을 교체할 수도 있다는 제안을 하지만, 사망이나 죄과에 의하지 않고는 교체되지 않는 것이 좋다는 의견을 제시하고 있다. 그래서 왕의 요구에 따라 소환되어 그와의 협상(parlie)에 응했던 전통적인 의회(Parliament)라는 명칭 대신 "최고회의 혹은 총회의"(a Grand or General Council)라는 명칭을 제기한 것이다(*CPW* 7: 369). 밀턴이 제안한 최고회의는 일종의 영구적인 상원에 해당하는 것으로서 최고회의 의원을 상원(senator)으로 호칭하고 유대의 산헤드린(Sanhedrin)이나 아테네의 아레오파구스(Areopagus) 혹은 로마의 원로원(Senate)에서 그 전례를 찾고 있다. 절대왕정의 자리를 메울 안정적 세력의 확보 차원에서 이해할 수 있을 것이다. 최고회의의 독주를 견제할 장치를 제안하고 있긴 하지만, 결코 어느 특정인 한 사람과 최고 권력의 분권을 허용하지는 않는다. 이는 리처드 크롬웰을 호국경(Protector)으로 세우려는 움직임과도 무관하지 않았을 것이다. 하여튼, 여기서 밀턴은 한 사람에게 집중된 권력의 폐해에 대하여 거론하는데, 이 대목은 제2판에서 더 상세히 논의된다.

공화국이란 근본적으로 국민의 자유와 권리가 보장되는 체제인데, 밀턴은 공화국에서 보장되어야 할 본질적인 자유에 대하여, 영적 자유와 공민적 자유로 나누어 다룬다. 영적 자유에 대하여 밀턴은 이미 다른 산문에서도 수차 다루어 왔지만, 국가권력이 개인의 신앙에 개입할 때 일어날 수 있는 해악에 초점을 두고 다시 한 번 거론하고 있다. 공민적 자유에 대하여는 흥미롭고 독창적인 제안을 하고 있는데, 일반대중에게 해당 지역 기구에 동참하여 의견을 수렴할 수 있게 하는 방안이다. 전국의 모든 군을 각기 "소공화국"(a little commonwealth)으로 만들면, 시민의 자유와 능력에 따른 진출이 가장 빨리 확보될 수 있으리라는 것이다(383). 공화국의 중심 도시에 관청을 세워 정부의 업무를 분담하거나 입법을 하여 선출된 재판관이 집행하게 할 수 있게 한다는 것이다. 피선된 관료로 구성되는 군 단위의 관청을 수평파가 제안한 바 있으나, 군

단위의 조직에 입법권을 부여하자는 제안은 새로운 것이었다. 밀턴은 이 기구를 장차 최고회의의 의원으로 활동할 인물을 훈련하는 방편으로 생각했다.

여기서 밀턴은 이 기구를 통해 미래의 지도자를 교육하기 위한 지역학교를 그 지역의 실정에 맞게 설립하여 "문법뿐 아니라 모든 학예와 운동에 걸쳐 모든 학문과 훌륭한 교육"을 제공할 것을 주창한다(384). 이는 상기한 바와 같이, 『고용된 성직자』에서 제안했던 성직자를 위한 교육방안과 대조되는 것으로서 일종의 공무원 교육인 셈이다. 후일 밀턴이 몽크 장군에게 쓴 서한에서 밝혔듯이 주의회 의원은 자격을 갖춘 군민 대표들에 의해 선발되지만, "상임회의"(standing Councils)라는 표현으로 미루어 볼 때 별로 큰 기구도 아니며 선거가 자주 보장되는 것도 아니다. 그러나 최고회의가 제정한 중요 법안이 각 시의 상임회의의 승인을 거치도록 한 것은 주목할 만하다. 밀턴이 제안하는 체제는 사법과 행정을 최대한 지역화한 연방제도라 할 수 있다. 오늘날 지방자치제를 연상시키는 것으로서 시대를 앞서간 착안이다.

다음으로 주목할 것은, 『준비된 쉬운 길』에서 밀턴이 제안하는 정체는 그가 왕정에 대한 반대에도 불구하고 대중의 정치참여에 별로 관심을 보이지 않는다는 점이다. 그 이유는 그가 당시의 영국 일반 국민의 태도에 대해 실망했기 때문이었다. 무엇보다 당시의 경제적 어려움을 해결할 수 있는 유일한 해결방안이 왕정을 복구하는 길이라고 여긴 여론에 대해, 그는 크게 실망하여 대중에게 기대를 걸 수 없었다. 그가 추구한 공화국은 번영과 덕성을 동시에 추구하는 것이지 독재 속에 물질적 만족을 찾는 것은 아니었기 때문이다. 전제군주제는 국민을 풍요롭게 하는 체제인 듯하지만, 결국 국민을 착취하기 위함이며 저속하게 길들여 어리석게 만들 뿐이라는 것이다. 옛 청교도 정신을 잠식하는 물질주의에 대항하여 밀턴은, "왕정만이 경제를 살릴 수 있다"고 생각하며 종교와 자유를 포기하는 자들에게 물질만능적 사고방식의 폐해를 경고한다(460). 왕정복고를 앞두고 2년간이나 경제적 침체에 허덕여온 당시의 영국인들 대부분은 "오도되고 혹사당한 대중"으로 보일 뿐이었다(463).

『준비된 쉬운 길』의 제1판이 미처 인쇄되기도 전에 몽크가 격리되어 있던 의원들을 의회로 불러들임으로써 밀턴의 제안은 허망한 꿈이 되었다. 그래서 밀턴이 제안할 수 있는 당장 가능한 방안은 다가오는 선거를 통해 최고회의에 합당한 자들을 선출하자는 것이었다. 1698년 그가 사망한 후 톨랜드(Toland)가 발표한 「당면한 수단」("The Present Means")[447]은 이러한 밀턴의 목적을 반영한 일종의 정치적 서한이다. 이 서한은 『준비된 쉬운 길』을 몽크 장군이 쉽게 이해할 수 있도록 간추린 것이지만 임박한 선거를 의도대로 이끌려는 긴급 대처 방안이기도 했다. 밀턴의 의도는 절대권력자나 귀족원을 허용하지 않는 공화국을 지지할 그런 의원들을 선출하여 의회로 진출시키는 것이었다. 그래서 모든 주의 주요한 젠트리(gentry)[448] 유지들을 불러서 왕정이 복구되면 그들이 당하게 될 위험과 보복에 대하여 경고하고 그들이 해당 지역에서 선거를 통해 상임 의회를 구성하도록 몽크에게 주문하고 있다. 이렇게 선출된 주의회가 다시 선거를 통해 최고회의를 구성하는 방안이 왕정복고의 여론을 무마하는 유일한 방안이라고 그는 생각했기 때문이다. 다시 말하면, 전통적인 선거구를 통한 선거가 아니라 주의회가 세워질 주도(capital city)에서 상임 의회를 구성하여 이를 통해 최고회의를 구성하는 길만이 당시의 왕정복고 여론을 극복하고 의회를 구성할 수 있는 유일한 방편으로 여겨졌기 때문이다.

급기야 1660년 3월과 4월 중에 정치적 분위기는 역전되어 갔다. 밀턴이 『준

447) 이 서한의 전체 제목은 「지체하지 않고 쉽게 실행할 자유공화국의 당면한 수단과 간결한 설명. 몽크 장군께 보내는 서한」(The Present Means, and Brief Delineation of a Free Commonwealth, Easy to be Put in Practice, and Without Delay. In a Letter to General Monk)이었다.

448) 젠트리 계급은 귀족계급(nobility) 다음가는 계급으로서 귀족의 지위는 없으나 가문의 휘장을 사용할 수 있도록 허용 받은 유산 계층을 말한다. 신사를 뜻하는 gentleman도 젠트리 계급에서 유래했다고 할 수 있다.

비된 쉬운 길』 제1판을 낼 무렵만 해도 왕정을 옹호하는 것이 위험한 일이었지만, 제2판이 출판될 무렵에는 도리어 공화정을 두둔하는 것이 위험한 입장으로 돌아갔다. 왕당파 성직자들이 설교를 통해 왕정복고의 분위기를 고조시키기 시작하였고, 잔부의회를 비난하는 노랫가락이 시중에 나돌았으며, 왕정을 선전하고 찰스 2세(Charles II)를 찬양하는 글들이 쏟아져 나오기 시작했다. 밀턴의 몇몇 산문을 포함하여 공화주의 산문을 출판했던 리브웰 챕먼(Livewell Chapman)의 경우 체포령이 내려졌다. 한때 대표적인 의회주의자로서 궁전의 사치와 타락을 비판하다가 두 귀가 잘리기까지 했던 윌리엄 프린(William Prynne)조차도 왕정복고를 주장하는 상황에서,[449] 밀턴은 자신의 저작임을 알리기 위해 "J. M."이라는 이니셜을 사용하였다.[450] 이러한 정치적 역전의 분위기 속에서 자신의 신분을 노출하면서 당당히 끝까지 자신의 주장을 밝힌 것은 밀턴의 예언자적 소명감의 발로라고 아니할 수 없을 것이다. 이즈음, 매슈 그리피스(Mathew Griffith)라는 왕당파 성직자는 그의 설교를 통해 찰스 2세를 삼손에 비유하는 등 왕당파의 보복을 예고하면서 몽크에게 "왕이 되는 것보다 왕을 만드는 것이 더 큰 영예입니다"라고 부추키다가 그와 왕정주의자들을 격분시켜 감금된 사건이 발생하였는데,[451] 이에 밀턴은 「최근의 한 설교에 대한 촌평」("Brief Notes upon a Late Sermon")에서 그리피스의 태도를 비난하면서 몽크로 하여금 공화국을 유지하겠다는 자신의 약속을 지킬 것을 독려한다. 특기할 것은 왕정이 영국의 기본법에 근거한 것이라는 그리피스의 주장에 맞서 밀턴은 자유로운 정부 선택권이야말로 기본법의 핵심임을 밝힌다.

449) Corns, Thomas. *John Milton: The Prose Works* (New York: Twayne Publishers, 1998), 119.

450) 왕정주의자들의 보복을 강력히 경고한 마처몬트 니드험(Marchamont Needham)도 밀턴과 버금가는 왕정복고의 저항자였으나 그의 『브루셀의 소식』(*News from Brussels*, 1660)은 익명으로 출판하였다.

451) David Masson, *The Life of John Milton*. 7 vols. (London, 1881-94; rpt. Gloucester, Mass: Peter Smith, 1965), 5: 667-69.

> 흔히 도덕법이라고 불리는 자연의 빛 혹은 올바른 이성에 근거하지 않은 어떠한 법도 기본법이 될 수 없다. 자의적이며 언제나 모든 자유로운 국민 혹은 그들의 대변자들의 선택에 따라 구성되지 않은 어떤 형태의 정부도 그렇게 여겨질 수 없다. 이러한 정부 선택은 국민의 자유에 본질적이므로 그러한 정부를 갖지 못하면 그들은 자유로울 수 없다. (*CPW* 7: 479)

이처럼, 밀턴이 이따금 다수 우중보다 분별력 있는 소수를 옹호하는 경우는 있지만, 왕정에 습관화된 우중에 대한 불만에서 온 태도일 뿐, 그의 근본 정치사상은 오늘날의 자유민주주의 사상과 일치한다고 할 수 있다. 『준비된 쉬운 길』이 제안하는 의원선출 방안이 현대적 민주주의 선거방식과 거리가 멀다면, 이는 당시 급변하는 정치 상황에 대한 반응에서 나온 결과임을 고려할 필요가 있다. 제2판 출판 시기에 리브웰 챕먼이 피신 중이었으므로 밀턴은 자신의 비용과 위험을 무릅쓰고 의원 선거가 진행 중에 신속히 출판할 필요가 있었을 것이다.[452] 20년 만에 전례 없는 광범위한 대대적인 선거가 시행되었으나, 결과는 의회파와 왕당파의 싸움이라기보다 무조건적 왕정복고를 옹호하는 왕정주의자들과 조건적인 왕정복고를 지지하는 장로파의 대결장이 되었다. 잔부의회 의원은 16명밖에 재선되지 못했다. 이처럼 잔부의회마저 패하게 된 마당에 자유공화국을 유지하기 위한 새로운 방안을 제시하여야 했던 밀턴은 『준비된 쉬운 길』 제2판에서 이전 판의 취약점을 수정 보완하여 절대왕정의 폐해를 다시 한 번 강조하면서 공화정 정부를 두둔하고 나섰다. 선출된 의원들이 왕정에 반대할 수도 있으리라는 한 가닥의 가능성에 기대를 걸고 필경사의 도움으로 이전 판의 자구를 검토 수정하면서 목숨을 건 용기와 불굴의 신념을 쏟아부었다. 특이한 것은, 제2판이 그 표제와 달리 자유공화국 건설을 위한 방안을 제시하기보다 자유공화국의 장점을 후대에 알리고, 물질주의를 지향하는 다수 우중보다

452) 『준비된 쉬운 길』 제2판은 현재 3부밖에 남아 있지 않다고 한다(Parker, *Milton* 1: 554, 1074 참고).

자유의 가치를 신봉하는 소수의 권리를 옹호하며, 왕정복고가 수반하게 될 왕권에 대한 국민의 예속을 경고하려는 의도를 담고 있다는 점이다.[453]

제2판에 추가된 내용 가운데 첫 번째 것은 찰스 1세에 대항하여 체결한 엄숙한 동맹과 계약(Solemn League and Covenant)을 파기한 잔부의회의 태도를 옹호하는 대목이다. 이는 그 계약을 재건하려는 장기의회의 최근 시도에 대해 촉발된 것으로 보이며, 의회의 소수파를 옹호해야 하는 딜레마에 빠지게 된다. 여기서 강조되는 법은 "자연법"으로서 이는 "진정으로 당연히 모든 인류에게 기본적인 최고의 법이자, 모든 정부의 시작과 끝이요, 어떤 의회나 국민도 철저히 개혁하려면 의존하지 않을 수 없는 법"이다(*CPW* 7: 412-13). 자연법은 국민을 위한 최고의 법이며, 자연법에 따라 자유로운 양심을 신봉하는 소수 공화주의자들이 억압적인 다수 왕정주의자들을 진압하고 국민을 위해 행동하기 위해서는 군사력에 의존할 수밖에 없으나, 과거에 군사력을 휘두르며 또 다른 강압통치를 일삼아 왔던 자들을 무조건 옹호하는 것도 문제였다. 그래서 밀턴은 의회가 양분되었을 경우 수적 우세보다 이성적 우월성에 따라 판가름해야 한다고 주장한다. 이는 최고회의의 법안에 대해 주의회가 승인하는 권한은 결국 다수결의 법칙에 의존하는 대안이기에 자기모순이 될 수 있다. 그러나 여기서 밀턴의 주된 관심사는, 과거에 찰스 1세가 처형되기 전, 장기의회의 다수파가 그와 결론을 내리려고 열중했던 타협안이 현재 찰스 2세를 복위시키기 위해 다시금 부상되고 있다는 사실이었다.

밀턴에게는 이러한 타협안에 대한 제동이 당면한 급선무였다. 그러므로 권력과 종교의 분리나 종교개혁에 대한 관심을 접어두고, 공화국의 관리들과 왕의 신하들을 비교하며 왕정의 폐해를 비판하며 어떻게든 왕정복고만은 막아야겠다는 결의로 궁정의 타락상을 묘사한다.

---

453) 서홍원 교수는 『준비된 쉬운 길』의 표제가 암시하는 아이로니컬한 의미를 지적한 바 있다; 밀턴과 근세영문학회 편, 『밀턴의 이해』, 184-87 참고.

가장 위대한 자들[공화국 관료들]은 자기 비용과 책임으로 대중을 위해 영원한 공복이 되고 꾸준히 봉사하며, 자기 일은 소홀히 하지만, 자기 형제들 위에 군림하지 않고, 자기 가정에서 경건하게 살며, 다른 사람들처럼 거리를 걷고, 누구나 그들에게 자유롭게, 친구처럼, 경배하지 않고 말을 걸 수도 있을 것입니다. 반면에, 왕은 반신(Demigod)처럼 숭배되고, 그 주변에 타락하고 오만한 궁정 신하들이 있어서, 엄청난 비용과 사치, 가면극과 유흥을 즐기며, 우리의 상류사회 남녀 유지들을, 놀이에서뿐만 아니라 사실상 궁정의 느슨한 일거리로 인하여, 타락으로 내몰 것이지만, 그런데도 영예롭게 생각할 테지요. 역시 그에 못지않게 책무를 진 왕비가 있을 것이며, 외국인 냄새 풍기는 교황주의자일 가능성이 가장 높을 것이며, 왕비일 뿐만 아니라 이미 국모가 되어 조정 신하들과 수많은 무리를 거느릴 것이며, 왕의 후손들이 생기면 곧 각자 사치스러운 신하들을 거느릴 것이니, 하인들만이 아니라 귀족들까지 노예근성을 지닌 무리로 확장되어, 공무를 위해서가 아니라 궁정 관직을 맡으려는 희망에 부풀어 청지기, 시종, 문지기, 궁내관, 화장실 청소부까지 되도록 양육될 것입니다. (*CPW* 7: 425-26)

고오든 캠벨(Gordon Campbell)과 토머스 콘즈(Thomas N. Corns)는 밀턴이 정부, 종교, 생활방식 등에서 청교도적 심미안을 보여준다고 지적하며, 왕과 궁정의 자리에 대신 들어설 분권적 정치체제를 제시하고 있음을 지적한다.[454] 찰스 1세의 궁전은 역대 어느 영국 왕의 궁전보다 화려한 궁정 의식을 추구하였으며, 케빈 샤프(Kevin Sharpe)의 주장을 따르면, 이런 의식들은 "왕의 몸과 군주제의 신비로운 위엄성에 합당한 숭배"를 강조하는 것이었다.[455] 르웰스키의 지적대로, 밀턴은 궁정의 과도한 조직이나 해링턴(Harrington)의 복잡한 개혁 모델과 대조되는 단순한 공화정을 제시하기 위해 의도적으로 단순한 문체를

454) Gordon Campbell and Thomas N. Corns, *John Milton: Life, Work, and Thought* (Oxford: Oxford UP, 2008), 300.

455) Kevin Sharpe,. *The Personal Rule of Charles I* (New Haven and Lodon: Yale UP, 1992), 218.

사용하고 있다고 볼 수 있다.[456]

그러나 밀턴은 사치스럽고 타락한 왕과 궁정에 대한 비판에 그치지 않고, 당면한 공화정의 실제적 모델을 제시하기도 한다. 왕정에 대한 보다 근본적인 수정은 공화국을 건설하기 위한 실제적인 방편과 최고회의의 구성에 대한 것이었다. 급변하는 정치 상황의 변화에 따라 잔부의회를 최고회의의 주축으로 삼으려던 밀턴의 구상은 포기되었다. 이미 선거가 진행되고 다른 대안이 없는 터라 그는 다가오는 총회(Convention)[457]에 최고회의 구성의 기대를 걸 수밖에 없었다. 왕명이 아닌 자유보존관(Keepers of Liberties)의 명의로 소집장이 발부된 점도 일말의 기대를 주었다.[458] 총회의 권위에 대한 비판을 의식한 듯, 밀턴은 최고권위가 "양도되지 않고 단지 위임되었으며 이를테면 기탁된" 것이라고 주장하기도 한다(*CPW* 7: 432). 절대왕정을 대신하는 절대 권한의 부여가 아니라 국민의 권한을 제한적으로 위탁한 것이다. 의회의 계승에 반대하고 영구적 권위를 인정하는 것은 변함이 없지만, 세입과 입법에 관하여 최고회의의 권한을 제한하고 있고, 해마다 의원의 3분의 1을 교체하는 방안을 제시하고 있다. 그러나 밀턴은 이를 운명의 수레바퀴에 비유하며 가능한 피할 수 있기를 바란다(435).

다음으로 추가된 것은 영국의 공화국 건설의 지표로 삼을 만한 다른 공화국의 경우를 예시한 대목이다. 아테네나 스파르타 및 로마의 경우 영구적 상원이 더 대중적인 의회에 의해 조절되었다는 지적에 대해, 밀턴은 이의를 제기한다. 상원에 대한 이러한 제재는 국민을 방종하게 하여 무절제한 민주주의로 이끌 것이며, 종국에는 그들 자신의 과도한 권한으로 스스로 파멸하게 되리라는 것이다. 이어서 밀턴은 기원전 510년에 왕정을 폐지한 로마 시민이 무절제한

456) Barbara Lewalski, *The Life of John Milton* (Oxford: Blackwell, 2000), 390.

457) 1660년 국왕의 소집 없이 열린 영국의 의회였으며, 후일 1688년 명예혁명 때 다시 이러한 컨벤션이 열리게 됨.

458) 매슨에 의하면, 이는 왕의 권위를 의회가 거부하고 있었다는 증거이기도 하다(Masson, *The Life of John Milton*, 5: 554).

대중적 욕구로 인해 폭정을 자초한 경우를 예로 들면서,[459] 해링턴의 입법부안, 즉 입법부를 양분하여 법을 입안하는 상원과 그 법안을 투표로 확정하는 대중적 의회로 분리하는 방안에 대해 신랄한 비판을 가한다. 여기서 사망이나 은퇴로 인한 최고회의의 여석을 채우기 위한 실제적 방안을 거론한다. 서너 차례에 걸친 까다로운 절차에 의한 간접적 방식을 주장하면서 "야만적인 군중"(a rude multitude)을 배제하고 있어 귀족적 성향을 보이지만, 그가 주창하는 주의회가 여론을 충분히 반영할 수 있으리라고 주장한다(442).[460]

그러나 왕정으로 기울어져 가는 긴박한 정치적 소용돌이 속에서 밀턴은 잔부의회의 확장을 통한 최고회의의 설립과 주의회의 신설 등에 대한 이상론에 빠져 있기만 한 것은 아니었다. 왕정복고가 초래할 해악에 대해 경고하는 대목의 첨가문에서는 그의 수사학적 웅변술을 활용하여 서사시적 산문이라 할 만큼 장엄한 스타일을 구사한다. 왜 국민이 스스로 할 수 있는 일을 확실성도 없는 한 사람의 선택에 맡겨야 하는지에 대해 그는 수사적 의문을 사용하지만, 독자들은 그가 현재 생명의 위협을 무릅쓰고 왕정복고의 대세에 저항하고 있다는 사실로 인해 그 설득력이 반감되지 않을 수 없다. 하지만, 독자들은 그의 불굴의 신념과 수사적 웅변에 매료당하게 된다. 왕정복고를 희망하는 자들이 다수라는 사실에 대해 그는 별 의미를 부여하려 하지 않으려 한다. 이들 다수가 자유를 희구하는 소수의 정부선택권을 말살했기 때문이다. 예전의 왕정주의로부터 헤어나지 못한 다수 국민이 군주제를 지향하긴 하지만, 정부의 주요 목적인 자유에 반대하는 다수의 의사가 자유를 원하는 소수를 예속하는 것이 정당

459) 밀턴의 주장에 따르면, 로마 시민들은 처음엔 호민관(Tribune)으로 만족하였으나 결국 원로원(Senate)과 집정관(Consul)의 자리를 요구했고, 귀족계급에 속하던 감찰관(Censor)과 치안관(Praetor)까지 평민에게 돌아감으로써, 급기야는 마리우스가 그들의 과욕을 채우다가 도리어 실라(Sylla)의 폭정에 제물이 되었다는 것이다(*CPW* 7: 439).

460) 밀턴이 제안하는 선거방식에 대하여 울프(Wolfe)는 도식화하여 설명하고 있다(*Milton in the Puritan Revolution*, 301).

하나냐는 것이다. 정당한 자유를 주장하는 자들은 그 자유에 반대하는 자들보다 수적으로 열세일지라도 그런 자유를 향유할 권한이 있다는 것이 밀턴의 요지이다.

제2판의 공민적 자유를 다루는 대목에서 영구적 상원의 권력남용을 막을 수 있는 대안으로서 사법과 행정의 지방화를 거론하면서 주의회의 역할을 상술하고 있는 것과는 대조적으로, 제1판에서 영적 자유를 규정했던 부분은 도리어 삭제되었다. 국가가 종교적 문제에 관여하지 말아야 한다는 예전의 주장을 삭제한 것은 밀턴이 신앙 양심에 따른 종교적 자유를 경시하게 되었기 때문이 아니라, 아서 바커(Arthur Barker)가 지적한 대로, 당시의 정치적 실상으로 볼 때, "진정한 영적 종교를 방어할 수 있도록 국가의 틀이 잡혀야 한다"는 생각을 했던 것 같다.[461] 다시 말하면, 이는 다분히 전략적 선택이었던 것 같다. 내란 이후 모든 정부가 줄곧 거부해온 정교분리 주장은 공화국 건설을 위한 그의 필사적 항변에 폐해가 될까 두려웠을 것이다. 그러면서도 그는 **왕정복고**가 결국 **감독제**를 재도입하게 될 것이므로, 찰스 1세와의 계약을 재건하려는 **장로파**의 움직임은 어리석은 접근임을 경고한다. **독립파** 신도를 박해하는 것은 결국 모든 개신교의 자유를 억압하는 것이 될 것이기 때문이라는 것이다(*CPW* 7: 458).

결론부에서 「예레미아」의 코니아(Coniah) 왕에 대한 언급을 삭제한 것도 찰스 2세와의 연관성을 의도적으로 피한 밀턴의 현실적 계산일 수 있겠지만,[462] 현재 지상의 "패역한 거주자들"의 잘못된 선택에 대한 예언자적 탄식을 효과적으로 표현하기 위한 것으로 보인다. 후일 그의 시가 소수 독자를 상대로 하게 되듯이, 현재 그는 자신의 주장을 따를 자들이 많지 않음을 한탄한다. "오 땅이여, 땅이여, 땅이여!"(O earth, earth, earth!)라며 탄식하던 옛 예언자의 탄식을 함

461) Arthur E. Barker, *Milton and the Puritan Dilemma* (Manchest: Manchester UP, 1988), 279.

462) 사실 제2판이 출판될 즈음에는 이미 찰스 2세의 복위가 거의 확실시되었으므로, 그와 추방된 후 귀향하지 못한 유대의 코니아 왕의 비유는 적절하지 못하게 되었다.

께 하며, "소생하는 자유의 자식"(children of reviving liberty)에게 "이집트로 돌아가는 지도자"를 거부할 것을 촉구한다(463). 이 글의 마지막 부분에서 이 산문을 쓴 밀턴의 의도가 숨김없이 드러난다.

> 나는 수많은 분별력 있고 순수한 사람들에게 설득을 했다고 믿으며, 하나님이 돌들을 일으켜 세워 소생하는 자유의 자녀가 되도록 하시고, 비록 그들이 이집트로 되돌아가게 할 지도자를 선택하고 있는 듯하지만, 자신들을 좀 생각하고 자신들이 서두르고 있는지를 숙고하여 개심케 하실지도 모르며, 급류처럼 흘러가는 사람들을 성급하지 굴지 말고 자신에게 합당한 물길을 따르도록 교화할지도 모르며, 그리하여 결국 그들의 더 좋은 결단을 합력하여 회복하고, . . . 전염성 있는 광기가 오도되고 유린된 대중의 집단적 변절을 통해 우리를 어떤 파멸의 절벽으로 내몰게 될지를 당연히 때맞추어 두려워하여, 그런 폐망의 과정을 멈추도록 하실지 모릅니다. (*CPW* 7: 463)

여기서 묘사되는 이집트로 되돌아가는 무리의 이미지는 영적 몰락을 나타내는 비유이다.[463] 불가능해 보이는 기대지만, 부활이나 재생의 이미지를 사용함으로써 하나님의 개입에 기대면서, 귀 기울여줄 사람이 없을지라도 탄식하며 글을 마무리하는 밀턴의 절규는 예언자의 의무감에서 비롯된 것이라고 할 수 있을 것이다. 그러므로 그는 "준비되고 쉬운 길"을 제시하면서도, 스탠리 피쉬(Stanley Fish)가 지적하듯이, 공화정의 실패가 자유를 향한 공화정의 "준비되고 쉬운 길"을 포기하고 왕정을 희구하는 자들에게 내린 하나님의 심판이라고 판단했을 것이다.[464] 따라서 『준비되고 쉬운 길』은 이상적 공화국 건설의 모델

---

463) Laura Lunger Knoppers, "Milton's *The Readie and Easie Way* and the English Jeremiad," *Politics, Poetics, and Hermeneutics in Milton's Prose*. Eds. David Loewenstein and James Grantham Turner, 215.

464) Stanley Fish, *How Milton Works* (Cambridge, Mass.: Belknap Press of Harvard UP, 2001), 518.

을 제안한다거나 완전한 정치적 신조를 나타낸 것은 결코 아니다. 근본적 메시지는 군주제가 수반할 위험성에 대하여 경각심을 일깨우고 기독교 공화국이 지향하는 이상을 분명히 하며, 그 이상을 놓치고 왕정복고를 선택하려는 영국 국민에게 마지막 "예언자적 절규"를 한 것이다. 이 예언적 절규에 영국 국민이 귀를 기울이든지 그러지 않든지, 예언자 시인은 자신의 예언자적 소명으로 목숨을 걸고 수행할 뿐이다. 로라 런거 납퍼즈(Laura Lunger Knoppers)가 이 팸플릿에 나타난 밀턴의 음성, 비전, 문체, 목적은 이 산문을 "제러마이어드"로 읽을 경우 명확해진다고 주장하는 것도 이 때문이다. 제러마이어드(jeremiad)는 "하나님과 성약을 맺은 국가의 몰락을 경고하는 예언적 절규"이다.[465)]

이상과 같이 『준비된 쉬운 길』의 제1판과 제2판 사이에는 정치적 변화에 따른 다소간의 차이점이 있긴 하지만, 어차피 이상적 공화국의 모델로서가 아니라 군주제의 폭정과 예속과 대조되는 공화정의 자유와 덕성을 찬양하는 일반적 내용임을 고려한다면, 두 판에 공통적으로 나타나는 사상은 시공을 초월한 자유사상으로 집약된다고 하겠다. 따라서 이 산문은 급변하는 정치적 상황에 부응하여 공화국을 세울 수 있는 방안을 제시한 것이면서도 그 현실적 제한으로 인하여 설득력 있는 방안이 되지 못하였다. 정치적 현실을 놓고 볼 때, 결국 밀턴의 제안이 아무런 영향을 끼치지 못한 이유는 현실적 대안으로서의 타당성이 부족하기 때문이라고 생각된다. 반면, 현실적 상황에 부응하려는 노력으로 인해 결국 이상적 공화국의 모델이 되지도 못한 것이다.[466)] 바커(Barker)처럼 밀턴의 정치 산문에서 이상국에 대한 플라톤적 탐색을 찾으려 해서도 안 되지만,[467)] 제러 핑크(Zera Fink)의 지적처럼 현실적으로 인류 역사의

---

465) Laura Lunger Knoppers, "Milton's *The Readie and Easie Way* and the English Jeremiad," 213.

466) Don M. Wolfe, *Milton in the Puritan Revolution*, 297; William Parker, *Milton*, 1: 557.

467) Barker, *Milton and the Puritan Dilemma*, 288.

종말까지 완벽하게 작용하는 국가 건설을 제안한 것으로 볼 수도 없다.[468] 정치적 불안정에 시달리던 시대적 상황으로 미루어 본다면, 불변하는 정치조직에 대한 희구가 있을 수 있고 사실상 그것이 **왕정복고**의 여론을 형성했다고 볼 수 있을 것이다. 이 같은 상황에서 좀 더 영구적이고 안정된 정치조직을 제안해야 했던 밀턴은 공화국 의회의 틀 속에 영구적 상원을 두어 안정희구 세력을 설득하려 했을 것이다. 또한 혁명 전의 헌법이 태고적부터 변함없이 전해 내려오는 것으로 법 전통에도 부합하는 방안이었을 것이다. 이러한 전통법에 근거하여 왕정주의자들이 대중의 지지를 받는 터에 밀턴으로서는 어떤 식으로든 공화정의 정치적 안정성을 증명할 수 있어야 했다. "군인은 적군 앞에서 전쟁 방식을 바꾸는 것을 위험하게 여긴다"(*CPW* 7: 442)라고 하는 밀턴의 비유는 그가 제시한 방안이 결코 바람직해서라기보다 최선의 처방이라고 판단했기 때문임을 반증한다. 르월스키는 밀턴의 의회가 일시적 처방이기에 **왕정복고**의 위협이 일단 제거되면 제도상의 자유화를 가장 먼저 주창할 것이라고 주장한다.[469]

비록 밀턴의 자유사상이 그의 논쟁적 산문들의 기저에 흐르고 있음은 부인할 수 없으나, 『준비된 쉬운 길』에 나타난 귀족정치적 경향을 부인할 수는 없다. 이런 의미에서 그의 정치사상을 혼합적 국가관에서 찾고 있는 핑크의 주장도 일리가 있지만, 그렇다고 군주제적 요소까지 포함하는 것은 무리가 있어 보인다.[470] 왕정에 대한 밀턴의 반대는 절대적이라고 할 수 있기 때문이다. 그가 주장하는 귀족정치는 일시적 대안에 불과할 수도 있고 귀족과 평민의 차별철폐는 밀턴의 지론이므로 결코 왕정주의자들의 것과는 다르다(*CPW* 7: 445, 461). 또한 그는 청교도 혁명가임에도 불구하고 관료의 자격을 종교적 경건에서 찾

---

468) Zera Silber Fink, *The Classical Republicans: An Essay in the Recovery of a Pattern of Thought in Seventeenth-century England*. 2nd ed. (Evanston: Northwestern UP, 1962), 120.

469) Lewalski, "Milton: Political Beliefs and Polemical Methods," *PMLA* 74: 199.

470) Fink, *The Classical Republicans*, 120.

지 않고 오직 공화국 원리에 대한 충성에서 찾았다. 이는 왕정을 복구하려는 장로파에 대한 실망에서 온 것인지도 모른다. 어떻든 밀턴은 이상과 현실 사이에서 신념과 좌절의 내적 갈등을 겪으면서도 자유의 가치를 지키고자 왕정복고를 앞둔 최후의 순간까지 영국 국민을 상대로 목숨을 걸고 예언적 절규를 한 것이다. "우리가 자유공화국에 대하여 제기된 준비된 길이나 분명한 형식이 없어서 우리의 자유를 포기했노라고 이제부터 말하는 일이 없도록"(446) 밀턴은 공화국을 향한 마지막 제안과 절규를 남긴 것이다.

이상에서 영국혁명이 좌절되고 왕정복고가 임박한 상황에서 밀턴이 마지막까지 자유공화국의 신념을 고수하려고 투쟁한 마지막 산문 『준비된 쉬운 길』을 살펴보았다. "준비된 쉬운 길"이 과연 어떤 길인지, 그 의미는 무엇인지 이에 대해 독자가 분명한 결론을 얻지 못할 수도 있다. 공화국의 이상은 왕정복고라는 거대한 역사적 대세에 이미 풍전등화 같은 연약한 신기루가 된 상황이기 때문에, 밀턴이 제시하는 방안이 결코 준비된 길도 쉬운 길도 아니라고 생각되기 때문이다. 그러나 밀턴은 마지막까지 영국 국민이 마음만 먹으면 그리 어려운 일도 아닐 것이라는 생각을 했을지도 모르며, 설령 그렇게 생각하지 않았다고 하더라도, 당대나 미래의 일반 대중에게라도 끝까지 가능성을 열어두고 싶었을지 모른다. 또한 『실낙원』에서 인간 타락의 책임을 하나님도 사탄도 아닌 인간 자신에게 돌리듯이, 공화국의 실패는 영국 국민의 선택 여부에 달린 문제로 판단하며, 어떠한 정치적 제도도 주체자의 자유의지에 의한 선택이 중요하다는 걸 강조하고 싶었을 것이다. 『국가권력론』에서 개인적 신앙 양심의 자유에 국가권력이 개입해서는 안 된다는 주장이나, 『고용된 성직자』에서 국가권력과 결탁한 고용된 성직자의 임금 문제를 공권력에 의한 종교적 강압 이상의 위험한 요인으로 취급한 주장은, 권력의 강압이나 고용이 둘 다 종교개혁에 해악이 된다는 점을 논거로 하고 있다. 『준비된 쉬운 길』은 앞서 나온 두 팸플릿과 달리 종교적 자유에 관한 산문은 아니지만, 진정한 자유공화국은 종교적 자유를 당연히 포함하는 것이기 때문에 총체적 해결책이라고 할 수 있을 것이다. 진정한 자유공화국을 통해 정치체제의 변화가 달성된다면, 종교적 자유는 필연적으로 수반될 수밖에 없을 것이기 때문이다. 비록 실현 가능성이 입증되지 않은 급조된 혁신적인 정치체제를 제안하고 있지만, 영국 국민 스스로가 자유공화국에 대한 의지만 확고하다면 결코 어려운 길은 아니라는 것이 밀턴의 마지막 메시지이다. 밀턴은 **왕정복고**가 임박한 마지막 순간까지 자유공화국 확립을 위한 "준비된 쉬운 길"이 있었다는 것을 마지막까지 알리며, 예언자 시인의 사명감으로 영국 국민의 역사적 후퇴를 비통하게 생각하며 절규했다고 할 것이다.

이제까지 **영국혁명**을 둘러싸고 밀턴이 산문 논쟁을 통하여 보여준 다방면에 걸친 문필투쟁을 살펴보았다. **영국혁명**은 전제군주제의 사슬에서 벗어나 정치적, 종교적 자유를 찾으려는 청교도들이 주도하였으며, 그 근본이념이 있었다면 자유사상으로 집약될 수 있다. 밀턴은 이러한 자유사상을 그의 문학적 상상력을 동원하여 혁명적 이념으로 정립한 논객이었으며 크리스토퍼 힐(Christopher Hill)의 말대로 **영국혁명**의 대변인이었다. 그의 산문은 가정 내의 자유로부터 종교적 자유 및 정치적 자유를 망라한 모든 종류의 자유를 옹호하였으며 이러한 정신은 그의 마지막 대표적인 시작품에서도 반영되어 있다. 흔히들 생각하는 것과 달리 밀턴을 청교도의 한 사람으로 단순하게 규정할 수 없게 하는 이유도 그의 이러한 자유사상에서 비롯된다. 물론 청교도 정신의 개념 자체가 너무 다양하긴 하지만, 그 근원은 존 칼뱅(John Calvin)의 교리를 따라 하나님의 예정설을 근간으로 하고 있음은 주지의 사실이다. 이에 반해, 밀턴은 도리어 인간의 자유의지를 하나님의 섭리를 옹호하는 결정적 요인으로 보고 있다. **영국 국교회**에 대항하여 성도 개인의 신앙 양심의 자유와 교회 정부 참여 등을 주장했다는 점에서는 밀턴의 사상은 청교도들과 공통점이 있으나, 『실낙원』에서 드러나듯이, 인간의 자유의지를 인간 타락을 설명하는 핵심으로 삼고 있다는 점에서는 확연히 구별된다. 팸플릿 논쟁에 있어서 밀턴은 당시의 대표적인 청교도 지도자 윌리엄 프린(William Prynne)의 사상을 보여주지만, 프린이 자유의지를 강조했던 아르미니우스주의(Arminianism)에 반대하는 청교도였음에 반하여, 밀턴은 이 점에 있어서는 도리어 주교들과 같은 입장을 취했다. 바로 그의 이러한 독자성이 『아레오파기티카』에서 언론의 자유를 설파하게 하는 사상적 근간이 된다. 그가 국왕 처형을 옹호한 것은 "모든 인간은 원래 자유롭게 태어났다"는 생각과 왕과 관리들은 국민의 대리인이며 위임받은 자들이라는 민주적 발상에서 비롯된 것이다.[471] 인간에게서 자유를 말살하는 것은 하나님의 형상으로 창조된 "인류의 존엄성에 대한 일종의 반역"이기 때문이다(*CPW* 7: 204).

밀턴의 정치적 산문들은 대개 자유공화국의 이념과 명분을 옹호하는 것이지만, 때로는 크롬웰을 위시한 공화정의 지도자들을 경고하기도 한다. 새로 수립된 공화국을 해외에 홍보한 『영국 국민에 대한 변호』나 그 속편인 『영국 국민에 대한 두 번째 변호』에서 밀턴은 그 자신에 대한 방어와 공화국에 대한 방어를 병행하지만, 동시에 새로운 공화정의 지도자들을 향해서는, 자유를 위해 치른 전쟁을 결코 평화나 자유를 대신하는 가치로 보아서는 안 된다고 경고한다(*CPW* 4.1: 680). 크리스토퍼 힐에 의하면, 이즈음 영국 공화국의 최고 지성으로서 저명한 외국의 방문객들이 "위대한 존 밀턴"(the great John Milton)을 보기 위해 몰려들었다고 한다.[472] 그러나 밀턴이 염려한 대로 새로운 공화정이 점차 전제군주제를 닮아가면서 그 명분이 쇠퇴하면서 결국 왕정복고로 대단원의 막을 내리게 되었다. 따라서 단기적으로 보면, 밀턴의 산문 논쟁은 성공적이지 못했다고 할 수 있다. 반감독제 팸플릿이나 이혼의 교리를 다룬 것들도 당대에 아무런 제도적 변화를 가져오지 못했으며, 출판의 자유 역시 그의 생전에 이루어지지 못했다.[473] 왕정복고를 지지하는 민심이 일자 그는 왕권에 반대하여 『준비된

---

471) Woolrych, Historical Introduction. *CPW* 7: 198-99.

472) Chistopher Hill, *Milton*, 197.

473) Thorpe, *John Milton: The Inner Life* (San Marino: Huntington Library, 1983), 71.

쉬운 길』을 쓰는 등 최후의 노력을 기울였지만, 다수 여론의 냉소적 반응 속에서 결국 왕정으로 복귀했다. 그러나 그의 이상주의적 자유혼은 인생의 황금기를 바쳐 투쟁해온 **영국혁명**의 좌절에도 굴하지 않고 마지막 대작들을 통해 승화되어 표현됨으로써 **영국혁명**의 시대적 조건을 넘어서 인간존엄성의 영원한 가치로 승화될 수 있었다.

4장

후기 시문학과 영국혁명

밀턴이 산문 논쟁을 통해 국내외적으로 옹호해온 크롬웰 공화국이 호국경 통치로 점차 빛을 잃어가면서 전제군주제처럼 되어가고 국교회가 제도화되면서 영국혁명에 대한 밀턴의 믿음은 사라졌다. 결국 1660년에 찰스 2세를 옹립하는 왕정복고가 도래하자 조국의 민주화와 역사발전을 위해 헌신한 그의 투쟁은 물거품이 되어버렸다. 마지막까지 생명의 위협을 무릅쓰고 공화국의 존속을 위해 항쟁하며 국민의 선택을 지켜본 밀턴은 왕정복고에 크게 실망하였다. 현실 정치를 겨냥한 산문 논쟁을 할 수 없게 되자, 그는 그토록 혼신의 정열을 기울여 신봉했던 자유사상을 근간으로 기독교적 휴머니즘을 시화하여 영국 최고의 서사시 『실낙원』(*Paradise Lost*, 1667)을 위시하여 그것의 속편 격인 『복낙원』(*Paradise Regained*, 1671) 및 희랍극의 전통을 따른 비극 『투사 삼손』(*Samson Agonistes*, 1671)을 내놓게 된다.

밀턴의 논쟁적 산문이 현실역사에 대한 참여문학의 성격을 지니고 있다면,

그의 마지막 대작들은 현실역사에 대한 절망을 극복하려는 초월적 비전의 산물로 읽히기 쉽다. 그러나 밀턴의 시작품의 경우 시적 초월성은 현실을 완전히 부정하고 포기하는 게 아니라, 현실적 불만을 극복하는 방편으로 작용한다. 노엄 리스너(Noam Reisner)의 표현대로, "『실낙원』은 서사시적 상실의 서사시(an epic poem about epic loss)이다."[474] 그 상실은, 왕정복고에 따라 정치적으로 완전히 실의에 빠지게 된, 그리고 여전히 이상주의적이지만 아주 고립되어버린 밀턴에게 모든 것의 상실을 뜻한다. 그러나 『실낙원』을 포함한 밀턴의 마지막 작품들은 실패자의 체념만으로 볼 수는 없으며, 크리스토퍼 힐(Christopher Hill)의 말대로, "다른 유형의 정치적 행위"라는 측면도 있다.[475] 왕정복고는 밀턴에게 일생일대의 좌절감을 안겨 주었지만, 왕정복고가 없었다면 그의 대작들은 세상에 나오지 못했을지도 모른다. 자신의 조국 영국이 세상의 모범국가가 되리라는 밀턴의 이상주의적 꿈은 현실적 좌절을 통해 인간 역사의 우주적 파노라마로 승화되었기 때문이다.

『실낙원』에서 타락 이후의 현실역사를 극복하는 방안으로 제시되는 "훨씬 더 행복한 내면의 낙원"(A paradise within thee, happier farr; 12.587])은 이상과 현실의 괴리를 메워주는 교량의 역할을 한다. 공화정의 실패로 인해 정치 현실을 수용하지 않을 수 없게 된 밀턴은 역사를 내면화할 수밖에 없었고 역사발전을 위한 개개인의 선택을 강조하게 되었다. 결국 영국 역사는 영국 국민 스스로가 선택한 결과일 뿐이기에, 밀턴의 자유사상은 『실낙원』의 주요한 주제로 등장한다. 『복낙원』이나 『투사 삼손』의 경우에도 자유의지에 근거한 선택의 행위가 하나님의 섭리와 복합적으로 작용하여 인간구원의 조건으로 나타나며, 이는 영국의 정치 현실에 대한 조명이기도 하다. 본 장에서는 밀턴의 후기 삼대 대작에 나타난 정치적인 주제를 살펴보고자 한다.

---

474) Noam Reisner, *Milton and the Ineffable* (Oxford: Oxford UP, 2009), 171.

475) Christopher Hill, *Milton and the English Revolution* (New York: Viking, 1978), 348.

1. 『실낙원』: 공화주의 서사시

『실낙원』은 1667년에 『실낙원: 열권으로 된 시』(*Paradise Lost: a Poem in tenne Bookes*)라는 제목으로 서적출판업 사무소(Stationers)에 등록되었고 저자를 밀턴의 이니셜인 "J. M."이라고만 밝히고 있다.[476] 『실낙원』이 **왕정복고** 이후에 출판되었기 때문에, 밀턴의 경험이 이 시에 반영되어 있다고 보는 것이 일반적이다. 그 결과, 이 시를 정치적인 행동주의의 포기로 보든가, 은밀한 호전성의 추구로 보느냐 하는 상반된 관점이 제기될 수 있다.[477] 그러나 필립 콘넬(Philip Connell)의 지적대로, 이 시가 **왕정복고** 초기에 완성되었다고 하지만, 이 시를 진지하게 생각하고 관여한 것은 공위(空位) 기간이었다는 점을 묵과해서는 안 될 것이다.[478] 반대로, 샤론 에이킨스타인(Sharon Achinstein)의 주장대로, **영국혁명**은 완전히 실패한 것이 아니라 **왕정복고** 이후에도 정치적, 종교적 논쟁에 불씨를 계속 지폈다.[479] 『실낙원』의 부제를 서사시(Epic)라 하지 않고 "열편의 시"(a Poem in tenne Bookes)라고 한 것이나 작가의 이니셜만 밝힌 것은 서사시의 역사성과 정치성을 숨기려는 의도였을 가능성도 있다. 그러나 첫판에서 로마 제국주의나 왕권주의적 연상을 불러일으키는 베르길리우스(Virgil)의 열두 편 형식보다 공화주의자 루칸(Lucan)의 열 편 형식을 본뜬 것은 정치적 의도를 분명히 드러내고 있다고 할 수 있다. 로마 공화국의 멸망을 초래한 카이사르

---

476) Barbara K. Lewalski, *The Life of John Milton: A Critical Biography* (Oxford & Malden, MA: Blackwell, 2000), 455.

477) Cf. Christopher Hill, *Milton and the English Revolution* (1977), 354-412; Blair Worden, "Milton's Republicanism and the Tyranny of Heaven," *Machiavelli and Republicansim*, eds. Gesela Brock et al. (Cambridge: Cambridge UP, 1990), 225-54.

478) Philip Connell, *Secular Chains: Poetry and the Politics of Religion from Milton to Pope* (Oxford: Oxford UP, 2016), 40.

479) Sharon Achinstein, *Literature and Dissent in Milton's England* (Cambridge: Cambridge UP, 2003), 115.

(Caesar)의 로마제국 건설을 찬양하는 베르길리우스의 형식은 공화주의자 시인에게는 문제가 되었을 것이기 때문이다.[480]

『실낙원』은 전체적으로 서사시적 장엄미와 종교적 초월성을 보여주고 있지만, 미시적 조명과 세밀한 분석을 통해 보면 그가 평생을 통해 추구해온 정치적 사상들이 여전히 남아 있음을 부인할 수 없다. 밀턴이 모국 영국의 정치적 자유를 위해 20여 년간이나 산문 논쟁에 뛰어들어 필봉으로 투쟁했던 것은 그가 기독교적 휴머니즘(Christian humanism)을 공민적 휴머니즘(civic humanism)으로 구현하고자 하였기 때문이다. 일원론자로 간주되는 밀턴은 종교와 정치의 영역을 끝까지 분리하지 않았다. 비록 왕정복고기의 검열제로 인해 밀턴이 정치적 입장을 산문에서처럼 분명히 표현할 수는 없었을지라도, 그리고 산문에서처럼 시를 현실적 투쟁의 수단으로 사용하지는 않았을지라도, 그의 공민적 휴머니즘의 근간을 형성하는 공화주의 사상의 편린은 후기 대작들에서도 여전히 남아 시적으로 승화되어 있는 것이다. 이 시의 정치성에 대한 근래의 비평 경향은 이 시의 정치성 자체보다 밀턴이 어떤 정치적 주장을 하느냐 하는 문제에 집중되었다. 물론, 밀턴이 정치적 극단주의자라는 주장에서부터 타고난 공화주의자라는 주장도 있지만, 반대로 탈정치적으로 읽어야 한다는 주장까지 제기되기도 한다.[481] 본서에서는 영국혁명이라는 맥락에서 이 시를 읽는 것이 목적이므로 어떤 공화주의적 주장이 제기되는지를 중심으로 살펴보고자 한다.

『실낙원』에 반영된 밀턴의 공화주의를 논함에 있어서 가장 먼저 제기되는 문제는, 하나님을 절대적 군주로 삼는 이상화된 천상의 세계와 절대자일 수 없

480) Barbara Lewalski, *The Life of John Milton: A Critical Biography* (Oxford & Malden, MA: Blackwell, 2000), 444, 460. 『실낙원』과 루칸의 『파살리아』(*Pharsalia*)의 비교연구는 David Norbrook, *Writing the English Republic* (Cambridge: Cambridge UP, 1999), Ch. 10을 참고할 것.

481) Martin Dzelzainis, "The Politics of Paradise Lost," *The Oxford of Handbook of Milton*, eds. Nicholas McDowell and Nigel Smith (Oxford: Oxford UP, 2009), 548-49.

는 인간을 절대적 군주로 삼는 지상의 왕국 사이의 관계, 그리고 천상의 절대자에게 공화주의적 담론으로 대적하는 사탄(Satan)의 입장과 지상의 절대 군주에게 대적하는 시인의 공화주의 사이의 관계를 어떻게 해석하느냐 하는 문제이다. 천상의 세계와 지옥, 지상낙원의 관계를 잉글랜드 당시의 아메리카 신대륙 등 식민지와의 관계에서 연구한 연구도 있다. 마틴 에번스(J. Martin Evans)는 밀턴이 잉글랜드의 식민 지배를 지지했는지 은밀하게 그것을 무너뜨리려 했는지가 중심적인 문제점이라고 주장하며, 영국 사회가 견지한 태도의 복잡성과 모호성을 반영하고 있다고 주장한다.[482] 이러한 관계들이 시인의 태도를 애매하게 보이도록 하는 요인이 되기도 하지만, 독자의 정치적 입장에 따라서 해석을 달리할 수 있게 하는 실마리가 되기도 한다. 월터 림(Walter S. H. Lim)은 밀턴의 정치적, 종교적 사상은 기독교적 제국주의라고 할 수 있는 윤리가 있다고 주장한다. 하나님이라는 하나의 진정한 신과, 하나의 진정한 그리스도를 통해서만 얻어지는 구원만을 인정하는 배타적인 교리에서 예상되는 윤리라는 것이다.[483] 그러나 절대자인 창조주 유일신을 믿는 유대 기독교(Judo-Christian) 교리에서 이러한 배타성은 당연한 귀결이 아닐까 한다. 진리 자체도 절대 진리라면 상대적으로 변화하는 진리가 아닌 것은 당연하다. 상황에 따라 선악이 뒤바뀌는 상대적인 세상의 기준으로는 어쩌면 선악 자체의 기준마저 존재할 수 없을지도 모른다. 나아가 타락 이후의 세계는 선악이 공존하는 세상이며, 자연적인 악이 존재하는지도 모른다.

하여튼, 밀턴은 영국혁명의 소용돌이 속에서 이런 가치관의 혼란은 다양한 정치적 반응들로 나타났으며, 그는 공화주의적 혹은 왕권주의적 반역 또는 장

482) Cf. J. Martin Evans, *Milton's Imperial Epic:* Paradise Lost *and the Discourse of Colonialism* (Ithaca and London: Cornell UP, 1996).

483) Walter S. H. Lim, *The Arts of Empire: The Poetics of Colonialism from Ralegh to Milton* (Newark: U of Delaware P, 1998), 195.

로파의 반역이나 아일랜드의 반역 등을 경험하였고, 그것들에 대하여 글을 써왔으므로, 이러한 관계는 상당히 복잡하게 작용한다. 데이비드 로웬스타인(David Loewenstein)이 사탄과 그의 반역을 어느 특정한 인물과 관련지을 필요가 없다고 주장하는 것도 이 때문이다.[484] 이러한 복잡한 상관성은 이 시에서 사용된 정치적 이미지마저 그 용도를 흐리게 하여, 이 시에 끼친 당시의 정치적 영향을 깊게 통찰하고 있는 로버트 토머스 팰런(Robert Thomas Fallon)마저도 이 시의 목적을 "파당적 이념들이 아니라 보편적 영적 가치들"을 추구하는 것이라고 단정하게 하였으며,[485] 블레어 워든(Blair Wordon)은 사탄의 공화주의 수사법은 시인이 정치로부터 신앙으로 후퇴하는 것을 나타내는 것이라고 보게 하였다.[486] 그러나 산문에서처럼 구체적이고 분명하게 군주제를 비난하고 공화주의를 제창하며 공화정의 실질적 조직을 제안하지는 못하지만, 엄연히 공화주의에 대한 지지와 비판이 반영되어 있음은 부인할 수 없다. 다만 이 시에서 이러한 정치적 관점들이 비유를 통해 나타나기 때문에 무엇이 무엇을 어떻게

484) David Loewenstein, *Representing Revolution in Milton and His Contemporaries: Religion, Politics, and Polemics in Radical Puritanism*. Cambridge: Cambridge UP, 2001), 203.

485) Robert Thomas Fallon, *Divided Empire: Milton's Political Imagery* (1995), ix. 팰런은 이 책에서 이제까지의 연구 경향에서 예상된 것과 달리 밀턴의 정치적 경험이 그의 상상력에 끼친 영향을 인정하면서도 정치성을 배제하고 있다. 앞서 선보인 팰런의 『대위냐 대령이냐: 밀턴의 삶과 예술에 나타난 군인』(*Captain or Colonel: The Soldier in Milton's Life and Art*, 1984)은 밀턴의 삶과 문학에 끼친 영국 내란의 영향을 다루었으며, 『정부에서 일한 밀턴』(*Milton in Government*, 1993)은 크롬웰 공화정에서 외국어 담당 비서관으로 일한 밀턴의 경험이 그의 작품세계에 상당한 영향을 끼쳤으리라는 가정 아래 그가 당시의 국제적인 사건들을 얼마나 알고 있었는지를 그가 작성한 공문들을 추적하여 분석하고 있다. 팰런의 기존 연구 경향을 고려하면 의외의 관점으로 생각되기도 하지만, 이 책은 시인의 정치적 경험이 그의 시적 상상력에 중대한 영향을 끼쳤음을 인정하면서도 이 시에 나타난 선악의 우주적 대결 구도에 초점을 두고 있다. 후기 대작들의 목적은 정치 자체에 관심을 둔 것이 아니라 정치적 이미저리를 통해 영원한 진리를 표현하는 것이라고 주장한다.

486) Cf. Blair Worden, "Milton's Republicanism and the Tyranny of Heaven," *Machiavelli and Republicanism*, eds. Gosela Bock, et al. (Cambridge, 1990), 225-41.

비유하고 있는지가 논란거리이며 시적 분석의 대상이 된다고 할 수 있다. 따라서 이 논문은 『실낙원』에서 밀턴의 정치적 사상의 핵심을 이루는 공화주의가 다른 주제들과 어떻게 결부되어 있으며 어떻게 시적으로 승화되어 있는지를 다룰 것이다. 이를 위해 천상의 군주와 지상의 군주 사이의 관계, 사탄(Satan)의 공화주의적 언어와 시인의 공화주의적 태도 사이의 관계, 그리고 타락을 전후한 인간 사회의 정치적 변화를 공화주의적 관점에서 살펴보고자 한다.

1649년 1월 30일 찰스 1세가 처형되자 군주제와 귀족원(House of Lords)이 철폐되고 **평민원**(House of Commons)만으로 통치되는 **자유공화국**(Commonwealth and Free State)이 선포되었다.[487] 그러나 공화주의는 당시 처음부터 계획적으로 준비된 개념이 아니라 내란의 산물이었기 때문에 생소하였다.[488] 그러나 혁명을 주도한 자들의 신념이 없었던 것은 아니며 그들은 하나님의 명분을 위해 싸운다고 생각하였다. 의회의 명분이 바로 하나님의 명분이라는 크롬웰의 사상은 영국혁명을 주도한 원동력이 되었다.[489] 혁명 세력은 교회와 국가의 구질서를 무너뜨리고 왕과 주교들의 재산을 환수하여 자신들의 세력을 키워나갔으며, 신**형군**(New Model Army)을 활용하여 아일랜드와 스코틀랜드를 잉글랜드와 통합하였다. 이처럼 영국 공화주의는 독자적 개념이라기보다 군주제의 철폐와 맞물려 있는 개념이었다. 공화주의란 공화국의 이념을 말하는바, 공화국의 사전적 정의는 "최고 권력의 선거권이 국민에게 있고 국민에 의하여 선출된 대표자들에 의하여 그 권력이 행사되는 국가" 혹은 "정부의 우두머리가 군주 혹은 다른

---

487) Martin Dzelzainis, "Milton's Classical Republicanism," *Milton and Republicanism*, ed David Armitagem, 15.

488) 이러한 관점에 대해서는 Thomas N. Corns, "Milton and the Characteristics of a Free Commonwealth," *Milton and Republicanism*, ed. David Armitage (1995), 25-42를, 상반된 관점에 대해서는 David Norbrook, "Rhetoric, Ideology and the Elizabethan World Picture," *Renaissance and Rhetoric*, ed. Peter Mack (1994), 140-64를 참고할 것.

489) Christopher Hill, *The Experience of Defeat: Milton and Some Contemporaries* (New York: Elizabeth Sifton, 1984), 184-85.

세습적 국가수반이 아닌 국가"이다.[490] 밀턴의 정의도 군주제와 상반된 개념이었다. 밀턴의 공화주의 개념의 핵심은 공화국(Commonwealth)의 개념에서 찾을 수 있는데, 그는 『우상파괴자』(*Eikonoklastes*, 1649)에서 공화국을 다음과 같이 정의한다.

> 모든 공화국은 일반적으로 독자적으로 충분하고, 모든 면에서 복지와 편리한 삶을 가져오는 사회라고 정의된다. 그 사회가 그 필요한 것 중 어떤 것도 한 개인의 은전이나 호의 혹은 그의 사적인 이유나 양심의 허락 없이는 가질 수 없다면, 그것은 독자적으로 충분하다거나, 따라서 공화국이라거나 혹은 자유롭다고 생각할 수 없다. (*CPW* 2: 458)

오늘날 영국을 포함한 **영연방 국가**(British Commonwealth of Nations)처럼 군주제를 그대로 유지하면서 사용하는 "Commonwealth"라는 명칭은 공화국이 아니라 연방국의 의미이고, 북한(조선민주주의인민공화국; Democratic People's Republic of Korea)처럼 세습적 독재 권력을 유지하면서 공화국을 자칭하는 경우는 당연히 공화국이라고 할 수조차 없다.[491] 밀턴이 산문 논쟁을 통해 지지하였을 뿐 아니라 **외국어 담당 서기관**(Secretary of Foreign Tongues)의 임무를 맡았던 **영국 공화국**(Commonwealth of England)은 1649-1660년 사이에 존속되었던 영국 역사상 유일한 공화국으로서 오늘날의 공화국(Republic) 개념과 일치한다. 밀턴은 단순한 **외국어 담당 서기관**으로서 단순히 번역자의 역할에 안주하지 않

490) *Random House Webster's Unabridged Dictionary* (Random House, Inc., 1999), "republic" 항목 참조.

491) "Commonwealth"란 국민, 공화국, 연방 등 여러 가지 의미가 있지만, 일차적 의미는 "독립적이거나 준독립적이며 정부 권력이 국민에게서 나오는 정치조직 사회에 속하는 사람들의 집합체를 뜻한다. 미국의 켄터키(Kentucky), 매사추세츠(Massachusetts) 등 주의 이름을 공식적으로 "Commonwealth"로 부르는 경우도 이러한 의미에서 유래한다("Commonwealth," Microsoft® Encarta® Encyclopedia 2001).

고 적극적으로 새로운 공화국을 홍보하였고, 정부의 정책에 상당히 깊이 관여하기도 하였다.[492] 따라서, 밀턴의 생애나 문학과 관련하여 볼 때, 공화주의란 군주제와 상반된 개념이라고 할 수 있으며, 그의 공화주의 이념은 군주제에 관한 그의 입장 혹은 그 입장의 변천 과정과 긴밀히 관련된 것이다.

공화주의 개념에 근거하여 볼 때, 공화주의의 신봉자인 밀턴은 『실낙원』에서 천상의 군주가 지배하는 우주적 공간과 역사를 묘사하면서 복잡한 딜레마에 빠지게 된다. 밀턴 자신이 왕권에 반대해온 혁명가로서 절대 주권자인 하나님을 옹호해야 하고 그 절대권력에 도전하면서 공화주의자로 자처하는 사탄을 풍자해야 하기 때문이다. 『실낙원』은 하나님이 우주의 절대군주로서 등장한다는 점만으로도 공화주의적 시가 아닌 것처럼 보일 수도 있다. 이와 같은 문제들이 관점에 따라서 이 시의 주제를 정반대의 관점에서 해석하게 하는 요인으로 작용한다. 이 시에 나타나는 밀턴의 공화주의가 산문의 경우보다 훨씬 복잡하게 나타나고 있는 이유도 이러한 복잡성에서 유래한다.

여기서 이 시의 우주적 차원이 정치성과 어떤 연관성을 지니고 있는지를 생각해 볼 필요가 있다. 시의 우주적 차원은 정치성을 완전히 초월하는 것을 뜻하는 것이 아니다. 현실 세계를 직접 주제의 대상으로 삼고 있지는 않더라도 우주적 세계의 일부로서 그것을 포괄하고 있으며 당대 현실에 대한 더 큰 빛을 조명하고 있기 때문이다. 산문에 나타난 밀턴의 공화주의는 현실정치에 국한되어 있으므로 그 주장이 분명한 편이지만, 초월적 비전을 담고 있는 『실낙원』에서는 아이로니컬하게도 이 시의 초월성 때문에 그 정치성이 도리어 복잡해진다. 세속적 정치의 영역을 초월하여 하나님의 섭리와 우주적 인간 역사를 다루기 때문에 정치와 무관하거나 단순하게 묘사될 것으로 여겨지지만, 사실은 그와 정반대이다. 이 시의 초월성이 하나님의 우주적 질서와 인간 세계의 정치적

492) Cf. Fallon, R. T. *Milton in Government* (University Park: Pennsylvania State UP, 1993).

질서 사이의 단순 비교를 불가능하게 하면서도, 현실 세계에 대한 비판은 배제하지 않기 때문이다. 그럼에도 불구하고, 밀턴 비평사를 통해 적잖은 비평가들이 두 질서 사이의 단순 비교에 천착하여 시인의 의도와는 상반된 해석을 해왔다. 이 시에서 밀턴이 왕정을 옹호한다고 보거나 사탄을 동정한다고 보는 왜곡된 견해는 이러한 단순 비교의 필연적 결과라고 여겨진다.

우리가 이 시의 우주적 차원과 초월적 비전을 인정한다면, 적어도 하나님의 우주적 세계와 인간 세계를 단순 비교하는 데서 오는 오류는 피해야 할 것이다. 하나님은 우주 만물의 창조주이자 우주의 절대군주로 묘사되지만, 세상의 절대군주는 도리어 인간 타락의 결과로서 묘사될 뿐이다. 『실낙원』의 세계관은 우주 가운데 절대자는 오직 창조주 하나님밖에 없다는 유일신 사상에 근거하고 있으므로, 다른 어떤 존재도 그와 비교되는 절대권이 주어지지 않는다. 타락 이후 아담의 태도가 영국 공화정 실패 이후 밀턴의 태도와 비교될 수 있고, 아담이 순종이 최고라고 선언하지만, 아담은 "이제 알았도다. 순종하는 것이 최선이며, / 유일한 하나님을 경외심으로 사랑하며, / 그의 임재 안에서 하듯 살아가며, / 항상 그의 섭리를 주목하고, / 그에게만 순전히 의지하는 것이 최선이라는 것을"(to obey is best, / And love with fear the only God, to walk / As in his presence, ever to observe / His providence, and on him sole depend; 12.561-64)라며 하나님에게만 순종을 다짐하며, 세상 권력에 대한 다짐이 아니다. 물론 아담이 살았던 세상은 그를 지배할 세상 권력이 있었던 건 아니지만, 여기서 유일한 하나님에게 순종하고 그에게만 의존하는 것을 다짐한다. 두려움으로 사랑하고 오직 하나님에게만이라는 단서를 붙인다. 이런 관점에서 데이비드 퀸트(David Quint)는 이 시의 마지막에 나타나는 밀턴의 내면적 선회가 시 자체로 회기한다고 보지 않고, 밀턴의 대작들은 그의 정치적, 종교적 논쟁을 계속 반향하고 있다고 본다.[493]

---

493) David Quint, *Epic and Empire: Politics and Generic form from Virgil to Milton*. (Princeton:

다른 관점에서 보면, 절대자인 하나님에게만 복종해야 한다는 아담의 발언은 세상의 군주에게는 대등한 인간 위에 군림할 권한이 인정되지 않는다는 것을 뜻한다. "선의 어버이"(Parent of good; 5.153)로 묘사되는 하나님(God)은 그 선의 유지를 위해 우주의 절대적 군주로 군림하지만, 피조물이자 상대적 존재인 천사나 인간은 그 누구도 인간 위에 군림하는 절대자가 될 수 없다. 하나님이 "독생자"(My onely Son)의 "대리통치"(Vice-gerent Reign)를 선언하자(5.600-15), 사탄은 "하나님과 온전히 대등함을 가장하고"(Affecting all equality with God; 5.763), 메시아가 선포된 산을 모방하여 "회중의 산"(The Mountain of the Congregation; 766)이라 부르고, 성자의 리셉션을 상의한다는 구실로 그의 종자들을 모아 반역을 선동한다. "힘과 광채는 덜해도 자유로움은 대등하여 / 정당하게 그와 대등한 권한을 지니고 사는 자들 위에 / 도대체 누가 군주의 권력을 차지한단 말인가?"(Who can in reason then or right assume / Monarchie over such as live by right / His equals, if in power and splendor less, / In freedom equall?; 5.794-7)라고 말이다. 그러나 압디엘(Abdiel)은 사탄의 대등성 주장이 부당함을 다음과 같이 지적한다.

> 그대가 하나님에게 법을 부여하려는가? 그대가,
> 지금의 모습으로 그대를 만드셨으며, 하늘의 권세들을
> 자기 뜻대로 조성하시고, 그들의 존재를 한정하신
> 그분과 자유의 문제를 논쟁하려는가?
> . . . .
> 그러나 대등한 자들 위에 대등한 군주가 군림한다고
> 그대에게 시인하는 것은 부당하도다.
> 비록 그대가 그대 자신을 위대하고 영광스럽다고 생각해도,
> 혹은 모든 천사의 성품이 하나에게 결집 되었다고 해도,

Princeton UP, 1993), 269.

전능한 아버지가 그의 말씀으로 하신 것처럼 그를 통해
만물과 그대조차 지으시고, 또한 모든 하늘의 영혼들을
그들의 빛나는 계급대로 창조하셨으니
그분 성자와 대등하다는 주장은 부당하도다.

Shalt thou give Law to God, shalt thou dispute
With him the points of libertie, who made
Thee what thou art, and formd the Pow'rs of Heav'n
Such as he pleasd, and circumscrib'd thir being?
. . . .
But to grant it thee unjust,
That equal over equals Monarch Reigne:
Thyself though great and glorious dost thou count,
Or all Angelic Nature joind in one,
Equal to him begotten Son, by whom
As by his Word the mighty Father made
All things, ev'n thee, and all thee Spirits of Heav'n
By him created in thir bright degrees. (5.822-25; 831-38)

압디엘의 요지는 창조주의 권한은 불가침의 영역임을 강조한다. 하나님의 독자인 성자와 스스로 대등하다는 사탄도 피조물일 뿐이며 창조주와 피조물은 근본적으로 대등할 수 없다는 것이다. 사탄은 "그의 왕좌"(his Royal seat; 5.756)에 오르며 하나님과 대등함을 주장하지만, 성자와도 대등한 관계는 아니다. 여기서 시인은 창조주와 피조물은 근본적으로 대등한 관계가 아님을 강조함으로써 창조주의 절대적 권한을 모방하는 사탄처럼 절대자로 군림하려는 세상의 군주들에 대한 부당성을 암시하고 있다. 그러므로 이 시에서 하나님이 우주의 절대군주로서 정당화되고 찬양된다는 점을 근거로 밀턴이 군주제를 지지한다거나 왕정복고 후 등장한 찰스 2세를 추인한다는 주장은 왕정주의자들의 착각

일 뿐이다. 군주제 지지자들은 밀턴을 용서하더라도 크롬웰을 공화주의자 사탄과 관련짓고 국왕을 하나님처럼 신격화하고 싶었을 것이다.

『실낙원』에서 철저한 공화주의자인 밀턴도 그의 공화주의 사상을 천상의 세계에 적용할 수는 없었다. 창조주를 영원한 절대군주로 하는 천상의 세계를, 피조물인 인간이 최고의 권한을 가진다거나 창조주를 선출하는 공화국으로 묘사하는 것은 근본적으로 불가능한 것이기 때문이다. 한 마디로 하나님의 세계는 공화국일 수가 없으며, 하나님은 우주의 창조자로서 만물에 질서를 부여하는 존재로서 절대적 군주일 수밖에 없다. 반면, 왕권주의자의 입장에서는, 하나님이 우주의 절대적 군주로 묘사되고 사탄이 공화주의적 언어로 대적하고 있다는 사실만으로 시인이 군주제를 지지한다고 해석하고 싶었을 것이다. 그 성격상 천상의 세계는 전원적 평화로움과 함께 궁정의 화려함이 공존하고, 전원적 활동이나 양식 못잖게 영웅적인 면모를 보여주며, 사랑이 있고 전쟁이 있으며 축제가 있고 정치적 논쟁이 있는 곳이다. 다시 말하면, 하나님의 절대성을 제외하면 지상 세계의 다양한 면모들을 보여주고 있으므로, 왕권신수설을 옹호하는 자들은 천상의 절대군주와 지상의 군주들 사이의 공통점을 찾으려 했다. 이 때문에 밀턴의 공화주의 사상을 누구보다 깊이 있게 연구해온 데이비드 노브룩(David Norbrook)조차 밀턴이 천상 세계를 절대군주의 세계로 묘사한 것을 당혹스럽게 생각하였고, 천상과 지상의 왕권 사이의 유사성이 여전히 남아 있다고 생각하였다.[494)]

그러나 천상과 지상의 왕권 사이의 이 같은 외견상의 유사성은 독자들의 분별력을 촉구하는 시적 전략의 일부분으로서, 천상과 지상의 왕권 사이의 근본적인 상이성을 반증하기 위한 전략에서 나온 것이다. 다시 말하면, 절대적 왕권을 하나님에게만 속한 것으로 묘사함으로써 절대적 권력을 추구하는 지상

---

494) David Norbrook, *Writing the English Republic: Poetry, Rhetoric and Politics 1627-1660* (Cambridge: Cambridge UP, 1999), 467-80.

군주의 행위를 도리어 하나님에게 대적하여 그 절대성을 도용하는 반역행위로 치부하게 하는 것이다. 사탄은 지상의 공화주의적 담론에 근거하여 천상의 절대자에게 도전하려 하지만, 인간과 같은 피조물인 지상의 군주들은 반공화주의 담론에 근거하여 창조주로서의 하나님이나 그의 창조행위의 대행자인 성자와 대등해지려는 것이다. 바로 이점이 사탄의 공화주의 담론의 허구성을 드러내는 부분이다. 천상의 절대군주와 그의 절대권력을 모방하려는 지상의 군주들 사이의 유사성을 주장하는 왕권주의자들의 오류는 사탄이 자신의 무리를 선동하기 위해 도용하는 공화주의적 담론의 허구성과 맞물려 있다. 그러므로 『실낙원』에서 애매하게 그 모습을 감추고 있는 밀턴의 공화주의를 좀 더 명확하게 파악하기 위하여 사탄의 공화주의적 담론과 행태를 좀 더 세밀하게 살펴볼 필요가 있다.

『실낙원』이 쓰인 연대는 사탄의 공화주의적 언어를 해석하는 데 중요한 실마리가 될 수 있다. 1665년 밀턴은 서사시의 초고를 친구 토머스 엘우드(Thomas Ellwood)에게 선보였고, 18개월 후 인쇄소에 넘겼다고 한다. 그는 「방학 중의 습작」("Vacation Excercise") 이후 계속 서사시를 쓰려는 야망을 품어왔으며, 인간의 타락에 대하여 처음으로 드라마를 구상한 것은 1640년대 초로서 아서왕(King Arthur)에 대한 서사시 계획을 포기하고 있었던 시기였다고 추측된다. 드라마에서 서사시로 장르를 바꾸기로 작정하고 서사시의 주제로서 위대한 국가의 건설이 아니라 인간 타락의 주제를 선택한 것이 언제인지는 알 길이 없지만, 밀턴의 조카 에드워드 필립스(Edward Philips)는 "이 시가 쓰이기 시작한 것보다 몇 년 전," 즉 1650년대 초에, 그리고 『실낙원』에서 태양을 향한 사탄의 독백 처음 부분으로 사용된, 십 행 가량의 시구절을 보았다고 전한다.[495] 그리고 서사시 대부분을 대필해준 것으로 전해지는 존 오브리(John Aubrey)가

495) Helen Darbishire, ed., *The Early Lives of Milton* (London: Constabel & Co., 1932), 72.

필립스로부터 듣게 된 내용에 따르면, 밀턴은 **왕정복고** 2년 전에 이 서사시를 착수하여 **왕정복고** 3년 정도 지나서 마쳤다고 한다.[496] 또한 밀턴의 친구 시리액 스키너(Cyriack Skinner)에 의하면, 그가 시력을 잃기 시작한 후 아직 정부 관리로 재직하고 있을 때, 『기독교 교리론』(*Christian Doctrine*)과 라틴어 사전과 더불어 『실낙원』을 쓰기 시작했다고 한다. 이 같은 증언들로 미루어 보면, 이 서사시는 1650년대 중반에서 후반 사이에 쓰이기 시작하였다고 볼 수 있으며, 밀턴의 전기작가들 대부분이 1658년으로 추정한다.[497] 무엇보다 밀턴 자신이 이 서사시에 대해 "오래 걸려 선택하고 뒤늦게 시작한"(long choosing, and beginning late; 9.26) 것으로 언급하고 있는 것으로 미루어 보면, 분명히 **왕정복고** 이후에 쓰기 시작한 것으로 볼 수는 없다. 노브룩은 지적하기를, 이 시를 **왕정복고** 이후 쓰인 실망의 문서로 읽는 것은 이러한 증거에 반하는 것이라면서, 이 시의 무게 중심은 혁명기에 속한다고 주장한다.[498] 1950년대에 밀턴이 인간 타락의 주제로 관심을 기울이게 되었다면, 이는 그가 공화주의 실험의 불확실성을 인식하고 그것의 실패에 대비하여, "상상적인 보험 수단"을 채택하였기 때문이라고 노브룩은 첨언하기도 한다.[499]

역사적 맥락에서 보면, 『실낙원』 1-2권에 나오는 사탄 무리의 복마전(Pandemonium) 전략회의는 1660년 왕정복고 이전에 쓰였을 것으로 추정되며, 복마전 회의는 군주에 도전하려는 공화주의자들의 회의라기보다 도리어 공화정에 도전하려는 왕정주의자들의 전략회의로 볼 수 있을 것이다. 적어도 이 기

---

496) Darbishire, ed. *The Early Lives*, 13.

497) Masson, *The Life of John Milton*, 7 vols. rept. (1881; New York, 1946), 5: 405-8; William Riley Parker, *Milton: A Biography*, 2nd ed., 2 vols., ed. Gordon Campbell (Oxford, 1996), 1: 509.

498) David Norbrook, *Writing the English Republic: Poetry, Rhetoric and Politics 1627-1660*. Cambridge: Cambridge UP, 1999), 434.

499) Norbrook, *Writing*, 436.

간의 반역은 군주에 대한 것이라기보다 공화국을 전복하려는 왕정주의자들의 도전이었을 것이기 때문이다. 사탄에게 공화주의적 언어를 제공한 것은 한 편으로 크롬웰 공화정에 대한 불만의 표출구를 제공한 것이기도 하지만, 거짓 공화주의적 담론을 사용하는 왕권주의자들의 도전이라고 볼 수도 있다. 사탄이 천상의 절대군주에게 도전한다는 점과 그가 공화주의적 담론을 내세우고 있다는 이유를 들어 그를 찰스의 왕권에 도전하는 혁명 당시의 공화주의 지도자와 일치시키는 것은, 이 서사시가 왕정복고 이후 출판되었다는 사실에 너무 집착하기 때문이다. 이 시의 초고, 특히 전반부 대부분이 왕정복고 이전에 쓰였다고 추정되는바, 일단 당시의 현실적 역사를 이 시에 대입하여 읽고자 한다면, 공화정에 도전하는 왕권주의자들이 천상의 반역 세력과 일치한다고 볼 수 있다. 도전 세력이란 권력을 잡은 자가 누구이며 누구의 관점에서 보느냐에 따라 달라지게 마련이다. 앞서 지적하였듯이, 이 시를 읽을 때 천상의 군주와 지상의 군주를 단순히 비교하여 읽어서는 안 된다. 사탄은 도전자로서 공화주의적 담론을 사용하지만, 동시에 자신이 타락한 천사들의 왕임을 자처한다. 성자(the Son)가 천상의 왕권을 물려받았다면, 사탄은 지옥의 왕권을 획득한 것이다. 성자가 천상의 삼위일체 중 한 위를 차지한다면, 사탄도 죄(Sin)와 사망(Death)과 더불어 지옥의 삼위를 구성한다.[500] 사탄은 터키의 독재 권력과 연관된 아시아의 폭군이기도 하다.

사탄의 공화주의적 담론을 자세히 분석해 보면, 그것이 그의 행동과 일치되지 않기 때문에 폭군의 자기합리화 담론임이 드러난다. 그의 평등주의적 담론도 따지고 보면 그 자신의 절대적 왕권을 강화하기 위한 수사적 전략에 불과하다. 그는 자신의 권력을 옹호하기 위해 자신이 "천국의 법"(Laws of Heav'n)과 자신의 추종자들의 자유로운 선택에 따라 그들의 지도자로 선정되었다고 다음

500) Hill. *Milton and the English Revolution*. 366.

과 같이 주장한다.

> 비록 무엇보다 정의와 하늘의 정해진 법칙이
> 나를 그대들의 지도자로 만들었고, 그다음 자유 선택이
> 회의나 전투에서 공훈으로 성취한 것과 더불어
> 그렇게 했던 것이나, 이런 손실이 있었고
> 적어도 이 정도로 회복되어
> 만장일치로 승인되어 안전하고
> 시샘 없는 왕좌에 올랐으니 훨씬 많은 것을
> 성취해 놓았음이라.

> Mee though just right and the fixt Laws of Heav'n
> Did first create your Leader, next free choice,
> With what besides, in Counsel or in Fight,
> Hath been achievd of merit, yet this loss
> Thus farr at least recover'd, hath much more
> Establisht in a safe unenvied Throne
> Yielded with full consent. (2.18-24)

과연 사탄의 주장대로 그의 지위가 "안전하고 시샘 없는 왕좌"라면, 그가 구태여 자신의 지위를 옹호하려고 하지 않을 것이다. 그는 자신의 지위를 옹호하기 위해 "천국의 법"을 언급함으로써 도리어 자신이 하나님의 피조물임을 인정한 셈이다. 그는 "하나님"이라는 단어 대신 대문자로 시작하는 "천국"(Heav'n)이라는 단어를 선택하고 있는데, 이 두 단어는 동의어라고 봐야 하므로 자신의 권좌를 옹호하기 위해 이제까지 부정해온 자신과 하나님과의 관계, 즉 창조주와 피조물의 관계를 인정한 것이다. 타락 이전 천상에서 그 후엔 회의나 전투를 통해 자신의 자질을 인정받았으며 모두가 동의하여 오른 왕좌라면서도, 그는 계속하여 천국에는 없고 지옥에서만 성취될 수 있는 평등주의를 강조한다.

무언가 얻으려고 투쟁할 선한 대상이 없으니 지옥에서는 당파적 투쟁이 있을 수 없다는 것이다.

그런고로 이익이 될 만한
투쟁거리가 없는 곳에 당쟁으로 인한
다툼이 생겨날 리 만무하도다. 지옥에서는 아무도
우위를 주장하지 않을 것이며, 자신의 몫이라곤
현재의 고통에 비해 그토록 적은 것인데 야심을 품고
더 많은 것을 탐할 자 없으리라.

where there is then no good
For which to strive, no strife can grow up there
From Faction; for none sure will claim in Hell
Precedence, none, whose portion is so small
Of present pain, that with ambitious mind
Will covet more. (2.30-35)

"당쟁으로 인한 다툼이 생겨날 리 만무하도다"라는 말이 지상의 권력에 적용될 경우, 전제 군주국에나 있을 수 있는 현상이고, 아무도 우위를 다투지 않을 것이라는 사탄의 주장은 자신의 우위를 확고히 하려는 교묘한 논리에 불과하다. 그의 논리는 흔히 독재자들이 쓰는 논리를 대변하고 있다. 자신을 대신할 사람이 없고 국민이 자신의 계속적 집권을 원하기 때문에 오직 국민을 위해서 마지못해 권좌에 머물러 있어야 한다는 독재자의 흔한 논리이다. 세상의 독재자치고 자신의 이익을 위해 국민을 착취하려고 독재를 한다는 독재자가 있는가? 사탄은 자신의 교만과 야망으로 말미암아 천상에서 전쟁을 일으켰으며 지옥에서 타락하였으나, 자신이 그랬던 것처럼 "야심에 찬 마음"으로 누군가가 도전을 할까 두려워서 사전에 이를 차단하려고 한다. 나중에 시의 화자가 사탄이 "모든 대답을 차단하였고"(prevented all reply; 2.467), 또한 그의 추종자들이 "그 모험 못잖게 그의 금지하는 음성이 두려워 / 그들은 즉시 그와 함께 일어섰다"(Dreaded not more th' adventure than his voice / Forbidding; and at once with him they rose; 2.474-75)고 밝힐 때, 독자는 독재자 사탄의 진면목을 보게 된다. 더구나 지옥의 평등주의에 대한 사탄의 주장이 끝나자마자, 그의 추종자들은 "그를 향해 그들은 엎드려 / 경외를 표하고 하나님을 대하듯 천상의 지존자와 대등하게 그를 찬양한다"(Towards him they bend / With awful reverence prone; and as a God / Extol him equal to the highest in Heav'n; 2.477-79). 반역을 선동하기 위해서는 자유를 주장하였으나, 자신의 권좌를 확고히 하기 위해서는 지옥의 평등주의를 주장하고, 실제에 있어서는 추종자들의 외형적 굴종을 강요한다. 이러한 사탄의 폭군 이미지를 스티비 데이비스(Stevie Davies)는 동양적 폭군이나 로마 황제와 같은 역사적 폭군의 원형들과 관련지어 해부하고 있다.[501] 지옥에서는 "야심을 품고" 윗자리를 노리지 않는다고 주장하지만, 사탄은 "지옥에서일지언정 군림하는 것은 노려볼 만한 것. / 천국에서 봉사하느니 지옥에서 군림하는 편이 낫도다."(To reign is worth ambition though in Hell: / Better to reign in Hell, then serve in Heav'n; 1.262-63)라며 자신의 참모들에게는 본심을 드러내기도 한다.

사탄은 복마전에서 대표자 회의를 주재하여 대의를 수렴하고 평등주의를 주장하는 등 공화주의자를 자처하지만, 그는 야망에 찬 교만으로 인해 창조주가 그에게 부여한 피조물의 신분을 거부하고 그에게 도전하여 타락하였다. 지옥의 문을 나서던 그는 자기 아들인 죽음(Death)으로부터 천상의 주권을 놓고 절대자에게 도전했던 "그 반역 천사"(that Traitor Angel; 2.689)냐는 질문을 받는

501) Stevie Davies, *Images of Kingship in* Paradise Lost, Chaps. 1-3을 참조할 것. 데이비스의 분석에 의하면, 『실낙원』에 나타난 하나님과 그리스도의 왕권의 이미지는 봉건적 왕권의 개념에 근거하고 있다.

다. 하나님의 권위에 대한 거부가 사탄의 타락의 주된 요인이었다면, 사탄은 창조자와 피조물의 관계를 부정하고 창조자의 자리에 오르려 한 반역자이며 자신의 실존적 위치를 모른 채 권력지상주의에 빠진 폭군과 비교된다. 그는 공화주의자를 자처하지만, 사실은 타락의 비참함을 알면서 인간을 타락시켜 자신의 처지처럼 만들고 세상을 악의 왕국으로 만들고자 하는 왕권주의자에 불과하다. 따라서 이 시에서 밀턴이 공화주의 자체에 반대하고 왕정주의를 지지하는 쪽으로 돌아섰다고 보는 것은 본말을 전도한 해석일 뿐이다.

천상의 절대군주인 하나님에게서 지상 군주의 이미지를 찾으려는 왕정주의자들의 왜곡된 해석과 대조적으로, 공화주의적 자유를 갈망하는 낭만주의 시대의 시인이나 비평가들은 이 시에서 자신들의 혁명적 이념과 일치하는 저항적 인물을 찾으려는 나머지 사탄의 영웅적 기질에 매료되어 그를 이 시의 주인공으로 생각하였다. 그들은 사탄을 이 시의 주인공으로 간주함으로써 그에게서 절대 군주에게 저항해온 시인의 공화주의 정신을 찾았다. 시인의 종교적 신념을 무시하고 사탄의 공화주의적 담론의 허구를 외면한 채 단순히 시인이 정치적 혁명가라는 사실만을 강조한다면, 사탄과 시인 사이의 공감대가 충분히 호소력을 지닌다. 그러나 역사적 배경과 시인의 종교적, 정치적 성향을 고려하면, 윌리엄 블레이크(William Blake)의 주장과 달리, 밀턴이 "부지불식간에 사탄의 편"(the Devil's party without knowing it)[502]이 된 것은 아니다. 반대로 아주 의도적으로 공화주의적 논리를 사탄에게 제공하고 있을 뿐이다. 그런데 사탄의 공화주의적 담론에 집착한 낭만주의 시인과 비평가들은 시인이 왜 그러한 담론을 사탄에게 제공하였는지에 대하여 심각하게 고민하거나 분석하지 않고, 도리어 그의 담론을 액면 그대로 수용하여 그를 이상화해버린 것이다. 역사적 맥락에서 보면, 사탄은 공화주의자가 아니라 공화정에 대적하여 반역을 획책하는

502) William Blake, "The Marriage of Heaven and Hell," *The Norton Anthology of English Literature*, ed. M. H. Abrams, *et al.*, 5th ed. (New York: Norton, 1986), 62.

찰스 1세일 수도 있고, 당시 공화주의자를 자처하면서도 점차 절대군주처럼 군림하려는 크롬웰일 수도 있다. 『실낙원』이 쓰이기 시작한 1658년경 크롬웰 공화정은 그의 개인적 야심으로 인하여 그 순수성을 잃어버리고 마치 사탄의 공화주의적 구호처럼 퇴색해버리고 있었기 때문이다. 공화주의를 표방하면서도 그 본래의 취지를 상실한 크롬웰의 공화정은 사탄의 복마전 회의처럼 군주제의 모습을 보이고 있었다. 시인은 사탄에게 진정한 공화주의가 아닌 공화주의를 표방하는 수사법을 제공함으로써 크롬웰 공화정에 대한 불만을 표출하고 있다고 하겠다.

그러나 사탄의 공화주의적 담론과 제스처를 이유로 사탄파 비평가들은 사탄의 언어와 밀턴의 공화주의적 산문과의 유사점을 지적하였고, 우주적 군주에 대한 사탄의 반역을 동정하며 그를 영웅시하기까지 하였다. 우주적 군주의 횡포로부터 자유를 외치는 사탄의 저항은 19세기 혁명의 시대에 들어서면서 낭만주의 시인과 비평가들에게 호소력을 더해갔다. 새뮤얼 코울리지(Samuel T. Coleridge)는 사탄의 성격에서 "시적 승화의 극치"를 보았고,[503] 셸리(B. Shelley)는 사탄을 다음과 같이 묘사하기에 이른다.

> 『실낙원』에 표현된 바와 같은 사탄의 성격의 에너지와 장엄성을 능가할 수 있는 것은 없다. . . . . 도덕적 존재로서 밀턴의 악마는 그의 하나님보다 훨씬 우월한데, 이는 자신이 우수하다고 생각하는 어떤 목적을 놓고 역경과 고문에도 불구하고 인내하는 자가 승리가 분명히 보장된 냉엄한 현실 속에서 그의 원수에게 가장 무서운 보복을 가하는 자보다 우수한 것과 같다.[504]

사탄에 대한 이러한 관점은 틸야드(E. M. W. Tillyard), 월독(A. J. A. Waldock),

503) Samuel T. Coleridge, "Milton," *Milton Criticism*, ed. James Thorpe (London: Routledge & Kegan Paul, 1965), 95.

504) Percy B. Shelley, "A Defence of Poetry," *English Critical Texts*, ed. D. J. Enright and Ernest De Chickera (London: Oxford UP, 1971), 245-46.

윌리엄 엠슨(William Empson) 등에 의하여 공유되었다. 특히 엠슨은 『실낙원』의 초기 독자들은 사탄의 말이 어디까지 저자의 의도와 일치하는지 확신할 수 없었다고 주장한다.[505] 그러나 이러한 관점은 20세기 후반에는 거의 지지를 받지 못하였고, C. S. 루이스(C. S. Lewis), 루이스 마아츠(Lewis Martz), 스티비 데이비스(Stevie Davies), 조안 베넷(Joan S. Bennett) 등 많은 비평가에 의해 거부되었다. 이들의 주장에 따르면, 사탄의 공화주의는 외양에 불과하며 폭군의 야망을 감추고 있다는 것이다. 정치적 혁명가로서의 사탄을 동정한 비평가들이 사탄의 공화주의적 제스처를 액면대로 받아드리고 칭송하기까지 한 데 반하여, 이 시의 현실적 정치성보다 종교적 초월성을 강조한 비평가들도 있다.[506] 로버트 팰런의 경우, 『실낙원』에 나타난 정치적 이미저리를 인정하면서도 이것을 영적 진리를 표현하기 위한 것으로 보고 초월적인 영적 가치를 강조하기도 한다.[507] 그러나 영적 가치와 동시에 정치적 메시지를 내포하고 있는 것이 이 시의 양면성이기도 하다.

타락 이후의 선악이 공존하는 세상을 그리고 있는 밀턴은 사탄에게도 충분한 저항 논리를 제공함으로써 선악의 외적인 유사성을 강조하고 이를 통해 본질과 외양을 대비시켜 보여주고 있다. 그러나 이러한 시인의 의도가 사탄을 지지하기 때문은 결코 아니다. 도리어 사탄에게 공화주의자의 언어를 채용하게 함으로써 크롬웰 말기의 퇴색한 공화주의에 대해 비판적 안목을 제공하고 있다. 밀턴은 크롬웰 후기의 공화정에 대하여 상당히 실망했던 것이 사실이고 그

---

505) William. Empson, *Milton's God* (London: Chatto & Windus, 1961), 82.

506) 『실낙원』의 정치성을 부정하거나 거의 관심을 보이지 않는 대표적 비평가들로는 패트라이디즈(C.A. Patrides), 스탠리 피쉬(Stanley Fish), 윌러엄 케리건(William Kerrigan), 로버트 팰런(Robert Thomas Fallon), 윌리엄 콜브레너 (William Kolbrener) 등이 있으며, 이들은 제각기 다양한 관점에서 이 시의 목적이 현세적 정치문제보다 이를 초월한 영원한 영적 가치와 교훈에 있다고 주장한다.

507) 위의 각주 485를 참고할 것.

러한 실망이 사탄의 공화주의적 제스처에 어느 정도 반영되었다고 볼 수는 있다. 그러나 물론 그것이 공화주의 자체를 부정하거나 군주제를 지지하는 반증으로 볼 수는 없다. 크롬웰 공화정의 과오를 지적하는 것이 바로 군주제를 찬성한다고 볼 수는 없기 때문이다. 로웬스타인이 이 시의 신화적 인물들과 혁명기의 주요한 역사적 인물들 사이의 다양한 연관성을 지적하면서도 이들을 일률적으로 동일시하지 않는 이유도 이러한 맥락에서 이해될 수 있다.[508] 그에 의하면, 이 시는 "정치적 수사나 행동의 믿을 수 없는 애매성과 모호성을 어떻게 분간하는지를 보여줌으로써" 독자들에게 지속적인 도전을 제공한다는 것이다.[509] 스탠리 피쉬의 주장처럼, 독자가 사탄의 허구성을 뒤늦게 깨닫고 이에 동조했던 자신의 죄성을 깨닫는 것이 시인의 의도라면, 사탄의 허구적 담론의 진면목을 파악하는 것이 시인이 독자에게 부과하는 과제라고 하겠다.[510] 그러므로 비평가가 자신의 정치적 이념과 동일시되는 부분에 집착하여 특정 인물의 자기 정당화의 논리를 현실정치와 관련지어 전체 시가 전달하고자 하는 주제와 상반된 해석을 내린다면, 이는 분명히 잘못된 해석이다. 사탄의 공화주의적 태도는 지배를 위한 제스처일 뿐이며 시간이 지나면 그 속성을 드러내기 때문이다.

사탄의 공화주의적 언어는 크롬웰 말기의 공화정에 도전하는 왕권주의자들뿐만 아니라 크롬웰 공화정 자체를 비판하는 데 사용되고 있으므로, 사탄의 공화주의 주장은 그가 타락하면 할수록 퇴색하게 된다. 처음부터 사탄의 퇴색한 영광은 군주의 몰락을 예고하는 일식에 비유되며(1.598-99), 그는 점차 영웅적 위세와 공화주의적 담론을 잃어버린다. 우상을 숭배하거나 왕을 섬기는 생각

508) Cf. Loewenstein, *Representing Revolution in Milton and his Contemporaries*, 202-41.

509) Loewenstein, *Representing Revolution*, 203.

510) Cf. Stanley Fish, *Surprised by Sin: the Reader in* Paradise Lost. 2nd ed. with a new preface. (1967; Cambridge: Harvard UP, 1998).

자체를 비웃는 프로테스탄트 혁명가의 언어와 제스처를 채택하면서도, 사탄은 "하나님인 양 한가운데 높이 올라 / 그 배신자는 태양처럼 빛나는 전차를 타고 / 신위의 우상으로 앉았다"(High in the midst exalted as a God / Th' Apostat in his Sun-bright Chariot sate / Idol of Majestie Divine; 6.99-101)고 묘사되는 것이다.[511)]

다음으로 『실낙원』에 공화주의에 대한 밀턴의 무너진 꿈이 어떻게 표현되며 새로운 돌파구는 어떤 것인지를 창조된 자연 세계와 인간 세계의 체계와 관련하여 살펴보고자 한다. 먼저 이 시에서 창조된 피조물의 위계질서는 시인의 공화주의적 상상력과 어떤 연관성이 있는가? 이 시에 반영된 자연의 위계질서가 단순히 "존재의 사슬"(Chain of Beings) 같은 당대의 우주적 질서의 개념을 수용한 것으로 볼 것인가? 아니면 정치적 위계질서를 지지하는 징표로 볼 것인가? 만일 정치적 위계질서와 관련지어 우주적 위계질서를 설명한다면, 우주적 위계질서가 밀턴의 군주제적 위계질서를 뒷받침하는 것으로 볼 것인가? 아니면 그것이 공화주의와 어떤 연관성이 있는가? 이러한 질문을 놓고 생각해 볼 때, 비록 이 시에 나타난 우주적 위계질서가 당대의 우주관을 반영한 것이긴 하지만, 그 위계질서 가운데서도 시인은 하나님의 창조와 통치 방식에 공화주의적 상상력을 가미하고 있다.

이 점에 있어서 밀턴의 유물론(materialism)의 급진적 성격과 관련하여 『실낙원』의 정치성을 분석한 존 로저스(John Rogers)의 연구는 주목할 만하다. 밀턴의 유물론의 급진적 성격을 처음으로 규명하기 시작한 데니스 소랏(Dennis Saurat) 이래 밀턴의 범신론적인 유물론은 많이 연구되어 왔지만, 이를 밀턴의 정치적 관점과 관련지어 연구한 것은 로저스가 처음이다. 로저스는 『혁명의 물

511) 로이 프레너건(Roy Flannagan)은 이 대목에 대하여 주석을 달기를, 여기서 사탄이 아폴로 신과 비유되지만 그가 태양을 증오하였음을 지적하면서(4.37), 그는 "하나님인 양" 행동하는 "신위의 우상"에 불과한 존재이기 때문에 이러한 이미지를 숭배하는 것이 바로 우상숭배임을 밀턴이 암시한다고 지적한다(*The Riverside Mitlon*, 51 [해당 쪽 각주 39번] 참조).

질』(*The Matter of Revolution*, 1996)에서 밀턴 당시의 과학과 정치의 관계에 대하여 독창적인 접근을 보여주고 있는데, 그에 의하면, 우주 조직에 대한 라파엘(Raphael)의 설명이 정치적 조직에 관한 시인의 견해를 반영하고 있다는 것이다. 혼돈(chaos)과 최초의 물질로부터의 창조에 대한 이론화 즉 소위 혼돈학(chaology)이 국가의 형이상학적 근본에 대한 담론적 실험을 제공했다는 것이다.[512] 라파엘이 제공하는 자연 만물의 영적 계층구조의 이미지는 1650년대 말 밀턴이 생각할 수 있는 유일한 청교도 공화국의 계층구조를 도식화한다는 것이다. 『영국 국민을 위한 변호』에서 국민의 정치적 결정권을 옹호했던 밀턴은 왕정복고까지의 10여 년간의 정치적 격동기를 겪으면서 일반 대중에 대해 실망하게 되었고, 결국 그는 일종의 선별된 시민들로 구성된 과두정치를 지지하게 되었다. 로저가 인용하는 구절은 라파엘이 아담에게 타락 이전의 순환적 계층구조를 설명하는 내용이다.

> 오 아담이여, 유일한 전능자 계시니 그로부터
> 만물이 생성되고 선에서 타락하지 않는다면
> 다시 그에게로 돌아가리라. 만물을
> 이같이 완전하게 창조하셨으니 만물은 원초적으로
> 하나이지만 본질과 살아 있는 것들의 생명에 있어서
> 여러 가지 형태와 여러 가지 등급이 부여되었도다.
> 그러나 각기 부여된 활동의 세계에서
> 하나님과 가까운 자리에 있거나 가까워짐에 따라
> 더욱 정화되고, 더욱 영화되고, 순화되어,
> 급기야는 각 종류에 상응하는 한계 안에서
> 육체는 영으로 승화되리라.

---

512) John Rogers, *The Matter of Revolution: Science, Poetry, and Politics in the Age of Milton* (Ithaca: Cornell UP, 1998), 109.

O *Adam,* one Almightie is, from whom
All things proceed, and up to him return,
If not deprav'd from good, created all
Such to perfection, one first matter all,
Indu'd with various forms various degrees
Of substance, and in things that live, of life;
But more refin'd, more spiritous, and pure,
As neerer to him plac't or neerer tending
Each in thir several active Sphears assignd,
Till body up to spirit work, in bounds
Proportiond to each kind. (5.469-79)

로저스는 이 대목에서 "부여된"(assign'd) 영역과 "상응하는"(proportion'd) 한계를 강조하면서, "확고한 계층화가 존재론적 유동성만큼이나 라파엘 비전의 핵심이다."라고 주장한다.[513] 창조된 만물이 절대자에게서 나와서 그에게로 돌아가는, 그래서 존재하는 만물이 선한 속성을 유지하는 원초적 조화의 상태는 타락 이전의 이상적 상태이다. 이러한 유동성은 물과 얼음과 구름이 유동적으로 존재하면서도 각기 다른 모양으로 존재하듯이 다른 계층과 영역이 있되 전능자를 정점으로 순환하는 구조이다. 유동적 관계라고 해서 창조자가 피조물로 바뀌거나, 계층적 구조라고 해서 억압적 관계가 아니다. 창조의 계층적 질서 속에서 창조자를 중심으로 한 순환적 관계이다. 우주의 군주를 정점으로 한 우주 만물의 위계질서는 결국 절대군주의 존재를 예외로 하면, 1650년대 말에 밀턴이 구상하던 공화정 체제와 흡사한 것이다. 인간이라는 대등한 피조물들로 구성된 사회 속에서 한 대등한 인간에게 권력이 집중되는 지상의 군주제는 도리어 타락 이전의 순환적 질서를 전복시킬 뿐이다. 선악이 공존하는 인간 세상

513) John Rogers, *The Matter of Revolution: Science, Poetry, and Politics in the Age of Milton* (Ithaca: Cornell UP, 1998), 111.

의 군주는 창조주처럼 본질적으로 선한 존재가 아니기 때문에 타락 이전의 우주적 구조가 인간 세계의 정치적 구조에 적용되지 않는다. 타락 이전의 영적 상승 구조는 타락 이전의 상태에 대한 묘사이므로 타락 이후의 세계에 그대로 적용된다고 볼 수는 없다. 계층적이면서 동시에 유동적인 구조인 타락 이전의 세계에서 우주적 군주는 자신이 절대군주로 존재하면서도 인간과 영적 순환의 관계를 유지할 수 있었지만, 지상의 절대권력이 타락 이후의 세계에 적용되면 계층화는 폭정과 억압을 낳을 뿐이다.

타락 이전의 인간 세계는 결국 아담과 이브의 세계이다. 천상의 계층적이지만 순환적인 공화주의적 관계는 타락 이전의 이상화된 인간 세계에도 마찬가지로 적용된다. 비록 타락 이전의 아담과 이브의 관계가 완전히 평등한 관계는 아닐지라도 인간으로서의 대등한 존엄성을 보여주는 상호보완적인 관계라는 점에서 공화주의적 질서라고 할 수 있다. 그러나 타락 이후 그들의 관계는 정치적 지배개념이 개입되어 상호보완과 조화의 차원이 아닌 지배와 종속의 차원으로 전락하고 만다. 그렇다면, 타락 이전 원초적 인간 세계의 구조를 아담과 이브로 구성된 사회(혹은 가정)를 중심으로 공화주의적 관점에서 조명해 보고자 한다. 최소한의 사회적 단위인 가정에서의 남녀관계는 사회적 정치체계를 보여주는 축소판이기 때문이다.

아담과 이브, 두 사람으로 구성된 최초의 가정은 최초의 인간 사회이자 국가였으며, 그들의 관계는 인간의 사회의 모형이었다고 볼 수 있다. 『실낙원』에서 타락 이전의 아담과 이브의 관계는 군주제와 가부장제가 사회적 틀을 형성했던 성서적 전통에 입각하고 있으므로 가부장적이라고 볼 수 있다. 그러나 타락 이전의 그들의 관계는 지배체제로서의 관계라기보다 역할 분담과 남녀의 특성에 근거한 상호보완적 관계이다. 앞서 이혼론을 제창한 네 편의 산문들에서 밀턴은 남녀의 "정신적 적합성"(spiritual compatibility)을 결혼의 첫째 조건으로 꼽았다.[514] 당시 가톨릭이든 개신교이든 결혼의 제1차적 목적을 종족 번식으로 간주하고 간음만을 이혼 사유로 인정하였으며 영국 국교에서는 이혼을 허용하지 않았던 점에 미루어 본다면, 밀턴의 이혼론은 가히 혁명적 발상이었음에 틀림이 없다. 당시 사회적 여건 속에서 아직 이 "정신적 적합성"이 남녀 쌍방에 대등하게 적용되는 것은 못 되었을지라도, 그 개념은 근본적으로 양립성을 전제하는 것이기 때문에 상호 보충적, 호혜적 관계이다. 이혼론을 다룬 그의 마지막 산문 『테트라코돈』(*Tetrachordon*)에서 밀턴은 결혼의 제1차적 목적을 "경건을 향한 [남녀] 상호간의 도움"(a mutual help to piety; *CPW* 2: 599)이라고 하였으며, 상황에 따라 여성이 남성을 다스려야 한다는 주장도 한다.

> 만일 여자가 신중함과 재치에 있어서 그녀의 남편을 능가하고 그가 기꺼이 따른다면 특이한 예외들이 발생할 수 있는데, 그 경우 보다 자연적인 상위법이 개입하여 남녀와 상관없이 더 지혜로운 자가 덜 지혜로운 자를 다스려야 하기 때문이다. (*CPW* 2: 589)

현대적 관점에서 본다면, 이런 양보는 남성의 입장에서 여성의 정신적 적합성을 문제 삼고 있다는 인상을 지울 수 없는 반면, 당시 가부장적 전통과 사회상에 비추어 본다면, 이러한 주장은 아무리 예외적인 경우라고 단서를 붙이고는 있지만, 당대에 가히 생각하기조차 어려운 당돌한 주장이었다. 따라서 밀턴이 주장하는 "정신적 적합성"은 남녀 양성의 행복을 강조하는 말로서, 데이비스에 의하면, 밀턴이 주장하는 남녀의 진정한 정신적 조화는 타락 이전의 관

514) 밀턴이 이혼법 개정을 촉구한 산문들에 대한 논의는 본서 제3장 2절을 참고할 것. 이 산문들이 밀턴의 불행한 결혼생활을 반영한 것이라고 주장하는 비평가들도 있지만 (Denis Saurat, 50; Tillyard, 40; David Daiches, 114; James G. Turner, 188), 존 할킷(John Halkett)은 이혼론 산문들이 밀턴의 개인적 목적에 근거한 것이 아니라고 주장한다. 그 이유는 당시의 개신교 어떤 교파도 남녀의 정신적 부적합성을 근거로 이혼을 허용하진 않았기 때문이라는 것이다(*Milton and the Idea of Matrimony*, 3). 아서 바커는 밀턴의 이혼론이 그의 경험에 근거하고 있음을 인정하면서도, 그의 기독교적 자유관이 발전한 단계로 파악한다(Barker, *Milton and the Puritan Dilemma*, 63-64, 72).

계를 회복시켜 줄 수 있는 것으로서 현대적 개념의 남녀평등 이상의 의미를 지니는 것이다.[515] 타락 이전의 남녀관계는 남녀평등의 문제를 넘어서 그 이상의 상위 개념인 조화로운 양성 관계가 중요시된다. 타락 이전의 아담과 이브는 그들의 외양이 그렇듯이 서로 다른 정신적 특성과 역할을 부여받았지만, 불평 없이 상호보완적인 조화로운 관계에서 지고의 행복을 누리는 관계로 묘사된다.[516]

타락 이전의 남녀관계는 인간으로서의 평등과 남녀로서의 차이점을 동시에 강조하고 있다. 그리고 그들의 차이점이 강조될수록 동시에 상호보완적 관계가 강조된다. 성서에서는 하나님이 아담의 독거(獨居)를 좋지 않게 여기고 이브를 만들어주었지만, 『실낙원』에서는 아담이 먼저 하나님에게 고독을 호소하며 짐승의 "충성"(fealtie)이나 "복종"(subjection)으로는 만족하지 못하겠다고 불평하며 (8.344-5) "함께 할 자"(who partakes; 364)를 요구한다. 아담은 자신이 지배할 대상이 아니라 대등한 인간을 요구한다.

> 대등하지 않은 것들 사이에
> 무슨 교제, 무슨 조화, 무슨 참된 기쁨이
> 있으리까? 교제는 상호 간에 적절하게
> 주고받는 것, 불균형 속에서 한쪽이 강렬하고
> 다른 쪽이 무기력하면, 서로 잘 어울리지
> 못하여 서로가 곧 싫증 날 것이외다.
> 제가 구하는 교제는 모든 이지적인 희열을

---

515) Stevie Davies, *The Idea of Woman in Renaissance Literature: The Feminine Reclaimed* (Brighton: Harvest, 1986), 182. 밀턴의 여성관에 대하여는 필자의 논문, 「밀턴의 시에 나타난 그의 여성관」, 『밀턴연구』 제6집 (1996)을 참조할 것.

516) 맥콜리는 『에덴의 풍미』(*A Gust for Paradise*, 1993)에서 양성의 조화를 우주론으로까지 확대하며, 이브야말로 "예술가[밀턴]의 말하는 초상"(a speaking portrait of the artist)이자 "시적 상상력"(poetic imagination)의 상징이라고 격찬한다(126).

나누어 갖기에 합당한 걸 말씀드리는 것으로,
이런 점에서 짐승은 인간의 배필이 될 수 없나이다.

Among unequals what societie
Can sort, what harmonie or true delight?
Which must be mutual, in proportion due
Giv'n and receiv'd; but in disparitie
The one intense, the other still remiss
Cannot well suite with either, but soon prove
Tedious alike: Of fellowship I speak
Such as I seek, fit to participate
All rational delight, wherein the brute
Cannot be human consort. (8.383-92)

아담이 요청한 태초의 남녀관계는 이처럼 지배와 복종의 관계가 아니라 주고받는 호혜적인 조화와 동료 의식에 기초한 것이었다. 그것은 종족 번식을 위한 요구도 아니고 이성을 요구한 것도 아니었다. 대등한 호혜적 교감과 조화로운 관계를 요구한 것이다. 이 요구에는 반드시 다른 성(gender)을 요구한다는 조건도 없다. 인간보다 열등한 짐승이 아니라 대등한 인간을 요구하는 것이다. 어쩌면 오늘날 애완동물의 복종과 충성을 즐기는 사람들은 이의를 제기할 수 있으며, 반대로 동성연애자는 공감할 수 있는 대목이기도 하다. 그러나 여기서 밀턴이 강조하는 것은 보완성에 기초한 성의 개념이 있기 전의 인간적 평등성이라는 것을 알 수 있다. 그러나 만일 평등성만 강조된다면 남녀 간의 상호보완적 관계는 요구되지 않았을 것이다. 하나님이 대등한 자가 없는 자신의 행복을 언급하며 아담의 요청 의도를 재확인하자 아담은 다음과 같이 대답한다.

창조주시여! 당신은 본래 완전하고 당신께선
부족함을 찾을 수 없나이다. 인간은 그렇지 않고

상대적인 것, 그러기에 자신과 비슷한 자와
교제하며 자신의 결함을 보완하거나 덜고자 하는
소망을 갖게 되나이다.

Thou in thyself art perfect, and in thee
Is no deficience found; not so is man,
But in degree, the cause of his desire
By conversation with his like to help,
Or solace his defects. (8.415-19)

절대자인 하나님은 완전하고 결함이 없지만, 인간은 완전하지 않고 한계가 있으니 대등한 자와 서로 교제함으로써 결함을 보완하고 서로 위로해야 한다는 것이다. 여기서도 아담이 한 여성을 구하고 있다는 기미가 보이지 않을 만큼 함께 살아갈 동료로서 한 대등한 인간을 원하고 있음을 알 수 있다. 그러나 이어지는 시행들에서 영원한 절대자 하나님은 번식이 필요 없지만 "개체로서 결함이 있는"(In unitie defective; 425) 인간은 대등한 인간을 낳아서 번식해야 하며 상호성에 입각한 "평등한 사랑"(Collateral love; 426)이 요구된다. 이러한 요청에 따라 아담의 갈비뼈에서 만들어진 이브는 그가 보기에 "인간 같지만 다른 성"(Manlike, but different Sex; 471)이었다. "인간 같지만"이라는 말은 아담이 본 이브의 모습이므로 자신과 같다는 뜻이며 남녀 구분 이전에 인간적으로 대등한 속성을 지적하는 말이다. 그러나 인간이 아닌 다른 짐승과 비교하면 아담 자신과 같지만, 성적으로 엄연히 구별되므로, 이차적으로 "다른" 성이 된다. 즉 이 구절은 남녀의 인간적 대등성, 즉 평등성과 성적 구별을 적절하게 표현한 어구이다. 여기서 정치적 차등 개념이 개입되지 않는 단순한 구별성을 나타내고 있음도 주목해야 한다.

이처럼 최초의 두 남녀인 아담과 이브로 구성된 사회(혹은 국가)는 공화주의적 규범에 입각한 사회였다. 그들의 관계는 평등성에 입각한 호혜적이고 보완적인 관계였으며 결코 지배와 복종의 개념이 개입된 관계가 아니었다. 수전 우즈(Susanne Woods)의 말대로 밀턴에게 있어서 "창조의 위계질서는 가치나 자유의 위계질서가 아니다."[517] 처음 아담이 대등한 인간을 삶의 동반자로 요구했을 때 그는 남녀라는 개념 자체를 가지고 있지 않았으며, 지배할 대상을 요구하지도 숭배할 대상을 요구하지도 않았다. 불완전한 개체로서 상호 보충하고 도우며 함께 살아갈 대등한 인간을 요구하였고 이브는 그러한 요구에 대한 응답이었다. 그러나 막연히 대등한 인간을 공생할 파트너로 원했던 아담으로서는 자신이 갖지 못한 "다른" 성의 의미를 아직 몰랐을 것이다. 따라서 그는 이브의 육체적 아름다움에 경탄하는 데 그치지 않고 그녀의 "마음의 위대성과 고결성" (Greatness of mind and nobleness; 8.557)에 감탄한다. 대등한 인간을 벗하려고 했던 아담이 이브를 숭배의 대상으로 삼으려 하자, 라파엘(Raphael)은 그에게 이브가 복종의 대상이 아님을 경고한다(567-71). 이처럼 대등한 인간으로서의 관계가 아닌 성적 차원의 관계가 제기되자 서로의 상이점이 드러나고 이점이 처음에 아담이 요청한 인간적 대등성과 상충하게 된다.

그러나 타락 이전에는 공화주의적 공존에 입각한 인간적 평등성이 유지된다. 성적 차이점은 상호보완성을 위한 것이고 조화로운 사랑은 정치적 지배개념을 차단한다. 그리스도의 성육신 사랑처럼 진정한 사랑은 영육의 일체감을 제공하며 상호간의 차이점을 지배의 구실로 삼는 것이 아니라 도리어 보완하고 조력하여 위계가 아닌 합일의 질서에 이른다. 아담과 이브의 관계가 사회적으로 확대 적용된다면, 이웃에 대한 사랑과 호혜적 관계로 확대되어 공화주의적 사회를 형성하게 될 것이다. 하나님과 인간 사이의 수직적 사랑이 사람과 사람 사이의 수평적 사랑으로 이어지는 것과 같다. 아담과 이브의 성적 차이점을 설명하면서 시인이 "그는 하나님만을 위하여, 그녀는 그에게 나타난 하나님

517) Susanne Woods, "How Free Are Milton's Women?" *Milton and the Idea of Woman*, ed. Julia M. Walker, 27.

을 위하여"(Hee for God only, shee for God in him; 4.299) 지은 바 되었다고 지적한 구절이 있다. 여성주의 비평가 모린 퀼리건(Maureen Quilligan)은 여기서 "성적 위계질서"(a sexual hierarchy)를 발견하면서 하나님과 여성 사이의 직접적 관계를 차단하는 암시를 발견한다.[518] 그러나 캐슬린 스웨임(Kathleen Swaim)은 관점을 달리하여 아담의 신앙 중심 사고방식과 이브의 현실추구형 성향을 찾기도 한다.[519] 다이앤 맥콜리(Diane McColley)는 이를 좀 더 확대해석하여 기독교에서 황금률로 강조하는 하나님에 대한 사랑과 이웃에 대한 사랑을 나타내는 것이라고 해석한다.[520] 아담은 이브가 존재하기 전에 한 인간으로 창조되었으므로 "하나님만을 위하여" 지어졌다는 표현이 타당하고, 이브는 아담을 위하여 지어졌지만 대등한 인간으로서 그와 공유해야 하는 하나님에 대한 의무가 먼저이므로 "그에게 나타난 하나님을 위하여"라는 표현 역시 절묘한 균형감각을 보여준다. 다시 말하면, "shee for him in God"이라고 표현함직도 하지만, "shee for God in him"이라고 한 것은 하나님에 대한 의무에 있어서 이브를 아담과 대등하게 묘사한 것이며 절대자에 대한 동일한 인간적 목적을 표현하는 말이다. 여기서 "God in him"은 "그가 믿는 하나님"으로 해석해도 무방할 것이다. 사실상 이브는 아담을 위하여 하나님이 현대판 복제인간처럼 그의 신체 일부를 취하여 만들었지만, 그래도 피조물로서의 의무가 우선이고 돕는 배필로서의 인간적 의무가 다음이라고 생각할 수 있다. 천상의 세계에서처럼 인간 세계에서도 사회적 계층구조는 존재하지만, 피조물로서의 일차적 의무에 있어서 아담과 이브는 존재론적 대등성을 지닌 남녀로 묘사된다.

---

518) Maureen Quilligan, *Milton's Spenser: The Politics of Reading* (Ithaca: Cornell UP, 1983), 224.

519) Kathleen M. Swaim, "'Hee for God only, Shee for God in Him': Structural parallelism in *Paradise Lost*," *Milton Studies* 9 (1976), 127-29.

520) Diane Kelsey MacColley, *A Gust for Paradise: Milton's Eden and the Visual Arts* (Urbana and Chicago: U of Illinois P, 1993), 206.

성서에서 인간 타락은 아담과 이브가 동시에 같은 현장에서 금단의 과실을 범한 것으로 나타난다. 이브가 먼저 범하긴 하지만, "여자가 그 나무를 본즉 먹음직도 하고 보암직도 하고 지혜롭게 할 만큼 탐스럽기도 한 나무인지라 여자가 그 과일을 따 먹고 자기와 함께 한 남편에게도 주매 그도 먹은지라"[521]라고 기록되어 있어 그 현장에 아담과 함께 있었던 것으로 되어 있다. 그러나 영어 성경에는 "자기와 함께 한 남편에게도 주매"라는 말이 없어서 현장에 같이 있었는지가 불확실하다.[522] 그러나 밀턴은 아담과 이브를 분리하여 각자의 타락에 대하여 자유로운 선택의 기회와 상이한 심리적 동기를 부여한다. 분업에 앞서 최초의 독립된 여성이기를 자처하는 이브는 독립된 개체로서의 자율과 일의 능률을 주장한다. 분업의 효율성 여부를 놓고 처음으로 그들이 의견을 달리하면서 논쟁이 개입되지만, 여기서도 지시와 복종의 관계가 아니라 자유의지를 존중하는 선에서 해결을 본다. 조지프 위트리치(Joseph Wittreich)는 17~18세기에 『실낙원』을 읽은 여성 독자들은 가부장적인 성서 읽기에 반대하는 우군으로 밀턴을 생각했다고 주장하며, "밀턴은 이브의 편이며 그것을 충분히 잘 알고 있었다"고 결론을 내린다.[523]

인간의 목적론적 대등성만큼 인간 타락의 전 과정은 밀턴의 공화주의적 상상력과 연결되어 있다. 성서에서 인간 타락은 아담과 이브가 동시에 같은 현장에서 금단의 과실을 범한 것으로 나타난다.[524] 그러나 밀턴은 아담과 이브를 분리하여 각자의 타락에 대하여 자유로운 선택의 기회와 개별적인 심리적 동

521) 「창세기」 3:6.

522) Cf. "So when the woman saw that the tree was food for food, and that it was s delight to the eyes, and that the tree was to be desired to make one wise, she took of its fruit and ate; and she also gave some to her husband, and he ate" (Genesis 3:6).

523) Joseph Wittreich, *Feminist Milton* (Ithaca and London: Cornell UP, 1987), 98.

524) 우리말 성경에는, "여자가 그 나무를 본즉 먹음직도 하고 보암직도 하고 지혜롭게 할 만큼 탐스럽기도 한 나무인지라 여자가 그 열매를 따 먹고 자기와 함께 있는 남편에게도 주매 그도 먹은지라"(「창세기」 3:6)라고 기록되어 있다.

기를 부여한다. 분업에 앞서 최초의 독립된 여성이기를 자처하는 이브는 독립된 개체로서의 자율과 일의 능률을 주장한다. 지시와 복종의 관계가 아니라 자유의지를 존중하는 선에서 해결책을 찾는다. 이 장면에 대해, 맥콜리(McColley)는 아담이 이브에게 자유를 허용함으로써 창조의 위계질서를 전도시켰다는 비난까지 제기한다.[525] 이런 비난은 가부장적 기준으로 아담의 책임을 추궁하는 데 지나지 않는다. 그러나 조지프 섬머즈(Joseph H. Summers)는 이브의 자유를 존중한 아담의 행동이 옳았다고 보고 회복가능한 실수 정도로 본다.[526] 이브의 분업 제의에 아담은 자유의지를 존중하여 동의하면서도 부부의 협동을 강조한다. 창조의 순서로만 보면 이브가 아담의 조력자로 창조되었지만, 아이로니컬하게도 상호간의 조력을 강조하는 것은 이브가 아닌 아담이다. 함께 있음으로써 "각자 필요시 상대방에게 민첩한 도움이 될 수 있을지라"(each / To other speedie aide might lend at need; 9.259-60)고 하면서 아담은 상호간의 도움을 강조한다. 시기심에 불타는 사탄이 호시탐탐 기회를 노리고 있음을 걱정하면서도 이브에게 곁에 있기를 강요하지는 않는다. 이브가 자신의 사랑과 신앙을 의심하느냐고 하자, 아담은 "그러니 불신이 아닌 다정한 사랑이 / 나는 그대를, 그대는 나를 종종 돌보기를 요구하도다"(Not then mistrust, but tender love enjoynes, / That I should mind thee oft, and mind thou me; 357-58)라면서 사랑의 상호성을 강조한다. 이처럼, 밀턴이 묘사한 아담과 이브의 관계는 자유를 허용해서는 안 될 정도로 엄격한 위계질서에 바탕을 둔 것이 아니었다. 절대자인 하나님마저도 천사나 인간에게 자유를 허용하고 그 결과에 책임을 지도록 하였는데, 하물며 상대적인 인간이 다른 인간에게 자유를 허용하지 않을 수는 없다. 하나님은 금단의 과실을 금지하였지만, 울타리를 쳐서 접근을 금한 것이

---

525) Diane Kelsey McColley, *Milton's Eve* (Urbana: U of Illinois P, 1983), 142.

526) Joseph H. Summers, *The Muse's Method: An Introduction to* Paradise Lost (Binghamton: MRTS, 1981. First published in 1962 by Harvard University), 150.

아니고 접근할 자유를 주었다. 그 자유로 인하여 인간에게 타락의 책임이 돌아간다는 것이 하나님의 방도에 대한 밀턴의 논리적 정당화이다.

이브가 먼저 금단의 과실을 범한 후 아담에게 "고로 그대도 맛보시라. 대등한 운명이, / 대등한 사랑이 그러하듯 대등한 기쁨이 우리를 결합할 수 있도록; / 그대가 맛보지 않아 상이한 지위가 / 우리를 갈라놓지 않도록, 그리고 운명이 허락하지 않을 때가 되어서야, / 뒤늦게 내가 그대를 위해 신성을 포기하지 않도록"(Thou therefore also taste, that equal Lot / May joyne us, equal Joy, as equal Love; / Least thou not tasting, different degree / Disjoyne us, and I then too late renounce / Deitie for thee, when Fate will not permit; 9.881-85)이라고 말하는 것은 타락 이전의 운명, 사랑, 기쁨이 모두 대등한 것이었음을 반증하는 말이다. 이브가 경계하는 것은 아담이 금단의 과실을 맛보지 않을 경우, 그녀 자신만이 신성을 획득하여 그들이 서로 다른 지위에 처하게 될 경우이다. 물론 그녀가 타락으로 인해 신성을 획득하리라는 것은 사탄의 논리였을 뿐이며, 아담이 가담하지 않았다면 아담 혼자 신성을 향해서 진보했을 것이다. 어떻든 아담의 가담은 인간 타락의 공동 운명을 초래하였으며, 이브의 예상과는 달리 도리어 그들 사이에 정치적 지배의 관계가 형성되었다.

금단의 계명을 어긴 이브에게 내린 형벌은 출산의 고통 외에도 "그대 남편의 뜻에 / 그대 뜻을 복종시킬 것이며, 그가 그대 위에 군림하리라"(To thy Husbands will / Thine shall submit, hee over thee shall rule; 10.195-96)는 것이며,[527] 아담에게는 척박한 땅에서 땀 흘려 일하는 노고가 부과되었다. 타락 이전 아담이 이브에게 일상의 정신적, 육체적 노동의 즐거움과 밤의 휴식에 관하여 얘기하자, 이브는 "나의 장본인이며 나를 다루는 자여, 그대가 명하는 것을

527) 이에 해당하는 성서의 구절은 "너는 남편을 원하고 남편은 너를 다스릴 것이니라"(「창세기」 3:16)라고 되어 있다. 『기독교 교리론』에서 밀턴은 타락 이전에도 남편에게 상위 권한이 부여되었음을 성서 인용을 통해 지적하고, "타락 후 남편의 권한은 그보다 더 증가하였다"고 지적한다(*CPW* 6: 355).

/ 이의 없이 나는 따릅니다. 그렇게 하나님이 정하셨으니, / 하나님은 그대의 법, 그대는 나의 법"(My Author and Disposer, what thou bidst / Unargu'd I obey; so God ordains, / God is thy Law, thou mine"; 4.635-37)이라고 했다. 이 말은 상당히 여성주의자들을 자극할 수 있는 불평등의 언어로 들린다. 이런 이유로 인하여, 존 로저스(John Rogers)는 지적하기를, 에덴은 본래 평등하고, 그 거주자는 전적으로 자유롭고 자기 결정적이지만, 동시에 에덴의 특수한 정치는 엄격한 귀족적 위계질서로 구축되어 있으며, 그 안에서 남성 계급이 사회적 우월성이 인정되는 특권을 누린다고 지적한다.[528] 그리고 밀턴이 타락 이전의 사회를 이런 불안정한 기반 위에 구축한 것은 온전한 세상에서 타락이라는 사실을 정당화하기 위함이라는 것이다. 그러나 이 말의 맥락을 보면, 이브가 아담의 명령에 맹목적 순종을 뜻하는 것이 아님을 알 수 있다. 바로 전에 아담이 한 이야기는 인간의 정신적, 육체적 일상의 일과 인간존엄성의 연관성, 그리고 야간 휴식의 필요성과 후일의 일과에 관한 얘기이다. 이러한 인간의 휴식과 노동은 인간의 존엄성과 관련되는 의무이자 즐거움이다. 결국 아담이 명하는 것은 "그렇게 하나님이 정하셨으니" 하나님의 뜻과 일치하는 것이며 이에 대해 이브는 이의가 없다는 뜻이다. 그리고 "하나님이 그대의 법"인 한, "그대는 나의 법"이 된다는 것이다. 즉 아담이 하나님의 법을 따르지 않는 경우, 아담은 이브의 법이 될 수 없다는 뜻이기도 하다. 이 같은 맥락에서 이브가 분업을 제기하면서 아담의 만류에 이의를 제기한 것은 그것이 하나님의 계율과 상관없는 것이기 때문이다.

타락 이전에 보여준 이브의 자율적 순종과 달리, 타락 이후 이브에게 내려진 "그는 그대 위에 군림하리라"라는 판결은 아담(남성)의 행실 여부와 상관없는 그리고 이브(여성)의 자유의지와 상관없는 강제적인 힘의 지배를 뜻한다.

---

528) John Rogers, "The Fruit of Marriage in Paradise Lost," *Milton and Gender, ed. Catherine Gimelli Martin* (Cambridge: Cambridge UP, 2004), 125.

즉 국민의 의사와는 상관없이 국민을 착취하며 국민 위에 군림하는 폭군처럼 여성이 남성의 억압적 지배를 받으리라는 것이다. 타락 이전 아담과 이브가 함께 "우리의 즐거운 노동"(our pleasant labor; 4.625)을 공유했던 것과 대조적으로, 아담은 노동의 슬픈 고역을 책임지게 되었고, 이브는 "대등한 사랑" 속에서 행해지는 자의적인 즐거운 순종이 아니라 강제적 지배를 당하며 출산의 고통을 감수하게 된다. 결국 타락으로 인하여 그들의 대등한 관계는 무너지고 공화주의적 세계는 폭군이 지배하는 세계로 바뀐다. 아담과 이브가 낙원에서 추방된 것은 결국 공화국의 상실과 관련지어질 수 있다. 그러나 아담과 이브가 구원의 역사를 이해하고 서로 화해하여 개인적으로 타락 이전의 관계를 회복하고 희비극의 역사를 향하여 낙원을 떠나는 장면에서 회복된 남녀의 공화주의적 이미지를 엿볼 수 있다. "그들은 손에 손잡고 방황하는 느린 걸음으로, / 에덴을 지나 그들의 외로운 길을 떠났도다"(They hand in hand with wand'ring steps and slow, / Through Eden took thir solitary way; 12.648-49). 여기서 "손에 손잡고" 서로 의지하며 에덴을 떠나는 아담과 이브의 관계는 지배와 복종이 아닌 대등한 사랑과 협동의 관계이며, 둘만의 세계에서 이들의 관계는 분명히 공화주의적 관계가 틀림없다.

밀턴은 아담과 이브의 타락을 그들만의 문제로 제한하여 "천상의 뮤즈"(Heav'nly Muse)에게 시의 초월적 영감을 비는 것이 아니라 "낙원의 상실과 더불어 우리 모두의 불행"(all our woe, / With loss of *Eden*; 1.3-4)과 죽음을 초래한 사건으로 묘사하는 것이다. 여기서 "우리 모두의 불행"은 현실 가운데 일어나는 모든 실패와 좌절을 포함하는 것으로 볼 수 있다. 존 킹(John N. King)은 이미지와 형상을 중시하고 거기에 매료되는 사탄과 이브를 왕정이 복구된 잉글랜드의 왕정주의자와 우상숭배자의 숨겨진 비유로 해석하는데, 이는 이 서사시의 정치성을 강조하는 셈이다.[529] 그러나 타락 이후의 세계는 선악이 공존하는 세계이지 악만의 세계는 아니다. 『실낙원』 제11권과 12권에 전개되는 인간 역사의 비전과 예언은 선악이 혼재하는 타락 이후의 세계를 예고해 준다. 타락한 세계 속에서의 인간은 자연과 다른 인간에게 노예화되며 전쟁과 학살이 일어나지만 동시에 하나님의 구원 역사가 진행된다. 노아 홍수까지에 이르는 비전을 보여준 미가엘(Michael)[530]은 아담의 시각적 피로를 이유로 그 이후의 역사를 서술하기 시작한다. 노아 홍수 후 새로운 선의 역사가 펼쳐지려는 시기에 폭군 니므롯(Nimrod)이 등장한다.[531]

교만과 야심에 찬 한 사람 나타나리니
그는 공정한 평등, 형제 같은 상태로 만족하지 않고,
그의 동포에게 온당치 않게 군림할 것이며
이 땅으로부터 자연의 조화와 법칙을 완전히 빼앗으리라.
전쟁과 적대적인 함정으로
그의 전제적 제국에 복종하기를 거부하는 자들을
사냥하리니(그런데 야수가 아닌 인간이 그의 사냥감일지라).

one shall rise
Of proud ambitious heart, who not content
With fair equalitie, fraternal state,[532]
Will arrogate Dominion undeserv'd
Over his brethren, and quite dispossess
Concord and law of Nature from the Earth;

---

529) John N. King, *Milton and Religious Controversy* (Cambridge: Cambridge UP, 2000), 158-160.

530) 한글 성경에 '미가엘' 천사로 표기되므로 성경의 표기를 따름.

531) 니므롯은 "여호와 앞에 용감한 사냥꾼"(「창세기」 10:9)이라고 기록되어 있다. 여기서 특이한 "사냥꾼"이란 "짐승을 다스리는 자가 아니라 멸하는 자이므로 인간의 압제자요 살인자"를 뜻할 수 있다. Merritt Hughes, *John Milton: Complete Poems and Major Prose*, 454 (*PL* 12.24-63에 대한 Hughes의 각주)를 참조.

532) 여기서 "state"는 계급 혹은 국가 등의 의미를 지니기도 한다.

Hunting (and Men not Beasts shall be his game)
With War and hostile snare such as refuse
Subjection to his Empire tyrannous. (12.24-32)

니므롯은 특이한 사냥꾼, 즉 인간 사냥꾼으로서 "아름다운 평등, 형제 같은 상태"에 만족하지 않고 동족에 대한 부당한 지배권을 획책하고 그의 포악한 제국에 불복하는 자를 사냥하는 자이다. 여기서 "공정한 평등"은 이미 정치적 의미가 가해진 개념이다. 인간 개개인이 대등한 신체적, 정신적, 환경적 조건을 가지고 태어나는 것은 아니다. 그렇다면 무엇이 평등하다는 말인가? 그것은 아마 인간들 사이의 관계를 말하는 것으로서 정치적 평등을 말한다고 할 수 있다. 즉 하나님이나 법 앞에서 인간이 모두 평등하다는 의미이다. 그것은 부모 자식의 수직적 관계가 아닌 형제 같은 관계로서 군림과 굴종의 관계가 아니다. 이러한 평등의 관계를 거부하고 자연의 조화와 법칙을 어기며 폭정으로 피지배자의 굴종을 강요하는 니므롯은 하나님에게만 속한 주권을 침해하려고 바벨탑을 쌓아 도전하게 된다. 성서에는 그의 후손들이 바벨탑을 쌓은 것으로 되어 있으나,[533] 밀턴은 니므롯이 그의 추종자들과 직접 하늘에 바벨탑을 쌓은 것으로 묘사되고 있다(12.48-57). 이렇게 함으로 폭정을 행하는 인간 사냥꾼 니므롯은 동포에 대한 폭군인 동시에 천상의 절대자에게 도전하는 반역자가 된다. 자신이 반역자이지만 다른 사람의 반역을 비난하며 "하늘로부터 제2의 주권을 요구하는"(from Heav'n claiming second Sovrantie; 12.35) 니므롯에 대해 아담은 밀턴의 반군주제 사상을 상기시키는 발언을 한다.

오 자신의 동포 위로 솟아오르려는
밉살스러운 자식이로다. 하나님이 허용하지 않은

533) 「창세기」 10:8-11:9 참조.

찬탈한 권위를 자신의 것으로 만들다니.
하나님은 우리에게 짐승, 물고기, 조류에 대해서만
절대적 지배권을 주시고, 사람들 위의 사람이 되는
군주를 허용하지 않으셨으며, 이런 칭호는 자신만이
보유하시고, 인간은 인간으로부터 자유롭게 하셨도다.
그러나 이 찬탈자는 인간에 대한 그의 오만한 침해로
그치지 않고 그의 탑을 세워 하나님에게
공격과 도전을 획책하도다.

O execrable Son so to aspire
Above his Brethren, to himself assuming
Authoritie usurpt, from God not giv'n:
He gave us onely over Beast, Fish, Fowl
Dominion absolute; that right we hold
By his donation; but Man over men
He made not Lord; such title to himself
Reserving, human left from human free.
But this Usurper his encroachment proud
Stayes not on Man; to God his Tower intends
Siege and defiance. (12.64-74)

폭군 니므롯에 대한 아담의 반응은 모든 군주에 대한 밀턴의 경멸을 대변하는 듯하다. 동포 위에 군림하려는 욕망은 "하나님이 허용하지 않은 찬탈한 권위"에 불과하며, 인간은 "짐승, 물고기, 조류" 등 동물에 대해서만 "절대적 지배권"을 부여받았을 뿐, 인간 위에 군림하는 군주로 만들지는 않았다는 것이다. 다시 말하면, "절대적 지배권"은 동물에 대한 인간의 지배권이며 인간에 대한 그런 권한은 하나님 자신이 보유하고 있어 인간은 인간에게서 자유롭다는 것이다. 아담은 몰랐겠지만 17세기 당시 영국의 군주뿐만 아니라 귀족에게도 사용했던 "Lord"라는 칭호를 아담이 하나님에게만 돌리고 있다는 사실은 밀턴이 인간 위에 군림하는 모든 군주에 대하여 강한 반감을 지녔음을 보여준다. 따라서 “인간은 인간으로부터 자유롭게 하셨도다”라는 말은 국민 위에 군림하는 모든 군주에 대항하는 말로 확대될 수 있다. 그리고 하나님이 인간의 유일한 절대적인 군주라는 배타성은 지상의 군주가 하나님의 절대적 권위를 모방하는 것을 허용하지 않는다. 데이비드 퀸트(David Quint)가 주장하듯이, 사탄은 하나님의 절대적 왕권을 인간 군주의 세속적인 왕권으로 끌어내리고, 영원 속에서 일어난 성자의 책봉을 시간 속의 사건으로 평가하며, 자신을 위해 세속적 왕권을 얻으려 한다.[534] 반면, 세속적인 왕권이 사탄의 시기심을 부추기며, 시기심은 인간 역사 속에 다른 사람을 지배하는 세속적인 군주제를 태동시킨다는 것이다. 이렇게 생겨난 세속적 군주의 폭정에 대한 아담의 분노에 답하여 미가엘 천사는 이성(Reason)의 상실을 외적 자유의 상실과 관련지어 다음과 같이 설명한다.

> 정당한 자유를 억압하고
> 평온한 인간세계에 이러한 고통을 가져온
> 그 아들을 미워함은 당연하도다. 그러나
> 그대의 원죄 이후 참된 자유가 상실되었음을
> 또한 알라. 그것은 항상 바른 이성과
> 붙어살며 갈라져서는 존재치 않느니라.
> 인간의 이성이 어둡거나 복종치 않으면
> 즉시 터무니없는 욕망과 갑자기 높아진 감정이
> 이성으로부터 주권을 빼앗고,
> 지금까지 자유롭던 인간을 노예로 만든다.
> 그러므로 인간이 자신의 심중에 부합되지 않는
> 힘으로 자유로운 이성을 다스리게 하면,

534) David Quint, *Inside* Paradise Lost: *Reading the Designs of Milton's Epic* (Princeton, NJ: Princeton UP, 2014), 123.

하나님은 정당한 판단으로 그를 밖으로부터
폭군에게 복종시키고, 그 폭군들은 으레
인간의 외적인 자유를 부당하게 속박하느니라.
폭군에게 변명이 되는 것은 아니거니와
폭정은 반드시 있게 마련이라.

Since thy original lapse, true Libertie
Is lost, which always with right Reason dwells
Twinn'd, and from her hath no dividual being:
Reason in man obscur'd, or not obeyd
Immediately inordinate desires
And upstart Passions catch the Government
From Reason, and to servitude reduce
Man till then free. Therefore since hee permits
Within himself unworthie Powers to reign
Over free Reason, God in Judgment just
Subjects him from without to violent Lords;
Who oft as undeservedly enthrall
His outward freedom: Tyrannie must be,
Though to the Tyrant thereby no excuse. (12.83-96)

이처럼 인간 타락으로 인하여 "참된 자유"가 상실되었고 "바른 이성"이 "갑자기 높아진 감정"에 자리를 내주게 된다. 타락 후 인간은 진정한 자유를 상실하고 이성이 감정을 누르게 되어 정신적 노예 상태에 빠져들었고, 폭군에 의한 외적 지배를 받게 되었다는 것이다. 한마디로, 폭정은 인간 타락의 대표적인 결과물이다. 밀턴이 인간 타락의 주제를 선택한 것은 공화정에 대한 상실감을 초월적 비전으로 승화시켜 하나님의 방도를 정당화하고자 함이었음을 여기서 재확인할 수 있다. "억압하는 자에게 변명이 되는 것은 아니나 억압은 반드시 있느니라."라는 미가엘의 예고는 밀턴이 경험한 영국 역사에 관한 판단과 일치한다. 이 대목은 왕정복고 이후, 즉 공화정에 대한 밀턴의 꿈은 사라지고 역사는 뒷걸음질하여 다시 군주제로 돌아선 시점에 쓰인 것이다. 사탄의 공화주의적 담론이 사탄에 대한 시인의 풍자이자 크롬웰 말기의 공화정 자체에 대한 그의 불만의 표현이라면, 미가엘이 예고하는 폭정의 필연성은 왕정복고에 대한 그의 체념을 보여준다. 타락의 결과로서 생겨난 폭정은 인간 위에 인간이 군림하는 군주제의 결실이며, 크롬웰 공화정의 실패도 군주제의 절대권력을 답습하고자 했기 때문이다. 그러므로 정치 현실에 대한 많은 좌절과 실망에도 불구하고 밀턴은 끝까지 공화주의 이념 자체를 고수했다고 볼 수 있다.

왕정복고라는 시대적 상황에서 공화주의자 밀턴은 『실낙원』을 통해 인간의 낙원 상실을 아담과 함께 슬퍼하면서 동시에 공화정의 상실을 "소수지만 합당한 독자를 찾아"(fit audience find, though few; 7.31) 그들과 함께 슬퍼한다. 인간 타락으로 인해 지상낙원이 상실되고 폭정이 있을 수밖에 없는 비극적 현실에서 잃어버린 낙원에 대한 유일한 대안은 "내면의 낙원"이다. "내면의 낙원"은 영원한 "천상의 낙원"(Heav'nly Paradise)에 대한 실현 가능한 유일한 영적인 대안이다. 그러나 "내면의 낙원"도 "천상의 낙원"도 모두 "모진 시련을 거친 삶"(Life / Tri'd in sharp tribulation; 11.62-63)을 통해서 성취될 수 있는 것이다. "모진 시련"은 타락한 세상에서 피할 수 없는 모든 시련을 의미하지만, 특히 폭정을 포함한 외적인 시련을 의미한다고 할 수 있다. "올바른 이성"(12.84)의 상실이 내적 노예 상태를 초래하고, 그것이 "외적 자유"(100)의 상실, 즉 폭정을 초래하였다면, 반대로 "올바른 이성"의 회복은 "훨씬 더 행복한 내면의 낙원"(A paradise within thee, happier far; 587)을 제공할 것이다. 미가엘은 아담에게 내면의 낙원을 소유하기 위해, "단지 그대의 지식에 합당한 행위를 더하고, 믿음을 더하라, / 덕성, 인내, 절제, 그리고 사랑을 보탤지라"(onely add / Deeds to thy knowledge answerable, add Faith, / Add virtue, Patience, Temperance, add Love; 12.581-83)고 충고한다. 이러한 노력을 통하여 얻어지는 "내면의 낙원"은 밀턴이 여태까지 추구해온 공화주의 이념을 부정하거나 체념하는 것이 아니라, 타락한 현실 속에서 새로운 구원의 길을 모색하고 있다고 볼 수 있다.

역사적 맥락에서 보면, 밀턴이 제시하는 낙원의 내면화는 **왕정복고** 후 왕권주의자들이 주도하고 있는 과시적 쾌락에 대한 거부이기도 하다. **왕정복고** 직후 크롬웰의 **공위 기간**(Interregnum) 동안 금지되었던 **오월제**(May Day)가 복구되고 거리에서 무릎을 꿇고 앉아 왕을 위하여 축배를 들며 크롬웰의 형상을 불태우는가 하면 **왕정복고**를 축하하는 광경이 벌어졌다. 왕정복고의 분위기를 주도한 이러한 대중적 축제 분위기는 개개인의 진정한 마음의 즐거움과는 상관없는, 전시효과를 노린 분위기 조성이 목적이었다. 이런 공개적인 즐거움의 표현은 새로운 왕에 대한 백성으로서의 충성을 의미하는 것이며, 왕으로서는 자신의 관대함과 자비를 과시하는 것이었다. 이러한 공개적, 대중적, 전시적 유흥은 크롬웰 공화정의 엄숙한 분위기에 대한 일종의 거부였으며, 왕권에 대한 대중적 지지를 유발하는 방편이었다. 그러므로 로라 납퍼즈(Laura Lunger Knoppers)의 주장대로, 『실낙원』에서 밀턴은 **왕정복고** 이후 벌어진 승자들의 축제 분위기에 맞서 내면의 즐거움을 재정립한다고 볼 수 있다.[535] 이러한 정치적 상황에서 왕권을 칭송하는 시인들은 보상을 받는가 하면, 이를 비판하는 시인들은 징벌을 받는 것은 당연하였다. 밀턴 같은 공화주의자 시인에게 **왕정복고** 상황을 피하는 최상의 방법은 "내면의 낙원"을 찾는 방법이었을 것이다.

『실낙원』을 쓸 무렵, 밀턴은 크롬웰 말기의 공화정에 대하여 불만을 품었던 것이 사실이지만, 그렇다고 공화주의 신념을 포기하거나 그 자체를 부정하지는 않았으며, 군주제로 돌아선 것은 더더욱 아니었다. 군주의 폭정에 반대하며 공화국 건설을 주장해온 밀턴은 그 꿈이 사라지자 그 실망을 달래기 위해 천상의 군주 하나님에게로 눈을 돌린 것이다. 이 시는 근본적으로 낙원의 상실

---

535) Laura Lunger Knoppers, *Historicizing Milton: Spectacle, Power, and Poetry in Restoration England* (Athens and London: U of Georgia P, 1994), 67ff.

을 돌아보며 인간의 역사와 현실을 조명하는 것이며, 믿음을 통한 구원을 희구하며 잠정적으로 "내면의 낙원"을 위안으로 제시하는 시이다. 즉, 공화국 건설에 대한 좌절된 꿈이 낙원의 상실감으로 표현되었다고 보아야 옳을 것이다. 하나님을 우주의 군주로 묘사하며 찬양한다고 해서 밀턴이 왕정을 지지하는 것으로 해석하는 것은 이 시의 상실감을 현실에 대한 시인의 절망과 연결하지 않기 때문이다. 오늘날 이 시를 읽는 독자들에게 **왕정복고**는 17세기 후반에 영국에서 일어난 지나간 정치적 사건으로 여겨질 수 있겠지만, 밀턴에게 있어서 그것은 개인적으로 평생의 꿈을 무너뜨린 일생일대의 사건이자, 이해할 수 없는 영국 국민의 선택에 대한 좌절감을 안겨주었을 것이다. 이에 **왕정복고**라는 역사적 질곡 가운데서 끝까지 자유의 가치를 설파하며 하나님의 섭리와 그의 방도를 시적으로 승화시켜 표현한 것이다. 여태까지 산문 논쟁을 통하여 공화국 건설을 위해 끝까지 투쟁해왔으며 절대 군주의 횡포에 반대하였으나, 결국 **왕정복고**로 인해 절체절명의 실의에 빠진 그가 천상의 군주를 통해 지상의 군주를 칭송하는 방향으로 급선회했다고는 결코 볼 수는 없다. **왕정복고**라는 역사적 전환점을 맞아 그 이상 직접적인 투쟁이 불가능해진 상황에서 정치적 절망감을 시를 통해 승화시키고 하나님의 방도를 정당화하려 했을 뿐이다.

하나님의 방도를 정당화하고자 하는 『실낙원』의 목적, 즉 이 시의 중심 주제의 기저에는 밀턴의 자유사상이 자리 잡고 있으며, 이 자유사상의 정치적 측면이 바로 공화주의 사상이라고 할 수 있다. 이 시에서 밀턴이 아담의 실패에도 불구하고 자유의지를 강조하고 있는 것은 타락 이후의 세상에서도 인간의 자유의지에 의한 선택이 역사의 향방을 결정짓고 있음을 인정한 것이다. 인간의 자유의지는 하나님의 방도를 인간에게 정당화하는 조건인 동시에 인간의 존엄성을 대변한다. 개개인의 자유의지를 정치적으로 보장받기 위해서 공화주의 사상이 등장한 것인데, 결국 영국 국민이 이를 거부하고 군주제의 속박을 선택하였으므로, "폭정은 있게 마련"이라는 비극적 역사관이 제기된다. 밀턴에게 공화정의 상실은 에덴의 상실로 인하여 배태된 후대 역사의 순환적 비극에 불과하다.

이상에서 살펴본 바와 같이, 우주의 절대자인 하나님을 지상의 군주와 단순 비교하여 『실낙원』에서 밀턴이 군주제를 지지한다거나 사탄의 공화주의적 제스처를 빌미로 사탄을 지지한다거나, 혹은 반대로 공화주의 자체에 반대한다고 보는 것은 모두 잘못된 해석이다. 이 시가 왕정복고 후 출판되었다고 하여 밀턴이 이제까지 산문 논쟁을 통하여 추구해온 공화정에 대한 꿈을 완전히 포기한 것이 아니라, 그 실망과 더불어 새로운 돌파구를 동시에 보여준다고 보는 것이 타당하다. 총체적 맥락에서 볼 때, 이 시는 인간 타락을 다루면서 동시에 인간 회복의 비전을 제시한 것이다. 이 시의 정치성을 지나치게 강조하는 것은 서사시적 초월성을 무시하는 것이 되겠지만, 초월성을 지나치게 강조하는 것 또한 이 시의 역사적 맥락을 무시한 해석이 될 것이다. 공화주의에 대해서 이 시는 실망과 소망을 동시에 보여주고 있다. 밀턴의 『실낙원』은 분명히 그의 정치적 산문들과 다르다. 필리포 팰컨(Filippo Falcone)이 적절히 표현한 대로, "만일 밀턴의 산문이 외적 영역에서 실현된 기독교적 자유를 보려는 노력의 반영이라면, 『실낙원』은 충분히 성취된 내적 실재로서의 그 자유의 구성요소로 돌아가는 것이다."[536] 이런 관점에서 밀턴의 시는 그의 산문에서 추구한 자유의 내면적 기반을 닦는 것이라고 할 수 있다. 비록 『실낙원』 속에 영국혁명의 실패에 따른 밀턴의 정치적 실망과 좌절이 스며들어 있고 그의 공화주의 사상이 기저에 흐르고 있다고 하더라도, 마지막에 강조된 "내면의 낙원"은 서사시적 초월성의 산물이다. 한마디로, 이 서사시는 인간 타락과 회복의 주제를 중심으로 공화주의 사상을 가미한 작품이다.

536) Filippo Falcone, *Milton's Inward Liberty: A Reading of Christian Liberty from the Prose to* Paradise Lost (Cambridge: James Clarke & Co, 2014), 59.

2. 『복낙원』: 낙원회복과 정치성

영국혁명기의 역사연구가인 크리스토퍼 힐(Christopher Hill)이 밀턴의 문학을 정치적 맥락에서 연구한 것을 시작으로, 여태까지 그의 문학은 종교적 측면 못지않게 정치적 측면에서도 많이 연구되었다. 특히 왕정복고 이후 출간된 그의 후기 대표작들은 종교적 초월성 못지않게 정치적 주제가 동시에 연구되었다. 그러나 『복낙원』(*Paradise Regained*)의 정치성에 관한 연구는 주로 근래에 이루어지기 시작하였고, 특히 국내 연구는 별로 없었다.[537] 『복낙원』에 대한 국내의 연구는 다양하지도 못하였거니와 대부분이 주인공이 통과하는 종교적 유혹의 시련에 초점을 두고 연구된 바 있다.

이처럼 『복낙원』에 대한 연구가 종교적 주제에 치중된 이유는 시의 소재가 성서적 에피소드이기 때문이라기보다는 주인공인 그리스도(Christ)가 사탄(Satan)의 유혹에 대하여 보이는 반응이 정치성을 띠기에는 너무나 수동적으로 보이기 때문이다. 다시 말하면, 『복낙원』은 밀턴이 전 생애를 통해 실제 추구했던 정치적 태도와 관련지을 만한 주인공의 적극적 행동이 적어도 표면상으로는 두드러지게 나타나지 않기 때문에, 정치적 주제가 별로 주목받지 못했던 것 같다. 이에 반해, 『실낙원』과 『투사 삼손』은 성서적 에피소드에 근거하고 있음에도 불구하고 정치적 해석이 많았는데, 이는 등장인물들의 적극적인 행동이 두드러지기 때문이며, 특히 전자의 경우 인간 타락과 관련된 자유의지가 강조됨으로써 정치성이 주목을 받아온 것이다.

---

537) 국내의 밀턴 연구를 주도해온 한국밀턴학회("한국밀턴과근세영문학회"로 바뀌었다가 다시 "한국중세근세영문학회"로 통합)의 학술지였던 『밀턴연구』에 실린 연구논문을 놓고 보더라도, 『복낙원』의 정치적 측면은 거의 연구되지 않은 주제이기도 하다. 김종두, 「*Paradise Regained*에 나타난 Jesus Christ의 모습」(1992); 김태규, 「『복낙원』에 나타난 예형적 요소」(1996), 「『복낙원』에 나타난 소명적 요소」(1997, 1998); 황원숙, 「『복낙원』: 세 번째 유혹의 의미」(2003) 등은 모두 종교적 측면에 초점을 두고 이 시를 분석한다.

그러나 근본적으로 밀턴의 후기 대작들은 주제가 상호 연관된 작품들이다. 『복낙원』이 『실낙원』의 속편처럼 주제를 이어받고 있다는 사실, 그리고 이 간결한 서사시가 『투사 삼손』과 함께 한 권으로 출판되었다는 점은 이 세 작품이 서로 다른 소재를 통해 상호 연관된 주제를 다루고 있음을 보여준다. 세 작품의 연관성과 관련하여 조지프 위트리치(Joseph Wittreich)는 『복낙원』이 차지하는 중심적 지위를 지적하기도 한다.[538] 물론 각 작품이 독자적인 주제를 다루고 있기도 하지만, 서로 상관되거나 유사한 주제를 많이 다루고 있다. 유혹이라든가 신의 섭리, 구원 등의 주제는 세 작품 모두에서 찾아볼 수 있는 공통된 주제이다. 이런 주제와 관련하여 주인공이 보여주는 반응은 서로 다른 경우와 비슷한 경우가 공존한다. 행간의 암시를 추적하며 읽는다면, 정치적 주제 역시 세 작품에서 공통으로 찾아볼 수 있으며, 정치 현상에 대한 주인공들의 반응은 서로 다르게 나타난다.

후기 대작들은 소재나 주제의 상호연관성 차원에서뿐만 아니라 시가 발표된 시대적 상황에서도 세 작품의 공통된 정치성을 찾아볼 수 있게 한다. 20여 년간 시인의 꿈을 접으면서까지 혁명 논쟁의 대열에 앞장섰던 밀턴에게 왕정복고라는 역사적 질곡은 도리어 자신의 정치적 메시지를 문학을 통해 표현함과 동시에 시인으로서의 꿈을 성취할 기회이기도 하였다. 다시 말하면, 논쟁적인 산문 대신 시를 선택할 수밖에 없었던 상황은 도리어 여태까지 미루어왔던 시인으로서의 꿈을 실현하게 하는 기회가 되었으며, 간접적이고 은유적인 방식으로 자신의 정치적 메시지를 독자들에게 계속 전하게 하였다. 시는 논쟁적 산문과 달리 정치적 주장을 직접적으로 표현할 수 있는 수단은 아니었지만, 간접적으로 표현하기에는 더 적절한 수단이었으며 또한 그것은 충분히 성공적이었다. 그와 정치적 의견을 달리한 사람들 가운데도 그의 시, 특히 『실낙원』의 우수성

538) Joseph Wittreich, *Interpreting* Samson Agonistes (Princeton: Princeton UP, 1986), 337.

을 인정하였기 때문이다. 당시에도 그랬고, 후대의 수많은 독자도 그러했다. 그만큼 혁명기 상황에서 시는 정치적 견해를 표현할 수 있는 효과적인 수단이었다. 특히 흔히 밀턴의 소위 "간결한 서사시"(brief epic)라고 불리는 『복낙원』은 표면상 정치적 메시지를 숨기고 있지만, 오히려 그만큼 성공적이었다고 할 수 있다.[539] 그레고리 채플린(Gregory Chaplin)의 주장에 따르면, "『복낙원』은 신고전주의 시대 왕정복고의 신화를 제공하며, 1660년 찰스 2세의 복귀는 국내적 평화, 예술적 성취 및 제국적 번영의 새로운 시대를 알린다는 믿음을 준다."[540] 사탄은 그리스도가 정치적 권력을 잡을까 두려워하다가 곧장 태도를 바꿔서 그에게 정치적 권력을 잡으라고 유혹한다. 사탄이 그리스도에게 주입하는 왕정복고의 환상은 밀턴 당시 다수의 사람이 갖는 환상이기도 하였다. 따라서 종교적 시로만 읽히기 쉬운 이 간결한 서사시가 어떤 정치적 메시지를 담고 있는지, 그 역사적 맥락과 시적 분석을 통해 찾아보고자 한다.

밀턴의 후기 대작들이 모두 왕정복고기를 전후하여 쓰였다고 하지만, 엄밀하게 말하면, 세 작품이 쓰인 시기는 서로 다르다. 1667년에 발표된 『실낙원』은 왕정복고를 전후하여 장기간에 걸쳐 쓰였고, 1671년에 『복낙원』과 함께 출간된 『투사 삼손』은 그 작성연대에 대하여 많은 논란이 있다.[541] 그러나 토머스 엘우드(Thomas Elwood)와 에드워드 필립(Edward Philips)의 증언을 따르면, 일반적으로 『복낙원』은 『실낙원』이 출간된 후 쓰인 것으로 추정된다.[542] 『복낙원』과

539) Barbara Kiefer Lewalski, *Milton's Brief Epic: The Genre, Meaning, and Art of* Paradise Regained (Providence: Brown UP; London: Methuen, 1966)에서 보듯이, 『복낙원』을 "밀턴의 간결한 서사시"라고 본다면, 그만큼 그 간결성과 서사시적 초월성이 동시에 강조되고 정치적 메시지는 숨겨지게 된다.

540) Gregory Chaplin, "The Circling Hours: Revolution in Paradise Regain'd," *Milton in the Long Restoration*, eds. Blair Hoxby and Ann Baynes Coiro, p. 265.

541) Cf. John Carey, ed., *Complete Shorter Poems*, 2nd ed. (London & New York: Longman, 1997), 349-50.

542) John T. Shawcross, ed., *John Milton: The Critical Heritage*, 2 vols. (London: Routledge,

『투사 삼손』의 출판이 허가된 것이 1670년 7월 2일이었다는 사실에 비추어 본다면, 『복낙원』은 1667년에서 1670년 사이에 쓰인 것으로 추측된다.[543]

그러나 이 시의 창작연대에 대하여 논란이 없는 것은 아니다. 존 쇼크로스(John T. Shawcross)는 『복낙원』이 드라마의 형태로 1640년대에 초고가 쓰였다가 1665년에서 1670년 사이 수정되었으리라고 추측한다.[544] 그러나 카추히로 엔게추(Katsuhiro Engetsu)는 『복낙원』이 왕정복고 이전의 산문들보다는 왕정복고 후에 쓰인 밀턴의 유일한 정치적 산문, 『진정한 종교에 관하여』(*Of True Religion*, 1673)와 더 많은 공통성을 지니고 있음을 지적하며, 이 시를 왕정복고기의 시로 규정한다. 그는 이 두 작품이 왕정복고기에 나타나는 밀턴의 평이한 문체를 공유하고 있음을 지적하면서 이 두 작품이 둘 다 개인적 영역의 문제에 주목하고 있다고 주장한다.[545] 또한 로라 납퍼즈(Laura Knoppers)는 『복낙원』의 역사적 배경에 주목하여 티베리우스(Tiberius) 황제 치하의 이스라엘이 1660년대와 1670년대의 영국과 공통점이 많다고 지적하기도 한다.[546] 설령 쇼크로스의 추정처럼 왕정복고 이전에 이미 이 시의 구상이나 초고(草稿)가 창작되었다고 보더라도,[547] 그것이 왕정복고기에 수정 보완되었을 것임을 인정한다면,

---

1972), 2: 223.

543) John Carey, *Milton: Complete Shorter Poems*. 2nd ed. (London: Longman, 1997), 417.

544) 쇼크로스는 밀턴이 『투사 삼손』을 쓴 후, 그리고 『실낙원』을 쓰기 전, 드라마 형태로 『복낙원』을 쓰기 시작했을 가능성을 제기하면서, 1665년 이후 수정되었을 것이라고 주장한다. Cf. Shawcorss, "The Chronology of Milton's Major Poems," *PMLA* 76(1961): 345-58; Shawcross, Paradise Regain'd: *Worthy T'have Not Remain'd So Long Unsung*, 9-28.

545) Cf. Katsuhiro Engetsu, "The Publication of the King's Privacy: *Paradise Regained* and *True Religion in Restoration England*," *Milton and the Terms of Liberty*, eds. Graham Parry & Joad Raymond, 163-74.

546) Knoppers, *Historicizing Milton: Spectacle, Power, and Poetry in Restoration England* (Athens and London: U of Georgia P, 1994), 132.

547) Cf. John T. Shawcross, Paradise Regained: *Worthy T'have Not Remain'd So Long Unsung*, 9-28.

시인의 정치적 메시지는 창작연대보다 출판연대에 의해 그 성격이 규정될 수밖에 없을 것이다. 불변의 진리를 전하는 주제는 창작이나 출판연대 자체가 별로 의미를 지니지 못하겠지만, 당대의 정치 현실을 반영하는 정치적인 메시지가 있다면, 이는 아무래도 출판 시점과 무관하지 않을 것이다. 원고가 출판보다 아무리 오래전에 쓰였다고 해도, 출판을 앞두고 원고를 완성하는 과정에서, 작가 자신의 정치적 입장이 변경되었다면, 마지막 수정을 통해 출판 당시 자신의 정치적 태도를 반영할 수밖에 없었을 것이기 때문이다. 창작 시점에 대한 논란에도 불구하고, 적어도 마지막 원고의 완성은 1671년 출판되기 직전 몇 년간에 걸친 시기라고 보는 것이 타당할 것이다.

이러한 출판 시점은 왕정복고 이후 반군주주의자였던 그에게 최대의 시련기였으며, 그 자신이 정치적인 도피행각을 벌인 끝에 겨우 목숨을 부지하였고, 모든 출판물에 대한 엄격한 검열이 시행되었을 뿐만 아니라 왕권도전자들에게 가혹한 형벌이 가해지는 상황이었다. 공화주의자의 입장에서, 이 같은 정치적 탄압은 바로 종교적 탄압이었다. 종교와 정치가 영국 역사상 어느 시대보다 밀접한 연관성을 띠고 있었던 영국혁명기의 특수한 정치적 맥락을 고려하면, 이 시의 숨겨진 정치적 담론은 더욱 분명하다. 이 시는 종교적 초월성이 강조되기 쉬운 성서적 에피소드를 다루고 있지만, 왕정복고기라는 시련기에 처한 청교도나 공화주의자들에게 요구되는 행동모델을 제시한다는 점에서 정치성을 내포하는 것이다. 이점은 당대의 급진적 종교 집단들이 처한 종교적 핍박과 이에 대한 그들의 정치적 태도를 고려해 보면 쉽게 이해할 수 있다. 왕당파 의회에 의하여 제정된 클래런던 법령(Clarendon Code, 1661-1665) 아래 영국 국교의 예배의식과 권위를 거부하는 비국교도들은 정기적으로 체형을 당하거나 감금되었다. 또한 『복낙원』이 출판되기에 앞서 1670년에 새로 발표된 비밀집회 법령(Act of Conventicle)은 분리파 교도들에 대한 정치적 탄압의 무기로 작용하였다. 밀턴은 그에게 『복낙원』을 쓰라고 권유했던 토머스 엘우드(Thomas Ellwood)를 포함한 퀘이커교도(Quakers)와 상당한 친분을 가지고 있었고 그들의 신념에 상당히 공감하고 있었다. 1671년 그가 이 시를 내놓았을 당시는 퀘이커교도를 포함한 급진적 종교집단의 신도는 가혹한 시련을 견뎌야만 했던 상황이었다. 퀘이커교도나 재세례파(Anabaptists)에 대한 기성 종교나 국가권력의 핍박은 왕정복고 초반과 1670-71년 사이에 특히 심각했다. 퀘이커교도처럼 핍박을 인내하며 내면적 낙원을 지향하기도 했던 청교도에겐, 시련을 견디고 하나님의 시간을 기다리는 그리스도는 그들이 본받아야 할 인내의 모델로 제시되었을 것이다.

퀘이커교도와 반대로 왕정복고기의 탄압에 맞서 극렬히 저항하는 종교 세력도 있었다. 천년왕국이 임박했다고 생각하며 폭력적 행동도 불사하는 제5왕국파(Fifth Monarchists)의 종말론적 태도가 대표적인 경우였다. 그들은 제5왕국은 세상의 모든 권력이 패망하고 나면 도래하게 될 하나님의 왕국으로서, 그리스도 자신이 지상에서 군림하게 될 것이라고 주장했다. 그들은 하나님의 왕국이 도래할 시점까지 예측하려 했을 정도로 오늘날의 종말론자들처럼 광신적이고 급진적이었다. 그들의 전성기는 1653년, 크롬웰(Cromwell) 치하의 베어본 의회(Barebone's Parliament)[548] 시절이었다. 잔부의회는 곧 호국경 통치(Protectorate)로 대체되었고, 이에 실망한 제5왕국파의 지도자 토머스 베너(Thomas Venner)는 크롬웰에게 반역을 도모하여 수감 후 석방되었으나, 다시 음모를 꾸몄는데 이번엔 찰스 2세(Charles II)가 대상이었다. 1661년 무장봉기를 일으켜 찰스 왕의 편이라고 대답하는 사람들은 무조건 죽이는 식으로 3일 동안 런던을 공포의 도가니로 몰아넣었다.[549] 이런 상황에서, 바바라 르월스키(Barbara K. Lewalski)가 지적한 대로,[550] 『복낙원』의 예수는 임박한 천년왕국의 기대를 질책하며 제5

548) 위의 각주 434를 참조할 것.

549) Knoppers, *Historicizing Milton*, 23-32.

550) Barbara K. Lewalski, "Milton and the Millennium," *Milton and the Ends of Time*. Ed. Juliet Cummins (Cambirdge: Cambridge UP, 2003), 23..

왕국파의 봉기를 비난이라도 하는 듯하다. 그와 동시에, 마지막 때를 위해 하나님의 시간을 받들고 현재의 시련에서 배우면서 천년왕국을 기다려야 한다고 주장한다.

결국, 제5왕국파 신도들은 국왕 살해자들처럼 참수되거나 능지처참 되었다. 결국 그들의 무모한 행동은 도리어 종교적 탄압으로 이어졌다. 종교적 열성분자들은 반역자들이라는 낙인이 찍히게 된 것이다. 그들의 폭력적 저항으로 인하여 퀘이커교도나 재세례파 등 비국교도 모두에 대한 탄압만 가중되었다. 한때 찰스 1세의 처형을 옹호했던 문필 혁명가 밀턴이지만, 왕정복고기를 맞으면서 폭력적인 급진세력들의 태도에 대하여 이 간결한 서사시를 통해 자제를 촉구하는 것으로 보인다. 세속적 권력이나 부귀를 미끼로 접근한 사탄(Satan)의 유혹에 직면하여, 그리스도가 보여주는 비폭력적인 태도는 파괴적 급진파들에 대한 경고일 수도 있기 때문이다. 납퍼즈가 지적한 바와 같이, 『복낙원』은 단순히 폭력을 포기하는 것이 아니라 그것이 부적절하고 비효과적이기 때문에 당분간 포기하는 것일지도 모른다.[551] 이 작품에서 밀턴은 이스라엘 사람들의 내적 자유가 우선되지 않는 한, 물리적 힘에 의한 자유의 쟁취는 아무 의미가 없다고 본 것이다. 왕정복고기의 시대적 맥락에 대입하여 본다면, 이 시에서 그는 전제적인 왕권을 용납한 것이 아니라, 제5공화국파가 보여준 비효과적인 물리적 폭력 행사를 반대한 것이다.

이렇게 볼 때, 그리스도의 영적 시련을 다룬 성서적 에피소드는 단순한 종교적 서사시의 차원을 넘어서게 되고, 그 정치적 의미가 부각 된다. 이처럼 정치적 관점에 초점을 맞추어 읽는다면, 이 시는 왕정복고 이후 정치적 억압에 직면한 공화주의 지지자들에게 보내는 메시지로 받아들일 수 있는 것이다. 밀턴은 왕권을 포함한 세속적 유혹에 대하여 그리스도가 어떻게 저항하는가를 보

551) Knoppers, *Historicizing Milton*, 137.

여줌으로써, 극심한 종교적 탄압 앞에서 공화주의자들이 취해야 할 행동모델을 제시하는 것이다. 『복낙원』은 영적 유혹의 주제를 통해 영국 국민이 당대의 어려운 정치적 상황을 어떻게 극복할 수 있을지 하나의 대안을 제시한 것이다.

이렇게 본다면, 정치적 시련기를 맞아서 폭력적인 외적 투쟁을 피하고 국민 개인의 내면적 준비를 강조하고 있다는 점에서, 『실낙원』의 마지막에 제시되는 "내면의 낙원"과 『복낙원』의 그리스도가 보여주는 영적 내면화가 상호 연관된다. 『실낙원』에서 자유의지의 오용으로 인한 낙원 상실이 영국 국민의 자의적인 선택으로 공화정을 잃어버린 것과 비교된다면, 이 서사시의 마지막에 강조된 내면의 낙원은 왕정복고기의 상황에서 얻을 수 있는 내면의 위안이라고 할 수 있을 것이다. 이와 대조적으로, 『복낙원』에서 완전한 인간의 모델로 등장하는 그리스도는 잘못된 선택을 보여주는 부정적인 모델이 아니라 처음부터 내면적 가치를 알고 있는 이상적인 인물로 등장한다.

『복낙원』의 중심주제라고 할 수 있는, 주인공의 이 같은 내면적 투쟁과 승리는 『실낙원』의 마지막 부분에 제시된 낙원의 내면화와 일맥상통하는 것이지만, 낙원의 내면화가 정치성을 배제하는 것은 아니다. 이 시가 왕정복고 이전에 쓰였을 것이라고 가정하는 존 쇼크로스 역시 이 시의 정치성을 부정하지는 않는다. 쇼크로스는 왕정복고 이후의 정치적 시대 상황에 이 시를 대입하여 읽기보다 개인적 자유와 그 정치적 의미를 중시할 뿐이다. 그의 주장에 따르면, 시인은 그리스도의 이타적 태도를 통해 개인의 자유와 그 자유의 공적인 역할을 강조하고 있다는 것이다.[552] 쇼크로스는 밀턴의 정치적 메시지를 당대의 시대적 맥락을 넘어서는 보다 높은 차원의 메시지로 걸러내어 읽는 것 같다. 정치적 제도상의 개혁보다 개인 각자의 내면적 자유가 우선되어야 진정한 사회적 구원이 가능하다는 밀턴의 사상을 대입하여 이 시의 정치성을 해석하는 것이

552) Shawcross, Paradise Regained: *Worthy T'have Not Remain'd So Long Unsung*, 116-130.

다. 그러나 밀턴의 이런 사상은 왕정을 다시 선택한 영국 국민의 선택에 실망하면서 더욱 확고해진 것이므로, 쇼크로스의 추정처럼, 『복낙원』이 1640년대에 쓰였다면, 제도적 변화를 위해 투쟁했던 시점의 밀턴의 중심사상으로 보기에는 도리어 문제가 있다고 생각한다.

물론, 쇼크로스의 주장처럼 이 시의 창작연대를 왕정복고 이전으로 본다고 해도, 이 시의 정치성이 결코 사라지는 것은 아니다. 어떤 의미에서 그 경우 이 시의 정치적 메시지가 도리어 더욱 강조된다고 할 수 있다. 이 시는 내면의 영적 세계를 강조하는 만큼 그와 반비례하여 지상의 왕국에 대한 강한 거부감을 표출하고 있는데, 왕정에 대한 시인의 반감은 혁명기 투쟁 중에 더욱 확고했기 때문이다. 다만 이 시의 영적 내면화가 1640년대 혁명기에 적합한 주제라고 보기에는 도리어 무리가 따를 것이다. 이러한 영적 내면화는 왕정복고 이후의 역사적 맥락에 훨씬 적합한 주제이고, 그런 맥락에서 시인의 메시지도 더욱 설득력을 띠게 된다.

이 같은 그리스도의 영적 내면화가 정치적 정적주의(quietism)[553]를 지지하는 것이라고 보거나, 정치에 대한 밀턴 자신의 변화된 평화주의적 관점을 드러내는 것이라고 볼 수도 있겠지만,[554] 근래에 와서 왕정복고 이전과 이후의 청교도들의 종교적 신념 사이에 여태까지 추정된 것 이상의 연속성이 제기되었다.

553) 정적주의는 17세기 후반에 프랑스, 이탈리아, 스페인 등지에서 인기를 끌었던 일련의 이단적 신앙양상이다. 특히 미겔 드 몰리노스(Miguel de Molinos, 1640~1697)와 페네롤(Francois Fenerol, 1651~1715) 등이 작성한 일련의 글들과 관련이 깊은데, 그들은 흠 없고 완전한 신자가 되는 길이 인간의 경건한 노력 곧 능동적 행위에 있기보다는, 자기를 완전히 하나님께 맡긴 가운데서 이뤄지는 영혼의 정적상태 곧 완전한 수동성의 상태에 있다고 보았다. 이러한 완전한 수동성의 추구는 사실 중세시대 신비주의자들과 수도원의 수도사들에 의해 보편적으로 추구되어온 터라, 평범한 신자들 대부분은 그다지 거부감이 없었다. 그러나 이러한 맥락에서 율법폐기론(Anitinomianism, 혹은 무율법주의)가 곳곳에서 환영받을 수가 있었다.

554) Andrew Milner, *John Milton and the English Revolution*, 167-79; Michael Wilding, *Dragon's Teeth,* 249.

크리스토퍼 힐은 밀턴이 당대의 정치를 거부하는지는 모르지만, 그가 정적주의 교리(quietist doctrine)를 받아들이는 것은 아니라고 주장한다. 그리스도의 왕국은 폭력적 방법에 의존하지 않지만, 그 목적 자체는 원수를 정복하는 것이라는 것이다.[555] 같은 관점에서, 조안 베넷(Joan Bennet)은 『자유의 소생』(*Reviving Liberty*)에서 "기독교적 자유의 탄생"이라는 제목의 한 장을 할애하여 『복낙원』에 나타난 자유의 문제를 다루고 있는데, 주인공의 내적 경험이 사회적 행동의 전제조건이 된다는 점에 주목한다.[556] 밀턴은 혁명기와 왕정복고기의 정치적 경험을 통해 정치적 행동을 포기한 것이 아니라, 진정한 자유는 사회제도의 변화에 앞서 개인의 내적 변화가 일어나야 가능함을 깨달은 것이다.

만일 『복낙원』을 평화주의나 정적주의를 지지하는 시로 읽으면, 이 시는 이전의 정치적 산문들이나 종말론적 비전을 보여주는 『투사 삼손』과 분명히 다른 차원의 시가 될 것이다. 그러나 내면의 낙원을 향하는 이 시를 왕정복고기의 세속적 시련과 정치 상황에 대한 문학적인 반응으로 본다면, 그 내면화가 이 시의 정치성과 어떻게든 연관성을 띠게 된다. 『복낙원』은 왕권 자체에 대하여 산문에서 보여준 노골적인 공격은 아니지만, 은유적 수단을 통해 공격의 고삐를 계속 죄는 것이다. 그리스도의 십자가 수난이 아니라 광야의 유혹을 통해 진정한 순교자의 소박한 내면을 묘사함으로써, 찰스 1세의 처형 이래 순교자 이미지를 과시적으로 선전해온 스튜어트 왕조의 외적 허상과 대조하는 것이다.

1649년 처형된 찰스 1세가 왕권주의자들에 의해 순교자로 추앙받았을 때, 밀턴은 『우상파괴자』(*Eikonoklastes*)에서 왕의 거짓된 순교자 이미지를 파괴하고 진정한 순교자 상을 제시한 바 있다. 찰스의 순교자 이미지는 공화정 기간에도 존속되었고, 왕정복고 후에는 왕정복고를 하나님의 개입으로 보는 영국 국

555) Hill, *Milton and the English Revolution*, 421.

556) Joan Bennett, *Reviving Liberty: Radical Christian Humanism in Milton's Great Poems* (Cambridge, Mass.: Harvard UP, 1989), 161-202.

교회의 시각에 결정적 영향을 끼쳤다. 1660년 찰스 2세가 왕좌에 오르면서 순교자 이미지는 차츰 없어지긴 하였으나, 왕의 즉위뿐만 아니라 공화주의자들에 대한 탄압도 정치적 스펙터클 형식으로 나타났다. 왕은 극적 스펙터클을 사용하여 왕권의 질서를 더욱 공고히 하고자 했다. 찰스 1세를 그리스도와 같은 순교자로 묘사하며 종교적 신앙으로 칭송했던 왕권주의자들은 찰스 2세가 등극하자 그를 순교자 부왕의 후계자로 환호했다. 찰스 2세는 단순히 순교자 부왕의 계승자가 아니라 그 자신이 진리를 위해 온갖 곤경과 부당한 대우를 인내해 온 순교자로 여겨졌다. 이런 시각은 영국 국교회만이 합법적인 교회라는 주장으로 이어졌고, 나아가서 비국교도에 대한 탄압의 구실이 되었다.

이런 정치적, 종교적 맥락에서 쓰인 『복낙원』은, 납퍼즈의 지적을 따른다면, "순교의 의미를 다시 쓰려는" 시도였다.[557] 시의 소재를 그리스도의 십자가 수난이 아니라 광야의 유혹으로 선택한 것은 이런 목적에 부합한 선택이다. 왕정복고 이후 밀턴은 왕의 순교자 이미지에 대하여 공화정 기간에 그랬던 것처럼 노골적으로 공격할 수 없게 되었지만, 시라는 암시적 표현 수단을 동원하여 순교자임을 자처하는 왕권에 대하여 공격을 계속할 수 있었다. 밀턴의 후기 시들이 왕정복고기에 출판 허가를 받을 수 있었던 것은 그만큼 정치성을 숨길 수 있었기 때문이다. 『복낙원』에 나타난 유혹에 대한 그리스도의 내적 반응은 종교적 차원에서 읽을 수도 있고, 정치적 차원으로 대입하여 읽을 수도 있다. 밀턴의 후기 대작들은 모두 표면상으로는 초월적인 종교적 주제에 초점을 두고 있으므로, 관점에 따라 전혀 정치적인 시가 아닐 수도 있다. 설령 독자가 정치성을 감지하더라도, 시인이 의도한 정치적인 메시지와는 정반대되는 방향으로 해석할 수도 있다. 그것은 시인이 해석의 다양성을 열어놓았기 때문이며 이로 인하여 그의 시적 우수성이 평가되기도 한다.

---

557) Knoppers, *Historisizing Milton*, 35.

종교적인 관점에 국한하여 보면, 『복낙원』의 소재는 그리스도가 황야에서 겪는 사탄의 영적인 유혹으로서, 아무런 정치적 함의가 없는 듯이 보일 수도 있다. 그러나 비록 낙원의 토대는 황야에서 마련되었으나 낙원의 완성은 현실의 행동을 전제로 하며, 시련과 시험을 거치는 것으로 끝나는 것이 아니라 그 과정을 통해 일할 수 있는 현실적인 토대를 마련하는 것이라고 볼 수 있다. 그리스도는 사탄의 시험을 통과한 후, 인간구원이라는 소임을 간직하고 엄숙하게 인간구원의 현장 속으로 돌아가기 때문이다. 그의 시련과 시험은 수동적 거부에 그치는 것이 아니라 구원역사를 위한 능동적 참여를 위한 준비과정이라고 볼 수 있는 것이다. 이 시의 초월성이 결코 현실성을 배제하는 것은 아니라는 말이다. 이처럼 종교적 내면화를 종교적 구원의 준비과정으로 본다면, 시인이 꿈꿔왔던 정치적인 구원도 개인의 내면적 준비과정을 요구하는 것으로 볼 수 있을 것이다.

이제까지 『복낙원』의 정치적 맥락에 대하여 살펴보았다. 이제부터 이런 맥락을 염두에 두고, 『복낙원』의 정치적 함의를 시적인 분석을 통해 살펴보고자 한다. 이 시의 주인공인 그리스도는 광야에서 세 번에 걸친 사탄의 유혹에 직면하게 되는데 이에 대해 그가 어떻게 반응하는가 하는 것이 이 시의 중심 내용이다. 이 시의 서두에서 시인은 한 사람의 유혹을 통한 시련과 이를 극복함으로 얻어지는 "모든 인류에게 회복된 낙원"을 노래한다고 밝히고 있다.

> 한 사람의 불순종으로 인해 잃어버린
> 행복한 낙원을 앞서 노래했던 나는 이제,
> 한 사람의 확고한 순종으로 인해
> 모든 유혹과 충분한 시험을 거쳐,
> 모든 인간에게 회복된 낙원을,
> 그리고 자신의 모든 계략에서 패배하고 거부당한 유혹자를,
> 그리고 황량한 광야에 세워진 에덴을 노래하려네.

I who e're while the happy Garden sung,
By one mans disobedience lost, now sing
Recover'd Paradise to all mankind,
By one mans firm obedience fully tri'd
Through all temptation, and the Temper foil'd
In all his wiles, defeated and repuls'd,
And *Eden* rais'd in the wast Wilderness. (*PR* I.1-7)

이처럼 시의 서두에서 밝히듯이, 『실낙원』이 한 사람의 불순종으로 잃어버린 낙원을 노래한 것과 대조적으로, 『복낙원』은 모든 시험을 통과한 한 사람의 순종에 의한 회복된 낙원을 노래한다. 여기서 이 두 서사시 사이의 상이점과 유사점을 동시에 발견하게 된다. 전자는 불순종을 통한 낙원의 상실을, 후자는 순종을 통한 낙원의 회복을 노래한다는 점에서 대조적이지만, 둘 다 주인공이 받는 유혹과 (그로 인하여 상실하거나 회복하는) 낙원을 소재로 삼고 있다는 점에서 일치한다. 첫 번째 서사시에서 인간의 자유의지가 강조되고 공화주의적 사상이 스며들어 있다는 점에서 정치성을 띠고 있다면, 두 번째 서사시는 모든 (정치적인 유혹을 포함한) 유혹을 거절하며 현실과 타협하지 않고 인내하며 새로운 시대를 기다린다는 점에서 다른 차원의 정치성을 띠는 것이다.

그런데 이 두 번째 서사시에서 시인은 낙원 회복의 주제를 선정하면서도 인간구원과 관계된 그리스도의 십자가 수난에 초점을 두지 않고 하필 개인적이고 내면적인 황야의 유혹을 소재로 삼고 있는 것인가? 시인이 그리스도의 십자가 수난이나 부활의 승리를 중요시하고 있지 않아서가 아니라, 유혹의 소재가 당대의 독자들에게 전해주고 싶은 메시지를 나타내기에 더 적합하다고 생각했을 것이다. 왕정복고기의 정치적, 종교적 억압 속에서 반군주주의자들 각자가 취해야 할 바람직한 행동양식이 바로 시인이 전해주고자 하는 정치적 메시지라고 할 수 있다. 이런 메시지를 전달하기에는 그리스도의 탄생이나 수난,

부활 같은 주제보다 그가 유혹의 시련에 어떻게 대처하는가를 보여주는, 즉 좀 더 현실적인, 인간적인 주제가 더 적합하다고 생각했을 것이다.

시가 진행됨에 따라 유혹에 앞서 사탄과 벨리알(Belial)이 전략을 상의하고, 성자(the Son)와 그의 어머니인 마리아(Mary)가 대화를 하면서 극적 구조를 띠게 되고, 유혹의 각 장면은 하나의 갈등을 제공하고 여기에 화자가 해설자 역할을 한다고 볼 수 있다. 『실낙원』에서 복마전 회의가 밀턴 당시의 영국 의회를 연상시키듯이, 이 시에서 성자와 사탄의 논쟁도 당시 의원들의 논쟁을 연상시킨다. 첫 번째의 음식 유혹은 40일간의 금식으로 굶주린 성자에게 한 노인이 나타나 그가 신의 아들이라면 돌을 빵으로 만들어보고 요구한다. 성자와 사탄의 논쟁이 이어지고 성자는 기본 욕구를 자극하는 사탄의 유혹을 물리친다. 이런 개인적 욕구에 대한 유혹까지도 정치성을 찾아볼 수 있다. 하워드 슐츠(Howard Schultz)가 지적한 대로, 이 유혹이 교회사 전체를 통하여 교회에 해가 될 교회의 십일조세와 고용된 성직자의 문제를 암시한다고 볼 수도 있다.[558)]

사탄은 참모회의를 통해 성자를 유혹할 새로운 방법을 모색하게 된다. 벨리알이 미인계를 제안하고, 사탄은 세속적 영예와 대중의 칭송을 유혹의 방법으로 착안하지만, 결국 성자의 굶주림을 잘 아는 사탄은 진수성찬을 차린 연회를 준비한다.

> 우리의 구세주 눈을 들어 보았네,
> 가장 넓은 그늘진 곳 충분한 공간에
> 왕궁의 예식대로 풍성하게 펼쳐진 식탁,
> 겹겹이 쌓인 식기와 가장 귀하고 맛난 육식,
> 가루 반죽 첨가하여 튀기거나 삶거나
> 용연향(龍涎香) 스팀에 쪄낸
> 사냥한 야생동물이나 엽조(獵鳥)를.

---

558) Howard Schultz, *Milton and Forbidden Knowledge* (New York, 1599), 235.

> Our Savior lifting up his eyes beheld
> In ample space under the broadest shade
> A Table richly spred, in regal mode,
> With dishes pil'd, and meats of noblest sort
> And savour, Beasts of chase, or Fowl of game,
> In pastry built, or from the spit, or boil'd,
> Gris-amber-steam'd. (2.338-44)

이 유혹은 성서적 에피소드에서 조금 벗어난 것이다. 단순히 굶주림의 해결을 유혹의 대상으로 삼는 것이 아니라, 풍성한 식탁의 묘사는 대단히 유혹적이며 당시의 왕이나 궁궐의 사치를 엿보게 하는 묘사이기도 하다. 진수성찬의 나열은 왕정복고기의 세속적 욕망의 유혹을 확대해 보여줌은 물론, 이에 대응하는 급진적 종교집단의 정신적 태도를 암시한다. 특히 "왕궁의 예식대로" 같은 구절 속에서 당대의 왕당파들의 사치스러운 생활상을 암시한다고 할 수도 있다. 이는 나중에 로마의 유혹 장면에서 언급되는, 부패하고 사치스러운 권력을 연상시킨다. 최고급 요리의 나열은, 만일 반군주주의적 공화주의자들이 왕정복고기의 새로운 정치체제에 순응한다면 얻을 수도 있는, 상류층의 생활상을 암시하는 것이다.

두 번째 유혹 역시 정치성을 내포하고 있다. 알렉산더(Alexander)는 예수의 나이에 세계를 정복하였고, 스키피오(Scipio)는 카르타고(Carthage)에서 명성을 얻었고, 젊은 폼페이(Pompey)는 로마까지 진군했으며, 율리우스 카이사르(Julius Caesar)는 나이 들어갈수록 더 많은 영예를 추구했다는 것이다. 예수는 제국을 위한 부이든, 부를 위한 제국이든, 그런 것을 추구하지 않으며, 진정한 영예란 대중의 아첨에 있지 않고 선함에 있으며, 욥(Job)과 소크라테스(Socrates)는 어떤 군사 정복자보다 위대한 명성을 지녔다고 주장한다. 명예는 "대중의 칭송"(The peoples praise; 3.48)에 불과하고, 대중은 "혼란에 빠진 무리, 잡다한 군중"(a herd confus'd, / A miscellaneous rabble)에 불과하다는 것이다(49-50). 공화정을 추구한 밀턴이 이처럼 대중을 폄훼하는 귀족주의적 태도를 보이는 것은 왕위에 복귀한 찰스 2세를 환영하며 스스로 자유를 상실한 영국 국민에 대한 환멸을 반영한 것이라고 볼 수 있다. 이러한 아이러니는 수많은 설득과 정치적 논쟁에도 불구하고 결국 대중의 환영을 받으며 왕정이 복구되었다는 점과 무관하지 않을 것이다.

이제 사탄이 그리스도에게 왜 성서에 예언된 메시아의 소명을 곧장 수행하지 않느냐고 추궁하자, 그리스도는 역사가 하나님의 수중에 있다고 응답한다. "모든 일은 적당한 시간이 오면 가장 잘 성취된다. 그리고 모든 일에는 시간이 있다"(All things are best fulfilled in their due time,/ And time there is for all things; 3.182-83)는 것이다. 이 에피소드에서 아이로니컬한 점은 밀턴이 누구보다 지혜와 명성을 추구한 시인이었다는 점이다. 여기엔 수많은 설득과 정치적 논쟁 끝에 결국 왕정이 복구되었다는 점, 그리고 당대의 급진적 종교집단들 사이에서 서민적이고 소박한 믿음이 강조되었다는 점과 무관하지 않아 보인다.

이 유혹에서 사탄은 그리스도에게 세계의 정복자가 되는 방법까지 제시한다. 사탄은 그리스도를 산 정상으로 데리고 가서 파샤(Parthia)의 대군을 보여주며 로마를 멸망시키고 유대의 열 지파를 구원하는 방법을 제시한다. 예언도 어떤 수단의 사용 없이 어떻게 성취될 것이냐는 것이다. 이에 성자는 "아니오, 하나님과 더불어 우상을 섬기는 자들에게나 그들의 원수를 섬기게 하시오"(no, let them serve / Thir enemies, who serve Idols with God; 3.431-32)라고 체념한 듯 말한다. 이는 다시금 **왕정복고**를 환호한 영국 국민이 자유를 잃은 것은 자업자득임을 지적하는 듯하다. 그리스도는 유대민족이 아직 벌을 다 받지 못했으며 자신은 하나님의 섭리에 따른 시간을 기다린다고 응답한다. 이는 앞서 사탄의 지배에 대하여, 그리스도가 "하나님이 마땅히 나라들을 / 그대의 속임수에 내어준 것은 / 그 나라들이 우상숭배에 빠졌기 때문이라"(God hath justly giv'n the

Nations up / To thy Delusions; justly, since they fell / Idolatrous; 1.442-44)라고 한 말을 상기시킨다. 동시에 여기서 그리스도는 "내가 그대에게 말한 나의 시간이 . . . 아직 도래하지 않았소."(My time I told thee . . . is not yet come; 3.396-97]) 라며 거듭 하나님의 시간을 강조한다. 하나님의 때를 강조하는 그리스도의 태도는 세상의 종말이 도래하고 천년왕국이 올 것임을 기대하는 제5왕국파의 조급함을 비판하는 것으로 볼 수도 있을 것이다.

명예와 지식의 유혹에 이어, 사탄은 그리스도에게 로마의 장관을 보여주며 잘 다스리면 온 세계가 더 좋은 곳이 될 것이라고 설득한다. 이전의 어느 유혹보다 더 정치성을 띠고 있다. 여기서도 사탄은 로마의 부패를 지적하며 예수에게 완벽한 군주가 되어 백성들을 해방하라고 유혹한다. 이에 예수는 자신이 온 것은 "한때 승자였으나 지금은 악하고 저속하며, 마땅히 노예가 된 국민" (people victor once, now vile and base, / Deservedly made vassal; 4.132-33)을 위한 것이 아니라고 응수한다. 베르길리우스의 이니어스(Aeneas)가 로마를 건설하여 신체적 차원의 영웅적 자질을 입증했다면, 밀턴의 그리스도는 로마의 세속적 권력을 거절함으로써 영적인 차원의 영웅적 자질을 입증한다. 사탄에게 있어서, 로마제국은 "여태까지 세상의 여왕이자 나라들의 전리품으로 풍요로워진 / 위대하고 영광스러운 로마"(great and glorious *Rome,* Queen of the Earth / So far renown'd, and with spoils enricht / of Nations [4.45-47])이지만, 그리스도는 그 이면에 숨겨진 "그들의 사치스러운 탐욕과 화려한 잔치"(Thir sumptuous gluttonies and gorgeous feasts; 4.114)를 보았고, "그토록 많은 공허한 찬사와 거짓말과 어색한 아첨들(So many hollow complements and lies, / Outlandish flatteries; 4.124-25)을 본 것이다. 주인공이 정치권력의 유혹을 거절한 것을 두고 시인이 정치적 도피주의에 빠진 것으로 볼 수도 있지만, 왕정복고기의 정치적 유혹에 대하여 공화주의자들이 취할 태도를 제시한 것으로 본다면, 이 시의 정치성은 더욱 분명해진다.

로마의 권력으로도 그리스도를 유혹하는 데 실패하자, 사탄은 예수의 조숙한 지혜를 떠올리며 그리스 학문과 예술을 제안한다. 성서에는 그리스도가 세 번에 걸친 사탄의 유혹을 받지만(「누가복음」 4장), 밀턴은 여기에 아테네의 시험(Temptation of Athens)을 첨가한 것이다. 사탄은 이방 족속을 다스리기 위해서는 이방 족속의 삶의 방식을 알아야 하므로 예술과 철학과 웅변을 알아야 하는데, 자신이 이런 지식을 제공하겠다는 것이다. 그리스도가 이마저 거절하자, 사탄은 그의 수난을 예고하며 그의 왕국이 언제 도래할지도 모르는 것이라고 조롱한다. 사탄의 이런 조롱을 왕정복고기 당시 정치적 절망에 빠진 사람들에게 적용한다면, 이미 기회를 잃은 공화정을 포기하고 복원된 왕정에 협력하라는 유혹처럼 들릴 것이다. 이런 유혹을 거부하는 한, 이들이 취할 수 있는 정치적인 선택은 새로운 기회가 오기를 기다리는 도리밖에 없었을 것이다. 급진적인 종교 세력이 대부분인 혁명지지자들은 그런 정치적인 기회가 하나님의 섭리에 의해서만 가능하다고 믿었을 것이다.

그리스도가 세속적 정치권력을 거부하는 것은 그만큼, 그의 깊은 영적 내면화를 보여주기도 한다. 이 시의 시작은 하나님의 아들(the Son of God)이 성령(the Spirit)의 인도를 받아 광야를 홀로 거닐며 메시아로서 자신의 소명에 대해 숙고하는 것으로 시작된다.

> 어느 날 홀로 걸었네, 성령의 인도 받으며,
> 그의 깊은 생각은 고독과 대화하길 더 좋아했으니,
> 드디어 그는 인적 드문 곳으로,
> 생각의 꼬리를 물고 한 단계씩 이끌려,
> 변방의 황량한 사막으로 들어섰다네.
> 어두운 그늘진 곳 바위에 에워싸였고,
> 이리하여 그는 거룩한 명상에 잠겼다네.
>
> One day forth walk'd alone, the Spirit leading;

And his deep thoughts, the better to converse
With solitude, till far from track of men,
Thought following thought, and step by step led on,
He entered now the bordering Desert wild,
And with dark shades and rocks environ'd round,
His holy Meditations thus pursu'd. (1.189-95)

영적 내면화는 당시 퀘이커교도를 비롯한 급진적 종교집단들의 태도와 흡사하다. 시인은 이 시의 주제가 "영웅적인 것 이상의 행위"(deeds / Above Heroic; 1.15-16)라고 하지만, 그것은 어디까지나 "은밀하게 행해진"(in secret done; 15) 행위이다. 이런 서사시 주제는 서사시 전통을 완전히 뒤엎는 것이기도 하지만, 동시에 당시의 급진적 종교문화의 내면성에 부응하는 것이기도 하다. 주인공의 이 같은 영적 세계 속으로의 퇴각은 정치적인 후퇴처럼 보일 수도 있을 것이다. 영웅적이고 혁명적인 정치 행위를 통해 지상에 그의 왕국을 세우라고 요구(유혹)하는 사탄에게 그리스도의 행위는 도피적인 행위로밖에 보이지 않을 것이다. 그리스도 자신도 처음엔 로마의 굴레로부터 이스라엘을 어떻게 구할 것인지를 고심하기도 한다(1.217-20). 그러나 그는 정치적 해방을 위해 군사적인 혁명을 선택하기보다, "고의로 잘못을 범하진 않지만, 모르고 오도되어 / 실수하는 영혼에게 가르침을 주는(teach the erring Soul / Not wilfully mis-doing, but unware / Misled; 1.224-26) 방법을 선택한다. 이것은 세속적 권력을 거부하는 것이기도 하지만, 동시에 정치적 개혁에 앞서 지도자와 국민의 내면적 개혁이 선행되어야 함을 의미하기도 한다. 즉 정신적, 내면적 우수성이 권력자의 자격 기준이 되어야 하며, 또한 내면적 덕성을 갖춘 자는 모두 왕과도 같은 존재이기도 하다는 것이다.

그러나 내적으로 지배하며, 정열, 욕망 및 공포를

다스리는 자야말로 훨씬 왕다운 자라네.
이는 모든 현명하고 의로운 사람이 얻는 것이라네.
그리고 이를 얻지 못하는 자는 잘못된 야망으로
인간의 도시들 혹은 고집스러운 군중을 다스리고,
자신을 내면의 무정부 상태나 자신의 무법적인 정열에
종속시키나니, 그가 이를 섬기게 됨이라네.

Yet he who reigns within himself, and rules
Passions, Desires, and Fears, is more a King;
Which every wise and virtuous man attains:
And who attains not, ill aspires to rule
Cities of men, or head-strong Multitudes,
Subject himself to Anarchy within,
Or lawless passions in him, which he serves. (2.466-72)

"겉모습만 황금빛 나는 왕관"(a Crown, / Golden in shew; 458-59)을 추구하는 어리석은 자보다 자신을 다스릴 수 있는 자가 왕의 자격을 더 갖춘 자이며, 현명하고 덕스러운 자는 이렇게 될 수 있지만, 그렇지 못한 자는 고집스러운 대중을 잘못 통치하려 하고 내면적 혼란과 무질서한 정욕에 빠질 뿐이라는 것이다. 여기서 시인이 왕의 내면적 덕성을 강조하고 있음을 알 수 있다. 리처드 하딘(Richard Hardin)에 의하면, 영국 내란은 하나님의 의지가 개인의 영혼 속에 계시된다는 믿음과 관련된다고 지적한다.[559] 그만큼 청교도들에겐 왕정주의자들의 외적 허식이 타파해야 할 우상처럼 여겨졌다.

마지막 유혹에서 사탄은 예수의 신성을 확인하기 위한 마지막 시험이라며 그를 예루살렘 성전의 꼭대기로 데리고 간다. "모든 인간은 하나님의 자녀이

559) Richard Hardin, *ivil Idolatry: Desacralizing and Monarchy in Spenser, Shakespeare, and Milton* (New Wark: U of Delaware P; London: Associated UP, 1992), 164.

다"(All men are Sons of God; 4.520)라며, 사탄은 그리스도를 첨탑 위에 세우고, 그에게 똑바로 서 있든지 뛰어내리든지 하라고 요구한다. 결국, 어떤 행동을 취하든지 그의 말을 따르는 것이 될 것이다. 이에 예수는 "주 너의 하나님을 시험하지 말라"(Tempt not the Lord thy God; 4.561)고 호령하고 첨탑 위에 섰으며, 도리어 사탄이 놀라움에 사로잡혀 추락한다. 결말부는 주로 성서적 메시지를 전달하는 종말론적 승리를 예고하는 내용이지만, 이 결말은 『투사 삼손』의 결말 못지않게 극적이고 종말론적 승리에 대한 시인의 소망을 엿보게 하기도 한다. 동시에, 마지막 묘사는 당대의 영국 국민에게 일상의 현실로 돌아가 자신의 생업에 충실하기를 권유하는 듯이 보인다.

> 이렇게 그들은 하나님의 아들 우리의 온유한 구세주를
> 승리자라 노래했고, 천상의 잔치로 회복된 그를
> 즐겁게 그의 길로 인도했으니, 그는 보이지 않게
> 그의 어머니 집으로 홀로 돌아갔다네.

> Thus they the Son of God our Saviour meek
> Sung Victor, and from Heavenly Feast refresht
> Brought on his way with joy; hee unobserv'd
> Home to his Mothers house private return'd. (4.636-39)

이 마지막 대목은 『투사 삼손』이나 「리시더스」("Lycidas")의 마지막 묘사처럼 주인공이 영적(정신적) 무장을 하고 엄숙하게 일상의 삶의 현장으로 되돌아오는 모습이다. 새로운 역사를 준비하며 개인의 삶의 영역으로 돌아가는 그리스도의 모습에서 밀턴이 왕정복고기 상황에서 공화주의자들에게 제시하고자 하는 정치적 메시지를 발견할 수 있다. 파괴적인 과격한 투쟁보다 조용히 때를 기다리며 영적 내면화를 통해 내면적 자유를 먼저 찾고 내일의 때를 기다리라는 것이다. 그리스도가 겪은 광야의 시험을 인간구원의 영적 준비과정으로 해

석한다면, 공화주의자들이 겪은 왕정복고는 자유를 위한 영국 국민의 내면적 성숙의 과정이라고 해석할 수 있을 것이다.

이상에서 밀턴의 후기 대작 세 편 가운데 정치성이 가장 희박해 보이는 『복낙원』의 정치성에 대하여 살펴보았다. 이 시는 종교적 초월성이 강조되기 쉬운 성서적 에피소드를 다루고 있지만, 종교와 정치가 영국 역사상 어느 시대보다 밀접한 연관성을 띠고 있었던 영국혁명기의 특수한 정치적 맥락을 고려한다면, 이 시의 숨겨진 정치적 담론은 분명하다. 퀘이커교도처럼 핍박을 인내하며 내면적 낙원을 지향했던 청교도 독자들에겐, 이 시는 그들에게 격려의 메시지가 되었을 것이며, 반면에 제5왕국파 신도들처럼 폭력적 저항을 택하여 도리어 극심한 탄압만 초래했던 독자들에겐, 기회를 기다리며 내면적 자유를 먼저 성취하라는 메시지가 되었을 것이다.

앞서 살펴본 바와 같이, 왕정복고기의 정치적 맥락을 감안하면, 이 시는 종교적 체념이나 초월성을 강조하는 시라기보다 당대의 독자들에게 현실 속에서 취할 수 있는 정치적, 종교적 행동모델을 제시한다고 할 수 있다. 사탄이 제공하는 영적 시련과 유혹을 견디며 하나님의 카이로스(kairos)적인 시간과 섭리를 기다리는 그리스도의 대응 방식과 태도에서, 당대의 종교적, 정치적 문화 속에서 실의에 빠진 공화주의자들에게 제시하는 하나의 정치적 행동양식을 발견할 수 있기 때문이다. 종교적 측면에서 보면, 이 시의 주인공 그리스도는 사탄의 시험을 통과한 후, 인간구원이라는 소임을 간직하고 엄숙하게 인간구원의 현장 속으로 돌아간다고 할 수 있다. 마찬가지로, 정치적 측면에서 보면, 그의 시련과 반응은 당대의 정치 상황 속에서 취할 수 있는 하나의 능동적 선택이자 행위라고 볼 수 있다. 끝을 예측할 수 없는 정치적 보복과 억압의 시대에 시인은 이 시를 통해 실의에 빠진 공화주의자들에게 좌절하지 않고 인내할 수 있게 하는 희망의 메시지를 전하고자 한 것이다. 이를 위해 그는 그리스도를 묘사함에 있어서 신의 아들로서의 면모보다 인간적인 면모에 치중함으로써 모든 사람이 당대의 정치적 상황 속에서 취해야 하는 행동양식을 보여주는 것이다. 정치적 맥락을 고려하며 이 시를 읽고 해석할 때, 비로소 주인공의 단순한 종교적 시련과 반응도 정치적 의미를 띠게 된다. 그리스도의 영적 시련을 다룬 성서적 에피소드는 단순한 종교적 서사시의 차원을 넘어서게 되고, 그 정치적 의미가 새롭게 드러나는 것이다.

『실낙원』이나 『투사 삼손』과 같은 유혹의 주제를 다루지만, 『복낙원』의 주인공은 그 두 작품의 주인공들과 달리 시련을 극복하는 방식이 다르다. 밀턴은 이 시의 주인공이 당하는 시험의 특이한 시점을 선택함으로써, 유혹의 주제 자체보다 당대의 어려운 정치적 상황을 극복할 수 있는 정치적 대응 방식을 제시하고 있다. 데이비드 퀸트의 지적대로, 황야를 방황하는 성자의 시험과 선택은 약속의 땅을 정복하기 위한 준비과정이며, 제국적 정복 자체보다 더 높은 가치를 획득하는 것이다.[560] 『실낙원』에서 자유의지의 오용으로 인한 낙원 상실이 영국 국민의 자의적인 선택으로 공화정을 상실한 것과 비교된다면, 이와 대조적으로, 『복낙원』에서 완전한 인간의 모델로 등장하는 그리스도는 잘못된 선택을 보여주는 부정적인 모델이 아니라, 내면적 가치를 알고 있는 이상적인 인물로 묘사된다. 이런 묘사를 통해 왕권을 포함한 세속적 유혹에 대하여 그리스도가 어떻게 저항하는지를 보여줌으로써, 극심한 종교적 탄압 앞에서 공화주의자들이 취해야 할 행동양식을 제시하는 것이다.

그러나 『복낙원』의 정치성은 정치적 맥락에 초점을 두고 행간의 암시를 분석적으로 읽지 않는 한, 특히 현대 독자들은 파악하기 쉽지 않다. 사실상, 이 시뿐만 아니라 밀턴의 후기 삼대작 모두가 왕정복고기에 출판 허가를 받을 수 있었던 것은 그만큼 정치성을 숨길 수 있었기 때문이다. 『복낙원』에 나타난 유혹에 대한 그리스도의 내면적 반응은 종교적 차원에 국한해서 읽을 수도 있는

---

560) Davcid Quint, *Epic and Empire: Politics and Generic form from Virgil to Milton*. (Princeton: Princeton UP, 1993), 340.

것이다. 표면상으로 초월적인 종교적 주제에 초점을 두고 있으므로, 관점에 따라 전혀 정치적인 시가 아닐 수도 있다. 또한, 설령 독자가 정치성을 감지하더라도, 그의 정치적인 성향에 따라 시인이 의도한 정치적인 메시지와 상관없이 정반대되는 방향으로 해석할 수도 있다. 이는 시인이 해석의 다양성을 열어놓았기 때문이며 이로 인하여 오늘날 그의 시적 우수성이 평가되기도 한다.

3. 『투사 삼손』: 묵시적 비전과 정치 현실

1671년 함께 출간된 『복낙원』과 『투사 삼손』(*Samson Agonistes*)은 주인공의 상반된 행동양식으로 인해 서로 대조적이지만, 둘 다 유혹의 주제를 다루고 있기에 서로 비교되기도 한다. 전자는 그리스도가 사탄의 유혹을 어떻게 이겨냈느냐 하는 플롯이고, 후자는 삼손이 데릴라(Dalila)[561]의 유혹으로 어떻게 넘어졌다가 일어서느냐 하는 플롯이다. 그러나 당대 주석 문헌에서 삼손은 그리스도의 한 유형으로 여겨졌고, 엘리자베스 소어(Elizabeth Sauer)가 주장하듯이, 공화정의 실패에 낙담한 혁명가 밀턴에게 삼손의 비극적 모습은 『복낙원』에 등장하는 그리스도의 인물을 필연적으로 계승하는 인물이었다.[562] 두 작품 모두 성경적 에피소드에 근거하고 있지만, 종교적인 주제에 한정되지 않고 밀턴 당대의 정치 현실을 반영하는 주제를 담고 있기도 하다. 『투사 삼손』의 주제에 관하여 두 가지 접근 방법이 주류를 이루어 왔다. 한 가지 접근은 이 작품을 삼손 개인의 영적 재생을 그린 드라마로 보는 견해이고, 다른 하나의 접근은

561) 밀턴의 『투사 삼손』에는 'Dalila'로 표기되어 있지만, 현대어 영어 성경은 물론 King James Bible에도 'Delilah'로 표기되어 있다. 그리고 영어로 '딜라일라'로 발음되지만, 우리말 표기가 외래어처럼 "데릴라"로 사용되고 있으므로 본서에서 그렇게 표기하기로 한다. 참고로, 한글개역개정 성경과 공동번역 성경에는 모두 '데릴라'로 표기되어 있다.

562) Elizabeth Sauer, "The Politics of Performance in the Inner Theater: *Samson Agonistes* as Closet Drama," *Milton and Heresy*, eds. Sephen B. Dobranski and John P. Rumrich, 199.

시인의 역사적, 정치적 사상이 투영되어 있다고 보는 견해이다. 셔먼 호킨스(Sherman Hawkins)가 삼손의 영적 재생을 구원의 카타르시스로 본 것이나,[563] 노스럽 프라이(Northrop Frye)가 이 작품을 "고전 비극 장르에 대한 기독교적 정복"[564]이라고 본 것이나, 존 울리치(John C. Ulreich)가 "희생을 통한 구원의 기독교적 비유"[565]라고 본 것은 삼손의 영적 재생을 이 비극의 주제라고 보는 견해이다. 그러나 윌리엄 케리건(William Kerrigan)은 『예언자적 밀턴』(*The Prophetic Milton*)에서 밀턴의 창조적 시혼은 현재의 환상을 버리고 연속적 목적을 이루려는 시도에 있다고 보았는데,[566] 이러한 관점은 삼손의 개인적 재생을 밀턴의 역사의식과 관련지었다. 그 후 신역사주의 사조의 물결과 더불어 비평가들은 『투사 삼손』의 역사적, 정치적 의미에 관심을 기울이게 되었다. 메리 앤 래지노위쯔(Mary Anne Radzinowicz)는 방대한 『투사 삼손』 연구서인 『「투사 삼손」을 향하여』(*Toward* Samson Agonistes; 1978)에서 밀턴의 역사적, 정치적 입장을 다루었고,[567] 조지프 위트리치(Joseph Wittreich)는 『「투사 삼손」의 해석』(*Interpreting* Samson Agonistes)에서 삼손의 역사적 유형들을 개괄하고 밀턴의 삼손을 그러한 맥락 안에서 조명하였다.[568] 특별히 위트리치는 『투사 삼손』을 『복낙원』과 비교 대조하면서 이 두 작품의 대비성에 무게를 두고, 두 작품의 합일점을 종말론적 시각에서 찾고 있다.

『투사 삼손』에 대한 국내 연구로는 아직 단행본 규모의 연구는 없으며,[569]

563) Sherman H. Hawkins, "Samson's Carharsis," *Milton Studies* 2: 216.

564) Northrop Frye, "Agon and Logos: Revolution and Revelation," *The Prison and the Pinnacle*, ed. Balachandra Rajan, 135.

565) John C. Ulreich Jr., "'Beyond the Fifth Act': *Samson Agonistes* as Prophecy," *Milton Studies* 17 (1983): 286.

566) William Kerrigan, *The Prophetic Milton* (Charlottesville: U of Virginia P, 1974), 274.

567) Cf. Mary Ann. Radzinowicz, *Toward* Samson Agonistes: *The Growth of Milton's Mind* (Princeton: Princeton UP, 1978).

568) *Cf.* Joseph Wittreich, *Interpreting* Samson Agonistes (Princeton: Princeton UP, 1986).

이 극의 역사적, 정치적 관점을 다룬 국내의 단일 논문은 소수이다.[570] 그러나 밀턴의 종말론적 비전과 정치적 관점의 상호연관성에 초점을 두고 작품을 분석한 비평은 아직 없었다. 밀턴이 왕정복고로 인하여 정치적 희망을 접고 종교적인 구원 문제에 관심을 보인 작품으로 보든지, 아니면 종교적 구원 문제는 전면에 나타난 주제이며 중심주제는 당대의 정치적 문제라고 보는 경향이 지배적이었다.

왕정복고 이후의 상황에서 밀턴이 삼손의 이야기를 극의 주제로 선택한 것은 그가 느낀 당대의 정치 상황에 대한 불만, 좌절, 그리고 변혁에의 욕망 등을 종교적 주제와 관련지을 수 있다고 생각했기 때문일 것이다. 삼손의 이야기는 종교적인 이야기이지만, 삼손의 개인적 재생은 개인만의 문제가 아니라 민족적 해방과 관련되기 때문에 정치성을 띨 수밖에 없다. 특히 삼손의 이야기는 압제자인 블레셋으로부터 이스라엘 민족을 해방하는 파국적인 변화를 담고 있으므로 개인 차원을 넘어서 새로운 세상에 대한 절실한 희망을 담는 것이다. 여기에 삼손의 영적 재생이 묵시적 비전으로 이어지면서 강한 정치성을 띠게 된다고 생각한다. 묵시(默示)적 비전이란 하나님의 심판의 날을 계시적으로 보여주는 종말론적 비전을 말한다. 삼손이 혼자의 힘으로 다곤(Dagon) 신전의 기둥을 무너뜨리는 것은 개인의 힘이라기보다 하나님의 마지막 심판을 묵시적으로 암시한다고 볼 수 있으며, 이것은 분명히 암담한 정치 현실에서 시인이 기대할 수 있는 종교적 비전의 표출이다.

이 작품 속에 나타난 묵시적 비전은 현실역사를 초월하려는 시적, 종교적

---

569) 박사학위 논문으로 이철호, 『밀턴의 *Samson Agonistes*: 비극적 리듬과 종교적 구원』(한국외대, 1991)이 있다. 이 연구는 이 비극의 제작 시기, 장르, 전기적 사실 그리고 주제와 구조 등을 종합적으로 고찰하며 그 비극성을 규명한다.

570) 그리스와 이스라엘의 시간관의 차이점을 중심으로 이 작품에 나타난 밀턴의 역사의식을 다룬 김종두, "*Samson Agonistes*에 나타난 기독교적 역사의식"(1991)이 있고, 밀턴의 정치적 관점을 조명한 이철호, "*Samson Agonistes*에 나타난 밀턴의 정치적 메시지"(1992)가 있다.

초월성을 보여주는 비전이기도 하지만, 정치적 절망감과 더불어 아직 버리지 못한 변혁에의 희망을 내포하는 비전이기도 하다. 『실낙원』이나 『복낙원』처럼 『투사 삼손』이 밀턴의 논쟁적 산문 작품들과 근본적으로 구별되는 것은 사실이다. 시인이 논쟁적 산문에서 20여 년 동안 시인의 꿈을 접어두고 당대의 정치적 소용돌이에 뛰어들어 직접적으로 정치적인 영향력을 행사하고자 했던 반면, 그의 대표적인 후기 시작품들에서는 **왕정복고**로 인한 좌절 속에서 현실을 초월하여 더 높은 차원에서 하나님의 섭리를 정당화하고 인간 역사를 조명하고 있기 때문이다. 그러나 밀턴이 **왕정복고** 이후 자신의 정치적 신념을 고수하고 있었다고 하더라도, 공화정을 지지해온 기왕의 이력만으로도 생명마저 위협받으며 쫓기는 상황에서 그 이상 직접적인 영향력을 행사할 수 있는 논쟁적 산문을 쓴다는 것은 불가능한 상태였다. 이런 상황에서 검열제의 감시를 피하며 영국 국민에게 자신의 정치적 메시지를 당대와 후세에 길이 전달하는 방법은 문학적 마스크를 이용하여 시적인 암시성을 활용하는 것 외에는 다른 묘안이 없었을 것이다. 이런 점을 고려한다면, 이 극의 마지막 묵시적 비전은 정치적 불안과 기대감을 동시에 담고 있다고 할 것이다. 이런 맥락에서 『투사 삼손』에 나타난 묵시적 비전과 정치적 주제를 관련지어 이 두 관점이 서로 배타적인 것이 아니라 서로 밀접하게 연결되어 위안과 격려를 동시에 주고 있다는 것을 작품을 통해 조명해보고자 한다. 이를 위해 먼저 삼손의 영적 재생 과정과 그 내재적 정치적 의미를 먼저 살펴보고자 한다. "내재적 정치성"이라고 함은 밀턴 당대의 현실정치와의 연관성이 아닌 작품 내의 정치적 측면을 의미한다.

밀턴의 두 서사시의 경우와 대조적으로 『투사 삼손』은 주인공의 영적 재생에 국한하여 보더라도 논쟁의 여지를 내포하고 있다. 사실 삼손의 영적 재생 여부는 이 극의 정치성과도 밀접한 관련이 있다. 이 극의 정치성에 주목한 크리스토퍼 힐(Christopher Hill)은 이 극이 삼손의 재생에 대한 것이라기보다 정치적 복수에 관한 것이라면서 이 두 주제가 불가분의 관계임을 지적한다.[571] 그가 다곤 신전을 파괴하고 블레셋 사람 3천 명을 죽이는 것을 영적 재생의 결과로 보면, 그가 천부적으로 부여받은 민족적 소명을 수행한 것이 되겠지만, 그의 영적 재생을 인정하지 않고 마지막 장면도 실패한 영웅의 개인적 보복이나 파괴행위로 보면, 이 작품의 정치성도 소멸하기 때문이다. 따라서 먼저 그의 영적 재생에 대하여 간단히 살펴보고 이것이 어떤 정치적 의미를 띠는지 검토해보고자 한다.

삼손의 영적 재생 여부에 대해서는 이제까지 논란이 많았다. 『실낙원』과 달리, 이 극은 비록 기독교적인 구원과 관련이 지워짐에도 불구하고 주인공의 죽음을 전제하는 승리이기 때문이다. 삼손이 다곤 신전을 파괴하여 블레셋(Philistine) 사람 3천 명을 죽이고 이스라엘 민족을 해방하는 마지막 위업에도 불구하고 과거의 실패와 현실적 죽음이 수반됨으로 인하여 그의 죽음의 성격에 대하여 논쟁이 생겨난다. 다곤 신전을 무너뜨리는 삼손의 마지막 행위가 기독교적 구원을 이루는 희생의 행위라고 보는 비평가들이 있는가 하면, 그의 마지막 행위를 복수를 위한 비극적 행위로 보는 비평가들도 있다. 데이비드 로웬스타인(David Loewenstein)의 지적대로, 이 극은 삼손이 겪는 비극의 의미를 캐려는 등장인물들과 독자들에 많은 문제와 의심을 불러일으키는 드라마임에 틀림이 없다.[572]

삼손이 자기 민족을 위해 자신을 희생하고 의식을 통해 성약을 지켰다고 보는 토머스 스트룹(Thomas Stroup)은 삼손의 재생 과정이 『공동기도서』(*The Book of Common Prayer*)에 나오는 예배 의식적 절차와 닮은 것이라고 지적한다.[573] 셔먼 호킨스(Sherman Hawkins) 역시 삼손을 의식을 집행하는 사제이자

571) Christopher Hill, *Milton and the English Revolution* (New York: Viking, 1978), 442.

572) David Loewenstein, *Representing Revolution in Milton and His Contemporaries: Religion, Politics, and Polemics in Radical Puritanism.* (Cambridge: Cambridge UP, 2001), 273.

573) Thomas B. Stroup, *Religious Rite and Ceremony in Milton's Poetry* (Lexington: U of Kentucky P, 1968), 57-62.

자신을 바치는 진정한 희생자로 보고 있다(226-27). 래지노위쯔가 삼손의 회복을 코러스(Chorus)의 그것과 비교 대조하면서 하나님의 영감에 따라 율법을 넘어서서 진정한 자유를 찾는 과정으로 묘사한 것도 삼손의 영적 재생을 기독교적 희생으로 보기 때문이다.[574] 그녀는 삼손이 그의 민족에게 남긴 교훈은 각각의 개인이 자신의 구원자가 되는 것이며 그가 하나의 모범을 보였다고 주장한다.[575] 비슷한 시각에서 필립 갤러거(Philip Gallagher)는 『투사 삼손』을 『실낙원』의 타락과 회복의 양상으로 봐야 한다고 주장한다.[576] 이들의 주장에 따르면, 삼손의 생애는 아담의 생애보다 개인적으로 비극적이긴 해도 자기희생을 통해 민족적 구원의 역사에 직접 관여된다고 볼 수 있다.

반면, 삼손의 마지막 행위를 새로운 희망을 위한 희생으로 보지 않고 도리어 복수심에 의한 파괴행위로 보는 시각이 있다. 조오지 맥룬(George H. McLoone)은 이 극에서 메시아의 예언도 기독교적 구원의 예표적 비전도 발견하지 못한다고 주장한다.[577] 이 점에 있어서 밀턴의 삼손은 분명히 그의 아담과 다르다. 나아가 조지프 위트리치는 이 극에서 영감에 의한 종교적 행위가 아니라 도리어 "하나의 부정적인 본보기, 즉 하나의 경고"를 발견한다.[578] 따라서 그는 삼손의 비극은 인간 역사, 특히 밀턴 당대의 역사에 대한 비극이라고 단정한다.[579] 그리스도가 자신을 희생하여 인간구원의 역사를 성취하는 내용의 『복낙원』과 대조적으로, 이 극은 삼손의 개인적 삶을 통해 암울한 인간

---

574) Mary Ann Radzinowicz, *Toward* Samson Agonistes, 120-29.

575) Radznowicz, *Toward* Samson Agonistes: *The Growth of Milton's Mind* (Princeton: Princeton UP, 1978), 107.

576) Philip J. Gallagher, *Milton, the Bible, and Misogyny*, eds. Eugene R. Cunnar and Gail L. Mortimer (Chicago: U of Missouri P, 1990), 132.

577) George H. McLoone, *Milton's Poetry of Independence: Five Studies* (Lewisburg: Bucknell UP, 1999), 106.

578) Joseph Wittreich, *Interpreting* Samson Agonistes, 343.

579) Wittreich, *Interpreting*, 364.

역사를 보여준다는 주장이다. 밀턴의 그리스도가 역사로부터 잠재성을 찾아내어 이상을 현실로 변모시킨다면, 그의 삼손은 역사적 현실을 망상으로 변모시킨다는 것이다.[580] 비슷한 관점에서 조지프 앤서니 위트리치 2세(Joseph Anthony Wittreich, Jr.)는 삼손을 그리스도의 예표(type)가 아니라 "인간을 역사의 순환에 묶어버리는 주인공" 혹은 심지어 "악마적 패러디"라고 간주한다.[581] 존 T. 쇼크로스(John T. Shawcross)도 삼손에게서, 만일 인간 그리스도가 사탄의 유혹에 굴복했더라면 보여주게 되었을 부정적 모습을 본다.[582]

삼손에게서 부정적인 유형을 보는 것도 부분적으로 일리가 없지는 않지만, 이것은 극의 시작 부분을 기점으로 하여 삼손의 과거 행적을 중심으로 보았을 경우이다. 첫 장면에서의 삼손의 모습은 하나님의 소명을 다하지 못하고 자신의 실수로 비극적 현실을 맞이한 비참한 모습이다. 그러나 내적 영감을 얻어 이스라엘의 구원자로서의 자신의 소명을 완수하는 마지막 장면은 결코 실패한 모습이 아니다. 로웬스타인의 지적처럼, 이 극은 "영광스러운 과거와 비극적 현재 사이의 뚜렷한 분열"을 보여주면서도 또한 신의 감동으로 자신의 소명을 찾아가는 "전투적 성인"(a militant saint)을 묘사한다.[583] 자신의 실수에서 유래하는 삼손의 불가피한 죽음은 기독교적인 구원을 위한 그리스도의 죽음과는 본질적으로 다르지만, 자기희생을 통해 구원에 이바지한다는 점에서 공통점이 있다. 분명히 그는 영적 재생을 통해 다시 한 번 자기 민족을 위한 역사적 변화에 이바지하기 때문이다.

오늘날의 탈민족적 세계화 관점에서 보면, 삼손의 민족주의적 행위는 진정

580) Wittreich, *Interpreting*, 348.

581) Joseph Anthony Wittreich, Jr., *Visionary Poetics: Milton's Tradition and His Legacy* (San Marino: Huntington Library, 1979), 207.

582) Shawcross, Paradise Regain'd: "*Worthy T'have Not Remain'd So Long*," (Pittsburgh: Duquesne UP, 1988), 104.

583) Loewenstein, *Representing Revolution*, 269-70.

한 평화에 이바지하는 행위가 아닐지도 모른다. 또한 상대적인 관점에서 보면, 데릴라의 변절이나 속임수가 그녀의 민족적 애국심의 발로라고 변호할 수도 있을 것이다. 그러나 크리스토퍼 힐이 밀턴은 그녀에게 그녀 나름의 변명 구실을 제공하고 있다고 주장하는 것이나,[584] 존 울리치 2세(John C. Ulreich, Jr.)가 데릴라를 비극적 장르에 어울리는 "순전히 비극적인 인물"[585]로 본 것은 여성주의 시각의 옹호에 지나지 않아 보인다. 밀턴이 의도적으로 그렇게 묘사했다면, 그것은 삼손에게 새로운 그럴듯한 유혹을 제공하고 그 유혹에서 벗어나는 삼손의 새로운 모습, 즉 그의 영적 회복 과정을 묘사하고자 함이었을 것이다.

『투사 삼손』은 구약(Old Testament)의 이야기에 근거하여 삼손과 이스라엘의 관점에서 쓴 것이므로, 이를 블레셋이나 데릴라의 입장에서 읽는다면 해석은 달라질 수밖에 없을 것이다. 마치 『실낙원』을 사탄의 입장에서 읽으려는 사탄파(Satanic school) 비평가들이 밀턴을 사탄의 옹호자로 간주하고 하나님의 폭군으로 묘사하고 있다고 주장하는 것과 같은 맥락이다. 밀턴이 사탄이나 데릴라에게 그럴듯한 변명 구실을 제공하는 것은 사탄이나 데릴라를 옹호하려는 것이 아니라, 아담이나 삼손의 타락에 독자들이 수긍할 수 있는 동기를 제공하는 전략이라고 보는 것이 더 타당할 것이다. 아무리 데릴라의 화해 제스처가 진실처럼 보이더라도 삼손으로서는 그것을 액면 그대로 받아들일 아무런 이유가 없을 것이다. 데릴라가 삼손을 배신하게 된 이유가 블레셋 관원들의 위압과 달콤한 유인책 때문이었더라도, 남편인 삼손에게 이를 알렸다면 삼손의 보호를 받았을 수도 있었을 것이다. 밀턴은 성서에 나오는 삼손의 이야기와 달리 삼손과 데릴라를 합법적인 부부로 묘사함으로써 그녀의 위신을 높여주었을지 모르지만,[586] 그녀의 배신을 더욱 부도덕하게 만든다. 삼손의 입장에서 보면, 외부

584) Christopher Hill, *Milton and the English Revolution*, 443.
585) John C. Ulreich, Jr., "'Beyond the Fifth Act': *Samson Agonistes* as Prophecy," 186.
586) William Empson, *Milton's God*. (London: Chatto & Windus, 1961), 224.

의 공격으로부터 무방비상태인 현재 상황에서 자신을 실명까지 하게 만들었던 그녀와 화해한다는 것은 타락의 순환적 사슬에 다시 묶이는 것이 될 뿐이다.

다곤 신전에 대한 삼손의 파괴행위도 이스라엘의 편에 선 하나님의 선택, 즉 구약성서의 선민사상을 수용하지 않고는 제대로 이해할 수 없다. 구약성서의 하나님처럼 밀턴의 하나님은 절대자이며 그의 섭리나 구원역사는 상대적 관점을 배제한다. 마찬가지로 삼손의 행위나 영적 재생도 하나님의 절대적 섭리에 편입되어 이해되어야 한다. 하나님은 이스라엘 민족을 택했으므로, 그의 선민이 우상을 섬기거나 하나님의 율법을 벗어나 죄를 범하지 않는 한, 그들의 편에 서는 것은 당연하다. 그리고 우상을 숭배하거나 이방인의 신을 섬기며 이스라엘과 대적 관계에 있는 이방 족속은 이스라엘과 대적 관계이자 하나님의 원수가 된다. 이런 관계를 이해하지 못하면, 당연히 삼손의 행위를 상대적 시각에서 보게 되고 그의 영적 재생을 단순히 개인적 복수로 간주할 수밖에 없을 것이다. 또한 삼손의 영적 재생을 인정하지 못하면, 당연히 그의 초인적 행동도 하나님이 부여한 구원행위가 아니라 단순한 개인적 보복행위로 폄훼하지 않을 수 없는 것이다. 하나님의 절대적 주권에 의하여 자기 민족을 위한 지도자의 소명을 부여받았는바, 삼손에게 그의 정치적 소명 성취 여부는 삶의 이정표이며 그 노선을 따르느냐 벗어나느냐가 영적 성숙의 기준이 된다.

이렇듯 삼손의 영적 재생은 그의 역할을 둘러싼 민족적, 정치적 맥락 안에서 이해되어야 하지만, 그렇다고 정치적 상대성을 대입하여 해석하는 것은 무리가 따른다. 구약성서 시대의 역사관은 이스라엘 민족의 관점에서 기술되었고, 이런 구약의 맥락에서 쓴 삼손의 이야기를 상대적 관점에서 해석하면, 그의 마지막 행위는 타민족에 대한 단순한 학살이 될 뿐이다. 이런 접근은 이 작품의 배경이 되는 구약성서의 역사적 맥락에서 완전히 벗어난 해석일 수밖에 없을 것이다. 하나님은 이스라엘을 택하듯이 삼손을 출생 이전부터 선택한 것이다. 성서에 보면, 삼손의 등장에 앞서 이스라엘 자손은 여호와 앞에 악을 행하여 40년 동안 블레셋 사람에게 괴롭힘을 당했으며, 삼손의 활약으로 블레셋의 지배에서 벗어날 것이 예언되었다. 여호와의 사자가 마노아(Manoa)의 아내에게 삼손의 출생을 예고한 바에 의하면, 그는 "블레셋 사람의 손에서 이스라엘을 구원하기 시작"할 것이며, "이 아이는 태에서 나옴으로부터 죽을 날까지 하나님께 바치운 나실인"이라는 것이다.[587] 이처럼 삼손은 이스라엘 구원을 위해 하나님에 의해 선택받은 인물로 태어나며, 그의 불순종과 방종으로 실명이라는 위기에 봉착하여 실패한 영웅으로 전락하게 된다. 그러나 다시 자신의 과오를 뉘우치고 영적 재생을 거쳐 이스라엘을 해방하기 위한 하나님의 구원역사에 동참하게 된다. 삼손의 영적 재생과 묵시적 비전에서 내재적 정치성을 찾기 위해 좀 더 작품을 분석해 보기로 하자.

삼손이 다곤 신전을 무너뜨리기 전에 느끼는 "어떤 솟구치는 감동"(some rouzing motions; 1382)의 성격에 대해서도 논란이 많은바, 이 구절로부터 논의를 시작해 보기로 하자. 이 감동이 하나님으로부터 온 영감인가 삼손 자신의 감정인가 하는 문제도 비평가들에 따라 의견이 다르다. 최근 샤론 에이 킨스타인(Sharon Achinstein)이 삼손은 "암흑 속에서 혼합된 지혜를 제공하는 위대한 수수께끼 출제자"[588]라고 표현한 것이나, 위트리치가 16년 만에 이 극을 다시 분석한 연구서를 내놓은 것도 비평가들의 다양한 관점을 대변한다고 하겠다.[589] 이런 많은 관점이 제안되었으므로, 이제 작품의 내재적 접근이 상당히 효과적이라는 생각이 든다. 그러나 고전극의 전통에 의하면 항상 올바른 판단을 내려야 할 코러스마저도 인식의 한계를 드러내기 때문에 어느 한 인물의 주관적 판단을 따르는 것도 신중해야 한다.

587) 「사사기」 13: 5, 7.

588) Sharon Achinstein, "Samsn Agonistes." *A Companion to Milton*. Ed. Thomas N. Corns, 428.

589) Joseph Wittreich는 *Interpreting* Samson Agonistes (1986)을 낸 후 약 16년 만에 다시 거의 같은 분량의 연구서인 *Shifting Contexts: Reinterpreting* Samson Agonistes (2002)를 내놓았다.

그렇다면 다른 등장인물이 제대로 파악하지 못하는 삼손의 내면을 우리는 어떻게 파악할 수 있을까? 우리는 그의 발언과 행동, 거기에 따른 결과를 통해 판단할 수밖에 없다. 독자에게 애매하게 전달되는 삼손의 감정은 그의 발언과 행동, 결과를 종합해보면, 하나님의 영감에서 온 것이라는 판단이 든다. 그의 판단마저도 불완전한 인간의 판단이긴 하지만, 자신도 모를 어떤 영감을 느끼며 하나님의 초자연적 능력이 자신에게 다가옴을 표현하고 있다. 비평가들이 많이 인용하는 이 구절의 전후 맥락을 보면 그 의미가 더욱 분명해진다. 삼손은 마지못해 다곤 신전의 축제에 끌려 나가지만, 그것이 하나님의 뜻일 수도 있음을 직감한다.

> 그러나 그(하나님)가 어떤 중요한 이유가 있어서
> 우상숭배 의식이 벌어지는 신전에 나나 당신을
> 참석하도록 내버려 둘 수도 있을 것이오.
>
> Yet that he may dispense with me or thee
> Present in Temples at Idolatrous Rites
> for some important cause, thou needst not doubt. (1377-79)

여기서 "내버려 둘 수도 있을 것이오"라는 표현은 운문에 "dispense with"인데, 가톨릭에서 죄를 사한다는 의미, 즉 "관면하다"라는 뜻으로 쓰이기도 하고, 원래 사전적 의미가 "필요 없게 하다, 면제하다" 등의 의미를 지닌다. 하나님을 숭배하는 자는 우상 신전의 예식에 참여해서는 안 되므로, 삼손과 코러스를 거기에 참여하게 내버려 두는 것은 필요 없어서 제거하는 것과 다름없다. 과연 하나님이 삼손을 제거하는 것인가 아니면 더 큰 목적으로 사용하는 것인가. 이런 애매한 표현을 근거로 삼손의 생각이 불확실하다고 판단할 필요는 없다. 인간의 예측은 언제나 불확실성을 전제한다. 그러나 삼손은 여기서 인간이 알 수 없는 신비로운 하나님의 섭리를 겸손하게 수용하고 있다. 그러기에 하나님의 섭리를 인간으로서 알 수는 없지만, 삼손은 "어떤 중요한 이유"가 있으리라고 생각한다. 이에 대해 이해할 수 없다는 코러스에게 삼손은 도리어 그를 위로하듯 그 논란의 대상이 되어온 유명한 구절 "솟구치는 감동"을 언급한 것이다.

> 용기를 내시오, 이제 느껴지기 시작하오.
> 내 안에 어떤 솟구치는 감동 말이요
> 그게 내 생각을 어떤 특별한 일로 이끄는 듯하오.
> 나는 이 사자를 따라나설 것이라오.
> 확신컨대, 우리의 율법을 욕되게 하거나
> 나사렛 사람의 서약을 더럽히는 일은 없을 것이오.
> 마음속에 어떤 예감이 있다면,
> 이날은 내 생애 가운데 주목할 만한
> 어떤 위대한 행위가 벌어지든가,
> 내 인생의 마지막이 될 것이라오.

> Be of good courage, I begin to feel
> Some rouzing motions in me which dispose
> To something extraordinary my thoughts.
> I with this messenger will go along,
> Nothing to do, be sure, that may dishonour
> Our Law, or stain my vow of *Nazarite*.
> If there be aught of presage in the mind,
> This day will be remarkable in my life
> By some great act, or of my days the last. (1381-89)

이처럼 삼손은 결박된 몸으로 치욕과 고통 속에서 블레셋의 눈요기가 되기 위하여 이방신을 숭배하는 신전의 축제로 끌려가면서도 도리어 코러스를 위로하며 하나님의 엄청난 계획을 예상하며 자신이 그 목적에 사용될 수 있으리라고 생각한다. 자신의 잘못으로 돌이킬 수 없는 후회와 견디기 어려운 고통에 빠진 삼손은 회개의 단계를 거쳐 이제 자신의 판단보다 하나님의 섭리에 의지하는 모습을 보여준다. 자기 혼자의 영웅적 행동이 아니라 하나님의 감동을 따른 것이므로 막연히 "어떤 위대한 행위"가 있을 것이라고만 예상한다. 그 감동은 "어떤 특별한 일"을 생각하게 하고 그것은 자기 민족적 율법이나 서약을 더럽히는 것이 아닐 것이라고 확신한다. 자기 민족에게 욕되지 않는 위대한 행위라면, 그것은 결국 민족을 위한 위대한 행위를 뜻한다. 여기서 삼손의 태도는 하나님의 영감을 따라 그의 섭리에 자발적으로 동참하는 모습이다. 우리는 작품 서두에서 삼손이 부모의 반대에도 불구하고 딤나(Timna)의 여인과 결혼했던 그의 과거를 떠올리게 된다. 그때도 삼손은 자신이 이방 여자를 선택하게 된 것은 하나님의 영감에 의한 것이었다고 생각했으며 그 자신만이 마음속 충동으로 알 수 있었다고 고백한다.

그들은 알지 못했지만
나의 감동은 하나님으로부터 난 것이라오.
나는 마음속 충동으로 알아차렸으며,
그래서 그 결혼을 밀고 나갔다오. 그리하여
나는 이스라엘의 구원을 시작할 수 있었고
그것은 나의 신성한 소명이었던 것이오.

they knew not
That what I motion'd was of God; I knew
From intimate impulse, and therefore urg'd
The Marriage on; that by occasion hence
I might begin *Israel's* Deliverance,
The work to which I was divinely call'. (221-26)

이처럼 삼손은 자신의 욕망에 따라 이방 여인 딤나와 결혼한 것이 아니라 하나님의 뜻에 따라 부모의 반대에도 불구하고 그 여인과 결혼하여 자기 민족의 구원에 이바지하였음을 상기하고 있다. 성서 「사사기」에서도 삼손이 이방 여인인 딤나를 취한 것은 블레셋 치하에 있던 이스라엘을 구원코자 한 것임을 밝히고 있다. 그러나 부모조차도 그것이 여호와로부터 온 것임을 몰랐다는 것이다.[590] 즉, 하나님의 섭리는 그 영감을 받는 당사자 외에는 알 수 없으며, 더러는 당사자도 모르는 중에 영감을 받기도 한다. 여기서 우리는 삼손의 영감을 개인적인 울분으로 폄훼하면 안 된다. 만일 그의 감정이 개인적인 복수심에 불과한 것이라면, 하나님은 민족적 소명과 함께 그에게 부여했다가 그가 서약을 어김으로 박탈했던 힘을 그에게 다시 부여하지 않았을 것이다. 삼손이 데릴라를 선택한 것은 딤나의 경우와 달리 하나님의 영감에 의한 것은 아니었지만, "여전히 이스라엘의 압제자들을 제압하기를 기대하며"(still watching to oppress / *Israel's* oppressors; 232-33) 취한 행동이었다. 그러나 그가 서약을 어김으로 힘을 박탈당하게 되었으며 그녀는 "허울 좋은 괴물, 내가 걸려든 올가미"(That specious monster, my accomplisht snare; 230)가 되고 말았다. 삼손은 자신이 데릴라를 취한 것이 이스라엘을 탄압하는 자들을 억제하려는 것이었다고 변명하지만(232-33), 배신당한 것마저도 "그녀가 주된 원인이 아니라 나 자신이었다"(She was not the prime cause, but I myself; 234)고 시인하게 된다. 그러나 밀턴이 삼손의 "솟구치는 감동"을 하나님의 영감이라고 좀 더 분명하게 묘사하지 않은 것은, 하나님의 신비로운 섭리는 인간이 능동적으로 알 수 있는 것이 아니라 수동적으로 느낄 수 있음을 보여주려는 의도라고 여겨진다. 정치적 맥락에서 본다면, 밀턴이 왕정복고 후 좌절의 시대에 살면서도 인간이 예측할 수 없는 하나님의 섭리, 즉 어떤 거대한 역사적 변화를 기대하고 있다고 볼 수 있다. 그러나 영국의 역사는 현재와 미래의 일이지만, 삼손의 이야기는 과거의 사건이

590) 「사사기」 14:4: "그 때에 블레셋 사람이 이스라엘을 다스린 까닭에 삼손이 틈을 타서 블레셋 사람을 치려 함이었으나 그의 부모는 이 일이 여호와께로부터 나온 것인 줄은 알지 못하였더라."

고 독자는 삼손이 막연히 느낀 "어떤 특별한 일"이 벌어지는 것을 보고서야 그 "솟구치는 감동"의 본질을 알게 된다. 인간의 힘으로 불가능한 일, 즉 다곤 신전을 삼손 혼자의 힘으로 무너뜨리는 것을 보고서야 삼손이 그 기적에 동참한 것임을 알게 된다. 인간의 제한된 인지능력은 과거와 현재밖에 보지 못하므로 모든 판단의 진위는 마지막에야 확인된다. 모든 것은 "마지막에 가장 잘 드러난다"(best found in the close; 1748)는 **코러스**의 마지막 대사가 이를 뒷받침해 준다. 사건을 되돌아보면, 내적 성찰이 깊고 자신의 과거를 고뇌하던 삼손은 성령의 감동에 의하여 "천부적인 힘"(Heav'n-gifted strength; 36)을 되찾고 다곤 숭배자들에게 종말적인 파멸을 안겨준 것이다. 삼손이 자신의 희생을 불가피하게 받아들이며 자기 민족을 블레셋의 압제에서 해방한 것은 그가 다시금 하나님의 선택받은 도구로 사용되었음을 보여준다. 블레셋 족속에 대한 하나님의 응징이 정당한 것이라면, 영적 재생을 거쳐 응징의 희생양으로 준비된 삼손의 행위도 올바른 것이 될 것이고, 하나님의 응징이 편파적이고 부당한 것이라면, 이에 동원된 삼손의 행위도 순전히 파괴적인 행위가 될 것이다. 그러나 성서적 맥락이나 이 작품의 내재적 맥락 역시 전자의 해석을 요구한다.

삼손의 영적 재생이 정치적 맥락을 벗어날 수 없듯이, 데릴라의 배신도 정치적 맥락에서 이해할 수밖에 없다. 데릴라가 눈먼 삼손에게 다시 찾아와 화해의 제스처를 취하지만, 삼손은 정치적 맥락에서 상황을 판단하기 시작한다. 실명을 통해 자유의 가치를 볼 수 있게 되었고 신체적 자유를 잃고서야 자유의 가치를 뼈저리게 깨닫고 체득하게 된 것이다. 그는 자유란 스스로 지키지 않으면 빼앗긴다는 진리를 터득하게 되었으며, 그의 영적 재생은 결국 데릴라의 유혹으로부터 자유로워지는 것에서 시작한다. 데릴라가 눈먼 삼손에게 접근하여 용서를 구하며 그를 돌봐주겠다고 제의하자, 삼손은 다음과 같이 말한다.

내가 너의 치맛자락에 싸여 꼼짝 못 하고

완전히 노예 상태로 전락하여 살아가게 되면,
너는 어떻게 날 모독하려는가, 어찌 다시금 날 배신하여
나의 말과 행동을 너의 관리들한테 일러바쳐서 그들더러
조롱하고 비난하며 눈살을 찌푸리거나 비웃게 하려는가?
이 감옥이 너의 속박에 비하면 자유의 집으로 여겨지나니
나의 발이 너의 문턱을 넘는 일은 없으리라.

How wouldst thou insult
When I must live uxorious to thy will
In perfect thraldom, how again betray me,
Bearing my words and doings to the Lords
To gloss upon and censuring, frown or smile?
This Gaol I count the house of Liberty
To thine whose doors my feet shall never enter. (944-50)

이처럼 삼손은 육체적 자유 못지않은 영적 자유의 중요성을 깨닫게 된 것이다. 자유의 속박은 자신이 하나님의 예언을 무시하고 여인의 유혹에 넘어가 자신이 부여받은 비밀을 누설함으로 초래한 자업자득이다. 그는 그가 부여받은 민족적, 정치적 소명을 잊고 개인적 유혹에 굴복한 대가로 자유를 잃게 된 것이다. 그의 자유 상실은 곧 민족적 자유의 상실로 확대되므로 그의 모든 행위가 정치적 의미를 지니게 된다. 삼손은 데릴라가 사랑의 테스트라는 개인적 구실로 자신을 유혹하여 자신과 이스라엘을 다시금 블레셋의 지배에 들어서게 하는 정치적 배신을 했음을 깨닫게 된다. 그러므로 그녀의 새로운 접근은 자신의 언동을 블레셋 관원들에게 보고하여 조롱거리로 만들려는 것임을 예측한다. 데릴라가 블레셋 관원의 정치적 협박과 회유에 못 이겨 어쩔 수 없이 남편을 배신하고 비극의 수렁으로 밀어 넣었다면, 지금도 호시탐탐 감시를 받고 있을 그녀가 삼손을 어떻게 보호할 수 있겠는가? 삼손과 데릴라의 관계는 단순한 개인적 부부간의 관계가 아니라 이스라엘 민족과 블레셋 민족이라는 두 민족간

의 관계이다. 만일 그녀가 이미 얻은 모든 부와 민족적 찬사를 뒤로 하고 눈먼 삼손과 낯선 곳으로 도망이라도 갈 정도로 그를 사랑한다면, 그를 어찌 배신했겠는가? 그녀의 마음을 움직인 것은 삼손의 영적 감동 같은 것이 아니라 남편을 배신하고 영광과 부를 차지하는 데서 오는 갈등이다.

데릴라는 그녀의 마지막 유혹이 실패하자 드디어 정치적 본색을 드러낸다. 그녀가 마지막 유혹에서 성적 자극이라는 개인적 약점을 이용하려고 하지만, 숨겨진 목적은 정치적이다. 그녀는 "적어도 당신에게 다가가 당신 손이라도 잡아보게 해주세요."(Let me approach at least, and touch thy hand; 410-13)라며 개인적 감정에 호소하지만, 삼손이 이를 거절하기가 무섭게 그녀는 자신이 품었던 과거의 배신 동기를 스스로 재확인하고 만다.

> 그러나 내가 가장 원하는 나의 조국,
> 에크론, 가자, 아스돗, 그리고 가스에서,
> 나는 포악한 파괴자로부터 조국을 지키고자
> 혼인의 서약까지 가볍게 여긴 여성으로 기억되어
> 가장 유명한 여성들 사이에 거명되고,
> 성대한 축제 행사에서 칭송받을 것이며,
> 살든지 죽든지 역사의 기록에 남을 것이고,
> 내 무덤은 매년 향료와 화환으로 장식되리라.

> But in my country where I most desire,
> In *Ekron, Gaza, Asdod,* and in *Gath*
> I shall be nam'd among the famousest
> Of Women, sung at solemn festivals,
> Living and dead recorded, who to save
> Her countrey from a fierce destroyer, chose
> Above the faith of wedlock-bands, my tomb
> With odours visited and annual flowers. (980-87)

이렇게 데릴라가 자신의 숨겼던 의중을 드러냄으로써 이제까지 삼손에게 보여준 거짓된 화해 제스처는 더 많은 민족적 역할을 염두에 둔 의도적 접근임이 드러난다. 심지어 사후에도 블레셋의 영웅으로 불리고 자신을 기념할 것이라는 기대에 차 있다. 그녀의 유일한 관심사는 개인적 영달과 정치적 역할이라고 볼 수 있다. 그녀는 자신의 조국을 공격한 삼손을 제압하는 데에 큰 공훈을 세운 자신이 후대에 블레셋의 민족적 영웅이 될 것임을 의심치 않는다. 이런 데릴라의 속내를 파악하고 있는 삼손이 그녀의 화해 제스처를 거부한 것은 그녀가 숨기고 있는 정치적 목적을 파악하고 있기 때문이다. 이런 그의 정치적 각성이 곧 그의 영적 재생이다. "멀리서는 그대를 용서할 수 있으니, 그것으로 만족하고 떠나라"(At distance I forgive thee, go with that; 954)는 그의 말은 과거의 사슬을 끊을 수만 있다면 그녀를 용서하겠다는 뜻이다. 그는 개인적 복수심에 연연하지 않고 민족적 소명을 저버린 자신의 죄 자체를 멀리하려는 것이다. 그러기에 그는 하라파(Harapha)의 정죄와 조롱을 수용하며 다음과 같이 자신의 죄를 뉘우친다.

그대가 보여주는 이 모든 경멸, 이 해악을
나는 받아 마땅하고 그 이상도 받을 만하도다.
하나님이 나에게 정당하게 내리신 형벌임을
인정하지만, 결국 그가 용서하시리라 믿나니,
그는 항상 귀 기울이시고, 자비로운
눈빛으로 애원하는 자를 다시 받아주심이라.
이러한 확신으로 나는 다시 한 번
목숨 건 결투를 그대에게 제안하는 바이다.
결투를 통해 누구의 신이 하나님인지 결정하자고.
그대의 신인지 나와 이스라엘 자손들이 섬기는 신인지.

All These indignities, for such they are
From thine, these evils I deserve and more,

Acknowledge them from God inflicted on me
Justly, yet despair not of his final pardon
Whose ear is ever open; and his eye
Gracious to readmit the suppliant;
In confidence whereof I once again
Defie thee to the trial of mortal fight,
By combat to decide whose god is God,
Thine or whom I with *Israel's* Sons adore. (1168-77)

삼손은 자신이 지금 받는 모욕과 곤경이 하나님에게서 온 것임을 인정하고 있고 뉘우칠 뿐 아니라 하나님의 용서를 확신하고 있다. 그가 하나님의 뜻을 어겼음을 인식하고 이제 회개를 통해 자신의 의지를 하나님의 뜻과 결부시킨다. 회개하는 자를 받아주신다는 확신에서 그는 하라파에게 생명을 건 도전을 하면서 누구의 신이 하나님인지 결정하자고 승부수를 던진다. 삼손의 영적 재생이 확고해지자 이는 정치적 행동으로 연결된다. 결코 개인적 회개의 차원이 아니다. 그가 섬기는 하나님은 민족들 사이의 중립을 지키는 하나님이 아니라 그와 이스라엘 자손의 하나님이다. 삼손이 의지하는 하나님은 막연한 신(god)이 아니라 이스라엘의 편에 선 유일신 하나님(God)이기에 하라파가 섬기는 신 다곤과 대조된다. 삼손이 제안하는 자신과 하라파의 결투는 인간 사이의 싸움이 아니라 하나님과 다곤의 싸움이며 이스라엘과 블레셋 사이의 싸움이다. 따라서 삼손은 두 눈을 잃고도 "살아계신 하나님"(the living God; 1140)에 대한 믿음으로 거인 하라파에게 생명을 건 도전장을 내놓은 것이다. 이는 구약성서의 엘리야(Elijah)가 수백 명의 바알 선지자들을 상대로 여호와와 바알 중 어느 신이 하나님인지 시험해보자고 제안하면서, 맑은 하늘 아래 기도로써 하늘의 불을 구하는 장면을 연상시킨다.[591] 실명에다 묶인 몸으로 거구의 적장을 상대

591) 「열왕기 상」 18:21-24 참고

로 격투를 요청하는 삼손은 마치 홀로 하나님의 기적을 믿으며 수많은 바알 선지자들에게 도전장을 내미는 엘리야의 신앙처럼 견고해 보인다. 로웬스타인은 "하라파와 나눈 삼손의 성난 대화는 역사를 다루는 하나님의 신비로운 방식을 따르려는 그의 결심을 강화한다."고 주장한다.[592] 하라파에게 당한 수모로 인하여 그는 더욱 자신의 어리석음을 뉘우치고 하나님 편에 서게 된다는 것이다.

이처럼 삼손의 출생과 행위 모든 것이 개인적 성격을 넘어서서 민족적, 정치적 성격을 띤다. 삼손은 이스라엘 지도자들에게 민족적 속박의 정치적 책임을 돌림으로써 더 분명한 정치적 메시지를 제공한다. 아직 자신의 잘못에 눈을 돌리기보다 남의 잘못에 책임을 전가하는 단계이긴 하지만, 삼손은 극의 시작점에서 이스라엘 백성이 블레셋의 지배를 받는 것은 자신의 잘못이 아니라 그들의 잘못이라고 주장한다.

> 그 잘못은 나에게 있는 것이 아니라
> 이스라엘의 관리와 방백에게 있는 것이니,
> 그들은 하나님이 그네들의 정복자들에게
> 단지 나를 통해 행하신 그 위대한 행적을 보면서도
> 베푸신 구원을 인정하지 않거나
> 전혀 안중에도 없었음이라. 반면 나는
> 내 행위를 칭송할 야망은 없는 바이니,
> 행위 자체가, 비록 말없이도, 행위자를 웅변으로 말했음이라.
> 그러나 그들은 고집스럽게도 귀 기울이지 않았고,
> 주목할 가치도 없다고 여기는 듯했으니, 급기야
> 그들의 지배자인 블레셋 족속들이 힘을 모아
> 나를 찾고자 유대 땅에 들어왔도다.

> That fault I take not on me, but transfer

592) David Loewenstein, *Milton and the Drama of History*, 202..

On *Israel's* Governours, and Heads of Tribes,
Who seeing those great acts which God had done
Singly by me against their Conquerours
Acknowledg'd not, or not at all consider'd
Deliverance offerd: I on th' other side
Us'd no ambition to commend my deeds,
The deeds themselves, though mute, spike loud the doer;
But they persisted deaf, and would not seem
To count them things worth notice, till at length
Thir Lords the *Philistines* with gather'd powers
Enterd *Judea* seeking mee. (241-52)

비교적 극의 서두에서 이처럼 삼손은 책임을 자기 자신에게 돌리기보다 자신을 막아주지 못한 이스라엘 동포에게 돌린다. 한편으로 삼손은 이 타락의 원인을 데릴라나 자기 자신에게서 돌리며 개인적인 회개를 통해 영적인 재생을 하지만, 다른 한 편으로는 그 책임을 이스라엘 동포에게 돌림으로써 자신의 에피소드를 이스라엘 민족 전체의 타락으로 확대하는 것이다. 또한 삼손은 처음에는 개인적 비극을 후회하는 차원에 머무르지만, 차츰 그 단계를 넘어서 이를 민족적 구원의 역사와 연결 짓는다. 이는 밀턴의 두 서사시와 다를 바가 없다고 생각된다. 이 작품들에서 모두 종교성은 표출된 주제이고 정치성은 함축된 주제라고 보면 타당할 것이다. 정치성을 노골적으로 표출할 수 없는 정치적 여건에서 쓰였지만, 평생을 정치적 자유를 옹호하며 살아오게 한 신념을 버린 것은 아니기 때문이다.

이제까지 『투사 삼손』에서 주인공 삼손의 영적 재생이 정치적 맥락에서 이해되어야 함을 살펴보았다. 이제 이 작품의 마지막에 나오는 묵시적 비전이 어떤 정치적 의미를 내포하는지를 살펴보고자 한다. 성서에 등장하는 삼손의 이야기 전체가 역사적 에피소드이기 때문에 정치성을 띠고 있지만, 극의 마지막에 나오는 신전 파괴 사건은 특별한 정치성을 지닌다. 밀턴은 삼손의 생애 중 다곤 신전을 파괴하는 마지막 장면을 선택하여 그 정치적 의미를 더욱 강화하고 있다. 비록 독자는 간접적으로 전해 들을 뿐이지만, 삼손이 자신의 생을 마감하며 다곤 신전을 무너뜨리는 장면이야말로 이 작품의 클라이맥스이자 핵심적인 장면이다. 이 클라이맥스를 어떻게 이해하느냐에 따라 이 작품의 종교적 의미뿐만 아니라 정치적 의미가 달라지기 때문이다. 스탠리 피쉬(Stanly Fish)처럼 삼손의 행위를 모호하게 보면, 밀턴이 의도하는 정치적 의도도 모호해질 것이다.[593] 그러나 고전 비극의 경우와 달리 밀턴의 코러스는 여느 등장인물처럼 오판도 하고 생각을 바꾸기도 하지만, 마지막에 가서 그의 말처럼 모든 것을 제대로 파악하게 된다고 볼 수 있다. 신전 파괴 장면을 직접 보지 못한 코러스와 마노아는 삼손의 비보를 듣고 처음엔 좌절에 빠지지만, 메신저를 통해 자초지종을 듣고 이 마지막 사건의 정치적, 종교적 의미를 깨닫게 된다. 그 과정을 분석해 보면 마지막 장면뿐만 아니라 이 작품 전체가 의도하는 정치적 함의도 더 분명하게 드러난다.

신전이 무너지는 소리만을 듣고 있던 마노아에게 그것은 "어떤 불길한 사건"(Some dismal accident; 1519)이며, 삼손의 건재를 기대하는 것은 "생각하기도 주제넘은 기쁨"(a joy presumptuous to be thought; 1531)일 뿐이다. 하나님이 기적을 행할 수도 있다는 코러스의 말에 마노아는 "그(하나님)가 하실 수 있음은 나도 알지만, 그가 하실 것인지는 의심스럽다오"(He can I know, but doubt to think he will; 1534)라고 말한다. 이런 기대와 초조 속에서 기다리는 마노아와 코러스, 그리고 독자들은 신전 파괴의 현장을 목격하고 허겁지겁 달려온 메신저로부터 자초지종을 전해 듣게 된다.

자식의 비보를 듣는 마노아의 관점에서 삼손의 죽음은 이스라엘 해방을 위

593) Stanley Fish, "Spectacle and Evidence in *Samson Agonistes*," *Critical Inquiry* 15: 569.

한 위대한 구원의 희생이기에 앞서 "자해"(Self-violence; 2584)에 불과하다. 그러나 메신저는 그의 선택이 "동시에 파괴하고 파괴되어야 할 필연적인 원인"(Inevitable cause / At once both to destroy and be destroy'd; 1586-87)에서 온 것이라고 설명한다. 마노아가 보기에는 기껏해야 아들의 행위는 "너의 복수를 위해 네가 취한 끔찍한 방식"(A dreadful way thou took'st to thy revenge; 1591)에 불과하다. 그러나 메신저가 전하는 삼손의 마지막 장면은 단순히 보복적 자살행위가 아니라 하나님의 영감을 따르고 있음을 알 수 있다.

다곤 신전 뜰에서 벌어지는 축제에 끌려 나온 삼손은 "공복"(public servant; 1615)인데, 오늘날의 공무원을 뜻하는 말이 아닌 그야말로 블레셋의 노예로서 등장한다. 이스라엘의 영웅으로서 블레셋 사람들을 공포에 질리게 했던 그가 눈이 멀고 밧줄에 묶인 채 등장하자, 그들은 "그들의 무시무시한 원수를 노예로 만들어준 그들의 신을 찬양하는 함성을 지르며"(clamouring their god with praise, / Who had made thir dreadful enemy thir thrall; 1621-22) 기뻐한다. 그들의 축제는 단순한 사회적 축제가 아니라 종교적 축제이다. 그들이 보기에는 이스라엘의 하나님과 블레셋의 다곤과의 싸움에서 자기들의 신인 다곤이 이겼으며 그 증거가 삼손의 처참한 모습으로 눈앞에 펼쳐진다. 그러나 "우리의 살아계신 공포의 신"(our living Dread; 1673), 즉 하나님은 그들이 자멸을 초래하도록 "광기의 영"(a spirit of phrenzie; 1675)을 그들 사이에 보내어 자멸케 한다. 이제 삼손은 남은 힘으로 다곤 신전의 종교적 잔치에 동원되어 블레셋 사람들의 요구대로 생명을 부지하기 위해 봉사하고 있는 셈이다. 단지 생명을 부지하기 위해 다곤 신전 축제에 나왔다는 것은 사실은 그의 생존의 의미가 종교적, 정치적 차원에서 상실되었다는 것을 뜻한다. 이제 생명 부지에 구애받지 않고 자신의 소명을 다하는 것만이 그가 자신의 태생적 소명을 성취하는 유일한 방법이 된 것이다. 그러나 삼손의 마지막 선택에 대하여 우리가 알 수 있는 것은 소설이나 시에서처럼 전지전능한 일인칭 화자가 제공하는 해설이 아니라 단지 메신

저의 보고를 통해 알 수 있을 뿐이다.

> 그[안내자]는 의심하지 않고 그[삼손]를 안내했다오. 삼손은
> 그의 두 팔로 [두 기둥을] 감지했을 때, 잠시 머리를 숙이고,
> 기도하는 자처럼, 혹은 어떤 중대한 문제를 마음속 깊이
> 생각하는 자처럼 시선을 고정하고 서 있었다오.
>
> He unsuspitious led him; which when *Samson*
> Felt in his arms, with head a while enclin'd,
> And eyes fast fixt he stood, as one who pray'd,
> Or some great matter in his mind revolv'd. (1635-38)

"살아계신 하나님"을 신뢰한다는 구절을 아직 기억하고 있는 독자라면, 이 구절만으로도 삼손의 자세가 기도하는 자세라는 것은 충분히 짐작할 수 있다. 그리고 이 구절은 다음에 이어지는 묘사로 인하여 그 의미가 더욱 분명해진다. 즉, 메신저는 "드디어 머리를 곧게 세우고 이렇게 크게 외쳤다오."(At last with head erect thus cryed aloud; 1639)라며 블레셋 사람들을 향한 삼손의 마지막 모습을 묘사하고 있다. 삼손의 마지막 기도하는 듯한 모습은 자기희생과 구원이라는 아이로니컬한 순간을 엄숙하게 받아들이는 모습이다. 반면 블레셋 사람들을 향하여 마지막 말을 하는 순간 그는 다시 고개를 추켜세우고 경이로운 힘을 보여주겠다고 장담한다. 기도를 마치고 소생한 그의 힘은 삼손 개인의 힘이라기보다 천지를 뒤흔드는 듯한 초자연적인 힘이라는 것을 느끼게 한다.

> 이렇게 말하고, 그는 근육의 모든 힘을 모아 몸을 숙였으니,
> 마치 바람과 물의 힘을 견디지 못하여
> 산들이 요동할 때처럼, 그는 그 두 거대한 기둥들을
> 무시무시한 진동과 더불어 이리저리
> 당기고 뒤흔들어 마침내 무너져 내리게 하니

뒤따라 천둥소리를 내며 지붕 전체가 내려앉았다오.
그 아래 있던 모든 이들의 머리 위로 말이오.

This utter'd, staining all his nerves he bow'd,
As with the force of winds and waters pent,
When Mountains tremble, those two massie Pillars
With horrible convulsion to and fro,
He tugg'd, he shook, till down they came and drew
The whole roof after them, with burst of thunder
Upon the heads of all who sat beneath. (1646-52)

막연히 대단한 초인적 힘을 묘사하기 위한 표현이라기보다는 자연을 지배하는 자의 숨은 힘을 상징하는 듯한 표현이다. 동양적인 표현을 빌자면, 자연의 기를 모은다고나 할 것이다. 이는 『실낙원』에 나오는 천상의 전쟁에서 성자가 반역 천사들을 상대로 산을 집어 던지는 위력을 보이는 것을 상기해주는 표현이다. 인간의 힘을 넘어서는 창조주의 고유권한이라고 할 수 있는 자연을 거스르며 사용하는 기적적인 힘을 보여주는 것이다. 이스라엘의 여호와와 블레셋의 다곤 사이의 싸움은 성자와 사탄의 싸움처럼 천지를 뒤흔드는 진동과 더불어 묵시적 비전을 제공하며 결말이 난다. 천상의 전쟁과 다른 점은 여기서 삼손은 원수들과 함께 죽음을 직면하고 만다는 것이다.

삼손은 이들과 뒤섞여 불가피하게
똑같은 파멸을 자초한 것이라오.

Samson with these immixt, inevitably
Pulled down the same destruction on himself. (1657-58)

여기서 삼손의 마지막 행위에 대하여 자살이라고 보는 견해도 있지만, 민족적 소명을 다하기 위한 불가피한 선택이었다고 보는 것이 옳을 것이다. 작품에서 "불가피하게"(inevitably)라는 단어가 반복해서 사용되는 것도 이런 이유에서다. 삼손의 죽음을 단지 자신의 처참한 상태를 모면하기 위한 자해행위로 보는 것은 옳지 않다. 그렇게 보면 이 작품은 기독교적 비극이 아닌 단순한 고전비극에 불과하게 된다. 이 작품이 비극인 것은 주인공의 승리가 죽음을 수반하는 것이기 때문이지만, 기독교적 비극인 이유는 거기에 이스라엘의 구원이 수반되기 때문이다. 이스라엘의 관점에서 볼 때, 삼손의 죽음은 블레셋의 압제자들로부터의 해방을 위한 불가피한 제물로 인식되는 것이다. 삼손의 비극은 그의 영적 재생을 통해 자신의 타고난 소명을 성취하기 위한 기도하는 모습과 함께 평가되어야 할 것이다. 이런 이유에서, 로웬스타인은 밀턴이 삼손의 죽음과 연관된 성경 구절의 암시를 차단하고 그의 죽음을 자살로 오해되지 않도록 묘사하고 있음을 지적한다.[594] 성서에는 "삼손이 이르되 블레셋 사람과 함께 죽기를 원하노라"[595]라고 되어 있어 자살로 오해될 수 있다. 밀턴은 순교자를 존경의 대상으로 생각하지만,[596] 삼손의 죽음을 의도적 선택으로 만들지 않고 불가피한 수용으로 묘사한다. 그의 죽음에 대한 코러스의 평가는 시인 자신의 평가라고 볼 수 있다. 왜냐하면 극의 마지막은 더 이상의 논평도 대화도 없이 코러스와 세미코러스(Semichorus)의 대화로 끝나기 때문이다. 삼손의 죽음에 대한 코러스의 평가는 기독교적 비극의 역설적인 개념에 가깝다.

> 오, 값지게 산 복수지만 영광스럽도다!
> 살아서나 죽어서나 그대는 성취한 것이니

594) David Loewenstein, *Representing Revolution*, 287.

595) 「사사기」 16:30.

596) *The Tenure o Kings and Magistrates*, *CPW* 3:221. 삼손의 순교를 옹호하는 주장은 Rama Sarma, *The Heroic Argument: A Study of Milton's Heroic Poetry* (London: Macmillan, 1971), Ch. 7 참조.

이스라엘에게 그대가 하리라고 예언되었던
그대의 사명을 완수했도다. 그리고 그대는
그대가 죽인 자들 사이에 이제 승리한 모습으로 누웠도다.
그대는 스스로 죽임당하였으나 의도적인 바 아니라
긴박한 불가피성으로 무리에 휩싸여 죽은 것이니,
그 죽음의 법칙은 그대가 여태 평생 죽인 숫자보다
많은 수의 원수를 죽이고 함께 죽게 하였도다.

O dearly - bought revenge, yet glorious!
Living or dying thou hast fulfill'd
The work for which thou wast foretold
To *Israel*, and now ly'st victorious
Among thy slain self-killed
Not willingly, but tangled in the fold,
Of dire necessity, whose law in death conjoined
Thee with thy slaughtered foes in number more
Than all thy life had slain before. (1660-68)

지배국과 피지배국의 관계에 있던 블레셋과 이스라엘 사이에서 일어나는 분쟁에서 삼손의 역할은 이스라엘을 구원하는 소명을 띠고 출생하였으므로, 그의 삶의 성공 여부는 적을 멸망시키거나 적어도 이스라엘인 동포를 그 압제에서 구출하느냐에 달려 있다. 이전에 삼손이 블레셋을 공격했을 때도, 개인적 보복과 연관되지 않았던 것은 아니었으니,[597] 삼손의 활약은 개인적 보복처럼 보이는 경우도 블레셋을 무력화시키는 민족적 사명과 무관하지 않다. 그러나 성서에 등장하는 삼손은 자신의 실명에 대한 개인적 복수를 기원하지만,[598] 밀

597) "삼손의 아내는 삼손의 친구였던 그의 친구에게 준 바 되었더라"(「사사기」 14:20). 영어 성경에는 "축제에서 그와 함께 했던 친구들 중 하나"(one of his companions who had attended him at the feast)라고 되어 있다.

턴의 삼손은 민족적인 복수를 추구한다. 그 복수는 묵시적인 비전과 결합하여 우주적 차원에서 일어나는 하나님의 최후 심판을 암시하기도 한다. 그러므로 이 구절은 비극이라기보다 승리의 찬양이다. 이런 맥락에서, 블레셋 압제자들에 대한 살상 공격은 작가 밀턴이나 삼손에게 전혀 문젯거리가 아니다. 밀턴은 1651년 이미 국왕 살해를 옹호하는 글에서 삼손이 기도로써 도움을 구하고 한 번의 공격으로 많은 폭군을 살해한 것을 칭송한 적이 있다.599) 나라를 억압하는 압제자들을 죽인 것은 신앙에 저촉되지 않는다는 것이다. 그러므로 삼손의 행위를 보복은 또 다른 분쟁의 씨앗이라는 일반적 논리를 적용할 것이 아니라, 적어도 이스라엘 민족을 위한 정치적 행위로 해석해야 할 것이다. 그러기에 다곤 신전을 무너뜨리고 값진 보복을 한 것은 그가 태생적으로 부여받은, 이스라엘을 위하여 예언된 바 있는, 자신의 소명을 완수한 것이며 영광스러운 승리라고 할 수 있다. 그의 죽음은 과거의 실수로 인하여 불가피하게 된 것이며, 현재 상황에서 죽음 자체가 도리어 구원일 수도 있고, 그렇지 않은 희생이라고 하더라도 생전에 이룩한 것 이상의 승리를 수반하는 희생이다. 이스라엘의 구원을 위한 목적이 성취된 희생이므로 개인적으로 의도된 단순한 자살로 볼 수는 없을 것이다.

그렇다고 삼손의 죽음은 이스라엘의 구원이라는 민족적 명분에만 묶여 있는 것이 아니다. 위의 코러스의 평가에 이어 세미코러스는 다곤 신전에서 멸망한 블레셋 사람들에 대하여 그들이 하나님의 진노를 자초한 것이라고 평가한다. 그들의 축제는 단순히 사람들이 모여서 즐기는 것이 아니라 다곤 신을 숭배하는 의식이라고 볼 수 있다. "우상숭배에 취하고 술에 취한"(Drunk with

598) "삼손이 여호와께 부르짖어 이르되 주 여호와여 구하옵나니 나를 생각하옵소서 하나님이여 구하옵나니 이번만 나를 강하게 하사 나의 두 눈을 뺀 블레셋 사람에게 원수를 단번에 갚게 하옵소서 하고"(「사사기」 16:28).

599) *A Defense of the People of England*, *CPW* 4.1: 402.

Idolatry, drunk with Wine; 1670) 블레셋 사람들은 멸망을 자초하였으며, 그런 광기조차도 여호와, 즉 "우리의 살아계신 두려움의 대상"(our living Dread; 1673)이 보낸 것이다. 이들이 내면의 눈이 멀어 멸망을 자초하면서도 이를 알지 못하지만, 삼손은 비록 소경이 되었으나 내면의 눈으로 그의 덕성이 밝게 타오른다.

그러나 비록 그가 눈은 멀고
멸시받으며 아주 탈진한 모습이었으나,
내면의 눈으로 빛을 밝히니
그의 불타는 덕성은 잿더미로부터
갑작스러운 불꽃으로 타올랐도다.

But he though blind of sight,
Despised and thought extinguish't quite,
With inward eyes illuminated
His fierie virtue rouz'd
From under ashes into sudden flame. (1687-91)

이처럼 삼손은 외적 눈은 멀어도 내적 눈을 뜨고 자신의 덕성을 회복하여 이스라엘 구원에 도움을 주게 되었다. 갑작스러운 불꽃으로 타오른 그의 덕성은 이스라엘의 구원을 가져왔고, 생전에 평생 이룩한 것 이상의 승리를 거둔 것이다. 그러므로 그의 죽음은 아담의 "다행한 타락"(*Felix culpa*; the fortunate fall)[600] 역설만큼이나 역설적인 승리이다. 삼손의 덕성은 상실되고 무너진 것 같았지만, 잿더미 속에서 잠복하고 있다가 갑자기 불꽃으로 타올라 더욱 강한 생명력을 보이므로 불사조에 비유되기도 한다.[601] 불사조에 대한 해석은 구구

600) "다행한 타락"의 역설은 인간의 영적 구원이 타락 이전보다 더 좋은 낙원으로 이어진다는 역설을 말하며, 이에 대한 논의는 Tillyard, *Milton*, 242; Hill, *Milton and the English Revolution*, 352를 참고할 것.

하지만, 여기서 주목할 것은 삼손이 다시 영적으로 소생하여 예언된 그의 사명을 완수했다는 점이다. 그러기에 아들의 죽음을 애도해야 할 마노아는 다음과 같은 마지막 결론을 남긴다.

> 오라, 오라, 지금 애도할 시간도 없고,
> 더구나 그럴 이유도 없도다. 삼손은
> 삼손답게 생명을 끝냈으며, 영웅적으로
> 영웅적인 생애를 마감했도다. 그의 원수들에게
> 충분히 복수하고, 그들에게 수년의 슬픔을 남겼도다.
> . . . .
> 이스라엘에게
> 영예와 자유를 남겼으니, 이스라엘 사람들에게
> 이 사건으로 인하여 용기를 얻게 하였으며,
> 그 자신과 아버지의 가문에 영원한 명성을 남겼도다.
> 최선이자 가장 다행한 것은 이 모든 과정에서
> 염려한 대로 하나님이 그에게서 떠난 것이 아니라
> 끝까지 은혜를 베푸시고 도우셨음이라.

> Come, come, no time for lamentation now,
> Nor much more cause, *Samson* hath quit himself
> Like *Samson*, and heroicly hath finish'd
> A life Heroic, on his Enemies
> Fully reveng'd, hath left them years of mourning,
> . . . .
> To *Israel*
> Honour hath left, and freedom, let but them
> Find courage to lay hold on this occasion,

601) 불사조의 상징에 내포된 아이러니와 복합적 의미에 대해서는 Joseph Wittrech, *Shifting Contexts* 261-68을 참조할 것.

To himself and Fathers house eternal fame;
And which is best and happiest yet, alll this
With God not parted from him, as was feard,
But favouring and assisting to the end. (1708-20)

마노아의 이 발언은 모든 자초지종을 지켜본 그의 마지막 해석이며 아들을 잃어버린 아버지의 판단이다. 아들의 죽음 소식을 듣고 처음에 "자해"에 의한 것으로 알고 슬퍼했던 아버지였으나, 이제 자초지종을 듣고 아들의 죽음을 영광스럽게 생각한다. 아들의 죽음에도 불구하고, 그는 민족을 구한 영웅의 아버지가 된 자부심을 느끼고 있다. 이런 민족적 정치성은 마지막에 종교적 위안으로 장식된다. 민족적 구원도 중요하지만, 아버지로서 마노아에게는 아들 삼손의 영적 구원이 최고의 위안이다. "최선이자 가장 다행한 것"은 "하나님이 그에게서 떠난 것이 아니라 / 끝까지 은혜를 베푸시고 도우셨음이라"는 고백이다. 이제 삼손의 죽음은 자살이 아니라 "그토록 고귀한 죽음"(a death so noble; 1724)이 되었다. 이러한 판단은 코러스의 마지막 묵시론적 해석에 따라 더욱 분명해진다.

우리가 종종 의심을 하지만, 만사는 최선이라오.
최고의 지혜에 의한 미지의 섭리가
초래하는 것일진대.
그리고 만사는 마지막에 가장 잘 드러나는 법이라오.
종종 그는 자신의 얼굴을 숨기는 듯한데,
그러나 예상치 않게 되돌아와서
자신의 충성된 투사에게 영광스럽게도
적절히 증인이 되어주셨다오.

All is best, though we oft doubt,
What th' unsearchable dispose

Of highest wisdom brings about,
And ever best found in the close.
Oft he seems to hide his face,
But unexpectedly returns
And to his faithful Champion hath in place
Bore witness gloriously. (1745-52)

이 구절은 최후의 심판을 연상시키는 묵시적 비전을 보여주고 있다. 모든 일의 결과는 종국에 이르러서야 알 수 있으며, 인간은 그 결과를 예측할 수 없기에 마지막 순간이 올 때까지 인내하며 기다릴 수밖에 없다. 이전에 코러스의 발언은 때로 불완전하고 제한된 관점을 보여줬지만, 이 극의 결론과도 같은 발언이야말로 시인 자신의 관점을 대변해준다고 하겠다. 인간은 모든 자초지종을 보고서야 판단할 수 있기 때문이다. "만사는 최선이라오"하는 말은 삼손의 행적에 대한 마지막 판단이기도 하지만, 이 세상 자체에 대한 묵시적 비전을 표현하는 말이기도 하다.

이상에서 삼손의 영적 재생과 마지막 장면의 묵시적 비전을 내재적 정치성과 관련지어 살펴보았다. 한마디로, 삼손의 삶과 승리는 밀턴의 묵시적 비전을 보여주는 하나의 예이다. 특히 삼손이 다곤 신전을 무너뜨릴 때 지축을 뒤흔드는 듯한 초자연적 파괴력은 최후 심판의 날에 대한 묵시적 비전을 제공한다. 이런 비전은 그 자체로서도 정치성을 지니지만, 밀턴 당시의 역사적 상황에 대입시킬 수 있으므로 정치적 연관성이 강조된다. 사실 **왕정복고** 후 밀턴의 정치적 상황은 삼손의 상황과 비슷한 점이 많았고, **영국혁명**과 왕정복고기 동안에 세속적 권력자들을 거부했던 급진적인 종교적 작가들은 질투와 진노의 하나님이 우상숭배자에게 가했던 구약성서에 나오는 복수의 윤리를 강조했다고 한다.[602] 따라서 이 묵시적 비전의 내재적 정치성이 확인되면, 당연히 밀턴 당대의 정치적 맥락과 연결될 수밖에 없다. 문학이 그 작품 안에 내재적 정치성을 내포하면, 독자는 그 정치성을 자신을 둘러싼 정치적 상황에 대입시켜 교훈을 얻거나 감동한다.

비록 이 극의 결말이 암시적으로 역사적 판단을 하나님의 섭리에 맡기는 듯하지만, 그것이 곧 그의 종교적 체념을 보여주는 것은 아니다. 하나님의 신비는 인간이 예측할 수 없고 파악하기 어려운 것이기에, 단지 성령의 내적 감동에 따라 행동할 것을 요구한다고 할 수 있다. 왕정이 복구되고 공화국의 꿈이 사라진 문필혁명가인 시인에게 삼손의 영웅적 행위가 지닌 의미는 아마 종교적 의미 이상의 정치성을 띠고 있다고 할 수 있다. 그 정치성이란 당대의 절망적인 정치적 상황에서 시인이 모든 것을 하나님의 섭리에 맡기는 종교적 체념으로 채색되기도 하지만, 종국적으로는 모든 것이 최선의 결과를 가져올 것이라는 종교적 신념에 근거한 정치적 희망이기도 하다. 공화정을 추구하던 밀턴과 수많은 공화주의자에겐 왕정복고 이후의 세상은 정치적 절망에 찬 나날이었을 것이다. 이런 정치적 상황에서 모든 것은 최선의 결과를 가져올 것이라는 메시지는 공화정을 추구했던 당대의 독자들에게 평화와 위안을 제공했을 것이다. 이 극의 마지막에 표현된 대로, 하나님이 그의 백성을 "평안과 위로와 더불어 / 그리고 모든 격정을 쏟아내고 평온한 마음 가지게 하여 내보냈듯이"(With peace and consolation [he] hath dismist, / And calm of mind all passion spent), 밀턴도 좌절과 실의에 빠진 당대 독자들에게 평안과 위로를 주고 있다.

동시에, 밀턴이 마노아와 같은 시각에서 삼손의 마지막 선택을 "영웅적인 생애"로 본다면, 영국 국민에게도 삼손의 활화산 같은 정열적 행동을 기대한다고도 할 수 있다. 이 극의 마지막은 묵시적 비전으로 끝나는 듯하지만, 사실은 현실 세계를 무시하는 것이 결코 아니다. 마지막에 아들의 장례를 위해 집으로 시신을 운구하는 것도 독자들의 시각을 현실로 돌려놓는다. 『실낙원』에서 아

602) Loewenstein, *Representing*, 281.

담과 이브가 마지막 비전을 통해 구원의 역사를 계시 받고 심지어 "다행한 타락"이라는 결론에까지 이르지만, 그들의 육체적 죽음과 낙원 추방은 되돌리지 못하듯이, 삼손이 다시금 회개를 통해 하나님이 부여한 태생적 힘을 회복하여 민족구원의 기적을 일으키지만. 그는 육체적 죽음을 피하지 못한 채 희생물로 바쳐진다는 생각도 든다.

그러기에 독자는 다곤 신전의 재앙이 블레셋의 재앙이자 이스라엘의 구원이라는 코러스의 발언에도 불구하고, 삼손이 블레셋 사람과 더불어 죽임을 당하게 되며, 이스라엘 민족의 구원도 영원한 것이 아니라 일시적임을 간과할 수 없다. 블레셋 사람들에게 "수년간의 슬픔"을 남기지만, 다시 이스라엘 사람에게 슬픔이 찾아올 수도 있을 것이다. 따라서 이스라엘 민족의 미래 역사는 그들 자신의 지속적인 정치적, 종교적 선택에 따라 좌우될 것이다. 이것이 밀턴이 위로와 더불어 주고자 하는 정치적 경고 메시지라고 본다. 이 극은 당대의 독자들에게 하나님의 섭리에 모든 것을 맡기라는 종교적 위안과 더불어, 지속적인 선택을 독려하는 숨은 정치적 메시지를 담고 있다. 시인이 삼손의 마지막 타오르는 덕성을 가리켜 불사조에 비유하였듯이, 밀턴의 정치적 신념 역시 이 마지막 작품에서도 종교적 포장 속에서 불타오르고 있다. 요컨대, 이 극에서 밀턴의 묵시론적 비전과 현실적 정치성이 역설적으로 교차하면서 새로운 역사적 대안을 모색하게 한다.

5장

밀턴의 자유사상과 낙원의 내면화

이제까지 밀턴의 초기의 습작시, 산문 논쟁, 후기의 대표적인 시작품을 영국혁명의 정신과 관련지어 분석하고 조명해 보았다. 그의 모든 글에서 영국혁명과 관련된 자유사상이 스며든 것을 확인한 바이다. 전제군주의 폭정에 항의하고 공화정을 수립하려던 밀턴의 노력은 자유를 향한 양심의 발로였음은 의심의 여지가 없다. 밀턴의 시가 오늘날까지 혜안이 있는 독자들에게 감동을 줄 수 있는 이유도 문학과 삶의 일치에서 찾을 수 있을 것이다. 불굴의 의지로 자유를 인간 조건의 중심에 두고 이를 위해 삶의 모든 정열을 바쳐 투쟁한 결과물인 산문 논쟁이 왕정복고를 맞아 물거품이 된 듯하였으나, 후대의 자유민주주의 발전에 이바지한 바가 크며, 또한 그 후에 빛을 보게 된 그의 위대한 시작품들이 좌절 속에서도 이런 위대한 자유사상 위에 꽃피어 난 것이기에 더욱 빛나는 작품이 된 것이다. 결국, 밀턴의 혁명적 자유사상은 종교, 개인, 사회 및 정치의 차원에서 고르게 표출되었고, 이 모든 결실이 인간의 존엄성을 회복하려는 노력의 결과이며, 사회개혁을 위한 지식인으로서의 헌신의 결과인 셈이다. 그는 시인으로서의 꿈과 사명을 뒤로 미루고 현실적으로 절실하게 여겨지는 사회적 문제에 눈을 돌려 영국 국민에게 종교적 억압과 관습의 노예근성에서 탈피하여 자유 시민으로 거듭날 것을 촉구한 것이다. 그의 모든 사상의 핵심이 자유사상에 바탕을 두고 있는바, 자유를 억압하는 모든 대상에 대해 그는 저항했고 필봉으로 맞서 싸웠다. 비록 밀턴의 산문이 현실적 요청에 따른 것이요 그의 후기 시들은 초월적 비전의 산물이라고 하더라도, 또한 그가 근본적으로 하나님의 섭리를 믿는 기독교 시인임을 인정하더라도, 그의 산문에 나타난 자유사상은 르네상스 휴머니즘과 기독교적 자유를 접목하는 역설적 개념인 기독교적 휴머니즘의 결실이었다고 할 수 있다. 따라서 그의 자유사상이 현대적 개념의 민주주의 사상에는 미흡하더라고,[603] 국가, 사회 및 교회 속에서의 개인의 자유를 향상하려는 지성인으로서의 의무감은 수 세기가 지난 오늘날까지 그의 산문 속에 살아 지식인들의 각성을 촉구하고 있다.

19세기 초에 낭만주의 시인, 윌리엄 워즈워스(William Wordsworth)가 부패한 영국 사회의 회생을 기원하며 추모했던 밀턴의 문학과 사상이 과연 21세기 지구 반대편의 먼 나라에서 살아가는 우리에게 어떤 의의를 지닐 수 있으며, 어떤 연관성을 지닐 수 있을 것인가?[604] 밀턴의 문학은 우리 시대를 위한 메시지를 찾기 위해 때로는 대서사시 『실낙원』에 나타난 잃어버린 낙원 속을 거닐거나, 때로는 그 후속편 『복낙원』과 『투사 삼손』의 주인공처럼 고뇌하며 현실

603) 밀턴이 현대적 개념의 민주주의 사상을 가졌다고 볼 수는 없다. 비록 개인적 판단의 중요성을 강조한 개신교 지도자였지만, 당시는 일반 국민의 정치참여 등을 생각할 수 있는 시대는 아니었다. 그래서 그의 정치사상은 귀족 성향이 없는 바가 아니지만, 영국혁명에 있어서 하층민들의 역할을 새로이 제기하여 주목을 받는 저명한 역사가 크리스토퍼 힐(Christopher Hill)은 『밀턴과 영국혁명』(*Milton and the English Revolution*, 1978)에서 밀턴과 그의 문학을 당대의 급진주의자들과의 관계에서 조명하고 있다.

604) William Wordsworth, "London, 1782." 참조.

적 이정표를 찾거나, 산문 논쟁에 귀를 기울이며 혁명의 역사를 반추해 보기도 한다.

영미문학은 물론 서양 문학 및 근대사의 발전에 끼친 밀턴의 지대한 영향이야 재론의 여지가 없지만, 밀턴 연구가 점차 세계적으로 확장되어왔다는 사실은 그의 문학이 셰익스피어의 문학 못잖게 오늘날까지 그 영향력을 끼치고 있음을 보여준다. 그리고 그 원동력은 시대가 바뀌어도 적용될 수 있는 불변의 가치를 지향하기 때문이라고 생각한다. 어떤 작가의 문학이 시공을 초월하여 광범위한 영향력을 행사하게 되는 이유는 보편적 가치성이나 현실적 적용성이 뛰어난 경우이다. 밀턴은 이 두 가지 성격을 동시에 지닌 작가이기 때문에 그 영향력이 세월이 지나도 쇠퇴하지 않고 있으며, 그의 문학과 사상에 관한 연구는 그치지 않는다.

영국혁명은 밀턴의 생애에 중심을 차지하고 있고, 그 혁명 정신은 그의 자유사상에 근거하고 있으며, 개인, 가정, 사회, 국가 등 다방면에 걸쳐서 자유를 옹호했다. 그러다가 왕정이 복구된 후, 그는 현실적인 대안으로 내면적 낙원을 강조하게 되지만, 그것이 곧 자유사상을 포기한 것은 결코 아니다. 현실적 상황이 표현의 자유마저 말살할 때, 그 상황을 인내하며 때를 기다리는 것이고, 미래에 대한 희망을 잃지 않는 하나의 방편인 것이다. 어차피 완전한 자유가 보장되지 않는 타락 후의 세상에서 현실적으로 가능한 낙원은 내면적 낙원이므로 외적 자유를 내면화한 것이라고 할 수 있다. 그러기에, 인간의 역사가 계속되는 한, 밀턴이 서사시의 중심주제로 다룬 낙원의 이야기는 원초적 고향에 대한 영적 향수로 남아 있을 것이며, 그것은 물리적 낙원이 불가능한 현실에서 낙원을 내면화하는 셈이다. 『실낙원』의 마지막에서 미가엘 천사가 낙원에서 추방되는 아담과 이브에게 "훨씬 더 행복한 내면의 낙원"(A paradise within thee, happier farr; 12.587)을 가질 수 있으리라는 소망의 메시지를 주는 것도 진정한 자유는 마음속에 있음을 강조하는 것이다. 우주의 비밀을 알고, 세상의 모든 부와 권력을 얻는다고 해도, 이 세상에서 가능한 낙원은 정신적 가치에서 찾아지리라는 것이다.

결국 밀턴의 자유사상은 외적 자유에만 국한된 것이 아니라 정신적 자유를 더 강조한 셈이다. 밀턴이 정치적 자유를 주창한 것도 종교의 자유와 깊은 관련이 있으며, 종교의 자유란 결국 내면의 자유를 뜻하는 것이다. 윌리엄 케리건(William Kerrigan)이 밀턴을 데카르트(Descartes)나 칸트(Kant)보다 나은 스승이라고 규정하고, 그들을 바위섬들에 비유하면서, 밀턴을 살아있는 거대한 해수(海獸) 리바이어던(Leviathan)에 비유한 것은 이러한 역동성 때문이라고 생각한다.[605] 데카르트나 칸트가 당대의 철학적 사상을 박물관의 유물처럼 물려주었다면, 밀턴은 살아있는 가치체계를 물려준 셈이다. 21세기 접어들어 출판된 조지프 위트리치(Joseph Wittreich)의 『왜 밀턴이 중요한가: 그의 작품에 붙이는 새로운 서론』(*Why Milton Matters: A New Preface to His Writings*, 2006), 나이젤 스미스(Nigel Smith)의 『밀턴은 셰익스피어보다 더 좋은가?』(*Is Milton Better Than Shakespeare?*, 2008), 그리고 존 레오나드(John Leonard)의 『밀턴의 가치』(*The Value of Milton*, 2016) 등 세 권의 밀턴 소개서는 한 평생 산문과 시문학을 가리지 않고 자유의 가치를 드높이려 했던 밀턴의 진가를 보다 많은 대중에게 알리려는 시도라고 할 수 있다. 세 권 모두 밀턴에 대한 입문서 성격을 띠면서도, 밀턴의 정치성과 자유사상에 초점을 맞추고 있음을 볼 수 있다. 이는 밀턴의 생애나 문학이 **영국혁명**이라는 역사적 맥락 안에서 형성되었을 뿐만 아니라, 영국 역사는 물론 세계사적으로 공화주의와 민주주의 사상의 발전에 지대한 영향을 끼쳤음을 부인할 수 없기 때문이다. 오늘날도 군주제가 존재하지만, 과거의 절대군주제에 비하면 왕의 권한이 대폭 축소되었거나 명목상의 군주국으로서 입헌군주국인 경우도 많다. 혹은 왕이 없고 공화정을 표방하지만, 북한처

---

605) William Kerrigan, "Milton's Place in Intellectual History," *The Cambridge Companion to Milton*, ed. Dennis Richard Danielson, 266.

럼 실제적으로는 군주국이나 다름없는 세습적 독재를 하는 경우가 있다. 결국, 정치체제에서 자유를 얼마나 보장하느냐가 민주주의의 척도가 아닐까 한다.

이를테면, 청교도의 후예인 양 기독교 근본주의에 기초하여 자유와 민주주의를 수호하려 했던 조지 부시(George Bush) 행정부의 미국은 세계의 경찰국가이기를 자처하였고, 이에 테러리즘으로 맞선 중동의 알카에다 세력은 미국의 패권에 도전하여 결국 9.11 테러까지 일으켰다. 공교롭게도 2001년에 일어났던 9.11 테러로 사망한 숫자 2,977명은 밀턴의 『투사 삼손』의 주인공 삼손이 다곤 신전을 무너뜨리며 죽인 블레셋 사람 3천 명과 비슷하다. 위트리치에 따르면, 이런 세계적 대결 구도 속에서 "밀턴은 우리가 비극에 직면하여 세상 악의 축을 넘어서—적을 악한 제국으로 단순히 거부하는 것을 넘어서서—더 애매한 현실까지 통찰하도록 하므로 중요하다."는 것이다.[606] 미국의 조지 부시(George Bush) 대통령 이후로, 버락 오바마(Barack Obama) 대통령이 포용적 외교정책을 펼쳤으나 중국의 세력만 키우게 되었으며, 남중국해에서 항해의 자유마저 위협받는 사태에 이르자, 도널드 트럼프(Donald Trump) 대통령은 대중국 강경노선을 이어갔던 것이다. 지금도, 아니 앞으로도 언제까지일지 모르지만, 세계는 자유민주 국가들과 전제적 사회주의 국가들 사이의 대결 구도가 이어지고 있고 이어질 것이며, 그렇게 지속될 것이다. 물론, 밀턴의 문학이 현대의 국제 질서에 직접적인 상관은 없지만, 오늘날의 자유세계의 이념적 근간인 공화주의를 옹호하였고, 자유를 억압하는 전체주의식 국가주의에 대항하였다는 점에서, 영국혁명은 물론 미국혁명이나 프랑스혁명 등 자유의 가치를 드높이고 확산시킨 공로는 크다고 할 것이다.

밀턴의 생애와 작품이 이 시대의 정치적, 이념적 관점의 중요한 부분이라고 주장한 나이젤 스미스는 그 이유로서 밀턴의 작품이야말로 역사적으로 미

606) Joseph Wittreich, *Why Milton Matters: A New Preface to His Writing* (New York: Palgrave Macmillan, 2006), 172.

국의 건국을 둘러싸고 제기되었던 자유의 개념과 논의에서 지배적인 역할을 했기 때문이라고 주장한다.[607] 미국의 건국이념에 끼친 밀턴의 영향을 들어 오늘날 그의 영향력을 인정하려는 셈이어서 다소 논리적 비약이 있어 보일 수도 있지만, "밀턴의 작품이야말로, 구시대적 인본주의라든지 시장으로 몰린 통화주의(monetarism)라든지, 우리 문명과 그 가치의 지울 수 없는 일부"[608]라는 스미스의 주장은 공감이 된다. 프랑스 혁명기를 전후하여, 개인의 자유를 중시했던 영국의 낭만주의 시인들, 즉 윌리엄 블레이크(William Blake), 퍼시 비쉬 셸리(Percy Bysshe Shelley), 윌리엄 워즈워스(William Wordsworth) 등은 밀턴을 자유의 옹호자 시인으로 신봉하였고, 그의 작품에서 영국이 나아갈 이정표를 찾고자 했다. 또한 밀턴의 자유사상은 오늘날도 여전히 현대인의 자유사상의 지표가 되며, 그의 문학에서 우리 시대의 갈등을 읽거나 해석하기도 한다. 우리 시대 역시 자유를 최고의 가치로 인정하면서도 여전히 세계는 자유롭지도 평화롭지도 못하며, 자유의 쟁탈전이라도 벌리듯이 국가들은 모두 자유를 표방하면서도, 정작 자유를 억압하는 세력의 기세는 꺾이지 않는다. 오늘날 수백 년 전의 밀턴 시대만큼 여전히 자유가 억압되는 국가들도 엄존하고 있다.

자유를 둘러싼 이런 정치적 이념의 충돌과 갈등이 계속되는 한, 밀턴의 문학과 자유사상은 독자들에게 자유의 영감을 제공할 것이고, 문학비평가는 물론 역사가의 주목을 받지 않을 수 없을 것이다. 밀턴에게 있어 자유란 인간성의 근간이므로 정치적 차원만의 문제가 아니고 존재론적 차원에서도 핵심적인 가치이다. 그는 인간구원이 하나님의 예정에 따라 정해진다는 존 칼뱅(John Calvin, 1509-1564)의 예정설을 따르기보다 인간의 자유의지를 믿는 아르미니우스(Jacobus Arminius, 1560-1609)의 주장을 따랐다. 칼뱅은 구원받을 자와 멸망할 자를 하나님이 예정했다는 이중 예정을 주장한 반면, 아르미니우스는 하나님의

607) Nigel Smith, *Is Milton Better Than Shakespeare* (Cambridge: Harvard UP, 2008), 3-4.
608) Smith, *Is Milton Better Than Shakespeare?*, 4-5.

절대적 예정이 오직 그리스도를 통한 구원이라는 교리적 맥락에만 적용되며 개개인의 구원은 절대적인 것이 아니라 자유의지에 의한 선택에 달려있다고 주장하였다.[609] 밀턴이 인간의 자유의지를 강조한다는 점에서 아르미니우스주의 뿐만 아니라 이탈리아의 이성주의 신학 사상인 소지니주의(Socinianism)에 가깝다고 여겨지기도 하지만, 이 교리는 그리스도의 신성은 물론 극단적 합리주의에 입각하여 하나님의 예지(foreknowledge)까지 부정하기 때문에 그가 이 교리에 전적으로 동의하지는 않았다.[610]

밀턴은 하나님의 섭리와 예지를 인정하면서도 결코 칼뱅의 예정설을 받아들이지 않을 만큼 인간의 자유의지를 양보하지는 않았다. 틸야드(E. M. W. Tillyard)의 지적대로, 밀턴의 자유의지론은 그가 어떤 행위에 의미를 부여하는 조건이 될 뿐만 아니라 자유의지의 가치에 대한 그의 신념을 표현하는 것이다.[611] 밀턴의 이러한 신념은 그의 산문 작품은 물론 시작품에서도 분명하게 드러나 있다. 그는 『실낙원』에서 하나님의 입장에서 하나님의 예지와 인간의 자유의지에 대하여 다음과 같이 말한다.

> 내가 미리 알았더라도,
> 예지가 그들의 과오에 영향을 끼치지 않았을 것이며,
> 예견하지 못했더라도 마찬가지로 분명히 증명되었으리라.
> 그러므로 운명이나 나에 의해 변화되지 않게 예견된
> 그 어떤 것의 충격이나 영향도 받지 않고,
> 그들은 죄를 범하였으며 그네들의 창조자가 되었나니
> 그들이 판단하고 선택하는 모든 것에서 그러하니라.

---

609) 윌리스턴 워커 외(Walker, Williston, et al.), 송인설 역., 『기독교 교회사』, 599-604 참조.

610) Dennis Richard Danielson, *Milton's Good God: A Study of Milton's Theodicy* (Cambridge UP, 1982), 156.

611) E. M. W. Tillyard, *Milton*, rev. ed. (London: Chatto & Windus, 1930; Harmondsworth: Penguin Books, 1966). 227..

내가 그들을 자유롭게 지었으니 자유롭게 살아가리라
그들이 스스로를 속박할 때까지. 그렇지 않다면 내가
그들의 본성을 바꾸어, 그들의 자유를 명한
영원불변의 높은 천명을 철회해야 할 것이니,
그들 스스로 자신들의 타락을 정했음이라.
첫 번째 무리는 그들 자신의 착상으로
스스로 속고 스스로 타락하였으나,
인간은 다른 첫 번째 무리에게 속아서 타락하도다.
그러므로 인간은 은총을 입을 것이나
다른 무리는 아니니라. 자비와 공의 모두에서
천지지간 나의 영광이 그렇게 드높여지겠지만,
자비가 시종 가장 밝게 빛나리라.

if I foreknew,
Foreknowledge had no influence on their fault,
Which had no less prov'd certain unforeknown.
So without least impulse or shadow of Fate,
Or aught by me immutablie foreseen,
They trespass, Authors to themselves in all
Both what they judge and what they choose; for so
I formd them free, and free they must remain,
Till they enthrall themselves: I else must change
Thir nature, and revoke the high Decree
Unchangeable, Eternal, which ordain'd
Thir freedom, they themselves ordain'd thir fall.
The first sort by thir own suggestion fell,
Self - tempted, self - deprav'd: Man falls deceiv'd
By the other first: Man therefore shall find grace,
The other none: in Mercy and Justice both,
Through Heav'n and Earth, so shall my glorie excel,
But Mercy first and last shall brightest shine. (*PL* 3.117-34)

밀턴 당대에 종교적 논쟁거리의 하나였던 하나님의 예정과 인간의 자유의지(free will)와의 관계를 논하는 대목이다. 여기서 밀턴은 예지(foreknowledge)와 자유의지의 무관성을 말하면서도 하나님의 예정에 대해서는 언급조차 하지 않는다. 인간의 자유의지를 방해하지 않는 예지를 전능자 하나님의 속성으로 인정하면서도 칼뱅이 주장하는 예정설은 인정치 않는 것이다. 인간 개인의 구원과 형벌을 하나님이 만세 전에 예정했다고 주장하는 칼뱅의 예정설을 인정할 경우, 인간의 타락은 인간의 잘못이 아니라 하나님의 잘못된 예정 때문에 일어난 것으로 치부될 것이기 때문이다. 인간의 타락과 관련하여 하나님의 예정을 인정할 경우, 자유를 중시하는 하나님이 자신의 자유를 예정으로 말미암아 스스로 속박하는 모순이 생긴다. 선한 전능자가 인간의 악한 타락을 가져오도록 스스로 예정해놓은 것이 되기 때문에, 하나님이 예정을 통해 악한 결과에 스스로 예속된다는 존재론적 자기모순을 초래하게 되는 것이다.

만일 하나님의 자유가 속박되는 부분이 있다면, 그것은 스스로가 선한 자가 되어야 하고 선한 결과를 가져오는 자여야 한다는 조건에서 기인할 것이다. "선의 어버이"(parent of good; 5.153)인 하나님이 선한 창조주라면, 그에게 모든 것이 가능하다고 해도 스스로 악한 자가 될 수는 없는 것이다. 또한 창조주로서 스스로 선한 자일 수밖에 없다면, 모든 창조된 존재는 선한 것이어야 한다. 그러기에, 밀턴이 자신의 신학 사상을 집대성한 『기독교 교리』(*Christian Doctrine*)에서 모든 존재 자체가 선한 것이라고 주장하는 것이다.

> 존재는 선한 것이고, 따라서 무존재[nonentity]는 선하지 않다. 그러므로 선한 것에서 선하지 않은 것이나 무(nothing)를 만들어내는 것은 하나님의 선과 지혜와 일치하지 않는다. 더구나 하나님은 어떤 것도 소멸시킬 수 없다. 왜냐면, 무를 만들어냄으로써 그가 만들어냄과 동시에 만들지 않는 것이 될 것이며, 이는 하나의 모순을 내포한다. (*CPW* 6: 310-11)

이처럼 선한 창조자에게서 나온 모든 만물이 선한 것이어야 한다고 생각한 밀턴은 인간의 타락이나 죄악이 선한 하나님의 예정으로 인하여 일어나는 것을 인정할 수 없었을 것이다. 그러므로 밀턴은 이 세상의 악과 인간 타락의 원인을 자유의지에서 찾을 수밖에 없었다. 하나님은 선의 테두리 안에서 자유를 속박당한다고 할 수 있으나, 그에게서 창조된 모든 것이 선이기 때문에, 그것은 속박이라기보다 그의 속성 자체의 보존이라고 볼 수 있을 것이다. 창조된 인간은 절대자처럼 선 안에 절대적으로 머물게 창조된 존재가 아니고, 자유의지를 통해 선을 선택할 수 있을 뿐이다. 이런 맥락에서 자유야말로 밀턴이 생각하는 인간존엄성 자체의 조건이며 인간의 타락과 하나님의 섭리를 설명하는 근간이다. 하나님 자신이 서사시의 등장인물이 되어 자기 입장을 옹호하기 때문에 천지의 창조자로서의 초월적 신성을 훼손하고 자기변명에 급급한 논쟁가의 모습을 보여주기도 하지만,[612] 그만큼 시인의 자유사상이 이 서사시의 핵심을 이룬다는 것을 알 수 있다.

물론, 밀턴의 자유사상은 신학적, 존재론적 차원의 추상적 이론에 머물지 않는다. 밀턴은 수많은 산문 논쟁을 통해 현실정치의 개혁을 위하여 자유의 가치를 역설하였다. 그의 산문들은 가정적, 종교적, 공민적 자유를 위한 문필혁명가로서의 투쟁의 산물이자 영국혁명의 중요한 기록물이라고 할 수 있다. 그러나 정치적 자유의 문제를 논하는 경우, 그는 왜 자유가 중요한지를 근본적으로 캐묻고 인간의 이성과 하나님의 섭리와 관련하여 설명한다. 언론자유의 경전으로까지 불리는 『아레오파기티카』(*Areopagetica*; 1644)에서도 그는 자유의지에 의한 이성적 선택의 중요성을 인류 역사의 기원으로까지 거슬러 올라가서 강조한다.[613]

612) 시적 등장인물로서의 밀턴의 하나님(Miltonic God)에 대한 연구로는 Michael Lieb, *Theological Milton* (Pitttsburgh, Penn: Duquesne UP, 2006)을 참고할 것.

613) 밀턴은 『아레오파기티카』에서 검열법이 새로운 진리를 찾는데 방해가 된다고 주장하며 새로운

수많은 사람이 아담이 죄를 짓도록 묵인한 것에 대해 신의 섭리를 비난합니다. 바보 같은 소립니다! 하나님이 그에게 이성을 주었을 때, 하나님은 그에게 선택할 자유를 주었습니다. 이성은 선택일 뿐이기 때문입니다. 그렇지 않다면, 그는 단지 인조 아담(Artificial Adam), 인형극에 나오는 것 같은 아담이었을 것입니다. 우리 자신은 강제된 순종이나 사랑이나 선물을 높게 평가하지 않습니다. 하나님은 그러므로 그를 자유롭게 두셨고, 거의 항상 그의 눈 안에 자극적인 대상을 놓아두셨던 것입니다. 여기에 그의 공과가 있었고, 여기에 그가 받을 보답의 권리가 있었으며, 그의 절제에 대한 칭찬이 있었습니다. (*CPW* 2: 527-28)

인간에게 부여된 선택의 자유가 "하나님의 숭고한 섭리를 정당화한다"(528)는 밀턴의 주장은 『실낙원』의 중심주제와도 일치한다.[614] 자유의지에 의해 선택의 기회가 인간에게 부여되지 않았다면, 인간 타락의 근본적 책임은 인간이 아닌 하나님에게 귀결될 수밖에 없기에, 인간의 자유의지야말로 "하나님의 도리"(the ways of God; 1.26)를 정당화하는 방편이 된다.

이처럼 밀턴은 자유를 하나님의 섭리이자 인간존엄성의 기본조건으로 보기 때문에, 밀턴의 산문뿐 아니라 시문학도 자유사상을 중심주제로 다룬다. 자유의 개념이 충돌하는 오늘날의 세계정세 속에서 밀턴의 자유사상은 밀턴 당대를 넘어서는 중요성을 지닌다. 밀턴의 공화주의 사상은 군주제에 대한 반대개념으로서 자유사상에 기반을 두고 있는 것이며, 근래에 많이 연구되어온 주제이기도 하다. 그러나 오늘날 문제는 반민주적인 전제정치를 하는 국가들마저도 자유나 민주주의를 전면에 내세우고 있다는 것이다. 가까운 예를 하나 들자면, 북한은 **조선민주주의인민공화국**(Democratic People's Republic of Korea)이다. 국가

진리를 찾기 위해 "신교 자유"(Toleration)가 필수적임을 설파한다. 아이로니컬하게도 밀턴의 이러한 주장이 결실을 본 것은 공화정이 아닌 왕정복고 이후 찰스 2세 치하에서 1689년 의회에 의해 신교 자유령(Act of Toleration)이 제정되어 비국교도들에게도 예배의 자유를 허용하게 되면서이다. 이는 명예혁명(Glorious Revolution; 1688)의 결실을 확고히 한 조치 가운데 하나다.

614) Cf. *Paradise lost*, 3.95-128.

명칭만으로 보면, 북한은 주권이 국민(인민)에게 있는 최고의 자유 민주국가처럼 보인다. 공화국이란 주권이 한 개인이나 특정 집단에 집중되어 있지 않고 모두 국민에게 나누어져 있는 정치체제를 뜻한다. 하지만, 공화국을 표방하는 북한이 공화국의 개념과는 거리가 멀다. 실제적으로는 국민에게 주권이 있지 않고 자유가 억압되며, 군주국가 이상으로 억압적인 세습 독재국가이다. 표면상으로는 세계 어느 국가보다 더 민주적인 국가임을 자랑하고 있다. 당연히 자국의 인권 문제가 국외에서 거론되면, 도리어 제국주의적 내정간섭이라고 주장한다. 이런 모순의 시대에 밀턴의 문학이 호소력을 지닐 수 있는 이유는 그의 문학이 이런 상반된 주장으로 인해 제기되는 모순된 요소들을 보여주고 해석의 보편적인 틀을 제공하기 때문이다.

이처럼 자유사상이 밀턴 문학의 중심주제로 자리 잡고 있지만, 서사시적 보편성과 초월성으로 인해 시대를 초월한 초월적 관점에서 읽히기도 하며 그 우수성을 주목받기도 한다. 『실낙원』 한 작품만 놓고 보더라도 검열을 피해 산문 논쟁을 그만두고 시적 상상력과 비유를 통해 정치적 소신을 피력하고 있다고 볼 수 있지만, 왕정이 재개되고 현실정치에 실망한 시인이 모든 정치적 이상을 당분간 체념하고 초월적 종교사상으로 귀의한 것이라고 주장 할 수도 있다. 따라서 밀턴의 자유사상은 실제적인 정치사상인 동시에 존재론적인 종교사상이기도 하다. 그래서 타락 후의 진정한 자유는 마음속 낙원으로만 가능하다는 교훈으로 보여주기도 한다. 이런 관점에서, 밀턴의 시문학은 종종 정치성을 초월한 순수 문학으로 읽히기도 한다. 앞서 언급한 적이 있지만, 로버트 팰런(Robert Fallon)은 밀턴의 삶과 문학의 정치적 측면에 초점을 맞춘 두 권의 연구서를 내놓을 정도로 그의 정치적 배경을 깊게 연구하였음에도 불구하고, 세 번째 연구서에서는 밀턴의 정치성을 배제하고 선악의 우주적 대결 구도에 초점을 맞추어 그의 문학에 접근하였다.[615] 이는 밀턴의 문학이 정치적 측면에 초점을 두고 읽을 수도 있고, 그 반대로 종교적 초월성에 초점을 두고 읽을 수도 있음을 보여주는 예이다.

밀턴 문학의 초월성에 매료된 연구자에게는 밀턴의 문학을 연구하는 것에 대하여 어떤 이유를 되묻는 것 자체가 지나치게 실리적인 접근처럼 보일 수도 있을 것이다. 필자가 1994년 캐나다의 브리티시 컬럼비아 대학(University of British Columbia)에서 열린 제4회 국제밀턴심포지엄에 참석했을 때, 인도에서 온 어느 학자에게 그의 종교가 뭐냐고 물었더니 불교도라고 했다. 그래서 당신은 기독교 작가인 밀턴에게 어떻게 흥미를 갖게 되었냐고 되물었더니, 그는 대뜸 밀턴의 "내면의 낙원"(paradise within)을 언급하면서 불교적 유심론과 같다고 했다. 그가 이해하는 마음속 낙원은 정치적 투쟁을 위시한 세속의 모든 욕망을 버린 구도자의 평화로운 마음 상태를 생각했을지도 모른다. 아이로니컬하게도, 그해 심포지엄에서 발표된 정치적 주제의 논문들을 모아서 이듬해 단행본으로 출간하기도 하였다.[616]

문화나 문명이란 인간의 무한한 욕구를 채우기 위한 개발의 결과물이라고 할 수 있지만, 그런 문화적 발달이 필연적으로 인간을 행복하게 해주는 것은 아니다. 바로 이런 까닭에, 현대인은 세속을 벗어나 원초적 낙원을 희구하며 그것이 현실적으로 불가능하기에 마음속 낙원을 갈구하게 된다. 네덜란드의 신학자 데시데리위스 에라스무스(Desiderius Erasmus of Rotterdam, 1466-1536)는 자신의 대표작 『우신예찬』(*In Praise of Folly*, 1509)[617]에서 인디언을 지상에서 가장 행복한 종족으로 묘사한다. 황금 같은 시절을 살아온 이 단순한 종족에게는 학교의 지식은 불필요하며, 자연만으로도 그들은 행복했다. 즉, 욕망의 대상을 스스로 만들어가며 그것을 모두 채우려 하기보다 욕망의 대상을 줄이며 현실

---

615) 본서 각주 485를 참조할 것.

616) 그 결과물이 바로 Stanwood G., *Of Poetry and Politics: New Essays on Milton and His World* (New York: Medieval & Renaissance Texts & Studies, 1995)이다.

617) *The Praise of Folly*로 번역되기도 하였음.

에 만족하는 삶이 더 행복할 수 있다는 것을 보여준다.

20세기 한 세기 동안 인류가 이룩한 문화발달은 그 이전의 수천 년 동안 이룩한 것보다 더 많이 발전하였다. 그러나 그만큼 인간의 욕망도 팽창하였기 때문에 인간의 행복감은 문화발달과 반비례하며 도리어 인간에게서 멀어지는 듯하다. 1998년 런던정경대학(LSE)이 조사한 바에 의하면, 그 당시 가장 행복한 나라는 방글라데시(Bangladesh), 아제르바이잔(Azerbaijan), 나이지리아(Nigeria)가 각각 1, 2, 3위를 차지했다. 그 후 2002년 영국의 심리학자 로스웰(Rothwell)과 인생 상담사 코언(Cohen)이 만들어 발표한 행복지수에서도 방글라데쉬가 1위를 차지했다고 한다. 물론 이런 행복지수는 국민의 절대적인 행복감을 기준으로 조사한 것으로서 다분히 주관적 기준이다. 근래에 부탄 왕국(Kingdom of Bhutan)이 행복지수 1위라고 조사된 것도 국민의 행복감 자체를 수치화한 것으로 다분히 주관적인 조사에 의한 것이다. 가난한 나라들이 주관적 행복감을 나타내는 행복지수에서 상위권에 속하는 이유는 여러 가지로 설명할 수 있겠지만, 행복이 외적 여건보다 주관적 마음 상태에 기인한다고 설명할 수 있을 것이다.

상대적인 행복지수 조사로서, 2012년부터 유엔 산하 자문기구인 **지속가능발전해법네트워크**(SDSN)가 갤럽과 함께 발간하고 있는 **세계행복지수보고서**는 1인당 국내총생산 GDP, 사회적 지원, 기대수명, 사회적 자유, 관용, 부정부패, 미래의 불안감 등 총 7가지 지표를 기준으로 삼고 있는데, 2021년 **세계행복지수보고서**에 의하면, 필란드, 덴마크, 스위스, 아이슬란드, 노르웨이 순으로 조사되었고, 경쟁이 심하지 않고 사회복지가 잘된 나라들이 행복지수가 높은 것으로 나타난다. 이 기준으로 보더라도, 단순히 물질적 풍요가 행복을 결정하지 않는다는 것을 알 수 있다. 세계적으로 유래 없는 고도성장과 민주화를 해온 한국은 고작 61위를 차지하고 있는데, 그 주된 요인은 과도한 경쟁과 비교의식 속에서 생겨난 불만족감 때문이 아닐까 한다. 한 마디로 내면의 낙원이 없기 때문이다.

에라스무스의 행복한 인디언이나 가난한 국가의 높은 행복지수는 행복이 마음 상태에 따라 좌우됨을 보여준다. 문화의 발달과 더불어 무한한 욕망의 노예로 전락하고 있는 현대인에게 밀턴의 마음속 낙원은 자유사상 못지않게 필수적인 행복의 조건을 제시하고 있다. 밀턴의 산문에서는 정치적 자유가 전면에 나타나지만, 그의 시작품에서는 자유와 마음속 낙원이 균형을 이루고 있다고 볼 수 있어 독자의 성향과 관점에 따라 어느 쪽의 중요성이 더 강조될 수 있을 것이다. 따라서 정치적 접근을 경계하며 문학적 전문성을 강조하는 접근방식도 얼마든지 가능하다. 독자반응 비평이론으로 유명한 밀턴학자 스탠리 피쉬(Stanley Fish)에게 그의 옛 친구가 "올여름에 자네는 무엇을 하고 있는가?"라는 묻자, 피쉬는 "『실낙원』에 대하여 글을 쓰고 있다네."라고 했고, 그의 친구가 다시 말하기를, "그러나 그건 30년 전에 자네가 한 말이잖아?"라면서 의아한 태도를 보이자, 피쉬는 "옳아, 그래도 다시 한 번"이라고 응수했다고 한다.[618] 물론 피쉬의 이런 주장은 문학 연구의 전문성을 강조하며 탈정치화를 주장한 그의 취지에서 나온 말이지만, 그가 문학 연구를 정치변화의 수단으로 접근하는 것에 대하여 반대한 것이지, 정치적 변화 자체에 대하여 반대하거나 밀턴의 문학 속에 나타난 정치적 메시지를 부정하는 것은 아니다.

그러나 피쉬의 이런 탈정치적 비평 입장이 도리어 테러리즘을 확산시키는 논리라고 공격받기도 한다. **탈구조주의**(Poststructuralism) 내지 **포스트모더니즘**(Postmodernism)의 다양한 관점 수용이 행위의 보편적 기준을 부정하여 테러리즘에 취약하게 한다는 것이다. 이에 대해 피쉬는 문학비평가로서의 행위와 다른 영역에서의 행위 사이에는 상관성이 없다고 주장한다.[619] 문학을 정치변화

618) 스탠리 피쉬, 『문학연구와 정치적 변화』, 송홍한 역 (동인, 2001), 206.

619) Stanley Fish, "There Is Nothing He Cannot Ask," *Milton in the Age of Fish: Essays on Authorship, Text, and Terrorism*. Ed. Michael Lieb & Albert C. Labriola (Pittsburgh, Penn: Duquesne UP, 2006), 243-44, 262.

의 직접적인 수단으로 이용하려는 자들에게는 실망스러운 태도로 보이겠지만, 피쉬는 독자가 문학작품에서 정치적 변화의 메시지를 찾거나 공감할 수 있지만, 이를 정치적 변화의 수단으로 삼는다면, 목적을 이룰 수도 없고 문학적 전문성에서 멀어지기만 할 것이라고 경고한다. 문학작품의 해석이 정치적 효과를 초래할 수는 있을지라도, 그것은 모든 것이 경쟁이라는 협소한 의미의 정치성을 벗어나지 못한다는 것이다.[620] 영문학 교수이자 법학 교수로서 학제적 연구의 대변자와도 같은 그가 한 말이기에 공감이 간다. 우리가 밀턴의 문학에서 그의 자유사상에 심취하고 연구를 하게 되는 것은 어떤 정치 교과서를 읽는 것과는 다르다. 그의 자유사상은 문학적 상상력이라는 수단을 통해 표현되기 때문에 끝없는 반향을 불러일으키고 자유의 가치에 공감하면서도 마음속 낙원을 희구하게 만든다. 피쉬가 30년 동안 연구한 『실낙원』을 "그래도 다시 한 번" 연구하게 되는 것처럼 말이다.

오늘날 우리가 사는 세계는 유물론이 지배하는 공산주의 국가들이 대부분 몰락하였지만, 자본주의 정신 역시 물질만능주의나 다름이 없기에, 현대인은 도덕적 타락과 영적 갈증에 허덕이고 있다. 이런 현대인에게 밀턴이 『실낙원』 마지막에 천사 미가엘을 통해 제시하는 마음속 낙원은 신앙과 무관하게 현실 속에서 행복을 찾는 하나의 방편이 될 것이다. 서사시 마지막 부분에서 미가엘은 선악의 싸움으로 점철된 인간 역사의 질곡을 아담에게 보여주고 나서, 그에게 다음과 같은 권면을 한다.

단지 그대의 지식에
합당한 행위를 더하라. 행위에 믿음을,
믿음에 덕을, 덕에 인내를, 인내에 절제를,
그리고 그 모든 다른 것의 진수이고

620) 스탠리 피쉬, 『문학연구와 정치적 변화』, 102.

이름하여 박애라고 불리는 사랑을 더하라.
그리하면, 그대가 이 낙원을 떠나도
싫지 않을지니, 그대는 갖게 되리라.

onely add
Deeds to thy knowledge answerable, add Faith,
Add virtue, Patience, Temperance, and Love,
By name to come call'd Charitie, the soul
Of all the rest: then wilt thou not be loath
To leave this Paradise, but shalt possess
A paradise within thee, happier farr. (12.581-87)[621]

기독교인이든 다른 종교 신자이든, 심지어 무신론자라고 하더라도, 마음속 낙원을 갖기 위한 이런 전제조건에 대하여 거부감을 느낄 사람은 거의 없을 것이다. 지식에 합당한 행동, 믿음, 덕성, 인내, 절제, 그리고 사랑을 갖게 되면, "훨씬 더 행복한 마음속 낙원"을 갖게 되리라는 것이다. 이런 내면의 행복은 비단 기독교만의 덕목이 아니다. 대부분 종교는 세속적 욕망을 벗어나 마음을 비우고 내면의 행복을 추구하도록 이끌기 때문이다. 현대인이 밀턴 문학에서 얻을 수 있는 정신적 휴식은 바로 여기에 있다. 이런 정신적, 내지 영적 초월성이 세속적 문화 속에 지친 현대인의 영혼을 향한 구원의 메시지가 되는 것이다.

물론 어떠한 종류의 낙원도 죽음 앞에 무의미해질 것이므로, 진정한 마음속 낙원은 사후의 영적 구원이 전제돼야 가능할 것이다. 따라서 『실낙원』 전체의 맥락에서 보면, 기독교적 내세관이 전제된 영적 낙원이라고 할 수 있을 것이다. 그러나 인간의 타락한 모습, 즉 이기심과 물욕과 권력욕에 사로잡힌 자아를 극복할 수 있어야만, 마음속 낙원이 가능하고, 마음속 낙원이 가능할 때,

621) 「베드로 후서」 1:5-7 참조: "그러므로 너희가 더욱 힘써 너희 믿음에 덕을, 덕에 지식을, 지식에 절제를, 절제에 인내를, 인내에 경건을, 경건에 형제 우애를, 형제 우애에 사랑을 더하라."

비로소 영적 구원의 소망도 가능할 것이다. 그런 의미에서 마음속 낙원과 내세적 낙원은 밀접한 연관성이 있다고 할 수 있다. 현실 속에서 절망과 허무감에 빠져 있는 햄릿(Hamlet)과 같은 개인은 사후의 낙원은커녕 사후의 세계에 대한 공포 때문에 죽음보다 더한 고통을 감내하면서도 죽지 못해 연명할 수밖에 없다. 그가 고통스러운 현실 세계 속에서 심적 고통을 안고 있는 한, 내세의 희망도 불가능하고 도리어 불안만 가중될 뿐이다.

밀턴이 타락한 인간 조건 가운데서 가능한 하나의 대안으로서 마음속 낙원을 강조하긴 하지만, 그렇다고 물질세계를 부정하는 것은 전혀 아니다. 도리어 밀턴은 물질과 영혼을 구분된 것으로 보지 않고, 스티픈 팰런(Stephen Fallon)의 지적대로, "동일한 본질의 두 형태이며, 영혼은 희석된 물질이고 물질은 밀도 있는 영혼"이라고 본 것이다.622) 켄 힐트너(Ken Hiltner)는 밀턴이 영혼과 물질의 이원론을 거부한 것에 착안하여 지상낙원의 상실과 회복의 주제를 다룬다.623) 환경파괴는 인간의 타락과 동시에 일어난 것으로, 인간성의 내적 파괴는 외적 파괴로 이어진다. 그렇다면 반대로 인간성의 회복은 환경의 재건으로 이어질 수 있다고 할 것이다. 환경문제가 중대한 사회문제로 대두되는 오늘날 밀턴 문학은 마음속 낙원이 외적 환경의 개선에 필수적 조건임을 제시하고 있다. 사회나 환경과 단절된 이기적 개인주의야말로 사탄(Satan)이 주장하는 유심론의 본질이다.

> 마음은 스스로 지배하는 장소이니, 본질상
> 지옥에서 천국을, 천국에서 지옥을 만들 수 있지.
> 내가 항상 그대로라면, 내가 어디 있든
> 뭐가 되든지, 우리 때문에 더 위대하게 된

622) Stephen M. Fallon, *Milton among the Philosophers: Poetry and Materialism in Seventeenth Century England* (Ithaca: Cornell UP, 1991), 80.

623) Cf. Ken Hiltner, *Milton and Ecology* (Cambridge: Cambridge UP, 2003).

그분보다 못할 뿐, 무엇이 중요하랴? 적어도 여기서
우리는 자유로우리라.

The mind is its own place, and in it self
Can make a Heav'n of Hell, a Hell of Heav'n.
What matter where, if I be still the same,
And what I should be, all but less than he
Whom Thunder hath made greater? Here at least
We shall be free. (*PL* 1.254-59)

사탄의 이러한 발언은 세상만사는 마음먹기에 달렸다는 그럴듯한 논리로 들리지만, 사실은 그의 타락한 마음이 그를 현재의 지옥에 이르게 하였으므로, 타락한 마음으로는 지옥을 천국으로 되돌릴 수가 없다. 사탄은 자신이 그대로라면, 어디에서 무엇이 되든지 무슨 상관이냐고 하지만, 사실은 그 자신의 내면이 이미 타락하였으므로 이전 그대로가 아니며, 그 타락한 마음으로 인해 지옥이라는 변화된 외적 환경에 처하게 된 것이다. 그러므로 개인의 내적 낙원이 먼저 회복되면, 외적 환경도 개선될 수 있고 정치적 변화도 가능하며, 여기서 역사의 내면화가 시작된다고 할 수 있다.

낙원의 내면화는 외부 환경과의 밀접한 관계가 있듯이 역사의 개인화(individualization)와도 밀접한 관계가 있다. 인간 역사의 진보는 개개인의 의식 변화가 전제되어야 가능하다는 것이며, 개인의식의 집합인 사회의식이 변화되어 역사의 발전을 이룰 수 있기 때문이다. 인간의 역사는 무수한 개인으로 구성된 전 인류 집단의 역사이다. 오늘날 흔히 사용하는 국민 의식의 변화라는 것이 전제되어야, 한 나라의 역사발전도 가능하고 세계의 평화와 공영도 가능할 것이다. 따라서 개인들의 마음속 낙원의 집합은 사회 전체의 평화와 사랑의 조건이 될 것이므로 정치적 변화의 원동력이 된다고 볼 수 있다. 따라서 마음속 낙원은 내적인 변화를 통해 사회적 변화를 추구하려는 역사의 내면화라고 할 수 있다. 역사의 내면화는 사회 속에서의 개인을 중시하는 것이지 결코 단절된 개인을 중시하는 것이 아니기 때문에, 결코 도피주의라고 할 수 없다. 도리어 개인의 마음속 낙원이 형성되면, 외적 낙원도 가능하므로 그것이 자신만을 위한 이기주의와는 구별된다.

이런 관점에서, 밀턴이 제시하는 마음속 낙원은 정치적 체념이라기보다 정치와 역사의 내면화라고 보는 것이 더 타당할 것이다. 정치적 체념으로 보이는 마음속 낙원도 그 기저에는 정치적 메시지를 담고 있다. 국민 개개인의 의식변화가 수반되지 않는 한, 정치적 혁명은 불가능하다는 암시인 셈이다. 오늘날도 한 국가의 발전과 선진화 여부는 결국 국민의 집단의식 수준에 의존할 수밖에 없으며, 의식 수준의 진보 없는 대중적 집회나 폭동은 정치적 후퇴나 무질서를 자초할 뿐이다. 마음속 낙원은 내면의 변화를 전제로 하는 것이며, 내면의 변화는 정치적 변화의 밑거름이 된다는 것이 밀턴의 숨겨진 정치적 메시지라고 할 수 있을 것이다. 자유가 개인과 집단의 문제라면, 마음속 낙원은 집단적 의식이라기보다 개인 각자가 성취해야 하는 내면세계로서 정신적 행복의 조건이라고 할 것이다. 이렇게 볼 때, 내면의 낙원은 선악이 공존하는 타락한 세계에서 진정한 자유인이 사회 속에서 추구해야 할 자아의 완성이요 인간 존엄의 구현이라 하겠다.

밀턴의 시문학은, 이처럼 정치적 관점으로 보더라도, 종교적 초월성이 가미될 수밖에 없는 것이 사실이다. 시문학 속에 나타난 밀턴의 자유사상이 문학적 상상력으로 걸러지고 포장되었으므로 베일에 가려진 듯한 신비로움을 제공한다면, **영국혁명**의 전 과정에 직접적으로 반응하고 논쟁한 결과물인 산문 작품에 나타난 그의 자유사상은 현실정치에 대한 반응이고 직설적이기 때문에 **영국혁명**에 대한 학제적 이해는 물론 그의 시문학 이해에도 필수적이다. 밀턴이 20여 년간 시작품 창작을 중지하고 공화주의를 위해 필봉을 들었다는 사실을 외면한 채, 그의 시문학 속에 나타난 자유사상을 종교적 초월성으로만 논하는 것은 문학작품에 대한 보다 폭넓은 학제적 연구를 위해 넘어야 할 과제라고 여겨진다.

이상으로 밀턴의 문학에 나타난 영국혁명의 흔적과 밀턴의 태도를 그의 산문과 시문학을 분석하며 조명해 보았다. 영국혁명의 기저에 흐르는 밀턴의 자유사상과 마음속 낙원의 개념에 대해서도 살펴보았다. 그의 자유사상은 영국혁명기 동안 영국 내부에서 일어난 정치적 갈등에 국한된 문제였지만, 우리 시대와의 연관성은 한 국가의 정치적 차원을 넘어서 국제적으로 일어나는 이념적, 민족적 갈등으로 확장하여 조명해 볼 수 있다. 밀턴의 자유사상과 마음속 낙원은 상반된 주제이자 서로 관련성이 있는 주제로서 17세기 영국혁명기의 독자에게 그러했듯이 현대인에게도 절실히 요구되는 가치관의 두 축이라는 생각이 든다. 밀턴의 시문학이 시적 초월성을 보여주는 경우마저, 그의 자유사상은 결코 현실을 외면하지 않는다. 자유와 자유의지에 대한 밀턴의 진지한 탐색은 그것이 존재론적 신학적 개념이든, 현실정치와 관련된 실제적인 개념이든, 밀턴의 문학과 사상의 핵심이며 인간의 존엄성을 높이는 방향으로 작용한다.

오늘날 표면상으로는 대부분 국가가 자유의 가치를 인정하지만, 자유와 민주주의에 대한 상반된 개념을 내세우며 이념적 갈등을 보여준다. 영미인의 관점에서 보면, 자유의 문제는 그들의 국내 문제라기보다 국제적 문제로 부각할 것이다. 9.11 테러 이후 부시 정부가 주도해온 테러와의 전쟁은 국내 문제를 넘어서 국제적 문제이기 때문이다. 미국과 북한과의 관계만 보더라도 서로 자유를 지키겠다고 하며 대적하고 있다. 우리나라 국내의 현실정치도 민주주의라는 가치관을 보수와 진보 진영 모두 아전인수격으로 해석하고 있는 것이 오늘의 현실이다. 보수(우파)진영에서는 반공이데올로기를 중심으로 전통적 민주주의 가치를 옹호하지만, 진보 진영은 도리어 반공이데올로기를 청산하는 것이 민주주의의 완성이라고 주장한다. 밀턴의 문학에서 우리는 이런 갈등과 모순의 상상력을 볼 수 있다.

밀턴이 진정한 자유를 상실한 아담에게 돌파구로 제시한 내면의 낙원도 따지고 보면 자유사상의 내면화에 불과하다. 다시 말하면, 타락의 죄의식으로부터 자유로워지기 위한 하나의 영적 방편이라고 할 수 있다. 자유를 향한 밀턴의 강한 저항 의식이 문학적 상상력에 스며들어 **사탄주의**(Satanism) 논란을 초래하거나, 산문 논쟁에서 논리적 모순을 야기한다는 비난을 받기도 한다. 그러나 스미스의 말대로, 셰익스피어를 능가하는 밀턴의 위대성은 자유사상 하나로 귀결된다.

> 밀턴의 업적 범위는 셰익스피어의 것보다 훨씬 위대하다. 인간성과 시에 대한 셰익스피어의 이해, 권력의 고충에 대한 묘사, 성적 정체성에 대한 놀랍고 재미있는 표출을 우리가 아무리 칭송한다고 해도, 위대한 극단들과 배우들과 여배우들이 그의 연극을 아무리 멋지게 공연한다고 해도, 자유의지와 자유 그리고 그 위협에 대한 밀턴의 탐색이 우리 마음을 더욱 사로잡는다. 밀턴 연구자라면 이러한 감탄, 실로 열렬한 감탄을 느끼지 않고는 『실낙원』을 떠나지 못하는 것이다.[624]

내면의 낙원은 타락한 현실 속에서 자유를 지키는 하나의 방식으로서, 미래에 대한 기대만으로 존재하는 현실도피가 아니라 현실에서 가능한 행동 위에 세워지는 낙원이다. 그러기에 그 전제조건으로 "지식에 합당한 행동, 믿음, 덕성, 인내, 절제, 그리고 사랑"이 요구되는 것이다. 애크저 귑보리(Achsah Guibbory)의 지적대로, 설령 밀턴의 서사시가 "정치적 개혁 가능성에 대한 하나의 염세주의"의 표현이라고 보더라도,[625] 크리스토퍼 힐(Christopher Hill)의 주장처럼, 밀턴의 마지막 세 작품은 **영국혁명**에서 실패한 자들을 위한 "다른 유형의 정치적 행위"임에 틀림없다.[626] 밀턴이 **영국혁명**의 실패에 대하여 실망하지

---

624) Smith, *Is Milton Better Than Shakespeare*, 7.

625) Achsah Guibbory, *Ceremony and Community from Herbert to Milton: Literature, Religion, and Cultural Conflict in Seventeenth-Century England*. Cambridge: Cambridge UP, 1998), 194.

626) Christopher Hill, *Milton and the English Revolution*, 348..

않았다고 볼 수는 없겠지만, 왕정복고 후 엄격한 검열제 아래서 분명한 정치적 메시지를 표현할 수는 없었을 것이므로, 그의 시문학에 스며든 자유에 대한 염원은 인정해야 할 것이다.

결론적으로, 영국혁명에 관한 반응과 태도라고 할 수 있는 밀턴의 자유사상은 그의 시와 산문을 관류하는 중심주제이며, 문학, 문화, 역사 등 다방면에 걸쳐 오늘날에 이르기까지 지대한 영향을 남겼다.[627] 밀턴이 추구한 자유사상의 확산은 정치적 억압과 악습으로부터 인간 혹은 개인을 해방하고자 함이었고, 그의 문학은 그런 고귀한 가치관을 수백 년 역사를 넘어 오늘날까지 변함없이 전해주며 반향을 불러일으킨다. 특히, 그의 시문학 속에 나타난 자유주의 사상은 정치적 행동을 넘어 관용과 사랑을 포함하는 내면의 낙원으로 완성된다. 이리하여 투쟁적인 청교도 정신은 르네상스 휴머니즘과 통합되었고, 자유는 마음 속 낙원의 꽃으로 피어난 것이다. 후일 밀턴의 시와 산문은 신고전주의의 틀을 벗어난 19세기 영국 낭만주의 시인들에게 자유사상의 시적 영감을 제공하였고 프랑스혁명 등 유럽과 미국의 정치발전에도 지대한 영향을 끼쳤다. 오늘날도 밀턴은 자신의 문학을 통해 현대 독자들과도 의미 있는 대화를 계속하고 있는 셈이다. 그리하여 영국혁명의 문필혁명가이자 자유사상의 대변자였던 밀턴의 문학은 외적 자유와 내면의 행복을 동시에 찾는 독자들에게 시대를 초월한 자유사상의 금자탑으로 남아 있다.

627) 밀턴의 문학사적, 문화사적 영향에 관한 총괄적인 연구는, John T. Shawcross, *John Milton and Influence: Presence in Literature, History and Culture* (Pittsburgh: Duquesne UP, 1991)를 참고할 것.

존 밀턴 연보

1608 12월 9일 런던, 칩사이드(Cheapside)의 브래드가(街)(Bread Street)에서 부유한 공증인이자 부동산 및 대부업자이며 예배 음악 작곡가이기도 했던 아버지 존 밀턴(John Milton, Sr.)과 아내 새라(Sara) 사이에 출생.

1615 11월 24일 동생 크리스토퍼(Christopher) 출생.

1618 청교도 운동으로 널리 알려지게 될 스코틀랜드 장로교인, 토머스 영(Thomas Young)을 가정교사로 두고 가정에서 교육받음.

1620(?) 런던의 성 바울 학교(St. Paul's School) 입학.
저명한 이탈리아 물리학자의 아들 찰스 디오다티(Charles Diodati)와 친구의 교제를 시작하였고, 성 바울 학교 교장의 아들이며 10년 연상인 알렉산더 질(Alesander Gill)과 장기간의 우정을 싹틔움.

1625 2월 12일 케임브리지(Cambridge)의 크라이스트 칼리지(Christ College)에 입학하여 윌리엄 채펄(William Chappel)의 지도를 받게 됨.

1626 채펄과의 갈등으로 정학을 당하고, 런던에 있는 동안 고전 희극과 비극 공연을 보았다고 함. 케임브리지 복귀 후, 너새니얼 토벨(Nathaniel Tovell)이 밀턴의 새 지도교수가 됨.

1627 6월 11일 장인이 될 리처드 파월(Richard Powell)에게 500파운드를 빌려줌.

1629 3월 26일 문학사(B.A.) 취득.
「그리스도 탄생의 아침에」("On the Morning of Christ's Nativity")를 발표했는데 그 첫 연이 『실낙원』의 주제가 됨.
무명 화가가 밀턴의 초상화를 그림.

1630 「그리스도의 수난」("Passion"), 「5월 아침의 노래」("Song: On May Morning"), 「셰익스피어에 부쳐」("On Shakespeare"), 그리고 영어 및 이탈리아어로 여러 편의 소네트를 씀.

1631 2월 「쾌활한 사람」("L'Allegro")과 「사색적인 사람」("Il Penseroso") 발표.

1632 셰익스피어 전집 두 번째 이절판에 「셰익스피어에 부쳐」("On Shakespeare")가 게재됨.
7월 2일 케임브지에서 우등으로(cum laude) 문학석사(M.A.) 취득.
케임브리지를 떠나 런던 근교 해머스미스(Hammersmith)와 호톤(Horton)의 부친 별장으로 가서 5년간 주로 그리스와 로마 고전을 연구함.

1634 9월 29일 『코머스』(*Comus*)가 토머스 이글턴(Thomas Eagleton)의 웨일스(Wales) 추밀원 의장(Lord President) 취임의 축하공연으로 공연됨.

1637 『코머스』 출간.
4월 3일 모친이 병사하여 호톤 교구 교회에 매장.

1638 「리시더스」("Lycidas") 발표.
4월(?)에서 1639년 초까지 서유럽을 여행하며, 1638년 5월경 저명한 네덜란드의 법학자이자 시인인 유고 그로티우스(Hugo Grotius)을 프랑스에서 만남. 그 후 이탈리아에 집중하여 플로렌스, 시에나, 로마, 베니스, 밀라노 및 나폴리를 여행함. 8~9월 피렌체에 머물면서 지적 친구들과 교류 및 갈릴레오(Galileo)를 방문하고, 12월엔 나폴리에서 타소(Tasso)의 전기 작가인 만소 후작(Marquis of Manso)을 만남.
조국의 임박한 내란 소식을 듣고 그리스 여행을 취소함. 또한 8월 친구 디오다티의 사망 소식 접함.

1639~1640 귀국하여 런던에 거주하며 사설 기숙학교를 개설하고 조카 존(John)과

에드워드 필립스(Edward Philips)에게 고전어, 신학, 역사, 수학, 과학 등을 가르치며 교사 생활을 시작함.

비극을 창작할 계획을 세우고 『실낙원』(*Paradise Lost*)이라는 제목도 고려함.

1641 5월 『종교개혁론』(*Of Reformation*), 6~7월 『고위성직자 감독제론』(*Of Prelatical Episcopacy*) 출간.

1642 1월이나 2월에 『교회 정부의 이유』(*The Reason of Church Government*) 출간.

4월 『한 팸플릿에 대한 항변』(*An Apology against a Pamphlet*) 출간.

5월(?) 『스멕팀누스를 위한 변호』(*Apology for Smectymnuus*) 출판.

5월 메리 파월(Mary Powell)과 결혼하지만, 한 달 후 옥스퍼드 근처 포레스트 힐(Forest Hill)의 친정으로 돌아감. 파월가는 왕당파 편을 천명함.

8월 영국 내란의 시작.

10월 23일 에지힐 전투(Battle of Edgehill) 발생.

1643 8월 1일 『이혼의 교리와 계율』(*The Doctrine and Discipline of Divorce*) 출간.

1644 2월 2일 『이혼의 교리와 계율』 제2판 발행.

6월 5일 『교육론』(*Of Education*) 출간.

7월 2일 내란의 전환점이 된 마스턴 무어 전투(Battle of Marston Moor) 발생.

8월 6일 『마틴 부커의 판단』(*Judgment of Martin Bucer Concerning Divorce*) 출간.

9월 시력 악화.

11월 23일 『아레오파기티카』(*Areopagitica*) 출간.

1645 3월 4일 『테트라코돈』(*Tetrachordon*)과 『콜라스테리온』(*Colasterion*) 출간.

여름 즈음에 아내 메리 파월이 밀턴에게 돌아오고 크리플게이트(Cripplegate), 바비칸(Barbican)에서 함께 살게 됨.

6월 14일 네이즈비 전투(Battle of Naseby)로 군사적 안정을 이루려는 찰스 1세의 꿈은 좌절됨.

1646 1월 2일 『존 밀턴의 시집』(*Poems of Mr. John Milton*) 출간.
옥스퍼드에서 찰스 1세의 군대가 쇠퇴하자 파월가 전체가 옥스퍼드에서 배척당하여 밀턴의 집으로 이사 옴.
7월 29일 딸 앤(Anne) 출생.

1647 1월 1일 장인 리처드 파월(Richard Powell) 사망.
3월 13일 부친 사망.
파월가 친척이 옥스포드로 돌아가자, 밀턴은 하이 홀본(High Holborn)의 조그만 집으로 이사함.

1648 10월 25일 차녀 메리 출생.

1649 1월 30일 국왕 찰스 1세 공개 처형됨.
2월 13일 『왕과 관료의 재직조건』(*The Tenure of Kings and Magistrates*) 출간.
3월 15일 크롬웰 공화정의 외국어 담당 비서관으로 취임.
10월 6일 『우상파괴자』(*Eikonoklastes*) 출간.
11월 19일 스코틀랜드 야드(Scotland Yard)에 공무를 위한 관사가 제공됨.

1651 2월 24일 『영국 국민을 위한 변호』(*Defensio pro populo Anglicano*) 출간.
3월 16일 아들 존(John) 출생.
웨스트민스터의 페티프란스(Petty-France)에 정원이 있는 집으로 이사함.

1652 2월 시력을 완전히 상실함. 녹내장이 원인으로 추정됨.
5월 2일 딸 데보라(Deborah) 출생.
5월 5일 부인 메리 파월 사망. 출산 후유증으로 여겨짐.
6월 16일(?) 원인 모를 상황에서 아들 존의 사망.

1653 2월 20일 앤드류 마블(Andew Marvell)을 그의 번역 및 학문의 능력을 들어 자신의 조수로 추천함.

1654 5월 30일 『영국 국민을 위한 두 번째 변호』(*Defensio secunda pro populo Anglicano*) 출간.

1655 그의 비서관 업무 수행에서 번역 업무에 한해 필경사의 도움을 받도록 허용됨.

8월 8일 『자기 자신에 대한 변호』(*Pro Se Defensio*) 출간.

1656 11월 12일 캐서린 우드콕(Catherine Woodcock)과 재혼.

1657 10월 19일 딸 캐서린(Katherine) 출생.

1658 2월 3일 부인 캐서린 우드콕 사망.

3월 17일 딸 캐서린 사망.

9월 3일 올리버 크롬웰(Oliver Cromwell) 사망.

1659 2월 16일(?) 『교회 문제에 관한 국가권력론』(*A Treatise of Civil Power*) 출판.

3월 3월 『자유공화국 수립을 위한 준비된 쉬운 길』(*The Readie and Easie Way to Establish a Free Commonwealth*) 출간.

바솔로뮤 클로즈(Bartholomew Close)의 친구 집에 잠적 생활에 들어감.

6월 16일 의회가 밀턴의 체포 가능성 조사함.

6월 27일 런던의 교수형 집행인이 『영국 국민을 위한 변호』와 『우상파괴자』를 소각함.

8월 『교회에서 고용된 성직자를 퇴출하는 가장 적당한 방법에 대한 고찰』(*The Likeliest Means to Remove Hirelings out of the Church*) 출간.

1660 2월 『자유공화국 수립을 위한 준비된 쉬운 길』 개정판 출간.

5월 찰스 2세가 귀국하며, 공화정부 붕괴와 함께 왕정이 복구됨.

6월 16일 의회가 밀턴의 체포를 결정함.

10월 15일 의회가 밀턴의 체포 구금을 해제함.

1661~1663 제윈가(Jewin Street)에 거주.

세 딸에게 학대를 당하고, 통풍에 시달리며 고독한 나날을 보냈으며, 미국 국회의원 친구들과 조카 및 그가 개인 지도하는 케이커 교도인 토머스 엘우드(Thomas Elwood)의 방문을 유일한 낙으로 삼으며 살아감.

1663 2월 24일 엘리자베스 민셜(Elizabeth Minshull)과 세 번째 결혼. 도리어 이

결혼으로 인하여 가정적 불화가 생김. 그의 딸 메리는 아버지가 재혼하느니 차라리 죽기를 바랐다고 함. 딸들이 그의 책 일부를 추잡한 여성들에게 팔려고 음모를 꾸몄다고 함.

제원가(街)에서 군사훈련장과 이어진 번힐 필즈(Bunhill Fields)로 이사하여, 그곳에 그의 최고의 시를 완성했다고 함.

『실낙원』 원고를 엘우드에게 보냄.

1665 6월경~1666년 2월경 역병을 피하여 버킹험셔(Buckinghamshire)의 챌폰트 세인트 자일스(Chalfont St. Giles)에 은거함.

1667 8월 20일 『열 편으로 된 시, 실낙원』(*Paradise Lost, A Poem in Ten Books*) 출간.

1670 밀턴의 초상화가 윌리엄 페이손(William Faithorne)에 의하여 파스텔로 그려지고 조각됨.

11월(?) 『영국사』(*The History of Britain*) 출간.

1671 『복낙원』(*Paradise Regained*)과 『투사 삼손』(*Samson Agonistes*) 출간. 『투사 삼손』의 창작연대는 여전히 논쟁거리임.

1672 5월(?) 『논리학』(*The Art of Logic*) 출판.

1673 5월(?) 『진정한 종교론』(*Of True Religion*) 출간.

1674 『열두 편으로 된 시, 실낙원』(*Paradise Lost, A Poem in Twelve Books*)이라는 타이틀로 『실낙원』의 두 번째 판 발행.

11월 8일~10일 사이에 사망하여 12일 크리플게이트(Cripplegate), 성 자일스(St. Giles) 교회에 묻힘.

참고문헌

김인성. “밀턴의 이혼론에 나타나는 기독인의 자유와 여성의 예속.” 『밀턴연구』 6 (1996): 73-107.

김종두. “*Samson Agonistes*에 나타난 기독교적 역사의식.” 『밀턴연구』 창간호 (1991): 31-45.

김태규. 「『복낙원』에 나타난 예형적 요소」. 『밀턴연구』 6 (1996): 1-23.

대한성서공회 편. 『공동번역성서』. 1977, 개정판 2017.

______. 『성경전서』. 개역개정판. 2001, 2014.

린제이, 토머스 (Thomas M. Lindsay). 『宗教改革史 (III)』(*A History of the Reformation*, vol. 3 of 3 vols). 이형기 · 차종순 역. 한국장로교출판사, 1991.

말씀보존학회 편. 『한글 킹제임스성경』. KJV 한글대역. 1995, 2016.

민석홍. 『서양사 개론』. 삼영사, 1997.

밀턴과근세영문학회 편. 『밀턴의 이해』. 시공아카데미, 2004.

밀턴, 존. 『밀턴의 산문선집』. 1~2권. 송홍한 역. 한국연구재단 학술명저번역 총서 서양편 790, 791. 한국문화사, 2021.

______. 『복낙원』. 조신권 역. 운암전집 19. 삼성출판사, 1977(초역판); 아가페문화사, 2014 (개정판).

______. 『실낙원』. 조신권 역. 운암전집 18. 삼성출판사, 1977(초역판); 아가페문화사, 2013(개정판).

______. 『투사 삼손』. 이철호 역. 동인문화사, 2003.
______. 『투사 삼손 · 코머스』. 조신권 역. 운암전집 20. 아가페 문화사, 2014.
박상익. 『언론자유의 경전 아레오파기티카』. 소나무, 1999.
박우수. 『종교개혁과 르네상스 영문학』. 형설출판사, 1994.
서홍원. "Milton's Distrust of the Presbyterians and the People in *The Tenure of Kings and Magistrates*." 『밀턴연구』 9.2 (1999): 363-379.
송홍한. 「『국가권력론』: 밀턴의 정종분리 사상」. 『새한영어영문학』 51.2 (2009): 61-79.
______. 「밀턴의 반감독제 산문에 나타난 영국 종교개혁의 정치성」. 『밀턴과근세영문학』 21.2 (2011): 275-304.
______. 「『복낙원』의 정치성」. 『새한영어영문학』 49.2 (2007): 25-45.
______. 「밀턴의 『아레오파기티카』와 이혼론 산문들의 정치성」. 『밀턴과근세영문학』 22.2 (2012): 391-416.
______. 「밀턴의 시에 나타난 그의 여성관」. 『밀턴연구』 6 (1996): 149-79.
______. 「밀턴의 초기시: "예언적 가락"을 향하여」. 『영어영문학』 46.1 (2000): 21-44.
______. 「『실낙원』에 나타난 밀턴의 공화주의」. 『밀턴연구』 12.5 (2001): 59-90.
______. 「『왕과 관료의 재직조건』에 나타난 밀턴의 국민주권론」. 『밀턴과근세영문학』 17.2 (2007): 323-341.
______. 「왜 밀턴인가? —자유사상과 심중낙원을 중심으로」. 『밀턴과근세영문학』 19.1 (2009): 137-159.
______. 「『우상파괴자』: 정치적 우상화에 대한 밀턴의 비판」. 『밀턴과근세영문학』 23.2 (2013): 355-78.
______. 「『준비되고 쉬운 길』: 자유공화국을 위한 밀턴의 마지막 제안과 절규」. 『밀턴과 근세영문학』 20.2 (2010): 245-64.
______. 「『투사삼손』에 나타난 묵시적 비전과 정치성」. 『밀턴연구』 13.2 (2003): 395-426.
______. *Milton's Vision of History in* Paradise Lost, Paradise Regained, and Samson Agonistes. 서강대학교 영문학 박사학위 논문. 1993.
______. 『*Paradise Lost*에 나타난 人間墮落과 回復』. 서울대학교 영문학 석사학위 논문. 1979.
유영. 『밀튼의 敍事詩硏究』. 연세대학출판부, 1968.
______. 『Milton 문학의 심층구조 연구』. 형설출판사, 1982.
워커, 윌리스톤 외(Walker, Williston, et al.). 『기독교 교회사』(*A History of the*

Reformation). 송인설 역. 크리스챤 다이제스트, 1993.
이종우. 「종교개혁을 위한 담론의 형성과 이상적 주체의 형상 —밀턴의 「『아레오파기티카』」. 『영어영문학』 50.2 (2004): 515-542.
이철호. "Samson Agonistes에 나타난 밀턴의 정치적 메시지." 『밀턴연구』 3호(1992): 171-85.
______. "The Fallacy of Secularizing *Areopagitica*." 『밀턴연구』 11.2(2001): 1-19.
조신권. 『존 밀턴의 문학과 사상』. 도서출판 동인, 2002.
______. 『존 밀턴의 영성문학과 신학』. 아가페문화사, 2015.
최재헌. 『다시 읽는 존 밀턴의 실낙원』. 경북대 출판부, 2004.
______. "존 밀턴의 『아레오파기티카』에 나타난 "현명한 독자"와 검열, 그리고 자유의지." 『밀턴연구』 21.1 (2011): 131-157.
피쉬, 스탠리(Stanley Fish). 『문학연구와 정치적 변화』(*Professional Correctness: Literary Studies and Political Change*). 송홍한 역. 도서출판 동인, 2001.
홍성구. 「『아레오파지티카』에 나타난 공화주의와 언론자유」. 『한국언론학보』 55.2 (2011): 178-201.
홍치모. 『스코틀랜드 종교개혁과 영국혁명』. 총신대학출판부, 1991.
홍한유. 『영국혁명의 제원인』. 법문사, 1982.
황원숙. 「『복낙원』: 세 번째 유혹의 의미」. 『밀턴연구』 13.1 (2003): 171-88.

Abrams, M. H. *A Glossary of Literary Terms.* 6th ed. New York: Holt, Rinehart, & Winston, 1993.
Achinstein, Sharon. *Literature and Dissent in Milton's England.* Cambridge: Cambridge UP, 2003.
______. *Milton and the Revolutionary Reader.* Princeton: Princeton UP, 1994.
______. "Samsn Agonistes." *A Companion to Milton.* Ed. Thomas N. Corns. Oxford: Blackwell, 2001.
Adams, John Quincy. *Lectures on Rhetoric and Oratory.* Cambridge, 1810.
Adams, John. *The Works of John Adams, Second President of the United States.* Ed. Charles Francis Adams. Boston, 1856.
Adams, Robert Martin. *Milton and the Modern Critics.* Ithaca: Cornell UP, 1955. First paperbacks, 1966. First published in 1955 by Cornell UP as *Ikon: John Milton*

and the Modern Critics..

Addison, Joseph. *Criticisms on Paradise Lost.* New York: Phaeton, 1968.

Allen, D. C. *The Harmonious Vision: Studies in Milton's Poetry.* Baltimore: Johns Hopkins UP, 1954.

Alsop, Richard. *Aristocracy: An Epic Poem.* Philadelphia, 1795.

Alter, Robert and Frank Kermode. *The Literary Guide to the Bible.* Cambridge, MA: Harvard UP, 1990.

Altschull, J. Herbert. *From Milton to Mcluhan: The Ideas behind American Journalism.* New York: Longman, 1990.

Angelo, Peter Gregory. *Fall to Glory: Thological Reflections on Milton's Epics.* New York: Peter Lang, 1987.

Anglen, K. Van. *The New England Milton: Literary Reception and Cultural Authority in the Early Republic.* University Park, Pennsylvania State UP, 1992.

Aquinas, Thomas. *Summa Theologiae: A Concise Translation.* Ed. Timothy McDermott. New York: Methuen, 1991.

Armitage, David, ed. *Milton and Republicanism.* Cambridge: Cambridge UP, 1995.

Augustin. *Confessions.* Trans. R. S. Pine-Coffin. London: Penguin, 1981.

______. *The City of God.* Trans. Henry Bettenson. Harmondsworth: Penguin Books, 1984.

______. *On Christian Doctrine.* Trans. D. W. Robertson, Jr. New York: Macmillan, 1989.

Aylmer, G. E. *Rebellion or Revolution?: England from Civil War to Restoration.* Oxford: Oxford UP, 1986.

Banks, Theodore Howard. *Milton's Imagery.* New York: Columbia UP, 1950.

Barber, C. L. "A Masque Presented at Ludlow Castle: The Masque as a Masque." *The Lyric and Dramatic Milton.* ed. Joseph H. Summers. New York: Columbia UP, 1967.

Barker, Arthur. "Christian Liberty in Milton's Divorce Pamphlets." *Modern Language Review* 34 (1940): 153-61.

Barker, Arthur E. *Milton and the Puritan Dilemma, 1641-1660.* Toronto: U of Toronto P, 1942; 1971.

______, ed. *Milton: Modern Essays in Crtiticism.* London: Oxford UP, 1965.

Barrell, John. *Poetry, Language and Politics*. Oxford Road, Manchester: Manchester UP, 1988.

Bauman, Michael. *A Scripture Index to Johnm Milton's* De Doctrina Christiana. Binghamton: MRTS, 1989.

Bedford, R. D. *Dialogues with Convention: Readings in Renaissance Poetry*. Ann Arbor: U of Michigan P, 1989.

Belsey, Catherine. *John Milton: Language, Gender, Power*. Oxford: Basil Blackwell, 1988. Bouchard, Donald F. *Milton: A Structural Reading*. London: Edward Arnold, 1974.

Benet, Diana Trevino & Michael Lieb. *Literary Milton: Text, Pretext, Context*. Pittsburgh: Duquesne UP, 1994.

Bennett, Joan S. *Reviving Liberty: Radical Christian Humanism in Milton's Great Poems*. Cambridge, Mass.: Harvard UP, 1989.

Berkeley, D. S. *Inwrought with Figures Dim: A Reading of Milton's "Lycidas."* De Proprietatibus Litterarum Series Didactica, vol. 2. The Hague and Paris: Mouton, 1974.

Blackburn, Thomas H. "Paradise Lost and Found: The Meaning and Function of the 'Paradise Within' in *Paradise Lost*." *Milton Studies* 5 (1973): 191-212.

Blake, William. "The Marriage of Heaven and Hell." *The Complete Poetry & Prose of William Blake*. Ed. David V. Erdman. New York: Doubleday, 1988. 33-45.

Blessington, Francis C. Paradise Lost: *Ideal and Tragic Epic*. Boston: Twayne Publishers, 1988.

Bloom, Harold. *John Milton*. New York: Chelsea House, 1999.

______. *Ruin the Sacred Truths: Poetry and Belief from the Bible to the Present*. Cambridge: Harvard UP, 1989. *John Milton*. New York: Chelsea House, 1999.

______, ed. *John Milton's* Paradise Lost. New York: Chelsea, 1987.

Bock, Gisela, et al. eds. *Machiavelli and Republicanism*. Cambridge: Cambridge UP, 1993.

Boehrer, Bruce. "Elementary Structures of Kingship: Milton, Regicide, and the Family." *Milton Studies* 23 (1987): 97-117.

Bouwsma, William J. *Renaissance Humanism*. Washington, DC: Service Center For Teachers of History, 1959.

Bowra, Sir Cecil Maurice. *From Virgil to Milton.* London: Macmillan, 1945.

Bradford, Richard. *The Complete Critical Guide to John Milton.* London: Routledge, 2001.

______. *Paradise Lost.* Open guides to literature. Buckingham & Philadelphia: Open UP, 1992.

Braine, David. *The Reality of Time and the Existence of God.* Oxford: Clarendon, 1988.

Brested, Barbara. "Comus and the Castlehaven Scandal." *Milton Studies* 3 (1971): 201-24.

Brisman, Leslie. *Milton's Poety of Choice and Its Romantic Heirs.* Ithaca & London: Cornell UP, 1973.

Broadbent, John B. *Milton: Comus and Samson Agonistes.* London: Edward Arnold, 1961.

______. Paradise Lost: *Introduction.* London: Cambridge UP, 1972.

______. *Some Graver Subject: An Essay on* Paradise Lost. New York: Shocken Books, 1960.

______. *John Milton: Introductions.* Cambridge: Cambridge UP, 1973.

Brock, Gisela et al., eds. *Michiavelli and Republicanism.* Cambridge: Cambridge UP, 1990.

Brooks, Cleanth and John Edward Hardy, eds. *Poems of Mr. John Milton, the 1645 Edition.* New York: Harcourt Brace Jovanovich, 1951; Gordian, 1968.

Brown, Cedric C. *John Milton: A Literary Life.* London: MacMillan, 1995.

______, ed. *Patronage, Politics, and Literary Traditions in England, 1558-1658.* Detroit: Wayne State UP, 1993.

Budick, Sanford. *The Dividing Muse: Images of Sacred Disjunction in Milton's Poetry.* New Haven: Yale UP, 1985.

Buhler, Stephen M. "Kingly States: The Politics in *Paradise Lost.*" *Milton Studies* XXVII (1992): 49-68

Burden, Dennis H. *The Logical Epic: A Study of the Argument of* Paradise Lost. London: Routledge & Kegan Paul, 1967.

Burke, Peter. *The Renaissance Sense of the Past.* London: Edward Arnold, 1969.

Burnett, Archie. *Milton's Style: the Shorter Poems*, Paradise Regained, *and* Samson Agonistes. London and New York: Longman, 1981.

Bush, Douglas. Paradise Lost *in our Time.* Gloucester: Peter Smith, 1957.

______. *English Literature in the Earlier Seventeenth Century.* New York: Oxford UP, 1945.

______. *The Renaissance and English Humanism.* Toronto: U of Toronto P, 1972.

Cable, Lana. *Carnal Rhetoric: Milton's Iconoclasm and the Poetics of Desire.* Durham and London: Duke UP, 1995.

______. "Shuffling UP Such a God: The Rhetorical Agon of Milton's Antiprelatical Tracts." *Milton Studies* 21 (1985): 3-33.

______. "Milton's Iconoclastic Truth." *Politics, Poetics, and Hermeneutics in Milton's Prose*. Ed. David Loewenstein & James Grantham Turner. Cambridge: Cambridge UP, 1990. 135-51.

Calvin, John. *Calvin: Institutes of the Christian Religion*. 2 vols. Trans. Ford Lewis Battles and ed. John T. Mcneill. Philadelpia: Westminster, 1960.

Campbell, Gordon. *A Milton Chronology*. New York: St. Martin's, 1997.

______ and Thomas N. Corns. *John Milton: Life, Work, and Thought*. Oxford: Oxford UP, 2008.

______, et al. "The Provenance of the Christian Doctrine." *Milton Quarterly* 31.3(1997): 67-117.

Carey, John, ed. *Milton: Complete Shorter Poems*. 2nd ed. London: Longman, 1997.

Carr, David. *Time, Narrative, and History*. Bloomington: Indiana UP, 1991.

Carrithers, Jr., Gale H. and James D. Hardy, Jr. *Milton and the Hermeneutic Journey*. Baton Rouge: Louisiana State UP, 1994.

Chambers, R. W. "Poets and Their Critics." *Proceedings of the British Academy*. 1941.

Charlesworth, Arthur R. *Paradise Found*. New York: Philosophical Library, 1973.

Clark, John. *A History of Epic Poetry*. New York: Haskell House, 1973.

Clay, Hunt. *"Lycidas" and the Italian Critics*. New Haven: Yale UP, 1979.

Cohen, Kitty. *The Throne and the Chariot: Studies in Milton's Hebraism*. The Hague & Paris: Mouton, 1975.

Coiro, Ann Baynes and Thomas Fulton, eds. *Rethinking Historicism from Shakespeare to Milton*. Cambridge: Cambridge UP, 2012.

Collingwood, R. G. *The Idea of History*. 1961; Oxford: Oxford UP, 1978.

Condee, Ralph Waterbury. *Structure in Milton's Poetry*. University Park: Pennsylvania State UP, 1974.

______. *Structure in Milton's Poetry: From the Foundation to the Pinnacles*. University Park: Pennsylvania State UP, 1974.

Conklin, George Newton. *Biblical Criticism & Heresy in Milton*. New York: Octagon

Books, 1972.

Connell, Philip. *Secular Chains: Poetry and the Politics of Religion from Milton to Pope.* Oxford: Oxford UP, 2016.

Conners, John Reed. *The Crucifiction in* Paradise Lost, Paradise Regained *and* Samson Agonistes. Diss. University of Rochester, 1983.

Cook, Patrick J. *Milton, Spenser and the Epic Tradition.* Aldershot: Scolar, 1996.

Cooper, Cane, ed. *A Concordance of the Latin, Greek, and Italian Poems of John Milton.* New York: Kraus, 1971.

Cope, Jackson I. *The Metaphoric Structure of* Paradise Lost. New York: Octogon Books, 1979.

Corns, Thomas N. "Milton's Quest for Respectability." *Modern Language Review* 77 (1982).

______. "Publication and Politics, 1640-1661: An SPSS-based Account of the Thomason Collection of Civil War Tracts." *Literary and Linguistic Computing* 1 (1986): 74-84.

______. *The Development of Milton's Prose Style.* Oxford: Clarendon, 1982.

______. *John Milton: The Prose Works.* New York: Twayne Publishers, 1998.

______. *Milton's Language.* Oxford: Basil Blackwell, 1990.

______. *Uncloistered Virtue: English Political Literature, 1640-1660.* Oxford: Clarendon, 1992.

______, ed. *The Literature of Controversy: Polemical Strategy from Milton to Junius.* London: Frank Cass, 1987.

Cotterill, H. B., ed. with introduction. *Milton's* Areopagitica: *A Speech for the Liberty of Unlicensed Printing.* London: MacMillan, 1959.

Coyle, Martin, gen. ed. *Encyclopedia of Literature and Criticism.* London: Routledge & Kegan Paul, 1991.

Creaser, John. "Milton's *Comus*: The Irrelevance of the Castlehaven Scandal." Flannagan, 24-34.

Crossman, Robert. *Reading* Paradise Lost. Bloomington: Indiana UP, 1980.

Crump, Galbraith Miller. *The Mystical Design of* Paradise Lost. Lewisburg: Bucknell UP, 1975.

______. *Approaches to Teaching Milton's* Paradise Lost. New York: The Modern Language Asociation of America, 1986.

Cullen, Patrick. *Infernal Triad: The Flesh, the World and the Devil in Spenser and Milton.* Princeton: Princeton UP, 1974.

Cummins, Juliet, ed. *Milton and the Ends of Time.* Cambridge: Cambridge UP, 2003.

Cunnar, Eugene R. and Gail L. Mortimer, eds. *Milton, the Bible, and Misogyny.* Chicago: U of Missouri P, 1990.

Curry, Water Clyde. *Milton's Ontology, Cosmogony, and Physics.* Lexington: U of Kentucky P, 1957.

Daiches, David. "*Paradise Lost*: God Defended." *God and the Poets.* The Gifford Lectures, 1983. Oxford: Clarendon, 1984.

______. *Milton.* New York: Norton, 1966.

Damrosch, Jr., Leopold. *God's Plot & Man's Stories: Studies in the Fictional Imagination from Milton to Fielding.* Chicago: U of Chicago P, 1985.

Daniel, Clay. *Death in Milton's Poetry.* Lewisburg: Bucknell UP; London and Toronto: Associated UPes, 1994.

Danielson, Dennis Richard. *Milton's Good God: A Study in Literary Theodicy.* Cambridge: Cambridge UP, 1982.

______, ed. *The Cambridge Companion to Milton.* 2nd ed. Cambridge: Cambridge UP, 2003.

Darbishire, Helen, ed. *The Early Lives of Milton.* London: Constabel & Co., 1932.

Davies, Stevie. *Images of Kingship in* Paradise Lost. Columbia: U of Missouri P, 1983.

______, Stevie. *The Idea of Woman in Renaissance Literature: The Feminine Reclaimed.* Brighton: Harvest, 1986.

Demaray, John G. *Milton and the Masque Tradition: The Early Poems, "Arcades," "Comus."* Cambridge, Mass.: Harvard UP, 1968.

______, *Milton's Theatrical Epic.* Cambridge, Mass.: Harvard UP, 1980.

Devin, Paul Kevin. *Time Stands Fixt: The Theme of History in Milton's* Paradise Lost. Diss. Vanderbilt University, 1982.

Diekhoff, John S. *Milton's* Paradise Lost: *A Commentary on the Argument.* New York: Humanities, 1963.

Di Sesare, Mario A. *Milton in Italy: Contexts, Images, Contradictions.* Binghamton, NY: Center for Medieval and Early Renaissance Studies, 1991.

Diekhoff, John S. "The Function of the Prologues in *Paradise Lost.*" *PMLA* 58 (1942).

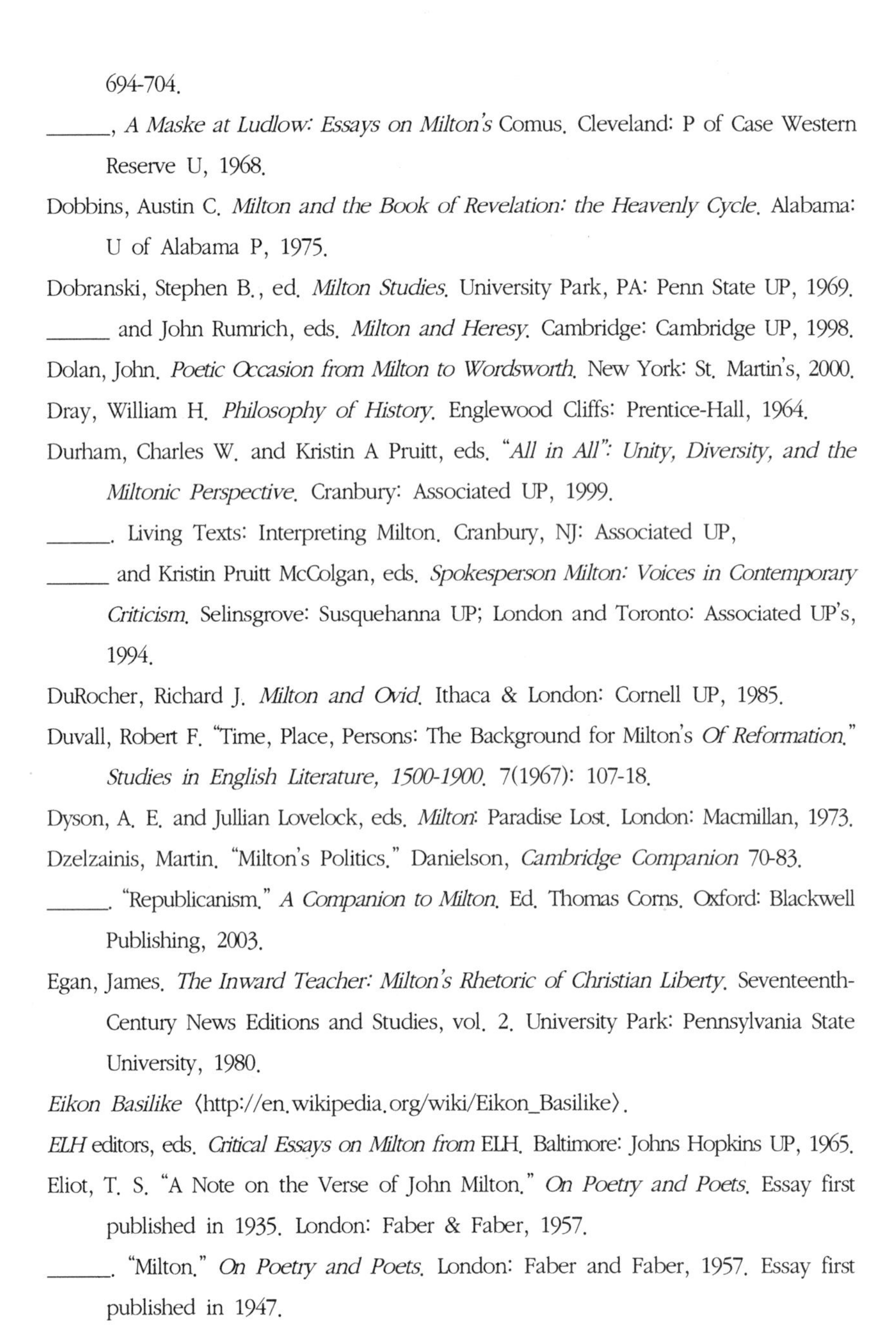

694-704.

______, *A Maske at Ludlow: Essays on Milton's* Comus. Cleveland: P of Case Western Reserve U, 1968.

Dobbins, Austin C. *Milton and the Book of Revelation: the Heavenly Cycle*. Alabama: U of Alabama P, 1975.

Dobranski, Stephen B., ed. *Milton Studies*. University Park, PA: Penn State UP, 1969.

______ and John Rumrich, eds. *Milton and Heresy*. Cambridge: Cambridge UP, 1998.

Dolan, John. *Poetic Occasion from Milton to Wordsworth*. New York: St. Martin's, 2000.

Dray, William H. *Philosophy of History*. Englewood Cliffs: Prentice-Hall, 1964.

Durham, Charles W. and Kristin A Pruitt, eds. *"All in All": Unity, Diversity, and the Miltonic Perspective*. Cranbury: Associated UP, 1999.

______. Living Texts: Interpreting Milton. Cranbury, NJ: Associated UP,

______ and Kristin Pruitt McColgan, eds. *Spokesperson Milton: Voices in Contemporary Criticism*. Selinsgrove: Susquehanna UP; London and Toronto: Associated UP's, 1994.

DuRocher, Richard J. *Milton and Ovid*. Ithaca & London: Cornell UP, 1985.

Duvall, Robert F. "Time, Place, Persons: The Background for Milton's *Of Reformation*." *Studies in English Literature, 1500-1900*. 7(1967): 107-18.

Dyson, A. E. and Jullian Lovelock, eds. *Milton*: Paradise Lost. London: Macmillan, 1973.

Dzelzainis, Martin. "Milton's Politics." Danielson, *Cambridge Companion* 70-83.

______. "Republicanism." *A Companion to Milton*. Ed. Thomas Corns. Oxford: Blackwell Publishing, 2003.

Egan, James. *The Inward Teacher: Milton's Rhetoric of Christian Liberty*. Seventeenth-Century News Editions and Studies, vol. 2. University Park: Pennsylvania State University, 1980.

Eikon Basilike 〈http://en.wikipedia.org/wiki/Eikon_Basilike〉.

ELH editors, eds. *Critical Essays on Milton from* ELH. Baltimore: Johns Hopkins UP, 1965.

Eliot, T. S. "A Note on the Verse of John Milton." *On Poetry and Poets*. Essay first published in 1935. London: Faber & Faber, 1957.

______. "Milton." *On Poetry and Poets*. London: Faber and Faber, 1957. Essay first published in 1947.

______. *On Poetry and Poets.* New York: Noonday, 1976.
______, ed. *Literary Essays of Ezra Pound.* New York: New Directions, 1968; first published in *The Egoist* (Sept. 1917).
Elledge, Scott, ed. *Milton's "Lycidas."* New York: Harper & Row, 1966.
Elton, L. R. B. and H. Messel. *Time and Man.* Oxford: Pergamon, 1978.
Empson, William. *Milton's God.* London: Chatto & Windus, 1961.
Engetsu, Katsuhiro. "The Publication of the King's Privacy: *Paradise Regained* and *True Religion* in Restoration England." *Milton and the Terms of Liberty.* Ed. Graham Parry and Joad Raymond. Brewer, 2002. 163-74.
Entzminger, Robert L. *Divine Word: Milton and the Redemption of Language.* Pittsburgh: Duquesne UP, 1985.
Erasmus, Dessiderius. *In Praise of Folly.* Ed. & trans. Levi A. H. T. Trans. Betty Radice. London: Penguin Books, 1993.
Etchells, Ruth, ed. with intro. *A Selection of Poems: John Milton, 1608-1674 Exploring His Pilgrimage of Faith.* Tring, Eng.: Lion Publishing, 1988.
Evans, J Martin, ed. *John Milton:* Paradise Regaiend *and* Samson Agonistes. Twenty-century Perspectives vol. 5. New York & London: Routledge, 2003.
______. *The Miltonic Moment.* 1998; Lexington: UP of Kentucky, 2021.
______. *Milton's Imperial Epic:* Paradise Lost *and the Discourse of Colonialism.* Ithaca & London: Cornell UP, 1996.
______. *Paradise Lost: Books IX-X.* Cambridge: Cambridge UP, 1973.
Evans, John X. "Imagery as Argument in Milton's *Areopagitica.*" *Texas Studies in Literature and Language* 8 (1966): 189-205.
Falcone, Filippo. *Milton's Inward Liberty: A Reading of Christian Liberty from the Prose to* Paradise Lost. With a forward by Marialuisa Bignami. Cambridge: James Clarke & Co., 2014.
Fallon, Robert Thomas. *Captain or Colonel: The Soldier in Milton's Life and Art.* Columbia: U of Mississippi P, 1984.
______. *Divided Empire: Milton's Political Imagery.* University Park: Pennsylvania UP, 1995.
______. *Milton in Government.* University Park: Pennsylvania State UP, 1993.
Fallon, Stephen M. *Milton among the Philosophers: Poetry and Materialism in*

Seventeenth Century England. Ithaca: Cornell UP, 1991.

Ferry, Anne. *Milton's Epic Voice: The Narrator in* Paradise Lost. 1963; U of Chicago P, 1983.

Fink, Zera Silver. "The Theory of the Mixed State and the Development of Milton's Political Thought." *PMLA* 57 (1942): 705-36.

______. *The Classical Republicans,: An Essay in the Recovery of a Pattern of Thought in Seventeenth-century England.* 2nd ed. Evanston: Northwestern UP, 1962.

Fiore, Peter A. *Milton and Augustine: Patterns of Augustinian Thought in Milton's* Paradise Lost. University Park: Pennsylvania State UP, 1981.

Firth, C. H. "Milton as an Historian." *Proceedings of the British Academy* 3 (1907-8): 227-57. Reprinted in *Essays Historical and Literary* (Oxford: Clarendon, 1938), 61-102.

Fish, Stanley E. "Driving from the Letter: Truth and Indeterminacy in Milton's *Areopagitica*," *Re-membering Milton: Essays on the Texts and Traditions.* Eds. Mary Nyquist and Margaret W. Ferguson. New York: Methuen, 1988.

______. *How Milton Works.* Cambridge, Mass.: Harvard UP, 2001.

______. "'Lycidas': A Poem Finally Anonymous." *Glyph: Johns Hopkins Textual Studies* 8 (1981).

______."Spectacle and Evidence in *Samson Agonistes.*" *Critical Inquiry* 15: 556-86.

______. *Surprised by Sin: the Reader in* Paradise Lost. 2nd ed. with a new preface. 1967; Cambridge: Harvard UP, 1998.

______. "There Is Nothing He Cannot Ask," *Milton in the Age of Fish: Essays on Authorship, Text, and Terrorism.* Ed. Michael Lieb & Albert C. Labriola. Pittsburgh, Penn: Duquesne UP, 2006.

Fixler, Michael. *Milton and the Kingdoms of God.* London: Faber and Faber, 1964.

Flannagan, Roy. *John Milton: A Short Introduction.* Malden, MA: Blackwell, 2002.

______. *The Riverside Milton.* Boston: Houghton Mifflin, 1998.

______. ed. Comus: *Contexts.* A special issue of *Milton Quarterly* 21.4 (1987). Binghamton: MRTS, 1988.

Flesch, William. *Generosity and the Limits of Authority: Shakespeare, Herbert, Milton.* Ithaca, NY: Cornell UP, 1992.

Fletcher, Angus. *The Transcendental Masque: An Essay on Milton's Comus.* Ithaca and London: Cornell UP, 1971.

Fletcher, Harris Francis. *Contributions to a Milton Bibliography, 1800-1930: Being a List of Addenda to Stevens's Reference Guide to Milton.* New York: Russell & Russell, 1967. Rpt. of the 1931 ed.

______. *Milton's Semiotic Studies.* Chicago, 1926.

______. *The Use of the Bible in Milton's Prose.* New York: Haskell House, 1970.

Flore, Amadeus. *Th' UPright Heart and Pure: Essays on John Milton Commemorating the Tercentenary of the Publication of* Paradise Lost. Pittsburgh: Duquesne UP, 1967.

Ford, Boris, ed. *The Age of Shakespeare.* Harmondsworth: Penguin Books, 1982.

Foster, Stephen. *The Long Argument: English Puritanism and the Shaping of New England Culture.* Chapel Hill: U of North Carolina P, 1991.

Foucault, Michel. *The Order of Things: An Archaeology of the Human Sciences.* Trans. of *Les Mots et les Choses.* New York: Random House, 1973.

Fowler, Alastair ed. *Milton*: Paradise Lost. 2nd ed. London: Longman, 2006.

Franson, John Karl, ed. *Milton Reconsidered: Essays in Honor of Arthur E. Barker.* Salzburg, Austria: Institut fur Englische und Literatur, Universitat Salzburg, 1976.

Freeman, James A. *Milton and Martial Muse*: Paradise Lost *and European Traditions of War.* Princeton: Princeton UP, 1980.

French, J. Milton. "Milton as a Historian." *PMLA* 50 (1935): 469-79.

______. *The Life Records of John Milton.* 5 vols. New Brunswick, NJ: Rutgers UP, 1949-58; New York: Gordian, 1966.

______. *The Use of the Bible in Milton's Prose.* New York: Haskell House, 1970.

Frye, Northrop. "Agon and Logos: Revolution and Revelation." *The Prison and the Pinnacle.* Ed. Balachandra Rajan. Toronto: U of Toronto P, 1972.

______. *Anatomy of Criticism: Four Essays.* 1971; Princeton: Princeton UP, 2020.

______. *The Return of Eden: Five Essays on Milton's Epics.* Toronto: U of Toronto P, 1965.

Frye, H. Northrop. "The Typology of *Paradise Regained*," in *Milton: Modern Essays in Crtiticism.* Ed. A. E. Barker.

Frye, Roland Mushat. *God, Man, and Satan: Patterns of Christian Thought and Life in* Paradise Lost, Pilgrim's Progress, *and the Great Theologians*. Princeton: Princeton UP, 1960.

______. *Milton's Imagery and the Visual Arts: Iconographic Tradition in the Epic Poems*. Princeton: Princeton UP, 1978.

Fuller, Edumund. *John Milton*. New York: Harper & Brothers, 1944.

Gallagher, Philip J. *Milton, the Bible, and Misogyny*. Eds. Eugene R. Cunnar and Gail L. Mortimer. Columbia and London: U of Missouri P, 1990.

Gardiner, Patrick, ed. *Theories of History*. New York: Free Press, 1959.

Gardner, Helen. *A Reading of* Paradise Lost. 1965; Oxford: Clarendon, 1971.

Garnett, Richard. *Life of John Milton*. New York: Ams, 1970. Rpt edition of 1890, London.

Geisst, Charles R. *The Political Thought of John Milton*. London: Macmillan, 1984.

Gilbert, Allan H. "Milton on the Position of Woman." *Modern Language Review* 15 (1920): 7-27, 240-64.

Gilman, Wilbur Elwyn. *Milton's Rhetoric: Studies in His Defense of Liberty*. University of Missouri Studies, vol. 14, no. 3. Columbia: U of Missouri P, 1939. Rept. New York: Phaeton, 1970.

Goldberg, Jonathan and Stephen Orgel, eds. *John Milton*. The Oxford Poetry Library. Oxford: Oxford UP, 1994.

Graham, James J. G. *Autobiography of John Milton: or Milton's Life in His Own Words*. Folcroft, PA: Folcroft Library Editions, 1972.

Green, V. H. H. *Renaissance and Reformation: A Survey of European History between 1450 and 1660*. Rept. 1952; London: Edward Arnold, 1984.

Greenlaw, E. "A Better Teacher Than Aquinas." *Studies in Philology*. Vol. 14 (1914).

Gregerson, Linda. *The Reformation of the Subject: Spenser, Milton, and the English Protestant Epic*. Cambridge: Cambridge UP, 1995.

Grierson, Sir Herbert J. *Milton and Wordsworth: Poets and Prophets*. London: Chatto and Windus, 1960.

Griffin, Dustin. *Regaining Paradise: Milton and the 18th Century*. Cambridge: Cambridge UP, 1986.

Grose, Christopher. *Milton and the Sense of Tradition.* New Haven and Lonson: Yale UP, 1988.

Grossman, Marshall. *"Authors to Themselves": Milton and the Revelation of* History. Cambridge: Cambridge UP, 1987.

Guibbory, Achsah. *Ceremony and Community from Herbert to Milton: Literature, Religion, and Cultural Conflict in Seventeenth-Century England.* Cambridge: Cambridge UP, 1998.

______. *The Map of Time: Seventeenth-Century English Literature and Ideas of Pattern as History.* Urbana: U of Illinois P, 1986.

Guillory, John. *Poetic Authority: Spenser, Milton, and Literary History.* New York: Columbia UP, 1983.

Hale, Jonn. *Milton's Language: The Impact of Multilingualism on Style.* Cambridge: Cambridge UP, 1997.

Halkett, John. *Milton and the Idea of Matrimony: A Study of the Divorce Tracts and "Paradise Lost."* Yale Studies in English, 173. New Haven, Conn., and London: Yale UP, 1970.

Haller, William. "'For the Liberty of Unlicenc'd Printing.'" *American Scholar* 14(1945): 326-33.

Hamilton, K. G. Paradise Lost: *A Humanist Approach.* London & New Nork: U of Queensland P, 1981.

Hamilton, W. Douglas, ed. *Original Papers Illustrative of the Life and Writings of John Milton.* New York: AMS, 1968.

Hammond, Paul & Blair Worden, *John Milton: Life, Writing, Reputation.* Oxford: Oxford UP, 2010.

Hanford, James Holly. *A Milton Handbook.* 4th ed. New York: Appleton-Century-Crofts, 1961.

______. *John Milton, Englishman.* New York: Crown Publishers, 1949.

______. *John Milton, Poet and Humanist: Essays by James Holly Hanford.* Cleveland: Case Western Reserve UP, 1966.

______ and William A McQueen. *Milton Bibliography.* 2nd ed. Arlington Heights: AHM, 1979.

Hardin, Richard F. *Civil Idolatry: Desacralizing and Monarchy in Spenser, Shakespeare, and Milton.* New Wark: U of Delaware P; London: Associated UP, 1992.

Harris, Tim, ed. *Popular Culture in England, c. 1500-1850.* London: Macmillan, 1995.

Haskin, Dayton. *Milton's Burden of Interpretation.* Philadelphia: U of Pennsylvania P, 1994.

Haug, Ralph A. "Preface and Notes" [to *Reason of Church-Government*]. *Complete Prose Works of John Milton.* Vol. 1. Ed. Don M. Wolfe. 736-44.

Hawkins, Sherman H. "Samson's Catharsis." *Milton Studies* 2 (1972): 211-30.

Healy, Thomas and Jonathan Sawday, eds. *Literature and the English Civil War.* Cambridge & New York: Cambridge UP, 1990.

Heidegger, Martin. *History of the Concept of Time.* Trans. by Theodore Kesiel. Bloomington: Indiana UP, 1985.

Helgerson, Richard. *Self-Crowned Laureates.* Berkeley: U of California P, 1983.

Henry, Nathaniel H. *The True Wayfaring Christian: Studies in Milton's Puritanism.* New York: Peter Lang, 1987.

Herman, Peter C. *Squitter-wits and Muse-haters: Sidney, Spenser, Milton and Renaissance Antipoetic Sentiment.* Detroit: Wayne State UP, 1996.

Herman, Peter C. and Elizabeth Saucer, eds. *The New Milton Criticism.* Cambridge: Cambridge UP, 2012.

Hill, Christopher. *Liberty against the Law: Some Seventeenth-century Controversies.* London: Penguin Books, 1996.

______. *Milton and the English Revolution.* New York: Viking, 1978.

______. *Society and Puritanism in Pre-Revolutionary England.* London: Secker & Warburg, 1964.

______. *The Experience of Defeat: Milton and Some Contemporaries.* New York: Elizabeth Sifton, 1984.

______. *The World Turned Upside Down.* Harmondsworth: Penguin Books, 1975; reissued in Peregrine Books, 1984.

______, ed. *The English Revolution, 1640: Three Essays.* London: Lawrence N. Wishart, 1940.

Hill, John S. "Vocation and Spiritual Renovation in *Samson Agonistes.*" *Milton Studies*

II(1970): 149-74.

Hill, John Spencer. *John Milton: Poet, Priest and Prophet.* London: Macmillan, 1979.

Hiltner, Ken. *Milton and Ecology.* Cambridge: Cambridge UP, 2003.

Hobbes, Thomas. *Elements of Law, Natural and Politic.* London: Adamant Media Corporation, 2005.

______. *Leviathan.* New York: Touchstone, 1997.

Hodgson, Elizabeth. "When God Proposes: Theology and Gender in *Tetrachordon.*" *Milton Studies* 31 (1994): 133-53.

Holstun, James. *Pamphlet Wars: Prose in the English Revolution.* Buffalo: State University of New York, 1992.

Hone, Kalph E. *John Milton's* Samson Agonistes. San Francisco: Chandler, 1966.

Honeygosky, Stephen R. *Milton's House of God: The Invisible and Visible Church.* Columbia and London: U of Missouri P, 1993.

Honignan, E. A.J., ed. *Milton's Sonnets.* London: Macmillan, 1966.

Hoxby, Blair and Ann Baynes Coiro, eds. *Milton in the Long Restoration.* Oxford: Oxford UP, 2016.

Huckabay, Calvin. *John Milton: An Annotated Bibliography, 1929-1968.* Rev. ed. Pittsburgh: Duquesne UP, 1961.

Hughes, Merritt Y. "Introduction." *Complete Prose Works of John Milton.* Vol. 3. Eds. Don Wolfe, et at. 1-183.

______. "Milton's Treatment of Reformation History in *The Tenure of Kings and Magistrates.*" In *The Seventeenth Century: Studies in the History of English Thought and Literature from Bacon to Pope.* By Richard Foster Fones, et al. Stanford, Calif.: Stanford UP, 1951, 247-63. Reprinted in *Ten Perspectives on Milton* (New Haven, Conn., and London: Yale UP, 1965), 220-39.

______. *Ten Perspectives on Milton.* New Haven & London: Yale UP, 1965

______, ed. *John Milton: The Complete Poems and Major Prose.* 1957; Indianapolis: Odyssey, 1980.

______, gen. ed. *A Variorum Commentary on the Poems of John Milton.* 6 vols. New York: Columbia UP, 1975.

Huguelet, T. L. "The Rule of Charity in Milton's Divorce Tracts." *Milton Studies* 6 (1974):

199-214.

Hunt, Clay. Lycidas *and the Italian Critics*. Hew Haven: Yale UP, 1979.

Hunter Jr., W. B., gen. ed. *A Milton Encyclopedia*. 9 vols. Lewisburg: Bucknell UP, 1978.

______, gen. ed. *Milton's English Poetry: Being Entries from* A Milton Encyclopedia. Cranbury: Associated UP, 1986.

Hunter, G. K. *Paradise Lost*. London: George Allen & Unwin, 1980.

Hunter, William B. *The Descent of Urania: Studies in Milton, 1946-1988*. London & Toronto: Associated UP, 1989.

______. "The Liturgical Context of Comus." *English Language Notes* 10 (1972): 11-15.

Hunter, William B., Jr. "Milton's Arianism Reconsidered." *Harvard Theological Review* 52 (1959): 9-35. Reprinted in *Bright Essence: Studies in Milton's Theology*, by W. B. Hunter, C. A. Patrides, and J. H. Adamson (Salt Lake City: U of Utah P, 1971), 29-51.

______. *Visitation Unimplor'd: Milton and the Authorship of* De Doctrina Christiana. Pittsburgh: Duquesne UP, 1998.

Hunter, William B., Patrides, & Adamson. *Bright Essence: Studies in Milton's Theology*. Salt Lake City: U of Utah P, 1973.

Huntley, John F. "The Images of Poet and Poetry in Milton's *Reason of Church Government*." *Achievements of the Left Hand*. Eds. Michael Lief & John. T. Shawcross. 85-89.

Hutchinson, F. E. *Milton & the Englilsh Mind*. London: Hodder & Stoughton, 1946.

John Illo, "Areopagiticas Mythic and Real," *Prose Studeies* 2 (1988): 3-23.,

Ingram, William and Kathleen Swaim, eds. *A Concordance to Milton's English Poetry*. Oxford: Clarendon, 1972.

Ivimay, Joseph. *John Milton: His Life and Times, Religious and Political Opinions*. Folcroft, PA: Folcroft, 1970.

Jayne, Sears. "The Subject of Milton's Ludlow Masque," *PMLA*, 74(1959).

Jerusalem Bible. New York: Doubleday, 1968.

Johnson, Samuel. "Lives of the Poets," *Samuel Johnson on Literature*. Ed. Marlies K. Danziger. New York: Frederick Ungar, 1979.

Jones, Edward, ed. *Young Milton:the Emerging Author, 1620-1642.* Oxford: Oxford UP, 2013.

Jones, J. R. *Britain and Europe in the Seventeenth Century.* New York: Norton, 1966.

Jordan, Matthew. *Milton and Modernity.* New York: Palgrave, 2001.

Jose, Nicholas. *Ideas of the Restoration in English Literature 1660-71.* Cambridge, MA: Harvard UP, 1984.

Kahn, Victoria. *Machiavellian Rhetoric: From the Counter-Reformation to Milton.* Princeton: Princeton UP, 1994.

Keeble, N. H., ed. *The Cambridge Companion to Writing of the English Revolution.* Cambridge: Cambridge UP, 2001.

Kelley, Maurice. *This Great Argument: A Study of Milton's "De Doctrina Christiana" as a Gloss UPon "Paradise Lost."* Glouciester, Mass.: Peter Smith, 1962. Rpt. of *Princeton Studies in English* 22. Princeton: Princeton UP, 1941.

Kendall, Willmoore. "How to Read Milton's *Areopagitica.*" *The Journal of Politics* 22 (1960).

Kendrick, Christopher. *Milton: A Study in Idealogy and Form.* New York: Methuen, 1986.

Kenyon, J. P. *Stuart England.* London: Penguin, 1986.

Keplinger, Ann. "Milton: Polemics, Epic, and the Woman Problem, Again." *Cithara* 10 (1971): 40-52.

Kermode, Frank. *The Sense of an Ending.* New York: Oxford UP, 1967.

______, ed. *The Living Milton.* London: Routledge and Kegan Paul, 1960.

Kerrigan, William. "Milton's Place in Intellectual History." *The Cambridge Companion to Milton.* Ed. Dennis Richard Danielson. 2nd ed. Cambridge: Cambridge UP, 1999.

______. *The Prophetic Milton.* Charlottesville: UP of Virginia, 1974.

______. *The Sacred Complex: On the Psychogenesis of* Paradise Lost. Cambridge, Mass.: Harvard UP, 1983.

______ and John Rumrich, and Stephen M. Fallon, eds. *The Complete Poetry and Essential Prose of John Milton.* New York: Modern Library, 2007.

King, John N. *English Reformation Literature: The Tudor Origins of the Protestant Tradition.* Princeton: Princeton UP, 1982.

______. *Milton and Religious Controversy.* Cambridge: Cambridge UP, 2000.

Kishlansky, Mark. *A Monarchy Transformed: Britain, 1603-1714*. 6th ed. London: Penguin Books, 1996.

Klemp, J. *The Essential Milton: An Annotated Bibliography of Major Modern Studies*. Boston: Hall, 1989.

Knight, Wilson G. *Chariot of Wrath*. London: Faber and Faber, 1942; Norwood Editions, 1976.

Knoppers, Laura Lunger. *Historicizing Milton: Spectacle, Power, and Poetry in Restoration England*. Athens and London: U of Georgia P, 1994.

______. "Milton's *The Readie and Easie Way* and the English Jeremiad." *Politics, Poetics, and Hermeneutics in Milton's Prose*. Eds. David Loewenstein and James Grantham Turner. 213-25.

Knotts, Jr., John R. *Milton's Pastoral Vision*. Chicago: U of Chicago P, 1971.

Knox, R. Buick. *James Ussher Archbishop of Armagh*. Cardiff: U of Wales P, 1967.

Kogan, Stephen. *The Hieroglyphic King: Wisdom and Idolatry in the Seventeenth-Century Masque*. Cranbury, NJ: Associated UP, 1986.

Kranidas, Thomas. "Milton's *Of Reformation*: The Politics of Vision." *ELH* 49 (1982): 497-513.

______, ed. *New Essays on* Paradise Lost. Berkeley: California UP, 1971.

Kristeller, Paul Oskar & Philip Wiener, eds. *Renaissance Essays*. New York: Harper & Low, 1968.

Kurth, Burton O. *Milton and Christian Heroism: Biblical Epic Themes and Forms in Seventeenth-Century England*. Berkeley: U of California P, 1959.

Labriola, Albert C., ed. *Milton Studies*. Vol. 39. Pittsburgh: U of Pittsburgh P, 2000.

Labriola, Albert C. and Edward Sichi. *Milton's Legacy in the Arts*. University Park: Pennsylvanis State UP, 1988.

Lambert, Ellen Zetzel. *Placing Sorrow: A Study of the Pastoral Elegy Convention from Theocritus to Milton*. Chapel Hill: U of North Carolina P, 1976.

Lawall, Gilbert. *Theocritus' Coan Pastoral*. Washington, D.C.: Center for Hellenic Studies, 1967.

Le Comte, Edward S. *A Milton Dictionary*. London: Peter Owen, 1961.

______, *A Dictionary of Puns in Milton's English Poetry*. London: Macmillan, 1981.

______, *Milton's Unchanging Mind: Three Essays*. Port Washington: Kennikat, 1973.
Leavis, F. R. *Revaluation*. Harmondsworth: Penguin Books, 1972. Rpt. of the 1936 ed.
Leishman, J. B. *Milton's Minor Poems*. London: Hutchinson, 1969.
Leonard, John. *The Value of Milton*. Cambridge: Cambridge UP, 2016.
Levi, Peter. *Eden Renewed: The Public and Private Life of John Milton*. New York: St. Martins, 1997.
Lewalski, Barbara K. *The Life of John Milton: A Critical Biography*. Oxford & Malden, MA: Blackwell, 2000.
______. "Milton and the millennium," *Milton and the Ends of Time*. Ed. Juliet Cummins. Cambirdge: Cambridge UP, 2003.
______. "Milton on Women —Yet Once More." *Milton Studies* 6 (1974): 3-18.
______. "Milton: Political Beliefs and Polemical Methods, 1659-60" *PMLA*, 74.3 (1959), 191-202.
______, *Milton's Brief Epic: The Genre, Meaning, and Art of* Paradise Regained. Providence: Brown UP, 1966.
______, Paradise Lost *and the Rhetoric of Literary Forms*. Princeton: Princeton UP, 1985.
______, ed. *Renaissance Genres: Essay on Theory, History, and Interpretation*. Harvard English Studies 14. Cambridge: Harvard UP, 1986.
______, ed. *Resources of Kind: Genre-Theory in the Renaissance*. Berkeley: U of California P, 1973.
Lewis, C. S. *A Preface to* Paradise Lost. Oxford: Oxford UP, 1942. Rpt., 1967 as a Galaxy Book.
Lewis, Linda M. *The Promethean Politics of Milton, Blake, and Shelley*. Columbia: U of Missouri P, 1992.
Lieb, Michael. *Poetics of the Holy: A Reading of* Paradise Lost. Chapel Hill: U of North Carolina P, 1981,
______, *The Dialectics of Creation: Patterns of Birth & Regeneration in* PL. Massachusetts: U of Massachusetts P, 1970.
______, *Theological Milton*. Pitttsburgh, Penn: Duquesne UP, 2006.
______ and John T. Shawcross, eds. *Achievements of the Left Hand: Essays on the Pose of John Milton*. Amherst: U of Massachusetts P, 1974.

Lim, Walter S. H. *The Arts of Empire: The Poetics of Colonialism from Ralegh to Milton.* Newark: U of Delaware P, 1998.

Lochman, Daniel T. "'If there be aught of presage': Milton's Samson as Riddler and Prophet." *Milton Studies* 22 (1987): 195-216.

Locke, John. *Two Treatises of Government.* Cambridge: Kessinger Publishing, 2004.

Loewenstein, David. *Milton and the Drama of History.* Cambridge: Cambridge UP, 1990.

______. *Milton:* Paradise Lost. Cambridge: Cambridge UP, 1993.

______. "Milton's Prose and the Revolution." *The Cambridge Companion to Writing of the English Revolution.* Ed. N. H. Keeble. Cambridge: Cambridge UP, 2001. 87-106.

______. *Representing Revolution in Milton and His Contemporaries: Religion, Politics, and Polemics in Radical Puritanism.* Cambridge: Cambridge UP, 2001.

______ & James Grantham Turner, eds. *Politics, Poetics, and Hermeneutics in Milton's Prose.* Cambridge: Cambridge UP, 1990.

Lovejoy, A. O. "Milton and the Paradox of the Fortunate Fall." *ELH*, 4.3 (1937). Rpt. in *Critical Essays on Milton from ELH.* Baltimore: Johns Hopkins UP, 1969.

______. *The Great Chain of Being: A Study of the History of an Idea.* Cambridge, Mass.: Harvard UP, 1978.

Lovelock, Julian, ed. *Milton:* Comus *and* Samson Agonistes. London: Macmillan, 1975.

Low, Anthony. *The Blaze of Noon: A Reading of* Samson Agonistes. New York and London, 1974.

______. *The Reinvention of Love: Poetry, Politics and Culture from Sidney to Milton.* Cambridge: Cambridge UP, 1993.

Low, Lisa & Anthony John Harding. *Milton, the Metaphysicals, and Romanticism.* Cambridge: Cambridge UP, 1994.

Lowell, James Russell. *The Literary Criticism.* Ed. Herbert F. Smith. Lincoln: U of Nebraska P, 1969.

Löwith, Karl. *Meaning in History.* Chicago: U of Chicago P, 1970.

MacCaffrey, Isabel Gamble. *Paradise as "Myth."* Cambridge, Mass.: Harvard UP, 1967.

MacCallum, Hugh R. "Milton and Sacred History." *Essays in English Literature from the*

Renaissance to the Victorian Age. Ed. M. Maclure. Toronto: U of Toronto P, 1964.

______. *Milton and the Sons of God*. Toronto: U of Toronto P, 1986.

Madsen, William G. *From Shadown Types to Truth: Studies in Milton's Symbolism*. New Haven and London: Yale UP, 1968.

Malekin, Peter. *Liberty and Love: English Literature and Society 1640-88*. London: Hutchinson, 1981.

Maleski, Mary A. *A Fine Tuning: Studies of the Religious Poetry of Herbert and Milton*. Binghamton: MRTS, 1989.

Mallette, Richard. *Spenser, Milton, and Renaissance Pastoral*. Lewisburg: Bucknell UP, 1981.

Marcus, Leah S. "A 'Local' Reading of Comus." Milton and the Idea of Woman. ed. Julia M. Walker. Urbana: U of Illinois P, 1988.

______. "The Earl of Bridgewater's Legal Life: Notes toward a Political Reading of *Comus*." Flannagan, 13-23.

______. *The Politics of Mirth: Jonson, Herrick, Milton, Marvell, and the Defense of Old Holiday Pastimes*. Chicago: U of Chicago P, 1989.

______. *Unediting the Renaissance: Shakespeare, Marlowe, Milton*. New York: Routledge, 1996.

Marilla, E. L. *Milton & Modern Man: Selected Essays*. University, Alabama: U of Alabama P, 1968.Martindale, Charles. *John Milton and the Transformation of Ancienct Epic*. London: Croom Helm, 1986.

Martin, Catherine Gimelli. *The Ruins of Allegory*: Paradise Lost *and the Metamorphosis of Epic Convention*. Durham and London: Duke UP, 1998.

______, ed. *Milton and Gender*. Cambridge: Cambridge UP, 2004.

Martindale, Charles. *John Milton and Transformation of Ancient Epic*. London: Croom Helm, 1986.

Martz, Louis. *Milton: Poet of Exile*. 2nd ed. New Haven: Yale UP, 1986.

______. Louis. *The Paradise Within: Studies in Vaughan, Traherne and Milton*. New Haven: Yale UP, 1964.

______, ed. *Milton: A Collection of Critical Essays*. Englewood Cliffs: Prentice-Hall, 1966.

______, ed. *Milton*: Paraadise Lost. Englewood Cliffs: Prentice-Hall, 1966.

Masson, David. *The Life of John Milton: Narrated in Connexion with the Political, Ecclesiastical and Literary History of His Time.* 7 vols. London, 1881-94; rpt. Gloucester, Mass: Peter Smith, 1965.

Matthews, A. G., ed. *The Savoy Declaration of Faith and Order*, 1658. London: Independent, 1959.

May, Herbert G. and Bruce M. Metzger, eds. *The New Oxford Annotated Bible with the Apocrypha.* Oxford: Oxford UP, 1973.

Mays, James L., gen. ed. *Harper's Bible Commentary.* San Francisco: Harper & Row, 1988.

McColgan, Kristin Pruitt and Charles W. Durham, eds. *Arenas of Conflict: Mitlon and the Unfettered Mind.* Cranbury: Associated UP, 1997.

McColley, Diane Kelsey. *A Gust for Paradise: Milton's Eden and the Visual Arts.* Urbana and Chicago: U of Illinois P, 1993.

______, *Milton's Eve.* Urbana: U of Illinois P, 1983.

McDill, Joseph. *Milton and the Pattern of Calvinism.* Nashville: The Joint University Libraries, 1942.

McDowell, Nicholas. *Poet of Revolution: The Making of John Milton.* Princeton & Oxford: Princeton UP, 2020.

______ and Nigel Smith. *The Oxford Handbook of Milton.* Oxford: Oxford UP, 2009.

McEuen, Kathryn A., trans. *Defensio Regia* (Selections). *CPW* 4.2: 986-1035.

McGuire, Maryann Cale. *Milton's Puritan Masque.* Athens, GA: U of Georgia P, 1983.

McLachlan, H. *The Religious Opinions of Milton, Locks and Newton.* New York: Russel and Russel, 1972.

McLoone, George H. *Milton's Poetry of Independence: Five Studies.* Lewisburg: Bucknell UP, 1999.

McMahon, Robert. *The Two Poets of* Paradise Lost. Baton Rouge: Louisiana State UP, 1998.

Melczer, William. "Looking Back without Anger: Milton's *Of Education.*" In *Milton and the Middle Ages.* Ed. by John Mulryan. Lewisburg, PA.: Bucknell UP; London and Toronto: Associated UP, 1982, 91-102.

Meyerhoff, Hans. *Time in Literature*. Berkeley: U of California P, 1968.

Miler, Leo. *John Milton Among the Polygamophiles.*. New York: Loewenthal, 1974.

Miller, David M. "From Delusion to Illumination: A Larger Structure for L'Allegro-Il Penseroso." *PMLA* 86 (1971): 32-39.

______, *John Milton: Poetry*. Twayne's English Authors Series 242. Boston: Twayne's Pubilishers, 1978.

Milner, Andrew. *John Milton and the English Revolution: A Study in the Sociology of Literature*. London: Macmillan, 1981.

Milton, John. *Complete Prose Works of John Milton*. 8 vols. Eds. Don Wolfe, et al. New Haven: Yale UP, 1953-82.

Milton, John. *The Prose Works of John Milton: With a Biographical Introd.* Ed. Bufus Wilmot Griswold. Reproduction of a Historical Artifact. 1845; 2016.

Miner, Earl. *Literary Uses of Typology: from the Late Middle Ages to the Present.*. Princeton: Princeton UP, 1977.

______, *The Restoration Mode from Milton to Dryden*. Princeton: Princeton UP, 1974.

Moore, Leslie E. *Beautiful Sublime: The Making of* Paradise Lost, *1703-1734*. Stanford: Stanford UP, 1990.

Morley, John. *Makers of Literature*. New York: A. L. Fowle Pubisher, n.d.

Morris David B. "Drama and Stasis in Milton's 'Ode on the Morning of Christ's Nativity." *Studies in Philology* 68 (1971): 207-22.

Morton, A. L., ed. *Freedom in Arms: A Selection of Leveller Writings.*. London: Lawrence and Wishart, 1975.

Moseley, C. W. R. D. *Milton: The English Poems of 1645*. London: Penguin Books, 1992.

______, *The Poetic Birth: Milton's Poems of 1645*. Aldershot, Eng.: Scolar, 1991.

Mueller, Janel. "Embodying Glory." Loewenstein & Turner, 9-40.

Muir, Kennith. *John Milton*. London: Longman, 1965.

Mulryan, John, ed. *Milton and the Middle Ages*. Lewisburg: Bucknell UP; London & Toronto: Associated UP. 1982.

Mundhenk, Rosemary K. "Dark Scandal and the Sin-Clad Power of Chastity: The Historical Milieu of Milton's Comus." *Studies in English Literature* 15 (1975): 141-52.

Murrray, Patrick. *Milton: The Modern Phase: A Study of Twentieth-Century Criticism.* London: Longman, 1967.

Musacchio, George. *Milton's Adam and Eve: Fallible Perfection.* New York: Peter Lang, 1991.

Mustazza, Leonard. *"Such Prompt Eloquence": Language as Agency and Character in Milton's Epics.* Lewisburg: Bucknell UP; London and Toronto: Associated UP, 1988.

Mutschmann, H. *Milton's Eyesight and the Chronology of His Works.* Rpt. 1924; Folcroft, PA: Folcroft, 1969.

Myers, William. *Milton and Free Will: An Essay in Criticism and Philosophy.* London: Croom Helm, 1987.

Nardo, Anna K. *Milton's Sonnets and the Ideal Community.* Lincoln: U of Nebraska P, 1979.

Nelson, James G. *The Sublime Puritan: Milton and the Victorians.* Madison: U of Wisconsin P, 1963.

Nelson, Jr., Lowry. "Milton's Nativity Ode." *Baroque Lyric Poetry.* New Haven & London: Yale UP, 1961.

______, *Baroque Lyric Poetry.* New Haven & London: Yale UP, 1961.

Newlyn, Lucy. Paradise Lost *and the Romantic Reader.* Oxford: Clarendon, 1993.

Nicholson, Majorie Hope. *John Milton: A Reader's Guide to His Poetry.* New York: Noonday, 1963.

Norbrook, David. *Poetry and Politics in the English Renaissance.* London: Routledge & Kegan Paul, 1984.

______, "The Politics of Milton's Early Poetry." *John Milton.* Ed. Annabel Patterson. London: Longman, 1992.

______, "Rhetoric, Ideology and the Elizabethan World Picture." *Renaissance Rhetoric.* Ed. Peter Mack. New York: St. Martin's, 1993, 140-64.

______, *Writing the English Republic: Poetry, Rhetoric and Politics 1627-1660.* Cambridge: Cambridge UP, 1999.

Nuttall, A. D. *Overheard by God: Fiction and Prayer in Herbert, Milton, Dante and St. John.* London & New York: Methuen, 1980.

Nyquist, Mary and Margaret W. Ferguson, eds. *Re-membering Milton: Essays on the Texts and Traditions.* New York: Methuen, 1988.

Orgel, Stephen. *Illusions of Power.* Berkeley: U of California P, 1975.

______,. *The Jonsonian Masque.* Cambridge: Harvard UP, 1965.

Parfitt, George. *English Poetry of the Seventeenth Century.* London: Longman, 1985.

Parker, Riley Parker. *Milton: A Biography.* 2 vols. 2nd rev. ed. Ed. Gordon Campbell. Oxford: Clarendon, 1996.

______, *Milton's Contemporary Reputation.* New York: Haskell House, 1971.

______, *Milton's Debt to Greek Tragedy in* Samson Agonistes. Hamden, Conn. & London: Archon Books, 1963.

Patrick, J. Max, *The Prose of John Milton.* New York: Doubleday, 1967.

______ & Roger H. Sundell, eds. *Milton and the Art of Sacred Song.* Madison: U of Wisconsin P, 1979.

Patrides, C. A. *Figures in a Renaissance Context.* Ed. Claude J. Summers and Ted-Larry Pebworth. Ann Arbor: U of Michigan P, 1989.

______, *Milton and the Christian Tradition.* Oxford: Clarendon, 1966.

______, *Milton's Epic Poetry: Essays on* Paradise Lost and Paradise Regained. Harmonsworth: Penguin Books, 1967.

______, *Premises and Motifs in Renaissance Thought and Literature.* Princeton: Princeton UP, 1982.

______, *The Grand Design of God: The Literary Form of Christian View of History.* London: Routledge & Kegan Paul, 1972.

______, *The Phoenix and the Ladder: The Rise and Decline of the Christian View of History.* Berkeley: U of California P, 1964.

______, ed. *Aspects of Time.* Oxford Road: Manchester UP; Toronto: U of Toronto P, 1976.

______ & Joseph Wittreich, eds. *The Apocalypse in English Renaissance Thought and Literature.* Manchester: Manchester UP, 1984.

______, & Raymond B. Waddington, eds. *The Age of Milton.* Manchester: Manchester UP; Totowa: Barnes & Noble Books, 1980.

Patterson, Annabel. *Reading Between the Lines.* U of Wisconsin P, 1993.

______, ed. with intro. *John Milton*. London: Longman, 1992.

Pattison, Mark. *Milton*. New York: A. L. Fowle, n.d.

Poole, Kristen. *Radical Religion from Shakespeare to Milton: Figures of Nonconformity in Early Modern England*. Cambridge: Cambridge UP, 2000.

Poole, William. *Milton and the Making of* Paradiese Lost. Cambridge, MA: Harvard UP, 2017.

Pope, Alexander. "A Essay on Man." *The Poems of Alexander Pope*. Ed. John Butt. New Haven: Yale UP, 1963.

Potter, Lois. *A Preface to Milton*. Rev. ed. London: Longman, 1986.

Potter, Lois. *Secret Rites and Secret Writing: Royalist Literature, 1641-1660*. Cambridge: Cambridge UP, 1989.

Priestley, J. B. *Time and Man*. London: Bloomsbury, 1964.

Prince, F. T. *The Italian Element in Milton's Verse*. Oxford: Oxford UP, 1954; New York: Continuum, 1990.

Pruitt, Kristin A. and Charles W. Durham, eds. *Living Texts: Interpreting Milton*. Selinsgrove: Susquehanna UP; London: Associated UP, 2000.

Qilligan, Maureen. *Milton's Spenser: The Politics of Reading*. Ithaca: Cornell UP, 1983.

Quint, David. *Epic and Empire: Politics and Generic form from Virgil to Milton*. Princeton: Princeton UP, 1993.

______. *Inside Paradise Lost: Reading the Design of Milton's Epic*. Princeton: Princeton UP, 2014.

Radzinowicz, Mary Ann. *Milton's Epics and the Book of Psalms*. Princeton: Princeton UP, 1989.

______. *Toward Samson Agonistes: The Growth of Milton's Mind*. Princeton: Princeton UP, 1978.

Rajan, Balachandra. *The Form of the Unfinished: English Poetics from Spenser to Pound*. Princeton: Princeton UP, 1985.

______. *The Lofty Rhyme*. Florida: Coral Gables, 1970.

______. Paradise Lost *and the 17th Century Reader*. London: Chatto and Windus, 1947.

______, ed. *The Prison and the Pinnacle*. Toronto: U of Toronto P, 1972.

______ and Elizabeth Sauer, eds. *Milton and the Imperial Vision*. Pittsburgh: Duquesne

UP, 1999.

Rapaport, Herman. *Milton and th Postmodern*. Lincoln: U of Nebraska P, 1983.

Raymond, Joad. "The Literature of Controversy." *A Companion to Milton*. Ed. Thomas Corns. Oxford: Blackwell, 2003.

Reesing, John. *Milton's Poetic Art*. Cambridge, Mass.: Harvard UP, 1968.

Reid, David. *The Humanism of Milton's* Paradise Lost. Edinburgh UP, 1993.

Reisner, Noam. *Milton and the Ineffable*. Oxford: Oxford UP, 2009.

Reuben Sanchez, Jr. *Persona and Decorum in Milton's Prose*. Madison: Fairleigh Dickinson UP, 1997.

Revard, Stella P. "Milton and Millenarianism: from the Nativity Ode to *Paradise Regained*." *Milton and the Ends of Time*. Ed. Juliet Commins. Cambridge: Cambridge UP, 2003. 42-81.

______. *Milton and the Tangles of Neaera's Hair: The Making of the 1645 Poems*. Columbia: U of Missouri P, 1979.

______. *The War in Heaven:* Paradise Lost *and the Tradition of Satan's Rebellion*. Ithaca and London: Cornell UP, 1980.

Richardson, R. C. *The Debate on the English Revolution*. 3rd ed. Manchester: Manchester UP, 1998.

______ and G. M. Ridden. *Freedom and the English Revolution: Essays in History and Literature*. Manchester: Manchester UP, 1986.

Richmond, Hugh M. *The Christian Revolutionary: John Milton*. Berkeley: U of California P, 1974.

Ricks, Christopher. *Milton's Grand Style*. Oxford: Oxford UP, 1978.

Rickword, Edgell. "Milton: The Revolutionary Intellectual." *The English Revolution, 1640: Three Essays*. Ed. Christopher Hill. London: Lawrence N. Wishart, 1940.

Ricoeur, Paul. *Time and Narrative*.. Vol. 1. Chicago: U of Chicago P, 1985.

Riggs, William G. *The Christian Poet in* Paradise Lost. Berkeley: U of California P, 1972.

Rogers, John. *The Matter of Revolution: Science, Poetry, and Politics in the Age of Milton*. Ithaca: Cornell UP, 1998.

Rollin, Roger B. "*Paradise Lost*: 'Tragical—Comical—Historical—Pastoral.'" *Milton Studies* 5 (1973): 3-37.

Rosenblatt, Jason. *Torah and Law in* Paradise Lost. Princeton: Princeton UP, 1994l.
Roston, Murray. *Milton and the Baroque*. London: Macmilan, 1980.
Rousseau, Jean-Jacques. *The Social Contract and the Discourses*. Trans. G. D. H. Cole. Loki's Publishing, 2017.
Rowen, Herbert H. "Kingship and Republicanism in the Seventeenth Century: Some Reconsideration." *The Renaissance to the Counter-Reformation*. Ed. Charles H. Carter. New York: Random House, 1965.
Rowse, A. L. *Discoveries and Reviews: From Renaissance to Restoration*. London: Macmillan, 1975.
Rudrum, Alan, ed. *Milton: Modern Judgements*. Nashville: Aurora Publishers, 1970.
Rushdy, Ashraf H. A. *The Empty Garden: The Subject of Late Milton*. Pittsburgh and London: U of Pittsburgh P, 1992.
Russell, Conrad. Unrevolutionary England, 1603-1642. Hambledon & London, 2003.
Rylands, George. *Milton*. London: Oxford UP, 1968.
Saillens, E. *John Milton—Man—Poet—Polemist*. Oxford: Oxford UP, 1964.
Samuel, Irene. "Milton and the Ancients on the Writing of History." *Milton* Studies 2 (1970): 131-48.
______. *Dante and Milton*: The Commedia and Paradise Lost. Ithaca: Cornell UP, 1966.
______. *Plato and Milton*. Ithaca: Cornell UP, 1947; Paperback, 1965.
Sanchez Jr., Reuben. *Persona and Decorum in Milton's Prose*. Madison: Fairleigh Dickinson UP; London, Associated UP, 1997.
Sarma, M. V. Rama. *The Heroic Argument: A Study of Milton's Heroic Poetry*. London: Macmillan, 1971.
______. *Things Unattempted: A Study of Milton*. Atlantic Highlands, NJ: Humanities, 1982.
Sauer, Elizabeth. "The Politics of Performance in the Inner Theater: *Samson Agonistes* as Closet Drama." *Milton and Heresy*. Eds. Stephen B. Dobranski and John P. Rumrich. Cambridge: Cambridge UP, 1998.
Saurat, Denis. *Blake and Milton*. New York: Russell and Russell, 1965.
______. *Milton: Man and Thinker*. London: Jonathan Cape; New York: Dial, 1925; rev. 1935.
Schiffhorst, Gerald J. *John Milton*. New York: Continuum, 1990.

Schindler, Walter. *Voice and Crisis: Invocation in Milton's Poetry.* Hamden, Conn: Archon Books, 1984.

Schmitt, Charles B., gen. ed. *The Cambridge History of Renaissance Philosophy.* Cambridge: Cambridge UP, 1990.

Schulman, Lydia Dittler. Paradise Lost *and the Rise of the American Republic.* Boston; Northeastern UP, 1992.

Schultz, Howard. *Milton and Forbidden Knowledge.* New York, 1599.

Schwartz, Regina M. *Remembering and Repeating: Biblical Creation in* Paradise Lost. Cambridge: Cambridge UP, 1988.

Seneca. *Ad Lucilium Epistulae Morales.* Trans. R. M. Gummere. 3 vols. Loeb Clasical Library, 1917. Cambridge, Mass.: Harvard UP, 1917.

Sensabaugh, George F. *Milton in Early America.* Princeton: Princeton UP, 1964.

Sensabaugh, G. F. "The Milieu of Comus." *Studies in Philology* 41 (April 1944): 238-49

Sewell, Arthur. *A Study in Milton's Christian Doctrine.* Oxford UP, 1939; Archon Books, 1967.

Sharpe, Kevin. *The Personal Rule of Charles I.* New Haven and Lodon: Yale UP, 1992.

______ and Steven N. Zwicker, eds. *Refiguring Revolutions: Aesthetics and Politics from the English Revolution to the Romantic Revolution.* Berkeley: U of California P, 1998.

Shaw, William. *Praise Disjoined: Chaninging Patterns of Salvation in 17th-Century English Literature.* Vol. 2 of *Seventeenth-Century Texts and Studies.* New York: Peter Lang, 1991.

Shawcross, John T. *John Milton and Influence: Presence in Literature, History and Culture.* Pittsburgh: Duquesne UP, 1991.

______. *John Milton: The Self and the World.* Lexington: U of Kentucky P, 1993.

______. Paradise Regain'd: "*Worthy T'have Not Remain'd So Long Unsung.*" Pittsburgh: Duquesne UP, 1988.

______. "The Chronology of Milton's Major Poems." *PMLA* 76 (1961). 345-58.

______. *The Complete Poetry of John Milton.* Garden City: Doubleday, 1971.

______. "The Higher Wisdom of *The Tenure of Kings & Magistrates*," *Achievements of the Left Hand*, ed. Michael Lieb and John T. Shawcross. Amherst: U of

Massachusetts P, 1974.

______. *With Mortal Voice: The Creation of* Paradise Lost. Lexington: U of Kentucky P, 1982.

______, ed. *John Milton: The Critical Heritage.* 2 vols. London: Routledge, 1972.

Shelley, Percy Bysshe. "A Defence of Poetry." *English Romantic Writers.* Ed. David Perkins. New York: Harcourt Brace Jovanovich, 1967. 1072-87.

Shepherd, Jr., Robert A. Paradise Lost: *A Prose Rendition.* New York: The Seabury, 1983.

Shitaka, Hideyuki. *Milton's Idea of the Son in the Shaping of* Paradise Lost *as a Christocetric Epic.* Tokyo: Eihosha, 1996.

Shoaf, R. A. *Milton, Poet of Duality.* New Haven: Yale UP, 1985.

Sidney, Philip. "An Apologie for Poetrie." *Elizabethan Critical Essays.* Ed. George Gregory Smith. Oxford: Clarendon, 1904.

Sims, James H. and Leland Ryken, eds. *Milton and Scriptural Tradition: the Bible into Poetry.* Columbia: U of Missouri P, 1984.

Sirluck, Ernest. Introduction (to vol. 2). *Complete Prose Works of John Milton.* Eds. Don Wolfe, et al.

______. "Preface and Notes for *Areopagitica*" (to vol. 2). *Complete Prose Works of John Milton.* Eds. Wolfe, Don, et al. 480-570.

Skerpan, Elizabeth. *The Rhetoric of Politics in the English Revolution 1640-1660.* Columbia: U of Missouri P, 1992.

Sloane, Thomas O. *Donne, Milton and the End of Humanist Rhetoric.* Berkeley: U of California P, 1985.

Smith, A. J. *Literary Love: The Role of Passion in English Poems and Plays of the Seventeenth Century.* London: Edward Arnold, 1983.

Smith, Jr., George William. "Milton's Method of Mistakes in the Nativity Ode." *Studies in English Literature, 1500-1900* 18 (1978): 107-23.

Smith, Logan Pearsall. *Milton and His Modern Critics.* Hamden: Archon Books, 1941.

Smith, Nigel. "*Areopagitica*: Voicing Contexts, 1643-5." *Politics, Poetics, and Hermeneutics in Milton's Prose.* Cambridge: Cambridge UP, 1990. 103-22.

______. *Is Milton Better Than Shakespeare?* Cambridge: Harvard UP, 2008.

______. *Literature and Revolution in England 1640-1660*. New Haven: Yale UP, 1994.

Spengemann, William C. *A New World of Worlds: Redefining Early American Literature*. New Haven: Yale UP, 1994.

Spenser, Edmund. "Two Cantos of Mutabilities." *The Faerie Queene*. Ed. Thomas Roche, Jr. New Haven: Yale UP, 1981.

Stachniewski, John. *The Persecutory Imagination: English Puritanism and the Literature of Religious Despair*. Oxford: Clarendon, 1991.

Stanwood, G. *Of Poetry and Politics: New Essays on Milton and His World* Binghamton, New York: Medieval & Renaissance Texts & Studies, 1995.

Stavely, Keith W. F. *Puritan Legacies: Paradise Lost and the New England Tradition, 1603-1890*. Ithaca: Cornell UP, 1987.

______. *The Politics of Milton's Prose Style*. Yale Studies in English, 185. New Haven, Conn., and London: Yale UP, 1975.

Steadman, John M. *Epic and Tragic Structure in* Paradise Lost. Chicago: U of Chicago P, 1976.

______. *Milton and the Paradoxes of Renaissance Heroism*. Baton Rouge & London: Louisiana State UP, 1987.

______. *Milton and the Renaissance Hero*. Oxford: Clarendon, 1967.

______. *John M. Moral Fiction in Milton and Spenser*. Columbia & London: U of Missouri P, 1995.

______. *The Hill and the Labyrinth: Discourse and Certitude in Milton and His Near-Contemporaries*. Berkeley: U of California P, 1984.

______. *The Wall of Paradise: Essays on Milton's Poetics*. Baton Rouge and London: Louisiana State UP, 1985.

Stein, Arnold. *Answerable Style: Essays on* Paradise Lost Minneapolis: U of Minnesota P, 1953.

______. *Heroic Knowledge: An Interpretation of* Paradise Regained *and* Samson Agonistes. Minneapolis: U of Minnesota P, 1967.

______. *The Art of Presence: The Poet and* Paradise Lost. Berkeley: U of California P, 1977.

______, ed. *On Milton's Poetry*. Greenwich, Conn.: Fawcett, 1970.

Stevens, David Harrison. *Reference Guide to Milton from 1800 to the Present Day*. New York: Russell and Russel, 1967.

Stevens, Paul. *Imagination and the Presence of Shakespeare in* Paradise Lost. Madison: U of Wisconsin P, 1985.

Stocker Margarita. Paradise Lost: *An Introduction to the Variety of Criticism*. London: Macmillan, 1988.

Stone, Lawrence. *The Family, Sex and Marriage in England 1500-1800*. London: Weidenfeld and Nicolson, 1977; Harmondsworth: Penguin, 1979.

Struop, Thomas B. *Religious Rite and Ceremony in Milton's Poetry*. Lexington: U of Kentucky P, 1968.

Summers, Joseph H. *The Lyric and Dramatic Milton*. New York and London: Columbia UP, 1967.

______. *The Muse's Method: An Introduction to* Paradise Lost. Binghamton: MRTS, 1981. First published in 1962 by Harvard UP.

______. *The Lyric and Dramatic Milton: Selected Papers from the English Institute*. New York: Columbia UP, 1962.

Swaim, Kathleen, M. *Before and After the Fall*. Amherst: U of Massachusetts P, 1986.

______. "Cycle and Circle: Time and Structue in 'L'Allegro' and 'Il Penseroso.'" *Texas Studies in Literature and Language* 18 (1976): 422-32.

______. "'Hee for God Only, Shee for God in Him': :Structural Parallelism in *Paradise Lost*." *Milton Studies* 9 (1976), 121-49.

Swedenberg, Jr., H. T. *The Theory of the Epic in England: 1650-1800*. New York: Russell & Russell, 1972.

Swiss, Margo and David A. Kent, eds.. *Heirs of Fame: Milton and Writers of the English Renaissance*. Lewisburg: Bucknell UP; London: Associated UP, 1995..

Taaffe, James. "Michaelmas, the Lawless Hour, and the Occasion of Milton's Comus." *English Language Notes* 6 (1968-69): 257-62

Tayler, Edward W. *Milton's Poetry: Its Development in Time*. Pittsburgh: Duquesne UP, 1979.

Thorpe, James. *John Milton: The Inner Life*. San Marino: Huntington Library, 1983.

______, ed. *Milton Criticism: Selections from Four Centuries*. 1951. London: Routledge

& Kegan Paul, 1965.

Tillyard, E. M. W. *Milton.* Rev. ed. London: Chatto & Windus, 1930; Harmondsworth: Penguin Books, 1966.

______. *The Elizabethan World Picture.* New York: Vintage Books, n.d.

______. *The English Epic Tradition.* London: Warton Lecture on English Poetry, 1936.

______. *Studies in Milton.* London: Chatto and Windus, 1951.

______. *The Metaphysicals and Milton.* London: Chatto and Windus, 1960.

______. *The Miltonic Setting: Past and Present.* London: Chatto & Windus, 1938.

Todd, Margo. *Christian Humanism and the Puritan Social Order.* Cambridge: Cambridge UP, 1987.

Toliver, Harold E. *Transported Styles in Shakespeare and Milton.* University Park: Pennsyvania State UP, 1989.

Travers, Michael Ernest. *The Devotional Experience in the Poetry of John Milton.* Lewiston, NY: Edwin Mellen, 1988.

Tulloch, John. *English Puritanism and Its Leaders: Cromwell, Milton, Baxter, Bunyan.* Kessinger Publishing's Rare Reprints. Edinburgh and London: William Blackwood and Sons, 1861.

Turner, James Grantham. *One Flesh: Paradisal Marriage and Sexual Relations in the Age of Milton.* Oxford: Clarendon, 1987.

Tuve, Rosemond. *Images and Themes in Five Poems by Milton.* Cambridge: Harvard UP, 1962.

Ulreich, Jr., John C. "'Beyond the Fifth Act': *Samson Agonistes* as Prophecy." *Milton Studies* 17 (1983): 281-318.

Verity, A. *Milton's* Samson Agonists. London: Cambridge UP, 1892.

Via, John A. "Milton's Antiprelatical Tracts: The Poet Speaks in Prose." *Milton Studies* 5 (1973): 87-127.

Vincent W. A. L. *The State and School Education 1640-1660 in England and Wales.* London: Society for the Propagation of Christian Knowledge, 1950.

Von Rad, Gehard. *Old Testament Theology.* Trans. D. M. G. Stalker. 2 vols. New York: Harper & Low, 1964.

Wagenknecht, Edward Charles. *The Personality of Milton.* Norman: U of Oklahoma

P, 1970.
Waldock, A. J. A. Paradise Lost *and Its Critics*. Cambridge: Cambridge UP, 1947; Rpt. by Gloucester: Peter Smith, 1959.
Walker, Albert Perry, ed. *Macaulay's Essay on Milton*. D. C.: Heath, 1961.
Walker, Julia M., ed. *Milton and the Idea of Woman*: Urbana, U of Illinois P, 1988.
Warren, William Fairfield. *The Universe as Pictured Milton's* Paradise Lost. New York: Gordian, 1968.
Watkins, W. B. C. *An Anatomy of Milton's Verse*. Mamden, Conn.: Archon Books, 1965.
Watson, Foster. *The English Grammar Schools to 1660*. Cambridge, 1908.
Webber, Joan. "John Milton: The Prose Style of God's English Poet." *The Eloquent "I": Style and Self in Seventeenth- Century Prose*. Madison, Milwaukee, and London: U of Wisconsin P, 1968. 184-218.
Webber, Joan Malory. *Milton and His Epic Tradition*. Seattle: U of Washington P, 1979.
Weber, Burton Jasper. *The Construction of* Paradise Lost. Carbondale: Southern Illinois UP, 1971.
______. *Wedges and Wings: The Patterning of* Paradise Regained. Carbondale: Southern Illinois UP, 1975.
Wedgwood, C. V. *Seventeenth-century English Literature*. London: Oxford UP, 1950.
Welsford, Enid. T*he Court Masque*. Cambridge: Cambridge UP, 1927.
Wheeler, Thomas. Paradise Lost *and the Modern Reader*. Athens: U of Georgia P, 1974.
White, Peter, ed. *Puritan Poetis and Poetics: 17th-Century American Poetry in Theory and Practice*. U Park: Pennsylvania State UP, 1985.
Whiting, G. W. *Milton and This Pendant World*. Austin: U of Texas P, 1958.
Whiting, George Wesley. *Milton and This Pendant World*. Austin: U of Texas P, 1958.
Wiener, Philip P., gen. ed. *Dictionary of the History of Ideas*. 5 vols. New York: Charles Scribner's Sons, 1978; Macmillan Pub Co., 1980.
Wilding, Michael. *Dragon's Teeth: Literature in the English Revolution*. Oxford: Clarendon, 1987.
______. "Milton's *A Masque Presented at Ludlow Castle*, 1634: Theatre and Politics on the Border." Comus: Contexts. Ed. Flannagan, 35-51.
______. "Milton's *Areopagitica*: Liberty for the Sects." *Prose Studies* 9 (1986): 7-38.

Reprinted in *The Literature of Controversy: Polemical Strategy form Milton to Junius*. Ed. Thomas N. Corns. London: Frank Cass, 1987, 7-38.

______. "Milton's Early Radicalism." *John Milton*. Ed. Patterson. London & New York: Longman, 1992.

Willey, Basil. *The Seventeenth-century Background: Studies in the Thought of the Age in Relation to Poetry and Religion*. 1934; London: Routledge & Kegan Paul, 1979.

William B. Hunter, "The Provenance of the Christian Doctrine," *Studies in English Literature 1500-1900*, 32(1992): 129-42.

Williams, George. *Milton and Others*. Chicago: U of Chicago P, 1965.

Williams, Meg Harris. *Inspiration in Milton & Keats*. London: Macmillan, 1982.

Willis, Gladys J. *The Penalty of Eve: John Milton and Divorce*. New York: Peter Lang, 1984.

Wilson, A. N. *The Life of John Milton*. Oxford: Oxford UP, 1983.

Wittreich, Joseph. *Why Milton Matters: A New Preface to His Writings*. New York: Palgrave Macmillan, 2006.

Wittreich, Joseph Anthony. *Feminist Milton*. Ithaca and London: Cornell UP, 1987.

______. *Interpreting* Samson Agonistes. Princeton: Princeton UP, 1986.

______. *Shifting Contexts: Reinterpreting* Samson Agonistes. Pittsburgh: Duquesne UP, 2002.

______. *The Apocalypse in English Renaissance Thought and Literature*. Cornell UP, 1985.

Wittreich, Jr., Joseph Anthony, *Angel of Apocalypse: Blake's Idea of Milton*. Madison: U of Wisconsin P, 1975.

______, ed. *Calm of Mind*. Cleveland: Case Western Reserve UP, 1971.

______, ed. *Milton and the Line of Vision*. Madison: U of Wisconsin P, 1975.

______. *Visionary Poetics: Milton's Tradition and His Legacy*. San Marino: Huntington Library, 1979.

Wolfe, Don M. *Milton and His England*. Princeton: Princeton UP, 1971.

______. *Milton and the Puritan Revolution*. New York and London: Nelson, 1941.

______, gen. ed. *Complete Prose Works of John Milton*. 8 vols. New Haven: Yale UP, 1953-82.

Wood, Derek N. C. *'Exiled from Light': Divine Law, Morality, and Violence in Milton's*

Samson Agonistes. Toronto: U of Toronto P, 2001.

Woodhouse, A. S. P. "*Comus* Once More." *University of Toronto Quarterly* (1949-50): 218-23.

______. *Puritanism and Liberty.* Everyman Paperbacks, 1992.

______. *The Heavenly Muse: A Preface to Milton.* Ed. Hugh MacCallum. Toronto & Buffalo: U of Toronto P, 1972.

Woolrych, Austin. *Commonwealth to Protectorate.* Oxford: Clarendon, 1982.

______. Historical Introduction. *Complete Prose Works of John Milton.* 8 vols. Eds. Wolfe, Don, et al. New Haven: Yale UP, 1953-82. 7: 1-228.

Worden, Blair. *Literature and Politics in Cromwellian England: John Milton, Andrew Marvell, Marchamont Nedham.* Oxford: Oxford UP, 2009.

______. "Milton: Literature and Life." *John Milton: Life, Writing, Reputation.* Eds. Paul Hammond & Blair Worden. Oxford: Oxford UP, 2010.

______. *The Rump Parliament 1648-1653.* Cambridge: Cambridge UP, 1974.

Wynne-Davies, Marion, ed. *Bloomsbury Guides to English Literature: The Renaissance.* London: Bloomsbury Books, 1992.

Yoon, Hye-Joon. "The Fiend who Came Thir Bane: Satan's Gift to Paradise Lost." *Milton Studies* 29 (1992): 3-19.

Zagorin, Perez. *Milton: Aristocrat and Rebel: the Poet and His Politics.* New York & Suffolk: D. S. Brewer, 1992.

Zunder, William, ed. *Paradise Lost.* New Casebooks. New York: St. Martin's, 1999.

찾아보기

ㄱ

ㄴ

ㄷ

ㄹ

ㅁ

ㅂ

ㅅ

ㅇ

ㅈ

ㅊ

ㅋ

ㅌ

ㅍ

ㅎ

송홍한

1978 숭실대학교 영문과 문학사
1980 서울대학교 영문학석사
1985 미국 인디애나대학교 영문학 박사과정 수료
1994 서강대학교 영문학박사
1994, 2000, 2005 미국 하버드, UC 버클리, 인디애나, 켄터키 대학교 등 교환교수
2003-4 한국밀턴학회(한국고전중세르네상스영문학회로 통합) 회장 역임
1987-2022 동아대학교 영어영문학 교수

『영문학과 종교적 상상력』(공저; 도서출판 동인, 1994)
『문학 비평』(찰스 브레슬러 저, 공역; 형설출판사, 1998)
『문학연구와 정치적 변화』(스탠리 피쉬 저, 역서; 도서출판 동인, 2001; 문화관광부 우수학술도서)
『문학의 생명력』(공저; 한울, 2002)
『리더십 3막 11장』(존 휘트니 & 티나 팩커 저, 역서; 씨앗을 뿌리는 사람, 2003)
『밀턴의 이해』(공저; 시공아카데미, 2004)
『구어영어 발음과 청취』(개정 10판; 베이직북스, 2009)
Milton's Vision of History in Paradise Lost, Paradise Regained, *and* Samson Agonistes(박사학위 논문) 외
논문 40여 편
『밀턴의 산문선집』 1~2권 (한국연구재단 학술명저번역총서 서양편 790, 791; 한국문화사, 2021)

밀턴과 영국혁명

초판 1쇄 발행일 2022년 2월 25일
송홍한 지음

발 행 인 이성모
발 행 처 도서출판 동인
주 소 서울시 종로구 혜화로3길 5 118호
등 록 제1-1599호
전 화 (02) 765-7145, 7155
팩 스 (02) 765-7165
홈페이지 www.donginbook.co.kr
이 메 일 dongin60@chol.com
ISBN 978-89-5506-856-6
정 가 32,000원